Das Buch

Anfang der Achtziger lernt die junge Lübecker Restauratorin Alice auf romantische Weise ihren zukünftigen Mann Pierre kennen. Weil sie sich mit ihrem wohlhabenden Vater völlig überworfen hat, wandert sie mit Pierre nach Südafrika aus. Die beiden sind im Hotel- und Immobiliengewerbe erfolgreich, und die Geburt des Sohnes Christoph krönt das neue Glück. Gemeinsam überstehen sie auch die Wirren bei der Auflösung der Apartheid. Doch dann verschwinden Christoph und Pierre spurlos. Aller Hoffnungen beraubt, kehrt Alice nach Lübeck zurück, wo sie ein großes Familiengeheimnis erwartet. Und auch eine neue Liebe? Mit wiedererwachtem Lebensmut reist Alice noch einmal nach Südafrika und begibt sich auf die Suche.

Die Autorin

Stefanie Gercke wurde auf einer Insel des Bissagos-Archipels vor Guinea-Bissau/Westafrika als erste Weiße geboren und wanderte mit 20 Jahren nach Südafrika aus. Politische Gründe zwangen sie Ende der Siebzigerjahre zur Ausreise, und erst unter der neuen Regierung Nelson Mandelas konnte sie zurückkehren. Sie liebt ihre regelmäßigen kleinen Fluchten in die südafrikanische Provinz Natal und lebt sonst mit ihrer großen Familie bei Hamburg.

STEFANIE GERCKE

JUNI GEWITTER

ROMAN

WILHELM HEYNE VERLAG
MÜNCHEN

Penguin Random House Verlagsgruppe FSC® N001967

2. Auflage
Vollständige deutsche Taschenbuchausgabe 01/2017
Copyright © 2015 by Stefanie Gercke
Copyright © Wilhelm Heyne Verlag
in der Penguin Random House Verlagsgruppe GmbH,
Neumarkter Straße 28, 81673 München
Printed in Germany
Umschlaggestaltung: Eisele Grafik-Design, München,
unter Verwendung der Fotos von photobar
und Galyna Andrushko/Shutterstock
Satz: Leingärtner, Nabburg
Druck: GGP Media GmbH, Pößneck
ISBN: 978-3-453-41999-5

www.heyne.de

I

Alice lebte schon lange in Afrika, so lange, dass sie wie ein Geschöpf dieses Kontinents ein drohendes Unheil bereits spürte, noch bevor es ausbrach. Pierre sagte immer, dass sie Gefahren wittern könne, und im Laufe der Jahre hatten sie beide gelernt, sich darauf zu verlassen.

Aber heute versagte ihr Instinkt. Der Perlmuttschimmer am Horizont kündigte den Tag an, an dem sich ihr Leben unwiderruflich ändern sollte, und sie schlief ruhig und traumlos. Allerdings hatte es in der Zeit zuvor auch keinerlei sichtbare Hinweise gegeben. Der Himmel über Natal strahlte tiefblau, die Sonne brannte, und die Bougainvilleen in ihrem Garten prangten in leuchtendem Rot. Ein friedlicher Hochsommertag reihte sich an den anderen.

Die leichte Brise, die vom Meer hochstrich und die weißen Gardinen blähte, streichelte ihr sacht über die Haut. Sie strampelte das dünne Laken, das sie als Bettdecke benutzte, im Halbschlaf von sich und driftete noch genussvoll zwischen Träumen und Wachsein hin und her, bis sie schließlich ganz aufwachte. Schlaftrunken streckte und rekelte sie sich und schaltete automatisch das Radio ein.

»Guten Morgen, Südafrika«, schallte die unsäglich muntere Stimme des Ansagers durchs Zimmer. »Und wieder ein wunderschöner Tag in unserem wunderschönen Land!«

Mit schmerzverzogenem Gesicht fasste sich Alice an den Kopf. Vor Sonnenaufgang war sie so viel guter Laune einfach noch nicht gewachsen. Stöhnend drehte sie das Radio leiser, tastete nach rechts und berührte ein leeres Kissen, worauf ihr wieder einfiel, dass Pierre gestern überraschend nach Kapstadt geflogen war. Dort hatte er vor, sich mit dem wichtigsten Investor ihrer neuen Ferienanlage zu treffen, und die Besprechung würde sicherlich, wie das in Südafrika so üblich war, auf einem der schönsten Golfplätze stattfinden und dann in einem angesagten Restaurant fortgesetzt werden.

Abwesend rieb sich Alice mit dem Daumen über die wulstige Narbe auf ihrem Oberarm, die sie von dem Vorfall mit der Schlange vor rund vierzehn Jahren zurückbehalten hatte. Instinktiv tat sie das immer, wenn sie sich aufregte, obwohl es sie eigentlich nicht beruhigte. Dafür waren die Auswirkungen damals zu gravierend gewesen. Resolut verdrängte sie die Erinnerung. Bis zum späten Nachmittag hatte sie eine endlose Liste abzuarbeiten, ehe am Abend die Party für die Investoren steigen würde, und ausgerechnet heute, an diesem besonderen Tag, der so entscheidend war für den Rest ihres gemeinsamen Lebens, hätte sie Pierre hier gebraucht. Jetzt musste sie die letzten organisatorischen Hürden allein nehmen.

»Der hat's gern exklusiv«, hatte Pierre gestern auf ihre Frage hin erklärt, warum dieser Mann nicht einfach zu ihrer Party kommen könne. »Immerhin will er mehrere Bungalows kaufen. Außerdem haben wir Anfragen von Dubai bis Australien, und auch die Schwalben sind wieder scharenweise auf der Suche nach einem Nistplatz.«

Schwalben nannten sie hier die Deutschen, die wie diese Vögel im europäischen Winter nach Afrika flogen und mit ihnen im April wieder nach Hause zurückkehrten.

»Wird es ausreichen?«, hatte sie gefragt.

»Na klar«, hatte Pierre im Brustton der Überzeugung geantwortet. »Wenn ich den Deal mit dem Investor durchziehen kann, sind die Kosten für das Land auf einen Schlag getilgt, und wir sind alle Sorgen los! Es kann nichts schiefgehen, Honey. Es wird wunderbar werden.« Er lachte sein mitreißendes Lachen, das so voller Lebensfreude war und vor Optimismus sprühte.

Aber dieses eine Mal verfehlte es seine Wirkung bei ihr. Mit einem inneren Beben dachte sie daran, dass sie ihr Restaurant verkauft und ihr eigenes Haus, an dem sie mit jeder Faser hing, bis unters Dach mit Hypotheken belastet hatten, um das Grundstück für die Ferienanlage anzuzahlen. Als sie den Betrag hörte, den sie noch zusätzlich aufnehmen mussten, war ihr schlecht geworden. »Die Summe ist der reine Wahnsinn, das Ganze ist viel zu groß für uns!«, protestierte sie.

»Unsinn«, versuchte Pierre ihre Einwände wegzuwischen. »Wenn wir von der Bank nur einen kleinen Betrag haben wollen, denkt ein Banker gleich, wir nagen schon am Hungertuch und sind deswegen nicht kreditwürdig. Wenn du ein Darlehen aufnimmst, muss das schon eine anständige Höhe haben. Dann ist das Interesse an deinem Wohlergehen auch deutlich ausgeprägter. Du kennst doch den alten Schnack: Von der Bank bekommst du nur einen Regenschirm, wenn die Sonne scheint.«

Bis jetzt hatte er recht behalten. Die Bank sagte ihnen die Kredite zu, vorbehaltlich der Zustimmung der drei Clan-Häuptlinge, deren Familien das Land gehörte.

Pierre und sie waren zusammen mit ihrem Anwalt und einem fröhlichen, korpulenten Zulu mit blitzendem Goldzahn, der sie als Verbindungsmann zu den Clans begleitete, ins Herz von Zululand gefahren. Die Verhandlung sollte unter dem Indababaum des Dorfes stattfinden. Nach und nach trafen die Häuptlinge mit ihren Indunas ein und – nach der Anzahl zu urteilen – alle erwachsenen Clan-Mitglieder. Es folgte ein endloses Palaver, es wurden lange, gewundene Reden geschwungen, jeder wollte angehört werden, und Alice, die sich im Hintergrund hielt, bewunderte Pierres Geduld. Sie hatte Mühe, die Augen offen zu halten. Als es schon so aussah, als wäre der Deal endlich besiegelt, vernahm sie ein zischendes Geräusch wie von einem wütenden Hornissenschwarm. Es schwoll bedrohlich an, bis es ihr in den Ohren vibrierte.

Aufs Höchste beunruhigt, flog ihr Blick über die Menge. Der Protest kam aus der Gruppe junger Hitzköpfe, die schon den ganzen Tag aufsässige Bemerkungen gemacht hatten, aber bisher immer von den Älteren beschwichtigt worden waren. Jetzt wurden die Zwischenrufe lauter und bösartiger, und die Unterhäuptlinge schafften es nicht, die Unruhestifter in den Griff zu bekommen. Schließlich erhob sich der älteste Clan-Häuptling, eine imposante Erscheinung in voller Stammestracht. Stirnband und Brustpanzer waren aus prachtvollem Leopardenfell, und von der Hüfte schwangen buschige Ginsterkatzenschwänze. Er streckte das Kinn vor und starrte mit blutunterlaufenen Augen schweigend auf die Aufrührer.

»*Thula!*«, donnerte er plötzlich in einer Lautstärke, dass Alice vor Schreck zusammenfuhr.

Der Hornissenschwarm verstummte sofort, und am Ende wurde Pierres Ausdauer belohnt. Nachdem die Beteiligung der Clans an den Einkünften der Ferienanlage bis ins Letzte festgelegt worden war, signalisierten die Chefs ihre Zustimmung.

Pierre wischte sich verstohlen den Schweiß von der Stirn. »Mann, die sind ja härter als eine Horde Anwälte«, flüsterte er ihr zu. »Entweder wir unterschreiben das, oder die Ferienanlage kann nicht gebaut werden. Wir haben keine Wahl. Unsere Anwälte werden die Verträge aufsetzen, und die Rechtsverdreher der Familien prüfen sie. Sobald sie das Okay geben, ist die Kuh vom Eis.«

Nach einigem Hin und Her unterschrieben die Clan-Chefs, die Banken drehten den Geldhahn auf, und die Architekten entwarfen die Pläne. Alles lief so, wie es vorgesehen war, und Alice hatte aufgeatmet. Nun hing alles davon ab, wie viele Leute die Bungalows kaufen würden, und deswegen war diese Party so ungeheuer wichtig. Schließlich sollte ihnen das Einkommen, das sie sich vom Verkauf der Ferienwohnungen und dem Betrieb der Anlage erhofften, im Alter ein komfortables Leben garantieren.

Und dieser Zeitpunkt rückte unerbittlich näher. Pierre würde dieses Jahr seinen sechzigsten Geburtstag feiern, was er geflissentlich ignorierte. Inzwischen war aus dem einst dichten Haarschopf ein sonnengebräunter, glatt rasierter Schädel geworden, die Stirn hatte sich in deutliche Querfalten gelegt, und die dunklen Augen waren von einem Kranz feiner Fältchen umgeben. Jahrelanges Tennis- und Squashspielen hatten ihm einen schlimmen Knorpelschaden im rechten Knie beschert, und wenn er ausnahmsweise zu Hause am Herd stand, meldete sich sein Rücken. Aber sein Grinsen war frech wie bei ihrer ersten Begegnung, das Funkeln in den Augen ungetrübt, und noch immer bestand er darauf, ab und zu auf den wilden Wellen des Indischen Ozeans zu surfen. Mit umgeschnalltem Kniestabilisator.

Alice war fünf Jahre jünger. Ihre Knie waren noch in Ordnung, ihr Haar, das sich in der feuchten Seeluft kräftig lockte, glänzte unverändert und ungefärbt in warmem Goldbraun. Ihr Alter war für sie nur noch eine Zahl, und sie fühlte sich fit und gesund. Meistens jedenfalls. Die kleinen Hinweise wie häufige Rückenschmerzen, die nachlassende Elastizität des Bindegewebes, das ihr deutlich machte, dass auch sie nicht mehr wirklich jung war, konnte sie noch ignorieren. Aber auch sie vermied es, viel über die Zukunft nachzudenken.

Neben ihrem Kopfkissen ertönte ein Pfiff, laut, frech und herausfordernd, so wie Männer einer schönen Frau hinterherpfiffen. Alice lächelte und setzte sich auf. Es war das Erkennungssignal, dass ihr Pierre eine Nachricht aufs Handy geschickt hatte. Bei Sonnenaufgang ging er joggen, egal, wo er war und welches Wetter herrschte, und immer wenn er unterwegs war, schickte er ihr ein paar Worte. Sie öffnete die Nachricht, und selbst nach zweiunddreißig Jahren hüpfte ihr Herz, als sie seine Liebeserklärung und das Versprechen las, dass er allerspätestens um halb vier wieder zu Hause sein werde. Seine Ansprache an die Investoren wollte er auf dem Rückflug noch einmal durchgehen. Ihr momentaner

Verdruss über ihn war vergessen. Mit fliegenden Fingern tippte sie ihre Antwort, nahm ein Selfie auf – mit Kussmund –, lud es hoch und schickte beides weg.

Mit geübtem Griff deaktivierte Alice den elektronischen Alarm neben ihrem Bett, der den Zugang zu ihrem Schlafzimmer schützte, und schwang die Beine auf den Boden. Dabei achtete sie darauf, den knallrot lackierten Panikknopf nicht zu berühren, der auf beiden Seiten ihres Doppelbetts angebracht war und den Notruf in der Zentrale des eigens für ihre Straße zuständigen Sicherheitsdienstes auslösen würde. Einmal war ihr das versehentlich passiert, und wenige Minuten später waren Wachmänner mit gezogenen Waffen in ihr Haus gestürmt und hatten sie fast zu Tode erschreckt.

Schon früher, als er für den Mutterkonzern der Hotelkette, für die er eines der schönsten Hotels nördlich von Durban managte, häufig geschäftlich verreisen musste und sie mit Hausmädchen und Gärtner allein zu Hause war, hatte Pierre sie bekniet, einer Alarmanlage zuzustimmen. Sie hatte keine Angst gehabt und das als überflüssige Ausgabe angesehen, aber Pierre hatte sich große Sorgen gemacht.

Doch schon im ersten halben Jahr, nachdem sie nach Umhlanga Rocks gezogen waren, passierte es. Obwohl die Hotelleitung ihr, wie immer wenn Pierre abwesend war, einen bewaffneten Nachtwächter gestellt hatte und sie ihren Hausangestellten grundsätzlich nie sagte, wann sie allein im Haus sein werde, musste es jemand erfahren haben.

Am selben Abend betraten drei maskierte Männer das Grundstück, stachen den Nachtwächter nieder, drangen ins Haus ein und fesselten sie auf einen Küchenstuhl. Sie schlugen ihr brutal ins Gesicht. Einer der Männer setzte ihr ein Messer an den Hals und schrie sie an, wo Geld und Wertsachen aufbewahrt seien. Alice gehorchte sofort. Es wäre Selbstmord gewesen, die Befehle dieser Kerle nicht zu befolgen.

Irgendwann verschwanden die Angreifer mit reicher Beute in die Nacht und ließen sie geknebelt und fest verschnürt wie ein Paket zurück. Es gelang ihr zwar, das Tuch, das man ihr in den Mund gestopft hatte, mit der Zunge etwas zu lockern, aber Schreien war sinnlos. Es war Donnerstag, und sie war ganz allein im Haus. Das Hausmädchen und der Gärtner hatten frei, wie es für Hausangestellte in Südafrika an diesem Wochentag Tradition war. Das nächste Nachbarhaus war zu weit entfernt, und das Brandungsrauschen des Indischen Ozeans, vom kräftigen Wind übers Land getrieben, verschluckte praktisch alle Geräusche.

Erst nach Mitternacht kam ihr Hausmädchen zurück und ging singend am Küchenfenster vorbei. Alice schrie, dass sie glaubte, ihr würde der Kopf platzen. Es dauerte für sie unerträglich lange, ehe die Zulu ihre durch den Knebel gedämpften Schreie hörte und sie befreite. Alice rief die Polizei und anschließend Pierre an. Der war zutiefst besorgt, aber sie konnte ihn beruhigen. Außer Hautabschürfungen und Blutergüssen, die von den Schlägen herrührten, hatte sie keine weiteren Verletzungen erlitten.

Am nächsten Tag erschien der Gärtner nicht wieder, und die Polizei vermutete, dass er entweder selbst einer der Einbrecher gewesen war oder der Informant.

»Die verkaufen ihre Tipps an Gangster, aber so genau bekommt man das meistens nicht heraus«, erklärte ihr einer der Polizisten. »Lassen Sie sich immer Referenzen zeigen, bevor Sie jemanden einstellen.«

Alice hatte nicht darauf geantwortet. Die Referenzen des Gärtners und auch des Hausmädchens waren überzeugend gewesen. Korrektes Englisch, ohne Fehler. Also hatte sie angenommen, dass die tatsächlich von früheren Arbeitgebern stammten.

Pierre war am Abend von seiner Reise mit einem äußerst lebhaften, pechschwarzen Dobermannwelpen zurückgekehrt, der als Erstes seine nadelspitzen Zähne in ihre Waden versenkte, sich danach die Wohnzimmergardine schnappte und sie vergnügt knurrend zerfetzte. Als nächsten Zeitvertreib jagte er das kreischende Hausmädchen durchs Haus. Die Zulu kündigte auf der Stelle. Alice taufte den Welpen wie seine drei Vorgänger auf den Namen Pollux, und wie sie sollte er sich als erwachsener Hund als ein hervorragender Schutz für die Familie herausstellen.

Pierre und auch ihr Arzt sorgten sich, dass sie von dem Überfall einen seelischen Knacks davongetragen haben könnte, aber Alice schüttelte das Erlebnis mit überraschender Leichtigkeit ab. »Mir ist ja nichts passiert, und wir sind doch gut versichert«, hatte sie Pierre beruhigt.

Tough Cookie, sagte jetzt eine Stimme in ihrem Kopf.

Tita Robertson, eine ihrer besten und ältesten Freundinnen, hatte sie einmal so genannt.

»Hart im Nehmen«, hatte Pierre dazu gesagt. »Sie hat Nerven wie Drahtseile, meine Alice.«

Seine Stimme war voller Bewunderung gewesen, und das hatte ihr geschmeichelt.

Gedankenverloren öffnete sie ihren Kleiderschrank und nahm frische Unterwäsche heraus. Von wegen Tough Cookie! Wenn es bedeutete, dass sie in prekären Situationen die Nerven behielt und ihr Gesichtsausdruck nichts von dem verriet, was in ihr vorging, dann traf das größtenteils zu. Das hatte sie sich in den Jahren der Apartheid antrainiert, als der Geheimdienst hinter ihnen her gewesen war, sie auf Schritt und Tritt bespitzelt wurden und sie selbst einmal vier unbeschreiblich grauenvolle Tage im Gefängnis zugebracht hatte. Das metallene Geräusch, mit dem die Zellentür hinter ihr zugekracht war, das Gefühl des bedingungslosen Ausgeliefertseins, der totalen Hilflosigkeit, verfolgten sie bis heute.

Bevor sie sich dagegen wappnen konnte, überfiel sie ein Flashback, der genügte, dass ihr schlagartig schlecht wurde. Die Unterwäsche fiel auf den Boden, und mit vor den Mund gepresster Hand rannte sie ins Badezimmer. Übers Waschbecken gebeugt, an den Bildern von damals würgend, die ihr wie faustgroße Brocken im Hals steckten, schaufelte sie sich kaltes Wasser ins Gesicht. Den Kopf gesenkt, die Augen geschlossen, kämpfte sie gegen die Dämonen der Vergangenheit an und zwang ihr rasendes Herz zur Ruhe.

Nach ein paar Minuten war der Spuk vorüber. Sie öffnete die Flügel des schwer vergitterten Badezimmerfensters und trank die erfrischende Meeresluft in großen Schlucken, bis die schrecklichen Bilder verblassten. Sie rieb das Gesicht trocken und betrachtete sich kritisch im Spiegel. Heute Abend musste sie strahlend aussehen. Um die Augenpartie herum zeigten sich unerfreuliche Knitterfalten. Mit dem Finger fuhr sie die Konturen nach. Sie war sich sicher, dass durch den Stress der letzten Tage wieder einige dazugekommen waren. Genervt wandte sie sich ab.

Nachdem sie geduscht und Zähne geputzt hatte, warf sie ein weißes Strandhemd über und ging zurück ins Schlafzimmer. Behutsam schob sie die Gardinen vor der Terrassentür ein paar Zentimeter auseinander und blinzelte durch den Spalt hinaus. Gazefeiner Morgennebel schimmerte wie Goldgespinst über dem Indischen Ozean, der sich ruhig atmend bis in die Unendlichkeit erstreckte. Der Himmel begann rosig zu glühen, ein Strahlen erfüllte die Welt, und alle Spannung fiel von ihr ab. Dieser Augenblick verzauberte sie jeden Morgen aufs Neue. Aber heute hatte sie wenig Zeit, das Wunder des werdenden Tages zu genießen, und sie zog die Gardinen vollständig zurück, widerwillig, weil sie wusste, welcher Anblick auf sie wartete.

Massive Riegel sicherten die Tür, und die fingerdicken Streben des soliden Metallgitters, das über die gesamte Breite der Balkontür reichte, blinkten stählern im Morgenlicht. Brutal zerschnitten sie den glühenden Himmel in scharfkantige Stücke und warfen das Schattenbild des Gitters über den Boden und ihr Bett.

Die krasse südafrikanische Realität starrte ihr ins Gesicht.

Eine Gänsehaut lief ihr über den Rücken. Jeden Morgen war es das Gleiche. Erst dieses unirdisch schöne Naturschauspiel über dem Ozean, dann die pechschwarze Wirklichkeit dieses herrlichen Landes. Und jeden Morgen bereute sie es, dass sie sich dieses Haus in den Hang über dem Indischen Ozean gebaut hatten und nicht ein Apartment in einem der neuen Hochhäuser am Strand bewohnten. Mindestens im zehnten Stock oder noch höher, um wirklich sicher zu sein. Streifte sie dann jedoch durch ihren blühenden, duftenden Garten, der in der subtropischen Wärme KwaZulu-Natals in üppiger Verschwendung gedieh, wollte sie mit niemandem tauschen.

Entschlossen schüttelte Alice das unbehagliche Gefühl ab, stellte den Türalarm aus und lief hinunter in die Küche, um sich in Windeseile ihren morgendlichen Espresso zu machen. Ein Blick aus dem Panoramafenster ihres Wohnzimmers übers Meer sagte ihr, dass der Sonnenaufgang unmittelbar bevorstand. Das Licht veränderte sich jetzt schnell, und der Horizont trug schon einen Feuerkranz. Gerade noch genug Zeit, den Kaffee zu machen, entschied sie. Sie wandte sich der Maschine zu und wollte eben den Knopf drücken, als sie einen Laut vernahm. Sie zog den Finger zurück und lauschte.

Das Geräusch war so leise gewesen, dass sie es praktisch nur im Unterbewusstsein wahrgenommen hatte, und sie hätte es auch überhört, wenn es in diesem Augenblick nicht sonst so absolut still gewesen wäre. Manchmal passierte das. Der Ozean atmete ein, die Wellen fielen in sich zusammen, der Wind, der eben noch durch die Palmwedel geraschelt war, schwieg. Heute waren selbst die Affen, die sich lautstark auf dem unbebauten Nachbargrundstück gezankt hatten, unvermittelt verstummt. Und jetzt vernahm sie es wieder. Kein Schaben oder Kratzen. Die Worte allein waren schon zu laut. Es war nur ein Hauch, so als würde ein Papier vom Wind geblasen über den Fliesenboden gleiten.

Aber sie lebte in Afrika, seit vielen Jahren schon, und sie wusste es besser. Sehr langsam, Zentimeter um Zentimeter, drehte sie sich um.

Sie war kohlschwarz, armdick und stand hoch aufgerichtet und heftig züngelnd nicht einmal einen Meter von ihr entfernt. Die Haube war zu voller Größe gebläht, das gelblich weiße Band um den Hals unverwechselbar. Eine Spuckkobra. Eine Rinkhals, die noch aus zwei Meter Entfernung ihr Gift präzise in die Augen eines Angreifers sprühen konnte, und diese war ihr nahe genug, sich mit einem tödlichen Biss zu wehren.

Alice rührte keinen Muskel, ihr Herz schlug hart. Schlangen sahen schlecht, das wusste sie, und waren außerdem taub, nur imstande, mit der Zunge Duftstoffe aufzunehmen, um so ihre Beute zu finden. Alice bewegte ihre Augen – nur ihre Augen – auf der Suche nach einer Waffe, aber in ihrer unmittelbaren Umgebung fand sie nichts, was sie benutzen konnte. Also konzentrierte sie sich darauf, einen Weg zu finden, wie sie sich aus der Reichweite der Schlange zurückziehen konnte, ohne dass diese eine Gelegenheit bekam zuzuschlagen. Aber die Rinkhals fixierte sie unverwandt und schwang den Leib dabei sanft hin und her, und Alice war sich klar, dass jede Bewegung ihrerseits das Reptil zum Angriff reizen würde.

»Stillstehen!«, befahl plötzlich eine tiefe Stimme hinter ihr.

Alice zuckte zusammen, und die Rinkhalskobra reagierte sofort mit einem aggressiven Zischen. Mühsam entspannte sie ihre zitternden Muskeln. Ihr Atem ging allerdings so heftig, dass sie befürchtete, die Kobra könnte die Bewegung ihrer Brust wahrnehmen. Sie atmete sehr langsam tief ein und hielt die Luft an, um sie dann schluckweise herauszulassen. Gleichzeitig fragte sie sich, wie jemand ungesehen auf die Küchenterrasse gelangen konnte, obwohl ihr Grundstück bewacht wurde.

Ntombi, ihre Haushaltshilfe? Aber dazu war die Stimme zu männlich gewesen. Der Gärtner? Ob ein Weißer oder Schwarzer gesprochen hatte, konnte sie im Nachhinein nicht ausmachen. »Shongololo?«, rief sie ihn mit steifen Lippen.

Es kam keine Antwort. Dann krachte der nächste Brecher auf

den Strand, die Affen kreischten, Pollux tobte im Hof, und sie war sich sicher, dass ihre Fantasie ihr einen Streich gespielt hatte, als eine undeutliche Bewegung ihren Blick auf die Glastür lenkte, die von der Küche auf die Terrasse führte.

Ihr eigenes Spiegelbild stand vor ihr, die aufgerichtete Schlange, und dann plötzlich entdeckte sie hinter ihrem Spiegelbild den Schemen eines Mannes. Wie er gekleidet war, konnte sie so schnell nicht erkennen, aber er trug eine blaue Baseballkappe, dessen war sie sich sicher. Unwillkürlich wendete sie den Kopf nach ihm um, worauf die Kobra blitzschnell in einem Scheinangriff zuschlug. Alice erstarrte.

»Nicht umdrehen!«, befahl der Mann mit der tiefen Stimme. »Nicht bewegen!«

Und im selben Moment flog ein silbern blitzendes Messer durch die Luft, es gab ein merkwürdig schmatzendes Geräusch, das Messer klirrte auf die Fliesen, und der Kopf der Schlange rollte ihr vor die Füße. Der Leib der kopflosen Kobra stand noch für einen Augenblick aufrecht, aus dem Hals schoss Blut, dann wand sich das tote Reptil in Zuckungen über den Boden auf sie zu. Alice sprang zurück und wirbelte gleichzeitig herum, um zu sehen, wer der Messerwerfer war.

Wie ein Negativ stand das Bild des Mannes, das sie im Spiegel gesehen hatte, vor ihrem inneren Auge, aber außer ihr befand sich jetzt niemand mehr in der Küche. Auch die Terrasse war leer. Schwer atmend bändigte sie ihre unkontrolliert rasenden Gedanken. Schließlich hatte sie sich so weit beruhigt, dass sie imstande war, eine Gartenforke aus dem Geräteschuppen zu holen, die tote Schlange aufzuspießen und in eine Plastiktüte zu stecken. Sie verknotete die Tüte und rief anschließend Ntombi. Die Zulu erschien, sah die Blutlache auf dem Boden und blickte sie entsetzt an. »Madam!«, rief sie. »Haben Sie sich geschnitten?«

Alice erklärte ihr, was geschehen sei, und wies sie an, die Tüte mit der Schlange in den Mülleimer auf dem Hof zu werfen und dann die Fliesen gründlich zu wischen. Ntombi wich mit allen Anzeichen von Panik zurück. »Die Schlange ist tot, sie beißt nicht mehr! Sie steckt hier in dieser verknoteten Tüte.« Ntombi aber schüttelte nur den Kopf und rannte aus der Küche. Ungeduldig brachte Alice die Tüte mit der toten Kobra selbst in den Hof und rief dann Ntombi zurück. Hastig und furchtsame Blicke um sich werfend, führte die Zulu ihre Anweisung, den Boden zu wischen, schließlich aus.

Alice trat an das große Küchenfenster und schob mit zwei Fingern die Lamellen der Sonnenjalousie auseinander, automatisch darauf bedacht, dass sie von der Straße aus nicht zu sehen war, und hielt Ausschau nach dem Schlangentöter.

Blendende Morgensonne strömte herein, und es dauerte einige Augenblicke, ehe sich die tanzenden Lichtpunkte vor ihren Augen verzogen hatten und sie den Mann entdeckte, der auf der gegenüberliegenden Straßenseite herumlungerte. Ihr Haus lag in einer verschlafenen, von ausladenden Flammenbäumen beschützten Villengegend, in die sich für gewöhnlich niemand verirrte, der nicht dort hingehörte. Alarmiert sah sie genauer hin.

Seiner Hautfarbe nach zu urteilen, war er Afrikaner, etwas mehr als mittelgroß und kräftig gebaut. Er trug Jeans, ein unauffälliges graues T-Shirt und eine blaue Baseballkappe, unter der sich sein kurzes, stumpf schwarzes Haar hervorkräuselte. Mehr konnte sie nicht erkennen. Sie schätzte ihn auf Ende zwanzig, obwohl ihr die Einschätzung des Alters bei Schwarzen immer schwerfiel. Meist erschienen sie ihr deutlich jünger, als sie es tatsächlich waren.

Der Mann hockte angelehnt an einem Baumstamm, kaute offensichtlich gelangweilt auf einem Grashalm, kratzte sich und blinzelte schläfrig in die Sonne. War er es, der sie vor der Kobra gerettet hatte? Und wenn ja – warum hatte er das getan? Afrikaner fürchteten sich meistens vor Schlangen. Und was hatte er überhaupt in ihrem Haus zu suchen gehabt? Sie ließ ihn nicht aus den Augen.

Auf einmal, urplötzlich, hörte der Mann zu kauen auf, und sein Blick glitt unter dem Mützenschirm blitzschnell über die Fassade ihres Hauses, vom Küchenfenster zum Vorgarten, ehe er den Kopf senkte und wieder in reptilienhafte Reglosigkeit verfiel. Er hatte keinerlei Anzeichen gezeigt, dass er sie gesehen hatte, trotzdem war sie sich dessen sicher. Ihr war sofort klar, dass dieser Mann nicht nur die Zeit totschlug. Er beobachtete ihr Haus, mit Sicherheit. Aber warum? Plante er einen Einbruch?

Erst ein paar Wochen zuvor war eine Familie in ihrer Straße von vier Gangstern überfallen worden. Die zwei kleinen Kinder hatten sie mit Klebeband umwickelt und nur die Nase frei gelassen. Das Ehepaar fesselten sie auf eine andere brutale Art. Auf dem Bauch liegend, wurde ihnen ein Strick um den Hals geschlungen und mit den angewinkelten Beine vertäut. Darauf durchwühlte die Gang das Haus, fand aber wohl nicht das, was sie erwartet hatte. Das machte sie wütend. Sie vergewaltigten die Frau vor den Augen ihres Mannes, einer nach dem anderen. Der Mann erdrosselte sich fast selbst, so sehr versuchte er frei zu kommen, um seiner Frau zu helfen. Aufgeputscht gerieten die Verbrecher offenbar in einen Blutrausch und folterten das Ehepaar, bis der Mann seinen schweren Verletzungen erlag. Danach verwüsteten sie das Haus und flüchteten in dem Mercedes des Ehepaares. Der Wagen war einen Monat später gefunden worden, ausgeschlachtet und ohne Reifen, die Täter wurden nie gefasst. Die Frau war darauf mit ihren Kindern nach Australien ausgewandert.

Seitdem hatten sich alle Nachbarn zusammengetan und einen Sicherheitsdienst beauftragt, der die Häuser vierundzwanzig Stunden am Tag überwachte. Alice fragte sich, ob diese Typen gerade einen Mittagsschlaf hielten, anstatt das zu tun, wofür sie gut bezahlt wurden. Angespannt suchte sie die Straße ab, und dann entdeckte sie einen zweiten Mann, einen großen, muskelbepackten Kerl, der, die Hände unter dem Kopf gefaltet, auf dem unbebauten Grundstück zwei Häuser weiter im Gras lag, aber nicht etwa schlief, wie deutlich an seinem Blick zu erkennen war.

Alice sah genauer hin, und plötzlich war sie sich sicher, dass sie diesen beiden Männern schon an anderen Orten begegnet war. Ihre Art, sich zu bewegen, die Kopfhaltung und ihre absolute Körperbeherrschung kamen ihr bekannt vor. Für gewöhnlich vollführten fast alle Menschen ständig unbewusste, meist ziellose Bewegungen. Nicht diese Männer, und je länger sie hinsah, desto überzeugter war sie, dass es dieselben waren, die sie in letzter Zeit beunruhigend oft – zu zweit oder auch allein – in ihrer Nähe entdeckt hatte. Eine Tatsache, die sie in ihrer Hetze, die Party vorzubereiten, offenbar nicht registriert hatte.

Aber nun beobachteten sie ohne Zweifel ihr Haus, beobachteten sie. Oder Pierre? Oder sie beide? Ein eiskaltes Gefühl packte sie im Genick. Diese Situation hatte sie schon erlebt. Déjà-vu, schon einmal gesehen, hieß das im Französischen. Einmal gesehen, viel zu oft gesehen.

Damals, Ende der Achtziger bis hin zu dem Tag, als Nelson Mandela zum ersten schwarzen Präsidenten Südafrikas vereidigt wurde, waren sie und Pierre vom BOSS, dem Bureau of State Security, dem gefürchteten Geheimdienst Südafrikas, auf Schritt und Tritt verfolgt und beobachtet worden. Das BOSS hatte ihr Telefon abgehört, ihre Post geöffnet und ihre Bankkonten überwacht. Wochenlang hatte ein staubiges, beigefarbenes Auto mit zwei Männern keine dreißig Meter von ihrem Haus entfernt geparkt. Sie hatten sich nicht einmal Mühe gegeben, nicht entdeckt zu werden. Im Gegenteil, sie hatten sie provokativ angegrinst, wenn sie mitbekamen, dass sie zu ihnen hinüberschaute, und ihr zugewinkt, wenn sie das Haus verließ.

Bald hatte Alice sich in einer Art permanenter Hochspannung befunden, kaum noch geschlafen und die entsetzlichsten Dinge geträumt. Tagsüber hatte Pierre arbeiten müssen, und sie hatte sich gefürchtet, einerseits aus dem Haus zu gehen und andererseits allein zu bleiben. Und eines Tages hatten sie an ihre Tür gehämmert, dieselben beiden Männer, die das Haus vom Auto aus beobachtet hatten, hatten sie festgenommen und ins Gefängnis gebracht. Ihr war nicht einmal erlaubt worden, Pierre oder ihren Anwalt anzurufen. Der Schock war gewaltig gewesen und hatte ein inneres Zittern hinterlassen, das bis heute nachschwang. Jedes Mal, wenn jemand an ihre Tür klopfte, jagte ihr Puls hoch, und Angst explodierte in ihrem Magen. Bis heute. Jahrzehnte nach dem Vorfall.

Alice schlang sich schützend die Arme um den Leib. War auch der Geheimdienst der jetzigen Regierung hinter ihnen her? Fing nach all diesen Jahren alles wieder von vorn an? Nicht für eine Sekunde gab sie sich der Illusion hin, dass alle die, die damals an der Macht gewesen waren, plötzlich bei der Wende über den Rand der Welt gefallen wären. Sie wusste, dass die Apartheidgeheimdienstler im Hintergrund immer noch die Fäden zogen.

Reiß dich zusammen, befahl sie sich. Es kann nicht sein!

Wie immer, wenn sie unter Stress stand, redete sie in Gedanken mit sich selbst. Es zügelte ihre ungebremst dahingaloppierende Fantasie und verschaffte ihr Luft zum Atmen. Weder Pierre noch sie hatten sich etwas zuschulden kommen lassen, genauso wenig wie damals. Aber damals hatte in Südafrika Bürgerkrieg geherrscht, und Recht und Gesetz waren ausgehebelt gewesen. Jede ihrer Aktionen, waren sie ihr und Pierre noch so harmlos erschienen, war gegen sie ausgelegt worden. Aber heute waren die anderen an der Macht, die, die damals gegen die Apartheid und für die Freiheit gekämpft hatten, und heute nannte man das Land die Regenbogennation.

Ohne ihren Blick von den Männern zu lassen, nahm Alice ihr Mobiltelefon vom Küchentisch, zog sich ein paar Schritte vom Fenster zurück und machte Fotos. In eineinhalb Stunden war sie mit Jill, Tita und Angelica in Umhlanga Rocks im Luigi's verabredet. Sowohl Nils Rogge, Jills Mann, als auch Neil Robertson, Titas Mann, waren ehemalige Kriegsreporter und bekannte Journalisten. Wie Mick, der Sohn der Robertsons, der Rechtsanwalt war, unterhielten beide Kontakte, die wie ein kräftiges Wurzelgeflecht in alle Bereiche der Republik reichten. Wenn ihr jemand Informationen über diese Typen besorgen konnte, dann waren sie es.

Alice schoss zwei Bilder, aber beide waren ziemlich unscharf, wie sie gleich darauf feststellte. Als sie jedoch nach draußen sah und ein weiteres Foto machen wollte, waren die Männer wie vom Erdboden verschluckt. Im flirrenden Schatten der Flammenbäume lag ihre Straße wieder leer und friedlich da. Und das versetzte sie endgültig in Alarmbereitschaft. Sie stützte sich auf dem Küchentresen ab. Es ging also tatsächlich wieder los. Oder waren es doch nur Verbrecher, die auskundschafteten, ob es bei ihnen etwas zu holen gab? Keine Profis?

Ihre Gedanken sprangen wie wild hierhin und dorthin, panisch wie Antilopen, die von Raubkatzen gejagt wurden. Überfallartig wurde ihr schwindelig. Sie fiel auf die Knie, wartete mit gesenktem Kopf, bis die schwarzen Flecken vor den Augen verschwanden, und kroch dann zum Schrank neben dem Herd, wo sie einen Muskateller zum Kochen aufbewahrte. Sie nahm einen tiefen Zug aus der Flasche. Mit dem Handrücken wischte sie sich den Mund ab. Von wegen Tough Cookie, fuhr es ihr durch den Kopf. Früher hatte sie das nicht gebraucht. Muss am Alter liegen, dachte sie. Mitte fünfzig war man seelisch offenbar nicht mehr so widerstandsfähig wie mit zwanzig oder dreißig.

Krampfhaft bemühte sie sich, nicht an Vergangenes zu denken. Zu viele Verletzungen hatte ihr das Leben zugefügt, einige waren nie richtig vernarbt, und die geringste Erschütterung ließ sie wieder aufbrechen. Dann begann die Wunde erneut zu eitern, und es dauerte oft Wochen, ehe sich wieder Schorf gebildet hatte und die Schmerzen nachließen. Sie trank noch einen Schluck, ehe sie die Flasche zurückstellte. Der Alkohol tat schnell seine Wirkung, und sie zog sich am Küchentisch wieder hoch.

Aber kaum stand sie, traf sie ein verzögerter Schock mit voller Gewalt, und sie fiel wie ein Stein in ein bodenloses Loch. Über dreißig Jahre zurück in ihr früheres Leben.

Ihr knickten die Knie ein. Sie landete auf dem Fliesenboden, rollte sich zusammen und bettete den Kopf auf die Arme. Wie konnte es so weit kommen? Was passierte gerade mit ihr? Tränen sammelten sich in ihren Augenwinkeln.

Sie war so glücklich gewesen, hatte sich so federleicht gefühlt, als sie nach ihrer Hochzeit mit Pierre in Durban gelandet war. Wie ein Schmetterling, der sich aus dem engen Kokon befreit hatte, war sie hinaus in die Wärme, ins gleißende afrikanische Licht und ihr neues Leben getreten.

2

Alice' eigentliches Leben begann am 7. Juni 1982 während eines sintflutartigen Gewitters von apokalyptischen Ausmaßen, zu Füßen der Eros-Statue im Zentrum von London. Geboren war sie als Alice Lauritzen am 29. Juni dreiundzwanzig Jahre zuvor in Lübeck, und bisher war sie noch nie weiter als bis nach Bayern zu der Schwester ihrer Mutter gereist, wenn man von der kurzen Zugreise mit ihrer besten Freundin nach St. Tropez absah.

Ihr Abitur hatte sie mit einer mäßigen Note bestanden. Sie studierte Englisch und Kunstgeschichte und absolvierte parallel dazu eine Ausbildung als Gemälderestauratorin im Museum bei Fabrizio Fortini, einem temperamentvollen älteren Italiener.

In ihrer Freizeit streifte sie an Regentagen durch die Museen und Kunstgalerien. Schien die Sonne, fotografierte sie entweder die Lichtreflexionen auf Regenpfützen oder Pflanzen mit einer Makrolinse, die sie sich zusammengespart hatte. Die finanzielle Unterstützung, die sie von ihren Eltern bekam, reichte nur für das Nötigste.

»Ich könnte dir mehr geben, aber du musst lernen, mit Geld umzugehen«, hatte ihr Vater ihr kühl beschieden.

Um nicht immer in denselben Kleidern herumlaufen zu müssen, brachte Alice sich mithilfe der Schneiderin ihrer Mutter das Nähen bei. Abends traf sie sich mit Freunden, entweder zu Hause oder im Dr.-Jazz-Bunker an der Untertrave, und sonst gab es in ihrer großen Familie immer irgendeine Feier, zu der alle zusammenkamen und Neuigkeiten austauschten. Einige ältere Tanten hatten für Geheimnisse eine untrügliche Nase entwickelt und trabten wie Trüffelschweine zwischen ihren Verwandten umher, um alles zutage zu fördern, was andere verheimlichen wollten. Sie wurden immer fündig. Und so wurden Familienfehden am Leben erhalten, belanglose Begebenheiten aufgebauscht, gnadenlos über jeden gelästert und immer dieselben Geschichten erzählt. Hier wurde ein Schnörkel hinzugefügt und dort ein unbequemes Detail weggelassen, bis sie sich über die Jahre zu schillernden Seifenblasen aufblähten. Die Jüngeren ertränkten ihren Frust in der süßen Bowle, die es mit unerschütterlicher Regelmäßigkeit gab. Das Rezept stammte von einer der Großmütter, und niemand dachte je daran, es zu ändern.

Das Leben floss dahin wie ein träger Strom, ein Tag reihte sich an den anderen, konturlos verschwammen sie ineinander. Alice wurde, ohne dass es ihr anfänglich bewusst wurde, immer unzufriedener. Sie färbte ihr dickes, goldbraunes Haar leuchtend rot, was ihr Entsetzensschreie seitens ihrer Eltern und Getuschel in der Familie einbrachte, aber ihre Tage auch nicht interessanter machte. Darauf färbte sie ihre Mähne schwarz. Das wirkte zu ihren blaugrünen Augen zwar sehr exotisch, aber das Ergebnis war das Gleiche. Sie ließ die Farbe wieder herauswachsen, und mit jedem Zentimeter wuchs ihre Frustration.

In Lübeck, wo ihr Elternhaus in einer ruhigen Nebenstraße am östlichen Ufer der Wakenitz stand, kannte in ihren Kreisen jeder praktisch jeden. Im Vergleich zu Hamburg war die Stadt von überschaubarer Größe, und es gelang ihr nie, den scharfen Augen ihrer zahlreichen Verwandten, Freunde und Bekannten zu entkommen. Hatte sie sich mit einem neuen Freund im Schutz der Dunkelheit auf einer Parkbank geküsst, wusste es bereits am nächsten Morgen ihre Mutter und kurz darauf der Rest der Familie, die sie – und ihren neuen Freund – mit anzüglich neugierigen Blicken und Bemerkungen bedachte, was zur Folge hatte, dass der Betreffende sich meist schnell wieder zurückzog.

Alice erstickte fast an den altüberlieferten Konventionen und überholten Moralvorstellungen und lebte, so kam es ihr vor, in einem Käfig mit unsichtbaren Stäben und keiner Möglichkeit, in die Freiheit zu gelangen.

Doch an diesem einen Tag im Juni 1982 drehte sich ihr Leben um hundertachtzig Grad. Ein hingeworfener Satz ihres Vaters, der kürzlich an einem Bandscheibenvorfall operiert worden war und immer noch starke Schmerzen hatte, führte zu einem Streit, der für Stunden hin und her wogte und von Minute zu Minute immer unerträglicher wurde.

»Hoffentlich heiratest du bald«, hatte er beim Frühstück bemerkt. »Ich brauche einen Nachfolger im Geschäft.«

Diese diskriminierende Bemerkung traf sie wie ein Schlag, obwohl ihr allein die Vorstellung, ihre Tage in der Familienfirma zu verbringen, Angstschauer über den Rücken jagte. Sie explodierte und schrie ihn an, dass er antiquiert und chauvinistisch sei. Ihr Vater brüllte zurück und hob die Hand, als wollte er sie schlagen, wie er es früher so oft getan hatte. Ins Gesicht, auf den Rücken – wo immer er sie treffen konnte.

Sie sah ihm starr in die Augen. »Wag es ja nicht«, flüsterte sie und dehnte jedes Wort.

Seine Hand hing für ein paar Sekunden in der Luft, schließlich ballte er sie zur Faust und ließ den Arm sinken.

Ihre Mutter brach in Tränen aus. »Kind, Kind«, schluchzte sie händeringend. »Musst du denn immer so grässlich ehrlich sein?«

»Seit wann ist ehrlich ein Schimpfwort?«, schrie Alice und stürzte aus dem Zimmer in den Keller hinunter, obwohl sie schon immer eine unerklärliche Angst vor Kellerräumen gehabt hatte. Dort schnappte sie sich ihren kleinen, abgewetzten Koffer. Nachdem sie das Nötigste gepackt hatte, zog sie ihre neue Schlaghose und einen leichten Pullover an. Dann rannte sie fluchtartig aus dem Haus zu ihrer Bank und plünderte ihr mageres Konto. Anschließend meldete sie sich beim Museum und ihrem Lehrmeister Fortini krank und trampte zum Hamburger Flughafen. Sie war noch nie geflogen und sehr aufgeregt, als sie ziemlich schnell ein billiges Ticket nach London ergatterte. Seit Jahren hatte sie davon geträumt, einmal über die Carnaby Street zu bummeln und den Geist der Swinging Sixties zu spüren.

Das Flugzeug trug sie hinauf ins grenzenlose Blau, und Alice blickte stumm hinaus und ließ ihr bisheriges Leben hinter sich. Aufgeregt landete sie in Englands Hauptstadt und fuhr von Gatwick aus sofort mit dem Bus ins Zentrum. Aber immer noch war sie so aufgewühlt, dass alle ihre Gedanken um den Streit mit ihren Eltern kreisten.

Ziellos lief sie den ganzen Tag lang durch die Straßen des Molochs London, zum Schluss barfuß, weil sich an ihren Fersen markstückgroße Blasen gebildet hatten und ihre geschwollenen Füße nicht mehr in die Schuhe passten. Gegen Abend waren ihre Beinmuskeln vor Überanstrengung völlig verkrampft, und sie konnte kaum noch einen Schritt vor den anderen setzen. Sie humpelte auf den Piccadilly Circus, legte sich ausgehungert und müde dem geflügelten Eros zu Füßen und schloss die Augen. Allmählich entspannte sie sich, das Verkehrsrauschen entfernte sich, und sie glitt unversehens in einen leichten Schlaf.

Ein eiskalter Tropfen, der ihr auf die Nase fiel und über die Wange glitt, weckte sie auf. Sie schoss hoch. Vor ihrem Gesicht schwebte eine Hand, die eine Eiswaffel hielt. Es war eine kräftige, sonnenbraune Männerhand. Wieder tropfte flüssiges Eis auf ihr Gesicht. Empört hob sie den Kopf.

Bis dahin hatte sie den Ausdruck »Liebe auf den ersten Blick« für Unsinn gehalten. Ihrer Meinung nach war es unmöglich, sich innerhalb eines Augenblicks in einen wildfremden Menschen zu verlieben. Aber es war so. Wie ein Blitzschlag. Liebe auf den allerersten Blick. Ihr wurde heiß und kalt und schwindelig, und das Eis schmolz auf der Denkmalsstufe unbeachtet zu einem rosa Eiscremesee. Wie hypnotisiert starrte sie den Mann vor ihr an.

Eine verwaschene Jeansjacke lässig über die breiten Schultern geworfen, dunkles, dichtes Haar bis tief in den Nacken, kräftiges Kinn, unverschämtes Grinsen. Und schwarze Augen, die sie amüsiert anfunkelten. Ihr Herz stolperte. Doch als ein unterschwelliges Grollen die Luft erschütterte und sie unversehens aus der Verzauberung riss, erschien ihr das wie eine Warnung der Götter.

Finger weg, hörte sie ihre innere Stimme sagen. Der weiß, wie gut er aussieht. Der ist Marke eingebildeter Schnösel.

»Sie wirken, als könnten Sie eine Erfrischung gebrauchen«, unterbrach der Mann ihre Gedanken. »Die hier hat sich leider verflüssigt. Wie wär's mit einem Kaffee? Und Kuchen? Ich kenne da ein nettes, kleines Café …« Er sprach Englisch mit einem Akzent, den sie nicht einordnen konnte.

Die Vision von dampfendem Kaffee und einem großen Stück Sahnetorte tanzte Alice vor Augen, und ihr Magen knurrte vernehmlich. Ihre mahnende innere Stimme wurde zu einem kläglichen Fiepen im Hintergrund. Aber sie widerstand der Versuchung. »Nein danke.« Tapfer lächelnd ignorierte sie seine hingestreckte Hand und stand auf. Sie nahm ihre Ballerinas, zog den Träger ihrer Tasche über die Schulter und machte sich daran, barfuß über die Stufen hinabzuhumpeln. Ihre Füße schmerzten höllisch, was sie aber ertrug, ohne eine Miene zu verziehen.

Der Mann verschränkte die Arme vor der Brust und blickte spöttisch auf sie hinunter. »Ich kann hören, wie Ihr Magen knurrt«, sagte er und grinste frech.

Ohne Zweifel, das tat er. Unüberhörbar. Alice spannte die Bauchmuskeln an, um dieses peinliche Geräusch zu stoppen, was aber keinerlei Wirkung zeigte. Vor Verlegenheit glühend, stolperte sie weiter. Durch eine ungeschickte Bewegung rutschte ihr die schwere Tasche von der Schulter auf die Treppe, der Inhalt kippte hinaus, sie strauchelte und wäre die letzte Stufe hinuntergefallen, hätte der Mann nicht blitzschnell zugegriffen und sie aufgefangen.

»Hoppla«, rief er. »Immer schön langsam.«

»Danke«, sagte sie mit steifen Lippen und wand sich aus seinem festen Griff, ärgerte sich dabei über sich selbst, dass sie trotz der Schrecksekunde aufmerksam registriert hatte, wie schön trocken und warm seine Hände waren. Wie angenehm sein Geruch. Und dass er keinen Ring am Ringfinger trug.

Welch blödes Klischee, verspottete sie sich. Heldin wird von Held aus großer Gefahr gerettet. Heldin sinkt Helden dankbar an die Brust, sie heiraten und leben glücklich bis an ihr Lebensende.

»Ganz bestimmt nicht«, fuhr sie ihn an.

Der Mann bedachte sie im ersten Augenblick mit einem verständnislosen Blick, der aber langsam einem spöttisch funkelnden Lächeln wich, was ihr den unangenehmen Eindruck vermittelte, dass er genau wusste, was in ihr vorgegangen war. Um diesem Blick zu entgehen, schüttelte sie ihr Haar ins Gesicht, kniete sich hin, raffte ihre Habseligkeiten zusammen und stopfte sie zurück in die Tasche.

Er hockte sich neben sie und machte sich daran, ihr zu helfen. »Wie weit glauben Sie denn, dass Sie auf Ihren wehen Füßen noch laufen können?« Das freche Grinsen wurde breiter.

»Das geht Sie nichts an«, fauchte sie. »Lassen Sie das, ich mach das schon!« Hastig riss sie ihm ihren Lippenstift aus der Hand.

Er blinzelte in den Himmel. »Außerdem braut sich gerade ein Gewitter zusammen. Eins der berüchtigten Londoner Junigewitter. Sie werden ziemlich nass werden.«

Wie zur Bestätigung rollte dumpfer Donner über den schnell dunkler werdenden Himmel, Blitze zuckten, und die ersten dicken Regentropfen platschten aufs Pflaster und durchnässten im Handumdrehen ihre dünne Bluse.

»Wenn Sie nicht vorsichtig sind, könnten Sie sogar in den Fluten ertrinken!« Er lachte laut und fröhlich und zog sich das durchnässte T-Shirt über den Kopf. Sein Oberkörper war tiefbraun gebrannt und beeindruckend muskulös.

Alice zwang sich wegzusehen und räumte mit fliegenden Händen den Rest der herausgefallenen Gegenstände in die Tasche. Böiger Wind war aufgekommen und trieb den Regen in dichten Schwaden über den Platz. Ohne ein weiteres Wort rannte sie, so schnell es ihre geschundenen Füße erlaubten, durch den Wolkenbruch davon.

»War nett, Sie kennengelernt zu haben«, schrie er hinter ihr her, und sein Lachen übertönte sogar das Gewitter.

Unwillkürlich drehte sie sich um, aber er war nicht mehr zu sehen. Die Treppe zu Füßen des Eros war leer. Der scharfe Stich, der sie darauf durchzuckte, brachte ihre Gefühlswelt vollkommen durcheinander. Ihr Blick flog über die Menschenmenge, die kurz zuvor den Piccadilly Circus bevölkert hatte und jetzt vom Regen auseinandergetrieben wurde, aber sie konnte ihn nirgendwo entdecken. Sie suchte Schutz unter einem Dachüberhang und entschied, später über ihre merkwürdige Reaktion nachzudenken.

Das tat sie dann, bis auf die Haut durchnässt, irgendwo in London auf einer Parkbank, während sie dem letzten Tröpfeln des Regens lauschte. Jasmin hing in weißen Kaskaden über den Weg, und sein tropisch süßer Duft mischte sich mit dem von Heckenrosen zu einem berauschenden Bukett. Alles brachte ihre Sinne zum Singen, und dieses Gefühl verwirrte sie. Nachdenklich wanderte sie noch lange barfuß durch die lichtglänzende, pulsierende Stadt.

Planmäßig flog Alice zurück nach Hamburg und zog vorübergehend bei Manuela ein. Ihre Eltern wollte sie vorerst nicht sehen. Sie verkroch sich in das winzige Zimmer, in das Manuela ihr ein Faltbett gestellt hatte. Die Semesterferien waren zu Ende, der Universitätsalltag hatte begonnen, und sie vergrub sich in ihren Büchern, um nicht mehr an diesen Mann zu denken. Nachts lag sie wach, und morgens fühlte sie sich wie gerädert.

Es dauerte Tage, ehe ihr klar wurde, dass ihre trübe Stimmung und ihr verrücktspielender Magen unmittelbar damit zu tun hatten, dass ihr dieser Mann immer noch im Kopf herumspukte. Sie rief sich zur Ordnung, aber das nützte nichts. Er hatte sich in ihr eingenistet, seine funkelnden Augen, das herausfordernde Grinsen, die Lebensfreude, die er versprühte.

Ihre Stimmungsschwankungen fielen nicht nur ihren Freundinnen auf, sondern auch Joachim, mit dem sie seit einem Jahr zusammen war, und der reagierte heftig. Vorwurfsvoll beschuldigte er sie, einen anderen kennengelernt zu haben. Mit deutlich zur Schau getragener Seelenpein bohrte er immer wieder nach, immer wieder hackte er auf Einzelheiten herum wie ein wütender Specht. Es gab keinen großen Krach, aber es entwickelte sich ein ständig schwelender Brand, und am Ende der Woche war ihre Beziehung nur noch ein kalter Aschehaufen.

Joachim. Treu, liebevoll und sanft. Und schrecklich langweilig, auch wenn sie sich das vorher noch nie eingestanden hatte. Selten nur hatte er das Bedürfnis, etwas zu unternehmen oder andere Leute zu treffen. Ihm genügte es, mit ihr händchenhaltend auf der Couch zu sitzen und fernzusehen. Plötzlich sah sie sich mit sechzig, festgewachsen auf dieser Couch, und als einziges Fenster zur Welt den Fernseher. Sie sagte ihm, dass es zu Ende sei, und ging.

Manuela, schmal, blond und ein wenig verträumt, erklärte sie mit leicht verspannter Mundpartie für verrückt. »Sieht er denn so gut aus?«, wollte sie stirnrunzelnd wissen.

Sah er gut aus? Alice zuckte mit den Schultern. Was sollte sie ihrer Freundin sagen? Dass er umwerfend gut roch? Dass sein Grinsen unverschämt und aufregend war, seine Anziehungskraft unwiderstehlich? Dass sie sich unsterblich in einen Mann verliebt hatte, dem sie nie zuvor begegnet war? Obwohl kaum eine Chance bestand, ihn je wiederzusehen? »Schon«, sagte sie zögerlich. »Ziemlich.«

»Wie heißt er, und woher kommt er?«, setzte Manuela das Verhör unerbittlich fort.

»Keine Ahnung. Seinen Namen hat er nicht genannt. Er hat Englisch mit einem Akzent gesprochen, den ich nicht einordnen kann, und woher er kommt, weiß ich auch nicht.« Ihre Gefühle behielt sie für sich.

Aber Manuela kannte sie viel zu gut. »Ach herrje, du hast dich verknallt«, rief sie. »Jetzt hör mir mal zu! Du kennst seinen Namen nicht, du weißt nicht einmal, von welchem Kontinent er stammt, das heißt, du wirst ihn nie wiedersehen. Also vergiss ihn, das geht vorüber wie Windpocken. Kratz nicht dran, dann bleiben auch keine Narben. Sei lieb zu Joachim. So einen findest du so schnell nicht wieder.«

Alice hatte darauf nicht geantwortet, sondern am Flughafen ein Exemplar von Londons größter Tageszeitung gekauft. Die darauffolgenden Tage verbrachte sie damit, den Text für eine Suchanzeige zu formulieren. Auf englisch natürlich. Dutzende von Entwürfen riss sie aus der Schreibmaschine und warf sie in den Papierkorb, bis er überquoll.

Und dann bekam sie plötzlich Post.

Es war der Umschlag eines Briefes, den sie schon vor Wochen von ihren Eltern nachgesandt bekommen hatte und der jetzt auf geheimnisvolle Weise mit englischen Briefmarken beklebt war. Verdutzt drehte sie den Umschlag um und las den Absender.

»Pierre Diekmann, London.«

Wie betäubt sank Alice auf einen Stuhl. Der leere Umschlag war in ihrer Umhängetasche gewesen, daran erinnerte sie sich, und er konnte ihr nur herausgerutscht sein, als die ihr heruntergefallen war und der Inhalt sich über die Stufen des Denkmals verteilt hatte. Und dieser Pierre Diekmann hatte ihn einfach eingesteckt. Anders konnte er nicht an ihn gelangt sein. Unverschämt, fuhr es ihr durch den Kopf.

Es steckte lediglich ein Zettel darin, auf dem handschriftlich eine Nummer mit englischer Vorwahl geschrieben war. Sonst nichts. Kein Gruß. Keine Unterschrift. Benommen stand sie auf, ging zu Manuelas Telefon und wählte. Das Ferngespräch würde sie ihr natürlich bezahlen. Er meldete sich nach dem dritten Klingelton mit einem kurzen, markigen »Diekmann!«.

»Hier ist Alice …«, sagte sie und ärgerte sich gleich darauf, dass ihre Stimme so atemlos klang.

Zwei Tage später stand er vor ihrer Tür.

»Hallo«, sagte er und grinste dieses freche Grinsen. »Ich habe eine Stellung in Südafrika angenommen und wandere im Winter dorthin aus. Kommst du mit mir?«

Später gestand er ihr, dass er diesen Satz tagelang geübt hatte. Vor dem Spiegel. Weil er so unglaublichen Bammel vor ihrem Wiedersehen gehabt hatte und davor, dass sie ihn sofort wieder rauswerfen würde.

Ihr lief es heiß und kalt den Rücken hinunter, und bevor sie einen zusammenhängenden Gedanken fassen konnte, lächelte sie ihn an. »Ja«, hörte sie sich zu ihrer eigenen Verwirrung laut antworten.

Das Grinsen erlosch. Ungläubig starrte er sie an. »Ja? Du kommst mit mir?«

Ihr Gesicht begann zu glühen, und plötzlich war ihr klar, dass sie auf diesen Mann ihr ganzes bisheriges Leben gewartet hatte und dass sie mit ihm den Rest dieses Lebens verbringen wollte. »Ja«, sagte sie. »Natürlich.«

Und so geschah es.

Natürlich konnten sie nicht bei Manuela wohnen und mieteten deshalb für die Zeit bis zu ihrem Abflug ein winziges Einzimmerapartment. Die Wochen, die folgten, waren ein einziger Rausch der Sinne. Jede Minute verbrachten sie zusammen, konnten kaum die Hände voneinander lassen.

»Ihr benehmt euch, als würdet ihr unter einer Käseglocke leben«, bemerkte Manuela und schaute eifersüchtig drein. »Den Rest der Welt nehmt ihr anscheinend gar nicht mehr wahr.«

»Wie bitte?« Alice blickte ihre Freundin verträumt an und schmiegte sich in Pierres Arme, worauf Manuela aufgab.

»Wir könnten es ja wie meine Eltern machen«, sagte er eines Morgens nach dem Aufwachen zu ihr.

»Und was haben die gemacht?«, sagte Alice und fuhr die Konturen seines Mundes mit dem Zeigefinger nach. Sie war völlig vernarrt in diese Lippen.

Er nahm ihren Finger und küsste ihn. »Anfang der Fünfziger haben sie sich einfach ein kleines Zelt und ein gebrauchtes Motorrad gekauft, sind durch die Lande gefahren und haben von ihrer Sehnsuchtsstadt Paris geträumt ...« Er unterbrach sich und ließ seine Lippen ihren nackten Arm hochwandern, machte einen Abstecher zu ihrer Brust, und dann dauerte es eine gute Weile, ehe er weitersprechen konnte. »Wir könnten über Land nach Johannesburg fahren«, nahm er den Faden wieder auf. »Was hältst du davon?« Seine Zähne blitzten.

»Mit einem kleinen Zelt?«, murmelte sie träge. »Was ist, wenn ein Elefant zu Besuch kommt?«

»Wir bitten ihn höflich herein und bieten ihm etwas zu trinken an.«

Sie lachte und zog seinen Kopf zu sich herunter. »Hm ... erzähl mir mehr von deinen Eltern«, murmelte sie, als sie ihn endlich wieder freigab.

»Sie haben beide an derselben Uni Französisch studiert, sich verliebt und sich entschieden, nach ihrem Examen die deutsche Provinz hinter sich zu lassen. Sie tauschten ihr Motorrad gegen eine Ente, packten sie bis oben hin voll und zuckelten nach Paris, schlugen ihr Zelt auf dem Grundstück der kommunistischen Jugendherberge auf, weil es fast nichts kostete und weil die Herberge warme Duschen hatte. Mein Vater arbeitete als Übersetzer für Englisch, meine Mutter für Deutsch. Fortan nannten sie sich Existenzialisten, kleideten sich schwarz, rauchten Gauloises ohne

Filter, tranken Unmengen von Rotwein und aßen Baguette, weil das am billigsten war. Dabei hörten sie Cool Jazz, lasen Sartre und Beauvoir und diskutierten die Nächte durch. Irgendwann zog es sie dann weiter nach Süden. Sie kratzten ihre letzten Centimes zusammen und kauften auf dem Land im Languedoc ein verfallenes Steinhäuschen, renovierten es mit eigenen Händen und bauten Gemüse an. Als ich zur Welt kam, schafften sie sich erst eine Ziege und dann eine Kuh an, um Milch für mich zu haben.«

Er verstummte und schaute mit leisem Lächeln vor sich hin.

»Leben sie noch?«, fragte sie leise und hoffte so sehr, dass es so war. Sie würde sie gern kennenlernen.

»O ja, und wie. Immer noch in Schwarz, immer noch Kette rauchend, nur schlürfen sie heute ab und zu Pastis mit Minze und essen geräucherten Lachs. *Mon père* ist zu Geld gekommen.«

Alice seufzte und dachte dabei an ihre Eltern, die immer korrekt gekleidet waren, nicht rauchten und sicherlich weder Cool Jazz gehört noch Simone de Beauvoir gelesen hatten. Sie nannten die Französin eine militante Frauenrechtlerin, womit sie ja eigentlich recht hatten.

Ferdinand Lauritzen, Chef der Firma Lauritzen & Sohn – er war der Sohn –, hegte ein ziemlich konservatives Frauenbild, und Regine, ihre Mutter, erfüllte das in ihrer reinen Hausfrauenrolle vollkommen. Zumindest nach außen. Sie trug meistens Twinsets in Dunkelblau oder Weinrot und Faltenröcke mit Schottenkaro und ihr Haar in ordentliche Wellen gelegt. Manchmal allerdings beschlich Alice die Vermutung, dass es in ihrem Inneren anders aussah, sie sich aber von ihrem Mann in jeder Hinsicht abhängig fühlte. Seelisch und besonders finanziell. In solchen Momenten tat sie ihr furchtbar leid, und sie gab sich selbst das Versprechen, dass ihr das nie passieren würde.

Pierres Eltern reisten zu ihrer Hochzeit aus Frankreich an. Hans Diekmann war groß, dünn und weißhaarig, nannte sich Henri le Corbeau und schrieb voluminöse Bücher, die alle im Mittelalter in

Frankreich spielten und sehr erfolgreich waren. Es wimmelte in ihnen von Huren, Hexen und wagemutigen Rittern, die Jungfrauen aus den Klauen böser Mächte retteten. Judy Diekmann dagegen war rundlich mit warmen braunen Augen und konnte wunderbar kochen und backen. Sie ging ihrem Sohn knapp bis zur Schulter, und ihr Haar schimmerte im gleichen Schwarzbraun wie seines. Ohne viel Federlesens zog sie ihre zukünftige Schwiegertochter in die Arme und küsste sie herzlich auf beide Wangen, und zu ihrer Verwunderung tat Hans Diekmann es ihr nach.

»Willkommen«, sagte er und grinste auf die gleiche Art wie sein Sohn.

Alice errötete vor Glück. Körperliche Zärtlichkeit war bei den Lauritzens verpönt.

Sie heirateten kirchlich in Lübeck, allerdings nur ihrer Tante Hanna zuliebe, die den Platz ihrer früh verstorbenen Großmutter bei ihr einnahm. Sowohl Pierre als auch sie hatten Probleme mit der Institution der Kirche. Aber Tante Hanna bemerkte mit einem sehr direkten Blick über ihre Lesebrille hinweg und in unmissverständlichem Ton, dass alle Lauritzens seit eh und je in der Kirche heirateten. Also heirateten sie in der Kirche.

Die Marienkirche war brechend voll, und Pierre fragte sie flüsternd, wer all diese Leute seien.

»Familie«, flüsterte sie zurück und lächelte ihre Mutter an, die sich ein zerknülltes Taschentuch an die feuchten Augen drückte und ihr Lächeln mit zitternden Lippen erwiderte. Auch ihr Vater lächelte, erstaunlicherweise.

Aber nicht lange. Wohlweislich teilten sie ihren Eltern nämlich erst nach der Hochzeit mit, dass sie vorhätten, nach Südafrika auszuwandern. Prompt brach wieder Streit aus.

»In einem solchen Land kann man sich doch kein Leben aufbauen!«, fuhr ihr Vater sie an, und ob sie nichts von den Unruhen dort gehört hätten. »Die erschießen Leute«, brüllte er. »Einfach so. Reihenweise.«

»Das klingt sehr gefährlich, bitte überlegt es euch«, setzte ihre Mutter mit deutlichem Unbehagen hinzu. »Außerdem gibt's da wilde Tiere, Löwen, Schlangen und so. Red doch mal mit deiner Cousine Henrietta, die hat lange genug da gelebt, und sie und ihr Mann haben dort ziemlichen Ärger gehabt.« Sie runzelte die Stirn. »Aber ich glaube eher mit der Regierung als mit Löwen.«

»Henrietta ist doch mindestens fünfzehn Jahre älter als ich«, erwiderte Alice. »Und außerdem kenne ich sie doch fast gar nicht. Ich habe sie nur ein- oder zweimal gesehen, und das ist Ewigkeiten her.«

»Zu deiner Konfirmation ...«

»Wie ich sagte, Ewigkeiten«, unterbrach Alice ihre Mutter und dankte ihrer Vorsicht, den Eltern diese Neuigkeit erst nach der Hochzeit mitgeteilt zu haben. Henrietta war eine wirklich sehr entfernte Cousine von ihr, die schon Anfang der Sechzigerjahre nach Südafrika ausgewandert war und dort einen Schotten geheiratet hatte. Soweit ihr bekannt war, hatten sich die beiden mit der Apartheidregierung angelegt und aus dem Land fliehen müssen. Warum, wusste sie nicht so genau, und im Augenblick interessierte sie das auch nicht.

»Ich kann sie für dich anrufen«, schlug ihre Mutter mit hoffnungsvollem Gesicht vor. »Soll ich?«

»Das wird teuer«, raunzte ihr Vater. »Die leben seit Kurzem in Kalifornien.«

»Warte mal«, rief ihre Mutter ihm zu, offensichtlich erfreut über sich selbst. »Da fällt mir ein, dass du noch einen Cousin in Südafrika hast. Curt Claussen. Der besitzt dort eine Farm. Stimmt doch, oder? Der wäre erst einmal eine Anlaufstelle für Alice. Er ist schließlich ihr Onkel. Die Adresse habe ich irgendwo ...« Sie wartete nicht auf eine Antwort, sondern lief geschäftig zu ihrem Mahagonisekretär, öffnete ihn und zog lärmend diverse Schubladen auf und knallte sie wieder zu, bis sie fündig wurde. »Wusst ich's doch, hier ist sie«, rief sie triumphierend. »Dann hast du wenigstens Familie da unten. Ich glaube, dein Cousin Sven lebt auch da.«

Alice verbiss sich die Bemerkung, dass sie Onkel Curt, von dem sie nur in Erinnerung hatte, dass er groß und unbeholfen war und merkwürdig eisblaue Augen hatte, als Kind zum letzten Mal gesehen hatte und ihr sowieso egal wäre, was dieser zu sagen hätte, denn seine Aussagen würden immer durch seine Lebenserfahrungen gefiltert sein, die mit ihren nichts zu tun hatten. Außerdem hegte sie eine tiefe Abneigung gegen seine Söhne Sven, Thomas und Claus, die sie früher aufs Gemeinste gepiesackt hatten.

»Ich muss Geld verdienen«, erklärte Pierre seinem Schwiegervater entschieden. »Die Südafrikaner bezahlen hervorragend, und das Leben ist dort im Vergleich zu Deutschland billig. Ich werde viel zurücklegen können, was mir hier nicht gelingen würde. Außerdem finden die Schießereien nur in den schwarzen Townships statt. Dort, wo wir Weißen leben, ist es ruhig.«

»Und, findest du das etwa gut?«, brüllte Ferdinand Lauritzen. »Dort tobt ein ausgewachsener Bürgerkrieg! In so ein Land willst du unsere Tochter bringen? Womöglich eine Familie gründen?«

Pierres Eltern stimmten ihm überraschenderweise zu und redeten ihrerseits auf ihren Sohn ein, bis der schließlich versprach, dass er die Probezeit abwarten würde, ehe sie sich endgültig entscheiden würden, in Südafrika zu bleiben.

»Erst dann können wir die politische Lage dort wirklich beurteilen. Die Probezeit ist ein halbes Jahr, das können wir vertreten, und Alice hat ja auch noch ein Wort mitzureden.« Er sagte das in einem Ton, der klarmachte, dass er die Nase von den Vorhaltungen der Eltern voll hatte. Betont legte er ihr den Arm um die Schulter.

»Vielleicht könnte Pierre ja in unsere Firma eintreten«, warf ihre Mutter mit hoffnungsvollem Blick auf ihren Mann ein.

»Mal sehen«, knurrte der und blickte dabei nicht sonderlich begeistert drein. »Einen Hotelmenschen kann ich in der Firma eigentlich nicht gebrauchen.«

Alice bekam prompt Atembeschwerden bei der Vorstellung, ihr ganzes Leben in Lübeck verbringen zu müssen. Auf Schritt und Tritt von allen beobachtet, sah sie sich allmählich im Sumpf des Alltagseinerleis wie in nassem Zement versinken, der langsam, aber unaufhaltsam durchhärtete.

Ihre Freunde überfielen sie ebenfalls mit Vorwürfen, die Namen Nelson Mandela, Steve Biko und die anderer Freiheitskämpfer wurden ihr im Chor um die Ohren gehauen. »Du liest doch auch Zeitung und siehst die *Tagesschau,* da musst du doch wissen, was da unten passiert … Die Soweto-Aufstände, Hector Pieterson und so weiter … Du machst dich praktisch mitschuldig!«

»Redet keinen Quatsch«, fuhr Pierre dazwischen. »Lasst Alice endlich in Ruhe.«

Hartnäckig ignorierte Alice alle Vorhaltungen. Tief in ihrem Inneren wusste sie, dass das gegen jede Vernunft war, aber ihre Sehnsucht nach Freiheit, nach Licht und Wärme war übermächtig.

»Wir warten die Probezeit ab, wie Pierre gesagt hat. Dann entscheiden wir, was wir tun werden.« Dabei sah sie dieses wunderbare Land vor sich, den aufregendsten Kontinent dieser Erde, und hielt es vor Ungeduld kaum noch aus.

»Wenn wir dort nicht bleiben können, egal aus welchem Grund, siedeln wir eben in ein anderes afrikanisches Land um«, sagte Pierre in einem Ton, der der Diskussion ein Ende setzte. »Hotels wird's auch da geben.«

»Ich muss an die frische Luft«, murmelte Alice. »Und zwar gleich.«

»Komm, wir gehen zum Italiener essen.«

Pierre nahm sie bei der Hand, und sie liefen zu Fuß in die Stadt. An der letzten Straßenkreuzung sprang die Fußgängerampel auf Rot, und sie blieb gehorsam stehen.

»Kein Auto in Sicht!«, rief Pierre und zog sie über die Straße. »Komm, wer zuerst drüben ist.«

Alice packte ihn am Arm. »Die Ampel ist rot! Bleib stehen. Dahinten kommt ein Lastwagen.«

»Na und?«, rief er übermütig. »Ich bin schneller als der, wetten? Und Risiko hält jung und flexibel!« Er rannte los und lachte ihr dabei über die Schulter zu.

Sie spürte auf einmal, dass dieses Lachen einen Funken in ihr entzündete. Wie ein Feuer raste pure, erregende Lebensfreude durch ihre Adern. »Warte!«, schrie sie, rannte ihm nach und schaffte es gerade noch, vor dem heranrasenden Lastwagen die andere Straßenseite zu erreichen, wo sie sich in Pierres Arme fallen ließ.

»Kennst du den alten englischen Spruch?«, rief sie außer Atem. »Es gibt alte Karpfen und wagemutige Karpfen. Aber wagemutige *alte* Karpfen gibt es nicht. Wir sollten vorsichtiger sein.«

Pierre grinste. »Ach, alte Karpfen haben schleimige Haut und schmecken nach Modder und taugen nicht mal dazu, blau gesotten auf meinem Teller zu landen.« Er hielt ihr die Tür zum Ristorante auf. »Komm, ich hab Hunger!«

Vier Wochen später flogen sie aus dem winterdunklen, tief verschneiten Deutschland ab und landeten morgens im unvergleichlichen Licht des südafrikanischen Frühsommers. Es war nicht sanft, nicht golden wie in der Provence, es war ein weißes Licht, gleißend, lebendig. Als Alice die Strahlen zum ersten Mal auf ihrer Haut spürte, schäumte eine enorme Energiewelle durch ihre Adern. Ihre Vorfreude stieg parallel mit ihrem Blutdruck. Sie packte Pierres Arm und drückte ihn.

»Du wirst sehen, es wird ganz wunderbar werden«, flüsterte sie und ließ sich vom Strom der Mitpassagiere aus dem blendenden Sonnenschein in die dämmrige, klimatisierte Ankunftshalle spülen.

Sie wurden durch die enge Passkontrolle geschleust, und nachdem sie endlich die Einwanderungsformulare ausgefüllt hatten, sah sie sich, vor Aufregung vibrierend, um.

Gedämpftes Gesumm fremder Laute umschwirrte sie, Menschen drängten sich mit überladenen Gepäckwagen an ihr vorbei, und irgendwo schrie ein Kind. Die ausgestopften Löwen- und Elefantenköpfe an den Wänden, die sie aus glasigen Augen anstarrten, gaben der überfüllten Halle das nötige Afrikaflair. Eine Gruppe Großwildjäger – stramme Waden unter kurzen Khakihosen, Buschhemden, die sich über Wohlstandsbäuchen wölbten, und breitkrempige, mit Leopardenschwänzen verzierte Schlapphüte – unterhielt sich lautstark und mit großspurigen Gesten, vermutlich über die letzte Trophäenjagd.

Alice wandte den Blick ab, und gerade wollte sie Pierre fragen, warum kaum Schwarze zu sehen seien, höchstens welche in blauen Overalls, offenbar Reinigungskräfte, als ihr plötzlich auffiel, dass es in der überfüllten Halle von schwer bewaffneten Uniformierten nur so wimmelte. Sie blieb wie angewurzelt stehen.

»Mein Gott, was ist denn hier los?«, flüsterte sie fassungslos. »Krieg?«

Die erschießen Leute. Da tobt ein ausgewachsener Bürgerkrieg. Die Stimme ihres Vaters.

Nelson Mandela, Steve Biko, Hector Pieterson.

Ihre Freunde.

Und völlig überraschend überfiel sie das Gefühl, einen großen Fehler gemacht zu haben, in dieses Land auszuwandern.

Pierre schien das zu merken. »So ist es in vielen Ländern der Welt«, sagte er und setzte mit leichter Ungeduld hinzu: »In Deutschland leben wir im Paradies. Bloß merkt das anscheinend keiner, so viel wie da gejammert wird. Wo kann denn eine Frau allein nach Einbruch der Dunkelheit noch gefahrlos herumwandern?«

In Europa, dachte sie und sah plötzlich das verschlafene Lübeck vor sich, wo sie nach einem Abend mit ihren Freundinnen nachts allein nach Haus gelaufen war, ohne sich je bedroht gefühlt zu haben. Und unvermittelt verspürte sie angesichts der

Maschinenpistolen und Schlagknüppel eine unerwartete Sehnsucht nach dieser heilen Welt. Sie räusperte sich. »Kann ich das hier nicht?«, fragte sie und sah ihn dabei nicht an. »Abends allein spazieren gehen?«

»Hier fahren wir immer mit dem Auto«, antwortete Pierre. »Egal wohin.«

Alice hielt sich an seiner Hand fest. »Ich habe Angst«, flüsterte sie, und das überraschte sie. Diese Art Angst kannte sie bisher nicht. Die Angst, dass ihr jemand etwas Böses wollte.

Er lächelte auf sie hinunter. »Unsinn, Liebling, uns tun die nichts. Die jagen Terroristen. Uns beschützen sie. Sie brauchen qualifizierte Leute im Land.«

»Terroristen!« Sie blieb stehen. »Na, das ist ja sehr beruhigend.«

»Glaub mir, daran gewöhnt man sich.« Er zog sie weiter.

»Nie«, murmelte sie und sah mit stillem Entsetzen die hohen Mauern, die viele Häuser abschotteten und mit rasiermesserscharfem Stacheldraht gekrönt waren.

An fast jeder Ecke standen mit Maschinenpistolen bewaffnete Polizisten. Breitbeinig, die Hand auf der Waffe, die Uniformmütze tief ins Gesicht gezogen, der Blick ruhelos die Umgebung beobachtend.

»Nie«, wiederholte sie.

Doch gewöhnte sie sich schon bald daran. Ohne dass sie es sich bewusst machte, wurde Polizei- und Militärpräsenz für sie zur Normalität.

Das Aufregendste an Pierres Stellung als Assistent des Managers eines großen Hotels, das zur bekanntesten südafrikanischen Hotelkette gehörte, war für Alice, dass ihnen ein Haus gestellt wurde. Es war natürlich kleiner als das seines Vorgesetzten, aber ihr erschien es unglaublich luxuriös. Es stand auf einer abgeflachten Kuppe im wohlhabenden Norden der Stadt mit Blick über die

Highveld-Landschaft. Es gab drei Schlafzimmer, zwei Bäder, Wohn- und Esszimmer, überall Einbauschränke, eine große Küche, eine Waschküche im Garagenanbau und einen herrlichen Garten. Die Fenster waren zwar alle vergittert, aber das traf, wie sie feststellte, auf alle Gebäude im Land zu, und so nahm sie es hin.

Lübeck und ihr Elternhaus schrumpften zu einem kleinen, dunklen Punkt hinterm Horizont zusammen.

Es war Frühsommer, als sie ankamen. Die Sonne schien den ganzen Tag, es war sehr heiß, und nur abends gab es heftige, kurze Hitzegewitter. Johannesburgs Luft war klar, leicht und trocken. Hochlandluft. Prickelnd wie Champagner. Im April hörte der Regen auf, und bis zum September blieb es so. Das spärliche Gras auf den felsigen Hügeln, die die Stadt umgaben, verdorrte zu grünlichem Gelb. Ein Funke genügte, es zu entzünden. Dann krochen Dutzende Feuerkränze die Hügel hinauf und boten nachts ein gespenstisches Schauspiel.

Die Luftfeuchtigkeit sank gegen null, und die extreme Trockenheit machte ihr zu schaffen. Ihre Lippen wurden rissig und ihr Haar spröde, und alle Dinge luden sich statisch auf. Berührte man einen, bekam man jedes Mal einen leichten Schlag. Die Leute wurden kribbelig und nervös, und alle sehnten die Frühlingsregen herbei, die im September einsetzen würden.

Auf Vorschlag von Pierres Chef fuhren sie auf verspäteter Hochzeitsreise in das älteste Naturschutzgebiet Afrikas, ins Hluhluwe-Umfolozi-Wildreservat im Herzen von Natal, dem Stammesgebiet der Zulus. Der Himmel über Zululand schimmerte, als wäre er aus blauem Kristall, die Weite war endlos, und die Luft umschmeichelte sie wie Seide. Alice roch den süßlichen Duft des dorrenden Grases, die modrige Feuchte der Sumpfniederungen, den undefinierbaren Geruch von sonnengebackener Erde. Und zum ersten Mal konnte sie wirklich durchatmen. Entzückt beobachtete sie drei Babyelefanten, die unter den wachsamen Blicken der alten Kühe übermütig in einem seichten Gewässer planschten und sich gegenseitig mit Wasser bespritzten, und amüsierte sich über die Kapriolen der Paviane, die auf ihrem Autodach herumsprangen. Besonders die ganz Kleinen mit den großen, bettelnden Augen hatten ihr es angetan. Sie machte Anstalten, das Fenster herunterzulassen, um einem winzigen Äffchen einen Keks zu geben, aber Pierre packte ihre Hand und hinderte sie daran.

»Nicht, das ist viel zu gefährlich. Die zerfetzen dir das Gesicht, wenn es ihnen gelingt, ins Auto zu gelangen. Die haben vier Hände und ein fürchterliches Gebiss. Vor einer Herde Paviane nimmt sogar ein Leopard Reißaus.« Er ließ sie wieder los. »Denk immer dran: Afrika ist kein Streichelzoo. Hier ist fast alles und jeder gefährlich!«

Doch wann immer sie auf diese verzauberten Tage zurückblickte, umhüllte sie eine wunderbare Wärme, und dieser unbeschreibliche Duft stieg ihr unversehens in die Nase. Nach süßem Gras und warmer Erde. Nach grenzenloser Freiheit.

Den ersten Eindruck, den sie von Südafrika am Tag ihrer Ankunft im Flughafen bekommen hatte, verbannte sie aus ihren Gedanken.

Alice gewöhnte sich daran, ihre Umgebung immer im Auge zu behalten und auffallendes Verhalten von Passanten zu deuten, nicht direkt, sondern eher instinktiv. Ihr war dieses Verhalten ins Blut übergegangen. Und sie prägte sich das Aussehen der verschiedenen von Terroristen verwendeten Haftminen und Handgranaten ein. Man hatte ihr erklärt, wo sie danach zu suchen hatte. Im Restaurant unter den Tischen oder Stühlen, im Supermarkt an den Ständen, im Postamt. Nur als sie bei ihrem ersten Besuch eines Supermarkts am Eingang von einem uniformierten Schwarzen mit Schlagstock aufgehalten und angewiesen wurde, sie solle ihre Tasche aufmachen, damit er sie durchsuchen könne, fuhr sie zurück.

»Warum?«, verlangte sie zu wissen.

Der schwarze Wächter schaute erst verdutzt, dann verlegen zur Seite und schließlich Hilfe suchend über ihre Schulter zu Pierre. »Um zu sehen, ob alles in Ordnung ist«, murmelte er.

»Gib sie ihm, es tut nicht weh«, flüsterte Pierre.

Zögernd hielt Alice dem Mann ihre Tasche hin. Der stocherte mit dem Schlagstock einmal flüchtig darin herum und gab sie ihr wieder.

»Wonach sucht der denn?«, fragte sie Pierre.

»Waffen«, antwortete er lakonisch.

»Und dazu nehmen sie ausgerechnet einen Schwarzen? Ich denke, die sind alle Terroristen? Sonderlich intelligent finde ich das nicht. So gründlich, wie der war, hätte ich locker eine Bombe in den Laden schmuggeln können.«

Pierre grinste und zuckte mit den Schultern. »So sind die hier eben«, sagte er, und damit war das Thema für ihn offenbar erledigt.

Aber bald dachte auch Alice sich nichts mehr dabei, dass ihre Tasche am Eingang von Supermärkten oder vom Einkaufszentrum wie bei Sicherheitskontrollen am Flughafen durchsucht wurde, meist von schwarzem Personal.

»Solange sie nicht auf einer kompletten Leibesvisitation bestehen, geht's ja noch«, scherzte sie.

Sogar schießen lernte sie. Die Frau des Hotelmanagers hatte es ihr schon bei ihrem ersten Treffen nahegelegt. »Wir haben hier einen netten Schießklub«, hatte sie fröhlich erklärt. »Und nachdem wir ein paar Schießscheiben durchlöchert haben, gibt's was zur Stärkung.« Mit einer Handbewegung, als würde sie ein Glas leeren, hatte sie Alice angegrinst.

Alice hatte zunächst entsetzt abgelehnt, aber Pierre drängte sie dazu, die Einladung anzunehmen, und letzten Endes gab sie nach.

Bevor sie nach Südafrika ausgewandert war, war sie noch nie mit Waffen in Berührung gekommen, aber bald konnte sie mit den Besten im Klub mithalten. Bei den Treffen hinterher bestellte sie aber immer nur Kaffee. »Für Alkohol ist es zu früh am Tag«, wehrte sie ab.

Pierre bestand darauf, eine Pistole ins Handschuhfach ihres Autos zu legen und eine andere griffbereit im Schlafzimmer zu haben. Er selbst trug stets eine am Gürtel, wenn er das Haus verließ. Aber die Waffe im Schlafzimmer jagte ihr Angst ein. Warum, konnte sie Pierre nicht erklären. Sie entlud die Pistole und deponierte sie im Safe, die Munition separat im Regal darunter, ganz hinten in der Ecke.

Sie akzeptierte letztlich, dass es getrennte Wohngebiete für Weiße und Farbige gab, und auch die für die verschiedenen Hautfarben getrennten Eingänge in öffentlichen Gebäuden, obwohl sie sich darüber anfänglich sehr aufregte. Einmal sprach sie die Frau des Hotelmanagers darauf an.

»Darüber reden wir nicht«, erwiderte diese scharf. »Das ist subversiv.«

Ihr Ton machte die Auskunft zu einer klaren Drohung, und Alice schreckte zurück. Schließlich war der Mann dieser Frau der Arbeitgeber von Pierre. Als sie später vorsichtig bei Nachbarn und Bekannten versuchte, das Thema anzuschneiden, eckte sie massiv an.

»Pack einfach deine Sachen, und geh dahin zurück, wo du hergekommen bist, du Kaffir-boetie!«, fauchte sie eine verbitterte ältere Frau an, die zwei Grundstücke weiter hinter hohen Mauern in einem alten Haus mit vergitterten Fenstern lebte und Alice schon seit deren Einzug mit scheelen Blicken verfolgt hatte.

Später sprach sie Pierre darauf an. »Was ist ein Kaffir-boetie?«, wollte sie von ihm wissen.

Er hob die Schultern. »So was wie Freund oder Bruder eines

Kaffern. Eins der schlimmsten Schimpfworte, die ein Bure in den Mund nehmen kann. Warum?«

»Ach, nur so«, sagte sie, und er fragte nicht weiter.

Pierre arbeitete hart und viele Stunden. Als er sich beklagte, dass er keinen guten Chefkoch finden könne und oft selbst am Herd stehen müsse, schlug sie vor, einen Schwarzen auszubilden.

»Der Job ist für Weiße reserviert«, war die Antwort. »Schwarze können nur als ungelernte Hilfskräfte arbeiten. Garten und Haus dürfen sie in Ordnung halten. Und Straßenarbeiten verrichten auch. Gräben ausheben können sie zum Beispiel gut. Du solltest mal hören, wie schön sie dabei singen.«

Innerlich zuckte Alice bei seinen Worten zusammen. »Aber warum?«, rief sie. »Das ist doch verrückt.«

»So ist es eben, akzeptier es einfach«, erwiderte er mit deutlicher Ungeduld in der Stimme. »Uns geht's doch gut.«

Sie fragte nicht weiter. Sie hasste Streit, und Streit mit Pierre am meisten. Immer hatte sie danach diese tief sitzende Angst, ihre Liebe könnte einen Riss bekommen, und das hätte sie nicht ausgehalten. Sie kaute auf ihren Fragen und Befürchtungen herum, kaute und kaute, und schließlich gelang es ihr, die harten Brocken hinunterzuschlucken. Aber sie lagen noch lange unverdaut in ihrem Magen, drückten, als wären es Steine.

Bald stellte sie eine hagere ältere Schwarze namens Rebecca als Haushaltshilfe ein und John, einen jungen Sotho, der den Garten in Ordnung halten sollte. Da er nicht wie Rebecca auf ihrem Grundstück wohnte, musste er vor Einbruch der Dunkelheit in sein Township zurückkehren.

»Du musst als Arbeitgeber ihren Pass unterschreiben«, belehrte sie Hans-Jürgen, dessen Frau Karin sie vom Schießklub her kannte. »Sonst landen die für sechs Monate im Knast. Oder länger, und manchmal werden sie da einfach von den Behörden vergessen. Und du musst Strafe zahlen. Die Eingeborenen nennen das den *Dompas,* den Dummenpass.« Wiehernd vor Lachen, setzte er hinzu: »Ziemlich passend, oder?«

Alice hörte nicht hin. Sie hatte sich angewöhnt, derartige Dinge einfach auszublenden. Ihre Welt war weiß, wohlhabend und sicher und hätte ebenso gut auf einem anderen Planeten liegen können. Ihr tägliches Leben verlief angenehm, die Sonne strahlte jeden Tag vom Himmel, sie unternahmen viel und kamen durch Pierres Beruf mit interessanten Leuten zusammen. Sie nahm Tennisstunden, und sie traten dem Country Club bei.

So schob sich allmählich der Alltag über ihre Wahrnehmung, und ihre Empörung stumpfte ab. Nach kurzer Zeit nahm sie den Zustand im Land als gegeben hin.

Alice gewöhnte sich sogar daran, dass es in Südafrika fast alle der giftigsten Schlangen der Welt gab. Hier bei ihnen im Wohngebiet. In ihrem Garten. Und dass ein Biss der Reptilien sie innerhalb kürzester Zeit umbringen könnte. Aus der Bibliothek lieh sie sich Bücher, lernte das Aussehen der einzelnen Schlangenarten und ihr Vorkommen genauso auswendig, wie sie das mit den Haftminen gemacht hatte, und deponierte das entsprechende Gegengift für alle Arten von Giftschlangen im Kühlschrank.

Auch im Indischen Ozean lauerten tödliche Gefahren, wie sie bei ihrem ersten Besuch in Durban erfuhr. Bevor sie sich in die Wellen stürzen konnte, hielt Pierre ihr einen Vortrag, dass es nicht nur tückische Unterströmungen gab, die Schwimmer im Nu weit ins offene Meer rissen, sondern dass in den Gewässern vor der Küste die gefährlichsten Haie der Ozeane lebten. Ein Mitglied der Lebensretter am Strand berichtete ihr, dass die Küste inzwischen an einigen Stellen mit Hainetzen geschützt sei und dass es seither nur wenige Attacken gegeben habe, aber außerhalb dieses Bereichs sei es lebensgefährlich, auch nur bis zu den Knien ins Wasser zu gehen.

So begegnete Alice einer Angst, die sie in Deutschland nie

gespürt hatte. Einer Angst, die unter die Haut ging, ihr ins Bewusstsein sickerte und die sie so verinnerlichte, dass sie ein Teil von ihr und ihrem täglichen Leben wurde und sie fortan nie wieder losließ. Der Angst um ihr Leben.

Sie war in Afrika angekommen.

3

Auf ihrer Hochzeitsreise nach Zululand hatte Alice sich mit Malaria infiziert, die ihr immer wieder Fieberschübe bescherte und sie zwang, täglich Medikamente zu nehmen. Als dann noch, nachdem sie in einem Restaurant einen grünen Salat gegessen hatte, ein starker Wurmbefall dazukam, war es vorerst ausgeschlossen, dass sie sich nach einem Job umsah.

In dieser Zeit übersetzte sie für Firmen deutsche Texte ins Englische und umgekehrt und trichterte deutschstämmigen Kindern den korrekten Gebrauch ihrer Muttersprache ein. Als es ihr endlich gesundheitlich besser ging, verbrachte sie ein paar frustrierende Monate damit zu, als Restauratorin Fuß zu fassen. Die Gesellschaftsschicht, die ausbesserungsbedürftige Gemälde ihr Eigen nannte, war jedoch hauchdünn, und zudem war es sehr schwierig, an die Leute überhaupt heranzukommen.

Und gerade als sie den ersten Auftrag ergattert hatte – von einem älteren deutschstämmigen Ehepaar, das offensichtlich in Geld schwamm –, wurde Pierre nach nur eineinhalb Jahren ganz unerwartet die Leitung eines etwas heruntergekommenen Hotels in einem Ort namens Umhlanga Rocks übertragen, der eine halbe Stunde nördlich von Durban am Indischen Ozean lag und ihrer Vorstellung vom Paradies ziemlich nahekam.

Die Luft war weich und feucht, der Blick über das Meer endlos, die Gärten prangten in verschwenderischer Schönheit, und die Menschen waren entspannt und freundlich. In der Meeresluft heilten endlich ihre Lippen, und der Heuschnupfen verschwand. Auch die Medikamente gegen die Malaria taten nun ihren Dienst. Die Fieberschübe hörten auf. Sie atmete durch.

Das Hotel, dessen Leitung Pierre übernommen hatte, war das älteste in Umhlanga Rocks und lebte nur noch von seinem Namen, was so viel hieß, dass es einen gewaltigen Renovierungsstau gab. Pierre wirbelte wie ein Hurrikan durchs Hotel und machte der verschlafenen Belegschaft Beine, die sich nur äußerst gemächlich und in ausgefahrenen Gleisen bewegte und sich dem neuen Tempo mit allen Tricks widersetzte. Als Erstes sorgte er dafür, dass das Gebäude von Kakerlaken und anderem Ungeziefer gesäubert wurde, dann ließ er die Räume neu streichen und das Dach reparieren. Nun konnte zumindest das Restaurant den Betrieb wieder aufnehmen. Schließlich musste Geld verdient werden.

Langsam, aber stetig ging es mit dem Hotel bergauf. Pierre verdiente sehr gut, und bald konnten sie aus dem kleinen Haus, das ihnen die Geschäftsleitung der Hotelkette gestellt hatte, ausziehen und sich ein großes Haus oberhalb der Nordküstenstraße kaufen, mit üppigem Garten und einem süchtig machenden Blick über den Indischen Ozean. Alice sah sich nach einem Job um, aber auch in Durban schien der Bedarf an einer studierten Restauratorin verschwindend gering zu sein. Pierre schlug ihr vor, eine Kunstausstellung in seinem Hotel zu organisieren, um Geschäftsbeziehungen zu knüpfen. Dazu bekam sie einige Leinwände anvertraut, die sich in der extremen Feuchtigkeit an der Küste gewellt hatten und Schimmelflecken aufwiesen. Aber die Zeit, die sie für die Restaurierung der Bilder aufbringen musste, stand in keinem Verhältnis zu dem Geld, das sie dafür bekam.

Und Geld wollte sie verdienen, schon allein um überhaupt erst kein Gefühl der Abhängigkeit Pierre gegenüber aufkommen zu lassen. Parallel zu ihrem letzten Auftrag – es handelte sich um ein kleines Bild von einem völlig unbedeutenden Maler, von dem sie lediglich den alten Firnis abheben und einen neuen aufbringen musste – bewarb sie sich um eine ausgeschriebene Stelle als Maklerin in einer bedeutenden Immobilienagentur.

Die Firmeninhaberin, eine mütterlich wirkende Frau mit dickem, blondem Haar und rundlicher Figur, die aber unter der sanften Oberfläche knallhart auf Gewinnoptimierung bedacht war, gab ihr den Job sofort. Alice wurde im Schnellverfahren in die Materie eingeführt und stellte zu ihrer Verwunderung fest, dass sie das Talent besaß, wildfremde Menschen davon zu überzeugen, dass das Haus, das sie ihnen gerade zeigte, ihr lang gesuchtes Traumhaus war.

Sie brachte die Verkäufer dazu, den größten Teil ihrer Möbel auszulagern. Mit einer minimalistisch reduzierten Einrichtung aus dem Fundus, den sie sich in ihrer eigenen Garage angelegt hatte, betonte sie die Vorzüge der Immobilie und sorgte dafür, dass der Garten wie manikürt aussah. Einen Kübel mit einer blühenden Zitrone schleppte sie von einem Schauhaus zum anderen mit und stellte ihn stets so auf, dass der betörende Duft jedem potenziellen Käufer ein Lächeln ins Gesicht zauberte. Pierre fand die Strategie sehr clever.

Ihr Umsatz stieg stetig, Alice verdiente gut, doch gerade als sie sich einen Namen in der Branche gemacht hatte, kündigte sich ein Baby an. Natürlich freute sie sich sehr darüber, aber der Gedanke, ihre neu gewonnene Selbstständigkeit wieder aufgeben zu müssen, fiel ihr anfänglich doch sehr schwer.

Ende August, drei Jahre nach dem Junigewitter in London, wurde Christoph geboren. In Deutschland.

»Nur zur Vorsicht«, hatte sie ihren Eltern zwei Monate vor dem Termin geschrieben. »Dann ist unser Baby kein gebürtiger Südafrikaner, sondern ein waschechter Deutscher.«

Ihre Eltern waren hocherfreut darüber. Wohlweislich hatten sie ihnen nicht den wahren Grund ihrer Entscheidung mitgeteilt. Der Sohn eines deutschen Kollegen von Pierre war in Südafrika auf die Welt gekommen. Als der Junge fünfzehn Jahre alt war, wollte die Familie verlängerte Ferien in Deutschland verbringen, worauf ihnen in trockener Amtssprache mitgeteilt wurde, dass ihr Sohn als gebürtiger Südafrikaner der Wehrüberwachung unterliege. Es sei ihm nicht erlaubt, das Land zu verlassen, obwohl er einen deutschen Pass habe. Ihnen als Eltern stehe die Ausreise natürlich frei. Mit achtzehn wurde der Junge in die südafrikanische Armee eingezogen und an der Grenze nach Angola stationiert, wo er bei einem Schießunfall umkam. So hieß es beschönigend. Dass dort ein brutaler Buschkrieg tobte, war ein Tabuthema.

Sie schauderten, als sie sich die möglichen Konsequenzen für ihr ungeborenes Kind ausmalten, und so flog Alice sechs Wochen vor der Geburt nach Deutschland. Sie wohnte bei ihren Eltern, aber der Aufenthalt war nicht so sorglos, wie sie sich das erhofft hatte. Ihr Vater, der schon immer politisch interessiert gewesen war, ließ keine Nachrichtensendung im Fernsehen aus, keine politische Debatte, und hatte *Die Welt* und den *Spiegel* abonniert, die er bis auf den letzten Buchstaben durchlas. »Was sagst du dazu?«, fragte er Alice gleich beim ersten Abendessen und schob ihr die aufgeschlagene Zeitschrift hin. »Militär und Polizei liefern sich in den Townships blutige Kämpfe mit schwarzen Jugendlichen, die mit Steinen und Molotowcocktails bewaffnet sind …«

Obwohl Alice am liebsten den Kopf in den sprichwörtlichen Sand gesteckt hätte, zwang sie sich, den *Spiegel*-Artikel wenigstens zu überfliegen.

»Diese Generation hat keine Schulbildung«, sagte ihr Vater. »Die hat lediglich gelernt, dass es leichter ist, an ein Auto zu kommen, indem man dem Besitzer eine Waffe an den Kopf hält, als dafür zu arbeiten.« Er sah ihr in die Augen und senkte die Stimme. »Ich habe Angst um euch.«

Alice antwortete nicht. Der Artikel listete akribisch auf, welcher Gräueltaten sich das Apartheidregime schuldig gemacht habe. Entsetzt las sie von blutigen Aufständen in KwaMashu, das nur eine knappe halbe Autostunde von Umhlanga Rocks entfernt lag, von Bombenexplosionen in Supermärkten und davon, dass der Schwarzenführer Steve Biko nicht, wie die südafrikanischen Zeitungen damals gemeldet hatten, an den Folgen eines Hungerstreiks gestorben sei, also Selbstmord begangen habe, sondern in Wirklichkeit von der Polizei zu Tode gefoltert worden sei. Das Foto, das heimlich an seinem offenen Sarg aufgenommen worden war, bezeugte das aufs Grausamste.

Obwohl sich Alice anfänglich weigerte, den Berichten in den Zeitungen Glauben zu schenken, musste sie schließlich kapitulieren. Die Beweise waren übermächtig. Fassungslos starrte sie auf die barbarischen Szenen, die abends im Fernsehen gezeigt wurden. Schwer bewaffnete Polizisten, die auf wehrlose Menschen einprügelten, scharfe Hunde auf sie hetzten und wahllos in die Menge schossen. Diese Bilder kannte sie aus dem südafrikanischen Fernsehen nicht. Ihr wurde auf brutalste Weise klar, wie wenig sie aufgrund der massiven Pressezensur von der tatsächlichen politischen Lage in Südafrika mitbekam.

»Wir haben davon ... nichts gehört«, stotterte sie auf der Willkommensparty, als ihre Freunde ihr Vorhaltungen machten. »Das haben wir alles nicht gewusst ...«

»Das haben die alten Nazis auch immer gesagt!«, sagte jemand.

Die Antwort traf Alice wie ein Schlag. Selbst ihr Exfreund Joachim und Manuela, die inzwischen schon seit einem Jahr miteinander verheiratet waren, ließen sie ihre Empörung deutlich spüren. Verstört zog sie sich von allen Freunden zurück.

Christoph kam zum vorgesehenen Termin auf die Welt, und Pierre schaffte es trotz seiner Arbeitsbelastung gerade noch rechtzeitig, zur Geburt in Deutschland zu sein. Mutter und Sohn ging es ausgezeichnet. Ihr persönliches Glück war perfekt.

»Er schaut so frech«, sagte Pierre, als er seinen Sohn das erste Mal auf den Arm nahm, und Alice lachte, weil es stimmte.

»Der wird eine Handvoll werden.« Voller Stolz betrachtete sie ihre kleine Familie.

Gleich am nächsten Tag bestand Alice darauf, die Klinik zu verlassen. Vor dem Schlafengehen berichtete sie Pierre von dem, was ihr tonnenschwer auf der Seele lag. »Hast du gewusst, dass die Polizei Steve Biko zu Tode gefoltert hat?«

Auch Pierre zeigte sich schockiert über diese Nachricht und wollte es erst nicht glauben. Nachdem sie ihm zum Beweis die deutschen Pressefotos vorgelegt hatte, musste er erkennen, dass ihr Paradies am Meer nichts weiter als eine Illusion war.

»Ich fliege allein zurück und löse unseren Haushalt auf«, sagte er sichtlich erschüttert. »Woanders auf der Welt gibt es auch große Hotels. Ich finde bestimmt bald wieder einen Job.«

Alice antwortete nicht und gab vor, mit Christophs Windel beschäftigt zu sein. Vor ihrem inneren Auge zogen die vielen Picknicks vorbei, die sie mit Freunden veranstaltet hatten, die Fahrten in die Wildreservate, die fröhlichen Tage am Strand.

»Ich lass dich nicht allein«, entgegnete sie schließlich ruhig. »Wir fliegen zusammen zurück. Ich will selbst herausfinden, warum wir das alles nicht mitbekommen haben.«

Beide Elternpaare taten ihr Bestes, sie umzustimmen, aber sie blieben stur. Vor der Abreise kauften sie stapelweise Babykleidung, die bis zum Alter von fünfzehn Monaten reichen sollte. Dazu ein Kilo Schwarzwälder Schinken und verschiedene Käsesorten, von denen Alice hoffte, dass sie sie ungeschoren durch den Zoll bekam. Auch einige ihrer Bücher, die sie noch auf dem Dachboden ihrer Eltern gelagert hatte, packte sie in die Koffer. Dann flogen sie mit Christoph auf dem Arm zurück nach Südafrika. Nicht freudig erregt und voller Neugier wie das erste Mal, denn jetzt trübte ein pechschwarzer Schatten ihren Blick auf das Land, das ihnen bisher so idyllisch erschienen war.

In Johannesburg mussten sie wie immer ewig lange in der stickigen Halle mit anderen Passagieren der kürzlich gelandeten Auslandsflüge vor der Passkontrolle Schlange stehen. Christoph quengelte, weinte und schrie schließlich wie am Spieß. Endlich wurden sie einer nach dem anderen durch die klaustrophobisch engen Durchgänge zum schusssicheren Glaskäfig des Beamten der Einwanderungsbehörde geschoben, der ihre Pässe minutiös mit scharfem Misstrauen prüfte.

Kaum hatten sie den begehrten Stempel in ihren Pässen, führte ihr Weg an Soldaten mit schussbereiten Maschinenpistolen und schnüffelnden Bombenhunden sowie an verschiedenen Typen in Straßenkleidung vorbei, die in lässiger Haltung herumstanden. Auf Anschluss wartende Reisende, so erschien es Alice im ersten Moment. Ausdruckslose Mienen, Augen, die unablässig über die Menschenmenge strichen, doch dann entdeckte sie den Knopf im Ohr eines Mannes in nächster Nähe und das Kabel, das neben dem pfenniggroßen Mikrofon diskret unter dem Hemdkragen verschwand.

»Diese Typen da, die an dem Pfeiler da vorn stehen«, flüsterte sie Pierre zu und wies mit dem Kinn diskret auf zwei von ihnen. »Sind das Polizisten?«

Pierre schaute kurz hinüber. »Geheimdienst«, antwortete er knapp. »Agenten vom BOSS.«

Aus den Augenwinkeln bemerkte Alice, dass der Mann mit dem Knopf im Ohr sie scharf beobachtete, und ihr brach urplötzlich der kalte Schweiß aus. Sie drückte Christoph fest an sich und ging hastig weiter. Die Gesichter der Kofferträger und Reinigungskräfte waren ausdruckslose dunkelbraune Masken, unter gesenkten Brauen glühten schwelende Blicke, berührten sie und glitten dann ins Leere. Die Fotos von dem toten Steve Biko und die Fernsehbilder der blutigen Aufstände in den Townships flackerten vor ihrem inneren Auge auf. Ein brennend schlechtes Gewissen verätzte ihr die Kehle. Sie senkte den Kopf, damit niemand sehen konnte, wie aufgewühlt sie war.

Seit ihrem Abflug Ende Juli hatte sich nichts geändert. Die großen Flughäfen Südafrikas wimmelten schon seit Jahren von schwer bewaffneten Polizisten, das war längst zum Alltag geworden, aber erst jetzt ahnte sie, wie dünn und brüchig die glänzende Oberfläche dieses Landes war. Erst jetzt spürte sie eine massive Bedrohung, die sie vorher in ihrer heilen Welt am Indischen Ozean nicht wahrgenommen hatte. Ihr Blick auf das Land hatte sich unwiderruflich verändert.

»Sind wir blind gewesen oder nur naiv?«, flüsterte sie Pierre zu, als sie bei der Gepäckausgabe warteten.

Pierre wuchtete einen ihrer Koffer vom Band. »Ich kann es mir auch nicht erklären. Lass uns nach Hause fliegen, und dann sehen wir weiter. Heute sind wir einfach auch zu müde, als dass wir noch klar denken könnten.«

Am Zoll gab es keine Schwierigkeiten. Käse und Schinken blieben merkwürdigerweise unbeanstandet, nur das alte Kochbuch, das sie von Tante Hanna bekommen hatte, wurde nebst zwei anderen Büchern zu ihrer Verwunderung genauestens inspiziert.

»Die suchen subversives Material«, raunte ihr Pierre zu.

Alice war sich nicht sicher, ob er das als Scherz meinte. Subversiv war ein Wort, auf das sie zunehmend nervös reagierte. Sie konnte sich jedoch keinen Reim darauf machen, was das mit ihren Büchern zu tun haben sollte.

Schweigend schoben sie die Gepäckwagen hinüber in die Inland-Abflughalle und gaben ihre Koffer für den Weiterflug nach Durban auf. Am frühen Nachmittag endlich landeten sie am Louis-Botha-Airport und gingen mit gesenktem Kopf über das sonnenheiße Rollfeld. Auch hier waren in der Ankunftshalle überall Zivilpolizisten postiert, auch hier spürte sie die Bedrohung. Schweigend warteten sie auf ihr Gepäck. Als sie endlich den Flughafen verließen, strahlte die Sonne. Aber ihr Licht erschien ihnen auf einmal trüber, die leuchtenden Farben der Blüten blasser, und die Luft hatte ihre Süße verloren. Bedrückt fuhren sie nach Hause.

Abends lagen sie eng umschlungen im Bett, und obwohl sie vom Flug ziemlich geschafft waren, fand keiner von beiden Schlaf.

Ständig wirbelten ihr die Worte ihrer Freunde im Kopf herum. Als sie am nächsten Morgen in den Garten ging – darauf hatte sie sich seit ihrem Abflug schon gefreut –, bemerkte sie, dass der Gärtner von Dotti Myers, der das Grundstück nebenan gehörte, an seinen Rasenmäher gelehnt dastand und etwas in ein Notizbuch schrieb. Als er sie bemerkte, ließ er das Büchlein sofort in der Hosentasche verschwinden. Ihr erster Gedanke galt dem Erstaunen, dass er lesen und schreiben konnte, ihr zweiter der erschreckenden Vermutung, dass er vielleicht gar kein Gärtner war, sondern ein Untergrundkämpfer, ein Terrorist. Alice behielt ihre Befürchtungen für sich und erzählte Pierre nichts davon, der sich immer gern über die Verschwörungstheorien der Hiesigen lustig machte. Doch auch am nächsten Tag gelang es ihr nicht, das ungute Gefühl abzuschütteln. Sie war völlig aus dem Gleichgewicht geraten und in einem inneren Käfig von lähmender Unentschlossenheit und Angst gefangen.

»Lass uns rauf nach Afrika fahren«, flüsterte sie, als sie abends im Bett lagen, und meinte damit das Hluhluwe-Umfolozi-Wildreservat. »Da bekommen wir unseren Kopf frei und können wieder klarer sehen. Nur für zwei, drei Tage.«

Pierre konnte sich tatsächlich in der folgenden Woche ein paar Tage freischaufeln, und so fuhren sie ins Mpila-Camp. Während Pierre das Gepäck in dem Zelt, das auf einer ein Meter hohen hölzernen Plattform stand, verstaute, blieb sie vor dem Zelteingang stehen und ließ den Blick über den spärlichen Busch und die im Morgendunst liegenden Hügel Zululands schweifen.

»Herrgott, ist das schön hier«, sagte sie und drehte sich zu Pierre um. »Lass uns frühstücken und dann losfahren.«

Kurz darauf zog würziger Kaffeeduft aus der offenen Küche durchs Zelt. Pierre deckte den Tisch, während Alice ihrem Sohn die Brust gab. Anschließend hob sie ihn hoch und roch an seiner Windel. Und verzog das Gesicht.

»Unser Kleiner war heute Morgen schon ziemlich produktiv«, sagte sie lächelnd. »Ich werde einen Stapel Windeln mit auf die Safari nehmen müssen.«

Bald lag Christoph, zufrieden mit seinen Fingern spielend, im Kinderwagenkorb, den Pierre von den Rädern abgenommen und auf die Rückbank gestellt hatte. Alice deponierte den vom Küchenchef bis zum Rand gefüllten Picknickkorb für sie gut erreichbar hinter ihrem Sitz, während Pierre eine Kiste mit Mineralwasser, Saft und Bier einlud. Er stieg ein und ließ den Motor an.

»Okay, hamba!«, rief sie fröhlich lachend und setzte ihre Sonnenbrille auf. »Fahr los!«

Pierre nahm ihr Gesicht in beide Hände und küsste sie. »Das war das erste Mal, dass du seit unserer Rückkehr wieder wirklich gelacht hast«, flüsterte er und legte dann den Gang ein.

Wie immer im September war die Vegetation noch nicht so üppig wie im Sommer, und die Tiere konnten sich nicht im dichten Busch ihren Blicken entziehen. Alle Tiere hatten Junge geworfen, und es lag ein Singen in der Luft, ein Duft von Frische und neuem Leben nach einem kühlen, nassen Winter.

»Hier könnte ich bleiben, für immer und ewig«, murmelte sie und sog die herrliche Luft in sich ein.

Die Sonne stieg in den durchsichtig blauen Himmel, und sie schaukelten im Schritttempo über die zerklüftete Buschpiste. Als sie auf eine Herde Elefanten mit mehreren Jungtieren stießen, die in der Uferzone des Schwarzen Umfolozi ihr Morgenbad nahm, schaltete Pierre den Motor aus, langte herüber und nahm ihre Hand in seine. Hand in Hand saßen sie da und sahen Afrika bei seinem Tagwerk zu. Wie ein königsblauer Blitz schoss ein Eisvogel von seinem Ast mit leisem Platschen ins Wasser und tauchte in einem glitzernden Tropfenregen mit einem zappelnden Fischchen im Schnabel wieder auf. Warzenschweine suhlten sich im Uferschlamm, eine Elefantenkuh schnaufte, ihre Jungen planschten im flachen Wasser, und ein Glanzhaubenturako ließ seinen durchdringenden, heiseren Schrei hören. Es waren die einzigen Geräusche.

Ihre verkrampften Muskeln lockerten sich, die Stäbe ihres inneren Käfigs fielen ab, und die Anspannung rann aus ihr heraus. Stumm vor Entzücken, beobachteten sie eine Löwin mit zwei winzigen Fellknäulen, die zum Trinken an den Fluss kamen. Tapsig kletterten die Kleinen auf ihrer geduldigen Mutter herum und spielten mit ihrer Schwanzquaste.

»Afrikas Zauber«, hauchte sie.

Pierre sah einem Fischadler nach, der sich ins unendliche Blau hochschraubte. »Er wirkt immer«, sagte er leise.

Auch sie verfolgte den Flug des riesigen Raubvogels. »So frei möchte ich sein«, sagte sie mit sehnsuchtsvollem Blick. »So ungebunden. Und für immer mit dir um die Welt fliegen.«

Afrikas Zauber umgarnte sie und spann sie fest in sein unzerreißbares Netz. Nicht ein einziges Mal in den drei Tagen verloren sie ein Wort darüber, ob sie hierbleiben oder das Land verlassen würden. Als sie wieder zu Hause ankamen, packten sie schweigend aus. Alice versorgte Christoph, und danach gingen sie auch gleich ins Bett. Eng umschlungen sahen sie dem Mondlicht zu, das durchs Zimmer wanderte, und lauschten den Nachtgeräuschen der Natur. Ein kurzer Regen hatte den Staub vom Grün gespült, die Baumfrösche sangen, und der Gardenienbusch vor ihrem Fenster, der in voller Blüte stand, duftete betörend.

Am nächsten Morgen musste Pierre schon um halb sechs raus, und sie stand mit ihm auf, denn Christoph hatte einen Ausschlag am ganzen Körper, der ihr Sorgen machte. Sowie die Praxis von Dr. Allessandro geöffnet hatte, wollte sie hinfahren. Mary, das Hausmädchen, das sie erst kürzlich eingestellt hatten, hatte den Frühstückstisch bereits gedeckt. Die aufgehende Sonne verwandelte den Morgendunst über dem Meer in einen glitzernden Schleier, und die ersten Brandungsboote liefen zum Fischen aus.

»Hoffentlich fängt Bill heute ein paar Snoeks oder eine Goldbrasse und nicht nur Zackenbarsche«, sagte Pierre und schaute den Booten nach. »Ich werde ihn am Strand abfangen, wenn er zurückkommt. Eigentlich darf er ja nicht vom Boot aus verkaufen, aber für besondere Kunden legt er die Vorschriften etwas großzügiger aus.«

»Was meinst du damit?«, sagte sie und goss ihm Kaffee ein.

Er grinste wie ein Bengel, der einen Streich vorhatte. »Ich suche mir die Fische am Strand aus, er trägt sie zur Straße hinauf, und dann erst wechseln Ware und Geld den Besitzer. Nur wenn die Typen von der Naturschutzbehörde auf der Pirsch sind, müssen wir vorsichtig sein. Das kann nämlich Ärger geben.«

»Muss das sein? Kannst du den Fisch nicht woanders kaufen?«

»Nicht so frisch, nein.« Er wischte sich mit der Serviette den Mund ab und stand auf. Dann küsste er zum Abschied erst Christoph und dann sie. »Tschüs, ihr beiden. Bis heute Abend.«

Alice runzelte die Stirn. Die Tatsache, dass Pierre es mit Vorschriften oft nicht so genau nahm oder sie gar in seinem Sinn interpretierte, beunruhigte sie öfter. Auf der anderen Seite wünschte sie sich, so locker wie er zu sein. Noch immer hatte sie Hemmungen, bei Rot über die Straße zu gehen.

Sie blickte hinaus übers Meer. Über dem Mosambik-Strom schien sich ein Unwetter zusammenzubrauen. Hoffentlich trifft uns das nicht, dachte sie mit unterschwelliger Unruhe, und damit meinte sie nicht nur Blitz, Donner und Wolkenbrüche.

Als sie später vom Arztbesuch heimkamen, rief sie nach Mary. Christophs Windel musste gewechselt und sein Bad vorbereitet werden. Danach würde sie mit der Zulu das Abendessen besprechen. Zwar kochte sie immer selbst, aber Mary erledigte die Vorarbeiten – aufdecken, Kartoffeln schälen, Salat waschen und Ähnliches –, und natürlich würde das Mädchen, nachdem sie abgedeckt hatte, die Küche aufräumen. Das war schließlich ihr Job. Alice hatte vor, mit Christoph zu einer Kunsthandwerksausstellung im Japanese Garden zu gehen.

»Mary!«, rief sie noch einmal, bekam aber wieder keine Antwort. Es blieb alles still. Mit Christoph auf dem Arm lief sie zu Marys Khaya, um nachzusehen, ob die Zulu sich dort aufhielt. Ein Blick in das leere Zimmer zeigte ihr, dass ihr Hausmädchen sie verlassen hatte. Vorsichtshalber sah sie noch in der Dusche nach, ob das Mädchen sich vielleicht gerade wusch, aber auch dort war sie nicht.

»Na, großartig!«, schimpfte Alice laut und überlegte fieberhaft, woher sie auf die Schnelle eine vertrauenswürdige Haushaltshilfe bekommen konnte. Es war üblich, dass man Freunde oder Nachbarn fragte, die wiederum ihre schwarzen Hausangestellten anwiesen, sich nach geeigneten Leuten umzuhören. Das hatte meistens Erfolg. Sie legte Christoph nieder und setzte sich ans Telefon.

Mehrere Nachbarinnen versprachen, ihre Hausmädchen zu fragen, aber keine hatte sofort einen Ersatz parat. Kurz entschlossen rief Alice Pierre an, erklärte ihm ihr Dilemma und bat ihn, bei seinen schwarzen Hotelangestellten nachzufragen.

»Ich brauche ein Mädchen, dem ich Christoph anvertrauen kann«, sagte sie. »Ich will so schnell wie möglich wieder arbeiten.«

Er versprach, sich im Hotel umzuhören, und legte auf. Alice seufzte. Für ein längeres Gespräch blieb wie üblich keine Zeit. Pierre war im Hotel restlos eingespannt, kam abends oft erst nach acht Uhr todmüde zurück und hatte dann keine Lust, tiefschürfende Themen auszudiskutieren. Verschwundene Haushaltshilfen fielen unter diese Kategorie.

Das hieß, dass sie wohl für die nächsten Tage die Hausarbeit allein bewerkstelligen musste. In Deutschland konnte man im Haushalt vielleicht einmal alle fünfe gerade sein lassen, aber in dem feuchtheißen Klima an der Küste Natals hatte das unmittelbare Folgen. Jeder Fleck, und ganz besonders Essensreste in der Küche, der nicht sofort weggeputzt wurde, zog Scharen von

Kakerlaken an. Das traf auch auf Stoffflecken zu, wie sie zu ihrem Leidwesen festgestellt hatte. Einmal war ein Spritzer Soße auf ihrer Lieblingsbluse, den sie nicht sofort ausgewaschen hatte, am nächsten Tag einfach verschwunden gewesen. Dafür war an seiner Stelle ein Loch. Kakerlaken, vermutete sie und kaufte sich einen dicht verschließbaren Wäschekorb. Obendrein war es wegen der stark salzhaltigen Luft notwendig, die Möbel täglich abzuwischen und die Fenster mindestens zweimal die Woche zu putzen. Verdrossen machte sie sich daran, die Küche zu wischen.

Draußen verdunkelte sich inzwischen der Himmel, und innerhalb von Minuten rauschte der erste große Frühjahrsregen übers Land. Sie hielt inne, sah erleichtert zu, wie die Regenfluten das Salz von den Fensterscheiben spülten, und überlegte kurz, ob sie ihr Auto aus der Garage fahren sollte, damit es auch entsalzt wurde. Mary hatte es jeden Tag mit dem Gartenschlauch abgespritzt. Andernfalls würde es einem sonst von Salz zerfressen unter dem Hintern wegrosten, wie Pierre oft bemerkte.

Am nächsten Morgen strahlte die Sonne vom kristallblauen Himmel, das Meer glitzerte. Mavis, das Hausmädchen von Dotti Myers, brachte ihr Rosie, eine junge Zulu, die aber offenbar noch nie in einem modernen Haushalt gearbeitet hatte. Sie erschien Alice jedoch einigermaßen vertrauenswürdig. Seufzend machte sie sich daran, der jungen Frau wenigstens die nötigsten Dinge zu erklären.

Nach dem Abendessen saßen Alice und Pierre mit einem Drink auf der Terrasse. Es war noch immer schweißtreibend heiß. Über ihnen wölbte sich der sternenglitzernde Nachthimmel, der betörend süße Duft der Engelstrompete, die sie neben die Terrasse gepflanzt hatte, umschmeichelte sie, und in der Bougainvilleenhecke flöteten die Baumfrösche. Rosie hatte eben die Küche fertig geschrubbt und sich in ihren Khaya zurückgezogen, um dort ihr eigenes Abendessen zu kochen. Dabei sang sie leise vor sich hin. Eine Melodie, klar wie ein dahinplätschernder Bach.

»Ist das schön hier!« Alice seufzte und vertrieb jeden ungebetenen Gedanken an einen Abschied aus ihrem Paradies.

Die bohrende Frage, ob sie das Land verlassen sollten oder nicht, blieb auch an diesem Abend ungeklärt. Tag für Tag schoben sie sie immer weiter hinaus.

Und so fraß der Alltag ihre Zeit.

Der Sommer kam mit feuchtheißem Wetter, und ihr Garten verwandelte sich in ein duftendes Blütenmeer aus glühenden Farben. Christoph entwickelte sich prächtig, und bald konnte sie ihn mit an den Strand nehmen, wo er sich fäustchenweise den Sand in den Mund stopfte und dabei vor Vergnügen kreischte. Und immer noch zögerten sie die Entscheidung über ihre Zukunft hinaus. Ein herrlicher, heißer Sommertag reihte sich an den anderen. Die Sonne brannte vom Himmel, während ihre Mutter vom langen, kalten Winter und endlosen, dunklen Tagen schrieb.

»Lass uns erst gründlich darüber nachdenken, ehe wir uns entscheiden«, meinte Pierre, als sie eines Abends eng umschlungen auf der Terrasse standen und minutenlang dem Donnern der Brandung lauschten.

»Ich habe heute mit Hamburg telefoniert«, sagte er dann und ließ von ihr ab, um den Grill anzuzünden. »Die haben Schneesturm und minus sieben Grad, die Armen.« Er grinste. »Mit Dunkelheit und Kälte komm ich wirklich nur ganz schwer klar.«

Alice schüttelte sich theatralisch. »Und ich versinke in pechrabenschwarzer Schwermut«, murmelte sie, schmiegte sich von hinten an ihn und sah zu, wie der Widerschein der untergehenden Sonne die weißen Wolken über dem Ozean leuchtend rosa färbte und funkelnde Diamanten auf den Wellen tanzen ließ.

Und damit war das Thema wieder gestorben. Die Bedrohung, die Alice bei ihrer Rückkehr aus Deutschland empfunden hatte, und das schlechte Gewissen wichen so weit zurück, dass es leicht war, nicht mehr daran zu denken.

Solange sie noch nicht wieder als Maklerin arbeitete, wollte sie die Zeit dazu nutzen, das Haus zu renovieren und umzugestalten. Sie schleppte Pierre in die Stadt, um neues Pflaster für die Terrasse auszusuchen und um Gardinen und eine neue Couchgarnitur zu kaufen. Da Rosie sich weigerte, einen Handschlag im Garten zu tun, und nur widerwillig die Terrasse reinigte, stellte sie einen jungen Schwarzen ein. Er hieß Shongololo und nannte sich Gärtner, was er aber nicht war, wie sie herausfinden sollte, als er die Ableger der herrlich duftenden Brunfelsia-Büsche, die sie von Dotti bekommen hatte, als Unkraut entsorgte. Aber er war sehr kräftig und lernbegierig. Wenn Shongololo arbeitete, sang er in seiner Sprache, aber wenn sie ihn fragte, was die Worte bedeuteten, schüttelte er laut lachend den Kopf, klickte ein paar Sätze in stakkatoschnellem Zulu, wobei er ihr verstohlene Seitenblicke zuwarf und voller Spott in sich hineingluckste. Sie ärgerte sich darüber und nahm sich vor, seine Sprache zu erlernen.

Mit seiner Hilfe pflanzte sie Hibiskusbüsche, Frangipani- und Zitronenbäume und legte am Fuß des Grundstücks einen Steingarten an. Es dauerte nur kurze Zeit, und sie entdeckte zu ihrem unbeschreiblichen Entzücken, dass zwischen den Zitronenzweigen ein schillernder Kolibri nistete.

Das Leben an diesem Ort war pure Therapie. Alice war glücklich, und ohne dass es ihr wirklich bewusst wurde, war sie selbst dabei, ein Nest zu bauen und ihre Wurzeln tief in der warmen Erde Natals zu verankern. Die düsteren Geschichten, die sie über die schwarze Gefahr hörte, die von der Regierung stets heraufbeschworen wurde, wenn sie weitere Restriktionen anordnete, verloren für sie allmählich ihren Schrecken. Sie kam bestens mit den Schwarzen aus, scherzte häufig mit Rosie und Shongololo. Nur wenn sie die beiden nach ihren Lebensumständen ausfragte, verschloss sich deren Gesicht, ihr Blick wich ihrem aus, und die Antworten, die sie darauf bekam, wurden immer einsilbiger und vager. Es erschien ihr, als hätten sie ihr eine Tür vor der Nase zugeschlagen.

»Sie mögen solche Fragen nicht, glaub mir«, sagte Pierre, als sie das Problem mit ihm besprechen wollte. »Das hab ich auch erst mit der Zeit kapiert. Irgendwie fühlen sie sich dadurch in die Ecke getrieben. Lass es einfach.«

Alice hörte auf, Fragen zu stellen, und bedauerte, dass die beiden Zulus ihr den Zutritt zu ihrer Welt verweigerten. Und so machte sie sich daran, auf andere Art diese unsichtbare Mauer niederzureißen. Oft gab sie den beiden Lebensmittel, abgelegte Kleidung oder ein ausrangiertes Möbelstück, auch wenn ihre Nachbarin Dotti sarkastisch bemerkte, dass diese Sachen wohl an der nächsten Straßenecke verkauft und in Alkohol umgetauscht würden, und sie gleichzeitig davor warnte, die Hausbediensteten zu verwöhnen. Das werde schnell als Schwäche ausgelegt, und überhaupt würden die Schwarzen klauen wie die Raben.

»Du musst sie dafür arbeiten lassen«, erklärte sie ihr. »Schenken darfst du ihnen nichts, sonst halten sie dich für dumm.«

Die Art, wie Dotti über Hausbedienstete sprach, fand Alice empörend, und als Reaktion erhöhte sie den Lohn von Shongololo und Rosie, was ihr ein wohliges Gefühl der Selbstzufriedenheit bescherte, allerdings auch massive Kritik der Nachbarn einbrachte.

»Ich habe einen Journalisten kennengelernt«, berichtete Pierre eines Abends. »Neil Robertson – er dürfte etwa so alt sein wie wir. Er und seine Frau haben im Hotelrestaurant mit Freunden gegessen und erfreulicherweise eine Riesenrechnung gemacht.« Er grinste bei diesen Worten. »Interessanter Typ, dieser Robertson. Er gehört zu den Besten in seinem Beruf, hat man mir erzählt. Außerdem stammt er aus einer der ältesten Siedlerfamilien in Natal und kennt hier jeden. Du weißt, wie wichtig das für mich beruflich ist. Obendrein ist seine Frau wahnsinnig nett. Ihre Familie wiederum ist nicht nur alter Natal-Adel, sondern auch noch stinkreich. Für Freitag haben sie uns zum Essen zu sich nach Hause eingeladen.«

»Nett und dann noch stinkreich, was für eine tolle Kombination«, bemerkte Alice mit sanftem Spott. »Ich würde sehr gern mitkommen, aber ich kann Christoph auf keinen Fall allein hierlassen.«

Pierre winkte ab. »Kein Problem, den nehmen wir mit. Die haben bestimmt eine Nanny, die ihn beaufsichtigen kann. Die Südafrikaner bringen alle ihren Nachwuchs auf Partys mit.«

Die Kinderliebe in diesem Land hatte Alice selbst schon miterlebt. Die größeren Kinder wuselten zwischen den Erwachsenen herum, und die kleineren wurden dann zum Schlafen – wie Sardinen Kopf an Fuß – ins Ehebett gepackt. Nachts wurden sie dann von den Eltern wieder eingesammelt.

Neil Robertsons Frau stellte sich als ein hinreißendes Geschöpf mit kupferfarbenem Lockenkopf und sprühenden, grünen Augen heraus, neben deren Grazie sie sich sofort etwas tollpatschig vorkam.

»Willkommen«, zwitscherte sie und zog Alice in eine herzliche Umarmung. »Ich heiße Tita. Welch ein wonniges Baby! Junge oder Mädchen?« Sie kitzelte Christophs Nase, der darauf niesen musste.

»Junge«, antwortete Alice. »Er heißt Christoph.«

»Gladys«, schrie Tita, worauf eine korpulente schwarze Frau in rosa Arbeitskittel und dazu passendem Kopftuch heranschlurfte. »*Thatha lo ingane* nach oben! Mimi soll auf den Kleinen aufpassen.« Sie wandte sich an Alice. »Gladys ist mein Hausmädchen und Mimi ihre Tochter. Die hat schon unsere Kinder beaufsichtigt. Wir haben eine Tochter und zwei Söhne.«

Eine junge Schwarze in adretter, blauer Uniform erschien und begrüßte Alice schüchtern mit gesenkten Augen und einem angedeuteten Knicks. Tita gab ihr auf Zulu eine Anweisung, worauf Mimi mit den Kissen aus Christophs Kinderwagen die Treppe hinauf in den ersten Stock ging. Tita und Alice folgten ihr nach oben in ein Zimmer, das wie ein Boudoir aussah. Elegant eingerichtet, mit weichem, sonnengelbem Teppich, zwei bequemen Sesseln, einer Couch mit dicken Kissen und einem zierlichen Schreibtisch, der vor dem bodentiefen Fenster stand.

»Mein Zimmer«, erklärte Tita, schob die Gardinen zurück und öffnete die Glastür zur Veranda. »Hier ist dein Kleiner ungestört. Komm runter, sobald du ihn ins Bett gebracht hast.« Damit wirbelte sie in einer Wolke aus Parfumduft hinaus.

Mimi hatte auf der Couch ein Bett für Christoph hergerichtet, und Alice legte ihn in die Kissen. Das Licht des abnehmenden Mondes flimmerte durch die spinnwebzarten Gardinen, die sich sacht im Abendwind blähten. Sie trat ans Fenster und sah hinauf in den nachtblauen Himmel zu den Myriaden von funkelnden Sternen der Milchstraße. Wie leicht hier alles war, wie herzlich und unkompliziert ihr wildfremde Menschen begegneten! Das Gefühl stieg ihr in den Kopf wie perlender Champagner. Welch ein wunderbares Land, dachte sie und lächelte Mimi zu, die fürsorglich zwei Stühle so vor die Couch stellte, dass Christoph nicht herunterpurzeln konnte.

Nach einer Weile kam Tita zurück und trat leise ins Zimmer. »Schläft er?«, sagte sie. »Wir haben noch ein paar Leute eingeladen, damit du hier mal jemanden kennenlernst. Komm, die anderen warten schon draußen auf dich.« Sie zog Alice an der Hand durchs Haus hinaus auf die von flackernden Fackeln erleuchtete riesige Terrasse, die an einen angestrahlten Swimmingpool grenzte.

Wenigstens zwei Dutzend Paare standen hier beisammen, unterhielten sich angeregt und nippten an Champagnergläsern. Auf Titas Zuruf hin wandten sich ihr aller Augen zu, und Alice blieb bei dem Anblick wie angewurzelt in der Tür stehen. Unvermittelt fühlte sie sich an das Löwenrudel erinnert, dem Pierre und sie sich in Umfolozi urplötzlich gegenübergesehen hatten. Die Tiere hatten dabei jenen starren Blick auf sie gerichtet, mit dem sie ihre Beute fixierten. Für Sekunden verspürte sie auch jetzt einen starken

Fluchtimpuls, erkannte ihre Reaktion aber sogleich als unsinnig und setzte das strahlende Lächeln auf, mit dem sie sonst Hausinteressenten begrüßte. »Hallo«, sagte sie und bemerkte gleich darauf mit Unbehagen, dass die Damen wie Tita ausnahmslos lange Abendkleider trugen.

Verstohlen musterte Alice das Kleid ihrer Gastgeberin. Aus federleichtem, weißem Stoff, schulterfrei und bodenlang, saß es wie angegossen auf Titas blendender Figur. In ihrem ärmellosen, cremefarbenen Etuikleid mit Minirock kam sie sich ziemlich fehl am Platz vor. Doch ohne Grund, wie sie schnell feststellte. Pierre und sie wurden von herzlicher Freundlichkeit überschwemmt und von allen Seiten mit Einladungen überhäuft. Zu Grillpartys, zum Dinner, zum Tee und zu Gartenfesten und sogar zu einer Hochzeit. »Mamma mia«, murmelte sie beeindruckt.

Es machte sie allerdings nervös, dass fast jeder männliche Gast eine Waffe trug. Im Schulterholster oder sogar einfach nur in den Hosenbund gesteckt. Beiläufig machte sie Pierre darauf aufmerksam.

»Ist hier so«, sagte er mit alkoholschwerer Stimme.

Die Vorstellung, dass ein Haufen angetrunkener Machos mit Pistolen herumfuchteln könnte, jagte ihr Angst ein, und sie überlegte, wie sie Pierre dazu bewegen konnte, die Party vorzeitig zu verlassen. Aber da trat ein Mann aus dem Haus auf die Terrasse, der ihr auf den ersten Blick nicht als sehr bemerkenswert erschien. Blasse Haut, blasse Augen, blasses Haar, und verglichen mit Pierre war er eher mittelgroß und ziemlich muskulös. Er trug lange, helle Hosen und ein olivfarbenes Hemd mit kurzen Ärmeln.

»Hallo, Leute«, rief er mit entschuldigendem Grinsen. »Tut mir leid, dass ich zu spät komme, aber ich musste mal kurz telefonieren.«

»Na, Neil, alter Junge, brennt's wieder irgendwo in der Welt, und du wirst gebraucht?«, rief ihm ein Mann mit Schnauzer und millimeterkurz geschnittenem Haar zu. Er hielt einen Whiskybecher in der Hand und kaute auf einer Zigarre herum. Sein Hemd hatte Schulterklappen, und aus seinem Gürtel ragte der Knauf eines Revolvers.

Ein Armeetyp, fuhr es Alice durch den Kopf. Davon hatte sie schon einige kennengelernt. Alle südafrikanischen Reservisten waren wegen des schwelenden Bürgerkriegs eingezogen worden und mussten in regelmäßigen Abständen Militärdienst leisten, und die meisten hatten ein Gehabe an sich, das ihr völlig gegen den Strich ging. Überwiegend waren sie laut und angeberisch, und zudem tranken sie zu viel. Auf einer Party im Hotel hatte ihr so einer einmal den Po getätschelt, und als sie ihn wütend angezischt hatte, hatte er ihr mit einem »Hab dich doch nicht so, Baby, ich muss bald wieder in den Krieg« an die Brust gegriffen. Für sie völlig unerwartet, war Pierre damals mit einem Satz dazwischengesprungen. Er hatte den Mann gepackt, ihn quer durch die Hotelhalle gestoßen und schließlich auf die Straße befördert. Zu ihrer eigenen Überraschung hatte sie sich über seine vehemente Reaktion gefreut. Wann immer sie ihren Eltern von Ärger oder Kummer mit anderen Menschen erzählt hatte, hatten die das stets auf ihr wohl provozierendes Verhalten geschoben. Schuld hatte immer sie gehabt, nie die anderen.

Neil Robertson fixierte den Sprecher mit einem harten Blick. Er hatte den Mund zu einem Lächeln verzogen, das seine Augen nicht erreichte. »Es gibt genügend Brennpunkte bei uns im Land«, erwiderte er betont langsam. »Da brauche ich nicht in die Ferne zu schweifen.« Die Schärfe in seinem Ton war die eines frisch geschliffenen Messers.

Alice hatte den deutlichen Eindruck, dass er den anderen Mann nicht ausstehen konnte.

»Sag ich doch«, entgegnete der Armeetyp und bedachte Neil mit einem überlegenen, spöttischen Grinsen, das aber mehr wie ein Zähnefletschen wirkte. »Ihr Liberalen«, geiferte er plötzlich.

»Euch sollte man alle einbuchten, zusammen mit euren Freunden, den stinkenden schwarzen Affen vom ANC.«

Neil Robertson senkte den Kopf wie ein angreifender Büffel und ballte die Fäuste. Tita musste die Szene beobachtet haben, denn plötzlich stand sie neben ihm und legte ihm eine Hand auf den Arm. Neil atmete tief durch und lockerte die Fäuste. Dann trat er ein paar Schritte vor und schob sein Gesicht ganz dicht an das des Mannes heran.

»Du dämliches, korruptes Schwein«, sagte er und spießte den Mann förmlich mit seinem Blick auf, die Stimme aufgeladen mit unterdrückter Wut. »Verschwinde aus meinem Haus, und zwar sofort. Sonst lasse ich dich von Twotimes hinauswerfen. Das würde dir doch sicher gefallen, oder?« Er drehte sich zum Haus und rief: »Twotimes!«

Und schon trat ein Schwarzer in Jeans und dunklem T-Shirt auf die Terrasse, als hätte er nur auf seinen Einsatz gewartet. »Mister Neil«, sagte er. Seine Stimme war tief, sein Körper ohne ein Gramm Fett und die Haut fast blauschwarz, nicht schokoladenbraun wie die der Zulus. Er trug keine Schuhe, und seine rissigen Sohlen zeugten von den langen Wegen, die er wohl in seinem Leben schon gegangen war. Alice bekam mit, wie Neil mit einer Kopfbewegung auf den Schnauzbärtigen deutete. Twotimes nickte nur und richtete die Augen unverwandt auf den Mann. Sonst tat er nichts.

Nach einem stummen Blickgefecht kippte der Mann seinen Drink demonstrativ in den Pool. Dann warf er das Glas hinterher, vollführte eine militärische Drehung und stampfte ins Haus. Sekunden später war wütendes Hundegebell zu hören, und Twotimes zog sich wieder in den Schatten zurück. Neil grinste mit offensichtlicher Zufriedenheit und wandte sich ab, dabei streifte er Alice mit einem Blick.

»Hallo«, sagte sie. »Ich bin Alice, Alice Diekmann.«

»Alice!« Sofort änderten sich sein Ausdruck und seine Haltung. Ein herzliches Lächeln erhellte seine finstere Miene. »Aber ja, natürlich«, rief er. »Wie unhöflich von mir. Ich bin Neil, der Mann von diesem umwerfenden Rotschopf.« Mit diesen Worten nahm er sie ohne weitere Umstände in die Arme und gab ihr einen Kuss auf jede Wange. »Hallo, Alice, willkommen in unserem Land und in unserem Haus. Vergiss die Szene von eben. Dumme Menschen gibt es überall, und die machen mich meist wütend.«

»Dieser Twotimes ist beeindruckend«, sagte sie.

Neil nickte. »Twotimes? Ja, das ist er. Sehr sogar. Er ist unser schwarzer Schatten.« Er wechselte das Thema. »Ich muss mich gleich um den Grill kümmern, aber vorher habe ich noch etwas zu erledigen. Und dann musst du mir erzählen, wie es dazu gekommen ist, dass ihr beide ausgerechnet hierher ausgewandert seid.«

Zu ihrer grenzenlosen Erleichterung beobachtete Alice, wie Neil alle Waffen einsammelte, sie in seinem Arbeitszimmer einschloss und den Schlüssel wegsteckte.

»So, das wäre erledigt«, sagte er und führte sie lächelnd zu zwei tischhohen, gemauerten Blöcken, zwischen denen eine mit glühenden Kohlen gefüllte halbe Tonne hing. Mit einem Feuerhaken schob er die Glut auseinander. »Das Feuer ist so weit«, sagte er und legte einen eisernen Grillrost darüber. »William!«, brüllte er, und als ein in einen blauen Overall gekleideter Schwarzer aus dem dunklen Garten auftauchte, trug er ihm auf, das Fleisch aus der Küche zu holen.

Nur wenig später schleppte William gemeinsam mit Twotimes einen mit Aluminiumfolie ausgekleideten Wäschekorb herbei, in dem ein Berg aus Steaks, Lammkoteletts, Boerewors – die traditionelle, stark gewürzte Bratwurst der Buren, die Alice gar nicht schmeckte – und allen möglichen Hähnchenteilen aufgetürmt war. *Mamma mia,* sagte sie zum zweiten Mal. Sie hatte eine einfache Platte mit Fleisch erwartet.

Die Party war laut und feuchtfröhlich und dauerte bis in die frühen Morgenstunden. Schwaden von Cannabisrauch drifteten durchs Haus, und trotz Unmengen von Essen war zum Schluss keiner außer ihr und Tita noch nüchtern, was aber offenbar niemanden davon abhielt, sich ins Auto zu setzen und nach Haus zu fahren. Nur die, die nicht mehr stehen konnten, blieben da liegen, wo sie umgefallen waren, und schliefen ihren Rausch aus.

»Gladys«, schrie Tita, und als die Schwarze schlaftrunken auf der Terrasse erschien, deutete sie auf ihre im Alkoholrausch hingestreckten Gäste. »Deck sie mit Laken zu, damit die Moskitos sie nicht zerstechen, und wenn sie aufwachen, brauchen wir ein paar Kannen starken Kaffee, Spiegeleier, Speck und Bratkartoffeln. Ach, und mach alle Fenster auf, es stinkt nach *Dagga!*« Sie sprach es *Dacha* aus.

»Ja, Ma'am«, murmelte Gladys und schlurfte davon.

»*Dacha?*« Alice sah Tita fragend an.

Tita grinste. »Südafrikanisches Cannabis.« Sie stieß einen laut schnarchenden Gast sanft mit dem Fuß an, der sich darauf prompt zur Seite rollte und ruhig weiterschlief. »Das wächst hier wild und hat es in sich. Früher haben es die Zulukrieger vor einer großen Schlacht geraucht. Es beseitigt alle Hemmungen.«

Mimi brachte gähnend den schlafenden Christoph herunter, und mithilfe der jungen Zulu verstaute Alice den Kinderwagenkorb auf dem Rücksitz und bettete ihren Sohn hinein. Dann verabschiedete sich von ihren neuen Freunden. Im Schatten stand regungslos wie eine Statue Twotimes und beobachtete die Szene, und als Tita zurück ins Haus ging, folgte er ihr lautlos.

Alice nahm Pierre die Wagenschlüssel aus der Hand. »Ich fahre«, teilte sie ihm mit. »Du bist sternhagelvoll.«

»Tolle Party«, nuschelte er selig und kitzelte den schlafenden Christoph. »Toller Typ, dieser Neil.« Damit setzte er sich auf den Beifahrersitz, wo er sofort einschlief.

Sie stieg ins Auto und startete den Motor. »Neil ist in Ordnung«, stimmte sie zu und legte den Gang ein.

Als sie in ihre Einfahrt einbogen, hatten Wolken das Mondlicht ausgelöscht, kein Stern erhellte die Dunkelheit, und nicht der kleinste Lichtschimmer reflektierte vom Meer. Das ungute Gefühl, das sie bei ihrer Rückkehr nach Südafrika angesichts der waffenstarrenden Polizisten verspürt hatte, kroch wieder in ihr hoch. Sie hasste dieses Gefühl des Nachhausekommens. Es gab zu viele Schatten, zu viele unheimliche Geräusche. Sie machte einen Satz aus dem Auto, öffnete das Tor zur Einfahrt, sprang wieder in den Wagen und knallte die Autotür hinter sich zu, als säße ihr der Leibhaftige im Genick.

Nachdem sie hineingefahren war, verschloss sie aufatmend wieder das Tor. Sie schwor sich, sich gleich morgen um einen automatischen Toröffner zu kümmern.

Pierre tastete sich lauthals singend an der Wand entlang ins Haus, warf sich angezogen aufs Bett und schlief sofort wieder ein. Alice brachte erst Christoph in sein Zimmer und wechselte seine Windeln, ehe auch sie sich niederlegte. Lange wälzte sie sich schlaflos hin und her, aber irgendwann forderte ihr Körper sein Recht, und sie fiel in einen unruhigen Schlaf, in dem sie durch pechrabenschwarze Albträume wanderte. Nur zwei Stunden später wachte sie gerädert wieder auf. Sie stieß Pierre an, der neben ihr schnarchte, was er immer tat, wenn er zu viel getrunken hatte. Glücklicherweise passierte das nur selten. Aber er rührte sich nicht. Um ihren Träumen zu entfliehen, stand sie auf, riss die Schlafzimmervorhänge zur Seite und schaute durch die Fenstergitter hinaus.

Strahlender Sonnenschein ergoss sich ins Zimmer, das Meer funkelte, und sie meinte, bis nach Madagaskar blicken zu können, so klar war die Luft heute Morgen. Die weichen Stimmen von Rosie und Mavis, die sich über den Zaun hinweg unterhielten, schwebten durch die warme Morgenluft zu ihr herüber, und Kaffeeduft zog durchs Haus. Rosie hatte also bereits das Frühstück vorbereitet. Christoph gurrte in seinem Bettchen, und als sie ihn hochhob und seine köstliche, warme Schwere spürte, verblasste die Erinnerung an ihre Albträume, und der letzte Rest von Unbehagen löste sich auf.

4

Mit den Robertsons und zwei anderen Paaren, die sie auf jener Party bei Tita und Neil kennengelernt hatten, gingen sie wenige Wochen später auf Safari im Umfolozi-Wildreservat. Vor Sonnenaufgang starteten sie zu stundenlangen Wanderungen, geführt von zwei mit Gewehren bewaffneten Wildhütern, und abends veranstalteten sie ausgedehnte feuchtfröhliche Grillabende.

Am flackernden Feuer unter dem Sternenhimmel Afrikas erzählten ihre neuen Freunde von ihren Abenteuern in der Wildnis. Von einem Elefanten, der ins Lager gewandert kam, erst alles Essbare vertilgte, sich dabei im Zelt verhedderte und, eingewickelt in die helle Plane wie ein Geist, schreiend in den Busch rannte. Von Hyänen, die herausbekommen, wie man unverriegelte Kühlschränke öffnete. Von einem Leoparden, der einmal eine Lammkeule direkt vom Grill heruntergerissen hatte. Und von einer Mamba, die es sich in einer kalten Nacht im Schlafsack des Erzählenden bequem gemacht hatte, und wie heldenhaft dieser sie vertrieben hatte.

Bis weit nach Mitternacht saßen sie am Feuer, tranken Bier aus Dosen und redeten. Und manchmal schwiegen sie auch und lauschten dem Orchester der Nachttiere. Alice fühlte sich in die Zeit von *Jenseits von Afrika* versetzt. Sie hatte den Film gleich zweimal hintereinander gesehen.

Über den Tennis- und den Countryklub fanden sie weitere Freunde. Alice schneiderte sich ein paar schöne Abendkleider, was erstens billiger war und ihr zweitens Unikate bescherte. Tita nahm sie auch in den Gartenklub mit. Sie lernte noch mehr Leute kennen und erhielt noch mehr Einladungen. Ihr Leben verlief in sehr angenehmen, freundschaftlichen Bahnen. Man traf sich zum Dinner im Restaurant oder zu Hause, und Alice wurde zu einer lockeren, charmanten Gastgeberin, die mühelos ein Essen für ein Dutzend Leute geben konnte. Mit Rosies Hilfe natürlich. An solchen Abenden bekam die Zulu ein paar Rand extra in die Hand gedrückt, weil sie aufbleiben musste, bis die Gäste gegangen waren.

Es war ein wunderbares, verführerisch leichtes Leben, das sie in diesem sonnendurchfluteten Land führten. Glückselig tanzten sie durch ihre Tage und erkannten nicht, dass es ein Tanz auf dem Vulkan war, der sie immer näher an den Rand des glühenden Feuerschlunds brachte.

Pierre arbeitete viel, Alice ebenfalls. Sie verdienten gut, und das einzig wirkliche Problem, das sie hatte, war Rosie. Trotz der Gehaltserhöhung und obwohl sie alle Böden ihrer Unterkunft – Zimmer, Dusche und WC – hatte fliesen und die Armaturen erneuern lassen, war eines Tages der Frühstückstisch nicht gedeckt. Die Küche war nicht aufgeräumt, und die schmutzige Wäsche, die Rosie am Tag zuvor hätte waschen sollen, türmte sich im Waschraum. Alice stürzte zu Rosies Khaya. Die Tür stand offen, und die Unterkunft war leer geräumt. Rosie war weg, das war unübersehbar.

Aufgebracht lief Alice ins Nachbarhaus und befragte Dottis Haushaltshilfe Mavis, ob sie wisse, wo Rosie sei. Schließlich hatte die ihr Rosie vermittelt. Mavis ließ ihren dunklen Blick an ihr vorbei ins Nichts wandern, zuckte die Schultern und nuschelte, dass Rosie heimgefahren sei. Wo das sei und wie lange sie wegbleiben würde, wollte Alice mit mühsam gezügelter Ungeduld wissen. Ein erneutes wortloses Schulterzucken war die Antwort, und dann drehte Mavis ihr den Rücken zu.

Rosie kehrte nicht mehr zurück. Alice erkundigte sich bei Shongololo, ob er ein Mädchen kenne, das bei ihr arbeiten würde. Shongololo hatte eine Schwester namens Millie und versprach, sie zu fragen. Am nächsten Tag klopfte er an die Küchentür und berichtete, dass er Millie nicht angetroffen habe, und er habe keine Ahnung, wann sie wiederkomme. Vielleicht nächste Woche, fügte er hinzu, während er seinen Schlapphut zwischen den Fingern knetete.

Damit musste Alice sich zufriedengeben. Sie rief Pierre an. »Ich brauche jemanden für heute«, jammerte sie. »Ich habe einen Termin, den ich nicht absagen kann. Ich brauche eine zuverlässige Person, die auf Christoph aufpassen kann.«

Zum Glück erklärte sich die Tochter einer Kollegin von Pierre bereit, auf den Kleinen aufzupassen, aber ausnahmsweise nur ein einziges Mal, weil sie eine Prüfung vorzubereiten habe. Statt Shongololos Schwester Millie stand ein paar Tage später also Grace vor der Tür. Sie war eine rundliche, angenehme Person, die aber nur ein außerordentlich gemäßigtes Arbeitstempo an den Tag legte. Alice erklärte ihr, was sie von ihr erwartete.

»Das ist die afrikanische Art«, sagte Alice und machte dabei sehr langsame Wischbewegungen. »Und das ist die deutsche Art.« Ihre Bewegungen wurden schnell und präzise. »Verstehst du? Ich möchte, dass du so arbeitest.«

Grace schaute ihr mit unergründlicher Miene zu und murmelte etwas Unverständliches. Für einige Zeit bewegte sie sich tatsächlich etwas flotter, zumindest wenn man sich mit ihr im selben Raum aufhielt, wie Alice schnell merkte.

Tita prustete vor Lachen, als sie ihr später die Szene mimisch vormachte. »Ach, ihr Deutschen!«, rief sie. »*Irgendein* Mädchen ist doch immer noch besser als *keins*. Daran musst du immer denken.« Sie kicherte amüsiert. »Dann erträgst du einiges.«

Tita hatte ständig praktische Sprüche auf Lager und schien nichts wirklich ernst zu nehmen, was sich Alice mit ihrem familiären Hintergrund erklärte. Alter Natal-Adel und stinkreich, hatte Pierre sie beschrieben. Das half natürlich, die täglichen Unebenheiten im Leben zu glätten. Ihre Rückkehr in ihren Job als Maklerin rückte in weite Ferne, da die unstete Situation mit den Hausmädchen für sie ein wiederkehrendes Problem darstellte. Sie kamen und gingen. Selten kündigten sie, meist blieben sie eines Tages einfach weg. Alice musste ihre Chefin in der Agentur immer wieder vertrösten, was diese mit missmutiger Ungeduld quittierte. Schließlich fragte sie Dotti, ob sie denn etwas falsch mache.

Die Nachbarin zog die Brauen zusammen und blickte wie vormals Mavis an ihr vorbei ins Leere. »Glaub ich nicht«, erwiderte sie schließlich und fügte mit düsterer Stimme hinzu: »Die Eingeborenen sind unruhig. Die haben was vor, das merkt man deutlich. Und dann wird's gefährlich, sagt mein Mann.«

Alice verbarg ein Lächeln. Dotti zitierte ihren Mann in fast jedem Satz. Eine eigene Meinung vertrat sie praktisch nie.

»Was soll das heißen?«

Wieder blickte die Nachbarin an ihr vorbei. »Wir müssen wachsam sein ... Sie rotten sich zusammen, weißt du. Die *swart gevaar*. Wie eine Horde wilder Tiere werden sie kommen und uns alle vergewaltigen und abschlachten, wenn wir uns nicht schützen, sagt Robert. Denk dran, wir, die Weißen in Südafrika, sind der letzte Hort der Zivilisation in Afrika. Wir haben uns für alle Fälle zwei neue Schusswaffen gekauft, und ich übe jeden Tag, um gewappnet zu sein. Wenn's dicke kommt, will ich nicht vorbeischießen.«

Das waren also die trockenen, harten Explosionen, die sie neulich gehört hatte! Alice konnte nicht glauben, was ihre Nachbarin da von sich gab. »Dotti, hör mal, du kannst das doch nicht ernst meinen!«

Sie sah Alice direkt an. Ihre Augen waren zu Schlitzen zugekniffen. »Ich kann dir nur raten, deine Pistole wieder aus dem Safe zu holen und sie immer gut geölt greifbar zu haben«, zischte sie und klang dabei wie eine gereizte Katze. »Und sag nicht, ich hätte dich nicht gewarnt.«

Der Satz in seiner ganzen Bedeutung hing ihr tagelang nach. Sie redete mit Pierre darüber und erwartete, dass er sie auslachen und ihre Befürchtungen zerstreuen würde.

Seine Reaktion aber ließ ihr einen kalten Schauer über den Rücken laufen. Sein Blick wich ihrem aus, wie Dottis vorher, und seine sonst so fröhliche Miene wurde sehr ernst. »Hol deine Waffe aus dem Safe, nur sicherheitshalber. Und mach ein paar Schieß-übungen, damit du wieder fit darin bist.«

Ungläubig starrte Alice ihn an. »Willst du mir wirklich erzäh-len, dass ...« Sie wedelte hilflos mit den Händen. »Dass ich mit Christoph hier in Gefahr bin? In unserem Haus? In Umhlanga Rocks?« Sie deutete hinaus in ihren idyllischen Garten. »Das kannst du mir nicht weismachen.«

»Nein, nein, natürlich nicht«, erwiderte Pierre hastig.

Aber sie kannte ihn gut genug, dass sie seine Körpersprache in-terpretieren konnte. Ihr wurde übel. »Doch, das willst du«, sagte sie. Ihre Stimme schwankte.

Mit zusammengepressten Lippen fixierte er einen Punkt ne-ben ihr. Schließlich glitt sein Blick zu ihr. »Es ist ja nur eine Vor-sichtsmaßnahme«, murmelte er beschwichtigend, ging zum Safe, holte ihre Pistole heraus und lud sie durch. »Du hast dir ja auch die Bilder von den Haftminen eingeprägt und bist noch nicht in die Luft gesprengt worden. Also bedeutet eine Schusswaffe im Haus auch nicht, dass du zwangsläufig erschossen wirst. Wo willst du sie hinlegen?«

»In meine Nachttischschublade, und die schließt du sicher ab«, presste sie an dem Kloß in ihrem Hals vorbei heraus. Sie hoffte dabei inständig, dass sie nie in eine Situation geraten würde, in der sie sich mit der Waffe verteidigen müsste, aber sie konnte die Bilder nicht verhindern, die ihre überreizten Sinne vor ihrem in-neren Auge aufblitzen ließen. Splitternde Fenster, dunkle Ge-stalten, raue Stimmen, die schwarze Mündung einer Waffe und Christophs Angstschrei.

Würde sie es dann können – auf einen Menschen schießen? In diesem Augenblick jedoch fand sie die Antwort darauf nicht.

Christoph entwickelte sich prächtig, trotz einer Reihe wechselnder Hausmädchen. Als er laufen lernte, räumte er ständig Schränke und Regale leer, warf sein Spielzeug umher und trieb sie schier zum Wahnsinn, weil er immer wieder in den Garten entwischte. Vorsorglich ließen sie einen Zaun um den Pool bauen, und Paulina, ihre momentane Haushaltshilfe, wurde angewiesen, ihn im Garten nicht allein zu lassen.

Eines Tages kam Alice von einem Termin nach Hause, fand den zweieinhalbjährigen Christoph unbeaufsichtigt im Garten vor und konnte ihm in letzter Sekunde einen kleinen Skorpion aus der Hand schlagen, den er sich eben in den Mund stecken wollte. »Wir brauchen ein anderes Hausmädchen, Paulina ist mit Christoph überfordert«, beklagte sie sich, als Pierre nach Hause kam. »Außerdem hat sie Angst vor Wasser. An den Strand lasse ich sie mit ihm nicht. Das ist mir zu gefährlich.« Sie nahm Christoph vorsichtig die zappelnde Heuschrecke aus der Hand, die er fest an den Flügeln gepackt hatte, während er ihr die Beine ausriss. »Nicht, Liebling, das tut dem Tier weh!«, rief sie, worauf Christoph wütend losbrüllte. »Er hat nein gesagt, hast du gehört?«, rief sie stolz. »Unser Kleiner zeigt von Tag zu Tag mehr Charakter, nicht wahr?«

Pierre grinste. »Eine nette Umschreibung dafür, dass er frech wie Rotz ist.« Er nahm sie in die Arme und küsste sie ausgiebig auf den Mund. »Ist Rosie oder Paulina, oder wie sie heißt, in der Nähe?«

»Paulina«, flüsterte sie mit den Lippen auf seinen. »Unser neues Hausmädchen heißt Paulina, und nein, sie ist nicht in der Nähe. Es ist Donnerstag, sie hat frei.«

»Hm«, machte Pierre, schob seine Hand in ihren Ausschnitt und streichelte ihre Brust.

Ihr Körper antwortete so prompt und heftig, dass ihr die Knie weich wurden.

»Wir parken Christoph heute bei meiner Sekretärin, die wohnt neben dem Hotel«, flüsterte er und knöpfte langsam ihre Bluse auf, während ihr ein Schauer nach dem anderen über die Haut lief. »Dann gehen wir richtig schön essen und hinterher ...« Er zog den Reißverschluss ihrer Shorts herunter und schob sachte seine Hand hinein. »Hinterher reserviere ich uns ein Zimmer im Hotel ... Das haben wir uns verdient.«

Ihr wurde schwindelig vor Verlangen. »O ja, absolut«, keuchte sie. »Können wir bitte erst ins Hotel gehen und hinterher essen?«

An diesem Tag verzichteten sie ganz auf ihr Dinner.

Inzwischen hatte die Regierung den Ausnahmezustand auf das gesamte Land ausgedehnt, und in gewissen Zeitungen nahmen die leeren Seiten zu, wo der Zensor sich ausgetobt und die Artikel mutiger Redakteure gelöscht hatte. Als Kontrastprogramm brachten die regierungstreuen Blätter seitenweise Artikel über die Blutrünstigkeit der Terroristen vom ANC. Die Sanktionen des Auslands wurden in allen Bereichen spürbar, und die Wirtschaft lahmte. Drückende, alles zersetzende Angst bestimmte das öffentliche und private Leben. Ein steter Strom von Anwälten, Ärzten, Ingenieuren, Wissenschaftlern und denen, die in Schlüsselpositionen der Wirtschaft saßen, verließ das Land, um auf einem anderen Kontinent ein neues Leben zu beginnen.

Die weißen Südafrikaner, die sich zum Bleiben entschlossen hatten, verschanzten sich hinter die meterhohen, mit elektrischen Zäunen gekrönten Mauern ihrer Anwesen, bewaffneten sich bis an die Zähne und warteten. Südafrika wurde zu einer Hochsicherheitsfestung.

Der Vulkan stand kurz vor der Explosion.

Die Angst sickerte auch Alice durch die Adern. Sie wurde wachsamer, musterte misstrauisch jeden Schwarzen in der Umgebung und beobachtete seine Körpersprache. Waren das wirklich nur einfache Gärtner oder Hausmädchen? Verbarg das lose Hemd von dem Zulu auf der anderen Straßenseite eine Waffe? Beobachtete die Frau in der blauen Hausmädchenuniform, die langsam an ihrem Gartenzaun vorbeiging, ihr Haus?

Nervös prägte sie sich erneut die Formen der Haftminen und Granaten ein, die der ANC für seine Anschläge benutzte. Sie holte ihre Pistole aus der Nachttischschublade und bewahrte sie in Griffweite auf. An den Übungen im Schießklub nahm sie wieder regelmäßig teil, auch wenn ihr die ständigen Sprüche Dottis, dass schwarze Horden über sie herfallen würden, bald ziemlich auf die Nerven gingen.

»Wenn es ganz schlimm wird«, sagte Pierre, »können wir jederzeit das Land verlassen.«

Aber das taten sie nicht. Das idyllische Umhlanga Rocks erschien ihnen überaus friedlich, und die schwarzen Hausangestellten benahmen sich überhaupt nicht aufsässig. Es war so leicht, nicht hinzusehen. Nichts zu tun. In ihrer weißen Welt wurden sie selten daran erinnert, wie die ihrer schwarzen Hausangestellten aussah. Manchmal verspürte sie ein schlechtes Gewissen deswegen, aber um mehr über die Lebensumstände herauszufinden, hätte sie einen von ihnen in einem Township besuchen müssen. Aber das stand unter strengster Strafe. Und unbemerkt ins Township zu gelangen war unmöglich. Die Spitzel vom BOSS bildeten ein dichtes Geflecht, das alle Bevölkerungsgruppen durchwucherte. Waren ihre Gedanken wieder einmal gegen diese schreckliche Mauer aus Verboten, Strafe und Angst geprallt, schaute sie über die blühenden Baumkronen in die endlose Weite des Indischen Ozeans. Dann spürte sie wieder jenes Gefühl von Freiheit, von Schwerelosigkeit, nach dem sie süchtig war, und alle Probleme verblassten.

Ohne dass Alice es wirklich bemerkte, klaffte der Abgrund zwischen ihrer weißen Welt und jener der Schwarzen immer weiter auseinander.

Aber dann kam Sarah, und alles wurde anders.

Seit Wochen wartete Alice sehnsüchtig auf die Lieferung ihrer neuen Betten. Die alten Bettgestelle hatten sie etwas voreilig verkauft, und es blieb ihnen nichts anderes übrig, als auf den alten Matratzen auf dem Boden zu schlafen.

»Du musst immer kontrollieren, ob nicht eine Schlange unter deine Decke gekrochen ist und es sich im Bett bequem gemacht hat«, sagte Dotti mit einem hinterhältigen Glitzern in den Augen. Alice tat so, als hätte sie die Bemerkung nicht gehört, aber von dem Augenblick an musste Pierre ihr Bettzeug sehr gründlich ausschütteln, ehe sie sich hinlegten. Trotzdem lief ihr nachts ab und zu eine Kakerlake oder anderes Ungeziefer über das Gesicht. Als sie schließlich eine monströs große Spinne entdeckte, die sich unter ihrer Bettdecke versteckt hatte, platzte ihr der Kragen. Sie rief den Lieferanten an und erklärte ihm wütend, was sie von seinem Geschäftsgebaren hielt. Der Mann vertröstete sie mit allen möglichen Ausreden.

Pierre hatte ihren Wutausbruch mitbekommen und riet ihr, die Dinge ein bisschen lockerer zu nehmen. Hier sei schließlich nicht Deutschland, und die Einhaltung von Lieferterminen werde eben nicht so eng gesehen. Endlich, mit fünf Wochen Verspätung, stand der Lieferwagen vor der Tür.

Alice, den strampelnden Christoph auf dem Arm, der zornig dagegen protestierte, dass seine Mahlzeit unterbrochen wurde, zeigte den Packern, in welches Zimmer die Betten gebracht werden sollten. Als sie mit dem Platz zufrieden war, klemmte sie Christoph einfach wie ein Paket unter den Arm und unterschrieb den Lieferschein. Die Packer stiegen in ihren Lastwagen, wendeten und rangierten hin und her. Als sie weggefahren waren und die Sicht freigaben, stand, wie aus dem Boden gewachsen, eine schwarze Frau an ihrer Küchentür. Alice erschrak.

Die Frau blickte ihr mit erhobenem Kopf geradeheraus in die Augen. Das war nicht nur ungewöhnlich, sondern in der Kultur der Zulus praktisch eine Beleidigung. Alice musterte die Schwarze stumm. Sie trug ein einfaches, schwarzes Kleid, und ihre nackten Füße steckten in staubigen, ziemlich heruntergetretenen Schuhen. Sie war nicht so dick wie viele Zulus, die damit ihren Reichtum zeigen wollten, aber von kräftiger Statur. Auf den ersten Blick machte sie den Eindruck, dass sie gut zupacken konnte.

»Hallo, Madam«, grüßte die Frau. »Mein Name ist Sarah.« Ihre Augen flitzten bei diesen Worten über den Hof und streiften dabei den Vorbau, in dem die Unterkunft für das Hausmädchen lag, und auch die halbhohe Mauer, die etwas Privatsphäre bot. Was sie dort sah, schien ihr zu gefallen. »Sie brauchen ein Hausmädchen«, verkündete sie und grinste Christoph, der sich brüllend wand, mit einer Zahnlücke an. Der stoppte abrupt sein Geheul, schluckte und stopfte sich eine Faust in den Mund. »Gib ihn mir«, sagte Sarah zu Alice und nahm ihr Christoph einfach aus dem Arm. Lachend kitzelte sie ihn am Bauch, schnalzte und klickte auf Zulu und schnitt Grimassen, die Alice' Ansicht nach jeden Erwachsenen zu Tode erschreckt hätten.

Nicht so ihren kleinen Sohn. Mit einem seligen Lächeln im Gesicht lutschte er an seiner Faust und gurgelte zufrieden vor sich hin. »Er hat Hunger«, verkündete die Zulu, die offenbar zu kurzen Sätzen neigte, und zeigte auf Alice' Brüste. »Ist noch genug Milch da drin?« Sie streckte ihr Christoph entgegen.

Alice schüttelte nur sprachlos den Kopf und nahm ihren Sohn wieder in Empfang. In diesem Augenblick fegte Pollux an ihr vorbei und bellte die Schwarze mit flachgelegten Ohren wütend an.

»Pollux, aus!«, befahl Alice erschrocken und packte ihn am Halsband, aber es war schwierig, das tobende Tier mit Christoph auf dem Arm zu bändigen. »Lauf weg!«, rief sie Sarah zu. »Der beißt zu!«

Dann passierten zwei Dinge, die sie sich bis heute nicht erklären konnte. Sarah fixierte den Hund mit einem ruhigen Blick, worauf der Dobermann sofort sein Maul zuklappte. Allerdings ließ er die Zulu nicht aus den Augen.

»Es ist okay, Madam«, sagte Sarah. »Hunde tun mir nichts. Lassen Sie ihn ruhig los.«

Sie lachte glucksend, klickte ein paar leise Worte in ihrer Sprache und hielt dem Hund ihre Hand hin. In der Erwartung, dass Pollux zuschnappen würde, hielt Alice die Luft an. Der Dobermann schnüffelte ausgiebig und wedelte kurz mit dem Stummelschwanz, legte sich mit einem Grunzlaut hin und bettete den Kopf auf die Pfoten. Damit schien die Sache für ihn erledigt zu sein.

»Sehen Sie«, bemerkte Sarah mit zufriedenem Lächeln.

Alice aber war entsetzt. Für gewöhnlich spielte jeder Eindringling, der Pollux zu nahe kam, mit seiner Gesundheit. Näherte sich ein Außenstehender dem Kleinen, warnte der Hund nicht, sondern schnappte gleich zu. Schließlich war er ein Wachhund. Wenn es dieser Schwarzen so leichtfiel, einen scharfen Dobermann ruhigzustellen, wer sonst noch würde das fertigbringen? Und was würde das bedeuten? Dass hier jeder unbehelligt ein und aus gehen würde?

Pierre kam um die Ecke und schleppte mit schweißüberströmtem Oberkörper eine der alten Matratzen aus dem Schlafzimmer. »Was geht hier vor?«, wollte er wissen und setzte seine Last ab. »Warum hat Pollux gebellt?« Erst da fiel sein Blick auf die Zulu. Mit zusammengezogenen Brauen musterte er erst sie und dann ihren friedlich daliegenden Hund. »Wo kommst du her, und wie heißt du?«, fuhr er die Schwarze barsch an.

»Sarah«, erwiderte die Frau, den ersten Teil von Pierres Frage ignorierend.

»Und?«, knurrte er. »Dein Nachname?«

»Duma«, erklärte sie und kitzelte Christoph ausgiebig. Er quittierte das mit einem begeisterten Quieken und streckte die Arme nach ihr aus. Mit zustimmendem Nicken ließ Alice zu, dass Sarah ihn sich wieder auf die Hüfte setzte.

Pierre fiel die Kinnlade herunter. »Sag mal ...«, stieß er hervor und brach wieder ab, als Christoph johlend auf Sarahs Hüfte ritt.

»Ich will meinen Khaya sehen«, verlangte die Zulu und marschierte einfach mit dem Kleinen los.

Alice wollte ihr folgen, aber Pierre hielt sie zurück. »Kannst du mir erklären, wer diese Schwarze ist?«

Verwirrt schüttelte sie den Kopf. »Ich habe keine Ahnung, wer sie ist oder woher sie kommt«, flüsterte sie. »Aber Christoph liebt sie jetzt schon. Das ist mehr als Gold wert, denn dann werde ich ihn vielleicht bald mit dieser Sarah allein lassen und wieder voll arbeiten können. Was du nämlich noch nicht weißt: Paulina ist heute weggeblieben, und ich glaube nicht, dass ich weiter mit ihr rechnen kann.«

»Und was hat Shongololo dazu zu sagen? Er hat sie uns doch angeschleppt.«

Alice wedelte mit den Händen. »Shongololo weiß angeblich nicht, wo Paulina ist. Weg, sagt er. Womit er recht hat. Und da bin ich mehr als froh, dass Sarah ausgerechnet jetzt hier aufgetaucht ist.«

»Wirf Paulina raus, wenn sie doch noch erscheinen sollte. So geht das nicht. Die haben doch alle keine Arbeitsmoral.« Er schaute Sarah hinterher. »Wir werden sie sehr genau beobachten müssen«, sagte er leise. »Mir ist eindeutig nicht wohl bei der Sache. Es ist doch merkwürdig, dass sie just an dem Tag hier aufkreuzt, an dem Paulina verschwindet.«

»Das klingt nach einem südafrikanischen Verschwörungsszenario«, erwiderte Alice. »Das halte ich aber für Quatsch. Es passiert häufiger, dass ein Hausmädchen verschwindet und das nächste dann schon vor der Tür steht.« Sie stellte sich auf die Zehenspitzen und gab ihm einen schnellen Kuss. »Mein Bauchgefühl sagt mir, dass ich ihr trauen kann. Ich werde es auf jeden Fall mit ihr probieren.« Damit folgte sie der Schwarzen, die eben mit Christoph im Khaya verschwand.

So wirbelte Sarah in ihr Leben, und erst viel später sollte Alice erfahren, dass das kein Zufall gewesen war.

Die Zulu war ein fröhlicher Mensch, lachte viel und sang bei der Arbeit. Christoph zeigte mit jedem Tag mehr Zuneigung zu seiner schwarzen Nanny. Bald traute Alice sich tatsächlich, ihren Sohn mit ihrer neuen Haushaltshilfe allein zu lassen. Anfänglich nur für eine halbe Stunde. Sie teilte Sarah mit, dass sie ins Einkaufszentrum nach Umhlanga fahren wollte. Sarah konnte also damit rechnen, dass sie mindestens eine Stunde außer Haus sein würde. Tatsächlich aber verbrachte sie die Zeit auf der Terrasse von Dotti, wo sie nervös auf alle Geräusche horchte, die von nebenan herüberdrangen.

Außer Sarah jedoch, die ein Lied vorsang, und Christophs fröhlichem Lachen vernahm sie nichts. Als sie in ihren Garten zurückkam, spielte Sarah mit ihm unter dem Sonnenschirm auf der Terrasse. Ihr fiel ein Stein vom Herzen, und bald dehnte sie ihre Abwesenheit aus. Nach eineinhalb Monaten endlich wagte sie es, wenn auch mit klopfendem Herzen, wieder halbtags zur Arbeit zu fahren. Ihre Chefin reagierte entzückt und überhäufte sie sofort mit Besichtigungsterminen. Anfänglich wurde sie von schlechtem Gewissen zerfressen, dass sie Christoph einfach einer ihr weitgehend unbekannten Schwarzen überließ, aber er gedieh prächtig, der Haushalt lief problemlos – wenn sie davon absah, dass Sarah mit den Zimmerecken auf Kriegsfuß stand –, und langsam entspannte sie sich. Ihr gelangen viele Abschlüsse, ihre finanzielle Situation sah rosig aus, und Pierre und sie konnten es sich leisten, zweimal im Jahr nach Europa zu fliegen.

Allerdings besuchten sie nur ihre Eltern und die Diekmanns in Frankreich. Sie hatten keine Lust, von ihren Freunden für die Politik Südafrikas zur Rechenschaft gezogen zu werden.

»Die Berichte, die man euch hier im Fernsehen auftischt, sind mit Sicherheit zurechtgeschnitten worden«, sagte Pierre zu seinem Vater, als sie sich gemeinsam einen Beitrag über eine Demonstration in Soweto ansahen. »Der Kameramann hat einen Blickwinkel gewählt, der ihm in den Kram passt. Ich möchte wetten, dass es nur ein paar Dutzend Schwarze sind, die da Krawall machen, und vermutlich sind die auch noch von den ausländischen Journalisten dafür bezahlt worden. So kann man Dinge ja um hundertachtzig Grad ins Gegenteil verdrehen.«

»Ist es das, was sie euch da unten erzählen?« Hans Diekmann strich sich über den Kinnbart, den er sich neuerdings hatte stehen lassen.

Pierre ignorierte die Frage. »Klar gibt's auch mal Ärger, und es passieren unschöne Dinge … He, Chris, lass die Nacktschnecke in Ruhe, die kann man nicht essen!«

Blitzschnell entwand er seinem Sohn das sich windende, schleimige Tier, das er sich gerade in den Mund schieben wollte, was der wiederum mit zornigem Gebrüll quittierte. Doch zur Erleichterung seiner Eltern schaffte Christoph es, von dem unangenehmen Thema abzulenken.

Als sie von der Deutschlandreise zurückkehrten und ihr Grundstück betraten, wartete Sarah schon vor ihrem Khaya auf sie. Das Haus war sauber, der Garten einigermaßen in Ordnung gebracht, und selbst Pollux, den sie zuvor immer während ihrer Abwesenheit bei seinem Züchter untergebracht hatten, war munter und gut genährt. Vor lauter Begeisterung erhöhte Alice spontan Sarahs Lohn.

Doch nach und nach beschlich sie der Verdacht, dass diese Sarah Duma offenbar kein einfaches Hausmädchen war. Auf Pierres Nachfrage, wie sie darauf komme, konnte sie ihre Vermutung jedoch nicht präzise erklären. »Es ist nur so ein Gefühl, weißt du. Manchmal benimmt sie sich wie eine ungebildete Schwarze vom Land, aber dann wieder …« Sie machte eine unbestimmte Handbewegung. »Dabei ist Sarah alles andere als dumm – ganz im

Gegenteil, sie ist ausgesprochen clever. Es ist ein Jammer, dass solche Menschen wie sie hier praktisch keine Möglichkeit haben, sich weiterzubilden und einen Beruf zu erlernen. Sie arbeitet gut und bewirkt Wunder bei Christoph, der, wie du selbst siehst, blüht, wächst und gedeiht. Was wiederum heißt, dass ich endlich wieder mit gutem Gewissen arbeiten kann.«

Aber dann gab es da noch etwas, was ihr Sorgen bereitete. »Ich glaube, Sarah bekommt ziemlich oft Männerbesuch«, bemerkte sie eines Morgens beim Frühstück.

Pierre, der eben einen Löffel Müsli in den Mund schieben wollte, ließ ihn sinken und sah sie verwundert an. »Was heißt das, Männerbesuch?«

»Das, was es heißt. Es besuchen sie Männer.«

»Dann solltest du mal ein paar ernste Worte mit ihr reden. Wir können nicht dulden, dass sie auf unserem Grundstück mit fremden Männern Partys feiert. Ist noch Kaffee da?« Alice reichte ihm die Kanne. »Wenn es nicht genug ist, sag ich Sarah Bescheid, dass sie noch welchen aufbrüht«, sagte sie, während sie eine Scheibe Toast dick mit Guavenmarmelade bestrich. »Und was die Partys betrifft, das macht sie sicherlich nicht. Ich habe bloß gehört, dass sie sich mit irgendwelchen Leuten unterhalten hat – und den tiefen Stimmen nach zu urteilen schätze ich, dass es Männer waren.« Sie biss in ihr Brot.

»Hast du mal jemanden gesehen?«

Sie schüttelte den Kopf und schluckte den Bissen hinunter. »Ich will ihr nicht hinterherspionieren. Schließlich ist sie ein erwachsener Mensch. Trotzdem ist es mir unangenehm, dass ich nicht sehen kann, wer sich auf unserem Grundstück aufhält. Die Mauer ist zu hoch.«

Der zwei Meter hohe, im Halbrund verlaufende Sichtschutz gewährte dem Haus Privatsphäre, erlaubte aber auch Sarah in ihrem Khaya, der an den hinteren Teil der Garage angebaut war und abseits vom Haupthaus im Schatten des Jacarandabaums lag, ein Privatleben zu führen. Sie hatten ein paar Quadratmeter vor dem Zimmer der Hausangestellten mit Wegplatten pflastern lassen und der Zulu zwei Plastikstühle hingestellt, falls sie einmal Besuch bekommen sollte.

»Okay, sag mir Bescheid, wenn du merkst, dass sie nicht allein ist, dann kümmere ich mich darum.«

Aber das tat Alice nicht. Pierre steckte bis über beide Ohren in der Planung für einen neuen Anbau des Hotels und hatte kaum Zeit für seine Familie, und die wollte sie nicht mit derartigen Problemen verbringen. Und so schlich sie das nächste Mal, als sie am späten Nachmittag mehrstimmiges Gemurmel hinter der Mauer vernahm, über den knirschenden Kiesweg hinter der Garage vorbei zu Sarahs Unterkunft und schaute zögernd um die Hausecke.

Sarah saß jedoch mutterseelenallein vor ihrer weit geöffneten Tür und lächelte sie mit Unschuldsmiene sonnig an. »Yes, Madam?«

Etwas verunsichert blickte sie sich um. Allem Anschein nach schien Sarah allein zu sein. »Ich hab Stimmen gehört, hast du Besuch?«

»Ich, Besuch?«, rief Sarah und presste die Hände an die Brust. »Madam, wer soll mich denn besuchen? Ich kenne doch niemanden hier.«

Ein spöttisches Aufblitzen in Sarahs dunklen Augen machte Alice klar, dass sie gerade weidlich ausgelacht wurde. Schweigend ließ sie ihren Blick über den Vorhof schweifen, konnte aber nichts Verräterisches entdecken. Sie musterte ihr Hausmädchen eingehend.

Sarah wich auf einmal ihrem Blick aus. Unvermittelt stand sie mit ungewohnt schwerfälliger Bewegung auf, ließ dabei die Schultern nach vorn fallen und entspannte die Gesichtsmuskeln. Ihre Mundwinkel sackten herunter, und die schwarzen Augen verloren jegliches Funkeln. Stumpf starrte sie mit geöffnetem Mund vor sich hin.

Alice traute ihren Augen kaum. Vor ihr stand auf einmal eine dümmlich dreinblickende schwarze Frau. Die intelligente Zulu, die so erstaunlichen Scharfsinn an den Tag legen konnte, war verschwunden. Wenn Sarah allerdings glaubte, sie mit dieser Vorstellung an der Nase herumführen zu können, hatte sie sich geirrt. »He, Sarah«, rief sie lachend. »Was soll das Theater? Willst du mich auf den Arm nehmen?« Sie trat auf die Tür des Khaya zu, um auch ins dämmerige Innere zu spähen, konnte aber niemanden darin entdecken.

»Was, Madam?«, antwortete ihr Hausmädchen und betonte das Wort *Madam* dabei auf der zweiten Silbe, wie Schwarze vom Land das taten.

Alice hatte das unerfreuliche Gefühl, gegen eine unsichtbare Wand gelaufen zu sein. Irritiert schaute sie sich noch einmal um und ging anschließend zurück ins Haus. Plötzlich wehte der Wind ihr ein leises, vielstimmiges Lachen zu, und sie blieb wie angewurzelt stehen und lauschte angestrengt, aber nun zwitscherte nur noch das Schäkern der Hirtenstare durch die Luft. Kopfschüttelnd ging sie in Haus, schloss die Eingangstür hinter sich und verriegelte sie.

Am nächsten Morgen verhielt sich Sarah wie immer. Von der dümmlichen Schwarzen, die sie am Vortag gegeben hatte, war keine Spur mehr. Doch später machte Alice eine Entdeckung, die sie in größte Verwirrung stürzte. Um ein paar Briefe aufzugeben, fuhr sie vom Lagoon Drive auf den Parkplatz der Post. Durch eine Lücke in den Grünanlagen meinte sie auf einmal ihr Hausmädchen zusammen mit Twotimes vor dem Eingang für Nichtweiße stehen zu sehen. Sie reckte den Hals, doch als sie endlich die Straße überqueren konnte, standen nur noch ein paar laut schwatzende, blau uniformierte Hausmädchen auf der Treppe zur Post. Keine Sarah, kein Twotimes. Irritiert wandte sich Alice ab. Sie musste sich geirrt haben. Wie sollte Sarah auch etwas mit Twotimes, dem Hausangestellten von Tita und Neil, zu tun haben?

Als sie die Briefe abgegeben hatte und gerade wieder losfuhr, näherte sich ihr an der Ausfahrt ein Wagen, den sie als den der Robertsons erkannte. Neil saß am Steuer. Sie winkte, er aber reagierte nicht und fuhr an ihr vorbei. Und auf dem Rücksitz erkannte sie eindeutig die Silhouette Sarahs neben der von Twotimes. Konsterniert starrte sie dem Wagen nach. Was ging hier vor? Neil in Gesellschaft von Sarah und Twotimes? Das war vollkommen absurd. Im Leben hatten die nichts miteinander zu tun! Sie musste einer Halluzination aufgesessen sein.

Kopfschüttelnd machte sie sich auf den Heimweg. Und vergaß am Abend, Pierre von ihrer seltsamen Begegnung zu erzählen, weil er selbst zu Hause noch mit den Hotelplänen beschäftigt war.

5

Der erste große Frühlingssturm tobte verspätet übers Land, entwurzelte Bäume, deckte Dächer ab und peitschte das Meer zu einem brüllenden Ungeheuer hoch. Nachdem er genügend Unheil angerichtet hatte, zog er weiter, und eine schwarze Wolkenwand über der Nordküste zeigte, wo er im Augenblick sein Unwesen trieb. Wie so häufig nach einem Sturm war es sehr heiß. Alice stand im Badeanzug in der Terrassentür und starrte auf die abgerissenen Bougainvilleenblüten, die im Swimmingpool trieben. Der leuchtend rosa Teppich flimmerte ihr vor Augen und sah sehr hübsch aus, aber bald würden die Blüten vollgesogen absinken und als schlammbraune Schicht am Beckenboden schwappen. Sie verspürte wenig Lust, den Blütenteppich selbst abzufischen. Shongololo würde sich morgen darum kümmern und dann den Pool gründlich reinigen. Heute war Donnerstag, und die Hausangestellten hatten frei. Ihr Blick glitt abwesend in die Ferne. Obwohl keine konkreten Anhaltspunkte vorlagen, hatte sie das unterschwellige Misstrauen gegenüber Sarah nicht losgelassen. Aber immer in den letzten Tagen, wenn sie gemeint hatte, Stimmen vor dem Khaya gehört zu haben, und hinübergelaufen war, hatte sie nur ihr Hausmädchen angetroffen.

Mit einem Schulterzucken drehte Alice sich um. Gerade als sie wieder ins Zimmer gehen wollte, vernahm sie einen Laut, der nicht in die friedliche Atmosphäre ihres Zuhauses gehörte.

Ein metallisches Ratschen, kurz und hart. Und bedrohlich.

Erschrocken lief sie hinaus auf die Terrasse und spähte um die Hausecke hinüber zur Garage. Das Geräusch schien aus dieser Richtung gekommen zu sein. Etwa von Sarahs Khaya? Mit gesenktem Kopf lauschte sie, ob es sich noch einmal wiederholte, aber da kam nichts. So wie das Geräusch in ihrem Kopf nachhallte, war sie sich sicher, dass da jemand eine Waffe gespannt hatte. Sie kannte es sattsam aus dem Schießklub. Wie absurd, dass sie, Alice Diekmann aus Lübeck, so etwas zweifelsfrei identifizieren konnte.

Erst einige Sekunden später begriff sie wirklich, was es bedeuten würde, sollte sich da tatsächlich ein Bewaffneter auf ihrem Grundstück aufhalten. Bis Pierre nach Hause kam, war sie mit Christoph allein, und ihre eigene Pistole lag drüben im Safe. Sie bekam einen heftigen Schweißausbruch, und jeder ihrer Muskeln spannte sich. Angsterfüllt graste sie die Umgebung mit den Augen ab, konnte aber nichts erkennen. Wieder und wieder ließ sie den Blick hoch konzentriert über jede Ecke, jeden Winkel, jeden Schatten wandern. Nichts. Erleichtert atmete sie aus und ging zurück ins Haus. Im Notfall konnte sie sich ja einschließen, dachte sie, und wenn wirklich akut Gefahr drohte, den Panikknopf betätigen. Sie hatte das Wohnzimmer schon halb durchquert, da trug der Wind Sarahs Stimme durch die weit geöffnete Terrassentür zu ihr herüber.

»Hhayi!«, fauchte die Zulu.

Ganz deutlich verstand sie das Wort und war erschrocken von der Aggression in Sarahs Stimme. Stopp, hieß das, und es war offensichtlich, dass Sarah sehr wütend war. Bevor Alice allerdings reagieren konnte, vernahm sie eine andere Stimme. Die eines Mannes. Der Schreck fuhr ihr in alle Glieder. War das derjenige, der die Waffe gespannt hatte? Oder spielte ihr ihre von südafrikanischer Paranoia getränkte Fantasie einen Streich? Ein Blick durch die dornenbewehrte Amatunguluhecke zeigte ihr, dass Dotti Myers' neue Haushaltshilfe die Fenster putzte und ihr Gärtner lustlos Unkraut rupfte. Vielleicht hatte sie ja dessen Stimme gehört? Ihre Angst wich einem gewissen Jagdinstinkt. Sie schlüpfte in den knöchellangen, weißen Strandrock, den sie über die Couchlehne geworfen hatte, und zog ihre weichen Slipper an. Auf Zehenspitzen schlich sie über das sonnenheiße Pflaster im Hof, immer darauf bedacht, das Knirschen im Kies zu vermeiden, und drückte sich unendlich vorsichtig durch die Lücke zwischen der Mauer und den angriffslustigen Dornen der rosa Bougainvilleen hindurch. Sie strich sich das Haar hinter die Ohren, weil es ihr ständig ins Gesicht fiel, und lehnte sich so weit vor, dass sie die Terrasse vor dem Khaya und auch den größten Teil von Sarahs Unterkunft übersehen konnte.

Im selben Augenblick, wo sie den auf einem der Plastikstühle sitzenden Mann sah, wurde sie auch schon von ihm entdeckt. Durch eine heftige Schreckbewegung blieb sie mit dem Rock in den Stacheln hängen, und bei dem panischen Versuch, sich zu befreien, bohrten sich ihr nadelspitze Dornen durch den Stoff in die Haut und hielten sie unerbittlich fest.

Sie war gefangen.

Der Zulu sprang mit einer geschmeidigen Bewegung auf. Er war ziemlich groß, trug ein schwarzes T-Shirt mit abgeschnittenen Ärmeln und Hosen in einem verwaschenen Mittelblau. Sein Kreuz war imponierend breit, und auf den Schultern und Oberarmen wölbten sich beeindruckende Muskelpakete. Dunkle, intelligente Augen musterten sie scharf, und ihr dämmerte, dass dieser Mann weder ein Gärtner war noch ein einfacher Hausdiener. Er war von einem ganz anderen Kaliber als die Schwarzen, denen sie bislang begegnet war. Dieser Mann war ohne Zweifel gefährlich. Sehr gefährlich.

Während Alice ihn mit einer Mischung aus unverhohlener Angst und trotziger Herausforderung ansah, reckte der Zulu den Kopf in die Höhe, ganz langsam, während sein funkelnder Blick sie dabei nicht losließ, und entblößte dabei den Hals. Zu ihrem Entsetzen sah sie, dass sich unter seinem Kinn eine breite, rosa glänzende Narbe von einem Ohr zum anderen zog. Wie ein widerlich grinsender Mund. Ihr war sofort klar, dass diese Geste eine eindeutige Drohgebärde darstellte. Dass der Mann ihr eine deutliche Warnung sandte. Und dann grinste er, als wüsste er genau, was jetzt in ihrem Kopf vorging.

Ihre Zunge klebte plötzlich am Gaumen. Mühsam riss Alice sich aus seinem Bann und sah zu Sarah hinüber. Sie erkannte sie nicht wieder. Vor ihr stand nicht die Frau, die sie schon längst ins Herz geschlossen hatte. Sarah hielt die Arme vor der Brust verschränkt, ihre Miene war hart, ihre Augen schwarz und ausdruckslos wie Kohlestücke. Ein Schauer überlief Alice. Das war nicht die Sarah, die ihr so vertraut geworden war, die singend die Hausarbeit verrichtete, die Christoph zum Lachen brachte, auch wenn er noch so brüllte, und die inzwischen fast zur Freundin geworden war. Die Frau, die dort stand und sie anstarrte, jagte ihr Angst ein. Verunsichert glitt ihr Blick wieder zu dem Zulu mit der Narbe.

Der trat jetzt so nahe an sie heran, dass sie seinen Atem auf ihrer Haut spüren und den Rauch riechen konnte, der in seinen Kleidern steckte. Überraschend stieg ihr auch der schwache Duft eines Deodorants in die Nase. Unüberlegt machte sie eine hastige Bewegung und wurde prompt schmerzhaft daran erinnert, dass sie in den Dornen feststeckte. Sie biss die Zähne zusammen, um nicht laut aufzustöhnen, obwohl ihr das Blut von den Armen tropfte.

Der Mann lachte leise, und bevor sie zurückzucken konnte, hatte er sie am Arm gepackt und zog die Dornen mit großer Behutsamkeit aus ihrer Haut. Erst vom einen Arm und dann vom anderen. Darauf langte er an ihr vorbei, brach ein Blatt ab und wischte damit das Blut weg, das aus den Einstichstellen quoll. Schließlich bog er die Zweige auseinander, sodass sie sich selbst befreien konnte.

Sehr vorsichtig wand Alice sich aus den Fängen der Dornen und stellte sich aufrecht vor den Mann mit der Narbe. Sie zwang sich, ihm in die Augen zu sehen, musste sich dabei aber zusammennehmen, um ihren inneren Aufruhr nicht zu verraten. Völlig ausdruckslos erwiderte er ihren Blick. Es war ihr unmöglich, in seinen Zügen zu lesen, was in ihm vorging. »Hallo«, rutschte es ihr ungewollt heraus, und sie hatte Schwierigkeiten, Luft zu bekommen, weil ihr hämmerndes Herz allen Sauerstoff verschlang.

Dem Mann fiel das überlegene Grinsen aus dem Gesicht, und er starrte sie erstaunt an.

»*Sawubona*«, flüsterte sie hastig. »*Kunjani?*« Die traditionelle Begrüßung unter Zulus. »Guten Tag, wie geht's denn so«, hieß das. Schon vor längerer Zeit hatte Alice begonnen, die Sprache zu lernen, tat sich aber mit den ungewohnten Lauten immer noch schwer. Vor Anspannung hielt sie schon wieder die Luft an.

»*Yebo*«, antwortete der Zulu zögernd. »*Usaphila na?*«

Die vorgeschriebene Antwort mit einer Rückfrage auf die Begrüßung. Sie atmete tief durch und lockerte ihre verkrampften Muskeln.

»*Ngisaphila*«, stieß sie heiser hervor. Mir geht es noch gut.

Dabei beobachtete sie Sarah aus den Augenwinkeln. Die trat nun ganz nah an den Mann mit der Narbe heran und murmelte etwas in ihrer Sprache, was Alice nicht verstehen konnte. Nach einem kurzen Wortwechsel zwischen den beiden nickte der Zulu bedächtig, und ohne sie dabei aus den Augen zu lassen, ging er zur offenen Tür des Khayas und winkte auffordernd.

Plötzlich hörte sie ein aufgeregtes Gemurmel, das Scharren von Schuhen, und dann kamen Sarahs Besucher aus dem Khaya. Es waren acht Männer, schäbig gekleidet und meist barfuß, und alle trugen Waffen. Zu ihrem Erstaunen aber erschienen am Schluss nicht nur zwei bewaffnete Frauen, sondern auch ein Mann mit weißer Haut, rotem Haar und einer gefährlich aussehenden Pistole im Hosenbund.

Alice stand stockstill da. Elf Paar Augen krallten sich an ihr fest. Außer Sarah und dem Mann mit der Narbe hielten plötzlich alle eine Waffe in der Hand, Schusswaffen, Furcht einflößende

Hackmesser mit breiter Klinge. Zwei trugen in der Faust einen Isagila, einen Zulu-Kampfstock. Er war aus einem Stück Hartholz geschnitzt, etwa einen Meter lang und endete in einer massiven, tennisballgroßen Kugel. Einmal hatte sie einen in den Händen gehalten und war überrascht gewesen, welch ein Gewicht die Kugel hatte. Eine tödliche Waffe, nicht nur für den Nahkampf. Die Zulus schleuderten den Kampfstock obendrein mit großer Geschicklichkeit und Präzision über erstaunliche Entfernungen. Traf er einen Kopf, zerplatzte der wie eine Melone. Vor ihrem inneren Auge spritzten Blut und Hirnmasse, und sie unterdrückte ein anschwellendes Zittern.

Für einen ewig langen Moment herrschte angespannte Stille. Je länger sie diesen abgerissenen Haufen anstarrte, desto klarer schälte sich ein Gedanke aus dem Chaos heraus.

Sie hatte einen unwiderruflichen Schritt über eine Grenze getan. Es gab kein Zurück mehr für sie. Diese Typen, die jetzt in ihrem Hinterhof vor ihr standen, waren Terroristen. Polizei und Geheimdienst waren ohne Zweifel hinter ihnen her, und sollten sie denen in die Hände geraten, drohte ihnen die sichere Todesstrafe. Alice hatte ihre Gesichter und ihre Waffen gesehen. Damit war sie ungewollt zwischen die Terroristenjäger und diese Menschen geraten, die sich selbst als Freiheitskämpfer bezeichneten, aber in Südafrika als Hochverräter galten. Und die hatten nichts zu verlieren. Mit Verrätern machte man kurzen Prozess. Ihr Blick glitt zu den Hackmessern. Sehr kurzen Prozess.

Reglos stand sie da. Das Donnern der Brandung, das sie sonst als Hintergrundgeräusch kaum noch wahrnahm, schien lauter zu sein als sonst. Es dröhnte ihr in den Ohren, ließ ihren Körper vibrieren, als würde sie von einer Riesenfaust durchgeschüttelt. Für Sekunden wurde ihr speiübel, und Tropfen für Tropfen sickerte es in ihr Bewusstsein, dass sie sich in akuter Lebensgefahr befand. Und ihr im Haus schlafender kleiner Sohn auch. Es hatte keinen Sinn, nach Pollux zu rufen. Ein Schuss würde ihn sofort erledigen. Dotti konnte sie auch nicht alarmieren. Ihr Auto war nicht in der Einfahrt zu sehen gewesen, sie war also vermutlich gar nicht zu Hause. Alice räusperte ihre zugeschnürte Kehle frei und wandte sich an den weißen Mann. »Was geht hier vor?«, sagte sie und versuchte dabei, ruhig zu erscheinen.

Der Rothaarige zeigte seine schlechten Zähne und zuckte mit den Schultern. »Ein freundschaftliches Treffen«, erwiderte er mit sarkastischem Lächeln.

»Verkaufen Sie mich nicht für dumm«, fuhr sie ihn an – sie wusste im Moment nicht, woher sie den Mut dazu nahm. »Ihr seid Terroristen, und ich bin mir sicher, dass das BOSS hinter euch her ist. Und die Polizei.«

Eisiges Schweigen begrüßte ihren Ausbruch, und sie hätte sich dafür ohrfeigen können, denn jetzt wussten diese Leute, dass ihr klar war, wer sie waren. Auch der Rothaarige antwortete nicht, sondern legte nur eine Hand auf den Knauf seiner Pistole und starrte sie an. Es war überdeutlich, was er ihr damit sagen wollte. *Wenn du uns verrätst, bist du dran.* Ihr sackte das Blut in die Beine. Aus den Augenwinkeln bemerkte sie, dass der Mann mit der Narbe und ihr Hausmädchen sich mit einem schnellen Blick verständigten. Worüber? Kannten sie sich näher? Ein flaues Gefühl machte sich in ihrem Magen breit. Die einzige Möglichkeit, die ihr blieb, einigermaßen heil der Situation zu entkommen, war, Sarah auf ihre Seite zu ziehen. Nach kurzer Überlegung atmete Alice tief durch und sah der Zulu dann direkt in die Augen.

»Ich weiß, dass heute dein freier Tag ist«, begann sie wesentlich ruhiger, als ihr zumute war. »Aber mir ist nicht gut, und ich brauche deine Hilfe.« Sie wartete, bis sie sich sicher war, dass sie Sarahs ganze Aufmerksamkeit hatte, bevor sie weiterredete. »Kannst du dich bitte heute um Christoph kümmern?«

Sie hielt Sarahs Blick weiterhin fest und betete, dass die Zulu verstehen würde, was sie ihr sagen wollte. Dass sie nichts gesehen habe, nicht den Mann mit der Narbe, nicht ihre bewaffneten

Freunde, nicht die Waffen und auch nicht, dass sie und der Mann mit der Narbe sich offensichtlich kannten. Dass heute ein Donnerstag sei wie jeder andere, wollte sie ihr sagen, und dass sie sich mit Christoph allein im Haus aufhalte. Von Sarahs Reaktion würde sein und ihr Schicksal abhängen.

Eine Fliege spazierte langsam über Sarahs Wange. Die Zulu zuckte mit keinem Muskel. Die Arme vor der Brust verschränkt, den Kopf leicht gesenkt, blickte sie Alice lange und schweigend in die Augen. Niemand sagte ein Wort. Von der Straße war ein Auto zu hören, Dottis Hund bellte, und gleich darauf hörte man sie schimpfen. Plötzlich erschütterte ein Wummern die Atmosphäre, das zunehmend lauter wurde. Der Rothaarige warf den Kopf zurück und starrte alarmiert in die Richtung. Blitzartig verschwanden bis auf Sarah alle anderen im Khaya. Nur Sekunden später röhrte ein Polizeihubschrauber in nächster Nähe über sie hinweg. In der offenen Tür saßen zwei schwer bewaffnete Polizisten.

Alice brach der kalte Schweiß aus. War der Hubschrauber auf der Suche nach Sarah und ihren Freunden? Würde es auf ihrem Grundstück gleich vor schussbereiten Polizisten wimmeln? Würde hier ein Massaker stattfinden? Angstvoll starrte sie den Helikopter an, aber der flog über die Hügel hinweg, und das Rattern der Rotoren erstarb in der Ferne. Es dauerte nicht lange, und Sarahs Freunde erschienen wieder auf der Terrasse.

»Sarah?«, flüsterte Alice heiser, weil sie die Spannung nicht mehr aushalten konnte.

»*Yebo,* Ma'm«, sagte die Zulu und ging über den Hof zum Haus hinüber. Ohne sich noch einmal nach ihren Freunden umzusehen.

Alice fiel ein Stein von solchem Ausmaß vom Herzen, dass ihr ganz schwindelig wurde. Sarah hatte sie verstanden. Gesenkten Kopfes, um jedem weiteren Augenkontakt mit dem Narbigen und seinen Kumpanen aus dem Weg zu gehen, folgte sie ihrem

Hausmädchen. Bevor sie das Haus betrat, warf sie aber doch einen verstohlenen Blick zurück.

Die Terrasse lag leer im Sonnenlicht da, eine rosa Bougainvilleenranke wippte im sanften Wind, und im Jacarandabaum, der jetzt im südafrikanischen Frühling über und über mit zartlila Blütenbüscheln übersät war, gurrte eine Taube. Es war ein so friedliches Bild, dass sie schon glaubte, alles wäre nur ein Spuk gewesen, so als hätte es den Mann mit der Narbe und seine Leute nie gegeben.

Weder Alice noch Sarah erwähnten den Vorfall. Für den Rest des Tages vermied es Alice jedoch, mit der Zulu allein in einem Raum zu sein. Nicht weil sie Angst vor ihrem Hausmädchen hatte, eher weil sie erst einmal in Ruhe alles überdenken und analysieren musste, was sie heute erlebt hatte. Sie war sich einfach noch nicht darüber im Klaren, wie sie mit der ganzen Sache umgehen sollte. Nervös wartete sie auf Pierre, der heute erst nach Sonnenuntergang zu Hause sein würde. Unfähig, ruhig dazusitzen, strich sie durchs Haus und räumte die Schubladen ihres Nachttischs und ihren Kleiderschrank auf. Anschließend lief sie auf der Terrasse hin und her und sah zu, wie Christoph mit einem Stöckchen ein Chamäleon ärgerte. Das Reptil zischte vernehmlich, wechselte schlagartig die Farbe von friedlichem Grasgrün zu aggressivem Orange-Schwarz und blies sich zur doppelten Größe auf, bis es einem wütenden, kleinen Drachen ähnelte. Christoph lachte, schnappte sich das Chamäleon und warf es in einen rosa blühenden Hibiskusstrauch. Alice ermahnte ihn, mit Tieren vorsichtiger umzugehen.

»Daddy kommt«, rief er auf einmal aufgeregt und lauschte.

Jetzt konnte auch sie das Motorengeräusch hören. »Endlich«, flüsterte sie und lief Pierre entgegen. Christoph rannte ihr, so schnell er konnte, hinterher.

Pierre schlug die Wagentür zu, nahm seine Sonnenbrille ab und zerrte sein blau gestreiftes Hemd aus der Hose. »Verdammt heiß heute«, sagte er und fing seinen Sohn auf, der ihm in die Arme sprang. »Hallo, mein Großer. Was hast du heute wieder angestellt?«, fragte er und kitzelte ihn. Aufmerksam hörte er seinem Sohn zu, als der ihm atemlos von den Erlebnissen des Tages berichtete.

»Leute waren hier.« Er hob seine zwei Händchen und spreizte die Finger ab. »So viele.«

»Chris, bitte geh in dein Zimmer«, unterbrach Alice ihn hastig. »Ich muss etwas mit Daddy besprechen.« Sie hielt ihm die Haustür auf. »Wir kommen gleich nach«, versprach sie und wartete, bis er sich maulend in sein Zimmer verzogen hatte.

Bevor sie etwas sagen konnte, nahm Pierre sie in den Arm und küsste sie ausgiebig. »Ich hätte auch etwas sehr Wichtiges vor«, murmelte er und küsste ihr Ohr.

Alice stemmte sich gegen seine Umarmung. »Nicht jetzt«, flüsterte sie. »Es ist was passiert. Lass uns nach vorn auf die Terrasse gehen, da kann uns keiner belauschen.«

Pierre wurde sofort ernst. »Was ist? Du wirkst ja völlig durcheinander.«

»Komm!« Sie zog ihn durchs Haus hinaus auf die Terrasse.

Draußen schob er zwei Korbsessel dicht nebeneinander und wartete, bis sie die Schiebetür zum Wohnzimmer geschlossen hatte.

»Also, was ist los?«, fragte er leise mit befremdeter Miene.

Stockend berichtete Alice von dem, was sich vor Sarahs Khaya abgespielt hatte, und beschrieb den Mann mit der Narbe. »Er war mit Sicherheit der Anführer ...«

Entgeistert sah Pierre sie an. »Was?«, unterbrach er sie. »Wie viele Leute waren es?«

»Zwölf, außer Sarah. Und es waren auch zwei Frauen dabei und ein Weißer ...«

»Ein Weißer? Bist du dir da sicher?«

»Weiße Haut, Sommersprossen, rote Haare«, antwortete sie. »Glaub mir, der war so weiß wie wir. Und sie waren alle bewaffnet.

Bis auf Sarah und diesen Kerl mit der Narbe. Soweit ich das sehen konnte zumindest, aber vielleicht hatte der ja seine Waffe irgendwo am Körper versteckt.« Sie schüttelte sich bei der Erinnerung, dass er ihr so nahe gekommen war. »Er hat mir wirklich Angst eingejagt. Und weil ich nicht wusste, was ich tun sollte, habe ich ihn auf Zulu gegrüßt, und du wirst es nicht glauben, er hat tatsächlich, wie sich's gehört, geantwortet.«

»Na, das hat ja nun wirklich nichts zu sagen.« Er zog sein Hemd aus und wischte sich damit übers schweißnasse Gesicht. »Warum hast du denn nicht um Hilfe geschrien oder mich angerufen?«

Alice warf die Hände in die Luft. »Wie stellst du dir das vor? Wenn ich um Hilfe geschrien hätte, wäre ich wohl jetzt nicht mehr am Leben! Und Christoph vermutlich auch nicht. Außerdem hing ich im Bougainvilleenbusch fest. Sonst hätte ich dich ganz sicher angerufen.« Sie zeigte auf ihre verkratzten Arme.

Pierre sah sie betroffen an. »Tut mir leid. Ich hab den Gedanken nicht zu Ende gedacht. Ich will mir gar nicht vorstellen, was passiert wäre, wenn du nicht so besonnen reagiert hättest.«

»Ich hab mir fast in die Hosen gemacht, kann ich dir sagen«, gab Alice zu. »Eine derartige Angst habe ich noch nie gehabt.«

»Auf jeden Fall musst du für die nächste Zeit deine Pistole immer bei dir tragen.«

»Nein«, fauchte sie ihn an. »Tu ich nicht. Will ich nicht. Das ist mir zu gefährlich, das weißt du. Stell dir vor, Chris kriegt sie in die Finger.«

»Liebling …« Er wollte sie an sich ziehen, aber sie wich zurück.

»Nein!«, sagte sie ruhig. »Vergiss es.«

»Alice, bitte!«

»Nein, hab ich gesagt. Ich werde im eigenen Haus nicht bewaffnet herumlaufen.«

»Bitte denk noch mal darüber nach.« Seine Miene zeigte eine Mischung aus Sorge und Ungeduld.

Nachdrücklich schüttelte Alice den Kopf. »Außerdem, wenn

die mir etwas hätten antun wollen, hätten sie es wohl gleich getan. Davon bin ich fest überzeugt.«

»Kann sein«, entgegnete Pierre. »Kann aber auch sein, dass sie es sich noch anders überlegen. Solche Typen sind unberechenbar. Vielleicht kommen sie wieder, und ihr seid allein zu Hause …«

Alice schlug eine Hand vor den Mund und starrte ihn entsetzt an. »Mein Gott, ich kann Christoph auf keinen Fall zu meinen Hausbesichtigungen mitnehmen. Daran hab ich überhaupt noch nicht gedacht.«

»Wo ist er jetzt?«, fragte Pierre und schoss so abrupt aus dem Sessel hoch, dass der umfiel. »Draußen?«

»Beruhige dich, ich habe alles im Griff. Die einzige Tür, die nicht abgeschlossen ist, ist die Terrassentür. Wenn er hinauswill, muss er erst an uns vorbei. Und glaub mir, ich habe unseren Sohn seitdem keine Sekunde aus den Augen gelassen.«

Während Pierre den Stuhl aufhob und sich wieder hinsetzte, glitt ihr Blick den sanften Abhang hinunter, über die Dächer der Bungalows, die unter dem üppigen Grün der Gärten hervorblitzten, hinaus über den Ozean. Weiße Katzenköpfe tanzten auf der Oberfläche, und die Wellen waren wieder merklich höher geworden. Stürmischer Nordostwind kam urplötzlich auf, trieb Gischtschleier über die Brandung und wühlte das Meer bis auf den Grund auf. Sandwolken und Schwebeteilchen machten das Wasser undurchsichtig und schlammgelb.

»Haiwetter«, sagte Alice leise, und ein Schauer lief ihr über den Rücken. Haie jagten in trübem Wasser.

Pierre nahm ihre Hand und hielt sie fest. Für ein paar Minuten schwiegen sie beide, bis Alice voller Unruhe aufstand und ein paar Schritte umherlief. Schließlich blieb sie vor ihm stehen, stützte sich auf die Armlehnen seines Sessels und beugte sich dicht an sein Ohr. »So wie ich es sehe, haben wir die Wahl zwischen Teufel und Beelzebub«, flüsterte sie. »Entweder tun wir so, als hätte ich nichts gesehen, oder wir gehen schnurstracks zur Polizei und zeigen Sarah und ihre Freunde an. Und das müssten wir jetzt auf der Stelle tun, sonst haben wir das Problem, erklären zu müssen, warum wir so lange gewartet haben, und das kann verdammt unangenehm für uns werden.«

»Unangenehm ist die Untertreibung des Jahrhunderts«, sagte Pierre grimmig. »Stell dir nur vor, was dann passiert! Die Polizei wird über uns herfallen, hier alles auf den Kopf stellen und uns verhören, bis wir nicht mehr können … Und nicht nur uns! Die werden jeden befragen, der je hier mit uns zu tun hatte … Wir werden von Glück sagen können, wenn sie uns nicht mitnehmen …« Er vergrub das Gesicht in den Händen. »So eine gequirlte …«, begann er rau, brach dann aber mit einer Handbewegung ab.

»Verdammt«, flüsterte sie und setzte sich wieder. »In was bin ich da bloß reingeraten?«

Plötzlich sah Pierre sie an, und das nackte Entsetzen stand ihm in den Augen. »Wenn jemand im Hotel davon erfährt – und das wird mit tödlicher Sicherheit passieren, denn die Gerüchteküche brodelt ja ständig –, bin ich meine Stellung los … Stell dir bitte nur mal die Konsequenzen vor! Kein Job, wir können uns die Rückzahlungen nicht mehr leisten, kein Haus …«

Fassungslos blickten sie sich an.

Alice zitterte auf einmal wie Espenlaub. »Ich verdiene ganz gut, wir könnten überleben«, sagte sie mit schwankender Stimme.

Pierre war blass geworden. »Wenn die uns nicht sogar unsere Aufenthaltsgenehmigung aberkennen! Dann können wir alles vergessen.«

»Was?« Ihr wurde schlecht. »Das geht doch nicht einfach so!«

Pierre stieß ein freudloses Lachen aus. »Hier geht so was ohne Weiteres. Denen genügt der geringste Hauch eines Verdachts, ein Molekül von Gestank, und dann können wir froh sein, wenn sie uns unbehelligt ausreisen lassen.«

Der Boden unter ihr schien zu schwanken wie die Planken eines Segelschiffs. Sie versuchte etwas zu sagen, brachte aber kein Wort hervor. Pierre nahm sie wortlos in die Arme. »Es tut mir leid, dass ich dich mit in dieses Land genommen habe«, flüsterte er und drückte sie fest an sich. »Es tut mir so furchtbar leid.«

Alice streichelte ihm über die Wange. »Hör auf, du hast mich ja schließlich nicht an den Haaren hierher in deine Höhle gezerrt«, flüsterte sie zurück. »Es hat keinen Sinn, Spekulationen anzustellen. Dazu haben wir keine Zeit. Was, wenn die gleich wieder vor unserer Tür stehen?«

Mit aufgerissenen Augen starrte sie ihn an, und plötzlich überschwemmte sie eine gewaltige Angstwelle. Sie vergrub das Gesicht in den Händen und wurde von einem minutenlangen Weinkrampf geschüttelt. Pierre zog sie zu sich auf den Schoß, bettete ihren Kopf auf seine Schulter und hielt sie fest, bis sie ausgeweint hatte.

»Entschuldige«, sagte sie unter Schluchzern. »Ich habe solche Angst um Christoph. Ich muss ihn zu Hause lassen, wenn ich arbeite, oder ich muss kündigen.«

»Kündige Sarah, und such dir ein neues Hausmädchen, wenn du wirklich weiterarbeiten willst. In der Zwischenzeit versuche ich, ihn im Hotelkindergarten unterzubringen.«

Alice nickte und putzte sich die Nase. »Aber jetzt sollten wir zur Polizei gehen. Ich mache Christoph fertig, er hat sich sicherlich schon wieder mit Genuss eingeigelt.« Sie stand auf, um ins Haus zu gehen.

Aber Pierre hielt sie am Arm zurück.

»Und wen sollen wir anzeigen?«, rief er mit unterdrückter Heftigkeit. »Hast du dir das mal überlegt? Einen Mann mit einer Narbe am Hals? Leute, die du nicht näher beschreiben kannst, als dass es zwei Frauen und soundso viele Männer waren und einer davon rote Haare hatte? Sarah könnten wir anzeigen, aber die ist vermutlich sowieso schon abgehauen ...«

»Ma'am, soll ich Tee oder Kaffee bringen?«, unterbrach sie da die Stimme ihres Hausmädchens. »Oder einen Drink?«

Sie fuhren herum und starrten die Zulu an, die die Terrassentür gerade weit genug aufgeschoben hatte, um den Kopf herauszustrecken. Alice' Blick flog voller Panik zu Christophs Kinderzimmertür, die offen stand. Christoph spielte friedlich mit seinen Legosteinen. Und er hielt ein Sandwich in der Hand. Das hatte er nicht von ihr bekommen. Fragend sah sie ihr Hausmädchen an.

»Er war hungrig, Ma'am«, sagte Sarah mit einem tiefgründigen Funkeln in ihren schwarzen Augen, und als hätte sie ihre Gedanken gelesen, fuhr sie fort: »Machen Sie sich keine Sorgen, es ist alles okay.«

Ihr war klar, dass sie damit nicht Christoph meinte. Blitzschnell und geradewegs aus dem Bauch heraus fällte Alice die Entscheidung, doch nicht zur Polizei zu gehen. Ihre Augen hingen an dem dunklen Gesicht. »Kaffee, bitte«, sagte sie. Ihre Stimme war leicht brüchig vor Erregung, und ein nie gekanntes Gefühl strömte ihr wie eine heiße Flut durch die Adern. War es nur die Aufregung?

Die Zulu grinste. »*Yebo!* Gepriesen sei der Herr, gepriesen sei Jesus«, flüsterte sie, und mit einem Blick, der Bände sprach, entschwand sie in die Küche.

»Was war denn das?«, platzte Pierre konsterniert heraus. »Ich dachte, du hast Angst vor ihr.«

Leicht benommen sah Alice ihn an. »Dachte ich auch«, sagte sie schließlich und strich sich mit einer hilflosen Handbewegung eine Strähne aus den Augen. »Ich weiß auch nicht, was mit mir los ist. Irgendwie ... irgendwie ...« Verwirrt brach sie ab.

»Du meinst, weil sie trotz allem hiergeblieben ist? Weil sie Christoph ein Sandwich gemacht hat? Weil sie ganz normal gefragt hat, was wir trinken wollen?«

»Das hast du also auch bemerkt.«

»Na klar, bin ja nicht blind. Aber ein Grund, ihr jetzt bedingungslos zu vertrauen, ist das noch lange nicht, Alice! Ehe wir nicht wissen, wer der Mann mit der Narbe ist, will ich nicht, dass sie weiter bei uns arbeitet. Außerdem möchte ich wissen, wie sie durch die geschlossene Tür hereingekommen ist.«

»Sie hat einen Schlüssel für die Küchentür«, erwiderte sie langsam. »Okay, du willst wissen, wer der Mann mit der Narbe war.« Sie stand auf. »Dann werde ich der Sache jetzt auf der Stelle auf den Grund gehen und es herausfinden. Ich will wissen, woran ich bin.« Bevor Pierre sie zurückhalten konnte, rief sie durch die Tür ins Haus. »Sarah! Komm bitte mal auf die Terrasse.«

Die Zulu erschien so schnell, dass sich Alice der merkwürdige Eindruck aufdrängte, dass sie nur darauf gewartet hatte, gerufen zu werden. Oder gelauscht hatte.

»Ma'am? Master?« Sarah sah fragend von einem zum anderen. »Möchten Sie noch Kekse? Der Kaffee ist gleich fertig.«

Alice ignorierte die Bemerkung. »Wer war der Mann mit der Narbe?«, fragte sie ohne Umschweife.

Sarah antwortete nicht und senkte die Lider, dass es ihr vorkam, als hätte die Frau einen Vorhang vorgezogen. Ihre Nerven waren bis zum Zerreißen gespannt. Sollte die Zulu jetzt die Auskunft verweigern, hatten sie keine andere Wahl, als sofort zur Polizei zu gehen. Sie grub sich die Nägel in die Handflächen, während sie die Sekunden zählte. Nach einem endlos erscheinenden Schweigen hob Sarah jedoch den Blick und lächelte sie an.

»Der Mann mit der Narbe?«, fragte sie. »Das war mein Mann, Vilikazi Duma.«

»Dein Mann?«, wiederholte Alice ungläubig. »Aha! Ich höre zum ersten Mal, dass du verheiratet bist. Und wer waren die anderen? Deine Geschwister oder sonstige Verwandte?«

Sekundenlang verschloss sich Sarahs Gesicht wieder. Ihre Augen wurden undurchsichtig wie schwarze Steine, bis plötzlich erneut ein winziges Lächeln ihre Mundwinkel kräuselte. Sie hob beide Hände, Handflächen nach außen. »Welche anderen?«, fragte sie mit treuherzigem Augenaufschlag. »Ich hab niemanden gesehen. Nur Vilikazi.«

Wie hypnotisiert versank Alice in dem dunklen Blick, und schließlich begriff sie, dass ihr Sarah eine Botschaft sandte. »Ich habe mich also geirrt?«, sagte sie langsam. »Da war niemand?«

»*Yebo*, Ma'am!«, rief Sarah, und ein Strahlen zog über ihr schokoladenbraunes Gesicht. »*Yebo*«, wiederholte sie leise, ohne den Blick abzuwenden.

Sie sagte das so eindringlich, dass es fast wie ein Schwur klang. Oder ein Gebet, ging es Alice durch den Sinn. Was um alles in der Welt sollte sie davon halten? Was ging hier vor?

»*Yebo*«, murmelte Sarah noch einmal, wandte sich um und schlüpfte ins Haus.

»Du hast dich geirrt?«, sagte Pierre misstrauisch, als Sarah weg war. »Wie das denn? Du hast diese Leute doch genau gesehen. Du hast sie mir beschrieben. Was ist mit Vilikazi, der angeblich mit Sarah verheiratet ist? Oder mit diesem Rothaarigen, von dem du dich bedroht gefühlt hast? Du hast dir das doch nicht ausgedacht!«

Alice lächelte. »Lass es mich anders ausdrücken: Ich habe entschieden, dass ich mich geirrt habe. Verstehst du nun?« An seiner starren Miene konnte sie unschwer ablesen, dass er sich damit schwertat.

»Hast du diese Typen nun gesehen oder nicht?«

Alice sah ihm fest in die Augen. »Nein, hab ich nicht! Kapierst du nun endlich?«

Es dauerte eine Weile, und der innere Widerstreit war ihm deutlich vom Gesicht abzulesen. »Ja«, sagte er schließlich. »Und die Sache gefällt mir ganz und gar nicht. Sarah ist also offensichtlich Mitglied im ANC. Eine militante Untergrundkämpferin.« Er starrte vor sich hin. »Ich möchte mal wissen, wer von den Schwarzen, die hier den Rasen mähen, den Madams das Haus putzen oder im Hotel die Teller abspülen, in Wirklichkeit Terroristen sind.« Er sah sie an. »Trainierte Terroristen, die mit Waffen umgehen können, Bomben legen und Haftminen in Restaurants verstecken. Menschen umbringen …« Seine Stimme versagte.

Im Hintergrund hörte Alice, dass Dottis Gärtner den Rasenmäher anwarf. Der Zulu war ein Klotz von einem Mann, der nie lächelte. Ein Terrorist? Der Gedanke jagte ihr eiskalt durch die Adern.

»Sie nennen sich Freiheitskämpfer«, flüsterte sie. »Die Münze hat zwei Seiten.« Sie zwang sich zu einem Lächeln. »Vertraue meinem Instinkt, und mach dir keine Sorgen, Honey, es ist alles in Ordnung.«

Aber das war es nicht, wie sie an einem gewittrigen Tag Ende November herausfinden sollte.

6

Christoph hatte über Nacht eine starke Erkältung mit einem rauen Husten bekommen, der ihr schon beim Zuhören wehtat, und so machte Alice morgens sofort einen Termin bei ihrer Ärztin. Als sie ins Auto stiegen, bemerkte sie aus den Augenwinkeln einen Wagen, der schräg gegenüber ihrer Ausfahrt in einer Ausbuchtung am Rand des Zuckerrohrfelds geparkt war. Es war ein kastenförmiges, sandfarbenes Modell, ziemlich verschmutzt mit einer frischen Beule im Kotflügel. Familie Goldmann, die zwei Häuser weiter wohnte, hatte wohl Besuch, nahm sie an und fuhr die Straße hinunter, die vom nächtlichen Regen glänzte wie ein Silberfluss. Erst im Nachhinein fiel ihr auf, dass zwei Personen im Wagen gesessen hatten, und das beunruhigte sie. In ihrer Straße parkten keine Fremden. Sollte der Wagen immer noch dort stehen, wenn sie zurückkehrte, würde sie Pierre anrufen.

Eben wollte Alice ihr Auto auf dem Parkplatz im Zentrum von Umhlanga Rocks abstellen, als Dotti Myers' Wagen neben ihr hielt. Ihre Nachbarin ließ das Fenster herunter und lehnte sich heraus. »Weißt du, dass dein Mädchen regelmäßig Männer in ihrem Khaya hat?«, zischte sie drohend.

»Was?« Ihr Puls reagierte heftig. »Nein … das heißt, glaub ich nicht. Nicht Sarah!« Ihre Stimme schwankte, und sie hoffte nur, dass ihre Nachbarin diese Schwäche nicht mitbekam.

Dotti schlug knallend mit einer Hand von außen gegen die Wagentür. »O doch, und mindestens einer der Kerle, die ich gesehen habe, war bewaffnet!«

»Bewaffnet?«, erwiderte Alice innerlich zitternd und zwang

sich zu einem Lächeln. »Das glaubst du doch selbst nicht! Komm, Dotti, das kann nicht sein.«

»Er trug einen Panga im Gürtel«, trumpfte Dotti auf.

Ihr wurde schwindelig vor Erleichterung. Dem Himmel sei Dank! Die Schusswaffen hatte Dotti offenbar nicht mitbekommen. Sie lächelte ihrer Nachbarin betont freundlich ins wutrote Gesicht. »Ach Dotti, ich glaube nicht, dass Sarah Männer in ihrem Khaya empfängt. Ich jedenfalls habe das noch nie bemerkt. Und wenn du tatsächlich einen gesehen hast und der tatsächlich einen Panga trug, war es mit Sicherheit einer von den Zuckerrohrschneidern. Und nun entschuldige mich, Christoph ist krank, und ich habe einen Arzttermin.« Sie stieg aus, hob Christoph auf ihre Hüfte und stieg die Stufen zur Praxis von Dr. Allessandro hinauf.

»Sieh dich vor«, giftete Dotti ihr hinterher. »Wenn die euch die Kehle durchschneiden, sag nicht, ich hätte dich nicht gewarnt!«

Alice drehte sich noch einmal um. »Das wäre dann ja wohl kaum mehr möglich«, versuchte sie zu scherzen, während Tausende von eiskalten Ameisenfüßchen über ihre Haut trippelten. Schnell lief sie weiter.

Die Ärztin untersuchte Christoph, verschrieb ihm einige Medikamente und beruhigte sie, dass es sich nur um eine harmlose Erkältung handle. Die Apotheke war im selben Einkaufszentrum, und Alice gab das Rezept bei Tom Miller, dem Apotheker, ab und kaufte im OK Bazaars reife Papayas und süße Natal-Ananas, die Christoph so liebte. In der Zwischenzeit hatte Tom Miller alle Medikamente zusammengestellt und steckte sie in eine Tüte, während sie den neuesten Klatsch austauschten. Mit einem Gruß verließ sie die Apotheke und fuhr nach Hause.

Als sie in ihre Straße einbog, parkte derselbe Wagen zu ihrem Schrecken immer noch gegenüber von ihrem Haus. Ob jemand drinnen saß, konnte sie im Gegenlicht nicht erkennen. Ihre Augen flogen hinüber zum Haus der Goldmanns. Deren Auto stand nicht in der mit einem hohen Eisentor verschlossenen Einfahrt. Das hieß mit Sicherheit, dass sie nicht zu Hause waren. Verstohlen musterte sie das sandfarbene Auto. Wem gehörte dieser Wagen?

Es blieb ihr keine Zeit, darüber nachzudenken. Christoph machte ihr lautstark klar, dass er Hunger hatte, und sie verschob den Gedanken auf später. Sarah hatte sie offenbar gehört, denn sie öffnete die Tür und half dem Kleinen aus dem Auto. Dabei glitt ihr Blick über Alice' Schulter, und für den Bruchteil einer Sekunde erlosch ihr Lächeln. Ihr Gesicht wurde kantig wie ein behauener Stein.

»Was ist?«, fragte Alice und verrenkte sich den Hals, um den Grund für Sarahs Reaktion zu erkennen. War es das schmutzige Auto? Das konnte sie sich eigentlich nicht vorstellen. Sie sah die Zulu besorgt an. »Sarah, was ist?«

»Nichts, Ma'am«, sagte Sarah und nahm Christophs Hand. »Es ist nichts.« Ihr Mund lächelte, aber ihre Augen nicht. Ihr dunkler Blick flog erneut hinüber zum Wagen.

Alice bemerkte das wohl, und dieser Blick kratzte über ihre Haut wie ein Dorn. Unter den Wimpern spähte auch sie zum Auto hinüber. Es war fast Mittag. Der Himmel war bedeckt, aber jetzt brach ein Sonnenstrahl durch, reflektierte vom Heck ins Innere des Wagens und zeichnete die schattenhaften Silhouetten zweier Männer nach. Zweier Männer, die in einer ruhigen Wohnstraße am helllichten Tag in einem Auto saßen. Nur dasaßen und nichts taten. Gleich darauf zog die Wolkendecke sich wieder zu, und sie konnte die Insassen im Wagen nicht mehr ausmachen. Alice wandte sich ab.

Sarah öffnete die Heckklappe und hob die Einkäufe heraus. Christoph stapfte unterdes quietschend vor Freude durch eine Pfütze, die vom letzten Regen übrig geblieben war. Sie sah ihm zu, während sie sich einer drängenden inneren Unruhe bewusst wurde, deren Ursache sie sich aber nicht erklären konnte. Bis es sie wie ein Schlag traf. Sie wirbelte herum und sah hinüber zu dem parkenden Auto. Jetzt war ihr klar, was sie so beunruhigte.

Der Bereich unter dem Wagen war trocken. Also war er offensichtlich seit Tagesanbruch nicht mehr bewegt worden. Seit sie aufgestanden war, hatte es immer wieder kurze Regenschauer gegeben, und die Nässe auf dem übrigen Straßenbelag war noch nicht getrocknet. Ihr Magen krampfte sich zusammen, und Angst kroch in ihr hoch. Beobachteten diese Männer schon den ganzen Morgen über ihr Haus? Pierre und sie? Unsinn, sagte sie sich selbst. Ebenso gut war es möglich, dass sie die Goldmanns oder die Myers oder sonst jemand in der Straße beobachteten. Oder auch nicht? Was hatten diese Typen hier also zu suchen?

Sarah war mittlerweile mit Christoph ins Haus gegangen, und Alice hörte die Zulu mit ihm scherzen. Sie rieb über die Narbe auf dem Oberarm. Vermutlich bildete sie sich das alles nur ein, und es gab eine völlig harmlose Erklärung, dass mitten am Tag ein fremdes Auto mit zwei Männern in ihrer Straße parkte. Vielleicht machten die Pause oder arbeiteten die Unterlagen ihres Geschäftstermins durch. Mit einem letzten Blick auf das sandfarbene Auto folgte sie der Zulu und half ihr, Christophs Mittagessen zuzubereiten. Langsam beruhigten sich ihre Nerven. Zwar spähte sie immer wieder aus dem Schlafzimmerfenster, aber das dichte Blättergewirr des alten Natal-Feigenbaums verwehrte ihr die freie Sicht.

Kaum aber hatte Alice Christoph zu seinem Mittagsschlaf hingelegt, öffnete sie die Vordertür und schaute über die Straße. Das Auto stand immer noch dort. Wie angewurzelt blieb sie in der Tür stehen. In diesem Augenblick wusste sie mit absoluter Sicherheit, dass sie in Gefahr war. Ihre Nerven vibrierten, als liefe elektrischer Strom hindurch.

Plötzlich wurde das Seitenfenster heruntergedreht, und der Mann am Steuer schaute heraus, ihr genau in die Augen. Dann verzog er den Mund langsam zu einem breiten Grinsen.

Der Schreck traf sie wie ein Faustschlag. Sie fiel gegen den Tür-rahmen, stolperte rückwärts ins Haus und schlug die Tür zu wie ein Kind, das glaubte, wenn es eine Person nicht sehen könnte, könnte diese es auch nicht sehen. Mit rasendem Puls lehnte sie sich gegen die Tür. Es gab keinen Zweifel mehr. Diese beiden Kerle beobachteten ihr Haus. Aber warum? Waren sie von der Polizei? Beide trugen keine Uniform. In Südafrika trug nur die normale Polizei Uniform. Der CID, die Kriminalpolizei, tat es nicht.

Alice schlotterten die Knie. Hatte Pierre etwas getan, was ge-gen das Gesetz verstieß? Wovon sie nichts wusste? Vorstellen konnte sie sich das zwar nicht, aber es war schon einmal passiert, dass ein hinterhältiger Geschäftspartner ihn bei der Polizei wegen etwas angezeigt hatte, was er nie begangen hatte. Um zu vertu-schen, dass er selbst der Betrüger war. Es hatte mehr als ein Drei-vierteljahr gedauert und ein Heidengeld gekostet, bis Pierre den Verdacht los war und die Polizei alle Ermittlungen gegen ihn ein-stellte.

»Die sind vom BOSS«, sagte Sarah leise hinter ihr. »Vom Geheimdienst.«

Alice fuhr herum und starrte ihr Hausmädchen fassungslos an. »Vom Geheimdienst?«, stotterte sie. »Was will der denn hier? Woher weißt du das?«

Sarah antwortete ihr nicht, sondern fixierte sie nur. Ihre Augen waren schwarz und unergründlich wie die dunklen Bergseen, die sie aus den Alpen kannte. Ihr wurde schwindlig, und es war ihr, als blickte sie in eine fremde Welt, eine düstere Welt voller Ge-walt und Blut. Mühsam riss sie sich los. »Was wollen die hier?«, stieß sie heiser hervor und begegnete wieder dem ruhigen, kohle-schwarzen Blick. Und dann begriff sie. »Die sind deinetwegen hier«, flüsterte sie, und es war keine Frage. »Weil ihr ... Ihr habt Waffen ...«

Sarahs Blick glitt von ihr ab. »*Yebo.*« Das Wort war wie ein

Hauch. »Aber auch deinetwegen«, setzte sie dann etwas lauter hinzu.

Sarahs Worte hämmerten ihr die Luft aus der Lunge. »Meinetwegen!«, stieß sie hervor. »O Gott, warum?« Aber dann dämmerte es ihr, und ihre Hände wurden schweißnass. »Weil ich Vilikazi und die anderen gesehen habe«, sagte sie langsam. »Und auch ihre Waffen. Weil ich nicht sofort die Polizei gerufen habe und weil du noch immer bei uns wohnst und deine Freunde dich hier besuchen. Und diese Männer wissen das. Das ist es doch, oder?«

Sarah sah sie nicht an, neigte aber leicht den Kopf.

Alice musste sich räuspern, weil ihr plötzlich die hochschießende Angst den Hals verschloss. »Was habt ihr getan, du und Vilikazi?«, brachte sie schließlich hervor.

Noch ein langer, abgrundtiefer Blick, dann drehte sich Sarah ohne ein weiteres Wort um, lief an ihr vorbei über den Hof zu ihrem Khaya und zog die Tür hinter sich zu. In diesem Augenblick schrie Christoph los, und nach kurzem Zögern rannte Alice ins Haus, um nachzusehen, ob mit ihm alles in Ordnung war.

Er quengelte. Sie setzte ihn aufs Töpfchen und wartete ungeduldig, bis er fertig war, ehe sie mit ihm im Arm zu Sarahs Khaya hinübereilte. Sie klopfte an, bekam aber keine Antwort. Da die Tür jedoch einen Spalt weit offen stand, schob sie sie so weit auf, dass sie den Raum überblicken konnte.

Sie sah sofort, dass die beiden Holzregale, die Pierre Sarah für Kleidung, Wäsche und persönliche Sachen eingebaut hatte, leer geräumt waren. Die gelben Gardinen waren weg, und ein Blick in die Dusche zeigte ihr, dass Sarah sogar das Stück Seife mitgenommen hatte, das sie ihr kürzlich gegeben hatte. Jemand musste sie abgeholt haben, fuhr es ihr durch den Kopf, allein hätte die Zulu ihre Habseligkeiten nicht tragen können. Alice wirbelte herum und spähte hinaus auf die Straße. Das schmutzig gelbe Auto stand unverrückt da, und die Silhouette der Männer auf den Vordersitzen war deutlich zu erkennen. Wie also hatte Sarah das Haus verlassen können, ohne von den Kerlen vom BOSS entdeckt zu werden? Vermutlich über den Zaun zu Dotti hinüber. Oder über die Mauer den überwachsenen Weg zwischen den Zuckerrohrfeldern hinauf, die wie ein grünes Meer bis zum Horizont wogten. Hatte sie die Felder erreicht, würden die Männer sie nicht mehr aufstöbern können.

Für den Rest des Nachmittags saß Alice wie betäubt im Wohnzimmer, spielte gedankenverloren mit Christoph und überlegte fieberhaft, ob sie Pierre anrufen sollte. Aber etwas, was Tita einmal zu ihr gesagt hatte, hielt sie davon ab.

»Sie zapfen unser Telefon an«, hatte ihre Freundin ihr in gleichmütigem Ton erklärt. »Warum, weiß ich nicht, aber sie tun es. Du kannst es herausfinden, wenn am Anfang ein schwaches Klicken zu hören ist oder beim Sprechen ein merkwürdiges Echo auftritt.«

Hatte sie bisher das Klicken überhört, war ihr ein Echo in der Leitung nicht aufgefallen? Weder an das eine noch an das andere konnte sie sich erinnern. Alice lief hinüber zu Dotti, um von dort aus zu telefonieren, aber die war nicht zu Hause. Die Überlegung, ihren Anwalt anzurufen, verwarf sie gleich wieder. Er war ein behäbiger älterer Herr, der sich zwar als ziemlich gewieft in Steuerfragen erwiesen hatte, aber sie bezweifelte, dass er dem Geheimdienst gewachsen sein würde.

Es war ja nicht einmal sicher, dass sie einen Anwalt brauchte, versuchte sie sich zu beruhigen. Als sie kurz darauf wieder nach draußen spähte, war der Wagen nicht mehr da. Erleichtert atmete sie durch. Der Spuk schien vorbei zu sein.

Aber das war er nicht.

Am nächsten Morgen, kurz nachdem Pierre das Haus verlassen hatte, hämmerte jemand so hart an die Tür, dass Alice sich vor Schreck verschluckte. Ihr zitterten augenblicklich die Beine, und sie wusste mit absoluter Sicherheit, dass nach dem Moment, in dem sie die Tür geöffnet hatte, nichts mehr in ihrem Leben so sein würde, wie es vorher gewesen war. Sie stürzte zum Telefon und wählte mit schweißnassen Händen Pierres Nummer. Erst nach einer endlosen Zeitspanne, in der ihr Denken und Fühlen ausgesetzt hatten, meldete er sich. »Pierre ... Liebling ... bitte komm nach Haus«, stammelte sie. »Ja, jetzt sofort. Da versucht jemand die Tür einzuschlagen ... Ich glaub, das sind Agenten vom BOSS.«

»Ich komme«, sagte Pierre und legte sofort auf.

In diesem Augenblick krachte ein Fußtritt gegen die Eingangstür, sie splitterte und flog auf, und dann standen sie im Wohnzimmer. Die zwei Männer aus dem Wagen. Einer war vierschrötig mit sorgfältig getrimmtem Schnauzer und dem überlegenen Gehabe eines Behördenvertreters, der andere war kleiner, rundlich, mit roten Wangen und einem nicht unfreundlichen Gesichtsausdruck.

»Mrs. Diekmann?« Die Stimme passte nicht zu seinem Aussehen. Sie war dünn und scharf.

Alice zwang sich, kerzengerade dazustehen und mit fester Stimme zu antworten. »Ja?«

»Bitte kommen Sie mit uns.«

Ihr ganzer Körper wurde schlagartig gefühllos. »Warum und wohin?«

»Auf die Polizeistation. Nur eine Routinebefragung, keine Angst.« Der mit dem Schnauzer grinste wie ein Haifisch.

»Das werde ich nicht«, sagte sie, und es kostete sie all ihre Kraft, ruhig zu klingen. »Bevor mein Mann nicht hier ist und wir mit unserem Anwalt gesprochen haben, werde ich mein Haus nicht verlassen. Er kommt gleich.« Sie setzte sich demonstrativ in den Sessel und schlug die Beine übereinander. »Was wollen Sie eigentlich von mir?«

»Können wir leider nicht beantworten. Unser Vorgesetzter

wird Ihnen alles erklären. Und nun kommen Sie bitte, sonst müssen wir Sie hinaustragen.« Sie positionierten sich zu beiden Seiten des Sessels. »Nun, Mrs. Diekmann?«

»Mein Sohn«, rief sie, und die Verzweiflung drohte ihr die Kehle zuzudrücken. »Er ist bei einer Freundin, die ihn gleich bringen wird. Da muss ich zu Hause sein.« Sie konnte kaum sprechen, so sehr raste ihr Herz.

»Ihr Mann wird dann ja da sein, das sagten Sie doch eben. Sonst schicken wir jemanden vom Jugendamt.«

Damit packten sie zu, jeder einen ihrer Arme, und hoben sie aus dem Sessel. Kurz darauf fand sie sich auf dem Rücksitz des schmutzigen Wagens neben dem Älteren mit dem Schnauzer wieder. Der Motor röhrte auf, und sie rasten die Straße hinunter. Pierres Wagen kam ihnen nach hundert Metern entgegen. Alice schrie die Männer an anzuhalten, aber der Mann am Steuer ignorierte sie. Als sie winken wollte, um Pierre auf sie aufmerksam zu machen, hielt der Agent ihr die Arme fest. Pierre raste vorbei, und sie brach innerlich zusammen. Äußerlich erstarrte sie zu Stein. Diesen Männern würde sie keine Schwäche zeigen. Nie. Das schwor sie sich.

Aber sie hatte sich noch nie in einer derartigen Situation befunden und hatte deshalb keine Ahnung, wozu diese Männer noch fähig sein konnten. Auf ihre Forderung, dass sie ihren Mann und einen Anwalt anrufen wolle, teilte man ihr mit, dass das nicht möglich sei. Ein Grund wurde ihr nicht genannt. Siedend heiß fiel ihr ein, dass es hierzulande ein Gesetz gab, das der Polizei erlaubte, einen Gefangenen für hundertachtzig Tage einzusperren, ohne irgendjemanden benachrichtigen zu müssen. Pierre würde also weder wissen, was mit ihr passiert war, noch, wo sie sich befand. Ob er sie je finden könnte?

Auf dem Polizeirevier nahm man ihr die Fingerabdrücke ab, und als sie anschließend ihren Gürtel, allen Schmuck und ihre Uhr abgeben musste, schwankte sie auf einmal, und der Boden unter ihr schien sich aufzutun. Fast wäre sie in das schwarze Loch gestürzt, aber sie schaffte es, auf den Beinen zu bleiben. Auch als man ihr ohne Umschweife mitteilte, dass man sie bis zum Verhör in eine Zelle stecken werde.

Erst nachdem die Zellentür hinter ihr zugekracht war, sackte sie in sich zusammen, krümmte sich in Fötushaltung auf dem Boden zusammen und zog sich in ihren innersten Kern zurück. Alles andere schloss sie aus. Hörte nichts, sah nichts, roch nichts.

Irgendwann spürte Alice eine Berührung und rollte sich noch weiter ein, weil sie glaubte, man wolle sie zum Verhör holen. Wie lange sie so dagelegen hatte, war ihr nicht bewusst. Auf einmal hörte sie eine Stimme. Die einer Frau.

»Ist es so schlimm, Honey?«

Langsam drehte sie den Kopf und sah hoch. Die Frau war weiß, vielleicht Mitte dreißig, hatte verfilztes Haar, die beiden Vorderzähne fehlten, und sie stank. Hinter ihr saßen noch mehrere andere weiße Frauen. Auf der schmalen Bank an der Wand und auf dem Boden. In diesem Moment merkte sie erst, dass sie nicht in einer Einzelzelle gelandet war.

»Haben sie dich ...« Die Frau mit der Zahnlücke machte eine eindeutige Bewegung mit den Händen.

Die Geste drehte ihr den Magen um. »Nein«, flüsterte sie. »Nein, noch nicht.«

»Wehr dich nicht«, zischelte die Frau. »Das tut nur weh. Du musst dich in Gedanken aus deinem Körper entfernen ... Was immer sie tun, was immer sie sagen ... Das bist nicht du, der sie das antun.«

»Was hast du denn angestellt?« Eine Frau mit schwarzem Haar, bleichem Gesicht, hohläugig. »Drogen? Prostitution? Diebstahl?«

»Nichts ... ich hab nichts getan«, flüsterte Alice.

Die Antwort war vielstimmiges, spöttisches Gelächter.

»Wie wir alle«, kicherte die Hohläugige und stemmte die Arme in die Seiten.

Die Frau mit der Zahnlücke stellte sich vor sie. »Sie ist politisch, lasst sie in Frieden.«

Sie schien die Anführerin in dieser eingekapselten Welt zu sein, und fortan blieben ihr die anderen vom Leib. Nach achtundvierzig Stunden holte man Alice zum Verhör. Die nächsten Tage vergingen in einer Mischung aus blendender Angst, Aufbäumen und wieder Angst. Angst, Angst, Angst. Man bombardierte sie mit Fragen nach Sarah und Vilikazi.

»Ich kenne niemanden, der so heißt«, wiederholte sie wieder und immer wieder.

Solange sie verhört wurde, gelang es ihr, ihre Angst nicht zu zeigen, und als sie am dritten Tag in ihre Unterhose urinierte, weil ihr nicht erlaubt worden war, auf die Toilette zu gehen, ertrug sie das mit erhobenem Kinn.

Am vierten Tag geschah ein Wunder. Eine Wärterin holte sie aus der Zelle und teilte ihr mit, dass Besuch auf sie warte. Sie wurde in ein Zimmer gebracht und stand plötzlich Neil Robertson gegenüber.

»Komm, wir gehen«, sagte Neil und führte sie hinaus.

Alice war wie betäubt. Die Formalitäten rauschten als weiße Welle an ihr vorbei, und dann lag sie in Pierres Armen, der vor dem Gefängnis auf sie gewartet hatte.

»Ich will nicht darüber reden«, flüsterte sie. »Nie. Wo ist Christoph?«

»Tita passt auf ihn auf«, sagte Neil. »Wir fahren zunächst mal zu uns.«

Erst als sie Christoph endlich im Arm hielt und sich vergewissert hatte, dass es ihm gut ging, konnte sie aufatmen.

»Wie habt ihr mich gefunden?«, fragte sie.

»Sarah«, antwortete Neil. »Sie hat einen Brief für dich dagelassen, und den Rest haben wir uns zusammengereimt. Ein paar Leute schulden mir etwas, und schließlich haben wir erfahren, wo du festgehalten wirst. Hier, lies.« Damit reichte er ihr den Brief.

Er war auf englisch verfasst und an Sarah gerichtet. Sie drehte ihn um, um die Unterschrift zu lesen.

»Er ist von Henrietta Cargill!«, rief sie erstaunt. »Das ist eine weit entfernte Cousine von mir. Wieso schreibt die an eine Zulu?«

»Weil Sarah jahrelang für Henrietta gearbeitet hat«, sagte Tita. »Sie haben miteinander viel durchgemacht und sind sehr gute Freundinnen geworden. Wenn das hier alles vorbei ist, erzähle ich dir mal, was damals los war.«

Alice las den Brief. Henrietta schrieb ihrer Freundin Sarah, dass eine Cousine von ihr namens Alice Diekmann jetzt in Umhlanga wohne, und schlug vor, da Sarah arbeitslos sei, dort nachzufragen, ob ein Hausmädchen gebraucht werde.

Alice ließ den Briefbogen sinken. »So war das also«, murmelte sie. »Seltsamerweise hat Henrietta *mir* nie geschrieben.«

»Das tut jetzt nichts zur Sache«, sagte Pierre. »Sieh dir die Rückseite an. Die ist wichtig.«

Sie wendete das Blatt. *Sie haben Alice mitgenommen,* las sie. *Mavis' Madam ist ein* imPimpi. *Ruf Neil Robertson an.* So stand es nachträglich quer über die Seite in Bleistift geschrieben, und Sarahs Name stand darunter. Alice sah Neil fragend an.

»Was ist ein *imPimpi?*«

Neils Miene wurde grimmig. »Ein Denunziant.«

»Oh!« Mehr brachte sie nicht heraus.

»Die nette Nachbarin Dotti«, presste Pierre durch die Zähne. »Der dreh ich den Hals um!«

Alice las den Brief noch einmal. »Ihr kennt euch«, sagte sie zu Neil. Es war keine Frage.

Neil zuckte mit den Schultern. »Ach, nur flüchtig«, sagte er und sah niemanden dabei an.

Alice fing den alarmierten Blick Titas auf, mit dem diese ihren Mann musterte, und sie musste an den Augenblick denken, als sie Neil, Twotimes und Sarah zusammen gesehen hatte. Damals hatte sie geglaubt, sich geirrt zu haben, aber jetzt überfiel sie die

Erkenntnis, dass ihr Freund Neil ebenfalls ANC-Mitglied sein musste und dass seine Frau das offenbar gar nicht wusste. »Aha«, bemerkte sie. Was sollte sie auch sonst sagen?

»Sarah muss beobachtet haben, dass man dich abgeführt hat, und hat uns deshalb diesen Brief hinterlassen«, sagte Pierre und legte ihr den Arm um die Schultern. »Ohne den hätten wir dich vielleicht nie gefunden. Weil sie wohl befürchtete, dass das Telefon überwacht wird, hat sie weder bei uns noch bei Neil angerufen.«

Alice umschlang Christoph noch enger und drückte sich fest in Pierres Umarmung. »Hoffentlich werde ich Sarah noch einmal wiedersehen«, murmelte sie.

»Das ist nicht sehr wahrscheinlich«, sagte Neil. »Sie ist untergetaucht, und wir werden sie nicht finden. Ich werde mich jetzt darum kümmern, dass die Anschuldigungen, die sich diese ...« Er fletschte förmlich die Zähne, und seine blassen Augen sprühten Blitze. » ... diese Mistkerle aus den Fingern gesaugt haben, aus der Welt geschafft werden. Ich werde mit dem Staatsanwalt sprechen. Er ist ein alter Studienkollege von mir.«

Bevor Pierre Dotti allerdings zur Rede stellen konnte, wurde bei den Myers eingebrochen, die Einrichtung kurz und klein geschlagen. Dotti selber fand man auf den Küchenstuhl gefesselt, geknebelt und mit einer stark blutenden Wunde in Form eines Kreuzes, das in ihre Wange geritzt worden war. Sie landete danach für Monate in der Psychiatrie, die Familie verkaufte das Haus und zog weg. In eine praktisch rein *afrikaanse* Gegend am Nordkap, so hieß es.

Der nächste seelische Tiefschlag traf Alice in Form eines Briefes vom Country Club, in dem sie und ihr Mann aufgefordert wurden, ihre Mitgliedschaft zu kündigen. Ein Grund wurde nicht angegeben.

»Was fällt den Hampelmännern ein?«, empörte sich Tita. »Mein

Vater steckt Säcke voll Geld in den Verein! Ich werde dem Vorstand den Marsch blasen.«

»Nein, lass nur, wenn die eine solche Geisteshaltung haben, dann will ich dort kein Mitglied mehr sein«, sagte sie. Pierre stimmte ihr zu.

Die folgenden Wochen waren hart. Pierre wich nicht von ihrer Seite. Er hatte sich eine Woche freigenommen, und auch danach kam er, so häufig es ging, zwischendurch nach Hause. Ihr Verhältnis wurde noch enger, noch zärtlicher, und eigentlich war Alice glücklicher als je zuvor, wenn nicht diese bleischwere Wolke auf ihrem Leben lasten würde. Nacht für Nacht wurde sie von Herzrasen verursachenden Albträumen heimgesucht. Pierre, der, kaum dass er im Bett lag, sofort einschlief und morgens munter und erholt aufwachte, bekam nichts davon mit, wenn sie schweißgebadet und nach Atem ringend im Bett saß.

Eines Nachts rüttelte sie ihn wach. »Ich will raus aus diesem Land«, flüsterte sie. »Ich halte das nicht mehr aus. Diese Angst macht mich kaputt.«

Pierre rollte sich zu ihr hinüber, streichelte ihre Wange und murmelte beruhigende Worte. Bald aber ließ er eine Hand ihren Rücken hinunterwandern, über ihren Bauch, und schob sich sanft zwischen ihre Beine. Mit der anderen hob er ihr tränennasses Gesicht und begann sie zu küssen. Später schliefen sie eng umschlungen ein, und am nächsten Morgen strahlte die Sonne von einem tiefblauen, wolkenlosen Himmel. Und sie hielt einen weiteren Tag durch.

Doch endlich kam die erlösende Nachricht von Neil, dass die Angelegenheit erledigt sei, und sie heulte sich die Anspannung der letzten Wochen bei Pierre von der Seele.

»Wir fahren nach Umfolozi«, sagte er und trocknete ihre Tränen mit Küssen. »Nur wir zwei. Tita nimmt Christoph für die paar Tage, ich habe sie schon gefragt.«

Aber Alice konnte es nicht ertragen, von ihrem Sohn getrennt zu sein. Also fuhren sie alle zusammen in die Wildnis im Herzen von Zululand. In den vier Tagen begegnete ihnen kein anderes Auto, und im flirrenden Licht der Schirmakazien glaubten sie sich um Hunderte von Jahren zurückversetzt in eine Welt, die so ursprünglich, so überwältigend schön war, dass es ihr die Kehle zuschnürte. »Hier möchte ich für immer bleiben«, flüsterte sie. »Genau hier, und genau diesen Augenblick für immer festhalten.«

Die vier Tage wurden die schönste Zeit, die sie bisher gemeinsam verbracht hatten. Nach ihrer Rückkehr machte sie sich auf die Suche nach einer neuen Haushaltshilfe, und schon zwei Tage später stand ein junges hübsches Mädchen mit glänzend dunkler Haut und neugierigen schwarzen Augen vor ihrem Tor.

»Mein Name ist Ntombi, Ma'am«, sagte sie. »Ich will hier arbeiten. Auntie Sarah schickt mich. Wo ist mein Khaya?«

»Sarah!«, rief sie voller Freude. »Wo ist sie? Wie geht es ihr? Sag ihr, dass ich sie sprechen will.«

Ntombi schüttelte energisch den Kopf. »Nein, Madam, sie wird nicht kommen. Es gibt zu viele Augen hier. Aber es geht ihr gut.«

»Ich werde Sarah schreiben. Wirst du ihr den Brief geben können?« Wenn das möglich sein würde, so hoffte Alice, hielt sich Sarah sicherlich noch in Südafrika auf.

Wieder war ein heftiges Kopfschütteln die Antwort. »Nein, das geht nicht.«

Und das war das, weiter gab Ntombi nichts preis. So schwer es Alice fiel, sie musste das akzeptieren.

Ntombi stellte sich als quirlige Person heraus, die wie ihre Tante Sarah glänzend mit Christoph auskam, und selbst Pollux akzeptierte sie.

Ihr Leben verlief eigentlich wieder in gewohnten Bahnen. Nur dass etwas Wesentliches anders geworden war. Das innere Zittern blieb. Die hochschießende Angst, wann immer jemand an die Tür klopfte. Alice wechselte den Türklopfer gegen eine Klingel aus, aber auch das änderte nichts. Es war das harte Klopfen, egal wo, egal auf was, das den stinkenden Schlamm wieder aufwühlte.

»Man gewöhnt sich daran, habe ich gehört«, tröstete sie Pierre. »Heute gibt es ja ein schönes Wort dafür: posttraumatische Belastungsstörung! Dagegen kann man Pillen nehmen. Du kannst auch einen Psychotherapeuten aufsuchen.«

»Danke, nein.« Alice lachte gequält. »Aber jetzt, wo das Ding einen Namen hat, geht es mir gleich besser.«

Was natürlich nicht stimmte.

Am 9. November 1989 wurde am anderen Ende der Welt eine Mauer niedergerissen, die ein Land für Jahrzehnte in zwei Teile geteilt hatte. Kaum jemand in Südafrika ahnte, dass die Druckwelle auch sie erreichen würde. Am 2. Februar 1990 dann geschah das Ungeheuerliche. Ohne Vorankündigung hob Präsident F. W. de Klerk den dreißigjährigen Bann gegen den African National Congress und vierunddreißig weitere Organisationen auf und kündigte an, dass Nelson Rolihlahla Mandela ohne Vorbedingungen freigelassen werde.

Die farbige Bevölkerung geriet außer Rand und Band und tanzte singend durch die Straßen. Tausende strömten ins Zentrum Kapstadts. Das weiße Südafrika verfiel in eine Art Schockstarre. Vierzig Burenfamilien taten sich zusammen und kauften ein Areal im Nordkap im Herzen der Karoo, wo sie ihre eigene Republik gründeten – Orania.

An einem wolkenlosen, strahlenden Sommertag schritt ein distinguiert wirkender, hochgewachsener älterer Herr dunkler Hautfarbe durch das Tor des Victor-Vester-Gefängnisses in Kapstadt. Es war der 11. Februar 1990, und Nelson Mandela war nach siebenundzwanzig Jahren Gefängnis frei. Er reckte eine Faust in den tiefblauen afrikanischen Himmel und lächelte dieses unglaubliche Lächeln, und jeder, der dabei war, lag ihm zu Füßen. Ganz Südafrika geriet in einen trunkenen Freudentaumel. Schwarz und Weiß fielen sich in die Arme, und der Name Regenbogennation, den Bischof Desmond Tutu seinem Land gab, ging um die Welt.

Aber irgendwann war die Party zu Ende, und die Gesänge und Tänze der schwarzen Südafrikaner bekamen nach und nach einen bedrohlichen Unterton, und schließlich schlugen sie in Gewalt um. Über den Horizont der Regenbogennation schob sich eine dunkle Wolke und legte sich schwer auf dieses herrliche Land. Die Gewalt explodierte. In den Townships, auf dem Land, auf den Farmen. Den Weißen starrte ihr schlimmster Albtraum ins Gesicht.

Im Laufe der nächsten Jahre schwoll der Strom der Auswanderer stetig an, und das Land drohte auszubluten. Die verbleibenden Weißen erhöhten die Mauern um ihre Häuser und die Voltzahl der elektrischen Zäune und rüsteten auf. Sie ölten ihre Waffen und schliefen mit dem Finger auf dem Panikknopf. Das Geschäft mit ausgebildeten Kampfhunden blühte. Auf den großen Farmen errichteten die Eigentümer rund um ihre Wohnhäuser meterhohe elektrische Doppelzäune, in deren breitem Zwischenraum abgerichtete Hunde und schwer bewaffnete Wachleute patrouillierten. Terrorzäune nannten sie es.

»Lass dir von Jill berichten, was das bedeutet«, sagte Tita am Rande des Tennisplatzes im Country Club und wies auf ihre Tischnachbarin, eine elegante junge Frau Anfang zwanzig mit kurzem, schwarzem Haar und tiefblauen Augen. »Ihre Familie bewirtschaftet seit über hundertsechzig Jahren eine Farm im Herzen von Zululand.«

Jill starrte für einen Augenblick schweigend ins Leere. »Meine Vorfahren haben unsere Farm *Inqaba* genannt«, begann sie leise. »›Ort der Zuflucht‹ auf Zulu. Es ist das schönste Fleckchen Erde, das du dir vorstellen kannst.« In ihren Augen leuchtete sekundenlang ein Funke auf, der aber sofort wieder erlosch. »Aber seit den vielen Überfällen auf Farmer leben wir heute hinter Terrorzäunen wie in einem Hochsicherheitsgefängnis. Ich kann mir schon gar nicht mehr vorstellen, wie das ist, keine vergitterten Fenster zu haben, keine Pistole am Körper zu tragen und das Gewehr nachts im Gewehrschrank einzuschließen, anstatt es geladen neben das Bett zu stellen.«

»Ich kann mir nicht ausmalen, wie ein solches Leben aussieht«, sagte Alice. »Eine bedrückende Vorstellung. Hast du keine Angst?«

Ein Schatten flog über Jills ebenmäßiges Gesicht, aber dann grinste sie. »Ich kann ziemlich gut schießen«, sagte sie. »Besucht uns doch nächsten Sonntag auf unserer Farm.«

Erfreut sagte Alice zu. Sie fühlte sich sofort zu Jill hingezogen, obwohl die sehr viel jünger war als sie selbst. Anders als sie das aus Deutschland kannte, war der Altersunterschied in Südafrika kein Hindernis für Freundschaften. Zu ihrer Zeit blieb die deutsche Jugend unter sich, die Elterngeneration ebenfalls, und die Großeltern spielten Bridge und bezeichneten Jazz als Negermusik. Auf den Partys in Südafrika reichte die Altersspanne vom Krabbelkind bis zu Hochbetagten, und das funktionierte prächtig.

Jill blickte hinüber zu Tita. »Habt ihr auch Zeit? Angelica und Alastair kommen sicher auch.«

»Klar, gerne«, antwortete Tita sofort. »Soll ich etwas mitbringen? Salate oder so?«

So war es in diesem Land. Man gehörte schnell zu dem dichtmaschigen Wurzelgeflecht von freundschaftlichen Beziehungen, man hielt engen Kontakt und half sich gegenseitig. Es war ein sehr gutes Gefühl, das Alice half, ihre Angst etwas in den Hintergrund zu drängen.

»Wir werden im Konvoi zur Farm fahren«, sagte Tita. »Das ist am sichersten. Wir rufen euch vorher an.«

Auch ins Wildreservat fuhren sie nur im Verbund von mindestens drei Autos, nie allein. Niemand verlor viele Worte darüber. Sie lebten in Afrika, da trachtete einem immer irgendwer oder irgendwas nach dem Leben. Haie im Meer, tödlich giftige Schlangen an Land, Krokodile in den Flüssen, und auf den Straßen waren es eben Kriminelle. Dass diese immer schwarz waren, war in den Köpfen der Weißen eine unausgesprochene Selbstverständlichkeit.

Die rasante Talfahrt des Landes aber war noch nicht zu Ende. Und nun betraf es Alice und Pierre unmittelbar. Die Landeswährung stürzte ab, und Immobilien wurden durch den schwachen Rand für Ausländer so billig, dass mancher Tourist sich einfach per Kreditkarte ein Haus kaufte.

»Wenn's hier schiefgeht, dann machen wir die Tür hinter uns zu und gehen halt wieder«, sagte eine Deutsche, die in Pierres Hotel abgestiegen war und mit Alice' Vermittlung ein Haus mit Blick aufs Meer gekauft hatte. »Sind ja nur Peanuts, was man hier bezahlt.« Die Frau trug einen gebügelten Designer-Safarianzug mit Goldknöpfen und dazu auch goldene Sandalen.

Alice musste an ihre magere Provision denken – ihre Chefin hatte sie mit dem Hinweis, dass die Geschäfte schlecht gingen, um die Hälfte des Prozentsatzes gekürzt – und schluckte die Aufwallung von Zorn und Neid hinunter. Sie verkaufte ihren 190er Mercedes und fuhr fortan einen kleinen gebrauchten Japaner. Ferien in Europa wurden zu einem fernen Traum. An Auswandern war nicht zu denken, denn ihre Ersparnisse waren im Rest der Welt nicht einmal die Hälfte wert. Sie saßen fest.

Und es ging nicht nur ihnen so.

»Als wir noch reich waren, fuhren wir einen großen Mercedes«, bemerkte eine Freundin aus dem Schießklub, deren Mann ein berühmter Architekt war, und grinste dabei sarkastisch. »Aber der ist uns geklaut worden, und jetzt reicht's nur noch für einen gebrauchten Kleinwagen.«

Auch der schwarzen Bevölkerung ging es – bis auf wenige Ausnahmen – zunehmend schlechter. Ein schwarzer Abgeordneter schleuderte den Mitgliedern auf der Regierungsbank im Parlament wutsprühend entgegen, dass es ihnen unter der Apartheidregierung besser ergangen sei als unter der ihrer eigenen Leute. Der Ausspruch fand unter den schwarzen Einwohnern der älteren Generation deutliche Zustimmung.

An dem sonnigen, klaren Tag im Mai, als in Südafrika zum ersten Mal ein schwarzer Präsident in sein Amt eingeführt wurde, saß Christoph mit ihr vor dem Fernseher und sah zu, wie Nelson Rolihlahla Mandela auf dem Podium einen Tanz hinlegte, der alle Anwesenden im weiten Rund des Union Buildings in Pretoria zu Beifallsstürmen hinriss.

»Der sieht nett aus«, sagte er. »Auch wenn er schwarz ist.«

Sie verzichtete auf einen Kommentar. Pierre und sie versuchten stets, ihm beizubringen, dass alle Menschen gleich waren. Vor Gott und dem Gesetz. Überall auf der Welt. Was natürlich Wunschdenken war, aber das erklärten sie ihm nicht.

Der Junge besuchte die Atholton-Grundschule, die glücklicherweise nur ein paar hundert Meter entfernt war. Aber kein Kind ging allein dorthin. Die Eltern erachteten das für zu gefährlich, und langsam wurde auch Alice von dem allgemeinen Verfolgungswahn angesteckt. Nach der Schule hatte Christoph Rugby-Training. Er sei ein sehr vielversprechendes Talent, wie ihr der Sportlehrer versicherte. Sie fand den Sport zu brutal, aber Christoph bestand darauf. So verabredete sie mit den Müttern der anderen Spieler, dass sie die Jungs abwechselnd hinfuhren und abholten.

Über die Wochenenden wurde Christoph häufig von Schulfreunden eingeladen. Mit seinen leuchtend blauen Augen unter dem sonnenblonden Haarschopf und mit dem lockeren Charme, den er von seinem Vater geerbt hatte, war er sehr beliebt. Aber obwohl inzwischen drei oder vier schwarze Schüler und ein paar indischer Herkunft die Atholton-Grundschule besuchten, wurde er nur von seinen weißen Freunden eingeladen. Alice beobachtete, dass die Kinder während der Hofpausen in engen Grüppchen sauber nach Hautfarben getrennt standen. Sie kehrten einander den Rücken zu und hielten immer deutlichen Abstand. Irgendwie machte sie das traurig.

Eines Tages kam Christoph mit Tränen der Wut in den Augen von der Schule nach Hause. Seine Lippen waren blutig und geschwollen, die Knöchel der rechten Hand wiesen Abschürfungen auf.

»Warum hast du dich geprügelt?«, wollte Pierre wissen.

»Die anderen nennen mich Kaffir-boetie«, schrie Christoph in hilflosem Zorn. »Weil ihr Nelson Mandela gut findet!« Damit schleuderte er seine Schultasche in eine Ecke und knallte die Tür seines Zimmers zu.

Ihm brauchte Alice nicht zu erklären, was das hieß. In der Schule wurde Afrikaans gelehrt. »Das haben die Kinder von ihren Eltern«, wütete sie. »Wir hatten doch nach dem letzten Elternabend mit ein paar anderen heftig über die Zukunft Südafrikas diskutiert, erinnerst du dich? Seitdem schneiden mich die meisten Frauen. Daher kommt das!«

»Ach, hör auf«, sagte Pierre, noch immer aufgebracht. »Chris ist kein empfindsames Jüngelchen. Der ist widerstandsfähig wie Kruppstahl, und da muss er durch. Worte tun ja nicht weh.«

Doch, dachte Alice. Worte können sehr wehtun. Wie Messerschnitte. »Aber er hat sich dafür geprügelt«, sagte sie. »Und darauf bin ich sehr stolz.«

Im Schießklub beherrschte wie immer das Thema Kriminalität die Gespräche. Es kursierten Horrorgeschichten, die oft leider nur zu wahr waren. Von Frauen, die von Einbrechern vergewaltigt worden waren, von Nachbarn und Farmern auf dem Land, die bestialisch ermordet wurden, und auch von den politisch motivierten Stammeskämpfen, die das ländliche Zululand in ein blutiges Kriegsgebiet verwandelten, wo niemand mehr sicher war.

Eine der Frauen betrachtete Alice mit zusammengezogenen Brauen. »Bei jeder von uns ist eingebrochen worden, unsere Autos wurden gestohlen, oft ist noch Schlimmeres passiert. Aber niemand hat bisher bei euch eingebrochen, und eure Autos haben nicht die leisesten Kratzer. Ich frage mich, warum.« Es klang wie eine Anschuldigung.

Die Frau erntete zustimmendes Gemurmel, und die Blicke aller richteten sich auf Alice. Sie wusste darauf keine Antwort, aber unerwartet erschienen Sarah und Vilikazi vor ihrem inneren Auge. Sarah hatte ihre Nichte Ntombi zu ihr geschickt. Offenbar hatte sie sich, obwohl das Land jetzt einen schwarzen Präsidenten hatte, noch nicht aus ihrem Versteck gewagt. Konnte das sein?, fuhr es ihr durch den Kopf. Hatten Sarah und Vilikazi hier ein lokales Flechtwerk von Freunden, die ihre Augen und Ohren waren? Die in ihrem Auftrag über ihr Haus wachten? Über sie und ihre Familie? Samtweiche Wärme überflutete sie bei diesem Gedanken.

Alice blickte der Frau in die Augen. »Keine Ahnung«, antwortete sie ruhig. »Ich kann mir das auch nicht erklären. Wird wohl einfach nur Zufall sein.«

7

An einem kühlen, sehr stürmischen Wintertag im August 1997 kam Pierre ungewöhnlich früh nach Hause. Als er aus dem Auto stieg, erkannte sie schon an seiner Körpersprache, dass etwas Grundlegendes vorgefallen sein musste. War er beim Arzt gewesen und hatte eine schlimme Krankheit? War jemand in der Familie gestorben? Oder hatte er was gehört von ... BOSS?

Die Reaktion traf Alice mit brutaler Schnelligkeit und Stärke. Ihr brach der Schweiß aus, ihr Herz raste, und sie stand da wie gelähmt und starrte ihm entgegen. »Was ist passiert?«, flüsterte sie mit ansteigender Panik, denn so wie Pierre wirkte, war sie sich absolut sicher, dass etwas geschehen war, was ihr gesamtes Leben umkrempeln würde. Er war kreidebleich und hatte Ringe unter den Augen, und sie bemerkte das erste Grau in seinem Haar. Es gab ihr einen Stich.

Wie ertappt blieb Pierre stehen. Seine Kinnmuskeln arbeiteten, die Hände ballten sich zu Fäusten. Um sie zu verbergen, bohrte er sie in die Hosentaschen. »Das Hotel ist verkauft worden«, stieß er hervor und sah an ihr vorbei.

Das Herz sackte ihr in die Kniekehlen. »Und?«, flüsterte sie, obwohl sie ahnte, was die Antwort sein würde.

Er räusperte sich. »Sie haben mir gekündigt und einen neuen Manager aus ihren eigenen Reihen eingesetzt. Einen aus Übersee.«

Alice riss den Kopf hoch. »Was? Das kann doch nicht sein! *Du* hast das Hotel doch erst zum ersten Haus am Platz gemacht! Ohne dich wäre es nur noch eine Bruchbude.«

»Deswegen hat der Konzern ja auch einen so guten Preis

bekommen«, sagte er mit beißendem Sarkasmus, aber dann fielen seine Schultern nach vorn.

Während sie noch Mühe hatte, diese Nachricht und die sich daraus ergebenden Konsequenzen für die Familie zu verdauen, räusperte sich Pierre noch einmal.

»Gekündigt haben sie mir schon letzten Monat«, setzte er für sie fast unhörbar hinzu. »Ich konnte es dir einfach nicht sagen. Es tut mir leid.« Er senkte den Kopf. »Wir werden das Haus verkaufen müssen. Meine Abfindung wird nicht lange reichen.«

Alice starrte ihn lange schweigend an. Vor ihrem inneren Auge tauchte Evelyn auf, eine der Rugby-Mütter. Großes Haus in der besten Gegend, Firmenwagen der Oberklasse, Geländewagen. Evelyn, immer perfekt gestylt – die Frisur war vom besten Haarkünstler der Stadt, die Designerkleidung kam aus Übersee – und nicht berufstätig, engagierte sich dafür in der Schule und im Tennisklub. Bis ihr Mann seine Stellung verlor und sich ihr sozialer Absturz im freien Fall befand.

Bald konnte die Familie weder die Raten fürs Haus noch die für den Geländewagen aufbringen. Beides fiel an die Bank zurück. Ihr Mann fand so schnell keine neue Anstellung, versank in Depressionen und begann zu trinken. Evelyn trug irgendwann alte Jeans und T-Shirts und schnitt ihr Haar selbst. Das Letzte, was Alice von ihnen gehört hatte, war, dass die Familie in einer Gegend wohnte, wo der Bodensatz der südafrikanischen Regenbogennation gelandet war.

»Nein«, sagte sie laut. »Nein, das werden wir nicht! Das lasse ich nicht zu!« Sie atmete stoßweise. Schon als Kind hatte sie Grenzen nicht akzeptiert, besonders nicht die unsichtbaren. Die Worte *geht nicht* hatte sie schon sehr früh aus ihrem Wortschatz gestrichen. »Nein!«, rief sie noch einmal. »Hörst du, das tun wir auf gar keinen Fall.«

Pierre hob den Kopf. »Und wie wollen wir das schaffen?«

»Uns wird schon was einfallen, aber wir verkaufen nicht.«

Er musterte sie fast zornig. »Komm zurück auf den Boden der Tatsachen, Alice, wir müssen eben damit fertigwerden. Alles, was ich kann, ist kochen und ein Hotel führen. Seit einem Monat reiß ich mir den Hintern auf, in irgendeinem Hotel oder einem Restaurant eine Stellung zu bekommen, aber …« Er machte eine resignierte Handbewegung.

Eine unbestimmte Angst kroch in ihr hoch. Noch nie hatte sie ihren Pierre, den ewig Optimistischen, für den es sonst keine Hürden gab, so mutlos gesehen.

»Na und?«, rief sie. »Dann machst du eben dein eigenes Restaurant auf. Als Angestellter kommt man sowieso nicht auf einen grünen Zweig, sagt mein Vater immer. Ich habe überhaupt kein Talent, mich mit Gegebenheiten abzufinden, die mir gegen den Strich gehen. Und wenn du es in der Krise schaffst … Du kennst ja den Spruch.«

Pierre lachte freudlos. »Und woher sollen wir das Geld zum Leben hernehmen?«

Alice blinzelte in die tief stehende Sonne. »Wo ist dein Mut zum Risiko geblieben? Du hast mir gesagt, dass diese Einstellung einen jung und flexibel hält. Also …« Sie fuhr ihm mit dem Daumen die gekrümmte Wirbelsäule hinunter. »Rücken gerade, Kopf hoch und küss mich! Wir schaffen das.« Als er nicht reagierte, zwang sie sich zu einem breiten Lächeln. »Komm schon, Liebling, küss mich, alles wird gut werden.«

Pierre rührte sich nicht und blickte mit zusammengepressten Lippen ins Nichts. Angespannt beobachtete sie ihn. Ihre größte Angst war es, von seiner Mutlosigkeit angesteckt zu werden.

Unvermittelt ging auf einmal ein Ruck durch ihn. Er grinste, dass seine Zähne blitzten. Mit kräftigem Griff zog er sie an sich und küsste sie, bis sie keine Luft mehr bekam.

»Danke«, keuchte er und küsste sie noch einmal. »Das hatte ich nötig, und wenn ich noch mal in so einer seelischen Flaute stecke, tritt mich in den Hintern, und zwar so, dass es wehtut.

Hast du den Anzeigenteil von der heutigen Zeitung noch da? Vielleicht will ja jemand sein Restaurant verpachten oder verkaufen.«

Sie gingen ins Haus, Alice holte die Zeitung, und Pierre schlug sie auf.

»Mal sehen, welche verborgenen Talente ich habe, die man zu Geld machen kann«, sagte sie und zählte sorgfältig an den Fingern ab: »Backen kann ich ganz gut, Bilder restaurieren und Häuser verkaufen. Und nähen und stricken, was natürlich alles keine großen Kapitalerträge verspricht. Außerdem muss ich etwas finden, was ich von zu Hause aus machen kann.« Sie begann im Zimmer umherzulaufen. »Wenn Christoph nachmittags von der Schule kommt, will ich hier sein. Der Häusermarkt ist am Boden. Der kommt schon wieder hoch, aber das kann dauern, und darauf können wir nicht warten.« Sie ballte eine Faust. »Und wenn ich Cookies auf dem Flohmarkt von Essenwood Road verkaufe. Wir schaffen das. Komm, wir zählen unsere Groschen.«

Voller Enthusiasmus listeten sie alles auf. Soll und Haben. Dann schrieb Pierre einen Betrag darunter und unterstrich ihn. Als sie ihn las, zuckte sie zusammen. Sie hatte mit wesentlich mehr gerechnet.

»Den Betrag können wir investieren. Der Rest reicht gerade für drei Monate.« Pierre lachte trocken. »Nur gut, dass wir hier im Winter nicht heizen und wegen der Hitze viel weniger essen müssen. Und keine warme Kleidung brauchen. Das macht alles billiger. In Deutschland würden wir keinen Monat überleben.«

»Ich rufe nachher Giovanni an und frag ihn, ob ich halbtags in seinem Eiscafé aushelfen kann.«

Es wurde ein Abend voller Zärtlichkeit und tiefer, ruhiger Liebe. Sie schmiedeten Zukunftspläne bis in die späten Nachtstunden und malten sich aus, wie es werden würde. Eng umschlungen lagen sie im Bett und fielen schnell in einen traumlosen Schlaf.

Am nächsten Morgen ging Alice mit schwerem Herzen noch vor dem Frühstück hinüber zum Khaya und klopfte an. »Ntombi, ich muss mit dir sprechen«, rief sie und bat Sarah schweigend um Verständnis für das, was sie jetzt tun musste.

Die junge Zulu öffnete die Tür und blickte sie lange stumm an, und Alice sah, dass sich Tränen in den Winkeln der schönen, dunklen Augen formten und wie Silbertropfen über die Wangen rannen. Es versetzte ihr einen Stich. Ntombi war sicherlich das einzige Mitglied ihrer großen Sippe, das Arbeit hatte. Nun musste ihre ganze Familie in Zululand darunter leiden, dass Pierre seine Stellung verloren hatte.

»Ntombi ...«, begann sie leise.

Die junge Frau senkte den Kopf und nickte. »Ich muss gehen. Ist gut, Madam, machen Sie sich keine Sorgen. Sorry, Madam.«

In diesem Augenblick hätte Alice ihr fast gesagt, dass sie sich irrte, dass sie etwas ganz anderes mit ihr besprechen wollte – alles, nur nicht die Kündigung –, aber sie tat es nicht.

»Es tut mir so furchtbar leid, Ntombi«, flüsterte sie. »Bitte grüß Sarah, wenn du sie siehst.« Der jungen Zulu zu erklären, dass Pierre seine Stellung verloren hatte und sie kein Geld mehr hatten, war angesichts des Hauses, der luxuriösen Einrichtung und ihrer zwei Autos ebenso schwierig wie lächerlich, also schwieg sie.

Shongololo zu kündigen war dagegen leichter. Er steckte seinen ihm zustehenden Lohn in die Hosentasche und zog pfeifend davon.

Anschließend ging Alice ins Haus und holte ihren Autoschlüssel. Sie musste die täglichen Einkäufe erledigen. In der Tür zögerte sie, lief zurück in die Küche und prüfte den Inhalt von Eis- und Tiefkühlschrank und die Vorräte an Gemüse, Obst und Backzutaten. Darauf steckte sie ihren Autoschlüssel weg. Erst einmal würde sie die Vorräte aufbrauchen und nur Nahrungsmittel einkaufen, die frisch sein mussten.

Noch einmal überprüfte sie ihre Finanzen und versuchte Soll und Haben so zurechtzubiegen, dass ihr ein Hoffnungsschimmer blieb, dass sie länger als nur drei Monate damit auskommen konnten. Aber von dem Betrag, der am Schluss übrig war, konnten sie auf längere Sicht nur leben, wenn sie das Haus verkauften. »Nie und nimmer«, sagte sie halblaut, lehnte sich im Stuhl zurück und dachte nach.

Das Ergebnis war, dass sie ein rigoroses Sparprogramm einführte, ihren Speiseplan drastisch auf das Notwendigste zusammenstrich, den Garten nicht mehr wässerte und Ziegelsteine in die Spülkästen der Toiletten legte, um Wasser zu sparen. Sie reduzierte die Waschmittelmenge in der Waschmaschine, mähte selbst den Rasen, und als ihr Sohn für die Highschool eine neue Schuluniform brauchte, kaufte sie die auf dem Schulflohmarkt.

»Mama!«, protestierte Christoph, als sie ihn darüber informierte. »Was sollen die anderen denken?«

»Erstens ist mir das so was von egal, und zweitens müssen wir sparen«, erwiderte sie kurz. »Drittens, gewöhn dich am besten gleich daran, zumindest vorübergehend. Aber ich verspreche dir, dass keiner merken wird, dass die Uniform aus zweiter Hand ist.«

Sie setzte sich an ihre Nähmaschine und machte sich an die Arbeit. Kurz vor Beginn des neuen Schuljahres präsentierte sie ihrem Sohn die Uniform. Der probierte Hose und Blazer an, drehte sich kurz vor dem Spiegel, zog die Sachen wieder aus und ließ sie einfach auf den Boden fallen.

»Okay«, murmelte er und trollte sich.

»He!«, rief sie ihm hinterher. »Heb deine Uniform auf und häng sie in den Schrank … Und zwar sofort!« Er pubertierte bereits heftig und wurde schon seit einiger Zeit immer aufsässiger und rüpelhafter. Sie würde die Zügel ein bisschen schärfer anziehen müssen. Mit Liebe und Nachsicht allein kam sie bei ihm nicht mehr weiter. Auf der einen Seite war sie bestrebt, ihn so zu erziehen, dass er seine eigene Meinung und keine Angst vor

Autoritäten hatte, auf der anderen Seite machte es ihr oft das Leben schwer.

Durch die Sache mit der Schuluniform war Alice eine Idee gekommen. Früher hatte sie viel genäht, vielleicht konnte sie damit Geld verdienen. Pierre reagierte ziemlich skeptisch, als sie ihm davon erzählte.

»Wie willst du das denn vermarkten? Die großen Kaufhäuser haben ihre eigenen Lieferanten.«

»Ich kenne genügend Frauen hier, ich schaff das schon! Erinnere dich bitte daran, dass ich am Anfang meine Abendkleider alle selbst geschneidert habe.« Seine Haltung tat ihr weh. Sie hatte etwas mehr Unterstützung erwartet, aber sie schluckte ihre Enttäuschung hinunter.

In der La Lucia Mall, einem edlen Einkaufszentrum, strich sie durch die Modegeschäfte und beobachtete, welche Art Frauen welche Kleider kauften und wie viel sie dafür ausgaben. Zu Hause kalkulierte sie, wie viel sie einsetzen musste und was ihr vermutlicher Verdienst sein würde. Das Ergebnis fiel desillusionierend aus. Zu viel Arbeit, zu viel Zeitaufwand, zu wenig Geld. Aber ihr blieb keine andere Wahl. Der Häusermarkt war mit Verkaufsangeboten überschwemmt, und Käufer gab es immer weniger.

Am nächsten Tag fuhr sie in die Stadt und investierte einiges Geld in Stoff. Sie kaufte unter anderem einen weich fließenden, in psychedelischen glänzenden Farben, der für ein eigenes Kleid bestimmt war. Dieses Modell gedachte sie vorzuführen.

»Ein bisschen bunt, oder?«, bemerkte Pierre abends. »Das kauft doch hier keiner.«

»Wart's doch einfach ab«, beschied sie ihm kurz angebunden. Manchmal machte er sie wirklich sauer.

Sie arbeitete von frühmorgens bis spätabends, fiel dann todmüde gegen Mitternacht ins Bett, aber am Ende der Woche waren die Muster fertig. Ein schmales Kleid, ärmellos, mit raffiniert geschnittener Taille, eine passende Jacke mit der gängigen Mode

entsprechend sehr betonten Schultern und eine weite Sommer-
hose mit Oberteil. Eine ganze Kollektion herzustellen war zu teuer
und zu aufwendig. Diese Teile waren als Muster ausreichend. Ihre
zukünftige Klientel hatte sie genau studiert.

Alice lud alle Frauen aus ihrem Bekanntenkreis für den kommenden Freitag ein, auch die Mütter der Rugby-Jungs. Sie plante,
ein paar unwiderstehlich leckere Kuchen nach Rezepten ihrer
Mutter zu backen und die letzten Flaschen Prosecco kalt zu stellen, die noch von ihrem vorigen Leben übrig geblieben waren.

Am Donnerstag stieg Pierre mit breitem Grinsen und einem
Strauß Rosen aus dem Auto. Sie sah ihm durchs Küchenfenster
entgegen. Seine Schritte waren beschwingt und drückten eine
Energie aus, wie sie es lange nicht mehr von ihm erlebt hatte. Der
niedergedrückte, mutlose Mann der letzten Zeit war wie ausge-
wechselt. Mit vor Aufregung klopfendem Herzen rannte sie in
seine Arme.

»He, meine Süße, wir haben etwas zu feiern!«, rief er und fing
sie auf.

»Was? Sag's, ehe ich platze!«

»Ich habe durch eine Anzeige in der Zeitung einen alten Fran-
zosen aus La Réunion kennengelernt. Er will sein Restaurant verkaufen und zurück in seine Heimat ziehen.«

»Und?«, flüsterte sie. »Können wir uns das leisten, ohne zu verhungern?«

Das übermütige Lächeln, das sie so lange vermisst hatte, blitzte
in seinen Augen auf. »Können wir. Wir pachten erst, und nach
zwei Jahren können wir es dann kaufen. Das ist für uns optimal.
Bis dahin hab ich das Ding am Laufen.«

Sie spürte eine unbändige Aufregung. Die Sonne war auf einmal strahlender geworden und der Himmel weiter. Jetzt würde es
aufwärtsgehen!

»Ich helfe dir, so oft ich kann. Abwaschen oder so. Komm, ich
zeig dir was …« Sie lief ihm voraus in ihren Arbeitsraum. Ihr

neues Kleid hing am Schrank. Auf Figur geschnitten, kniekurz, rückenfrei und im Nacken geschlossen. Sie schlüpfte hinein, fuhr sich mit allen zehn Fingern durchs Haar und drehte eine schnelle Pirouette. »Na, immer noch so bunt, dass es keiner kaufen würde?«

Pierre stieß einen bewundernden Pfiff aus. »Hinreißend, besonders das, was drinsteckt«, murmelte er. Er fing sie ein, und nach einem ausgiebigen Kuss ließ er seine Lippen langsam ihren Nacken hinunterwandern. Sie lachte leise, bog den Kopf zurück und schloss die Augen.

»Mann, dafür seid ihr doch längst zu alt!«, rief Christoph von der Tür her. Er war unbemerkt hereingekommen. »Das ist ja eklig.«

Alice drehte sich zu ihm um. Da stand ihr Sohn, die Hände in den Hosentaschen, das blonde Haar hing ihm ins tiefgebräunte Gesicht – und starrte sie unter zusammengezogenen Brauen an. Aufsässig, verwirrt und gleichzeitig verloren. Ihr zog sich das Herz zusammen.

»Raus mit dir«, knurrte Pierre.

»Lass mich mal«, sagte Alice leise und wand sich aus seinen Armen. »Warum findest du das eklig?«, fragte sie ihren Sohn.

Christoph lief tomatenrot an. »Deswegen!«, schrie er und fixierte seinen Vater mit leuchtend blauen Augen. »Ich hasse dich!« Und damit stürmte er hinaus.

Pierre lachte. »Das wächst sich schon aus.«

Alice seufzte. »Aber bis das geschehen ist, wird es anstrengend ... Aber jetzt etwas anderes. Ich habe alle Frauen, die ich kenne, für nächsten Freitag zum Hennenkaffee eingeladen. Jill auch. Eine Abwechslung wird ihr guttun. Der Tod ihres Mannes hat sie völlig aus der Bahn geworfen.«

»Dieser Martin von Bernitt war ein ziemliches Windei ...«

»Trotzdem, sie hat ihn geliebt!«, unterbrach sie ihn. »Und zwar sehr. Du hast nicht erlebt, wie schlimm es um sie stand. Wenn ihre Tante Irma nicht gewesen wäre, hätte sie es kaum gepackt.«

»Ist ja schon gut«, wiegelte er ab. »Was ist also mit dem Hennenkaffee?«

»Nun, ich hoffe, dass ich ein paar Aufträge bekomme«, sagte sie. »Kannst du bis dahin Visitenkarten für das Restaurant drucken lassen? Die kann ich dann auch noch unter die Leute bringen.«

»Ich denke schon, aber ich weiß noch nicht, wann ich eröffnen kann. Die Geräte in der Küche sind okay. Nicht das Neueste, aber ich kann damit arbeiten. Trotzdem ist noch sehr viel zu tun. Ich brauche mindestens zwei Hilfskräfte. Einen für die Küche, einen zum Servieren. Aber in der Gastronomie läuft gerade, wie wir wissen, eine Entlassungswelle.« Er verzog sarkastisch den Mund. »Ich werde ein paar gute Leute, die das Hotel freigestellt hat, anrufen. Mal sehen, wen ich kriegen kann.«

Ihre Präsentation am Freitagnachmittag verlief sehr erfolgreich. Pierre kreuzte auf, nahm die Glückwünsche zu dem neuen Lokal entgegen und verteilte Visitenkarten, bevor er sich verabschiedete. Der Kuchen war schnell zu Krümeln reduziert, und anschließend wühlten sich die Gäste mit Begeisterung durch Stoffproben, die die Hersteller Alice überlassen hatten. Schließlich orderte Angelica ein Kleid, geschnitten wie das Modell, Tita wollte es bodenlang mit Jacke, und drei weitere Frauen bestellten die Jacke ohne das Kleid.

»Tut mir leid, aber im Augenblick kann ich mir das nicht leisten«, sagte Jill. »Ich stecke jeden Cent in den Aufbau meines Wildreservats. Da sind nicht mal Möbel oder Gardinen drin.« Sie lachte. »Bei mir gilt die Ziegelsteinwährung. Ein Kilo Steak ist soundso viele Ziegelsteine wert. Und dann fällt die Entscheidung zugunsten der Ziegelsteine.«

»Man sieht's«, seufzte Tita. »Deine Figur ist beneidenswert.«

Die Stimmung stieg im gleichen Maße, wie die Prosecco-Flaschen geleert wurden. Alice konnte noch weitere Aufträge notieren, wobei ihr langsam angst und bange wurde, wenn sie daran dachte, dass sie keinerlei Hilfe hatte. Weder im Haushalt noch im Garten, geschweige denn beim Nähen. Während sie darüber nachdachte, spürte sie Titas prüfenden Blick, reagierte aber bewusst nicht darauf.

Darauf erhob sich Tita und begann im Zimmer umherzuwandern. Vor der offenen Terrassentür blieb sie stehen. »Du hast ordentlich abgenommen«, sagte sie und sah nach draußen. »Du arbeitest zu viel. Wo ist Ntombi?«

»Die ist einkaufen«, erwiderte Alice schnell. Sie hatte nicht vor, irgendjemandem zu erzählen, in welchem Dilemma sie steckten. Sie war es gewohnt, Probleme mit sich selbst abzumachen.

Tita drehte sich zu ihr um. »Und Shongololo? Ist der auch einkaufen?«

Alice schwieg beharrlich. Schon öfter hatte sie erlebt, welch erstaunliche Antennen Tita für den Seelenzustand ihrer Freundinnen hatte.

Titas kupfernes Haar fiel ihr ins Gesicht, als sie ihre Nägel betrachtete. »Ich habe gehört, dass Pierres Hotel verkauft wurde«, sagte sie leise. »Und dass der alten Belegschaft gekündigt wurde. Pierre auch?«

Spontan wollte sie ihre Freundin mit einer Notlüge abspeisen, aber Tita stemmte die Arme in die Hüften und sah sie fragend an. »Ja, Pierre auch«, gab sie widerwillig zu. »Aber ich schaffe das schon. Arbeiten bin ich gewöhnt.« Sie lächelte schief.

»Ich nehme an, du hast Ntombi und Shongololo gekündigt?«

Alice senkte die Augen.

»Ach, Alice ...«, seufzte Tita. »Ihr Deutschen seid immer so entsetzliche Arbeitstiere. Henrietta war genau wie du. Ich werde schon müde, wenn ich dir nur zusehe. Wozu hast du Freundinnen? Was brauchst du am meisten? Hausmädchen, Gärtner oder Näherin?«

Alles, dachte Alice. »Eine Frau, die etwas vom Nähen versteht«, sagte sie leise. »Aber nicht bevor ich das erste Geld eingenommen habe. Vorher kann ich mir das nicht leisten.«

»Jaja«, sagte Tita und küsste sie zum Abschied auf die Wange.

Nachdem alle das Haus verlassen hatten, stand Alice noch lange am Fenster und schaute mit nassen Augen über die Baumkronen hinaus aufs Meer. Die glühenden Farben ihres Gartens mischten sich durch den Tränenschleier mit dem Blaugrün des Ozeans und dem tiefen Himmelsblau zu einem Nolde-Aquarell.

Mit der indischen Näherin, die Tita aufgetan hatte, geriet Alice bedauerlicherweise schon am ersten Tag aneinander. Die Frau interpretierte ihre Anweisungen ziemlich großzügig und nähte sehr schlampig. Jede weitere Suche nach einer zuverlässigen Näherin blieb erfolglos. Tita sagte sie nichts davon.

Die folgenden Wochen bestanden aus Sklavenarbeit. Bei Sonnenaufgang stand sie auf, um die Kuchen und Pasteten zu backen, mit denen sie Giovanni, den Eigentümer des Cafés in der La Lucia Mall, jeden zweiten Tag belieferte. Einen Job hatte ihr der Italiener nicht geben können. Wenn sie zurückgekehrt war, putzte sie das Haus, ziemlich oberflächlich, mehr Zeit hatte sie nicht, was leider schon nach einer Woche deutlich wurde, und danach nähte sie bis spätabends. Dazwischen quetschte sie die wenigen Besichtigungstermine, die noch anfielen. Ihr gemeinsames Frühstück mit Pierre fiel oft ganz aus, und meist sahen sie sich erst kurz vorm Schlafengehen.

Als die Häuserverkäufe noch weiter zurückgingen, schlug er ihr vor, in der Touristensaison ausländische Gäste als potenzielle Kunden anzusprechen. Es kostete sie viel Überwindung, aber sie tat es. Sie investierte in einen Espresso auf der Terrasse des Hotels Oyster Box und sprach dort und auch im Beverly Hills und am Strand Leute an. Sie machte das so geschickt, dass viele ihr mit

Vergnügen zuhörten, wenn sie von der einmaligen Lage der Häuser in Umhlanga Rocks schwärmte.

Tatsächlich gelang ihr bald ein Abschluss. Allerdings verhandelte der Käufer aus Osteuropa am Schluss über ihren Kopf hinweg mit dem Verkäufer direkt und wollte ihre Provision nicht zahlen. Ihre Chefin geriet in Rage und rief ihren Anwalt an. Alice schrieb die Kommission im Geiste ab. Das Gerichtsverfahren würde sich Monate, vermutlich aber eher Jahre hinziehen. Es hatte keinen Sinn, auf einen guten Ausgang zu hoffen und mit dem Geld zu rechnen.

Pierre half ihr, soweit es seine Zeit zuließ. Einmal jede zweite Woche mähte er den Rasen. Jeden dritten Tag wusch er die Autos, damit sie in der salzigen Meeresluft nicht in Rekordschnelle korrodierten. Meist tat er das beim Scheinwerferlicht der Außenbeleuchtung, weil er es erst nach Sonnenuntergang schaffte, nach Haus zu kommen, wenn er nicht überhaupt im Büro des Restaurants übernachtete.

Und dann rutschte Alice eines Abends, als sie hinauslief, um Christoph zum Essen zu rufen, auf den nassen Fliesen am Swimmingpool aus. Sie fiel erst auf den Arm und knallte dann mit dem Kopf an den Rand des Beckens, wobei sie sich einen Trümmerbruch im linken Handgelenk und eine mittelschwere Gehirnerschütterung zuzog.

Der zertrümmerte Knochen wurde mit einem externen Fixateur versehen, einem Drahtgestänge, das ihr nur erlaubte, mit hochgewinkeltem Arm zu schlafen. Die angefangenen Schneiderarbeiten lagen in einem Stapel auf dem Arbeitstisch, sie lag mit wahnsinnigen Kopfschmerzen im Bett. Christoph musste sich sein Frühstück allein machen, und Pierre kam zwar tagsüber, so oft es ihm seine Arbeit erlaubte, aber natürlich konnten sie den Erfolg des Restaurants nicht auch noch aufs Spiel setzen. Mit seinem Job hatte Pierre nämlich auch den Anspruch auf die Krankenversicherung verloren, und die Behandlungskosten fraßen ihre Ersparnisse rasend schnell auf. Ihr Optimismus fiel in sich zusammen.

Ein paar Tage nach ihrem Unfall hörte Alice, dass jemand die Haustür aufschloss. Sie glaubte, es sei Pierre, und rief ihn. Es kam keine Antwort, aber sie hörte Gemurmel und Schritte. Alarmiert versuchte sie aufzustehen, und sofort drehte sich das Wohnzimmer so heftig um sie, dass sie stöhnend zurücksank und glaubte, ihr würde der Kopf platzen. Sie fühlte sich entsetzlich hilflos und tastete aufgeregt nach dem Telefon, um Hilfe zu holen, als auf einmal die angelehnte Tür aufflog.

»He, Alice«, hörte sie eine bekannte Stimme rufen.

Vor ihrer standen Tita, Jill und Angelica, schwer bepackt mit Tupperdosen und gefüllten Plastiktüten. In ihrem Schlepptau hatten sie Gladys, ihre Tochter Mimi und einen breitschultrigen, gut aussehenden Zulu.

»Das ist Dabulamanzi«, stellte Jill ihn vor. »Er kann mit Pflanzen reden, und die tun dann, was er sagt. Selbst die, die schon halb tot sind, richten sich wieder auf, blühen, wachsen und gedeihen. Und wehe, ein Ungeziefer erhebt sein hässliches Haupt! Dann gibt es Krieg im Garten.« Sie lachte vergnügt. »Und Rasen mähen kann er besonders gut.« Sie stellte ein paar Tupperdosen auf dem Couchtisch ab. »Hühnerbrühe, Nudelsalat und ein frischer Salat direkt aus meinem Küchengarten, für heute Abend! Hat Nelly gekocht.«

Alice hatte Nelly, eine gewichtige, ältere Zulu, die schon Jills Nanny gewesen war und ihr jetzt den Haushalt führte, auf Inqaba kennengelernt. Sie konnte göttlich kochen und backen, und wie auf Kommando begann Alice' Magen zu knurren.

»Gladys, geh in die Küche!«, wies Tita ihr Hausmädchen an. »Koch erst Tee für alle, und schneid dann den Kuchen auf. Danach putzt du die Küche.« Sie wandte sich an Gladys' Tochter. »Mimi, hol deine Sachen aus dem Auto, und fang dann in den Schlafzimmern an.« Schließlich drehte sie sich zu Alice um. »Sind Eimer und Wischmopp in der Abstellkammer?«

Alice konnte nur völlig überrumpelt nicken.

»In der Abstellkammer, hast du gehört?«, sagte Tita zu Mimi.

»Yes, Ma'am«, murmelte die Zulu und schlenderte davon.

»Tita, das geht doch nicht ...«, begann Alice.

»O doch, das geht«, sagte Angelica und stellte weitere Vorrats-dosen auf den Tisch. »Malaysisches Hühnchen, Lammcurry und Bobotie. Fertig für die Tiefkühltruhe. Du musst was auf die Kno-chen bekommen. Du bist so dünn geworden, dass man sie schon klappern hört.«

Alice schossen die Tränen in die Augen. Sie stemmte sich auf die Ellenbogen und wartete, bis das Zimmer aufhörte zu schwan-ken. »Aber Mimi ... und Dabula...«

»Dabulamanzi«, grinste Jill. »Wir nennen ihn Dabu. Sein Name bedeutet, dass er die Wellen des Meeres teilen kann. Er kann schwimmen, was nicht bei vielen aus seinem Clan der Fall ist. Du solltest ihn mal sehen! Er benutzt die Hände als Paddel und stampft mit den Beinen auf und ab. So wie Löwen schwimmen.«

Dabulamanzi grinste und zeigte seine weißen Zähne. *»Yebo, iBhubesi!«* Dann warf er einen Blick aus dem Fenster. »Wo finde ich den Rasenmäher, Madam?«

»Hinten in der Garage«, flüsterte Alice. »Danke ... Ich werd's irgendwie wiedergutmachen. Ganz bestimmt.« Ihr kamen wieder die Tränen.

Tita fixierte sie mit strengem Blick »Wir sind ziemlich sauer mit dir, dass du uns als Freundinnen so behandelst. Freundinnen ruft man an, wenn man in Schwierigkeiten ist, verstanden?«

»Yes, Ma'am«, erwiderte sie mit schiefem Lächeln. »Aber wer hat dir gesagt, dass ich einen Unfall hatte? Doch nicht Pierre?«

»Neil. Der kennt doch jeden in Natal. Irgendjemand wird's ihm erzählt haben.«

»Eigenartig«, murmelte sie. »Es weiß niemand sonst. Wer sollte es ihm gesagt haben?«

Doch dann wurde es ihr klar. Sarah! Ntombi hatte es vielleicht mitbekommen. Sie hatte die junge Zulu einmal aus der Ferne in Umhlanga gesehen, also war sie offenbar in der Nähe beschäftigt. Sicherlich stand sie mit ihrer Tante in Verbindung, und die hatte Kontakt zu Neil.

Vom Garten drang das Schnurren des Rasenmähers herein, und bald erfüllte der Duft nach frisch geschnittenem Gras die Luft. Mit einem glücklichen Seufzer lehnte sie sich zurück ins Kissen.

Als Pierre nach Hause kam, war er ungewöhnlich ruhig. »Wir müssen das Haus vielleicht doch noch verkaufen, die Arztkosten reißen ein großes Loch in unsere Ersparnisse«, sagte er abends im Bett und jagte ihr damit einen furchtbaren Schrecken ein.

»Wir schaffen das«, versicherte sie ihm heftig. Den stechenden Schmerz an der Schläfe ignorierte sie einfach. »Wir schaffen das! Ich hab eine Pferdenatur.«

Womit sie recht behalten sollte. Bald hörte das Zimmer auf, sich um sie zu drehen, und die Kopfschmerzen wurden erträglicher. Den linken Arm in eine Schlinge gelegt, machte sie sich mit zusammengebissenen Zähnen daran, den Haushalt auf Vordermann zu bringen. Der Küchenfußboden musste eigentlich wegen der Kakerlaken jeden Tag geschrubbt werden, was sich aber mit nur einer Hand als unglaublich mühselig herausstellte. So lange wie es vertretbar war, wollte sie es hinausschieben. Nach drei Tagen schon, als sie abends das Licht in der Küche anschaltete, stob eine Schar Schaben laut raschelnd unter die Fußleisten, und sie hatte keine Wahl. Auf den Knien über den Boden rutschend, um die Ecken auszuwischen, konnte sie problemlos nachvollziehen, warum Sarah mit der Prozedur immer auf Kriegsfuß gestanden hatte.

Am nächsten Morgen war die Wäsche dran, und sie aufzuhängen war eine Quälerei. Immer wieder fiel ihr ein Wäschestück auf die rote Erde. Einmal griff sie im Reflex mit der linken Hand danach, und sofort schoss ihr ein weiß glühender Blitz durchs Handgelenk, sodass sie auch den Rest der Wäsche fallen ließ. Vor Schmerz und Frustration schrie sie laut auf.

»Hallo, Madam«, hörte sie eine sanfte Stimme.

Sie wirbelte herum, was ihr erneut ein scharfes Stechen in der gebrochenen Hand bescherte. Vor ihr stand Ntombi.

»Ich werde das machen«, sagte die Zulu und sammelte die Wäsche wieder in den Korb.

Vor Erstaunen fing Alice an zu stottern. »Aber ... nein, Ntombi ... das geht nicht ... Ich kann dir kein Geld geben ...«

»Auntie Sarah schickt mich, und sie gibt mir Geld«, erklärte die junge Zulu fröhlich. Sie sortierte die mit roter Erde verschmutzten Stücke aus und hängte den Rest auf.

»Du kannst das Angebot getrost annehmen«, bemerkte Neil später, als sie ihm davon berichtete. »Ohne dich gäbe es heute Sarah und Vilikazi vielleicht nicht mehr.«

Kurz nach der Begebenheit mit Ntombi stand Shongololo vor dem Tor und spähte an ihr vorbei aufs Grundstück. »Guten Morgen, Madam, der Garten sieht nicht gerade hübsch aus.« Er marschierte an ihr vorbei zum Schuppen, holte den Rasenmäher und diverse Gartengeräte heraus und machte sich an die Arbeit. Sie war sprachlos und völlig durcheinander.

»Shongololo, was ... wer ...«, stotterte sie.

Shongololo grinste in sich hinein. »Es ist okay, Madam«, sagte er nur.

Mehr konnte Alice ihm nicht entlocken. Doch die Notwendigkeit, dass sie dazuverdiente, war weiterhin mehr als dringend. Abgesehen von allem anderen, würden Ntombi und Shongololo wenigstens ihr Essen bekommen. Darauf bestand sie. Aber sosehr sie sich den Kopf zerbrach, ihr wollte einfach nichts einfallen, wie sie ihr Konto aufbessern konnte. Am Ende kam ihr der Zufall zu Hilfe.

An der Kasse vom Supermarkt in Umhlanga Rocks traf Alice

Sheila King, eine ehemalige Kundin, die durch ihre Vermittlung eine ziemlich teure Immobilie in La Lucia erworben hatte. Mrs. King war mittleren Alters, goldblond und so dünn, dass ihre Schlüsselbeine hervorstanden. Ihr Mann war ein gerissenes Schlitzohr, der aus allem und jedem Geld quetschte und damit steinreich geworden war.

»Alice, wie gut, dass ich Sie treffe!«, rief Mrs. King und drängte sich an der Schlange der Wartenden vorbei nach vorn zu ihr. »Ich habe ein Problem.«

Für einen grässlichen Moment befürchtete Alice, dass etwas mit dem Kaufvertrag nicht in Ordnung war. »Hallo, Sheila«, sagte sie vorsichtig. »Wie kann ich Ihnen helfen?«

»Kleinen Moment!« Sheila King lief zum Zeitschriftenständer und kehrte mit einem Magazin zurück, das auf hochklassige, edle Einrichtungsgegenstände spezialisiert war. »Hier«, sagte sie und schlug eine Seite auf. »Wo kann ich diese Möbel kaufen? Sie haben doch sicher die besten Beziehungen.«

Alice brauchte nur Sekunden, ehe sie begriff, welche Chance ihr gerade geboten wurde. Sie nahm Mrs. King das Magazin aus der Hand. »Ja, das habe ich. Überlassen Sie das nur mir. Ich melde mich in den nächsten Tagen.«

Sie bezahlte die Zeitschrift und lief beschwingt aus dem Laden. Zu Hause kochte sie sich einen Kaffee und studierte das Magazin von vorn bis hinten. Es kostete sie nur zwei Telefonanrufe, um herauszufinden, wer diese Möbel herstellte, und einen weiteren, um sicherzustellen, dass die Möbel nach Umhlanga geschickt werden konnten. Sie notierte die Preise und in der Spalte daneben die Endsumme, die ihren Aufschlag enthielt. Zufrieden lehnte sie sich zurück. Das würde sie für fast zwei Wochen über Wasser halten. Was bedeutete, dass sie im Grunde nur zwei oder drei zahlende Kunden im Monat brauchte.

Sie machte mit Sheila King für den nächsten Tag einen Termin, nahm sich danach ihre Kundenliste vor und kreuzte diejenigen an, die für derart teure Einrichtungen infrage kämen. Anschließend lieh sie sich stapelweise Einrichtungszeitschriften in der Bibliothek aus und informierte sich in aller Ruhe über den letzten Trend und notierte Dutzende Adressen von Herstellern.

Mrs. King wollte die gesamte Einrichtung bestellen, die das Bild im Magazin zeigte. Und zwar alles, inklusive der Tischdekoration. Alice telefonierte noch einmal mit entsprechenden Firmen, ließ sich aktuelle Preise geben und unterbreitete Mrs. King schließlich leicht aufgeregt das Angebot. »Ich benötige fünfzig Prozent Anzahlung«, sagte sie und beobachtete dabei ihre Kundin genau. Sheila King schien überhaupt nicht von der Höhe der Summe beeindruckt zu sein. Sie schrieb ihr sofort einen Scheck aus, wedelte ihn trocken und reichte ihn über den Tisch.

Da Alice einige unerfreuliche Erfahrungen mit Schecks von Kunden gemacht hatte, löste sie ihn am selben Tag bei der Bank ein. Zu ihrer immehsen Erleichterung war er gedeckt, und sie stürzte sich mit Elan in die Arbeit. Wenn sie diesen Auftrag zur Zufriedenheit ihrer Kundin erledigte, würde die sie sicher weiterempfehlen. Und dann hatte ihr Bruch vielleicht eine Chance, endlich völlig auszuheilen.

Alles klappte bestens, und Sheila King lud sie zu einem Champagnerfrühstück ein. Alice hatte ihren Fotoapparat dabei und bat die Hauseigentümerin, sie in ihrem Wohnzimmer fotografieren und das Bild als Referenz benutzen zu dürfen. Mrs. King war begeistert und führte sie in die anderen Räume des Hauses. Dann beauftragte sie Alice, ihr Vorschläge für Verbesserungen und Neuanschaffungen vorzulegen.

»Vielleicht könnten Sie ja erreichen, dass ein kleiner Artikel über mein Anwesen in *House and Garden* erscheint?«, sagte sie mit einem Kleinmädchenlächeln.

Alice versprach, alles zu versuchen, damit Mrs. Kings Wunsch in Erfüllung ging.

»Nennen Sie mich Sheila«, sagte Mrs. King zum Abschied und hauchte ihr durch die Luft einen Kuss zu.

Zu Hause angekommen, rief Alice sofort Tita an. Ihre Freundin kannte jeden, der gesellschaftlich interessant war – Journalisten in besonderem Maße –, und das nicht nur in Durban. »Kennst du jemanden, der etwas mit *House and Garden* oder einem der anderen Einrichtungsmagazine zu tun hat?«

»Hm«, machte Tita. »Zwei oder drei. Warum?«

Alice erzählte ihr von Sheila King und ihrem Anliegen. »Es ist ein Traumhaus, das kann ich dir versichern, und ich habe das Wohnzimmer eingerichtet. Für die übrigen Räume soll ich mir nun auch etwas überlegen.«

»Interessant«, sagte Tita. »Ich ruf dich an.«

Zwei Tage später kam der Rückruf. »Alyssa von *Home Affairs* wird sich morgen bei deiner Kundin melden. Viel Glück!«

Sheila King geriet in Panik, als der Besichtigungstermin anstand. Sie verlangte von Alice, dass sie sofort zu ihr kommen und ihr beistehen solle. Die Journalistin war eine stark geschminkte Frau Mitte vierzig, die mit dem Glas Champagner, das ihr Sheila aufgedrängt hatte, durchs Haus lief und ständig »wow« rief.

Zwei Tage später kehrte Alyssa mit ihrem Fotografen zurück, und die Fotostrecke wurde für die übernächste Ausgabe angekündigt. Sheila King fiel Alice um den Hals und küsste sie herzhaft. Außerdem mobilisierte sie alle ihre Freundinnen und befahl ihnen geradezu, Alice in Einrichtungsfragen zu konsultieren.

»Gerettet«, flüsterte sie an jenem Abend und überließ sich Pierres Armen.

Es ging wieder bergauf. *Chez Pierre,* wie sie ihr Restaurant genannt hatten, florierte und wurde zu einem der angesagten Restaurants an der Nordküste. Schließlich zogen auch die Hausverkäufe wieder an, und ihre Finanzen erholten sich rapide. Von nun an nähte Alice nur noch für sich selbst. Meistens Abendkleider. Es ging ihnen gut. Sehr gut.

Irgendwann im Dezember dieses Jahres leerte Alice ihren Briefkasten, und ein sehr offiziell aussehender Umschlag, versehen mit einem Wappen, fiel ihr entgegen. Als sie den Adler unter der Sonnenkrone und den mit dem Speer gekreuzten Isagila als das Wappen der Republik von Südafrika erkannte, brach ihr im ersten Moment der Angstschweiß aus. BOSS? Den Geheimdienst gab es nach wie vor, nur mit einem schwarzen Südafrikaner als Aushängeschild. Diejenigen, die sie damals hatten verhaften lassen, agierten noch im Hintergrund, davon war Alice überzeugt. Auf einer Party hatte kürzlich ein aufgeblasener burischer Rechtsanwalt damit geprahlt, dass er und seine Leute jederzeit die neue Regierung stürzen und den Burenstaat wieder errichten könnten. Die Bemerkung hatte sie bis ins Mark erschreckt.

Ihre Hände zitterten. Mühsam rief Alice sich zur Ruhe und hakte schweigend alle plausiblen Möglichkeiten ab, die einen offiziellen Regierungsbrief rechtfertigen würden. Übrig blieb nur die permanente Aufenthaltsgenehmigung. Könnte sie ihnen entzogen werden? Das hielt sie im Jahr 1997, drei Jahre nach der Wende, für sehr unwahrscheinlich.

Den ungeöffneten Brief in der Hand, ließ Alice ihren Blick über das wogende Zuckerrohrmeer wandern. Die Zikaden sangen, ein schwarzer Paradiesvogel mit einer herrlichen Schwanzschleppe tanzte zu ihrer Musik im schimmernden Sonnenlicht über die Halme, und ein Schwarm winziger Vögel wirbelte zwitschernd durch den süß duftenden rosa Frangipani, den ihr Jill geschenkt hatte. Eine friedliche, unschuldige Szenerie.

Mit einem Ruck riss Alice den Umschlag auf und las den Inhalt. Sie starrte entgeistert auf die Unterschrift, las den Brief noch einmal Wort für Wort und stürzte anschließend zum Telefon, um Pierre anzurufen. »Wir sind zur Parlamentseröffnung in Kapstadt eingeladen worden«, schrie sie mit sich überschlagender Stimme

in den Hörer. »Von Sarah! Ihre Tochter Imbali ist Regierungsmitglied geworden. Stell dir vor, wir fliegen in einer Regierungs-
maschine runter ... als Ehrengäste ... O Himmel!«

Als ihr die volle Bedeutung dieses Schreibens klar wurde,
musste sie gegen ihre Tränen ankämpfen.

»Es ist vorbei«, flüsterte sie. »Liebling, es ist endlich vorbei!«

8

Es ist vorbei.«

Zusammengekrümmt auf dem Küchenfußboden liegend, hörte sie das ferne Echo ihrer Worte, und obwohl die Zeit die Konturen der Erinnerung verwischte, kamen ihr auch jetzt wieder die Tränen.

»Es ist vorbei«, wiederholte sie leise.

Welch ein unglaublicher, überwältigender Moment war das gewesen. Wärme durchflutete ihre Glieder, und mit einem Seufzer ließ sie sich zu jenem Tag zurücktragen, der wie ein Diamant in ihrer Erinnerung funkelte.

Irgendwann rüttelte jemand sie plötzlich kräftig an der Schulter, und sie schreckte verwirrt hoch. Über ihr schwebte ein dunkles Gesicht.

»Madam, sind Sie krank? Soll ich den Doktor rufen?«

Ntombis Stimme, von sehr weit her!

Mühsam versuchte sie sich zu orientieren. Unter sich spürte sie den harten Fliesenboden ihrer Küche und auf ihrem Gesicht Tränen. Vor sich sah sie eine dünne Blutspur, die an der Tür zum Hof endete, aber sie hatte keine Ahnung, wem das Blut gehörte, was passiert war und wie lange sie schon dort gelegen hatte.

Ntombi sah mit aufgerissenen Augen erschrocken auf sie herab. »Hat die Schlange Sie doch gebissen, Madam?«, rief sie.

Die Schlange? Alice schloss die Augen, und nach und nach fielen die Puzzlestückchen wieder an ihren Platz und ergaben ein Bild. Die Rinkhalskobra, die Männerstimme hinter ihr, das Messer, das Blut und die Kerle, die ihr Haus beobachtet hatten. Die Party, Pierres Abwesenheit und dass heute der 4. Januar 2014 war. Der Tag der großen, alles entscheidenden Investorenparty. Sie öffnete die Augen und zog sich am Küchenschrank hoch.

»Ach wo«, sagte sie zu Ntombi. »Alles in Ordnung, keine Sorge. Ich habe nur etwas gesucht. Hat Pillay die Blumen für die Party schon geliefert?«

»Nein, der ist faul wie ein Warzenschwein in der Suhle«, empörte sich ihr Hausmädchen, das inzwischen in die Jahre gekommen war. »Sie müssen mit ihm reden.«

Alice rappelte sich auf. »Gut, ich fahre jetzt nach Umhlanga und mache ihm Beine.«

Sie schielte aus dem Fenster, aber zu ihrer Erleichterung waren die Männer nicht mehr zu sehen. Sie konnte es nicht fassen, dass dieser ganze Mist sie nach all diesen Jahren wieder heimsuchte und ihr derart den Boden unter den Füßen wegriss. Ein Blick auf die Uhr sagte ihr, dass die Geschäfte im Ort gerade öffneten.

Eilig lief sie ins Schlafzimmer, zog das Strandhemd aus und schlüpfte in ein luftiges, cappuccinofarbenes Kleid mit dünnen Trägern. Draußen setzte sie ihre Sonnenbrille auf und stieg in ihren Porsche. Ihre Geldbörse verstaute sie im Fach unter dem Sitz. Im Auto durfte nichts offen herumliegen, denn das hieße einen Überfall herausfordern.

Aufmerksam blickte sie die Straße hinauf und hinunter und untersuchte die Schatten der großen Bäume. Aber die Straße war menschenleer, und von den Männern, die ihr Haus beobachtet hatten, gab es keine Spur mehr. Zügig fuhr sie an den herrlichen Gärten vorbei nach Umhlanga Rocks. Im Zentrum herrschte jetzt am frühen Vormittag wie üblich reger Verkehr, und alle Parkplätze waren belegt. Alice stellte ihr Auto auf dem großen Parkplatz ab, stieg aus und überquerte die Straße hinüber zum Checkers Supermarkt. Dort erledigte sie die letzten

Einkäufe und schob dann den gefüllten Einkaufswagen hinaus in Richtung einer kleinen Einkaufspassage.

Sie hatte den Supermarkt noch nicht verlassen, als sie den Mann bemerkte. Abrupt blieb sie stehen.

Er lungerte vor dem Souvenirladen herum und betrachtete scheinbar interessiert die Auslagen. Immer wieder flog sein Blick für Sekundenbruchteile zu ihr herüber. Das unbestimmte Gefühl, verfolgt zu werden – eisig wie der Windstoß aus der Klimaanlage des Supermarkts –, das sie schon in den letzten Wochen häufiger überfallen hatte, verstärkte sich. Bisher hatte sie sich zur Nüchternheit gezwungen und es als absurd beiseitegeschoben. Fröstelnd hob sie die Schultern, setzte die Sonnenbrille auf und unterzog den Mann im Schutz der dunklen Gläser einer hochkonzentrierten Musterung.

Obwohl Alice seine Gesichtszüge am Morgen nicht genau hatte erkennen können, hatte sie sich seine Erscheinung eingeprägt, seine Art, sich nur so viel wie nötig zu bewegen, um dann wieder in Reglosigkeit zu verfallen. Er trug auch jetzt ausgebleichte Jeans und ein dunkles T-Shirt, nur die Baseballkappe war diesmal nicht blau, sondern grün.

Aber sie war sich absolut sicher. Das war derselbe Mann, den sie in letzter Zeit öfter allein oder mit einem Kollegen in ihrer Nähe entdeckt hatte. Am Strand, auf dem Parkplatz im Ortszentrum, im Supermarkt, vor dem Kino im Gateway-Einkaufszentrum. Und dann vorhin vor ihrem Haus.

Plötzlich legte sich ein Druck auf ihre Ohren. Das Gelächter und Stimmengewirr aus den Cafés, das zärtliche Zwitschern der Hirtenstare in den Bäumen, gelegentliches Aufheulen hochtouriger Motoren und die lautstarke Unterhaltung dreier Zulufrauen vermischten sich zu einem gleichmäßigen Geräuschebrei. Nur dieser Mann vor ihr existierte, und das harte Hämmern ihres Herzens.

Jetzt war Alice überzeugt davon, dass es sich nicht mehr um einen Zufall handelte. Er verfolgte sie. Eindeutig. Aber warum?

Kurz erwog sie, einfach zu ihm zu gehen und ihn zu fragen. Aber dann sah sie davon ab. Vermutlich würde er ohnehin alles abstreiten, und dann hatte sie nichts weiter erreicht, als dass ihr in Zukunft vielleicht ein anderer Mann folgen würde. Einer, dessen Gesicht sie nicht erkennen würde. Geschickt von irgendeinem Unbekannten.

Oder verfiel sie gerade in die übliche südafrikanische Paranoia, hinter allem und jedem eine Verschwörung zu vermuten? Vielleicht irrte sie sich ja einfach nur. Der Mann hatte keine besonderen Merkmale, war nicht groß, nicht jung, nicht alt, nicht dick, nicht dünn. Er war vollkommen durchschnittlich, sah so harmlos aus wie die anderen Passanten.

Jetzt schlenderte er auf die gegenüberliegende Seite der Passage und blieb vor dem Schaufenster einer großen Maklerfirma stehen, und ihr fiel auf, wie perfekt er mit seiner Umgebung verschmolz. Ihr schoss der Gedanke durch den Kopf, dass er genau die Eigenschaften hatte, die ihn als unauffälligen Verfolger geradezu prädestinierten.

Halbwegs überzeugt, dass sie Gespenster sah, zog sie ein Desinfektionstuch aus einem der Spender, wie sie am Ausgang von Supermärkten üblich waren, und wischte ihre Hände sorgfältig ab. Die Vorsichtsmaßnahme wurde der Öffentlichkeit dringend empfohlen, da sich in Südafrika – nicht nur durch die vielen Einwanderer aus dem übrigen Afrika – neben Aids unter anderem auch die gegen alle Antibiotika resistente Tuberkulose immer weiter verbreitete.

Ihr Blick streifte den neben dem Eingang aufgestellten Zeitungsständer, und unwillkürlich las sie die Schlagzeile, die von einer angeblichen Verschwörung handelte, einen prominenten Bürger Durbans zu ermorden. Genervt wandte sie sich ab. Kein Wunder, dass sie schon längst dem hier endemischen Verfolgungswahn verfallen war. Fast jeden Tag gab es derartige Berichte. Das färbte ab, hatte sie festgestellt, selbst auf sie. Trotzdem musterte sie unauffällig jeden, der in ihrer Umgebung unterwegs war, bis hinüber zum Parkplatz. Aber niemand erregte ihre spezielle Aufmerksamkeit. Der Mann war offensichtlich in der Menge der Passanten untergetaucht.

Bis zu einem gewissen Grad beruhigt, schob Alice ihren Einkaufswagen durch die stickige Passage ins Freie. Sengende Gluthitze schlug ihr entgegen. Die Sonne hing als glühender Feuerball am Himmel, und ihre Strahlen prallten von Mauern und Straßenpflaster ab. Innerhalb kürzester Zeit reagierte ihre Haut mit einem schmerzhaften Prickeln.

Der Verkehr hatte noch zugenommen, und die Autos parkten abenteuerlich überall dort, wo eine Lücke war, egal wie illegal. Um einen Parkschein kümmerte sich niemand. Die in orangefarbene Westen gekleideten Autowächter, die auf der Verkehrsinsel an den Palmen lehnten und dösten, schienen dennoch alles im Griff zu haben, auch wenn sie nur zum Leben erwachten, um von den Fahrern ausparkender Autos ihren Obolus entgegenzunehmen. Wenn ein Hilfspolizist im Anmarsch war, um Strafzettel zu verteilen, hatten die Wächter immer einen gültigen Parkzettel zur Hand, den sie schnell unter die Scheibenwischer des Wagens klemmten, der im Visier der Hilfspolizisten war. Sobald die Gefahr vorüber war, steckten sie den Parkschein wieder ein, um ihn bei nächster Gelegenheit erneut einzusetzen. Es war ein bewährtes System, und die Belohnung der Fahrer war ihnen gewiss.

Alice sah sich um.

Die Holzbänke, die unter dichten Schattenbäumen standen, waren voll besetzt. Den abgerissen wirkenden älteren Mann, der Einzige mit heller Hautfarbe zwischen all den Zulus, hatte sie schon oft hier gesehen. Mit gebeugtem Rücken saß er zwischen den schwarzen Frauen, die sich mit durchdringender Lautstärke über seinen Kopf hinweg unterhielten. Meist rauchte er und stierte dabei dumpf vor sich hin. Einmal hatte sie versucht, ihm einen Geldschein in die Hand zu drücken, was ihr aber nur eine aufgebrachte Schimpfkanonade eingebracht hatte. Über ihm tobte kreischend die ortsansässige Affenherde. Sie bemerkte, dass drei der Weibchen Neugeborene an der Brust trugen.

Vor dem großen Parkplatz auf der anderen Straßenseite hatte Patel Pillay, der indische Blumenhändler, der die Blumendekoration für die Party liefern sollte, seinen Stand. Sein Lieferwagen stand davor. Er saß rauchend in seinem Korbstuhl, diskutierte mit Herumstehenden und zeigte keinerlei Anzeichen von Hast.

Alice marschierte mit dem Einkaufswagen hinüber, baute sich vor ihm auf und stemmte die Arme in die Hüften. »Hi, Patel, wo sind meine Blumen? Vor einer halben Stunde schon sollten sie angeliefert werden.«

Patel, die Zigarette zwischen den Fingern, wand sich aus seinem Stuhl und lächelte sie mit zahnlosem Mund an. »Sorry, Ma'am, sorry. Bin gleich da. Es ist was passiert, und ich konnte noch nicht kommen.«

O ja, dachte Alice, das kann ich sehen. Demonstrativ schaute sie auf ihre Armbanduhr. »Ich bleibe hier, bis Sie die Blumen eingeladen haben.«

Patel warf ihr den Blick eines getretenen Hundes zu, zermalmte seufzend seine Zigarette unter dem Absatz und rief etwas in seiner Sprache. Ein magerer dunkelbrauner Junge löste sich aus der Menge, und endlich, nach weiteren zwanzig Minuten, waren alle Blumen, die sie bestellt hatte, eingeladen.

»Okay«, sagte Alice. »Sie kennen ja unsere Adresse. Ntombi wartet schon.« Sie reichte ihm ein paar Geldscheine. »Den Rest bekommen Sie, wenn die Blumendekoration im Haus ist. Unversehrt und wie bestellt.«

Sie schaute hinüber zum Luigi's. Wie in den übrigen Cafés, die ihre Tische im Freien aufgestellt hatten, war kaum ein Platz unbesetzt, aber sie konnte ihre Freundinnen schnell unter einem der Sonnenschirme auf der Restaurantterrasse ausmachen. Ihr blieb noch eine gute halbe Stunde Zeit für ein Schwätzchen und einen

Kaffee. Allein die Aussicht, mit Tita, Jill und Angelica ein wenig zu klönen, genügte, sie wieder zu beruhigen und ihre gute Laune zurückzubringen. Sie drückte dem Mann, der für den Supermarkt die Einkaufswagen einsammelte und zurückbrachte, zwei Rand in die Hand, lud die Einkaufstaschen in den Kofferraum und lief zum Luigi's hinüber.

Jill hatte schon einen Stuhl für sie ergattert. »Patel scheint ja einen Heidenrespekt vor dir zu haben«, sagte sie lächelnd. »Wir haben euch beobachtet. Setz dich und mach mal Pause. Ich hab dir schon einen Espresso bestellt, einen doppelten. Ist das okay?«

Alice ließ sich auf den Stuhl fallen. »Na klar, danke.« Sie winkte die Kellnerin heran. »Ich möchte noch einen süßen Schokoladenmilchshake mit viel Eiscreme und Sahne dazu. Und bringen Sie den Zucker mit. Ich brauche dringend eine Zuckerinfusion.« Immer wenn sie sich aufgeregt hatte, verspürte sie einen Heißhunger auf Süßes. In Gedanken versunken, spielte sie mit ihrem Autoschlüssel.

»Was ist, worüber hast du dich aufgeregt?«, wollte Tita, die sie nach all den Jahren sehr gut kannte, wissen.

Alice steckte den Schlüssel weg und entdeckte dabei zu ihrem Schrecken auf dem gegenüberliegenden Bürgersteig den Mann mit der Baseballkappe. »Ich glaube, ich werde verfolgt«, platzte sie heraus und sah ihre Freundinnen verstört an.

»Verfolgt? Von wem?« Tita bedachte sie mit einem ungläubigen Blick und drehte sich suchend um.

»Ich weiß nicht, wer er ist, aber seht mal hinüber auf die andere Straßenseite. Eben hat sich der Mann noch vor dem Zeitschriftenladen herumgetrieben, und jetzt tut er so, als würde er sich dort etwas im Schaufenster ansehen. Der älteste Trick, wenn man jemanden beschattet. Der mit der Baseballkappe.«

»Ich sehe niemanden«, sagte Jill. »Wirklich nicht.« Sie warf einem bettelnden Hirtenstar ein Kuchenstückchen hin, aber bevor der es aufpicken konnte, schoss ein Affe vom Restaurant-dach, langte zu und sprang auf den nächsten Baum.

»Ich auch nicht.« Angelica runzelte die Stirn. »Und du bist dir sicher …«

»Dass ich mir das nicht einbilde?«, fiel Alice ihr ins Wort. »Ich glaube nicht. Oder wie würdet ihr das nennen, wenn dieselben zwei Männer immer wieder in eurer Nähe auftauchen? Im Super-markt, am Strand, auf dem Parkplatz, sogar abends vor den Kinos im Gateway. Und heute Morgen hab ich sie in unserer Straße ent-deckt. Eine sehr böse Überraschung. Sie beobachten unser Haus, und das macht mir wirklich Angst. Solche Typen erkenne ich auf drei Meilen Entfernung. Ich habe genug Übung darin, wie ihr wisst.«

Die drei Frauen sahen sie betroffen an.

»Kannst du den Mann beschreiben?« Jill hatte ihre Kuchen-gabel beiseitegelegt.

Alice gab ihr Bestes. »Dazu trägt er eine Baseballkappe. Aller-dings war sie heute Morgen blau, jetzt ist sie grün.«

»Mistkerl«, murmelte Jill. »Er versucht also, sein Gesicht zu verstecken.«

»So wie das in seinem Gewerbe eben üblich ist.«

»Hast du mit Pierre darüber gesprochen?«

Alice schüttelte den Kopf. »Ich wollte mich nicht lächerlich machen. Ihr kennt ihn doch. Er würde mich nicht ernst neh-men.«

»Hm«, machte Tita. Mit ausdrucksloser Miene flog ihr Blick über die Ladenfronten gegenüber. »Dunkelgraues T-Shirt, Jeans, grüne Baseballkappe, sagst du? Der sitzt da drüben im Café.« Mit einer Augenbewegung deutete sie auf die andere Straßenseite. »Der mit der Zeitung vor dem Gesicht.«

Jill schnaubte sarkastisch. »Und in die hat er vermutlich ein Loch gebohrt? Wie klischeehaft ist das denn! Oder besser: wie dilettantisch.«

Alice wusste, dass auch Jill reichlich Erfahrung mit solchen Leuten besaß. Mehr als einmal waren sie und ihre Familie ins Visier der Polizei oder des Geheimdienstes geraten. Tita hatte ihr erzählt, dass Jills Bruder Ende der Achtziger von einer Paketbombe in die Luft gesprengt worden war, die dem Geheimdienst zugeschrieben wurde. Anscheinend war er aktives Mitglied vom militanten Flügel des ANC gewesen. Und dass auch der gewaltsame Tod von Jills Mutter auf das Konto vom BOSS ging.

Verstohlen sah Alice hinüber zu dem Mann mit der grünen Baseballkappe. Und stutzte. »Er hat kein Loch in die Zeitung gebohrt«, flüsterte sie. »Aber seht mal genau hin. Neben dem Zuckertopf steht eine winzige Kamera. Im Display kann er uns prima überwachen. Vermutlich hat die auch ein so gutes Mikrofon, dass er uns obendrein noch abhören kann.«

»Scheißkerl!«, sagte Tita leise und schüttelte ihre offensichtlich frisch gefärbten, kupfergoldenen Locken. »Wir sollten ihn uns vorknöpfen.«

»Das hatte ich auch schon vor, aber erst will ich wissen, mit wem ich es zu tun habe«, sagte Alice. Ihr fielen die Fotos ein, die sie vom Fenster aus gemacht hatte. Sie rief auf ihrem Handy die beiden Bilder auf und zeigte sie herum. »Die sind zwar unscharf, aber jemand, dem die Männer bekannt sind, wird sie sicher wiedererkennen.« Zu viert beugten sie sich über das Display.

»Schick sie mir per E-Mail«, sagte Tita schließlich. »Ich zeige sie Neil und Mick. Wenn die sie nicht identifizieren können, dann haben sie genügend Kontakte, die herausfinden können, ob es einfach nur Kriminelle sind oder doch welche vom SASS-Geheimdienst, wie der BOSS ja heute heißt. Oder ob das alles nur ein dummer Zufall ist.« Dann setzte sie bedächtig hinzu: »Was ich übrigens nicht glaube. Ich denke, du hast recht, Alice. Der Mann beobachtet dich.«

»Schick mir die Bilder auch«, sagte Jill. »Nils kennt jeden hier, außerdem hat er ein phänomenales Gedächtnis für Gesichter. Vielleicht wird er fündig.«

Nils war Jills zweiter Mann. »Er ist Kriegsreporter«, hatte Jill ihn lachend vorgestellt. »Und wenn er keinen Krieg hat, langweilt er sich furchtbar! Ich muss ihn dauernd bei Laune halten.«

Alice mochte ihn sehr, und auch Pierre verstand sich prächtig mit ihm. Mindestens einmal in der Woche trafen sie sich bei Sonnenaufgang zum Surfen am Strand von Umhlanga Rocks.

Angelica schob ihre Sonnenbrille hoch und sah sie an. »Und, wie laufen die Vorbereitungen für die Party?«

»Ach, bisher bestens. Außer dass Pierre die Flucht ergriffen hat. Er ist nach Kapstadt geflogen, um da einen Investor zu treffen, der irgendwie Berührungsängste hat. Der will sich zwar auf jeden Fall einkaufen, aber nicht zur Party kommen. Pierre kommt rechtzeitig wieder, das hat er mir versprochen.«

»Typisch Mann«, spottete Angelica. »Das kenn ich. Nie da, wenn man sie braucht.«

Tita und Jill nickten mitfühlend. »Sollen wir früher kommen, um dir zu helfen?«

Alice winkte ab. »Ach was, das krieg ich schon gebacken. Es ist ja nicht unsere erste Party. Ntombi ist eine Perle, außerdem hat sie vier Cousinen und Shongololo zur Unterstützung, und natürlich haben wir auch von den Caterern Servierpersonal. Und hinterher kann ich ja alle viere von mir strecken.«

»Kommt Imbali auch?«, wollte Tita wissen. »In ihrer Funktion als Regierungsmitglied wäre sie eine wirkungsvolle Werbung für euch.«

»Angesagt hat sie sich, aber ihr wisst ja, wie das bei Politikern ist. Erst wenn sie da sind und man ihnen die Hand schüttelt, steht der Termin. Aber Sarah und Vilikazi kommen auf jeden Fall, weil sie sich für einen Bungalow interessieren. Und darüber freue ich mich besonders.« Alice leerte ihren Espresso bis auf den letzten Tropfen. »Das habe ich gebraucht«, stöhnte sie wohlig.

»Übrigens haben Mick und Lisa ebenfalls zugesagt«, setzte sie an Tita gewandt hinzu. »Geht es ihr besser?«

»Ja, Gott sei Dank. Sie musste sich ja bis zum Schluss mehrmals am Tag übergeben, zuletzt noch während der Geburt. Aber seit der kleine Wonneproppen auf der Welt ist, ist natürlich alles vergessen.« Tita lächelte glücklich.

»Besuch mich doch nach der Party auf Inqaba«, schlug Jill Alice vor. »Im Januar ist wegen der Hitze nicht alles ausgebucht. Du lässt dich von uns verwöhnen, und Pierre darf allein aufräumen.« Sie grinste schadenfroh.

Alice wäre der Einladung am liebsten auf der Stelle gefolgt. Jill hatte nach dem Tod ihres ersten Mannes finanziell vor dem Nichts gestanden und die Lodge praktisch allein zu einem der schönsten und bekanntesten Wildreservate Südafrikas aufgebaut. Es war ein Stück Afrika, wie es ursprünglicher kaum noch zu finden war. Wenn sie ab und zu eine Auszeit brauchte, besuchte sie Jill auf Inqaba. Allein oder mit Pierre. Wenn sie dann durch die Weite der Savanne fuhr und den weichen Duft des sonnentrockenen Grases einatmete oder am Ufer des Hluhluwe parkte, wo sie den Tieren, die zum Trinken an den Fluss kamen, bei ihrem Alltag zusehen konnte, fielen alle Sorgen und Ärgernisse von ihr ab. Und das Essen im Reservat war hervorragend. Jill und Nils waren mit den Robertsons nicht nur ihre engsten Freunde, sondern auch wunderbare Gastgeber. Davon würde sie sich etwas abgucken, wenn ihre Ferienanlage eröffnet war.

Jill zwinkerte sie über den Rand ihrer Sonnenbrille an. »Nils ist auch wieder zurück.«

Alice lachte. »Da kann ich natürlich nicht widerstehen! Wie du weißt, genügt ein Blick aus seinen frechen blauen Augen, und ich tue, was er will. Er kommt doch heute Abend?«

Jill strich ihr glänzend schwarzes Haar hinter die Ohren. »Ich müsste ihn anketten, um ihn davon abzuhalten. Er liegt dir zu Füßen.«

»Na prima. Und danke für die Einladung. Ich werde mit Vergnügen kommen, aber ich kann dir erst übermorgen fest zusagen.«

Das laute Stimmengewirr von den Gästen in der Kneipe auf der anderen Straßenseite hinderte sie am Weiterreden. Alice reckte den Hals. »Was ist denn im George heute los? Da ist ja ein richtiger Menschenauflauf.«

Die Freundinnen schauten hinüber. Wie immer war die Kneipe völlig überfüllt, und ein Knäuel Gäste blockierte schon so früh Bier trinkend und rauchend den Gehweg und die halbe Fahrbahn. Andere drängten sich auf unbequemen Holzbänken. Auf mehreren Plasmafernsehern flimmerten Übertragungen von Rugby- und Fußballspielen.

»Im George laufen vermutlich wieder irgendwelche wahnsinnig wichtigen Spiele«, bemerkte Angelica desinteressiert. »Champions League oder so. Der Krach ist ja ohrenbetäubend.«

Jill sah genauer hin und lachte laut auf. »Nein, da geht es nicht um Fußball oder Rugby. Das ist Nappy de Villiers. Vermutlich führt er Harry aus.«

Alice blickte neugierig hinüber. »Wer ist Harry? Kenne ich den?« Im Zentrum der Menschentraube konnte sie Napoleon de Villiers an seinem mit einer auffällig gemusterten Schlangenhaut verzierten Safarihut identifizieren.

»Harry ist ein Python«, sagte Jill. »Nappy trägt ihn regelmäßig um den Hals drapiert spazieren. Ein Python braucht Frischluft, hat er mir erklärt, sonst verfällt der in Depressionen.«

»Eine depressive Würgeschlange.« Alice schüttelte den Kopf. »Was für ein skurriler Typ.« Sie war ihm schon ein paarmal auf Partys in Inqaba begegnet.

»Nappy ist uralter Natal-Adel«, hatte Jill ihn vorgestellt. »Im 19. Jahrhundert hat sich sein Vorfahre Daniel de Villiers mit einer aggressiven Puffotter angelegt. Er wurde in den Zeigefinger

gebissen und hat nur überlebt, weil er ihn kurzerhand selbst abge-
schnitten hat. Danach hat er Rache geschworen und jede Schlange
erschlagen, die ihm begegnet ist.«

»Und hat ihnen anschließend die Haut über den Kopf gezogen«, hatte Nappy eingeworfen. »Die Modefatzkes von Paris waren
geradezu verrückt nach den Häuten. Danny hat sich dumm und
dämlich verdient ...«

»Und dafür gesorgt, dass seine Nachfahren sich mit den schönen Dingen des Lebens beschäftigen können und ihre Zeit nicht
mit schnödem Geldverdienen verschwenden müssen, nicht wahr,
Nappy?«, war ihm Jill süß lächelnd ins Wort gefallen.

»Nun denn, jeder muss sein Los tapfer hinnehmen«, hatte Napoleon de Villiers erwidert und ihr mit einem breiten Grinsen auf
seinem nussbraunen Gesicht zugezwinkert.

Alice starrte auf die Schlangenhaut um Napoleons Hut und
glaubte für einen Moment, dass das Reptil sich bewegte. Und plötzlich war es wieder da, das unbestimmte Gefühl, diese diffuse Vorahnung, dass etwas Schlimmes passieren würde. »Der ist doch total
verrückt«, sagte sie, verschränkte schützend die Arme vor der Brust
und heftete ihren Blick auf zwei zankende Hirtenstare, ohne sie
jedoch wirklich wahrzunehmen. Zum zweiten Mal an diesem Tag
wurde sie von einem heftigen Flashback heimgesucht, so schlimm,
dass sie es kaum ertragen konnte. Dieses Mal betraf es Christoph.

Als der Vorfall mit der Schlange passierte, lebten sie noch in
Umhlanga Rocks, hoch oben am Hang über dem Indischen Ozean,
von den endlosen Zuckerrohrfeldern nur durch eine schmale
Straße getrennt, die an einem überwucherten Weg endete. Dort
lag ihr Haus. Der Weg schlängelte sich entlang der Mauer, die ihre
östliche Grundstücksgrenze markierte, hinunter auf die Straße,
die unterhalb des Gartens vorbeiführte. Erst auf einer Willkommensparty der umliegenden Nachbarn hatte Alice erfahren, dass
dieser Weg im Volksmund Schlangenpfad genannt wurde.

Tatsächlich war es nur ein sandiger Trampelpfad, zu klein und zu schmal, als dass er eine offizielle Bezeichnung verdient hätte, aber der Name sagte alles. Hier versammelten sich gegen Abend die ansässigen Schlangen – Rinkhalskobras, Puffottern, Mambas und gelegentlich sogar ein Felsenpython –, um es sich in dem noch sonnenwarmen Sand für die Nacht bequem zu machen. Tagsüber bevölkerten die Reptilien die Zuckerrohrfelder. Jeder, der hier lebte, wusste das, niemandem würde im Traum einfallen, den Schlangenpfad als Abkürzung zu benutzen. Außer Christoph.

Wie Alice später herausfinden sollte, hatte er einen Stein aus der Grenzmauer herausgebrochen, und schon bald schlüpften die Schlangen durch das Loch auf ihr Land und benutzten ungesehen den mit Bougainvilleen überwucherten Bereich, um hinunter zu den Felsen zu gelangen, die am Fuß des Grundstücks aus dem Boden ragten. Alice hatte dort einen Steingarten angelegt, und später hatte sie dahinter, außer Sichtweite des Hauses, einen Kompostbehälter aus Maschendraht hinstellen lassen. Ihre Eltern in Lübeck hatten immer einen gehabt, und es erschien ihr als praktisch. Ab und zu konnte man dort an kühlen Wintertagen sich sonnende Schlangen beobachten. Anfänglich fand sie das spannend. Immer häufiger allerdings ließen die Reptilien sich einfach in ihrem Garten nieder, legten Eier in den Komposthaufen und vermehrten sich schnell, aber das beobachtete nur Christoph, wie er später zugab. Er grub eine Handvoll der Eier aus, legte sie in ein Terrarium, schichtete Kompost darüber und ließ sie von der Sonnenhitze ausbrüten. Seine Eltern entdeckten die neuen Hausbewohner erst, als eine junge Kobra aus dem Terrarium entkommen konnte und es sich im Badezimmer in der Dusche bequem machte. Bei dem Versuch, sie einzufangen, entkam das schlanke Reptil in die Kanalisation. Pierre ließ die Duschwanne herausreißen und die Rohre durchputzen, aber die Schlange wurde nie gefunden. Den Vorhaltungen seiner Eltern begegnete Christoph mit trotzigem Schulterzucken.

Nicht lange danach passierte jener Vorfall, der in ihrer Lebensgeschichte zu einem fixen Bezugspunkt in der Zeit wurde. Entweder geschah es vor der Geschichte mit dem Terrarium oder danach.

Es war ein warmer Spätsommertag, der Himmel war klar und blau und weit und die Luft prickelnd wie Sekt. Pierre kam früher aus dem Büro nach Hause und schlug einen gemeinsamen Gang durch den Garten vor, bevor die Sonne untergehe. Hand in Hand schlenderten sie übers kurz geschorene Gras, bewunderten die korallenrote Blütenpracht der Ixoras, sogen den Duft der Frangipaniblüten ein und blieben verzückt stehen, als ein Kronenkranich am Fuß des Grundstücks landete. Er packte mit dem spitzen Schnabel zu und strich dann mit einer wild zappelnden kleinen Schlange im Schnabel über die Baumkronen davon.

»Lass uns nachsehen, ob die Zitronen schon reif sind«, schlug sie vor und zog ihn zu den Zitronenbäumen, die ihr Gärtner auf ihre Anweisung hin zu einem hohen Laubengang verflochten hatte. Glänzend grüne Blätter bildeten ein filigranes Dach, betörender Duft erfüllte die Luft, und die schräg stehende Sonne, die durch die Zweige blitzte, malte Goldkringel auf die Wegplatten. Kaum waren sie ein paar Schritte gegangen, bemerkte sie aus den Augenwinkeln eine Bewegung über ihr, und bevor sie reagieren konnte, fiel eine armdicke Schlange aus den Zweigen in den Rückenausschnitt ihres locker geschnittenen Sommerkleides.

Pierre war so geschockt, dass er überhaupt nicht reagieren konnte. Wie versteinert stand er da und starrte auf ihren Rücken, wo sich der Schlangenkörper unter dem dünnen Stoff deutlich abzeichnete. Alice riss die Arme in einer Abwehrbewegung hoch, fiel in das Zitronenspalier und schlitzte sich dabei an den langen Stangen den Oberarm auf. Nach der ersten Schrecksekunde aber richtete sie sich auf und schüttelte sich heftig. Die Schlange rutschte träge über ihren Rücken, glitt unter dem Saum hervor und fiel mit einem deutlichen Klatschen auf den Weg.

Mit einem gewaltigen Satz brachte Alice sich außer Reichweite des Reptils.

»Puffotter«, quetschte Pierre hervor, der immer noch regungslos wie eine Statue dastand.

Alice zögerte keine Sekunde. Sie klaubte einen am Wegrand liegenden faustgroßen Stein auf und schleuderte ihn mit Wucht auf den diamantförmigen Kopf. Sie traf, der Kopf wurde zerschmettert, das Reptil blieb reglos liegen. Mit triumphierendem Gesichtsausdruck wischte sie sich die Hände an ihrem Kleid ab. Ihr Oberarm war von der Schulter fast bis zum Ellenbogen aufgeschlitzt und blutete stark. Pierre knotete sein Taschentuch um die Wunde.

»Komm«, sagte er. »Ich bringe dich zum Arzt.«

Aber Alice stutzte plötzlich, beugte sich vor und nahm den dicken Leib des Reptils genauer in Augenschein. »Das kann doch nicht wahr sein«, flüsterte sie und drehte das tote Tier mit einem Stock um. Die Schlange war der Länge nach aufgeschnitten, die Eingeweide offensichtlich entfernt. Während sich das Taschentuch an ihrem Arm leuchtend rot färbte, musterte sie schweigend die tote Puffotter. »Christoph«, sagte sie schließlich und stieß die Schlange mit einem Stock an.

Pierres blass gewordenes Gesicht rötete sich schlagartig, seine Augenbrauen sträubten sich. »Ich mach ihn zur Schnecke. Das schwör ich dir!«

Nachdem ihr Arm in der Notaufnahme im Krankenhaus genäht worden war, knöpften sie sich Christoph vor.

Es stellte sich heraus, dass ihr fünfzehnjähriger Sohn, der die Internatsferien bei seinen Eltern verbrachte, die Absicht hatte, aus der Haut der schön gemusterten Puffotter einen Gürtel für sich anzufertigen, wie Danny de Villiers es getan hatte. Cool sei das, und deswegen habe er sie zum Trocknen im Laubengang aufgehängt, erklärte er mit sonnigem Lächeln, aber das Funkeln in seinen blauen Augen wurde zusehends herausfordernder.

Alice hörte sich seine Begründung mit unbewegtem Gesicht an und verdonnerte ihn dann zu einem Monat intensiver Gartenarbeit. Mähen, Büsche beschneiden, Unkraut rupfen. Wirklich laut wurde sie nicht. Christoph murrte aufsässig, aber er arbeitete seine Strafe ab. Sie kontrollierte das Ergebnis und war zufrieden.

Später sollte sie herausfinden, dass er einen Klassenkameraden dafür bezahlt hatte, die meiste Arbeit für ihn zu verrichten, während sie Häuserbesichtigungen durchführte. Mit Geld, das er nach und nach aus ihrem Portemonnaie genommen hatte. Das traf sie hart, aber Pierre sagte sie nichts davon.

Doch irgendwie hatte er es selbst herausgefunden. Er hatte Christoph wutentbrannt angebrüllt, und zum ersten Mal hatte dieser zurückgebrüllt, und zwar genauso laut, und das war der Auftakt zu einem ohrenbetäubenden familiären Streitmarathon gewesen. Danach änderte sich das Verhältnis zwischen Vater und Sohn. Plötzlich verhielten sie sich wie Rivalen, und jeder verbale Austausch, auch wenn er noch so harmlos war, wurde zu einem Kampf.

Mit neunzehn Jahren machte Christoph sein Abitur an der Deutschen Schule in Kapstadt und lebte darauf wieder bei seinen Eltern. Er und Pierre sahen sich fast täglich, und Christoph entwickelte eine todsichere Methode, seinen Vater auf die Palme zu bringen. Erzählte Pierre, dass er einen Malachit-Nektarvogel – ein herrlich grün schillernd gefärbtes Männchen mit besonders langem Schwanz – im alten Natal-Mahagonibaum gesehen habe, konterte Christoph mit herausforderndem Grinsen, dass der Malachit-Nektarvogel in dieser Gegend überhaupt nicht vorkomme, was eindeutig nicht der Wahrheit entsprach. Und überhaupt brauche sein Vater wohl eine Brille für Alterssichtigkeit.

Es knallte regelmäßig, und Alice musste jedes Mal an wütende Bisonbullen denken, die mit Höchstgeschwindigkeit aufeinander zugaloppierten und ihre mächtigen knöchernen Stirnwülste mit erderschütterndem Dröhnen aufeinanderschlugen. Ihre Versuche, die beiden zu trennen, waren immer vergeblich. Über ihren Kopf hinweg tobte der Streit dann weiter, wobei sich Pierre immer mehr aufregte, während Christoph desto zufriedener wirkte, je wütender sein Vater wurde. Trafen sie ganz harmlos aufeinander, beim Frühstück etwa, schien die Luft zwischen ihnen elektrisch aufgeladen zu sein, und es bedurfte nur eines winzigen Funkens, um eine erneute Explosion auszulösen.

Der Vorfall mit der Schlange war der Anfang gewesen, und im Nachhinein kam es Alice vor, als hätte damals das solide Fundament ihres gemeinsamen Lebens einen irreparablen Riss bekommen, und die wulstige Oberarmnarbe ließ sie das nie vergessen.

Fünf Jahre nach dem Vorfall mit der Puffotter hatten sie einen Kredit auf ihr Haus aufgenommen und Land in La Lucia gekauft, einem Vorort, der im Süden an Umhlanga Rocks angrenzte, wo die Grundstücke oft noch in Hektar gemessen wurden, sich hochherrschaftlich anmutende Häuser hinter hohen Mauern versteckten und die Gärten von gepflegter Üppigkeit waren.

Sir Harry Oppenheimer, der Diamantenkönig, hatte einst den letzten noch unberührten Küstenurwald zwischen Durban und Umhlanga Rocks gekauft und als Wohngebiet entwickelt. Er war so weise gewesen zu verfügen, dass jeder, der hier bauen wollte, strikte Auflagen erfüllen musste. Es durften praktisch keine Bäume gefällt werden, und Affen hatten Wohnrecht. Selbst heute noch gab es dort zierliche Duiker-Antilopen, bunte Nektarvögel und räuberische Affenhorden. Und alles, was Rang und Namen in der Giftschlangenwelt hatte, bevölkerte das Unterholz. Alice fühlte sich dort ins wilde Afrika versetzt. Hier bauten sie sich ein Jahr später ihr Traumhaus mit Blick auf den tosenden Indischen Ozean. Mit jeder Faser ihres Herzens hing sie an diesem Haus. Sie war so glücklich wie seit Langem nicht mehr.

Bis zu dem Tag, an dem Christoph spurlos verschwand. Ohne Vorankündigung. Am Morgen war er noch da, frühstückte mit ihr, aber mittags, als sie zu dem ausgebauten Gartenhaus ging, das er mit seinen häufig wechselnden Freundinnen bewohnte, fand sie es leer vor. In den ersten Tagen machte sich Alice nicht allzu viele Sorgen. Vielleicht war er vorübergehend zu seiner Freundin gezogen oder besuchte einen Freund und hatte einfach keine Zeit, sich zu melden. Oder keine Lust, was wahrscheinlicher war.

»Frag seine aktuelle Freundin, diese Carol, die wird's wissen«, rief ihr Pierre aus dem Wagenfenster zu, bevor er ins »Pierre« fuhr.

Warum aber hatte Christoph dann nicht bei ihr angerufen, fragte sie sich. Zu ihr, seiner Mutter, war das Verhältnis einigermaßen normal. Die Antwort gab sie sich selbst umgehend. Er war zweiundzwanzig Jahre alt und ihnen deshalb keine Rechenschaft mehr schuldig. Die Zeit verging, und sie wurde schier verrückt vor Sorge. Vor allem quälte sie die Frage, was dahintersteckte. Warum er einfach weggegangen war. Keine Erklärung, und klang sie noch so einleuchtend, konnte sie beruhigen, keine reichte hinlänglich für einen derart radikalen Bruch mit ihnen, seinen Eltern.

Mitten in dieser schrecklichen Zeit der Unwissenheit stand eines Tages ein älteres Paar vor ihrer Tür und strahlte sie an. Der Mann war ziemlich groß, die Frau kleiner mit weichen Rundungen. Beide trugen Shorts und hatten tiefbraune, runzelige Lederhaut und erinnerten Alice an zwei gut gelaunte Löwen. Erst beim zweiten Blick fiel ihr eine vage Familienähnlichkeit bei dem Mann auf. Er ähnelte ihrem Onkel Curt, obwohl sein Umfang in etwa das Doppelte von dem betrug, was sie von seiner Figur in Erinnerung hatte. »Onkel Curt?«, sagte sie zögernd. »*Are you my Uncle Curt?*«, setzte sie sicherheitshalber auf englisch hinzu.

»Ja, sicher«, rief der Mann, der wie die Frau einen Rollkoffer hinter sich herzog. »Erkennst du mich denn nicht wieder? Und deine Tante Eva? Wir dachten, es wäre mal an der Zeit, dass wir dich besuchen. Schließlich bist du unsere Nichte.«

Alice überhörte den leichten Vorwurf in seinen Worten. »Doch ... doch ... Natürlich erkenne ich dich, klar. Guten Tag, ich freu mich sehr, dass ihr da seid. Kommt doch rein, bitte!« Ihr Blick fiel dabei auf den staubbedeckten, mit toten Insekten über-säten Jeep ihrer Verwandten. »Was wollt ihr trinken? Ihr seid doch sicher durstig.«

»Kaffee wäre schön und ein kleiner Happen zu essen. Wir kommen geradewegs von unserer Farm im Oranje-Freistaat.« Mit einem Taschentuch rieb Curt energisch über die Stirn und die spärlichen rötlichen Haare, die dunkel vor Schweiß waren. »Und wir würden uns auch gern etwas frisch machen. Wir können ja unserer Nichte nicht so verdreckt gegenübertreten.«

»Ja, gern«, sagte sie. »Dort ist das Gästebadezimmer. Ich bringe euch gleich Handtücher, dann könnt ihr in Ruhe duschen. Braucht ihr sonst noch etwas?«

»Danke, wir haben alles dabei«, sagte Curt und zeigte auf sei-nen Koffer.

Alice lief in die Küche, wo Ntombi gerade das Silber putzte. »Wir haben Gäste. Bitte deck den Tisch auf der Terrasse. Wir brauchen Kaffee für vier und Sandwiches für zwei. Ich werde den Apfelcrumble von gestern aufwärmen.« Sie nahm die Platte mit dem Kuchen aus dem Kühlschrank, schaltete den Herd ein und schob den Kuchen hinein. »Nimm ihn bitte heraus, wenn es klin-gelt, und schlag genug Sahne auf für die große Glasschale«, sagte sie und verließ die Küche, um sich um ihre Gäste zu kümmern.

Im Gang kamen ihr die beiden schon entgegen. Curt fuhr sich mit einem Kamm durchs nasse Haar und schob ihn anschließend in seinen Strumpf. Evas Gesicht war rosig geschrubbt, und sie hatte ein Handtuch um ihr graublondes Haar zu einem Turban gewickelt. Alice führte sie durch Eingangshalle und Wohnzim-mer auf die Terrasse.

»Schön, schön«, sagte Curt und ließ seinen Blick durch ihr geräumiges Haus, über den gepflegten Garten und weiter über den glitzernden Ozean schweifen. »Schön habt ihr's hier. Euch scheint's ja wirklich gut zu gehen.«

Alice musste an Christoph denken und wäre fast in Tränen ausgebrochen, ließ sich aber nichts anmerken. »Danke, ja, uns geht es sehr gut.« Sie lächelte ihn mühsam an und war dankbar, dass Pollux um die Ecke kam. Er presste sich dicht an sie und knurrte die Neuankömmlinge leise, aber bedrohlich an.

»Prachtvolles Tier«, bemerkte Curt abgelenkt. »Scheint ein guter Wachhund zu sein.«

In der Zwischenzeit hatte Ntombi aufgedeckt. Eva setzte sich und drehte ungeniert die Tasse vor ihr um. »Meißen … nobel, nobel«, bemerkte sie mit gespitztem Mund.

»Freut mich, dass dir das Geschirr gefällt«, konterte Alice. »Meine Eltern haben es uns zur Hochzeit geschenkt. Seid ihr auf der Durchreise?« Sie konnte den hoffnungsvollen Unterton in der Frage nicht völlig unterdrücken.

»Aber nicht doch«, rief Curt. »Wir sind hier, um dich zu besuchen. Familienzusammenhalt und so.« Er verzog das Gesicht zu einem breiten Grinsen. »Blut ist dicker als Wasser, was?«

»Aber natürlich«, erwiderte sie mit einem Lächeln. »Habt ihr denn schon ein Hotel?«

»Ach, weißt du …« Eva hob die Brauen. »Wir hatten eigentlich angenommen, die paar Tage bei dir unterzukommen.«

Alice schämte sich. Die Frage war ihr herausgerutscht, und sie war … Nun, sie war sehr deutsch gewesen. Die Südafrikaner waren durch die Bank unglaublich gastfreundlich, wie sie am eigenen Leib erfahren hatte, und schließlich hatte ihr Haus ein Gästezimmer mit eigenem Bad. Und sie hatte Hauspersonal. »Aber mit Vergnügen«, rief sie etwas zu laut und fing dabei den amüsierten Blick ihres Onkels auf. Sie erinnerte sich daran, dass Curt Claussen Doktor der Psychiatrie war und auch als Psychotherapeut praktiziert hatte, bis er nach Südafrika ausgewandert war und sich in einen Farmer verwandelt hatte. Sie würde das im Hinterkopf behalten.

Die Claussens blieben drei Tage. Am ersten Abend aßen sie bei Pierre im Restaurant, am zweiten schwelgten sie am Currybuffet in der Oyster Box, und den letzten verbrachten sie auf Wunsch von Eva wiederum bei Pierre.

»Was für ein hervorragender Koch«, schwärmte Eva. »Du kannst dich glücklich schätzen, Alice.«

Darüber hinaus hatten sie sich nicht viel zu erzählen. Curt fragte nach der »Familie zu Hause«, aber Alice konnte ihm nichts Besonderes berichten. »Ich telefoniere ab und zu mit meinen Eltern«, sagte sie. »Aber da reden wir eigentlich nur über persönliche Dinge.«

Sie begleitete sie zum Einkaufsbummel ins Gateway Shopping Centre, wo Eva sich mit Currygewürzen eindeckte und einen Streifzug durch die Modeläden machte, aber nichts fand.

Alice verdrückte sich ab und zu in eine Ecke, um ungesehen Kontakt zu Christophs Freunden aufzunehmen, aber sie musste verzweifelt feststellen, dass sie nicht einmal eine Handvoll von ihnen kannte. Sie konnte kaum erwarten, dass Onkel und Tante abreisten, damit sie endlich ungestört die Suche nach ihrem Sohn fortsetzen konnte.

Nachmittags tranken sie Kaffee und aßen Scones mit Sahne, entweder auf der Terrasse vom Oyster Box Hotel oder im Strandcafé La Spiaggia, das neben dem Turm der Lebensretter über den Strand von Umhlanga Rocks hinausragte, und beobachteten dabei vorbeiziehende Delfine und die Surfer, die mit ihnen in den Wellen spielten. Die Sonne brannte vom Himmel, und es wehte ein stürmischer Wind. Im Süden schob sich eine Wolkenbank aufs Meer, und am letzten Tag des Besuchs schüttete es wie aus Kübeln. Die Luft war so feucht, dass Curt sich lauthals wünschte, Kiemen zum Atmen zu besitzen. Es wurde nicht kühler. Zu ihrer insgeheimen Erleichterung wurden ihren Verwandten die extrem hohe Luftfeuchtigkeit und Hitze bald zu viel. Curt lief ständig der Schweiß übers hochrote Gesicht, und Evas breitkrempiger Sonnenhut flog im starken Wind andauernd fort.

»Im Freistaat herrscht trockene Hitze, die ist viel angenehmer«, stöhnte sie unmissverständlich.

Am Morgen des vierten Tages reisten die Claussens ab, und Alice versprach beim Abschied, sie auf ihrer Farm zu besuchen, sobald Pierre sich freinehmen könne.

»Wir überlegen übrigens, hier ein Geschäft für unsere Weine zu eröffnen«, verkündete Curt unvermittelt, als sie das Gepäck in den Jeep luden.

Alice sah ihren Onkel erstaunt an. »Würde sich das denn lohnen?«

Curt sah einem Ferrari hinterher, der im ersten Gang mit wummernden Motoren die Straße hinunterfuhr. »Ich denke schon. Hier gibt es ziemlich viele Leute mit ziemlich viel Geld.«

Kaum war Alice allein, nahm sie die Suche nach Christoph wieder auf. Nachdem sie jeden angerufen hatte, der ihres Wissens je Verbindung zu Christoph gehabt hatte, meldete sie ihn bei der Polizei als vermisst. Der müde wirkende Beamte reagierte kaum und antwortete ihr bloß, dass Christoph schließlich volljährig sei und wegfahren könne, wann immer er wolle. Und wohin er wolle.

»Hat er Drogen genommen?«, fragte er schließlich noch.

Die Vergangenheitsform der Frage traf sie tief im Innersten. Ihre Behauptung, dass ihr Sohn nie Drogen genommen habe, wischte der Beamte als hoffnungsvolles Denken ihrerseits vom Tisch.

»Ihm muss etwas zugestoßen sein«, beharrte sie. »Sonst hätte er sich gemeldet. Ich bin seine Mutter, ich weiß das.«

»Jaja«, sagte der Polizist. »Wir müssen abwarten.« Er legte ihre

Anzeige auf die anderen Vermisstenmeldungen. Sie schätzte die Höhe des Stapels auf zwanzig Zentimeter. »Gehen Sie nach Hause. Wir rufen Sie an, wenn wir etwas Konkretes haben.« Und damit nickte er dem Nächsten zu, der eine Anzeige erstatten wollte.

Der Anruf aus dem Polizeirevier kam nie. Auch Alice' persönliche Nachfrage brachte kein Ergebnis. Sie suchte einzelne Personen aus Christophs engerem Bekanntenkreis auf und fragte sie aus. Nur einer, ein wohlgenährter Zulu mit glänzend schokoladenbrauner Haut und schneeweißem Grinsen, schaute vielsagend zur Seite, als sie fragte, ob Christoph je Drogen genommen habe. Eine Antwort gab er jedoch nicht.

Der Verdacht, dass es so gewesen sein könnte, bohrte sich mit Widerhaken in ihre Seele. Alice googelte regelmäßig den Namen ihres Sohnes. Ohne Erfolg. Sie verteilte Handzettel in den übelsten Spelunken und klebte sein Bild an Laternenpfähle und Telefonmasten, was ihr eine Anzeige bei der Polizei wegen Sachbeschädigung öffentlichen Eigentums bescherte. Zwei ganze Tage brauchte sie, die Zettel und alle Rückstände von den Pfählen herunterzukratzen. Immer noch hatte sie kein Lebenszeichen von ihm, keine Erklärung zu seinem Verschwinden. Sie weinte viel und wurde buchstäblich krank. Dr. Allessandro schob ihr schließlich ein Rezept für ein Beruhigungsmittel über den Tisch.

»Tabletten bringen Christoph nicht wieder«, sagte Alice später zu Pierre und zerriss das Rezept.

Insgeheim machte sie Pierre für Christophs Untertauchen verantwortlich, aber sie schluckte den Vorwurf hinunter. Jahrelang. Doch lange Zeit später, auf einer Parisreise Anfang 2010, wo Pierre auf der Suche nach neuen kulinarischen Ideen fürs Restaurant war, brach während eines läppischen Streits über eine fehlende Parkquittung die alte Wunde wieder auf.

»Du hattest doch nie ein freundliches Wort für ihn übrig«, warf sie ihm an den Kopf. »Immer hast du dich mit ihm nur gestritten. Kein Wunder, dass er abgehauen ist.«

»Er hat es herausgefordert«, erwiderte Pierre harsch. »Er ist ein Mann von zweiundzwanzig Jahren, kein Kind mehr, wie du immer noch zu glauben scheinst.«

»Fünfundzwanzig«, flüsterte Alice. »Zweiundzwanzig war er, als er ... vor drei Jahren verschwunden ist. Herrgott, ich vermisse ihn so sehr ...«

»Ich auch, ich auch«, murmelte er und streichelte ihr beruhigend übers Haar. »Es tut mir so leid.«

Alice sah die nackte Verzweiflung in seinen Augen. »Ich hab das nicht so gemeint«, stammelte sie. »Ich hab sicher auch viele Fehler gemacht ... Natürlich hast nicht du allein Schuld ...«

»Doch«, unterbrach er sie. »Doch, das hab ich. Wenn ich ihm zugehört hätte, als er davon geredet hat, was er sich vom Leben erträumt, anstatt immer nur zu versuchen, ihn nach meinen Vorstellungen zurechtzubiegen, wäre er vielleicht noch hier.« Er zog sie fest an sich. »Ich hatte nie Zeit für ihn«, sagte er sehr leise. »Immer gab es so viel zu tun, alles war immer viel dringender ...«

Aneinandergeklammert weinten sie gemeinsam um ihren verlorenen Sohn. Im Laufe der Zeit versiegten ihre Tränen, aber es gab keinen Tag, an dem sie nicht an ihr einziges Kind dachte. Die Wunde vernarbte nie, und es gab nichts, was sie vor dem Schmerz schützte.

Und nie konnte Alice an diesen Tag denken, ohne sich an den darauffolgenden zu erinnern. Den Tag vor ihrer Abreise aus Paris. Der Anruf von ihrem Vater kam kurz vor zehn Uhr abends. Er teilte ihr mit, dass ihre Mutter während eines Spaziergangs von einem Motorradfahrer umgefahren worden sei. »Sie ist noch an der Unfallstelle gestorben«, flüsterte er mit fadendünner Stimme.

Sie flogen mit der nächsten Maschine nach Hamburg und fuhren weiter nach Lübeck, um ihrem Vater bei der Vorbereitung der Beerdigung beizustehen. Aber Ferdinand Lauritzen wehrte jede Hilfe ab. Auf seinen Wunsch hin buchten sie sich in einem Hotel ein, obwohl ihr Elternhaus vier Schlafzimmer hatte.

»Ich muss jetzt allein sein«, erklärte er und schloss die Tür hinter sich.

Alice fügte sich und verbarg, wie sehr sie sich von dieser Zurückweisung getroffen fühlte. »Ich verstehe ihn nicht«, sagte sie zu Pierre. »Ehrlich gesagt, weiß ich auch nichts von ihm. Für mich ist er noch immer der Vater meiner Kindheit, aber wer er wirklich ist, davon habe ich keine Ahnung.«

Auf der Beerdigung brach ihr Vater – ihr steifer, unbeugsamer Vater – weinend über dem Grab seiner Frau zusammen und ließ es zu, dass seine Tochter ihn stützte, was sie fast noch mehr erschütterte als der Tod ihrer Mutter. Ferdinand Lauritzen, der sonst so kerzengerade dastand, als hätte er einen Stock verschluckt, krümmte sich in den folgenden Tagen zusehends über seine Körpermitte nach unten. Sie nahm das mit steigender Sorge wahr.

»Ich muss bei ihm bleiben«, sagte sie zu Pierre, nachdem sie ihn nach der Beerdigung nach Hause gebracht hatten. »Er isst und trinkt viel zu wenig, und manchmal erschreckt er mich, weil er so redet, als würde Mama noch leben. Ich habe Angst um ihn. Und fällt dir nicht auch auf, dass das Haus ziemlich vernachlässigt wirkt? Das sieht meinem Vater gar nicht ähnlich.«

Alice drehte sich in der elterlichen Diele um sich selbst. »Sieh doch ...« Sie ging zur Wand und strich darüber. »Die Farbe blättert ab, außerdem zieht es durch die Fenster, und die Spüle in der Küche hat einen Riss, und obendrein tropft der Wasserhahn. Das ist ein altes Haus, und Wasser sucht sich seinen Weg, vermutlich in die Wand.« Besorgt zog sie ihn hinaus in den Garten. »In diesem Zustand habe ich unseren Garten noch nie gesehen. Der

Gärtner muss gekündigt haben. Sieh dir bloß Mamas Rosenbeete an! Da sprießt mehr Unkraut, als dass Rosen wachsen.«

»Ach, das passiert doch schnell. Zwei Wochen ohne Pflege, und schon entsteht eine Wildnis.« Pierre lächelte sie aufmunternd an. »Lade doch Ferdinand für ein paar Monate zu uns ein, da wird es ihm bald besser gehen. Wir fahren mit ihm nach Hluhluwe, das wird ihn ablenken.«

Aber ihr Vater lehnte ab.

»Ich kann Mama nicht allein lassen«, flüsterte er und sah dabei so unsäglich traurig aus, dass Alice die Tränen hinunterliefen. Dann nahm er eine Schatulle aus seinem Schreibtisch und überreichte sie ihr. »Der Schmuck deiner Mutter und ihr Wappenring. Sie wollte, dass du ihn trägst, damit du dich immer an deine Herkunft erinnerst.«

Der Familienring der Lauritzens. Alice zögerte, ihn sich überzustreifen, aber ihr Vater nahm ihn ihr ab, hob ihre linke Hand und schob ihn über den Ringfinger.

»Passt«, sagte er leise. »Du hast elegante Hände, wie deine Mutter sie hatte.«

Pierre flog kurz nach der Beerdigung allein nach Südafrika zurück. »Ich kann das Restaurant nicht so lange unserem Manager allein überlassen. Das verstehst du doch, oder?«

Alice nickte. Natürlich verstand sie das. Trotzdem hätte sie ihn gern an ihrer Seite gehabt. Das Zusammenleben mit ihrem Vater gestaltete sich schwieriger, als sie sich vorgestellt hatte. Ihren vorsichtigen Fragen über den desolaten Zustand von Haus und Garten wich er geschmeidig aus. Den Vorschlag, eine Putzfrau und einen Gärtner einzustellen, konterte er mit der Bemerkung, dass er jetzt keinen fremden Menschen in seiner Nähe ertragen könne. Gleichgültig was sie fragte, er blockte ab.

Da sie nach dem Kochen mit der Hand abwaschen musste, weil die Spülmaschine nicht funktionierte, rief sie einen Klempner, um Spüle und Wasserhahn reparieren und gleichzeitig prüfen zu lassen, ob die Nässe bereits das Gemäuer durchfeuchtete. Ein Techniker brachte den Geschirrspüler wieder in Gang. Ihr Vater reagierte mit einem zornigen Ausbruch, und sie stritten sich heftig.

Zwei Wochen später schien sich ihr Vater gefangen zu haben. Er war umgänglicher, aß wieder besser und zeigte sogar Interesse, als sie ihm beibrachte, über Skype zu telefonieren.

»Wir könnten uns jeden Tag sehen und miteinander reden«, sagte sie und bemerkte erleichtert, dass er bei der Vorstellung leicht lächelte.

Bald war sie überzeugt, dass sie ihn ohne schlechtes Gewissen allein lassen konnte. Sie überwand sich und bat ihren Cousin Thomas, den Sohn von Curt und Eva, sich ein bisschen um seinen Onkel Ferdinand zu kümmern.

»Ihr habt euch doch immer gut verstanden, nicht wahr?«, sagte sie zu ihm. »Ich erinnere mich daran, dass er dich oft auf seinem Segelboot mitgenommen hat. Dich, Claus und Sven.«

»Wie du weißt, lebt Sven in Durban«, sagte Thomas und strich sein gewelltes, rotblondes Haar zurück. »Und ich hab im Augenblick zu viel um die Ohren. Claus ebenfalls. Wir stellen unseren Weinhandel gerade auf Online-Shopping um, und was das alles heißt, kannst du dir nicht vorstellen.« Er stöhnte. »Probierpakete zusammenstellen, blöde Kommentare im Internet aushalten, Rücksendungen auspacken, die oft auch noch unvollständig sind – der ganze Scheiß, einmal rauf und runter! Aber es hilft nichts, wir müssen mit den Wölfen heulen. Außerdem gibt's bei Sven, der den Laden in Durban macht, Ärger, und ich muss kurzfristig runterfliegen, um nach dem Rechten zu sehen. Aber Gesine hat Zeit, die kann das machen.«

Alice nickte verständnisvoll. Sie kaufte ein teures Parfum für die Frau von Thomas, eine dralle Blondine mit lautem Lachen und mehreren Ringen an den Fingern, und bedankte sich im Voraus für ihre Fürsorge. »Ruf mich bitte sofort an, wenn es ihm nicht gut gehen sollte. Mir gegenüber gibt er das nicht zu.«

»Mach ich«, sagte Gesine und schnupperte anerkennend am Parfum. »Kein Problem. Soll ich ihn mal zum Essen einladen?«

Erstaunt sah Alice sie an. So viel Engagement hatte sie gar nicht erwartet. »Prima Idee. Schick mir dann die Rechnung. Aber sag das bloß nicht meinem Vater.«

»Wo denkst du hin!«, rief Gesine. »Ich werde dir doch keine Rechnung schicken. Eine kleine pauschale Aufwandsentschädigung wäre doch praktischer, meinst du nicht? Spart dir auch die Überweisung.« Sie drehte an ihren Ringen.

Alice warf ihr einen kurzen Seitenblick zu. Gesine schien ihren Vorteil immer fest im Blick zu haben. »Ja, das können wir so machen«, lenkte sie ein. Sie hatte keine andere Wahl.

»An wie viel hast du da gedacht?« Gesine drehte weiter an ihren Ringen.

Alice überlegte. Gesine wohnte zehn Autominuten von ihrem Elternhaus entfernt. Benzinkosten würden kaum anfallen, außerdem würde Thomas die übers Geschäftskonto laufen lassen, wie sie ihn einschätzte. »Hundertfünfzig im Monat.«

Ihrem Gesichtsausdruck nach zu schließen, war Gesine von der Summe nicht beeindruckt. »Na ja … okay. Ich seh mal, wie es läuft …«

»Wunderbar«, rief Alice, um kein Gegenargument aufkommen zu lassen. »Gib mir gleich deine Kontonummer.«

Das tat Gesine prompt, und Alice verabschiedete sich schnell. Ihre angeheiratete Cousine war ihr nicht sehr sympathisch.

Am letzten Tag vor ihrem Abflug besuchte sie mit ihrem Vater das Grab ihrer Mutter, und das letzte Bild, das sie von ihm mitnahm, war seine gebeugte Gestalt, das vor Kummer zerfurchte graue Gesicht und der Strauß zerdrückter Anemonen, den er aufs Grab legte. Es war April, und er hatte sie im Wald für seine Frau gepflückt.

Die Erinnerung trieb Alice auch jetzt noch die Tränen in die Augen. Verstohlen wischte sie sie weg.

Eine warme Hand berührte die ihre. »Was ist, Alice? Du bist blass geworden. Ist etwas nicht in Ordnung?« Die Stimme von Tita drang in ihr Bewusstsein.

Wie aus einem tiefen, dunklen See tauchte sie aus der Vergangenheit auf und schaute ihre Freundinnen verwirrt an. »Ach, ich musste nur an Christoph denken«, sagte sie leise. »Und an meine Eltern.«

Tita streichelte ihr schweigend die Wange. Jill bot an, ihr noch ein Schokoladeneis mit viel Sahne zu bestellen, und Angelica zitierte leise eine Zeile aus einem Song, dem Lee Marvin seinerzeit seine Sandpapierstimme geliehen hatte.

»Only people make you cry …«

Alice schluckte und riss sich zusammen. »Entschuldigt, manchmal genügt eine Kleinigkeit, mich wieder runterzuziehen«, sagte sie und stand auf. »Aber heute wollen wir feiern.« Sie lächelte. »Ich muss jetzt schleunigst nach Hause. Wir sehen uns heute Abend.«

»Bis an die Zähne aufgebrezelt«, grinste Jill.

»Ruf um Hilfe, wenn du allein nicht weiterkommst«, rief ihr Angelica nach.

Kaum zehn Minuten später bog sie in La Lucia in ihre Einfahrt ein. Schon am Tor empfing sie aufgeregtes Kreischen, das sich mit Ntombis schrillen Schreien und Shongololos gutturaler Stimme mischte.

»Suka!«, hörte sie ihn brüllen. »Haut ab, ihr Höllenbrut!«

Beunruhigt hob Alice ihre Einkaufstüten aus dem Kofferraum und setzte sie kurz ab, um den Wagen abzuschließen. Wie aus dem Nichts sprang ihr etwas großes Graues vor die Füße, stieß die Tüten um, klaute blitzschnell eine Mango und sprang, vor Vergnügen laut keckernd, ins dicht belaubte Geäst des Indischen Nussbaums. Sie sah hoch in das grinsende schwarze Gesicht einer Meerkatze und zog eine Grimasse. Also war der Rest der hier lebenden Affengang wohl auch im Anmarsch. Allein die Vorstellung, welches Chaos die Truppe im Partyzelt anrichten könnte, ließ ihr die Haare zu Berge stehen. Frustriert schleuderte Alice eine apfelsinengroße Nuss nach dem Tier, allerdings vergebens. Der Affe hüpfte mühelos aufs Dach und bewarf sie mit den klebrigen Überresten der Mango. Zwei weitere Meerkatzen fegten durchs Blattgewirr, und dann noch eine und noch eine. Der Patriarch, ein grimmig dreinblickendes altes Männchen, Mütter mit Babys im Arm, flegelhafte Halbwüchsige und mindestens drei erwachsene Männchen. Während sie sich bemühte, alle Tiere im Auge zu behalten, schlichen sich zwei unbemerkt von hinten an, griffen zu und flitzten dann mit triumphierendem Keckern und den restlichen Mangos auf den Nussbaum, verfolgt von Shongololo mit dem voll aufgedrehten Gartenschlauch. Die Affen reagierten mit wütendem Gekreisch, sprangen aufgeregt hin und her, rüttelten an den Ästen, rissen Nüsse und Blätterbüschel ab und schleuderten sie herab. Shongololo stellte den Wasserstrahl schärfer ein und spülte ein Weibchen mit einem Neugeborenen im Arm fast vom Dach.

»Madam, die sind viel zu frech, ich glaube, ich hole lieber die Pistole«, schlug er mit hoffnungsvollem Glitzern in den Augen vor.

»Vergiss es«, sagte Alice lachend. »Mach die Abfalltonne in Zukunft ordentlich zu, vielleicht besuchen sie dann die Nachbarn. Und sorge dafür, dass das Zelt wirklich fest verschlossen ist. Wenn die Affen da reingelangen, bekommst du Ärger mit mir!« Hinter ihr ertönte ein Motorengeräusch. Sie drehte sich um. »Mr. Pillay ist da, sag bitte Ntombi Bescheid und hilf ihr beim Ausladen.«

Ntombi erschien mit ihren resoluten Cousinen, und gemeinsam hoben sie den farbenprächtigen Blumenschmuck aus dem Lieferwagen. Alice prüfte die Gestecke kurz. »Gut, ab ins Zelt damit«, befahl sie. »Zwei der Gestecke bleiben im Haus.«

Anschließend warf sie einen Blick ins Partyzelt, das seitlich am Haus aufgebaut war. Die Tische waren weiß eingedeckt, und über die Stühle waren weiße Hussen gestülpt. Techniker zogen gerade Kabel für die Musikanlage. Im Wohnzimmer hatte ihr Architekt auf einem großen Tisch ein aufwendiges Modell der Ferienanlage aufgebaut, komplett mit Miniaturbäumen und Wasserläufen. Alles war in Ordnung. Zufrieden ging Alice in die Küche.

Dankbar stellte sie fest, dass Ntombi Kaffee aufgebrüht und einen Tisch auf der Küchenterrasse für einen Imbiss für sie gedeckt hatte. Während sie aß, nahm Ntombi die Speisen in Empfang, die der Caterer gerade anlieferte, und verstaute sie in den zwei mobilen Kühlschränken, die für diesen Abend mitgeliefert worden waren.

»Alles da«, rief die Zulu strahlend. »Sieht sehr gut aus.«

»Ich bin gleich fertig, dann helfe ich dir. Das Servierpersonal muss gleich kommen, dann können wir sie einweisen.« Sie wedelte eine Fliege weg, die sich auf ihrem Salat niedergelassen hatte.

»Sind die besser als die anderen, die zur letzten Party hier waren?«, wollte Ntombi wissen.

»Hoffentlich.«

»Ich werde auf sie aufpassen«, sagte Ntombi mit grimmigem Gesicht.

Alice lächelte in sich hinein. Ntombi pflegte Servicepersonal und sonstige Hilfskräfte von außerhalb barsch wie ein Feldherr herumzukommandieren, was ihr großen Spaß zu bereiten schien. Shongololo half inzwischen, die Serviertische heranzuschleppen, wobei er mit tiefer Samtstimme in sich hineinsang. Sein verzückter Gesichtsausdruck sagte ihr, dass er an seine neue Frau dachte. Seine zweite. Da er schon Probleme hatte, die Ansprüche seiner ersten Frau zu erfüllen, war es ihr unverständlich, warum er die neue geheiratet hatte.

»Damit ich im Alter genug Kinder habe, die für mich sorgen«, hatte der Zulu ihr mit seligem Lächeln erklärt. »Ich werde fleißig sein.«

Seine neue Frau war bereits schwanger, also erfüllte sich sein Wunsch offenbar. Alice gab ihm ein paar weitere Anweisungen und ging dann ins Haus, um Ntombi unter die Arme zu greifen. Alles lief seinen geordneten Gang, bis Ntombi eine Schüssel, die mit dem köstlichsten Passionsfruchtflammeri gefüllt war, ziemlich schwungvoll hochhob. Leider hatte sie vergessen, ihre vom Abwaschen noch seifigen Hände vorher abzuspülen. Die Glasschüssel entglitt ihr, rutschte auf den Küchentisch und zertrümmerte eine Terrine mit geeister Tomatensuppe. Eine Zehntelsekunde später zerschellte sie auf dem Fliesenboden. Der gelbe Flammeri, vermischt mit der leuchtend roten Tomatensuppe und den glitzernden Glassplittern, war meterweit über den Boden bis auf einen Stapel weißer Tischdecken gespritzt, die für die Buffettische gedacht waren. Auch die Schrankfronten hatten eine Ladung abbekommen.

Stumm starrte Alice auf die Bescherung. Um halb sieben wurden fast neunzig Gäste für die Investorenfeier erwartet. Jetzt war es halb zwei. Die meisten Frauen hätte das in kopflose Hektik versetzt, Alice jedoch reagierte beherrscht. Sie holte tief Luft, beruhigte die zitternde Ntombi und wies Shongololo an, die Bescherung aufzuwischen. Die Leiterin des Servicepersonals organisierte sofort neue Tischdecken, bedauerte aber nach Rückfrage bei ihrem Chef, dass Tomatensuppe und Passionsfruchtflammeri nicht mehr vorrätig seien und auch kein annähernd gleichwertiger Ersatz.

Alice schluckte kurz und rief sofort Angelica an, die seit Anfang der Neunzigerjahre ein Restaurant besaß. Ihr Koch Jean Rütli hatte sich längst einen Stern erkocht, ohne Frage würde er Suppe und Dessert rechtzeitig fertig bekommen. Aber weder Angelica noch ihr Mann waren zu erreichen, und über deren Kopf hinweg wollte sie Rütli nur im äußersten Notfall ansprechen. Der allerdings sicher einspringen würde, wenn sie sonst nirgendwo Erfolg haben sollte.

Blieb nur noch Pierre, der in den nächsten Minuten von Kapstadt abfliegen würde. Schnell drückte sie seine Kurzwahltaste. Als sich herausstellte, dass er noch am Check-in wartete, atmete sie auf und erklärte ihm, worum es gehe.

»Tomatensuppe und Passionsfruchtflammeri?«, rief er. »Wo soll ich die denn jetzt herzaubern? Vergiss nicht, wir haben kein Restaurant mehr.«

»Ich werde Mike um Hilfe bitten. Seine Leute sind die Einzigen, die so schnell liefern können. Ob Passionsfruchtflammeri und Tomatensuppe ist mir egal, solange wir Suppe vorab und Nachtisch hinterher haben. Nur müsstest du das Zeug dann bitte auf der Rückfahrt vom Flughafen abholen, ich kann hier nicht weg. Ich ruf gleich zurück.« Sie beendete das Gespräch und wählte die Durchwahl von Mike, dem Manager des Hotels Oyster Box, mit dem sie seit Jahren befreundet war. Als er sich meldete, berichtete sie ihm von dem Malheur. »Alarmstufe Rot, Mike.«

»Suppe und Nachtisch für sechsundachtzig Gäste«, tönte Mikes tiefe Stimme aus dem Hörer. »Okay, ich werde sehen, was ich tun kann. Sag Pierre, er soll mich anrufen, wenn er gelandet ist.«

»Du bist ein Schatz«, rief sie, legte auf und wählte Pierre an. Sie erwischte ihn kurz vor Abflug und berichtete, was sie mit Mike besprochen hatte. »Wo finde ich den Text für deine Ansprache? Ich werde das übernehmen, wenn du nicht rechtzeitig hier bist. Wenn auch mit Herzklopfen.«

»Brauchst du nicht, ich werde da sein. Sonst lass ein paar Flaschen Champagner extra aufmachen, dann merkt kein Mensch die Verzögerung.«

Alice lachte. Er hatte recht. Keiner würde etwas merken, im Gegenteil, mit dem Alkoholpegel würde die Stimmung steigen. Vielleicht sogar der Verkauf der Bungalows. »Sag bitte Bescheid, wenn du gelandet bist«, bat sie ihn und legte auf.

Sie brauchte ein paar Minuten, um sich zu sammeln, und stellte sich in die geöffnete Terrassentür. In der Ferne, über blühenden

Baumkronen, glitzerte das Meer. Der Horizont verlor sich im schimmernden Dunst. Eine tiefe Ruhe senkte sich auf ihre Seele. Es war ein herrlicher Tag, einer, an dem man den Schwalben am Himmel nachschaute und sich in seinen Träumen verlor. Einer, an dem diese Träume Wirklichkeit wurden.

9

Pierre rief eine gute Stunde später an, um ihr mitzuteilen, dass er anstatt um drei Uhr frühestens um sechs landen würde, möglicherweise sogar später. »Ihr werdet wohl ohne mich anfangen müssen«, sagte er.

»Was?«, schrie Alice entsetzt. »Warum?«

»In der Bordtoilette im vorderen Teil ist irgendetwas blockiert. Ins Cockpit ist Wasser gelaufen und danach unter den Kabinenboden, wo es die Elektronik oder Mechanik oder was immer der Notausgänge lahmgelegt hat. Und es stinkt. Niemand kann eine verbindliche Auskunft geben, wann wir hier wegkommen, und aussteigen dürfen wir auch nicht. Wie üblich. Sorry, Darling.«

Sie unterdrückte ein saftiges Schimpfwort. »Okay, ich stelle schon mal ein Dutzend Champagnerflaschen kalt, um die Meute im Zaum zu halten. Wie ist es mit dem angeblich so exklusiven Interessenten gelaufen?«

»Prima. Hundert Prozent! Er wird unser Hauptinvestor werden. Sagt auf jeden Fall der Anwalt. Den Mann selber habe ich gar nicht zu Gesicht bekommen. Aber unsere Sorgen sind praktisch vorüber!«

Alice konnte hören, dass er lächelte. »Gratuliere, Liebling! Wenigstens das. Melde dich auf der Stelle, wenn du da bist, damit sich meine Nerven beruhigen. Die Vorstellung, deine Ansprache halten zu müssen, schüchtert mich etwas ein.«

»Der Text liegt in der rechten Schublade vom Schreibtisch. Aber mach dir keine Sorgen, ich bin rechtzeitig da, und wenn ich ein Flugzeug chartern muss.« Pierre legte auf.

Kurz darauf rief Mike vom Oyster Box Hotel an. »Vichyssoise kann ich dir anbieten und Beeren-Passionsfrucht-Pavlova auf Baisernestern. Wär das was?«

»Oh, lecker«, stöhnte sie erleichtert. »Ich werde aus allen Klamotten platzen, aber das wird's wert sein. Bitte schick die Sachen mit dem Taxi, Pierres Flieger hat Wasserschaden oder so etwas. Er landet frühestens um sechs, vermutlich aber später.«

In der wohligen Gewissheit, dass wenigstens das Menü gerettet war, ging sie in ihr Schlafzimmer, um sich für die Party zurechtzumachen und das neue Kleid herauszuhängen. Es war leuchtend grün, schulterfrei und sündhaft teuer gewesen. Sie hatte keine Zeit gefunden, selbst eines zu nähen. Die Ansprache würde sie erst kurz vor Eintreffen der Gäste durchsehen in der Hoffnung, dass Pierre bis dahin schon zu Hause war.

Gegen fünf zog sie ihr Kleid an, ordnete ihr Haar und legte die Goldkette mit dem Diamantsolitär an, die ihr Pierre zu ihrem fünfzigsten Geburtstag geschenkt hatte. Um Viertel vor sechs Uhr hatte sie noch nichts von ihm gehört. Sie durchsuchte seinen Schreibtisch, kramte den Text der Ansprache hervor und las ihn mehrmals durch, bis sie sich sicher war, ihn einigermaßen flüssig vortragen zu können. Zum wiederholten Male schaute sie auf die Uhr. Fünf vor sechs war es inzwischen, und noch immer schwieg das Telefon. Auch auf ihr Handy hatte Pierre keine Nachricht geschickt. Vermutlich befand er sich gerade in der Luft, vielleicht sogar schon im Landeanflug auf den King-Shaka-Airport, beruhigte sie sich.

Mit einem letzten prüfenden Blick in den Spiegel ging sie hinunter. In der Einfahrt stand bereits das Taxi, das Mike geschickt hatte, und eine vor Erleichterung strahlende Ntombi lud mit ihren Cousinen die Behälter mit Suppe und Dessert aus.

»Vorsichtig«, befahl Alice nervös. »Wehe, ihr lasst die Schüsseln fallen.«

Doch alles lief glatt. Die Vichyssoise aus Kartoffeln und Porree wurde kalt gegessen, und für das Dessert war genügend Platz in den Kühlschränken frei.

Geschafft. Mit einer fahrigen Geste strich sie sich das Haar aus dem Gesicht. Jetzt fehlte nur noch Pierre. Obwohl sie sich selbst alle möglichen Erklärungen für den ausbleibenden Anruf gab, sorgte eine nervöse Unruhe in ihr für ein drohendes Hintergrundrauschen in den Ohren, das nicht verschwinden wollte, sondern sich im Gegenteil ständig verstärkte und ihren Blutdruck in die Höhe trieb.

»Sie müssen South African Airways anrufen«, sagte Ntombi jetzt neben ihr.

Alice, die gerade eben die Nummer der Fluggesellschaft aufgerufen hatte, war sich sicher, dass die Zulu ihre Gedanken lesen konnte. Sie ließ es klingeln, bis das System sie rauswarf, versuchte es noch einmal, kam wieder nicht durch und legte auf, weil bereits die ersten Gäste vor dem Haus parkten. Mit zehn Fingern fuhr sie sich durchs Haar, setzte ein strahlendes Gastgeberinnenlächeln auf und eilte hinaus.

Sie schüttelte Hände, verteilte Komplimente und Luftküsschen, ließ den Champagner servieren, und bald summte das Zelt wie ein Bienenstock. Die Robertsons, die Farringtons und Jill und Nils waren unter den ersten Gästen gewesen. Sie sah hinüber zu Nils und musste lächeln. Zur Feier des Tages hatte er seine geliebten knallbunten Hawaiihemden gegen ein naturfarbenes Leinenhemd und Chinos getauscht. Mit einem Glas Champagner in der Hand stand er mit Alastair plaudernd am Pool. Er überragte die übrigen Gäste um Kopfeslänge und ließ seine Augen mit täuschend abwesendem Ausdruck prüfend über die Anwesenden gleiten. Ihm würde nichts entgehen, das wusste Alice. Sie nahm sich vor, ihn nach seiner Einschätzung der Investoren zu fragen.

Tita schlängelte sich durch die Menge zu ihr. »Mick und Lisa lassen sich entschuldigen, weil der kleine Wonneproppen Durchfall hat«, sagte sie. »Er ist schon so groß …« Mit offensichtlichem Stolz hielt sie die Hände ungefähr achtzig Zentimeter auseinander. »Natürlich ist er das schönste Enkelkind, das es gibt, und schon jetzt unglaublich clever!«

»Natürlich, mit Abstand«, sagte Alice lächelnd.

»Wo ist Pierre?«, raunte ihr Neil zu.

Leise erklärte sie es ihm. »Ich habe versucht, bei der Airline anzurufen, bin aber nicht durchgekommen.«

»Wassereinbruch im Cockpit, davon habe ich auch noch nicht gehört.« Neil zog sein Mobiltelefon aus der Hosentasche. »Kümmere du dich um deine Gäste, ich werde ihn schon auftreiben.«

Um Viertel nach sieben entschloss sich Alice mit leichtem Herzklopfen, die Ansprache zu halten. Sie hoffte nur, dass sie etwaige Fragen genauso kompetent wie Pierre beantworten konnte. Die Einrichtung des Musterbungalows und die Gartenanlage waren ihre Aufgabe gewesen, während Pierre sich um alle finanziellen und technischen Einzelheiten gekümmert hatte. Alice nahm ein Champagnerglas und schlug mit einem Löffel dagegen, bis ihr die Aufmerksamkeit ihrer Gäste gewiss war. Sie erklärte ihnen, warum Pierre noch nicht anwesend sei. »Irgendein Maschinenschaden am Flieger. Es ist Murphys vertracktes Gesetz, das, wie Sie sicher wissen, lautet: Was schiefgehen kann, geht schief. Todsicher.« Sie lächelte in die Runde und erntete verständnisvolles Nicken. »Aber ich erwarte ihn jede Minute, und bis dahin bitte ich Sie, mit mir vorliebzunehmen.« Schon in ihrer Anfangszeit in Südafrika hatte Alice ihr Talent entdeckt, die unterschiedlichsten Leute aus dem Stegreif überzeugen zu können, und darauf verließ sie sich auch heute.

Sie bat ihre Gäste ins Haus und erklärte ihnen den genauen Aufbau der Ferienanlage. Mit Genugtuung stellte sie fest, dass großes Interesse bestand. Nach einer Stunde verbuchte sie bereits acht Zusagen, und das war mehr als gut. Ihre Stimmung hob sich. Ungeduldig sah sie auf die Uhr. Sie brannte darauf, Pierre von ihrem Erfolg zu berichten. Über die Köpfe der Menge hinweg fing sie Neil Robertsons Blick auf, der ihr mit einer kurzen Kinnbewegung bedeutete, in die Küche zu kommen.

»Was ist?«, flüsterte Alice. »Wo steckt er? Ist der Flieger immer noch nicht gelandet?«

»Doch, das ist er«, erwiderte er. »Und zwar schon um fünf Uhr. Pierre war an Bord und ist gesund und munter ausgestiegen, wie man mir versichert hat ...«

Alice starrte ihn wie vor den Kopf geschlagen an. »Ja ... aber ... wo ist er dann?« Eine eiskalte Angstwelle spülte über sie hinweg. Als ein älteres Ehepaar, das gerade für einen der schönsten Bungalows unterzeichnet hatte, eine Frage an sie richtete, ließ sie sich jedoch nichts anmerken. Lächelnd und lebhaft mit den Händen gestikulierend, antwortete sie und lud sie ein, am nächsten Tag zur Ferienanlage hinauszufahren. »Der Musterbungalow ist fertig, für die erste Phase sind die Grundsteine schon gelegt, und die Arbeit geht zügig voran.« Das stimmte zwar nicht ganz, wie sie genau wusste, denn Pierre hatte die Arbeiten fürs Erste einstellen lassen, bis eine gewisse Anzahl an Häusern verkauft war. Alice lächelte das Ehepaar gewinnend an. »Je früher Sie da sind, desto mehr haben Sie Einfluss auf die Gestaltung.«

Das Ehepaar war begeistert und machte gleich für den nächsten Morgen einen Besichtigungstermin fest.

Neil, der aufmerksam zugehört hatte, blickte sie mitfühlend, aber auch mit Hochachtung an. »Der Abend ist sehr wichtig für euch. Mach hier weiter, und überlass Pierre mir und Nils. Wir werden ihn schon finden. Vielleicht sitzt er ja ganz banal mit einem Platten fest ...«

»Und warum geht er dann nicht an sein Handy?«, flüsterte Alice.

Auch zwei Stunden später war weder Neil noch Nils weitergekommen. »Es ist, als hätte ihn der Erdboden verschluckt«, sagte Neil mit einer Geste, die ihr Angst einjagte, so hilflos wirkte sie. Wenn Neil nicht weiterwusste, war die Lage mehr als ernst.

»Ich setz mich jetzt ins Auto und werde ihn suchen«, sagte Alice. »Ich halt es nicht mehr aus. Tita, könnt ihr noch so lange hierbleiben, bis alle Gäste gegangen sind? Wir fahren morgen hinaus zur Anlage, und je mehr Interessenten mitkommen wollen, umso besser.« Wenn Pierre bis dahin aufgetaucht ist, setzte sie für sich hinzu.

Die drei Freundinnen versicherten ihr, dass sie das locker schaffen würden.

»Mach dir keine Sorgen, wir werden Süßholz raspeln und alle um den Finger wickeln«, sagte Tita und drückte sie kurz an sich. »Uns kann keiner widerstehen.«

»Ich fahr dich«, sagte Neil und zog seinen Autoschlüssel heraus. »Und ich dulde keinen Widerspruch. Was willst du den Leuten sagen?«

»Die halbe Wahrheit«, sagte Alice leise und bat dann laut um die Aufmerksamkeit aller. »Ich habe gerade die Nachricht bekommen, dass mein Mann die Gangway hinuntergefallen ist ...« Sie lachte, obwohl ihr fast das Herz brach. »Und nein, er hat die Feier nicht schon vorweggenommen, er war stocknüchtern.« Wieder zwang sie sich zu einem Lachen. »Aber er ist mit einem Beinbruch im Krankenhaus gelandet, und ich würde jetzt gern zu ihm fahren, um zu sehen, wie es ihm geht.«

Verständnisvolles Gemurmel lief durch den Raum. Die zahlreichen Genesungswünsche für Pierre quittierte sie mit einem Lächeln, das sie all ihre Kraft kostete. »Bitte bleiben Sie, so lange Sie möchten«, sagte sie. »Champagner ist noch genug da. Meine Freundinnen hier wissen über alles Bescheid und werden Ihnen Rede und Antwort stehen. Danke.«

Applaus brandete hoch, und auf einen kurzen Wink von ihr

hin schwärmten die Serviererinnen mit ihren Getränketabletts aus. Mit einem letzten Blick auf die sich lebhaft unterhaltenden Gäste wandte sich Alice zum Gehen.

»Chapeau«, flüsterte ihr Neil zu. »Das hast du gut gemacht.«

»Wir treffen uns gleich beim Auto«, sagte Alice leise und floh hinauf ins Schlafzimmer. Sie warf die Tür hinter sich zu, lehnte sich für einen Moment mit geschlossenen Augen dagegen und bemühte sich, die furchtbare Angst niederzukämpfen.

Als sie sich einigermaßen im Griff hatte, stieg sie in ihre Jeansshorts, und nachdem sie schnell ein luftiges Top übergeworfen hatte, rannte sie wieder hinunter. Neil und Nils warteten bereits auf sie. Auch Mick tauchte plötzlich auf, den Neil zu Hilfe gerufen hatte.

»Wir finden ihn, Alice, keine Sorge«, sagte Nils und drückte sie kurz an sich. »Wir teilen uns auf – Neil und Mick, ihr fahrt die North Coast Road rauf zum King-Shaka-Airport, Alice und ich grasen die Nebenstraßen ab – einverstanden?«

Um ein Uhr nachts, nachdem sie gefühlt jeden Zentimeter zwischen ihrem Haus in La Lucia und dem Flughafen mehrfach abgesucht hatten, gaben sie auf. Es war stockfinster. Man konnte die eigene Hand nicht vor Augen erkennen, und die Autoscheinwerfer reichten nicht aus, etwaige verunglückte Wagen neben der Fahrbahn im Zuckerrohrfeld oder im Gebüsch erkennen zu können. Eine dichte, tief hängende Wolkendecke verdeckte den Mond, und die meisten Nebenstraßen waren nicht beleuchtet.

Alice fühlte sich inzwischen, als hätte ihr jemand einen Hammer über den Kopf gezogen. Ihr Gesicht in den Händen vergraben, mit pulsierenden Kopfschmerzen, hockte sie neben Neil im Auto. Er, Nils und Mick hatten inzwischen die Krankenhäuser abtelefoniert. Neil schüttelte auf ihren fragenden Blick hin nur stumm den Kopf.

Nils drückte sich optimistischer aus. »Kopf hoch. Verletzt im

Krankenhaus liegt er auf jeden Fall nicht. Vielleicht zieht er bloß in irgendeiner Bar noch einen Deal durch ...« Seine Stimme verhallte. »Sorry, blöde Bemerkung«, sagte er mit zerknirschtem Gesichtsausdruck. »Ich wollte dich nur aufmuntern.«

»Ich weiß, ist schon okay«, flüsterte sie mit gesenktem Kopf.

»Gehen wir jetzt zur Polizei?« Nils drehte das Handgelenk so, dass er das beleuchtete Zifferblatt seiner Uhr ablesen konnte. »Oder sollen wir vier Stunden warten? Dann geht die Sonne wieder auf, und wir können mit der Suche weitermachen, wo wir aufgehört haben.«

»Die Sonne?«, murmelte Alice. Sie konnte sich nicht vorstellen, dass sie noch einmal einen Sonnenaufgang erleben würde. Es erschien ihr unmöglich, dass diese tiefschwarze Nacht jemals wieder in Licht übergehen würde.

»Bevor es nicht hell genug ist, dass wir etwas sehen können, hat es keinen Sinn«, sagte Neil. »Wir bringen dich jetzt erst einmal nach Hause, dann sehen wir weiter.« Damit startete er den Motor.

Die drei Freundinnen, die bei flackerndem Kerzenlicht auf der Terrasse warteten, sprangen auf, als die beiden Autos in die Einfahrt einbogen. Als Alice zu ihnen trat, nahm Tita sie fest in die Arme.

»Du kommst jetzt erst mal mit zu uns, wir brauchen alle Schlaf ...«

»Nein, nein, das geht nicht«, fiel sie ihr ins Wort und machte sich los. »Ich muss doch hier sein, wenn er kommt ...«

Plötzlich bekam sie nur noch schwer Luft und stolperte rückwärts in einen der Lounge-Sessel. Sie konnte nicht mehr weiterreden, nur ihre Hände flatterten wie stumme, panische Vögel.

»Ich muss doch hier sein«, wiederholte sie flüsternd.

Nils ließ sich krachend auf einen der Rattansessel fallen, verschränkte die Hände hinter dem Kopf, streckte seine langen Beine von sich und blinzelte zu Neil hinüber. »Wer hat dir eigentlich gesagt, dass Pierre tatsächlich in King-Shaka angekommen ist?«

Neil begegnete seinem Blick. »Die Bodenstewardess.«

»Na, die kann sich doch geirrt haben.«

»Aber warum geht er dann nicht an sein Telefon?«, wisperte Alice und spürte den atmosphärischen Druck einer herannahenden Katastrophe. »Und erzähl mir jetzt nichts von Funklöchern.«

Unruhiges Schweigen senkte sich über die sechs Menschen auf der Terrasse, und die Nachtgeräusche drängten sich in ihr Bewusstsein. Der eintönige Gesang der Baumfrösche, das pulsierende Sirren der Zikaden, entferntes Bellen eines Hundes und die erschrockenen Warnlaute eines Hirtenstars, den vermutlich eine Schlange auf ihrem nächtlichen Raubzug aufgestöbert hatte. Es war Ebbe, und sie hörten die flachen Wellen über den Strand lecken und geheimnisvoll um die Felsen gurgeln, und wenn das Wasser zurücklief, sangen Myriaden winziger Sandkörner. Mit trüben Augen blickte Alice hinaus auf den Ozean. Die auf Reede liegenden Schiffe schaukelten in der langen Dünung, ihre Positionslaternen zauberten Lichtsterne auf die Wasseroberfläche, und im Osten wich die Nachtschwärze bereits unmerklich dem pflaumenfarbenen Morgengrauen.

Sie bedeckte ihre Augen mit einer Hand, um ihre brennenden Tränen zu verbergen. Pierre und sie liebten diese verzauberte Stunde, wenn der Tag noch jungfräulich war, ohne Flecken, ohne Wolken, und alles noch möglich schien.

Jill brach schließlich das Schweigen. »Es ist wohl kein Trost in deinem Zustand, aber es gibt vermutlich eine ganz banale Erklärung. So schnell geht niemand verloren. Vielleicht hat er einen Unfall gehabt und ...«

»Und hat sein Gedächtnis verloren, seine Ausweispapiere, sein Mobiltelefon?« Alice' Stimme kletterte erregt die Tonleiter hoch. »Und außerdem stand er auf der Passagierliste, und die Maschine ist sicher gelandet, und die Passagiere sind alle ausgestiegen«, schrie sie. »Das ist doch einfach zu viel, oder? Da stimmt doch was nicht!«

Nils stemmte sich aus seiner bequemen Sitzhaltung hoch auf die Beine. »Okay, und das alles werden wir morgen herausfinden.« Er reckte sich. »Ich bin todmüde, und ihr seid es auch. Alice, habt ihr irgendwo noch ein paar Luftmatratzen? Ich schlage vor, wir übernachten alle hier. Wenn Jill und ich erst zurück nach Inqaba und Alastair und Angie auf ihre Farm fahren müssen, verlieren wir zu viel Zeit.«

Sein sachlicher Ton half Alice, sich zusammenzureißen. »Danke«, sagte sie leise. »Unsere Gästezimmer sind sowieso vorbereitet, und das Gartenhäuschen ist auch noch da.«

Jill klingelte ihre Restaurantmanagerin Thabili, die auf dem Farmgelände wohnte, aus dem Bett und erklärte ihr, warum sie voraussichtlich erst morgen Abend zurückkehren würden. Mick rief Lisa an, und Tita sagte Gladys Bescheid. Eine halbe Stunde später waren alle in den Betten.

Nach einem winzigen Zögern legte Alice sich auf Pierres Seite, vergrub ihr Gesicht in seinem Kopfkissen und weinte sich in den Schlaf.

Als sie aufwachte, glaubte sie für einen kurzen Augenblick, dass sie nur wieder einen ihrer Angstträume durchwandert hatte. Sie setzte sich erleichtert auf, bemerkte aber im selben Moment, dass sie auf Pierres Seite im Bett lag. Gleichzeitig hörte sie Nils' kräftige Stimme und sah das Partyzelt im Garten. Die Erinnerung an die Ereignisse der vergangenen Nacht überrollte sie mit der Wucht einer Lawine, und ihre Angst um Pierre bekam einen flackernden Feuerrand von Panik. Mit zitternden Knien stand sie auf.

Im Laufe des Vormittags suchten nicht nur die Polizei und Alice mit ihren Freunden nach Pierre. Nils hatte seine Kontakte bei den Medien aktiviert, und jetzt schon liefen Suchaufrufe mit einer genauen Beschreibung von Pierre und seinem Gefährt übers Radio. In den Mittagsnachrichten im Fernsehen wurde ebenfalls von Pierres Verschwinden berichtet. Mit Foto von ihm, und auch von ihr.

Eine Viertelstunde später rief der erste Investor, der von den unerfreulichen Neuigkeiten aufgescheucht worden war, bei ihr an. Ihr gelang es unter Aufbietung all ihrer Überredungskünste, ihn zu vertrösten. Jill, die das Telefonat mitbekommen hatte, ging zu ihr.

»Denk gar nicht darüber nach. Die Ferienanlage ist jetzt nicht wichtig. Wenn Pierre sich wirklich in der nächsten Zeit nicht darum kümmern kann, helfe ich dir. Ich habe schließlich meinen Wildpark und die Lodge praktisch im Alleingang aufgebaut.«

Alice hörte mit gesenktem Kopf zu, verinnerlichte, dass Jills Worte hießen, dass diese fest an Pierres Rückkehr glaubte. »Danke«, sagte sie leise.

Nach und nach riefen alle Investoren an, die feste Zusagen abgegeben hatten. Die meisten redeten eine Zeit lang um den heißen Brei herum, aber im Kern war bei jedem die Aussage die gleiche. Sie wollten Pierres Rückkehr abwarten, ehe sie die Verträge unterzeichnen würden.

»Sorry, aber ich bin mir sicher, Sie verstehen das, nicht wahr?«, sagte einer, der mit seiner Frau zwei Bungalows kaufen wollte.

»Natürlich, selbstverständlich, kein Problem« war ihre stereotype Antwort. Auf brutale Weise wurde ihr klar, dass ihr bisheriges Leben vorbei war. Ihr Schockzustand half ihr durch die nächsten Tage. Sie fühlte sich wie betäubt. Ihr Wahrnehmungsvermögen war eingeschränkt. Ein Teil von ihr schien abgeschaltet zu sein, als wollte die Natur verhindern, dass die glühend heiße Intensität ihrer Verzweiflung ihre Gesundheit zerstörte und damit ihr Urteilsvermögen. Sie handelte automatisch, wie auf Autopilot programmiert.

Pierres Auto wurde am dritten Tag nach seinem Verschwinden gefunden. Ein Brandungsfischer, der bei Sonnenaufgang vor der Umdloti Blue Lagoon seine Grundangeln ausgeworfen hatte, bemerkte im Gebüsch der Flussmündung ein metallisches Blinken. Neugierig geworden, setzte er sein Boot auf den Strand und untersuchte den Schilfgürtel.

Pierres Geländewagen lag auf der Seite. Die Flut hatte schon so viel Sand auf ihm abgeladen, dass er nur noch zur Hälfte herausragte. Die Fahrertür war ausgebrochen, ob durch die Wucht der Brecher oder durch Menschenhand war auch für die untersuchenden Kriminalbeamten später nicht mehr nachzuvollziehen. Als die Polizei den Wagen geborgen hatte, stellte man fest, dass die Beifahrerseite stark beschädigt war. Es waren sehr auffällige Spuren.

»Als ob ihm da jemand reingefahren wäre und ihn von der Straße gedrückt hätte«, sagte Nils und schoss einige Fotos.

Diese Einschätzung wurde später von den Kriminologen bestätigt. »Wer immer es war, er hat den Wagen mit großer Gewalt getroffen«, informierte sie der rangälteste Kriminalbeamte, ein wenig imposanter Mann mit der fahlen Hautfarbe eines Kettenrauchers. »Das kann kaum aus Versehen geschehen sein. Wir sind der Meinung, dass es ein Betrunkener gewesen sein muss, der einfach ausgerastet ist.« Er warf Alice einen durchdringenden Blick zu. »Oder ist Ihnen jemand bekannt, der Ihrem Mann Böses wollte?«

»Nein, natürlich nicht«, flüsterte sie. »Das ist doch alles Wahnsinn! Welches Motiv sollte es geben?«

Der Kriminologe zuckte mit den Schultern. »Das können wir erst beantworten, wenn wir denjenigen gefasst haben.«

»Ich frage mich, was Pierre auf der M4 zu suchen hatte«, sagte Nils und fotografierte weiter. »Warum er von der N2 abgebogen ist. Das ist ein Riesenumweg, wenn er nach Hause wollte, und das wollte er ja wohl. So schnell wie möglich.«

Hilflos hob Alice die Schultern. Der Polizist ging nicht darauf ein, sondern kratzte Lackproben von den Spuren, die der fremde Wagen auf der Karosserie des Geländewagens hinterlassen hatte, in kleine Plastiktüten. »Wir werden akribisch untersuchen, von welchem Autotyp sie stammen, dann sind wir schon einen großen Schritt weiter. Wir werden Sie anrufen.«

Das Ergebnis stand schon wenige Stunden später fest, und der Beamte suchte sie zu Hause auf. »Ein schwarzer Porsche Cayenne«, sagte er. »Kennen Sie jemanden, der einen derartigen Wagen fährt?«

Sie zerbrach sich den Kopf. »In Umhlanga Rocks und La Lucia habe ich schon häufiger welche gesehen«, sagte sie. »Aber ich kenne keinen der Fahrer ...« Sie zog die Brauen zusammen. »Aber Moment ...« Langsam tauchte vor ihrem inneren Auge ein Bild auf. »Einer ist mir mal aufgefallen. Er war Afrikaner und trug so eine komische runde, randlose Kappe. Sie war aus Schlangenleder, glaub ich, oder einem Material, das wie Schlangenleder aussah ...«

»Hm«, machte der Kriminalbeamte und notierte sich die Aussage.

»Außerdem war der Rand seiner Ohrmuschel wie vergoldet ... Anders kann ich das nicht beschreiben.«

Der Polizist betrachtete sie stirnrunzelnd. »Das haben Sie alles gesehen, als das Auto an Ihnen vorbeifuhr?« Sein Ton drückte deutlichen Zweifel aus.

Alice schüttelte den Kopf. »Er stand neben mir an der roten Ampel und hatte seine Musik so laut gedreht, dass die Bässe durch ganz Umhlanga wummerten und ich deswegen zu ihm hinübersah.«

»Hm«, machte der Beamte wieder und schrieb mit.

»Warum sollte jemand meinen Mann von der Straße abdrängen?« Alice versuchte, die Antwort in seinem Gesicht zu lesen, aber seine Miene war verschlossen. Sie konnte sich gerade noch beherrschen, ihre Verzweiflung, die Angst, diese entsetzliche Angst, ihn nie wiederzusehen, die Hilflosigkeit, nichts tun zu können, hinauszuschreien.

Der Kriminalbeamte fixierte sie mit harten Augen. »Sagen *Sie* es mir. Sie kennen Ihren Mann besser als jeder andere.«

Stumm schüttelte Alice den Kopf.

Pierre fand man zwar nicht, dafür zwei Tage später sein Handy. Fünfzig Meter vom Auto entfernt war es im Tidenbereich zwischen muschelbewachsenen Felsen eingeklemmt. Die SIM-Karte war noch intakt, und die Analyse der Anrufe ergab, dass das Telefon seit Pierres Abflug aus Kapstadt nicht mehr benutzt worden war.

In der Woche darauf schleppte ein Hund am Strand einen Sportschuh heran und legte ihn seiner Herrin zu Füßen. Die drehte den Schuh mit der Fußspitze um, und was sie da entdeckte, löste bei ihr einen akuten Würgereiz aus und veranlasste sie, sofort den Polizeinotruf zu wählen.

Pierre, oder was von ihm übrig war, war aufgetaucht.

Die Polizei rief Alice an, erklärte ihr kurz, dass ein Schuh gefunden worden sei, und bat sie, sofort hinunter zur Flussmündung zu kommen, um festzustellen, ob sie den Schuh als einen von Pierre identifizieren könne. Über den Inhalt des Schuhs sagte man ihr nichts. Als ihr ein Kriminalbeamter, ein junger, ebenholzfarbener Kerl mit lachenden Augen, den Schuh hinhielt, war sie völlig ahnungslos.

»Nicht anfassen«, sagte er.

Alice lehnte sich vor, um besser zu sehen. Vor ihren Augen buddelte sich ein kleiner Krebs aus dem matschigen Inhalt und fiel auf ihren nackten Fuß. Blitzschnell huschte das Tier davon und hinterließ eine bräunlich schmierige Spur auf ihrem Fußrücken. Eine entsetzliche Vorahnung traf sie plötzlich, und sie beugte sich näher über den Schuh. Und dann sah sie etwas Weißliches, das aus dem schmierigen Matsch herausragte.

»Was ist das?«, fragte Alice den Polizisten mit brüchiger Stimme. Sie wusste, was sie da sah, aber alles in ihr wehrte sich dagegen, die Wahrheit zu akzeptieren. Ihr Herz, ihr Verstand, ihre Seele.

»Der Fußknochen«, erwiderte er mit entschuldigender Miene. »Hier gibt es angeblich ein Krok. Es soll dort im Ufergebüsch leben …« In diesem Augenblick begann sein Funkgerät zu schnattern, er meldete sich, hob grüßend eine Hand und wandte sich zum Gehen. Den Schuh nahm er mit.

Alice erbrach sich sturzartig.

Abends setzte sie sich an ihren Laptop, um Pierres Eltern und ihren Vater per Skype anzurufen. Um ihnen zu sagen, dass ihr Sohn und Schwiegersohn nicht mehr am Leben sei. Noch wussten sie nicht einmal, dass er überhaupt vermisst worden war. Alice hatte ihnen ersparen wollen, Tage der Angst und Ungewissheit durchleben zu müssen, doch inzwischen wünschte sie, dass sie es getan hätte. Dann wären sie jetzt wenigstens halbwegs auf das vorbereitet, was sie ihnen jetzt sagen musste. Natürlich würde sie für sich behalten, was man von ihm gefunden hatte. Allein das Wissen um seinen gewaltsamen Tod würde ihnen einen Schock versetzen, von dem sie sich nicht wieder erholen würden. Niemand konnte sich von so etwas je wieder erholen.

Ihr Vater sah grau und angestrengt aus, als er auf dem Bildschirm erschien. Ohne Regung hörte er sich an, was passiert war, dann berührte er mit einer Hand den Bildschirm. »Mein Mädchen«, flüsterte er. »Mein kleines Mädchen …« Dann wurde der Bildschirm dunkel.

Alice brauchte lange, ehe sie sich so weit gefasst hatte, dass sie auch Pierres Eltern ins Gesicht sehen konnte. Hans Diekmann nahm den Anruf an. Er war inzwischen fast neunzig Jahre alt, saß im Rollstuhl, war aber geistig völlig fit und schrieb immer noch höchst erfolgreich seine Geschichten. Breit lächelnd begrüßte er sie. Alice zwang sich, ihn anzusehen, während sie ihm den Tod seines Sohnes mitteilte. Vor ihren Augen schrumpfte er in sich zusammen. Judy Diekmann kam ins Bild und beugte sich erschrocken über ihren Mann. Alice sah, dass er ihre Hand packte und sie zu sich herunterzog. Sie konnte nicht verstehen, was er zu Judy sagte, aber sie sah die Wirkung. Pierres Mutter knickten die Beine weg, und sie fiel ihrem Mann quer über den Schoß.

»Ich rufe zurück«, stammelte der und schaltete sich weg.

Alice nahm eine Schlaftablette, weil sie die Bilder in ihrem Kopf und das leere Bett neben sich nicht ertragen konnte.

Am übernächsten Tag stöberten Ranger an der Fundstelle tatsächlich ein Krokodil auf. Es stellte sich als ein ausgewachsenes Exemplar heraus, das durch fintenreiche Manöver seinen Häschern lange entkommen konnte. Schließlich gelang es den Rangern, es zu erschießen. Sie schnitten das Reptil auf und fanden im Magen Knochenreste, die sie in die Pathologie brachten. Die DNS-Analyse des Labors ergab, dass diese Knochen Pierre zugeordnet werden konnten.

»Nun können Sie ihn wenigstens begraben«, sagte ihr der Polizist mit den lachenden Augen eine Woche später. »Die Pathologen haben die Überreste zum Begräbnis freigegeben. Sie können einen Bestatter beauftragen, sie abzuholen.« Er streifte sie mit einem verlegenen Blick. »Der Inhalt vom Schuh wäre ja ein bisschen wenig gewesen, nicht wahr?« Damit verabschiedete er sich schnell.

Alice rannte ins Schlafzimmer, warf sich aufs Bett und schrie ihren Schmerz ins Kissen.

»Ich werde ihn im Meer bestatten«, sagte Alice zu Jill, die sie so oft wie möglich besuchte, um ihr Beistand zu leisten. »Er war am glücklichsten, wenn er auf seinem Surfbrett stand. Und wo immer auf der Welt ich am Rand des Ozeans stehen werde, wird er mir nahe sein …« Sie musste abbrechen, weil Tränen ihr die Kehle verschlossen.

Ihre Freundin legte ihr nur eine Hand auf den Arm, und dafür war Alice ihr dankbar. Jede weitere Mitleidsbezeugung hätte sie in die schwarze Kälte gewirbelt, die seit Pierres Tod immer in ihr lauerte. Immer wieder kamen Menschen, die sie kaum kannte, auf sie zu und nahmen sie in den Arm und drückten und herzten sie. Es war nur gut gemeint, das war ihr klar, aber sie konnte diese Nähe zum jetzigen Zeitpunkt nicht ertragen.

Nachdem Alice sich kräftig geräuspert hatte, war es ihr möglich weiterzusprechen. »Ich hoffe, dass ich unsere Freunde dazu bewegen kann, mit ihren Brandungsbooten den Trauerzug aufs Meer zu begleiten«, sagte sie und zählte im Geist diese Freunde durch. »Mit etwas Glück müsste ich fünf bis sechs zusammenbekommen.«

»Fünf bis sechs Brandungsboote sind nicht annähernd genug«, fiel ihr Jill ins Wort. »Mehr als den Skipper und maximal drei Leute trägt so eine Nussschale nicht. Pierre war sehr beliebt, und du weißt am besten, wie groß euer Freundes- und Bekanntenkreis ist. Außerdem werden auch seine Geschäftsfreunde kommen wollen. Mick und Neil sind da die Richtigen. Die kennen hier praktisch jeden, der einen solchen Flitzer hat. Außerdem besitzt die Robertson-Familie selbst ein Motorboot, auf dem mindestens zehn von uns Platz haben.« Jill zog ihr Mobiltelefon hervor und hielt es ihr hin. »Hier, ruf Neil gleich an.«

Neil versprach ihr sofort, sich um die Boote zu kümmern. »Mick braucht nur seine Freunde anzurufen. Überlass es uns, und mach dir keine Sorgen.«

Jill und Tita nahmen ihr viel von den Formalitäten ab, sodass für sie praktisch nur übrig blieb, alle zu kontaktieren, die Pierre gekannt hatten. So gut wie jeder sagte zu, und der Termin für die Beisetzung wurde für zwei Wochen später festgesetzt. Auch für Ntombi und Shongololo war ein Platz in einem der Boote reserviert.

Am Ende eskortierten sechzehn Brandungsboote Neils Motorjacht mit ihr und den engsten Freunden an Bord in die aufgehende Sonne bis an die Blauwassergrenze. Es versprach ein herrlicher Tag zu werden, so wie ihn Pierre geliebt hatte. Das Meer schimmerte seidenglatt im Morgendunst, und die Strömung war kaum zu spüren, sodass die Boote mit gedrosselten Motoren einen Halbkreis bilden konnten.

Ihre Freunde hatten sie in ihre Mitte genommen. Nils und Jill auf der einen, Tita und Neil auf der anderen Seite. Ihre beiden Freundinnen hielten sie bei der Hand. Sarah, in Tiefschwarz gekleidet, stand neben Neil, Vilikazi hatte seinen Arm fest um sie gelegt. Ihr dunkles Gesicht unter dem breitkrempigen, schwarzen Hut war tränenüberströmt.

»Er war ein guter Mann«, flüsterte sie und schluchzte in ihr weißes Taschentuch. »Ein guter Freund.«

Schließlich hob Alice die Urne vom Podest, auf der sie in einer Halterung stand, und öffnete sie. Für einen Moment schloss sie die Augen, um mit Pierre ein letztes Mal ganz allein zu sein. Dann hob sie ihren Blick und ließ seine Asche vom sanften Morgenwind verwirbeln.

»Bis wir uns wiedersehen«, wisperte sie und starrte mit brennenden Augen auf die silbrige Asche, die noch für ein paar Sekunden als glitzernder Schleier auf der Meeresoberfläche trieb, ehe sie für immer in der blauen Tiefe versank.

Irgendwann wurde sie gewahr, dass ihr Jill einen Korb mit vielfarbigen Bougainvilleenblüten hinhielt. Sie griff hinein und streute Hände voll der rosa Blüten ins Meer. Alle Trauergäste taten es ihr nach, bis ein leuchtender Teppich Pierres nasses Grab bedeckte. Sarah und Vilikazi traten an den Bug. Sarah weinte laut, und Vilikazi hielt einen Zweig des Umlahlankosibaumes in der Hand. Beide Freunde standen lange mit gebeugtem Kopf da. »*Hamba kahle, umNgane wami*«, flüsterte Vilikazi mit versteinertem Gesicht, und Sarah wiederholte die Worte leise, während ihr die Tränen über die Wangen strömten. Schließlich überreichte ihr der Zulu den Zweig mit den glänzend grünen Blättern. »Bring die Seele deines Mannes nach Hause, damit er nicht für ewig heimatlos durch die Schatten wandern muss«, flüsterte er rau.

Alice nahm den Zweig entgegen. Sprechen konnte sie nicht.

Auf ein Zeichen von Neil schossen alle Skipper gleichzeitig ihre Seenotraketen ab. An kleinen Fallschirmen trieben sie wie Glühwürmchen im Morgendunst, ehe sie allmählich herabdrifteten und mit einem Zischen im Wasser erloschen.

Sie stand mit dem Rücken zu den anderen allein vorn am Bug und umklammerte die Reling. Ihr Blick wurde magisch von dem gläsern klaren Grünblau angezogen. Die Bougainvilleenblüten tanzten im Sonnengefunkel – Hunderte winziger Ballerinas in rosa Tutus –, und der Ozean glitzerte wie mit Edelsteinen besetzt. Aus dem Nichts kam ein leichter Wind auf, sahnig weiße Schaumkronen erschienen hingetupft auf der schimmernden Weite. Ein Surfer ritt auf einer langen Welle zum Strand, und plötzlich hörte sie Pierres Lachen. Mitreißend und voller Lebensfreude. Ihre Augen verloren den Fokus. Das Boot schwankte unter ihren Füßen, und um sie herum wurde die Welt blendend weiß.

Jemand packte Alice an den Oberarmen und riss sie nach hinten. »Hoppla, ganz ruhig, bleib stehen …« Neils tiefe Stimme drang wie durch Watte gedämpft an ihre Ohren.

»Was ist?«, murmelte sie und blickte verwirrt um sich, nicht sicher, wo sie sich befand.

Neils Gesicht kristallisierte sich aus einem grauen Nebelwirbel heraus. »Dir ist wohl schlecht geworden«, sagte er und drückte sie auf die schmale Bank vor der Reling. Dann gab er dem Skipper das Zeichen zum Abdrehen.

Eines nach dem anderen rauschten die Brandungsboote mit aufheulenden Motoren durch die Brecher auf den Strand. Die Motorjacht hatte zu viel Tiefgang, deshalb verließen ihre Freunde und sie sie über eine Leiter, um an Bord eines der kleinen Boote zu gelangen, das der Skipper anschließend mit Schwung mehrere Meter auf den Sand setzte. Nils sprang hinaus und half ihr an Land.

Und dann sah Alice ihn.

Er spiegelte sich in der Scheibe eines der vor dem Skiboatklub geparkten Autos und kratzte sich mit einem Stift oder Ähnlichem unter seiner Kappe.

Der Mann mit der Baseballkappe. Blau war sie heute mal wieder. Ihr Stalker, wie sie ihn inzwischen nannte. Ihre abgrundtiefe Verzweiflung, ihre Angst vor der Zukunft, schlug in kalten Zorn um. Es war ein klares, schneidendes Gefühl, das alle ihre Sinne fokussierte. Jemand musste es auf sie abgesehen haben, so sehr, dass der Mann mit der Baseballkappe sie bis zur Beisetzung ihres Mannes verfolgte. Und es war in dieser Sekunde, dass sie den folgenreichsten Entschluss seit ihrem Jawort zu Pierre fasste.

»Ich werde das Land verlassen«, sagte sie laut.

Ihre Freunde, die mittlerweile auch ausgestiegen waren, reagierten erschrocken.

»Was meinst du damit, das Land verlassen?«, fragte Tita konsterniert.

Alice sah ihre Freunde an, und mit kristallener Klarheit wusste sie, was sie tun würde. »Ich gehe weg aus Südafrika, zurück nach Deutschland. Es geht nicht mehr. Ich halte es nicht mehr aus.« Sie deutete hinüber zu den parkenden Autos. »Da lauert er wieder. Hinter dem schwarzen SUV mit dem goldfarbenen Kuhfänger. Der Kerl mit der blauen Baseballkappe.«

Alle wirbelten herum und starrten hinauf zum Parkplatz. Bevor sie etwas sagen konnte, verständigten sich Neil und Nils mit einem Blick und spurteten die Bootsrampe hoch zu den parkenden Wagen, dicht gefolgt von Mick.

Tita wischte sich ihre rot geäderten Augen. Während der Beisetzung hatte sie viel geweint. »Und ... Christoph?«, sagte sie leise.

»Christoph ...« Alice hob die Schultern. Sie fühlten sich tonnenschwer an. »Die Presse hat ausführlich über Pierres Tod berichtet, ich habe eine Todesanzeige in jeder großen Zeitung aufgegeben ... Wenn er noch ... wenn er ... er kann das nicht übersehen haben ...« Alice blickte ins Leere. »*Only people make you cry*«, flüsterte sie und wandte sich ab.

Die drei Männer kamen ihr atemlos von ihrer Jagd auf der Rampe entgegen. »Er hat sich in Luft aufgelöst«, sagte Nils entschuldigend. »Weiß der Geier, wie er das so schnell geschafft hat.«

»Es ist mir auch egal«, versetzte sie. »Ich verlasse das Land, dann kann mir niemand mehr was antun. Ich werde unser Haus verkaufen. Um ehrlich zu sein, ich muss ...« Sie machte eine fahrige Handbewegung. »Also wenn ihr einen Interessenten wisst ...«

»Überleg dir das noch mal gut«, warf Neil ein. »Der Häusermarkt ist mit Verkaufsangeboten überflutet, alle wollen am Immobilienboom teilhaben. Die Preise steigen noch immer, und wenn du ein bisschen wartest, kannst du deutlich mehr erzielen. Und außerdem ...« Er legte ihr einen Arm um die Schulter. »Vergiss nicht, wenn du dein Heim verkaufst, in dem du Jahrzehnte gelebt hast, kappst du hier praktisch deine Wurzeln ... Dann gibt es nichts, was dich zurückzieht.«

Alice blickte ihre Freunde der Reihe nach an. »Ihr seid meine Wurzeln, nicht das Haus. Ihr seid ... meine Familie ...« Sie verstummte. War sie ihren Freunden zu nahe getreten?

Jill zog sie mit einem herzlichen Lächeln in ihre Arme und drückte sie. »So ist es, und von jetzt ab wird Inqaba dein Zuhause sein.«

»Drängle dich ja nicht vor, ich bin hier die Älteste«, sagte Tita und schob Jill weg. »Du kommst zu mir. Das Turmzimmer ist immer für dich frei.«

»Das gilt auch für uns.« Angelica zerknüllte ein Taschentuch in ihrer Hand. »Was wirst du mit Pollux machen?« Ihre Stimme war rau.

»Ehrlich gesagt, bereitet mir das ziemliche Sorgen«, sagte Alice bedrückt. »Wer nimmt schon einen zweijährigen, abgerichteten Dobermann, der auf seine Familie fixiert ist?«

»Ich«, sagte Angelica. »Mit Kusshand. Wir brauchen wieder einen guten Wachhund. Und mit Kindern und Hunden kann ich.« Sie grinste. »Mit allen euren Dobermännern hab ich mich immer prächtig verstanden, wie du weißt. Auch der jetzige Pollux hat einen durch und durch integren Charakter, ohne Zweifel dank deiner konsequenten Erziehung. Also?«

Vor Erleichterung, dass dieses Problem sich in Wohlgefallen aufgelöst hatte, fiel Alice ihrer Freundin um den Hals. Die Alternative wäre gewesen, Pollux einschläfern zu lassen, eine Entscheidung, vor der ihr seit Tagen graute und die sie seitdem vor sich hergeschoben hatte.

»Wer ist Pierres Testamentsvollstrecker?«, erkundigte sich Mick, der Rechtsanwalt. »Doch hoffentlich nicht du?«

»Nein, natürlich nicht. Unser Anwalt kümmert sich um alles. Als Erstes wird sich das Finanzamt wohl einen heftigen Teil davon nehmen.«

»Sag mal, dein Sohn dürfte ja der zweite Erbe sein«, gab Mick zu bedenken. »Der Anwalt wird ihn kontaktieren wollen.«

Alice schüttelte den Kopf. »Alles, was wir besitzen, läuft auf meinen Namen, ich kann also über alles frei verfügen. Als Pierre sich selbstständig gemacht hat, haben wir das so geregelt, damit er nicht mit seinem Privatvermögen für Geschäftliches haften musste. Abgesehen davon ist Christoph, wie ihr wisst, seit Jahren wie vom Erdboden verschwunden.«

Tatsächlich fand sich vorerst kein Käufer für das Haus, aber erstaunlich schnell eine Familie, die dringend ein voll möbliertes Heim suchte und Alice auf Anhieb sympathisch war. Der Mann, ein Repräsentant einer internationalen Hightechfirma, erzählte, dass er aus dem Ausland nach Durban versetzt worden sei, und fügte hinzu, dass er erwarte, zwei Jahre zu bleiben. Sein Ton machte ihr klar, dass er befürchtete, das Haus deswegen nicht zu bekommen. Aber der Zeitraum passte ihr sehr. In zwei Jahren, so war sich Alice sicher, würde sie klarer sehen. Wegen der Höhe der Miete gab es keinen Disput, und sie wurden schnell handelseinig.

Neil bot ihr an, dass sich die Verwalterin seiner Immobilien während ihrer Abwesenheit darum kümmern könne, dass die Miete rechtzeitig bezahlt werde und die Mieter das Haus pfleglich behandelten. »Um die Kosten mach dir keine Sorgen. Die sind verschwindend gering. Es würde mehr kosten, es herauszurechnen.«

»Ich bestehe aber auf einer Rechnung«, sagte Alice. Ihr fiel ein Stein vom Herzen. Die Miete deckte die Kreditrückzahlungen, aber es blieb nur ein sehr kleiner Betrag monatlich übrig, den sie vom Konto abrufen konnte. Würde sie wieder ihren Anwalt mit der Verwaltung beauftragen, würde sein Honorar alles auffressen. Bei der Ferienanlage sah es allerdings schlechter aus. Die konnte erst verkauft werden, sobald das Finanzamt grünes Licht gab. Alice nahm vorsorglich schon Kontakt zu denjenigen auf, die sich ursprünglich in großem Stil einkaufen wollten und nun Interesse an der ganzen Anlage zeigten, und arrangierte ein Treffen mit allen Interessenten im Musterbungalow, den Pierre und sie eigentlich als ihr zukünftiges Zuhause geplant hatten. Sie ließ einen genügend großen runden Tisch und passende Stühle dorthin bringen. Es erschienen sieben potenzielle Käufer – alle männlich. Die Herren drückten ihr ihr Beileid aus, dann ging's zur Sache.

Am Ende artete es in eine Art Auktion aus. Gebote flogen hin und her, mal für die gesamte Anlage, mal nur für einen Teilbereich. Die Stimmung war aufgekratzt bis aggressiv, und Alice fühlte sich wie von hungrigen Haien umzingelt. Schließlich kristallisierte sich ein Käufer heraus, von dem sie wusste, dass er zahlungsfähig war. Würde sie sein Angebot annehmen, wären fast alle Schulden getilgt. Sie wollte schon einschlagen und einen Vorvertrag abschließen, da kreuzte unerwartet ein Anwalt auf. Er betrat das Haus durch die offene Verandatür, stellte sich als Peter Simmons vor und legte für seinen Mandanten ein Gebot auf den Tisch, das wesentlich höher war als alle anderen zuvor und außerdem die gesamte Anlage umfasste. Die anderen Interessenten reagierten empört und protestierten lautstark.

Alice ignorierte sie. »Wer ist dieser Mandant?«, wollte sie von dem Anwalt wissen.

Simmons tat überheblich und sagte, dass das erstens seiner Geheimhaltungspflicht als Anwalt unterliege und zweitens sein Mandant unbedingt anonym bleiben wolle. Und drittens habe er in seinem Namen schon mit ihrem verstorbenen Mann in Kapstadt verhandelt.

Alice schreckte instinktiv vor dem Deal zurück, so verlockend er auch erschien. Es gab einfach zu viele windige Typen in diesem Land, die nur eines im Sinn hatten, und zwar andere über den Tisch zu ziehen und abzuzocken. Der Auftritt von Peter Simmons war auch nicht geeignet, ihre Zweifel in dieser Hinsicht zu zerstreuen. Außerdem konnte sie Pierre nicht mehr fragen, ob der Mann die Wahrheit sagte. Sie vertagte das Treffen auf den übernächsten Tag und beriet sich mit Neil und Mick.

»Lass mich die Verhandlungen führen«, bot ihr Mick an. »Das ist mein Spezialgebiet, und Gauner kann ich auf Meilen riechen.«

So geschah es, und Mick prüfte das Angebot auf Herz und Nieren. »Die Bonität von dem unbekannten Mandanten ist über alle Zweifel erhaben. Mit anderen Worten, er scheint Geld wie

Heu zu haben.« Damit legte er ihr einen Vorvertrag auf den Tisch.

»Na, hoffentlich zahlt er auch pünktlich«, murmelte Alice und unterschrieb.

Allerdings musste sie noch bis Ende des Monats warten, ehe das Finanzamt die Anlage freigab. Dass trotzdem alles ungewöhnlich schnell über die Bühne ging, war eindeutig auf Micks Verbindungen zurückzuführen. Zehn Tage später war alles in trockenen Tüchern, die Ferienanlage verkauft und das Geld auf ihrem Konto. Das heißt, das, was noch übrig war, nachdem sie die Banken und das Finanzamt befriedigt hatte. Den Käufer der Ferienanlage bekam sie allerdings nie zu Gesicht, was ihr im Endeffekt auch egal war. Er war solvent und hatte gezahlt. Es war nicht mehr ihr Problem. Die Ferienanlage gehörte der Vergangenheit an.

An dem Tag gab sie Ntombi und Shongololo frei. Allein in ihrem Haus, allein mit Pierres leerem Bett, ließ sie ihren so lange unterdrückten Gefühlen freien Lauf. Niemand hörte ihr Weinen, niemand ihre verzweifelten Schreie.

Als Alice sich wieder gefasst hatte, rechnete sie hin und her, wie lange sie von ihrem Kapital leben könnte. Krankenversicherung war in Deutschland sehr teuer, und ihr Vater hatte ihr etwas von einer Pflegeversicherung erzählt, die Pflicht sei. Für zwei bis drei Jahre würde es wohl in Deutschland reichen, schätzte sie. Wenn sie sich sehr einschränkte, denn der südafrikanische Rand war fast überall im Ausland erschreckend wenig wert. Im Moment befand er sich offenbar im freien Fall. Natürlich hatte sie noch ihr Haus in La Lucia, aber das konnte sie erst in zwei Jahren verkaufen. Obendrein hatte Pierre einen hundertprozentigen Kredit ausgehandelt, obwohl sie strikt dagegen gewesen war. Aber damals hatte sie gegen seine Argumente nichts ausrichten können. Am Ende war sie eingeknickt und hatte unterschrieben.

Sie warf den Stift auf den Tisch und schwor sich, dass sie binnen Jahresfrist auf eigenen Beinen stehen würde. Der Immobilienmarkt in Deutschland und im restlichen Europa schien keine Grenze nach oben zu kennen, und ihr Talent, Häuser zu verkaufen, war nicht an Länder gebunden. Sie würde es auch dort einsetzen können.

Vor ihrem endgültigen Auszug ließ Alice die Sachen, die sie mitnehmen wollte, von einer Spedition abholen, unter anderem einige Möbel aus Stinkwood, einen Tisch aus Kiaat, der speziell nach ihren Wünschen angefertigt worden war, Bücher, ihr Meißner Geschirr, die afrikanischen Schnitzereien, die Pierre gesammelt hatte, Wäsche und die Kleidung, die sie im Frühling in Deutschland nicht brauchen würde.

Pierres Sachen verschenkte sie an Shongololo und Ntombis Mann. Als sie jedoch Pierres Rollkragenpullover in den Händen hielt, stieg ihr sein Geruch in die Nase. Mit einem Schluchzer vergrub sie ihr Gesicht darin. Schließlich legte sie den Pullover beiseite. Ihn würde sie im Koffer mitnehmen.

In etwa zwei Monaten würden die Sachen in Hamburg eintreffen, und sie hoffte, einen Teil des Inhalts bei ihrem Vater unterstellen zu können, bis sie selbst eine Wohnung gefunden hatte. Auf keinen Fall hatte sie vor, wieder in ihrem Elternhaus zu wohnen, höchstens als Übergang, wenn es nicht zu vermeiden war.

»Wirst du zurechtkommen?«, erkundigte sich Tita mit besorgter Miene. »Deutschland ist sauteuer. Als ich zuletzt dort war, hat ein Espresso so viel wie hier ein Steak mit Pommes gekostet. Ich bin bald hintenübergefallen. Pierre hatte doch sicher eine Lebensversicherung oder so etwas, oder?«

Alice biss sich auf die Lippen. Darüber mochte sie gar nicht nachdenken. »Hatte er«, gab sie schließlich zu. »Aber die haben wir, wie jeden anderen Cent, den wir sonst besaßen, in die Ferienanlage gesteckt. Es sollte ... es sollte ...« Energisch wischte sie sich die aufwallenden Tränen aus den Augen. »*Shit happens*«, murmelte sie. »Aber keine Sorge, ich schaff das«, setzte sie dann mit geballten Fäusten laut hinzu.

Tita musterte sie und schüttelte dann den Kopf. »Ach, ihr Deutschen«, seufzte sie. »Ihr seid so schrecklich tüchtig. Aber bevor du in deinem kalten Land verhungerst, kommst du zurück, verstanden?«

Alice nickte unter Tränen. Nie hatte sie geglaubt, solche Freunde zu finden.

Da der Auszug aus ihrem Haus unmittelbar bevorstand, buchte Alice nun den Flug nach Deutschland. Ohne Rückflug. Für die nächsten Wochen waren zwar alle Flüge ausgebucht, aber durch eine Stornierung erwischte sie doch noch einen Platz. Bis zum Abflug in vierzehn Tagen hatte sie vor, sich ein Ferienapartment im Zentrum von Umhlanga Rocks zu nehmen. Das war die preisgünstigste Lösung, und sie würde kein Geld für Restaurantbesuche ausgeben müssen.

Jill erfuhr von ihren Plänen. »Ein Ferienapartment?«, sagte sie vehement. »Das kommt nicht infrage. Du bleibst die Zeit bei uns, und damit basta! Versuche erst gar nicht, zu protestieren, das nützt dir doch nichts. Kira und Luca werden begeistert sein, und Nils wird den roten Teppich ausrollen. Außerdem hat Mario Gott sei Dank seit einem Monat endlich wieder einen Lover und kocht dementsprechend wie ein junger Gott. Ich hoffe nur, der Typ bleibt länger als die anderen.« Sie lachte herzlich. »Wir haben immer eine Megakrise, wenn Mario Liebeskummer hat. Er ist Sizilianer und schwört jedes Mal, Hackfleisch aus seinen Exlovern zu machen. Dazu fuchtelt er mit einem bösartig aussehenden Messer herum, und wir fürchten dann alle um unser Leben.«

»Danke«, sagte Alice leise. Worte konnten nicht ausdrücken, wie froh sie über Jills Angebot war.

In Umhlanga Rocks und La Lucia stolperte sie an jeder Ecke über Erinnerungen, und quälend häufig meinte sie, Pierre im

Supermarkt, vor dem George oder einfach nur zwischen den Touristen zu entdecken. In solchen Sekunden wurde sie von einem Glücksrausch gepackt, der alles in ihr zum Singen brachte, aber wenn derjenige sich dann umdrehte und sein Gesicht zeigte, stürzte sie jedes Mal innerlich ab. Es war mehr, als sie durchstehen konnte.

Auf Inqaba begleitete sie Jill morgens auf ihrer Rundfahrt, half Kira und Luca bei den Hausaufgaben und kam tatsächlich etwas zur Ruhe. Ins Wildreservat von Hluhluwe-Umfolozi fuhr sie allerdings nicht. Nicht einmal in die Nähe. Die Flut der Bilder aus glücklichen Tagen mit Pierre würde sie überrollen, das wusste sie und auch, dass sie dem nichts entgegenzusetzen hatte, so sehr war sie seelisch am Ende ihrer Kräfte angelangt. Eine schwarze Kälte, so eisig, so einsam und so endlos wie der Weltraum, lauerte in ihrem Inneren. Ein knurrendes, kaum zu zügelndes Untier.

Kurz bevor Alice das Land verließ, gab sie in den fünf größten Tageszeitungen eine Anzeige auf, die von der nächsten Woche an einen Monat lang jeden Freitag an prominenter Stelle auf der Titelseite wiederholt werden sollte. Es war immer der gleiche deutsche Text:

Für Christoph: Ruf Großvater in Lübeck an.

Wie seine Eltern hatte Christoph schon als Teenager regelmäßig die Tageszeitungen gelesen, und die Nummer seines Großvaters war seit Jahrzehnten dieselbe geblieben. Die Anzeige würde er nicht übersehen können. Wenn er sich noch im Land aufhielt.

Wenn er noch am Leben war.

Am Tag ihrer Abreise fegte ein Gewittersturm über Natal. Pechschwarze Wolken verdunkelten den Himmel, und es goss in Strömen, sodass die Scheibenwischer das Frontfenster von Nils' SUV kaum freischaufeln konnten. Alice starrte hinaus in die konturlose, dunkle Regenwelt. Schiefergraue Regenvorhänge trieben über das schäumende Meer, gelbe Schlammflüsse strudelten über die Straßen, und alle Fahrzeuge zogen eine Wasserschleppe hinter sich her.

»Der Himmel weint, weil du das Land verlässt«, sagte Jill traurig. »Ich wünschte, du würdest es dir überlegen.«

»Deutschland ist nur einen Nachtflug entfernt«, murmelte Alice abgelenkt, während ihr Blick einen matschbespritzten SUV mit Mercedesstern auf dem Kühler streifte, der schon eine Weile hinter ihnen gefahren war und jetzt Nils' Wagen überholte. Schlammfontänen aufspritzend, rauschte er an ihnen vorbei und bog in die Straße zum Flughafen ein.

Nils tat das Gleiche und steuerte eine der Parkbuchten unter dem Dach an. Sie sah sich nach dem Mercedes-SUV um und entdeckte ihn direkt vor dem Eingang. Der Fahrer hatte den Motor abgestellt, aber niemand stieg aus, wie sie bemerkte. Sie wollte sich schon abwenden, aber irgendetwas kratzte bei dem Anblick über ihre Nerven, und sie blickte wieder hinüber. Durch die getönten Scheiben des Geländewagens konnte sie die Insassen nur schemenhaft ausmachen. Es waren drei Männer, da war sie sich sicher, aber es war ihr nicht möglich zu erkennen, welche Hautfarbe sie hatten. Wenn sie in die Flughafenhalle ging, würde sie den Wagen passieren müssen und aus der Nähe genauer hinsehen können.

Nils stieg aus. »Es hat aufgehört zu regnen«, rief er. »Ich hole einen Trolley.« Er lief zum Eingang, wo eine lange Schlange Gepäckträger auf die Passagiere wartete.

Alice stieg ebenfalls aus. Es war schwülheiß geworden, das Straßenpflaster dampfte, und die Luftfeuchtigkeit war wieder extrem hoch. Die Sonne hatte ein Loch in die Wolkenberge gebrannt, und ein tiefblaues Stück Himmel funkelte durchs regenschwere Grau.

»Das wird morgen ein traumhaft schöner Tag werden«, sagte Jill neben ihr.

Es war diese Bemerkung, die Alice klarmachte, dass sie morgen nicht mehr hier sein würde, sondern Tausende von Kilometern entfernt in einem Land, das sie vor über dreißig Jahren verlassen hatte und zu dem sie im Grunde genommen keine innere Verbindung mehr hatte. Trotz der Hitze lief ihr eine Gänsehaut über den Rücken. Am Vortag hatte sie im Internet gesehen, dass der Winter mit Bodenfrost und sogar Schneeschauern überraschend nach Norddeutschland zurückgekehrt war und das milde Frühlingswetter vertrieben hatte. Für ein paar Sekunden war sie versucht gewesen, ihren Flug einfach abzusagen und hierzubleiben. Nicht weil das Wetter kalt und unwirtlich zu sein versprach, und auch nicht weil sie keine warme Kleidung besaß. Es war ihr zukünftiges Leben, das sie für einen Augenblick vor sich sah. Eine einsame, schneebedeckte Straße, die ins Dunkel führte. Ein Angst einflößendes Gefühl von Desorientierung überfiel sie, eine Verschiebung von Zeit und Raum. Halt suchend lehnte sie sich an den Wagen.

Das Aufheulen eines Automotors riss sie aus diesem Albtraum. Der bullige Mercedes schoss so knapp an ihr vorbei, dass sie den Luftzug spürte, und die Bugwelle, die er vor sich herschob, durchnässte ihre Jeans bis zu den Oberschenkeln.

»Blödmann«, fauchte sie und starrte dem Wagen böse nach.

Ein Sonnenstrahl erhellte kurz den Innenraum des Wagens, und sie erhaschte von hinten einen Blick auf den Fahrer. Er hatte dunkle Haut und trug eine Baseballkappe. Eine blaue Baseballkappe. Sie war so schockiert, dass sie die beiden anderen Insassen nur flüchtig wahrnahm. Ein kahl rasierter Schwarzer auf dem Beifahrersitz, und im Fond ein weiterer Mann. Er trug entweder eine helle Kappe oder hatte helles Haar. Sein Fenster war geöffnet, und er lachte laut.

Alice registrierte das nur unterschwellig. Die Jeans klebten ihr an den Beinen, und Nässe tropfte in ihre Schuhe.

»Diese Mistkerle«, platzte sie heraus.

Nils tauchte unter der Heckklappe hervor. »Wen meinst du?«

»Der Fahrer von dem Geländewagen, der mich eben fast umgefahren hat, war mein Stalker«, stammelte sie. »Das kann ja wohl nicht wahr sein.«

Jill reckte stirnrunzelnd den Hals. »Der Typ mit der Baseballkappe? Bist du dir sicher?«

»Bin ich. Das war er. Hundertprozentig. Den Mann erkenne ich überall wieder.« Alice zitterte vor Aufregung.

»Den knöpf ich mir vor«, knurrte Nils, warf sich herum und sprintete hinter dem Auto her, das an der Kreuzung stand und auf eine Lücke im Verkehr wartete. »Okay«, sagte er, als er etwas außer Atem wieder zurückgejoggt kam. »Ich hab wenigstens die Autonummer. Ich checke das für dich und sag dir Bescheid.« Er zog einen Stift hervor und notierte sich die Nummer auf dem Unterarm.

Der Abschied von Jill und Nils am Gate zerriss sie fast. Beide umarmten sie gleichzeitig. Jill drückte ihr tränennasses Gesicht an ihres. »*Hamba kahle*«, flüsterte sie mit schwankender Stimme. »Bleib gesund und komm wieder zurück.«

»Bis wir uns wiedersehen«, schluchzte Alice, drehte sich abrupt um und hastete mit gesenktem Kopf davon.

Dieser Abschied war mehr, als sie augenblicklich verkraften konnte. An der Sicherheits- und Passkontrolle drehte sie sich doch noch einmal um. Nils hatte seinen Arm fest um Jill gelegt, und beide winkten. Ein Tränenschleier verwischte das Bild. Sie wandte sich ab, wuchtete ihren Koffer vom Laufband und ging, ohne noch einmal zurückzuschauen, in die Abflughalle. Die Sonne schien, und die Hitze flimmerte über der Rollbahn. Ihr Blick lief über das grüne Zuckerrohrmeer, das die niedrigen Hügel überzog, und weiter über den Ozean, der ein endloses, funkelndes Licht war. Sie setzte ihre Sonnenbrille auf, damit niemand ihre Tränen sah.

Glücklicherweise wurde ihr Flug bald aufgerufen, und sie ging an Bord. Entschuldigungen murmelnd, drängte sie sich an ihren Sitznachbarn, einem jungen Paar, vorbei und ließ sich auf den Fensterplatz fallen. Die jungen Leute grüßten höflich, schienen aber sehr miteinander beschäftigt zu sein, denn offenbar verspürten sie kein Bedürfnis danach, ein Gespräch mit ihr anzufangen. Wofür sie dankbar war. Triviales Geschwätz war das Letzte, was sie jetzt verkraften konnte. Inzwischen rollte das Flugzeug bereits auf die Startbahn. Sie starrte blicklos auf die sattgrüne Landschaft, die den Flughafen umgab. Seit sie eingestiegen war, hatte sie eine innere Unruhe befallen, die nichts mit dem Flug zu tun hatte – Flugangst kannte sie nicht –; es war eher wie ein quälendes Jucken, das auch nicht wegging, wenn sie daran kratzte. In Gedanken ließ Alice die vergangene Stunde an sich vorbeiziehen.

Der Regensturm. Die Fahrt zum Flughafen. Der herzzerreißende Abschied von Jill und Nils. Sie schlug die Beine übereinander. Ihre nassen Jeans klebten unangenehm kalt auf der Haut und erinnerten sie an die seltsame Szene am Flughafen. Sie hatte sie völlig aus dem Gleichgewicht gebracht, sodass sie nicht richtig registriert hatte, was tatsächlich geschehen war. Sie legte eine Hand über die Augen, um ihre Umwelt auszuschließen, und konzentrierte sich auf ihre Erinnerungen. Der schlammbespritzte Geländewagen. Ihr Blick verschwamm. Die Gestalt des Mannes, die sie hinter der abgedunkelten Scheibe auf dem Rücksitz wahrgenommen hatte, erschien vor ihrem inneren Auge. Breitschultrig, blondes Haar. Sehr blondes Haar. Keine helle Kappe. Eine bestimmte Kopfhaltung. Soweit sie sich erinnerte, hatte sie sein Gesicht allerdings nicht klar erkennen können.

Und nun fiel es ihr ein. Der Mann hatte gelacht, und die Melodie dieses Lachens war es, die sie irritierend wie das hohe Sirren einer unsichtbaren Mücke umtanzte.

Es war Pierres Lachen.

Christophs Lachen.

Ihr stockte der Atem. War er es gewesen? Christoph, den sie seit genau sieben Jahren, acht Monaten und drei Tagen nicht mehr gesehen hatte? Der eines Morgens vom Frühstückstisch aufgestanden und ohne jegliche Vorwarnung verschwunden war?

Christoph, ihr Sohn. Ihr einziges Kind.

Alice starrte zurück auf diesen Augenblick, auf das blonde Haar, die breiten Schultern. Der Mann hatte hochgesehen, nur ganz kurz. Dieser Blick von unten hoch, das Lachen. Verzweifelt versuchte sie, das Bild festzuhalten. Oder war es nur eine Halluzination? Ein Ausdruck ihrer Einsamkeit und Sehnsucht? Ihr Herz raste, ihre Handflächen wurden nass. Ohne zu überlegen, öffnete sie den Sitzgurt und drängte sich an dem jungen Paar vorbei. »Ich muss aussteigen«, hechelte sie und rannte den Gang entlang zum Exit.

Die Turbinen heulten auf, und der Jet raste wie loskatapultiert die Startbahn hinunter. Sie verlor das Gleichgewicht und wäre gestürzt, wenn sie nicht jemand grob am Arm gepackt hätte.

»Setzen Sie sich bitte sofort hin«, befahl eine scharfe Frauenstimme auf englisch.

Verwirrt blickte sie in das dunkle Gesicht der Flugbegleiterin und ließ es geschehen, dass diese sie in einen Sitz drückte und anschnallte. Das Flugzeug hob ab, das Brüllen der Motoren vibrierte durch ihren Körper, und sie wurde hart gegen die Rückenlehne gepresst. Als sie die Reiseflughöhe erreicht hatten und die Anschnallzeichen erloschen waren, löste die Stewardess den Gurt.

»Was hatten Sie eben eigentlich vor?«, fuhr sie Alice an. »Aussteigen?«

Sie zwang sich zurück in die Wirklichkeit. Ich wollte aussteigen, weil ich glaube, dass ich meinen verschollenen Sohn am Flughafen gesehen habe, hätte sie fast geantwortet, hielt sich aber zurück. »Natürlich nicht«, lächelte sie und stand auf. Glücklicherweise hatten ihre Knie aufgehört zu zittern. »Ich habe die

Anschnallzeichen übersehen. Tut mir leid.« Hastig begab sie sich zurück zu ihrem Sitzplatz.

In Johannesburg dauerte es wie üblich endlos, ehe sie die Passkontrolle erreichte. Ihr Pass wurde anstandslos abgestempelt, und sie hastete zum Gate, wo sie wieder mit einem Pulk von Touristen warten musste. Aber schließlich konnte auch sie in den Flieger nach Frankfurt einsteigen und ihren Sitzplatz einnehmen. Wieder saß sie am Fenster. Die beiden Plätze neben ihr belegten zwei junge Männer, die sofort ihren Computer aufklappten, sich Kopfhörer überstülpten und irgendwelche Videospiele spielten.

Alice schloss die Augen.

Der Start verlief reibungslos, und der Jet kletterte schnell auf seine Reiseflughöhe. Der Lärm der Motoren wurde leiser, und die Geräusche in der Kabine traten in den Vordergrund. Gesprächsfetzen drangen zu ihr durch, Geschirrklappern aus der Bordküche, Kindergeschrei von den hinteren Sitzen. Als die Getränke serviert wurden, bat sie um ein Glas Rotwein. Sie spülte damit eine Schlaftablette hinunter und wachte erst wieder auf, als sich das Flugzeug bereits im Landeanflug auf Frankfurt befand.

Um den Anschlussflug nach Hamburg zu erreichen, musste sie durch das Labyrinth des Frankfurter Flughafens hetzen, weil die Flugzeit durch Gegenwind länger als geplant gedauert hatte, schaffte es aber in letzter Minute.

10

Der Kleinwagen, den Alice schon von Durban aus gebucht hatte, stand am Hamburger Flughafen für sie bereit. Nachdem sie vom Vermieter die Papiere bekommen hatte, machte sie sich mit dem Wagen vertraut, ließ den Motor an und drehte die Heizung hoch. Die Außentemperatur lag im unteren einstelligen Bereich, und aus Osten fegte ein eisiger Wind durch die Straßen. Sie sah durch die Windschutzscheibe. Es war früher Vormittag, das Licht trübe, die Bäume reckten ihre Äste schwarz und kahl in den schiefergrauen Himmel, und an schattigen Stellen lag Schnee. Alice' Laune sank. Genau das hatte sie befürchtet. Vermutlich waren ihre Erinnerungen an Märztage, an denen die Sonne schien, Hasel und die ersten Primeln blühten und manche Büsche schon einen grünen Schleier trugen, durch ihr Wunschdenken verklärt. Verdrossen legte sie den Gang ein und verließ die Parkbucht.

Da Alice nicht mehr an Rechtsverkehr und auch nicht an Fahrten auf deutschen Autobahnen gewöhnt war, fuhr sie defensiv und immer gut innerhalb des Geschwindigkeitslimits. Kurz nach Mittag parkte sie ihr Auto vor dem Hotel, in dem sie ein Zimmer reserviert hatte. Es lag auf der Lübecker Altstadtinsel direkt an der Trave. Sie stieg aus und ließ den Blick über die Stufengiebelfassade gleiten. In den Chroniken wurden das Haus und sein Besitzer, ein ehrbarer hanseatischer Kaufmann, zum ersten Mal im 14. Jahrhundert erwähnt. Es erfüllte sie mit einem tiefen Gefühl von Zugehörigkeit, denn auch ihre Familie lebte schon seit Jahrhunderten in der Hansestadt. Wann immer sie hier auf Besuch gewesen waren, hatten sie in diesem Hotel übernachtet.

»Nichts gegen deine Freunde und schon gar nichts gegen deine Eltern«, hörte sie Pierre sagen, als Manuela sie einmal eingeladen hatte, bei ihr abzusteigen. »Aber ich brauche meine Privatsphäre – besonders vor dem Frühstück! Ich hasse es, mir mit anderen Leuten ein Badezimmer teilen zu müssen ... Haare im Waschbecken, Ränder in der Badewanne ... Den Rest überlasse ich deiner Fantasie.«

Pierre.

Der Schmerz traf Alice mit voller Wucht, und sie musste sich am Wagendach festhalten, bis sie wieder klar sehen konnte. Energisch hob sie ihren Rollkoffer aus dem Auto und betrat die Hotellobby.

An der Rezeption begrüßte sie Otto Jörgensen, der Seniorchef, ein schlanker, weißhaariger Mann, mit einem gewinnenden Lächeln. »Frau Diekmann, willkommen! Sie haben ja wirklich einen weiten Weg zurückgelegt, um beim Familientag dabei zu sein.«

Sie stutzte. »Familientag?«

»Der Familientag der Lauritzens, der heute Abend hier stattfinden wird. Um achtzehn Uhr. Deswegen sind Sie doch sicher gekommen.«

Nach der ersten Verwirrung fing sie sich schnell. »Aber natürlich«, erwiderte sie. »Ich hatte Sie nur nicht richtig verstanden. Der lange Flug, wissen Sie.«

Otto Jörgensen füllte die Registrierung aus und legte ihr das Buch hin. »Hier, bitte unterschreiben Sie. Natürlich werden Sie Ihr übliches Zimmer haben.« Alice nahm die Bedeutung seiner Worte erst im Nachhall auf, weil sie gerade bemerkte, dass der Seniorchef nicht nur ihren, sondern auch Pierres Namen eingetragen hatte. Ihre Hand mit dem Stift blieb in der Luft hängen. Ihre Lider schienen bleischwer zu sein, als sie ihren Blick zu seinem hob. »Mein Mann kommt nicht ...« Ihre Stimme versagte, und Alice machte eine hilflose Handbewegung. »Er kann nicht ...«

Jörgensen lehnte sich vor und musterte sie besorgt. »Ist Ihnen nicht gut, gnädige Frau?«

»Doch ... doch«, stotterte sie und hoffte, dass sich die grauen Flecken vor ihren Augen verziehen würden. »Die Reise war nur sehr anstrengend ...« *Und mein Mann ist tot, und ich bin für immer allein,* schrie es in ihr.

»Natürlich, natürlich«, rief der Seniorchef. »Darf ich Ihnen einen kleinen Imbiss aufs Zimmer schicken? Rührei mit frischen Krabben vielleicht und etwas zu trinken?«

»Danke, das wäre sehr freundlich.« Alice lächelte mühsam in der Hoffnung, dass er Pierres Abwesenheit nicht weiter hinterfragen würde. »Ein starker Kaffee wäre schön.«

Jörgensen nickte und gab ihr die Schlüsselkarte für das Zimmer. »Soll ich Ihr Gepäck hinaufbringen lassen?«

»Ich muss die Koffer erst noch ausladen und dann den Wagen umparken«, antwortete sie und wurde sich plötzlich bewusst, dass sie zum Umfallen müde war.

Er lächelte sie an. »Wenn Sie mir den Schlüssel geben, erledige ich das für Sie.«

Erleichtert händigte Alice ihm den Wagenschlüssel aus und betrat den Lift, der erst ein paar Jahre zuvor in das alte Gemäuer eingebaut worden war. Im zweiten Stock stieg sie aus, öffnete ihre Zimmertür und ließ sie hinter sich ins Schloss fallen. Nervös starrte sie hinüber zu den Fenstern. Den Ausblick aus diesem Zimmer kannte sie in- und auswendig, jede Einzelheit. Und jede Einzelheit würde sie an Pierre erinnern. Und an Christoph.

Die Glocken der Marienkirche ertönten, tief, vibrierend, unter die Haut gehend. Alice zählte die Schläge. Es waren zwölf, die ihr wie das Läuten zum Jüngsten Tag erschienen. Sie holte tief Luft und zwang sich, ans Fenster zu treten. Es musste sein. Durch den feinen Regenschleier, in dem sich tatsächlich hier und da Schneeflocken tummelten, schaute sie hinüber zum Holstentor. Aber sie sah nicht die mächtigen Türme des mittelalterlichen

Stadttors, nicht das dahinströmende schwarz-silberne Band der Obertrave, die wenigen Menschen, die dem scheußlichen Wetter trotzten. Sie sah Pierre, seine funkelnden Augen, das freche Grinsen, wie er ihr beim morgendlichen Joggen vom Traveufer zuwinkte, und sie sah Christoph, den kleinen, blonden Jungen mit dem hinreißenden Lachen, der juchzend mit seiner Großmutter die Möwen fütterte.

Alice ertrug das heftige Gefühlsgewitter, das über sie hereinbrach, ertrug die Bilderflut und das Gefühl abgrundtiefer Einsamkeit, das sich ihrer bemächtigt hatte. Sie ertrug das Unerträgliche, weil sie wusste, dass sie bis ans Ende ihrer Tage damit leben musste und dass sie sich dem stellen musste.

Ein diskretes Klopfen an der Tür holte sie in die Wirklichkeit zurück. Es war die Tochter des Chefs, die sie willkommen hieß und ihr das Rührei mit Nordseekrabben auf einem frisch gebackenen Vollkornbrot, ein Kännchen mit Kaffee und ein Stück noch warmen Streuselkuchen servierte.

»Den mögen Sie und Ihr Mann doch so gern«, lächelte sie und hielt ihr die Rechnung zum Abzeichnen hin. »Das hab ich nicht vergessen.«

»Danke, das ist sehr aufmerksam«, sagte Alice abweisend und unterschrieb. Mit fremden Leuten über Pierres Tod zu reden, ihre Beileidsbezeugungen zu ertragen, dazu war sie noch nicht imstande.

Nachdem sie gegessen hatte, zog sie ihren Trenchcoat über den Kaschmirpulli, den sie zum Glück mitgenommen hatte. Noch konnte sie es nicht ertragen, Pierres Troyer anzuziehen. Zu Fuß lief sie in die Altstadt und fand dort schnell ein Geschäft, wo sie warme, wasserdichte Stiefel bekam. Einen dicken Daunenmantel aus glänzend schwarzem Material entdeckte sie nur ein paar Geschäfte weiter. Er war wie die Schuhe bereits stark heruntergesetzt, was ein weiteres Kaufargument war. Alice hatte mit wärmerem Wetter gerechnet und deshalb die dicken Wintersachen, die sie vor einigen Jahren für einen Skiurlaub in den Alpen gekauft hatte, in den Container verpacken lassen. Und der schipperte noch irgendwo auf dem Atlantik herum. Mittlerweile war es kurz nach drei Uhr. Es war kalt, und zu allem Überfluss zogen unheilvolle, dunkle Wolken auf. Minuten später goss es, und sie flüchtete sich in ein kleines Café. Dort bestellte sie einen Espresso und überlegte, ob sie ihren Vater jetzt überraschen oder ihm erst am Abend im Hotel gegenübertreten sollte.

Alice stellte sich seine Reaktion vor, wenn sie unangemeldet beim Familientag auftauchen würde. Nein, dachte sie, das konnte sie ihm nicht antun. Seit dem Tod ihrer Mutter hatte sein Panzer, hinter dem er sich sein Leben lang versteckt hatte, Risse bekommen. Er war verletzlich geworden und im Vergleich zu früher nur noch wenig belastbar. Ihr kühler, immer beherrschter, immer überlegen wirkender Vater.

Mittlerweile schneite es sogar. Sie rannte hinüber zum Auto und fuhr über die Brücke auf die Ostseite der Wakenitz. Den Weg zu finden bereitete ihr keine Schwierigkeiten, und nach einer Viertelstunde bog sie in die ruhige Straße ein, in der ihr Elternhaus stand. Langsam fuhr Alice an der Reihe der alten Villen vorbei. Schließlich hielt sie vor einem hohen schmiedeeisernen Tor. Es war schwarz mit goldenen Kugeln auf den Zaunspitzen. Früher musste sie die Kugeln putzen, als Strafe, wenn sie nach Ansicht ihres Vaters etwas angestellt hatte. Die Kugeln waren angelaufen und auf der Nordseite von Moos überzogen. In letzter Zeit hatte sie wohl niemand mehr geputzt. Sie parkte am Straßenrand und stieg aus. Es hatte aufgehört zu schneien, das düstere Grau hatte sich etwas gelichtet, und im Nachbargarten entdeckte sie einen blühenden Winterjasmin. Ein Hoffnungsschimmer im einheitlichen Grau. Ein Blick auf die Uhr sagte ihr, dass ihr Vater sich wohl jetzt mit einem starken Kaffee in seinen Lieblingssessel in den lichtdurchfluteten Runderker zurückgezogen hatte und seine Zeitung las. Ein unverrückbares Ritual in seiner Mittagspause.

Mit einem eigenartig beklommenen Gefühl im Magen drückte Alice den Klingelknopf, der zusammen mit der Gegensprechanlage im Pfeiler neben dem Tor angebracht war, und wartete. Sie stellte sich vor, wie ihr Vater die Zeitung erst sorgfältig faltete, ehe er sie beiseitelegte, wie er sich aus dem Sessel hievte und durch das große Wohnzimmer schritt, die Diele durchquerte und die Taste der Gegensprechanlage betätigte, um sich zu vergewissern, wer ihn besuchen wollte. Wenn seine Haushälterin das nicht tat. Alice lächelte und war erstaunt, wie sehr sie sich auf ihn und die vertraute Umgebung freute.

Aber es rührte sich nichts. Sie reckte den Kopf und spähte durch die Zaunstäbe auf den Garten, in dem sie ihre Kindheit verbracht hatte. Jetzt erst bemerkte sie es. Der Rasen hatte sich einst als grüner Samtteppich bis hinunter zur Wakenitz erstreckt, und seine Kanten waren so präzise geschnitten gewesen, als wären sie mit dem Lineal gezogen worden. Jetzt war er eine Fläche aus Moos, kahlen Flecken und riesigen, schneegefleckten Maulwurfshügeln. Beunruhigt wanderte ihr Blick weiter. Dunkelgrüner Efeu hatte das Terrain erobert, überwucherte die Wände und das vermooste Dach des Bootsschuppens und auch die vor Dreck blinden Scheiben des Gewächshauses, das auf halber Höhe des Grundstücks in den Abhang gebaut war, bis hinauf zum gläsernen Pagodendach. Die Hecken, die die Länge des Grundstücks begrenzten, waren offensichtlich lange nicht mehr geschnitten worden. Nur hier und da leuchteten vereinzelte Winterjasminblüten im Zweiggewirr. Alice war entgeistert. Der prächtige Garten ihres Elternhauses hatte sich in eine verfilzte Wildnis verwandelt.

Befremdet drückte sie gegen das hohe Tor. Die Scharniere waren verrostet und gaben mit einem hässlichen Quietschen ein wenig nach. Zögernd drängte sie sich durch den schmalen Spalt und sah sich um. Überall waren Anzeichen von beginnendem Verfall zu sehen. In den Pflasterfugen der breiten Zufahrt spross Unkraut, und die Rosenbeete, die den Rasen am Haus gesäumt hatten und die der ganze Stolz ihrer Mutter gewesen waren, existierten nicht mehr. Stattdessen hatte jemand dort Gerümpel abgeladen. Kaputte Möbel, Bretter, Ziegel mit Mörtelresten, leere Flaschen und sogar einen verrosteten Herd. Plötzliche Angst packte sie, und sie blieb stehen. Was ging hier vor? Wo war ihr Vater?

Ein Kälteschauer ließ Alice erzittern. Ob das von dem eisigen Windstoß kam, der vom Fluss hochheulte, oder ob es ein inneres Frieren war, konnte sie nicht auseinanderhalten. Sie zog den Reißverschluss des Daunenmantels bis zum Kinn und stülpte sich die Kapuze über. »Papa!«, rief sie, so laut sie konnte, damit er wusste, dass sie es war, und nicht erschrak. »Papa?«

Mit gesenktem Kopf lauschte sie dem Nachhall, aber niemand antwortete ihr, und die Haustür blieb verschlossen. Sie stieg die breite Treppe hinauf und klopfte. Kräftig. Und rief weiter nach ihrem Vater. Doch wieder hörte sie nichts als das Echo der eigenen Stimme. Sie drückte die Klinke der Haustür herunter. Vergebens. Um hineinzugelangen, würde sie ein Fenster einschlagen müssen. Suchend sah sie sich nach einem geeigneten Stein um, als ihr einfiel, dass ihre Mutter in ihrem Felsengarten immer einen in Plastik eingewickelten Schlüssel versteckt hatte, und zwar unter einem bestimmten Stein, der an der Unterseite eine faustgroße Aushöhlung hatte. Sie hatte zeitlebens panische Angst gehabt, sich auszuschließen.

»Und wenn du mal zu spät nach Haus kommst, kannst du den benutzen«, hatte sie ihr einmal verschwörerisch zugeflüstert. »Papa braucht davon ja nichts zu wissen.«

Alice war damals völlig verdattert gewesen. Eine solche Aufmüpfigkeit hätte sie ihrer sanftmütigen Mutter im Leben nicht zugetraut.

Sie rannte die Stufen wieder hinunter und sah sich um. Tatsächlich existierte der Steingarten noch, jedenfalls soweit sie es erkennen konnte. Die kunstvoll angeordneten Steine und Felsen waren mit einer faulenden Laubschicht, toten Pflanzenresten, Flechten und vom Wind herangetragenem Schmutz überzogen.

»Vier Schuhlängen nach rechts, drei ins Beet«, hatte ihre Mutter ihr erklärt. »Der kindskopfgroße Stein links neben dem abgeflachten Felsen.«

Oder waren es vier Schuhlängen nach links? Oder vier ins Beet und drei nach links? Oder rechts? Es war so verdammt lange her. Über fünfunddreißig Jahre. An ihrem zwanzigsten Geburtstag hatte sie einen eigenen Schlüssel bekommen, und der natürliche Schlüsselsafe war in Vergessenheit geraten. Frustriert musterte sie den Felsenhaufen und maß dann vier Schuhlängen nach rechts ab und darauf drei ins Beet. Ihre Mutter und sie hatten immer die gleiche Schuhgröße gehabt. Sie schaute auf ihre Füße. Vor ihr lag nur ein großer, runder Felsen. Sie probierte die andere Variante.

Wieder nichts. Schließlich kratzte Alice das Laub und den Schmutz von jedem Felsen, und irgendwann, als ihre Finger schon steif gefroren waren, fand sie einen großen, abgeflachten Felsen. Und daneben den kindskopfgroßen Stein. Sie hielt den Atem an, bückte sich und hob ihn hoch.

Der Schlüssel war noch da, und er passte ins Schloss der Eingangstür. Sie konnte es kaum fassen. Er ließ sich zwar nur schwer drehen, weil er Rost angesetzt hatte, aber schließlich war es ihr möglich, die Tür aufzudrücken. Der staubig abgestandene, leicht säuerliche Geruch von Räumen, in denen schon längere Zeit keiner gewohnt hatte, schlug ihr entgegen, und ein ungutes Gefühl dehnte sich von Sekunde zu Sekunde in ihr aus. Alle Vorhänge waren vorgezogen, und sie betätigte den Lichtschalter neben dem Eingang. Ohne Erfolg. Alles blieb dunkel. Außerdem war es knochenkalt. Die Heizung musste bereits seit längerer Zeit ausgefallen sein, vermutlich zusammen mit der Elektrizität, und sie fragte sich beunruhigt, warum ihr Vater das nicht hatte reparieren lassen. Langsam zog sie die schweren Vorhänge in der Diele zurück. Kaltes Licht strömte herein. Sie drehte sich um und konnte nicht fassen, was sie sah.

Kaum ein Möbel stand mehr an seinem Platz, fast alle waren in einer Ecke zusammengeschoben. Manche davon waren stark beschädigt. Die Vitrine war von der Wand abgerückt, eine der Scheiben fehlte, die Schubladen standen offen, und der Parkettboden war mit Splittern übersät. Auch einige der Wandpaneele waren herausgebrochen, und die Tapeten hingen an verschiedenen Stellen in Fetzen herunter. Langsam dämmerte Alice, dass Einbrecher das Haus durchwühlt haben mussten, und plötzliche Angst kribbelte wie Millionen Ameisen über ihren Rücken. Unablässig nach ihrem Vater rufend, bewegte sie sich zögernd von der Diele ins Wohnzimmer, wo es aussah, als hätte eine Bombe eingeschlagen. Der Sessel ihres Vaters im Runderker war umgekippt, überall lagen Bücher über den Boden zerstreut, die eingebauten Bücherregale waren gewaltsam von der Wand gerissen worden. Mit einer unheilvollen Vorahnung, was sie dort entdecken würde, schaute sie in den Wintergarten, aber wenigstens dort schien niemand gewesen zu sein. Sie trat durch den Rundbogendurchgang, der ins Esszimmer führte. Auch da hatte jemand alles durchwühlt.

Alice' anfänglicher Schrecken schlug allmählich in Empörung und gleich darauf in glühenden Zorn um. Sie riss die Küchentür auf, um nachzusehen, was der Kühlschrank enthielt. Am Zustand des Inhalts würde sie in etwa erkennen können, wie lange ihr Vater schon abwesend war. Der widerliche Geruch nach Müll, der in der Luft hing, ließ sie nichts Gutes ahnen. Sie öffnete den Kühlschrank. Der Gestank, der ihr in die Nase stieg, war zum Würgen ekelerregend, und sie knallte die Tür sofort wieder zu. Ohne Elektrizität hatte sich der Inhalt fast verflüssigt. Nachdem sie sich noch einmal vergewissert hatte, dass nirgendwo im Erdgeschoss ein Fenster beschädigt war, lief sie über die breite Treppe hinauf in den oberen Stock, wo Schlaf- und Badezimmer lagen.

Ein Blick ins Schlafzimmer ihres Vaters und in sein Bad – ihre Eltern hatten schon viele Jahre getrennt geschlafen – sagte ihr ebenfalls, dass er sich dort schon länger nicht mehr aufgehalten hatte. Das zweite Bad lag neben ihrem alten Zimmer. Zögernd trat Alice ein. Abgestandene Luft schlug ihr entgegen, und in den Fugen der Kacheln wuchs schwarzer Schimmel. Sie riss das Fenster auf und ging in ihr ehemaliges Zimmer. Das Bett und einer der Schränke waren von der Wand abgerückt worden, aber sonst schien hier alles seit der Zeit, als sie ihr Zuhause Hals über Kopf verlassen hatte, unverändert zu sein. Sie ging hinaus und schloss die Tür. Das vierte Zimmer war klein und wurde immer als Abstellkammer benutzt. Auch die Kammer war durchsucht worden.

Im Dachgeschoss empfing sie die gleiche Atmosphäre von Verlassenheit und Vernachlässigung. Dort hatte ihr Vater sein Büro und ihre Mutter ihr Musikzimmer gehabt, und zwischen den beiden Räumen lag das Bücherzimmer – das Wort Bibliothek war ihrem nüchternen Vater zu hochtrabend –, das für sie als Kind einer ihrer Lieblingsaufenthaltsorte gewesen war, eine Welt der Märchen und Entdeckungen. Alice schob die Tür auf.

Wie schon im Erdgeschoss waren die Regale von der Wand gebrochen, stellenweise war auch hier die Tapete heruntergerissen, und die Bücher lagen in unordentlichen Haufen auf dem Parkett. Eine Bodenvase, eine von zweien, die ihre Mutter, wie sie sich erinnerte, immer als sehr wertvoll bezeichnet hatte, war umgestürzt und in zwei Hälften zerbrochen. Das Gegenstück war unversehrt. Fassungslos sank sie auf einen verstaubten Sessel. Wo war ihr Vater? Sie zog ihr Handy hervor und rief ihren Cousin Thomas an, aber eine metallische Stimme beschied ihr, dass er im Augenblick nicht erreichbar sei. Auch Gesine meldete sich nicht, im Telefonbuch waren sie nicht zu finden, und ein Anruf in seinem Weinhandel fruchtete auch nicht. Die Sekretärin erklärte Alice, dass

Herr Claussen heute nicht mehr erreichbar sei. Frustriert steckte sie das Handy weg und sah auf die Uhr. In knapp zwei Stunden würde das Familientreffen im Hotel stattfinden. Da würden die beiden mit Sicherheit aufkreuzen, und sie würde sie zur Rede stellen können. Das Überraschungsmoment bei einer persönlichen Konfrontation wäre enorm, viel größer als am Telefon, und auf zwei Stunden mehr oder weniger kam es jetzt auch nicht mehr an.

Als Alice das Zimmer verließ, stolperte sie über ein Ringbuch, das wohl auch aus dem Regal gefallen war. Sie erkannte es sofort. Während ihrer Ausbildung für Gemälderestaurierung hatte sie in diesem Buch alles notiert, was ihr wichtig erschienen war. Sie bückte sich, wischte den Staub ab und blätterte es durch. Hauptsächlich enthielt es Rezepte für Farbmischungen und für die richtige Lösung, um den Firnis abzunehmen. Alice nahm es an sich und verließ das Haus. Sie schloss es sorgfältig ab und ging die Auffahrt hinunter, zog das Tor hinter sich zu und stieg in ihr Auto.

Im Hotelrestaurant aß sie erst noch einen Teller mit Bratkartoffeln und hausgemachter Sülze, bevor sie sich in ihr Zimmer begab, um sich für den Familientag umzuziehen. Die Auswahl war schnell getroffen. Kleidung für eine Party hatte sie nicht eingepackt, die schipperte gerade übers Meer. Aber einen schwarzen, perfekt geschnittenen Hosenanzug fürs Geschäftliche hatte sie dabei und ein Seidenkostüm mit Gehrock in Moosgrün, dessen Manschetten mit breiten goldbestickten Bordüren geschmückt waren, die sie aus Indien mitgebracht und selbst aufgenäht hatte. Sie wusch ihr Haar, schminkte sich sorgfältig, zog sich an, schlüpfte in ihre High Heels und machte sich auf den Weg zum Festsaal.

Dort wartete sie an der Bar im Hintergrund, bis die meisten Gäste eingetroffen waren, dann holte sie tief Luft und machte ihren Auftritt. Gesine und Thomas erblickten sie sofort. Beide standen in einer größeren Gruppe, in der ihr zumindest einige Leute bekannt vorkamen, und sei es nur aufgrund einer gewissen Familienähnlichkeit. Gesines Kurven waren in ein leuchtend rotes Paillettenkleid gezwängt, ihr Haar strahlte in frischem Goldblond, und die obszön großen Klunker in ihren Ohren sprühten Feuer. Sie lachte und gestikulierte lebhaft und schien hier eindeutig im Mittelpunkt zu stehen.

»Thomas!«, rief Alice laut. »Wo ist mein Vater?«

Schlagartig verstummte jedes Gespräch, alle wandten sich ihr zu. Gesine starrte sie entsetzt an. Erregt presste sie eine Hand auf ihren wogenden Busen. »Heiliger Strohsack«, stieß sie hervor.

Thomas lief rot an. »Was zum Teufel ...«

» ... mach ich hier?«, vollendete Alice sarkastisch. »Ich suche meinen Vater! Und ich will wissen, wieso das Haus total verdreckt und obendrein verwüstet ist!« Sie baute sich vor ihrem Cousin auf. »Also, was ist hier los?«

Thomas packte sie am Arm. »Komm, das sollten wir in Ruhe besprechen. Lass uns so lange rausgehen ...«

»Fass mich nicht an!« Sie riss sich los. »Warum? Wir sind doch eine Familie. Gibt's was, was die anderen nicht erfahren sollen?« Sie rief laut genug, dass jeder es verstehen konnte, und sah mit Genugtuung, dass sie aller Aufmerksamkeit hatte.

»Na, sieh mal einer an«, sagte Claus mit unangenehm hoher Stimme und blickte seinen Bruder und dessen Frau lauernd an. »Seid ihr wieder mal auf Schatzsuche gegangen?«

Alice' Blick blieb an ihm hängen. Abschätzend musterte sie ihn von Kopf bis Fuß. Er war groß, rotgesichtig und eher unbeholfen, und sein Bauch hing deutlich über den Gürtel der Anzugshose. Sie schätzte ihn auf Ende vierzig. Im Geiste zog sie dreißig Jahre von seinem Aussehen ab. Und nun erkannte sie ihn. Es war tatsächlich Thomas' Bruder, ihr Cousin Claus. Als junger Mann hatte er einmal recht gut ausgesehen, jetzt ähnelte er seinem Vater. Blasse, sommersprossige Haut, rötliches, bereits grau meliertes Haar.

Thomas bedachte seinen Bruder mit einem wütenden Blick und machte eine Handbewegung, die wohl bedeutete, dass Claus den Mund halten solle. Was der wiederum mit einer Grimasse quittierte.

Verwirrt sah Alice von einem zum anderen. Wovon redete Claus? Warum reagierte Thomas so heftig? Sie knöpfte ihren Gehrock auf. Es war stickig im Saal. Unnachgiebig fixierte sie Claus. »Was meinst du mit Schatzsuche?«

Der grinste sie maliziös an. »Sag bloß, du hast keine Ahnung?«

»Wir haben ja versucht, dich anzurufen …«, redete Gesine schnell dazwischen und sah Hilfe suchend zu Thomas auf. »Sag doch auch mal was!«

»Richtig«, bestätigte der und sah sie dabei nicht an. »Aber wir haben deine Handynummer verlegt … Blöd, aber so ist es nun mal.«

»Und da habt ihr nicht einfach meinen Vater angerufen und gefragt?«, fauchte Alice. »Der steht im Telefonbuch.«

Thomas zuckte mit den Schultern. »Na ja, das ging ja auch nicht, weil …«

»Was soll das heißen? Das ging nicht?«, fuhr sie ihn mit steigender Angst an. »Wo – ist – mein – Vater?«

»Nun beruhig dich mal, und führ dich hier nicht so auf«, raunzte Thomas sie an.

Das war zu viel. Alice zog ihr Handy aus der Tasche und hielt es hoch. »Wenn ihr mir nicht auf der Stelle sagt, wo sich mein Vater befindet und was mit ihm geschehen ist, rufe ich die Polizei«, drohte sie. »Und glaubt ja nicht, dass ich das nicht machen werde.«

Thomas starrte sie an, während die verschiedensten Emotionen über sein Gesicht jagten. Nach einem stummen Blickduell mit seiner Frau wandte er sich wieder Alice zu. »Wir hatten einen ungewöhnlich plötzlichen, ungewöhnlich harten Wintereinbruch mit Blitzeis. Vor ungefähr drei Wochen. Du weißt, was Blitzeis ist?«

»Lenk nicht ab!«, fauchte sie. »Ich will keinen Wetterbericht hören. Außerdem weiß ich, was Blitzeis ist. Ich bin schließlich von hier.«

»Wie dem auch sei«, fuhr Thomas fort. »Dein Vater ist an der Wakenitz spazieren gegangen, was ziemlich leichtsinnig von ihm war, wenn du mich fragst, und irgendwann ist er vermutlich ausgerutscht und mit dem Kopf auf einen Stein gefallen. Man hat ihn erst nach Stunden gefunden. Die Nachbarin von gegenüber sagt, sie hätte ihn ungefähr vier Stunden vorher das Haus verlassen sehen.«

»Das kann nicht stimmen«, unterbrach ihn Alice heftig. »Nach so langer Zeit wäre er erfroren gewesen. Also red hier keinen Mist!« Sie konnte sich kaum noch beherrschen. Ein Bild stand ihr vor Augen. Ihr Vater, in einer Blutlache liegend, die zu rotem Eis gefroren war. Ihr Puls rauschte ihr in den Ohren. »Du hast eine Minute, bis ich die Polizei anrufe«, flüsterte sie mit einer Stimme wie ein Reibeisen. »Also, wo ist Papa?«

Keiner der beiden antwortete. Gesine, die Schweißperlen auf der Stirn hatte, zwirbelte nervös an einer Haarsträhne, während Thomas eingehend seine Schuhspitzen betrachtete.

Alice ließ den Blick von einem zum anderen fliegen, und ihr Mund wurde plötzlich staubtrocken. »Lebt er noch?«, krächzte sie.

»Ja«, sagte Gesine mit tonloser Stimme, und Alice wurde schwindelig vor Erleichterung. »Aber ...«

Alice erstarrte. Dieses eine Wort beinhaltete eine Katastrophe. »Was aber?«, flüsterte sie.

Wieder wechselten Thomas und Gesine einen Blick. Schließlich antwortete ihr Thomas, sehr schnell und ohne sie anzusehen. »Der Aufprall auf dem Stein hat eine massive Gehirnblutung ausgelöst. Er liegt im Koma. Wenn ...« Er räusperte sich. »Der Arzt sagte, wenn er nicht so tiefgekühlt gewesen wäre, wäre er sowieso schon tot.«

Alice brach der Schweiß aus, gleichzeitig wurde sie von Kälteschauern überfallen. Sie zog ihren Gehrock fester um sich. »Wo ist er?«, presste sie mit rauer Stimme hervor.

Eine Stunde später stand Alice am Krankenbett ihres Vaters. Als Erstes fuhr ihr durch den Kopf, dass er geschrumpft war. Geschrumpft zu einer wachsbleichen Puppe, aus der eine Menge Schläuche hingen.

»Papa«, sagte sie leise und nahm seine Hand.

Sie war kalt und gewichtslos, und auf ihre Berührung reagierte er nicht. Er war in eine Welt abgeglitten, wo sie ihn nicht mehr erreichen konnte. Eine Weile blieb sie bei ihm sitzen. Sie streichelte seine Hand, redete leise mit ihm und hoffte auf ein Zeichen, dass er ihre Anwesenheit wahrnahm. Vergebens. Schließlich ging sie ins Schwesternzimmer und verlangte den Stationsarzt zu sprechen.

Es war eine Frau, überraschend jung, mit langem, blondem Pferdeschwanz und einem klaren, ungeschminkten Gesicht. Sie stellte sich vor, und die Ärztin beantwortete alle Fragen ausführlich, und als Alice sie um eine Prognose bat, gab sie ihr schnörkellos Auskunft. »Es steht sehr ernst um ihn, und nur sein kräftiges Herz und die Tatsache, dass er für sein Alter in verhältnismäßig guter körperlicher Verfassung ist, halten ihn am Leben.« Sie streifte sie mit einem mitleidigen Blick. »Die Wahrscheinlichkeit, dass er je wenigstens ein gewisses Bewusstsein wiedererlangen wird, ist praktisch null.«

Alice wandte sich ab. Diese Erschütterung musste sie allein verkraften. Schließlich sah sie die Ärztin wieder an. »Wie lange?«, flüsterte sie, als sie wieder sprechen konnte.

»Das kann man nicht vorhersagen. Es kann noch eine Weile dauern, sein Herz ist stark, aber ...« Eine knappe Handbewegung drückte aus, was die Ärztin nicht aussprach. Dass ihr Vater jeden Augenblick sterben könnte.

»Okay«, sagte Alice. »Ich verstehe.« Sie schrieb die Adresse und Telefonnummer ihres Hotels auf eine ihrer Visitenkarten. »Ich habe nur eine südafrikanische Mobilnummer, aber eine SMS kostet nicht viel und wird mich sofort erreichen. Morgen komme ich wieder.«

Der Frühlingshimmel war durch dichte Wolken verdeckt, es war dunkel, als sie ins Auto stieg, und ziemlich kalt und stürmisch. Eine Weile blieb sie so reglos sitzen. In ihrem Kopf herrschte summende Leere, und es war ihr nicht möglich, einen Gedanken an den anderen zu reihen. Immer sah sie die wachsgelbe Puppe vor sich, von der man ihr sagte, dass es ihr Vater sei, und konnte keine Verbindung zu dem kräftigen Mann finden, den sie ihr ganzes Leben gekannt hatte.

Mit klammen Fingern drehte Alice schließlich den Zündschlüssel. Noch einmal in ihr Elternhaus zu fahren brachte sie nicht fertig. Ohne Elektrizität würde es dunkel, kalt und obendrein entsetzlich einsam dort sein, und das würde sie heute nicht aushalten.

Also kehrte sie ins Hotel zurück. Der Lärm der Familienfeier drang durch die halb geöffnete Saaltür. Sie hastete eilig zum Lift und schaffte es tatsächlich, ungesehen in ihr Zimmer zu gelangen. Sich jetzt mit Thomas und Gesine auseinanderzusetzen und zu hinterfragen, was Claus mit der Schatzsuche gemeint hatte, war nach diesem Tag einfach zu viel. Sie musste jetzt allein sein, um ungestört nachdenken zu können.

Aus der Minibar schenkte sie sich ein Glas Mineralwasser ein, trank die Hälfte und kippte nach kurzem Zögern eine der Miniflaschen Wodka dazu und stellte sich ans Fenster. Die Wolken hatten sich verzogen, die Lichter der Stadt erhellten den Himmel, und weißes Mondlicht floss über die Trave. Die Lichtreflexe tanzten vor ihren Augen. Sie fror. Die Heizung lief, das konnte sie spüren, aber diese Wärme konnte nichts gegen ihre innere Kälte ausrichten. Entschlossen stürzte sie den Wodka in einem Zug hinunter. Obwohl sich für eine kurze Zeit ein angenehm warmes Gefühl in ihrer Mitte ausbreitete, fröstelte sie. Ein weiteres Fläschchen Wodka aus der Minibar und eine brühheiße Dusche später fiel sie ins Bett und schlief tatsächlich ein.

II

Nach dem Frühstück fuhr Alice zu Gesine, die sichtlich nervös wurde, als sie sich im Eingang gegenüberstanden. »Thomas ist nicht da«, sagte sie schnell und machte Anstalten, die Tür wieder zu schließen.

Alice stellte einen Fuß dazwischen. »Macht nichts, ich will ja dich sprechen. Kann ich reinkommen?« Damit drückte sie gegen die Tür, bis Gesine notgedrungen den Eingang freigab. »Ich habe nur zwei Fragen. Wie kann es sein, dass das Haus meines Vaters so verwahrlost ist? Und wer ist eingebrochen und hat es durchwühlt?«

»Also, ich hab jetzt wirklich keine Zeit.« Gesine lief zu ihrer Garderobe, holte einen Daunenmantel heraus und zog ihn über. »Ich muss weg. Ich hab einen Termin.« Sie versuchte, sie hinauszudrängen.

»Das ist mir völlig egal.« Alice blockierte die Eingangstür, indem sie sich von außen dagegenlehnte. »Ich will auf der Stelle die Antworten auf meine Fragen haben. Fangen wir am Anfang an. Also, wieso sieht es bei meinem Vater so aus, als wäre wochenlang nicht sauber gemacht worden? Er hatte doch eine Haushälterin, oder?«

Gesines Gesicht wurde von einem fleckigen Rot überzogen. »Was weiß ich«, zischte sie. »Ich bin doch nicht seine Babysitterin.«

Das war allerdings wahr, dachte Alice. »Hast du irgendwelche Vermutungen? Er war doch in jeder Beziehung immer so pingelig. So verwahrlost, wie das Haus jetzt aussieht, stimmt das nicht mit seinem Charakter überein.«

Gesine streifte sie mit einem Seitenblick und zuckte mit den

Schultern. »Vermutlich hat er die Haushälterin rausgeekelt, wie das bei alten Leuten so oft passiert, und dann sind ihm Haus und Garten über den Kopf gewachsen, und er war nicht imstande, was dagegen zu unternehmen.«

Alice musterte sie schweigend. Gesines Gesicht war gerötet und glänzte vor Schweiß. Das allerdings musste nicht heißen, dass sie log. Das Haus war ziemlich überheizt, und sie stand gut im Futter, wie man hier so sagte, und außerdem musste sie altersmäßig schon in den Wechseljahren sein. Da schwitzte man halt leichter. Und Gesines Erklärung klang plausibel, also beschloss sie, dieses Thema nicht weiter zu verfolgen.

»Okay, das könnte so gewesen sein«, sagte sie. »Den Namen der Haushälterin kenne ich, ich werde sie fragen. Frage Nummer zwei ist, wer hat das Haus durchwühlt? Mein Vater sicherlich nicht.« Sie fixierte Gesine mit einem scharfen Blick. »Es muss jemand eingebrochen sein.«

Die hektischen roten Flecken dehnten sich von Gesines Gesicht zum Hals aus. »Keine Ahnung, und jetzt verlass mein Haus! Sonst ... sonst ruf ich Thomas an.«

»Das wäre vielleicht eine gute Idee. Vielleicht weiß der ja, wer es war.« Alice lächelte sie bewusst aufreizend an.

»Raus!«, keifte Gesine und zeigte mit zitterndem Finger auf die Eingangstür. »Verschwinde!«

»Mach ich«, gab sie ruhig zurück. »Gleich. Erst mal her mit dem Schlüssel zum Haus meiner Eltern.« Sie hielt die Hand auf. Gesine hakte einen Schlüssel vom Bord und knallte ihn ihr auf die Handfläche. »Gut«, sagte Alice und steckte ihn ein. »Abgesehen davon wollte ich nur fair sein und dich vorher fragen, bevor ich zur Polizei gehe und Anzeige erstatte. Wobei ich übrigens erwähnen werde, dass ihr den Schlüssel hattet. Tschüs, wir sehen uns!«

Damit verließ sie das Haus und stieg ins Auto. Im Rückspiegel bemerkte sie, dass Gesine am Fenster stand und ihr Mobiltelefon am Ohr hatte. Vermutlich rief sie ihren Mann an.

Alice fuhr geradewegs zur nächsten Polizeistation und erstattete Anzeige gegen unbekannt wegen Einbruch, Vandalismus und was ihr sonst noch einfiel. Auch die Tatsache, dass ihr Cousin in ihrer Abwesenheit den Schlüssel zum Haus gehabt hatte, gab sie zu Protokoll.

»Ist das Ihr Haus?«, fragte der Beamte.

»Das meines Vaters«, erklärte Alice. »Ich stelle die Anzeige in seinem Namen.« Dabei fiel ihr mit mulmigem Gefühl im Magen ein, dass sie sich eigentlich eine Vollmacht besorgen müsste, um irgendetwas im Namen ihres Vaters erledigen zu können.

Der Beamte aber nahm alles ohne Einspruch auf. »Sobald es geht, werden wir Ihnen zwei unserer Leute schicken, die den Schaden aufnehmen werden«, sagte er abschließend.

Alice dankte ihm und verließ das Gebäude. Draußen suchte sie aus ihren Kontakten den des Anwalts ihrer Familie heraus. Titus Brosius würde wissen, was notwendig war, um für ihren Vater handeln zu können. Sie kannte den alten Herrn seit ihrer Kindheit. Ihr Vater und er hatten regelmäßig Schach gespielt, und früher hatte er oft Süßigkeiten für sie in der Tasche gehabt. Sie wählte seine Nummer.

»Alice, wie gut, dass Sie anrufen«, rief der alte Herr aus. »Ich hätte Ihnen sonst spätestens morgen geschrieben! Kommen Sie zu mir! Jetzt! Ich freue mich.«

Eine halbe Stunde später saß Alice dem drahtigen, schmalen Anwalt mit überraschend dichtem weißem Haar in der Kanzlei an seinem Schreibtisch gegenüber und starrte auf eine Urkunde, die er ihr hingeschoben hatte. »Was ist das?«

»Die Schenkungsurkunde für Ihr Elternhaus. Sie lautet auf Ihren Namen. Ihr Vater hat sie vor sechs Monaten ausfertigen lassen, wie Sie am Datum sehen können.«

»Schenkungsurkunde.« Verwirrt blickte Alice hoch. »Gab es denn zu der Zeit einen Anlass? Ging es ihm nicht gut?«

»Er schien mir bei seinem Besuch bei guter Gesundheit gewesen zu sein. Ferdinand ist noch längst nicht im Ruhestand. Als wir uns das letzte Mal trafen, meinte er, er würde doppelt so schnell alt werden, wenn er nicht gelegentlich wieder etwas mitmischen würde.« Der Jurist lachte verschmitzt. »Wir sind doch alle gleich. Ich treibe meinen Sohn auch zum Wahnsinn, weil ich immer noch in die Kanzlei komme. Zwar ist er für den größten Teil der täglichen Fälle zuständig, aber ich betreue noch einige alte Mandanten. Die meisten sind Freunde, wie Ihr Vater. So ist es eben. Keinem fällt es leicht loszulassen. Wie Ferdinand übrigens sagte, wollte er sich und Sie mit der Schenkung absichern.«

»Absichern? Wogegen?« Alice zog die Brauen zusammen. »Das verstehe ich nicht. Wir haben regelmäßig über Skype miteinander telefoniert. Er hat nie etwas davon erwähnt, und mir ist auch nichts Ungewöhnliches an ihm aufgefallen, und er wirkte auch nicht krank oder so.«

»Vielleicht sollte es eine Überraschung sein? Wie geht es ihm eigentlich? Ich habe in den letzten Wochen mehrfach versucht, ihn zu erreichen, aber er scheint wohl weggefahren zu sein. Oder segelt er wieder irgendwo in der Ostsee herum?« Mit einem Lächeln setzte er hinzu: »Obwohl das Wetter ja eigentlich nicht danach ist.«

»Nein«, sagte sie leise. »Das tut er nicht.« Ihr Vater war tatsächlich oft auf Segeltour gegangen. Sie erklärte ihm, was mit ihrem Vater passiert sei. »Die Stationsärztin meint, dass die Prognose sehr ernst ... Es wird wohl nicht mehr lange dauern.«

Titus Brosius schaute bestürzt drein, tätschelte ihr über den Schreibtisch hinweg die Hand und versicherte ihr, dass er immer für sie da sei. Er schrieb etwas auf seine Visitenkarte und reichte sie ihr. »Das ist meine Geheimnummer. Rufen Sie mich zu jeder Zeit an. Und ich meine wirklich zu jeder Zeit.«

Alice lächelte schwach. »Danke, das hilft mir sehr«, sagte sie. Auf dem Familientag hatte sie sich als unerwünschte Außenseiterin gefühlt. Titus Brosius auf ihrer Seite zu wissen fühlte sich gut an. »Da ist noch etwas«, sagte sie. »Ich war gestern in unserem Haus. Es ist verdreckt und ziemlich verwahrlost. Das ist so gar nicht die Art meines Vaters. Sie wissen doch, wie pingelig er immer ist. Können Sie sich einen Reim darauf machen?«

Der alte Anwalt reagierte entsetzt. »Überhaupt nicht. Das habe ich gar nicht mitbekommen. Im letzten halben Jahr haben wir uns nur zur Unterzeichnung der Schenkungsurkunde hier in der Kanzlei gesehen. Ich war krank, wochenlang, und dann haben sie mich zur Kur geschickt. Für eineinhalb Monate!« Er klang empört. »Als ich wieder am Schreibtisch saß, habe ich erst aufarbeiten müssen, was sich hier angesammelt hat. Da war keine Zeit für irgendetwas anderes.«

»Oh, das tut mir leid«, sagte sie und stand auf. »Sie sind hoffentlich wieder ganz hergestellt?«

Titus Brosius machte eine wegwerfende Handbewegung. »Unkraut vergeht nicht! Bitte lassen Sie mich wissen, wann ich ihn besuchen kann.« Er nahm ihre beiden Hände in seine und drückte sie. »Denken Sie daran, Ihr Vater ist sehr stark, er wird es schaffen!«

Alice versprach, ihm Bescheid zu sagen, und verabschiedete sich.

Die Anzeige hatte sie nicht erwähnt, weil das Fachgebiet von Titus Brosius und auch das von seinem Sohn ausschließlich Wirtschaftsrecht war. Mit Strafrecht befassten sich die beiden nicht, wie ihr Vater irgendwann einmal erzählt hatte.

Draußen war es noch frisch, aber die Luft war klar, und es duftete nach Frühling. Sie fröstelte trotzdem.

Ihr Vater schaffte es nicht. Er starb in derselben Nacht, im perlgrauen Schimmer jener frühen Morgenstunde kurz vor Sonnenaufgang, wo Menschen für immer die Welt verließen, aber auch neues Leben das Licht erblickte. Er starb still und ohne

Kampf, und dafür war sie sehr dankbar. Gegen zwei Uhr morgens hatte sie die SMS der Stationsärztin geweckt, dass es bald so weit sei. Alice fuhr sofort ins Krankenhaus und hielt die Hand ihres Vaters, bis er gegangen war. Noch lange blieb sie bei ihm sitzen, doch als sie endlich steifbeinig aufstand, um zu gehen, stürzte sie seelisch völlig unerwartet ab. Sie fiel und fiel, immer schneller, ein Tonnengewicht presste ihr die Luft aus dem Leib, und sie wirbelte als Staubkorn durchs ewig schwarze Weltall.

Mit beiden Händen klammerte sie sich am Bettgestell fest. Doch kurz bevor das Schwarz sie endgültig verschlang, wich der Druck, und ihre Atmung setzte wieder ein. Ihre Reaktion erschütterte sie bis ins Mark, und die Sehnsucht nach Pierres starken Armen überwältigte sie. Wie in Trance erledigte sie die notwendigen Formalitäten, rief das Bestattungsinstitut an, das auch die Beerdigung ihrer Mutter durchgeführt hatte, und fuhr danach in ihr Elternhaus. Es als ihres zu betrachten gelang ihr noch nicht. Im Haus angekommen, öffnete sie die Tür und sah sich um. Das Morgenlicht strömte durch die verdreckten Fenster, erhellte auch die dunklen Ecken des geräumigen Eingangsbereichs. Sie bemerkte sofort, dass sich seit ihrem letzten Besuch wieder jemand hier Einlass verschafft hatte. Mit steigender Wut wanderte sie durch die Räume, blieb in jedem Zimmer stehen und versuchte zu erkennen, was die Eindringlinge gesucht haben mochten. Denn gesucht hatte jemand etwas, davon war sie überzeugt. Alice erkannte einige Gegenstände – Skulpturen, Bilder, wunderschöne Seidenteppiche –, von denen sie wusste, dass sie einen gewissen Wert darstellten, und die leicht zu transportieren gewesen wären. Kein Einbrecher, der auf Geld aus war, würde die zurücklassen. Ebenso wenig wie die teure Musikanlage, die auf dem letzten Stand der Technik war und den Namenszug einer Edelfirma trug, und den neuen Computer, mit dem ihr Vater sie per Skype angerufen hatte.

Beide standen noch an ihrem Platz. Was also war der Grund für den Einbruch?

Alice rief unverzüglich einen Schlosser an und machte einen Termin später am Tag, um alle Schlösser auswechseln zu lassen.

Anschließend wählte sie die Nummer des Polizeireviers und fragte, wann sie damit rechnen könne, dass der Tatbestand aufgenommen werde.

»Wir schicken jemanden in der nächsten Stunde zu Ihnen«, beschied man ihr.

Tatsächlich traf kurz darauf ein Streifenwagen mit zwei Uniformierten ein, und Alice öffnete ihnen die Tür.

»Kommissar Lehmann«, sagte der Ältere und zeigte seinen Ausweis. »Und das ist mein Kollege Krugmann. Ich führe die Befragung durch, mein Kollege wird alles fotografieren.«

Alice zeigte Krugmann den Schaden im Erdgeschoss. »Oben sieht es ähnlich aus«, sagte sie und wies auf die Treppe.

Lehmann schlug sein Notizbuch auf. »Haben Sie bereits eine Liste der gestohlenen Gegenstände gemacht?«

Sie schüttelte den Kopf. »Ich bin mir nicht einmal sicher, dass etwas gestohlen wurde«, erwiderte sie. »Sowohl der Computer als auch die teure Musikanlage und ein paar wertvolle Kunstgegenstände sind noch da. Ich finde das eigenartig. Mir scheint es eher, dass hier jemand etwas gesucht und noch nicht gefunden hat.«

»Nichts gestohlen?« Der Kommissar zog erstaunt die Brauen hoch. »Nun, nach Beschaffungskriminalität sieht das dann nicht aus. Ich schlage vor, dass Sie das noch einmal genauer überprüfen und uns dann Bescheid geben.«

»So, ich habe alles im Kasten«, sagte der Fotograf und kam die Treppe herunter. »Ich warte draußen.« Mit einem Nicken verabschiedete er sich von Alice und verließ das Haus.

Lehmann klappte sein Notizbuch zu und setzte seine Mütze wieder auf. »Ich halte es für nicht sehr wahrscheinlich, dass die Sie noch einmal heimsuchen werden. Aber ich werde der zuständigen

Streifenwagenbesatzung Bescheid geben, nachts regelmäßig bei Ihnen vorbeizufahren. Wir bleiben in Verbindung.« Mit zwei Fingern tippte er grüßend an den Mützenschirm und ging.

Nachdem Alice die Tür hinter ihm geschlossen hatte, machte sie sich ans Aufräumen. Soweit ihre Kräfte ausreichten, richtete sie die Möbel im Erdgeschoss auf und schob die Regale zurück, um die Bücher hineinzuordnen. Im Wohnzimmer klopfte sie dort, wo die Tapete heruntergerissen war, die Wände ab und lauschte auf ein unterschiedliches Echo, das ihr verraten könnte, ob sich dort ein Hohlraum befand, der erklären könnte, worauf die Eindringlinge aus waren. Aber überall war das Echo gleich. Sie gab auf und setzte sich in den Wintergarten, um in Gedanken eine Liste der Dinge zu machen, die als Erstes zu erledigen waren. Das Haus musste gründlich gereinigt und die meisten Zimmer neu tapeziert werden. Die zerbrochenen Möbel, soweit sie nicht zu reparieren waren, würde sie entsorgen müssen. Aber vorher wollte sie die Papiere ihres Vaters durchgehen und herausfinden, wie es geschehen konnte, dass das Haus in diesen jämmerlichen Zustand geraten war.

Vor ihr türmte sich im Augenblick rasend schnell ein Riesenberg von Problemen auf, und sie war versucht, ihrem Instinkt, einfach hinter sich das Haus abzuschließen, wegzugehen und nie wieder zurückzukehren, nachzugeben. Aber Probleme waren dazu da, gelöst zu werden, das war schon immer ihr Credo gewesen. Ignorierte man sie, tendierten sie dazu, sich weiter aufzublähen. Sie stand auf und wanderte vor der verschmutzten Glaswand hin und her. Die Sonne kämpfte sich durch die Wolken und flutete den Wintergarten mit Licht und frühlingshafter Wärme. Sie öffnete den Reißverschluss ihres Daunenmantels und wanderte tief in Gedanken noch einmal von Raum zu Raum.

Nach und nach verschwamm ihre Wahrnehmung. Alice, das kleine Mädchen, lief jetzt durch die Zimmer. Lachend, energiegeladen und voller Neugier auf die Welt. Ohne dass es ihr bewusst wurde, lächelte sie auch jetzt. Ihre frühe Kindheit war eine glückliche gewesen.

Vom Fenster des Bücherzimmers schaute sie hinaus über den Garten. Die Sonne funkelte auf der Wakenitz, und die kahlen Bäume warfen grafische Schattenmuster auf die Grasfläche. Ein schönes Bild, aber sie sah wieder nur den Problemberg vor sich. Nachdenklich verschränkte sie die Arme vor der Brust. Vielleicht konnte sie Titus Brosius einfach sämtliche Akten auf den Schreibtisch packen und ihn bitten, alles zu prüfen und in Ordnung zu bringen? Diesen Gedanken jedoch verwarf sie sofort. Anwaltszeit war in jedem Land der Welt unglaublich teuer, und das Geld hatte sie nicht. Dafür aber genügend Zeit. Sie seufzte und beschloss, zunächst herauszufinden, was ihr Vater konkret hinterlassen hatte. Vielleicht hatte er ja außer dem Haus sein ganzes Geld irgendeinem Tierheim vermacht. Ihr war längst aufgegangen, dass ihr Vater für sie praktisch ein Fremder war und sie sich eigentlich nur an den strengen, ungeduldigen und oft ungerechten Mann erinnerte, mit dem sie sich damals entzweit hatte.

Sie rief den Anwalt an und unterrichtete ihn vom Tod ihres Vaters, worauf er sie bat, sofort zu ihm zu kommen. Es stellte sich heraus, dass sie Alleinerbin für den gesamten Besitz ihrer Eltern war.

»Gibt es einen Grund, weswegen ich das Erbe nicht annehmen sollte?«, fragte Alice den alten Herrn, als sie in der Kanzlei vor ihm saß. »Ist das Haus mit Hypotheken belastet, gibt es Schulden? Bitte seien Sie ehrlich.«

Der Jurist schien sich erst sammeln zu müssen, ehe er antwortete. »Nun, da ist in der Tat etwas«, sagte er und zog ein ernstes Gesicht. »Nachdem er keinen Nachfolger fand, hat Ferdinand seine Firma verkauft und an der Börse investiert. Hat er Ihnen das nicht erzählt?«

Stumm schüttelte sie den Kopf und wappnete sich innerlich für schlechte Nachrichten.

»Oh«, sagte der alte Titus Brosius. »Nun, er hat den größten Teil vom Erlös in IT-Aktien, amerikanische Immobilienfonds und irgendwelche Schiffsbeteiligungen investiert und am Ende eine Riesensumme verloren. Er musste nachschießen, und dabei ist sein gesamtes Kapital draufgegangen. Bevor er Ihnen das Haus überschrieben hat, musste er eine Hypothek darauf aufnehmen. Natürlich hat er sich verpflichtet, diese Summe schnell zu tilgen.« Sein Blick glitt zur Seite, als wäre es ihm unangenehm, sie anzusehen. »Es tut mir leid, Ihnen das sagen zu müssen, aber diese Verpflichtung geht naturgemäß auf seine Erben über. Aber das Anwesen stellt ja einen beachtlichen Vermögenswert dar, also sollte das zu verschmerzen sein.«

Seine Ausführungen kondensierten sich für sie zu einem einzigen Wort. Hypothek. Mit bangem Herzen stellte Alice die Frage: »Wie hoch ist die Hypothek, wissen Sie das?«

Der Anwalt ließ seine Daumen umeinanderwirbeln. »Nicht offiziell. Ferdinand hat es mal so nebenbei während eines Schachspiels erwähnt.« Die Daumen stoppten, seine Hände flatterten durch die Luft. »Ich meine verstanden zu haben, dass es sich dabei um dreihunderttausend Euro handelt. Wie viel Zinsen dazugeschlagen werden und was noch abzuzahlen ist, weiß ich nicht.«

Alice saß wie festgewurzelt da. Wie Steine prasselten die Worte des Anwalts auf sie herab. *Riesensumme verloren ... sein gesamtes Kapital ist draufgegangen ... eine Hypothek darauf aufnehmen ... Verpflichtung geht naturgemäß auf seine Erben ... dreihunderttausend Euro!*

»Was?«, krächzte sie schließlich. »Was ist denn da passiert? Wie kann es sein, dass mein Vater derart ... derart ...« Ihr fehlten die Worte. Entgeistert starrte sie den alten Herrn an. Umgerechnet waren das gut über drei Millionen Rand. Ihr Haus in La Lucia würde nach Ablösung des Kredits niemals so viel bringen.

Der Jurist schaute sie traurig an. »Ich kann Ihnen das nicht beantworten. Ich bin natürlich davon ausgegangen, dass er Einkünfte hatte. Zum Beispiel eine Rente oder sonst eine Möglichkeit, die Hypothek abzuzahlen … Es tut mir so leid. Aber auf jeden Fall ist das Grundstück sehr wertvoll.«

Alice schüttelte langsam den Kopf. »Ich werde es verkaufen müssen«, flüsterte sie. »Ich kann es mir nicht leisten, darin zu wohnen.«

Titus Brosius hob beide Hände. »Meine liebe Alice, das sollten Sie aber unbedingt überdenken«, sagte er eindringlich. »Wenn ich mich recht erinnere, ist das Haus eins der ersten Sommerhäuser am Wakenitzufer gewesen, es ist also rund zweihundert Jahre im Besitz Ihrer Familie. Derartige Anwesen vererbt man, man verkauft sie nicht. Denken Sie an Ihren Sohn, dem es irgendwann gehören wird. Nehmen Sie einen Kredit auf.«

Alice schüttelte wieder den Kopf. »Seit ich denken kann, hat mein Vater mir eingetrichtert, nur etwas zu kaufen, was ich bar bezahlen kann. Er hat Leute, die Schulden machen, geradezu verachtet. Deswegen kann ich einfach nicht nachvollziehen, was da geschehen ist.«

»Ach, Alice, manchmal spielt einem das Leben sehr übel mit, ohne dass man irgendeine Schuld hat … Ferdinand hat bestimmt irgendwie versucht, den Schaden zu begrenzen. Am Ende war das wohl der einzige Weg, das Haus für Sie zu erhalten. Das war ihm am wichtigsten. Daran sollten Sie denken.«

Alice schluckte eine Antwort hinunter und schob das Testament von sich. »Ich habe weder genug Geld noch Einkommen. Einen Kredit kann ich nicht abzahlen, im jetzigen Zustand ist das Haus unbewohnbar und nichts weiter als eine finanzielle Belastung.« Sie verschlang ihre Finger ineinander. »Es müsste von Grund auf renoviert werden«, fuhr sie fort. »Wobei sich vermutlich erst dann zeigen wird, ob die Substanz so solide ist, dass sich der Erhalt lohnt. Wie Sie ganz richtig sagten, ist es zweihundert Jahre alt. Außerdem steht es nahe am Fluss. Vielleicht ist die Feuchtigkeit in die Mauern gestiegen …«

»Aber Ihr Mann steht doch sicherlich hinter Ihnen, oder?«, unterbrach sie der Anwalt und warf ihr stirnrunzelnd einen durchdringenden Blick zu. »Ich meine finanziell.«

Sie senkte den Kopf und ballte ihre Fäuste. Erst nachdem sie sich sicher war, dass sie antworten konnte, ohne in Tränen auszubrechen, hob sie den Kopf und sah ihn an. »Er ist im Januar tödlich verunglückt«, sagte sie leise. Unter welchen Umständen, behielt sie für sich. »Und unsere finanziellen Verhältnisse waren zuletzt … eher problematisch.«

Was für eine tolle Umschreibung, ging es ihr durch den Kopf, dafür, dass wir nie bedacht haben, dass die Zukunft unvorhersehbar ist, dass sich das Leben in jeder Sekunde um hundertachtzig Grad drehen kann, obwohl wir das, nach allem, was wir erlebt haben, hätten wissen müssen. Aber die Ferienanlage war die Verheißung gewesen, für immer in einen sicheren Hafen einzulaufen, und das hatte sie verführt.

Titus Brosius schaute betroffen drein. »Von dem Unfall hat Ferdinand nichts erwähnt. Aber wir haben uns ja auch lange nicht gesehen …«, sagte er und streichelte flüchtig ihre Hand. »Wie furchtbar für Sie. Es tut mir entsetzlich leid. Wann werden Sie wieder nach Südafrika fliegen?«

»Gar nicht. Ich bleibe hier.« Vorerst jedenfalls, setzte sie für sich hinzu, bis ich weiß, wohin ich gehöre. Außerdem konnte sie sich im Augenblick mit gutem Gewissen kaum ein Rückflugticket leisten.

Der Jurist steckte das Testament mit dem roten Notarsiegel in einen festen Umschlag und schob es ihr zu. »Überlegen Sie es sich gut, ehe Sie das Erbe ablehnen. Das Haus birgt Ihre Familiengeschichte. Kann ich Ihnen auf irgendeine Weise helfen?«

Alice lächelte schief. »Wenn Sie jemanden finden, der mir einen Job gibt, wäre das schon viel. Ich habe in Südafrika jahrelang erfolgreich Immobilien verkauft.« Ihren Ausflug in die Mode, die Tatsache, dass sie vor einer gefühlten Ewigkeit Restauratorin gelernt hatte, brachte sie nicht vor. Damit war auch hier nicht genug Geld zu machen.

»Ich werde mich sofort umhören«, versicherte er ihr.

Aber ihr entging die Skepsis nicht, die im Blick ihres Anwalts kurz aufflackerte. Vermutlich ist ihm gerade klar geworden, wie alt ich bin, dachte Alice bitter, und dass mir mit fünfundfünfzig in Deutschland niemand einen Job geben wird. Bei dem Gedanken rührte sich bei ihr Widerstand. Sie fühlte sich überhaupt nicht alt. Gut, die Fassade begann zu bröckeln, aber das änderte nichts daran, dass sie in jeder anderen Hinsicht völlig fit war. Sie würde sich nicht geschlagen geben, sondern noch einmal von vorn anfangen, und niemand würde ihr das ausreden können. Das schwor sie sich.

Sie verabschiedete sich schnell und fuhr sofort zum Haus. Dort angekommen, machte sie sich daran, jeden Raum noch einmal genauestens in Augenschein zu nehmen, um sich einen detaillierteren Überblick darüber zu verschaffen, wie umfangreich die Renovierung sein würde. Die Liste wurde deprimierend lang und berücksichtigte noch nicht einmal all die kleineren Reparaturen, die auch ausgeführt werden mussten.

Anschließend setzte sie sich im Wintergarten in den Sessel ihres Vaters und beschloss, nicht eher aufzustehen, bis sie sich darüber klar war, ob sie das Haus verkaufen oder behalten wollte. So hatte sie das schon in anderen Situationen gemacht. Sich selbst ein Ultimatum gestellt und es durchgehalten. Mit geschlossenen Augen ließ sie sich alles noch einmal durch den Kopf gehen.

Als sie schließlich aufstand, war es später Nachmittag. Sie öffnete die Tür des Wintergartens. Die Wakenitz gurgelte leise um die Pfähle des Bootsstegs. Die Strahlen der sinkenden Sonne blitzten durch die filigranen Zweige der Trauerweide und malten Spitzenmuster auf die vermooste Rasenfläche. Ein kalter Wind strich vom Wasser herauf, und sie zog den Reißverschluss ihres Daunenmantels bis unters Kinn.

Über die Stufen der Terrasse wanderte sie den gepflasterten Weg entlang, der nur eine Schneise im Gewirr der Grashalme war, hinüber zum Gewächshaus, dessen schön geschwungenes, mit schmiedeeisernen Spitzen verziertes Dach angeblich aus den ersten Jahren des 19. Jahrhunderts stammte. Sie riss ein paar Efeuranken herunter und spähte durch die blinden Scheiben ins Innere. Soweit sie erkennen konnte, herrschte dort ein ähnliches Chaos wie im Haus. Sie schlenderte weiter am Bootshaus vorbei hinaus bis ans Ende des Stegs.

Die Wakenitz strömte träge zu ihren Füßen, schwatzte mit dem Schilf und flüsterte ihr Geschichten vom Woher und Wohin ins Ohr. Ein schnatterndes Entenpaar schwamm mit funkelndem Kielwasser an ihr vorbei. Der Erpel trug sein Prachtkleid, und Sonnenreflexe ließen seinen Kopf in Juwelengrün leuchten. Ihr Anblick versetzte sie Jahrzehnte zurück, in die glückliche Zeit ihrer Kindheit, als diese Welt ihr geheimer Zufluchtsort gewesen war.

Alice sah den friedlich dahinfließenden Fluss, den Schwarm winziger Jungfische, die wie Silberkonfetti dicht unter der Wasseroberfläche glitzerten und bei jedem vorbeihuschenden Vogel zusammenschreckten. Den Hecht, der im Uferbereich bewegungslos auf Beute lauerte. Und darüber spannte sich der weite Himmel, in den sie ihre Träume geschickt hatte.

Stundenlang hatte sie mit ihrem Paddelboot allein den Fluss und seine Ufer erkundet, hatte geangelt und die bunten, flirrenden Libellen beobachtet und den Schwänen beim Hochzeitstanz zugesehen oder auch nur einfach die Paddel eingezogen und sich mit geschlossenen Augen driften lassen. Es war eine verzauberte Zeit gewesen, in der keine Wolke ihren Himmel getrübt hatte.

Einem plötzlichen Impuls folgend, lief sie zurück zum Bootshaus und öffnete die Tür. Die war offenbar kürzlich geölt worden, denn sie schwang ohne Widerstand auf. Überrascht stellte sie fest, dass ihr Paddelboot tatsächlich noch existierte. Das Segelboot ihres Vaters, mit dem er auch schon in Schwedens Schären gesegelt war, konnte sie allerdings nirgendwo entdecken.

Langsam ging Alice zurück zum Haus. Ihr Entschluss stand fest.

Sie würde das Erbe ihrer Eltern annehmen, das Hotelzimmer kündigen und ins Haus ziehen. Und zwar gleich.

Ohne weiter zu zögern, rief sie Titus Brosius an und teilte ihm ihren Entschluss mit.

12

Zurück in der Stadt, ging Alice ins Hotel, packte ihren Koffer und zahlte. In einem Supermarkt, der erst spät schloss, kaufte sie ein paar Vorräte wie Brot, Butter, Milch, Marmelade, löslichen Kaffee und eine Packung Müsli, dazu eine sehr starke Stablampe, deren Strahl weit reichte, und zur Vorsicht Kerzen mit Streichhölzern. Gleich morgen früh würde sie den Strom und das Festnetztelefon wieder anschließen lassen. Falls Christoph anrufen sollte. Und den Erbschein auf dem Einwohnermeldeamt beantragen, und was immer sonst für Formalitäten zu erledigen waren.

Ein Begräbnis organisieren. Zum zweiten Mal innerhalb von wenigen Wochen. Auf dem Burgtorfriedhof, wo die Lauritzens seit Anfang des 19. Jahrhunderts eine Grabstätte besaßen. Alice blieb stehen, glaubte für einen Augenblick, nicht mehr atmen zu können, sah Pierres Asche im Meer versinken, sah Bougainville-enblüten im Sonnengefunkel tanzen und musste ihre ganze Selbstbeherrschung aufbieten, um nicht in die eisige Schwärze ihrer Einsamkeit und Trauer abzustürzen.

Es gelang ihr, aber sie fühlte sich so erschöpft, als hätte sie eine schwere Krankheit durchgemacht. Das war es auch, dachte sie, eine lebensbedrohende Krankheit. Ein Wagen fuhr auf den Supermarktparkplatz, und ein Mann stieg aus. Eine Lederjacke lässig über die Schulter geworfen, ging er mit langen Schritten dicht an ihr vorbei, und für den Bruchteil einer Sekunde trafen sich ihre Augen. Er grinste sie kurz an, während er im Gehen sein Mobiltelefon hervorzog und wählte. Was er sagte, konnte Alice nicht verstehen. Aber dann lachte er, und ihr stockte der Atem. Sie starrte ihm nach.

Seine Augen waren schwarz gewesen, das Kinn kräftig, das dunkle Haar wuchs ihm tief in den Nacken. Obwohl er längst durch die automatische Tür des Supermarkts verschwunden war, konnte sie dieses Lachen, das laut und voller Lebensfreude gewesen war, noch immer hören. Es schwang in ihr nach, wurde zu Pierres Lachen, und obwohl ihr das heiße Tränen in die Augen trieb, fühlte sie sich besser. Pierre war nicht mehr bei ihr, sie konnte ihn nie wieder berühren, aber er würde für immer ein Teil von ihr sein und sie auf jedem Schritt ihres weiteren Lebens begleiten.

Das ist es, was von einem Menschen bleibt, dachte Alice und begriff, warum Menschen oft mit ihren Verstorbenen redeten, etwas, was sie immer ein wenig belächelt hatte. Das Lachen blieb, der Duft, die Erinnerung an Liebe und Wärme und die Gewissheit, dass das bis in alle Zukunft in ihr bleiben würde.

Inzwischen war die Sonne untergegangen, und Dunkelheit senkte sich über die Stadt. Es war jedoch nicht die schwarze Winterfinsternis, die sie so hasste, sondern der nächtliche Frühlingshimmel leuchtete bereits auf geheimnisvolle Weise und warf schimmerndes Licht über das Land. Alice stieg ins Auto, schaltete die Scheinwerfer an und fädelte sich in den Verkehr ein. Am Haus angekommen, trug sie ihre Koffer im Dunklen hinein, genoss das Gefühl, sich nicht umsehen zu müssen, ob ihr jemand folgte, wie sie es in Südafrika getan hätte. Das war Sicherheit und Lebensqualität. Das war Freiheit. Sie schleppte die Einkaufstüten hinein und verstaute den Inhalt im Schein der Taschenlampe in den Küchenschränken. Doch während sie die verderblichen Sachen auf der Terrasse abstellte, weil es nachts fast genauso kalt war, wie ihr Kühlschrank sein sollte, wurde sie von einem ungewohnten Geräusch aufgeschreckt.

Instinktiv reagierte Alice so, wie sie in Afrika reagiert hätte. Blitzschnell schnappte sie sich ein scharfes Messer aus der Besteckschublade und schaltete ihre Taschenlampe aus. Ein Angreifer würde sie so nicht gleich lokalisieren können. Lautlos schlich sie ins Wohnzimmer und spähte hinaus in den Garten. Der Mond war aufgegangen, und die Schatten waren hart und schwarz und unheimlich. Aus den Augenwinkeln nahm sie eine Bewegung wahr, schaltete die Stablampe ein und richtete den Strahl darauf. Zwei Augen leuchteten in der Nacht auf. Für Sekunden glaubte sie an ein Raubtier, bis ihr klar wurde, dass es eine streunende Hauskatze war, die einen Blumentopf von der Steinmauer gestoßen hatte. Das also war das Geräusch gewesen.

Alice legte das Messer zurück in die Schublade. Allmählich musste sie sich daran gewöhnen, dass dieses wohlgeordnete Land nichts mit dem wilden, aufregenden Afrika zu tun hatte, ihr hier niemand auf Schritt und Tritt nach dem Leben trachtete. Weder vierbeinig, zweibeinig noch schlängelnd ohne Beine. Hier war alles gemäßigt, nicht wild und ungezügelt. Zarte Aquarellfarben, nicht glühend wie van Gogh.

Die Aufregung hatte ihren Puls hochgejagt, und für einen flüchtigen Augenblick wich ihre gedrückte Stimmung. Sie spürte nicht die feuchte Kälte der nördlichen Nacht, sondern die weiche Wärme der Sommernächte von Zululand, dazu vernahm sie plötzlich das pulsierende Singen der Zikaden über dem gedämpften Verkehrsgeräusch der nahen Stadt. Gesenkten Kopfes kämpfte sie die Bilder nieder, sagte sich, dass es nur ihr Wunschdenken sei, das ihr etwas vorgegaukelt habe.

Als sie wieder in der Wirklichkeit gelandet war, prüfte sie, ob alle Außentüren verschlossen waren, und öffnete kurz die Kellertür. Ein schwarzes Loch gähnte ihr entgegen, feuchtkühle, leicht modrig riechende Luft strich herauf und mit ihr Erinnerungen an ihre Kindheit. Diesmal keine angenehmen. Sie warf die Tür ins Schloss. Solange der Strom nicht wieder angeschaltet war, musste der Keller warten. Sie hatte keine Lust, im Stockdunklen die Treppe hinunterzufallen, und ganz tief im Inneren hatte sie wie damals als kleines Kind immer noch Angst vor dem Keller.

Es war empfindlich kalt in den Räumen, und der Ostwind zog durch die Fenster. Offenbar waren die Dichtungen nicht in Ordnung. Sie fand Bettwäsche, machte das Bett in ihrem alten Schlafzimmer fertig, stellte ein paar Kerzen auf den Nachttisch und verteilte auch welche im Bad. Wenigstens gab ihr das die Illusion von Wärme, während sie sich mit eiskaltem Wasser wusch. Anschließend löschte sie die Kerzen, kroch schnell unter das Federbett und schlief bald ein.

Irgendwann aber holte sie ein Laut aus dem Schlaf, der nicht ins Haus gehörte. Sie fuhr hoch. Ein Blick auf ihre Armbanduhr zeigte ihr, dass es kurz nach Mitternacht war. Geräuschlos glitt sie aus dem Bett und verwünschte die Tatsache, dass sie das Messer in die Küche zurückgebracht hatte. Glücklicherweise erinnerte sie sich an den Schirmständer im Flur, in dem ihr Vater alle Spazierstöcke aufbewahrt hatte. Leise öffnete sie ihre Tür. Die Spazierstöcke waren noch da. Sie packte den langen mit dem Silberknauf, hielt ihn wie einen Degen, schaltete die Taschenlampe ein und schlich die Treppe hinunter.

»Hau erst drauf, und sieh dann nach, was es war!« Pierres Rat tönte ihr in den Ohren, Schlangen und andere Eindringlinge betreffend, auch die zweibeinigen.

Entschlossen packte sie den Stock fester. Bei der vierten Stufe knarrte die alte Holztreppe vernehmlich an derselben Stelle wie früher. Daran hatte sie nicht gedacht. Sie verharrte stockstill, biss sich auf die Lippen, versuchte lautlos zu atmen. Gespenstisches Mondlicht sickerte durch die hohen Wohnzimmerfenster, die Diele jedoch lag in undurchdringlicher Dunkelheit. Von dort hörte sie ein unterdrücktes Schimpfwort, schnelle Schritte, leises Rascheln und dann ein Klicken, als würde eine Tür leise ins Schloss gezogen. Mit erhobenem Stock, den Lichtstrahl wie ein Schwert auf das Geräusch zielend, sprang sie die Treppe hinunter. In der Diele angekommen, schwang sie die Lampe im Kreis, leuchtete in alle Ecken und prüfte alle Fenster und Türen, auch die Außentüren. Alles war fest verschlossen. Perplex ließ sie die Lampe sinken.

Hatte sie sich das Ganze eingebildet? Nur geträumt?

Alice fror in dem dünnen T-Shirt, das sie in Südafrika anstatt eines Pyjamas getragen hatte, und außerdem war sie barfuß. Ich bin in Deutschland, sagte sie sich, hier droht mir keine Gefahr, und die Polizei kommt, wenn ich sie rufe. Trotzdem holte sie das Messer aus der Küche und verbarrikadierte sich damit in ihrem Zimmer. Sie kroch zurück ins Bett. Allmählich drehte sich ihr Gedankenkreisel langsamer, sie beruhigte sich und schlief wieder ein und träumte Wirres von dem Stalker mit der Baseballkappe.

Gegen halb sieben wurde Alice von lautem Vogelgezwitscher geweckt. Wie laut die Vögel hier um diese Jahreszeit waren, hatte sie vollkommen vergessen. Draußen wurde es gerade erst hell. Bis halb acht hielt sie es noch aus, dann stand sie auf. Nachdem sie mit zusammengebissenen Zähnen die Eisdusche ohne Herzinfarkt überstanden hatte, stieg sie in ihre Jeans und zog Pierres Troyer über ihren Pullover. Er war warm und weich, und für einen Moment blieb die Zeit stehen. Sie atmete zitternd durch und lief die Treppe hinunter ins Erdgeschoss. In der Küche überkam sie unvermittelt der Hunger nach frischen Brötchen. Früher hatte es in der Nähe einen Bäcker gegeben, der damals noch bis an die Haustür geliefert hatte, erinnerte sie sich. Vielleicht existierte der immer noch. Kurz entschlossen warf sie ihren Daunenmantel über.

Draußen ließ sie ihren Blick über den Garten streichen. In der Nähe des Hauses gab es nichts Verdächtiges, schon gar keine fremden Fußstapfen, aber wenn sie sich nicht täuschte, war das hohe Gras um den hölzernen Bootssteg heruntergetreten. Sie ging hinunter und achtete dabei auf verräterische Spuren. Aber erst als sie neben dem Steg stand, fielen sie ihr auf. Fußspuren, mehrere. Auf den Holzplanken lagen lediglich ein paar Dreckkrümel, aber im feuchten Erdreich um den Steg herum waren die Schuhabdrücke deutlich zu erkennen. Sie hatte also nicht geträumt! Es war jemand hier im Garten gewesen.

Die Verlockung frischer Brötchen verflüchtigte sich. Sie verfolgte die Spuren, die oft im feuchten Gras endeten, aber ein paar Meter weiter fand sie dann doch wieder frische Schuhabdrücke. Sie verloren sich in der Nähe vom Gewächshaus. Danach untersuchte sie die unmittelbare Umgebung, konnte aber nichts entdecken, was auf einen Einbruch hindeutete. Wer immer in der Nacht eingebrochen war, schien nicht im Haus gewesen zu sein. Aber sie hatte jemanden gehört. Es war keine akustische Täuschung gewesen, davon war sie überzeugt. Wie also waren der oder die Eindringlinge hineingekommen? Und was hatten sie gesucht?

Die Brötchen mussten warten. Tief in Gedanken, aß Alice eine Schüssel mit Müsli, trank Milchkaffee dazu und machte sich dann als Erstes auf den Weg zu den Stadtwerken, um den Strom wieder anschließen zu lassen. Die Warteschlange im Amt war lang, und es dauerte über eineinhalb Stunden, ehe sie wieder auf die Straße trat. Im Telekomladen kaufte sie sich einen Surfstick und eine SIM-Karte, um endlich wieder online gehen zu können. Danach hatte sie vor, den Erbschein zu beantragen. Unschlüssig blieb sie stehen, dann entschied sie, dass der Erbschein warten konnte. Die Sache mit den Fußspuren beunruhigte sie zu sehr, und von der Polizei hatte sie noch nichts gehört.

Ohne lange zu überlegen, rief sie Titus Brosius an und fragte, ob er ein paar Minuten Zeit für sie habe. Er hatte, und kurz darauf saß sie ihm in seinem Büro gegenüber.

Nachdem der Anwalt die Sekretärin beauftragt hatte, einen starken Kaffee zu brauen und zwei Stück Kuchen zu organisieren, faltete er die Hände und lächelte sie an. »Wie kann ich Ihnen helfen? Gibt es Schwierigkeiten?«

»Das weiß ich noch nicht, aber es ist etwas vorgefallen, was ich mir nicht erklären kann.« Sie schilderte ihm, wie sie das Haus vorgefunden hatte. »Alle Regale waren herausgerissen, die Sachen aus den Schränken auf dem Boden verstreut, und zum Teil waren sogar die Wände beschädigt und hier und da Mauersteine herausgebrochen worden. Für mich sieht es so aus, als hätte jemand gezielt und sehr intensiv nach etwas gesucht. Soweit ich es beurteilen kann, wurde nichts gestohlen, aber genau kann ich das natürlich nicht sagen. Deswegen habe ich Anzeige gegen unbekannt wegen Einbruch, Vandalismus und so weiter erstattet.«

»Sehr gut«, murmelte der Jurist und rollte seinen Füllfederhalter hin und her. »Sehr gut.« Er faltete die Hände vor dem Bauch und starrte haarscharf an ihr vorbei ins Nichts.

Ihr fiel ein, was Claus am Familienabend gesagt hatte. »Einer meiner Cousins sprach von einer Schatzsuche«, setzte sie hinzu. »Wissen Sie, was er damit gemeint haben könnte?«

Titus Brosius antwortete nicht, sondern war in abwesendes Schweigen versunken. Die Sekretärin brachte Kaffee und stellte zwei Stück verführerisch duftenden Streuselkuchen dazu. Alice probierte ihn, während sie auf eine Reaktion des alten Herrn wartete, aber Titus Brosius schien weiterhin in Gedanken versunken zu sein. In seinem feingeschnittenen Gesicht arbeitete es. Sie schaute taktvoll durch die hohen Rundbogenfenster hinaus in den Vorgarten der Kanzlei. Die Sonne glänzte auf den ersten Knospen der alten Kastanie, und ein Schwarm Meisen pickte die letzten Körner im Vogelhäuschen auf.

Endlich räusperte sich der Anwalt und sah sie an. »Es gab da ein Gerücht«, begann er leise. »Es geistert angeblich seit zwei oder drei Generationen durch die Familie Lauritzen, so genau weiß ich das nicht ...«

»Aha«, sagte Alice verblüfft. »Ich habe keine Ahnung, wovon Sie reden. Was für ein Gerücht soll das sein?«

»Gleich, gleich«, versetzte er. »Erst muss ich sagen, dass ich nicht beurteilen kann, ob die ganze Sache nicht ein völliges Hirngespinst ist und keinerlei Substanz hat. Ferdinand hat es nur einmal erwähnt und dabei gelacht. Wer weiß, vielleicht hat er sich einen Spaß mit mir erlaubt.«

Wieder bekam sein Blick etwas Grüblerisches. Sie platzte fast vor Ungeduld, beherrschte sich aber, bis Titus Brosius fortfuhr.

»Angeblich ist in Ihrem Haus etwas von großem Wert versteckt«, erklärte der Anwalt. »Ich weiß nicht einmal ansatzweise, was es sein könnte, aber vielleicht hängt der Einbruch damit zusammen.«

Sie sah ihn konsterniert an. »Von so einem Gerücht habe ich noch nie gehört. Keine Silbe. Mein Vater hat viel von der Familie erzählt – er war stolz auf die lange Familiengeschichte und hat unseren Stammbaum, der im Zweiten Weltkrieg bei unseren Großeltern verbrannt ist, akribisch rekonstruiert ... Aber von einem Schatz, der im Haus versteckt ist, hat er nie gesprochen.«

Titus Brosius rieb sich nachdenklich das Kinn. Es klang kratzig. »Dann ist zu vermuten, dass Ferdinand sich einen Scherz erlaubt hat. Er neigte zu derartigen Späßen.«

»Mein Vater und Späße?«, rief Alice verwundert und sah ihren strengen, stets beherrschten Vater vor sich. »Das kann ich mir überhaupt nicht vorstellen!«

Ein leichtes Lächeln spielte in Titus Brosius' Mundwinkeln. »Oh, er hatte durchaus Humor, manchmal beißend, und wenn man nicht das Ziel war, war das ganz amüsant.«

»Erstaunlich«, murmelte sie. »Aber damit ist wohl klar, dass der Einbrecher zur Familie gehören muss! Woher sollte er sonst wissen, dass es in unserem Haus angeblich etwas zu holen gibt?«

»Das denke ich auch«, bestätigte der Anwalt. »Obwohl ich es mir nicht vorstellen kann, aber man weiß ja nie. Wie dem auch sei, Sie sollten zusätzlich zu der Anzeige die Schlösser austauschen lassen.«

»Das habe ich bereits.«

»Oh. Wenn trotzdem jemand im Haus war, mache ich mir

große Sorgen um Sie.« Der alte Herr blinzelte sie bedrückt an. »Sie sollten eigentlich vorerst lieber wieder ins Hotel ziehen.«

Ihre Muskeln spannten sich an. Die Vorstellung, mitten in der Nacht einem Einbrecher allein gegenüberzustehen, war allerdings beunruhigend. Sie musste an den Vorfall mit der Kobra denken, wo aus heiterem Himmel der Fremde im Haus aufgetaucht war. Zwar hatte der sie vor der Schlange gerettet, aber die Frage, wie er ins Haus gekommen war, war unbeantwortet geblieben. Außerdem konnte sie das Geld für einen längeren Hotelaufenthalt nicht entbehren, und es würde sich damit wohl sowieso nicht viel ändern. Ehe sie nicht herausgefunden hatte, ob dieser sagenhafte Schatz existierte oder nicht und wie die Eindringlinge ins Haus gelangen konnten, würde sie sich nicht sicher fühlen.

Sie blickte ihren Anwalt an. »Damit werde ich schon fertig«, sagte sie und wedelte mit der Hand. »Ich lasse mich nicht vertreiben, und ich lasse mir keine Angst einjagen. Seit heute ist der Strom im Haus wieder angeschaltet, das macht es leichter. Der Kommissar hat zugesagt, nachts öfter einen Streifenwagen vorbeizuschicken. Und wenn ich hier den Notruf wähle, wird ja wohl die Polizei kommen, oder?«

»Natürlich!«, rief Titus Brosius sichtlich erstaunt. »Tut sie das in Afrika nicht?«

»Nicht immer«, gab sie knapp zur Antwort.

Als Alice zu Hause das quietschende Eingangstor hinter sich zuschob, fiel ihr Blick zum ersten Mal bewusst auf die Garage, die neben dem Haus fast im Schatten der uralten Eiche dort verschwand. Sie lief hinüber und rüttelte an dem Tor, aber es war verschlossen. Dem Rost an den Scharnieren nach zu urteilen, hatte ihr Vater das Tor sehr lange nicht mehr geöffnet. In seinem Alter war er wohl nur noch selten Auto gefahren. Sie zuckte mit den Schultern und wandte sich zum Gehen, aber urplötzlich traf sie ein Gedanke, und sie blieb stehen.

Den einzig wirklichen persönlichen Luxus, den sich ihr Vater geleistet hatte, war sein Jaguar E-Type gewesen, Baujahr Mitte der Sechzigerjahre, wenn sie sich recht daran erinnerte. Eine platte Flunder von einem Auto, das praktisch keine Rücksitze hatte.

Im Haus durchsuchte Alice alle ihr von früher bekannten Stellen, wo der Garagentorschlüssel liegen könnte, und ganz zum Schluss fand sie ihn in der rechten Schublade des Schreibtisches ihres Vaters. Eilig lief sie hinunter und schloss das Tor auf. Stückweise wuchtete sie es hoch, wobei sie sich das Kreuz schmerzhaft verrenkte. Eine Hand an den unteren Rücken gepresst, spähte sie ins Innere. Und da, im tiefen Schatten glänzte der ganze Stolz ihres Vaters: ein silbermetallic lackierter Jaguar mit der springenden Raubkatze auf dem Kühler.

Sprachlos starrte Alice das Prachtstück an. Parallel zu dem vermuteten exorbitanten Benzinverbrauch wirbelten ihr die Preise für derartige Oldtimer durch den Kopf. Ein Freund in Südafrika sammelte Oldtimer, besaß unter anderem auch einen wie diesen, und die Preise, die er einmal genannt hatte, kratzten bei Topzustand an der Zweihunderttausend-Euro-Marke. Ihr Puls stieg. Damit wären ihre Geldprobleme vorerst gelöst. Aufgeregt wartete sie, bis sich ihre Augen halbwegs an das Dunkel gewöhnt hatten, ehe sie in die Garage ging, um den Wagen zu betrachten.

Aber ihre anfängliche freudige Erregung schlug bald in eine krachende Enttäuschung um, als sie feststellte, dass vor ihr nicht ein komplettes Auto stand, sondern nur ein rostzerfressener Teil der Motorhaube mit der Kühlerfigur. Jemand hatte sie auf einer Werkbank abgelegt. Desillusioniert beugte sie sich darüber und rieb über eine der Roststellen. Ihr Traum vom schnellen Geld zerbröselte ihr prompt unter den Händen. Vermutlich würde sie jemand dafür bezahlen müssen, die Überreste zu entsorgen. Die Raubkatze allerdings würde sie behalten.

Als sie sich wieder aufrichtete, entdeckte sie im Schatten hinter der Werkbank auf einmal ihr altes Fahrrad. Sie zog es hervor.

Aber auch das war restlos verrostet, und die Reifen waren platt. Ebenfalls ein Fall für eine kostenpflichtige Entsorgung, vermutete sie. In Durban hätte sie genügend Abnehmer aus den Townships gefunden, die Verwendung für Rad und Kühlerfigur gehabt hätten. Vermutlich hätte sie sogar noch Geld dafür bekommen. Frustriert stellte sie das Fahrrad zurück und wandte sich ab, um die Garage zu verlassen. Dabei fiel ihr ein, dass es durch die angebaute Waschküche einen direkten Zugang zum Haus gab.

In der Waschküche wurde sie beim Anblick der alten Waschmaschine daran erinnert, dass sich bei ihr jetzt schon ein unangenehm hoher Berg von schmutziger Wäsche angehäuft und sie sich bisher konsequent davor gedrückt hatte, die Sachen mit der Hand zu waschen. Kurz entschlossen holte sie Wäsche herunter und steckte sie in die Maschine, die ebenfalls angerostet war und wenig vertrauenswürdig aussah. Sie fand einen Karton mit einem Rest verklumpten Waschmittels und kippte es hinein. Nach einem kurzen Stoßgebet zum Himmel schaltete sie die Maschine an. Es gab eine kurze Verzögerung, aber dann hörte sie zu ihrer Erleichterung das Wasser in die Trommel rauschen.

In früheren Zeiten war diese Arbeit von der Haushälterin erledigt worden. Sie durchsuchte das Telefon nach der Nummer der Frau, die zum Schluss im Haus gearbeitet hatte, fand sie und rief an.

»Er hat mir gekündigt, mir nichts, dir nichts, nach über zehn Jahren«, beklagte sich die ehemalige Haushälterin bitter. »Einfach so!«

Vorsichtig erkundigte Alice sich nach dem Grund.

»Keine Ahnung«, erwiderte die Frau. »Er war ja auch immer unleidlicher geworden, hat an allem herumgemeckert, und im Dezember vorletzten Jahres hat er mir die Kündigung in die Hand gedrückt. Zwei Wochen vor Weihnachten!«

Alice verabschiedete sich hastig und legte auf.

Abends saß sie lange im Sessel ihres Vaters im Runderker und ließ sich alles durch den Kopf gehen. Bevor sie nicht herausbekommen hatte, wer was wo im Haus suchte, waren ihr die Hände gebunden. Sie konnte keine Vorkehrungen irgendwelcher Art treffen, außer dass sie Messer und Taschenlampe griffbereit neben dem Bett liegen hatte und alle Türen verschloss. Innen und außen. Zudem verriegelte sie die Kellertür und auch die Luke zum Dach.

Die Beerdigung sollte am darauffolgenden Montag stattfinden. In der Zwischenzeit zwang Alice sich, das Gröbste in den Zimmern aufzuräumen, in denen sie sich am meisten aufhalten würde. Schlafzimmer, Bad, Küche zuerst, und dann im Wintergarten. Es lenkte sie von ihrem Heimweh nach Südafrika und ihren Freunden ab, und die ungewohnte körperliche Arbeit sorgte dafür, dass sie einigermaßen einschlafen konnte. Aber nach fünf Stunden ungefähr wachte sie immer auf, und in diesen aschegrauen Morgenstunden konnte sie den Geistern der Finsternis keinen Widerstand mehr bieten. Mehr als einmal stand sie auf, obwohl es noch stockdunkel war, und fuhr ihren Laptop hoch. Sie klickte Google Earth an, flog virtuell über die Kontinente an die Südostküste Afrikas nördlich von Durban bis nach La Lucia und vergrößerte das Bild so weit, dass sie ihr Haus in Einzelheiten erkennen konnte. Kurioserweise stammte das Bild noch aus der Zeit, als sie dort gelebt hatte, und sie konnte ihre Terrasse ausmachen und sich selbst auf dem Liegestuhl und den Sonnenschirm, der danebenstand. Das virtuelle Reisen nahm sie jedoch so sehr mit, dass sie es schnell unterließ.

Während dieser Zeit vor der Beerdigung gab es keinen neuen Einbruch, und auch die Fußabdrücke wurden von Regenschauern und Wind allmählich eingeebnet. Vielleicht war es doch eine einmalige Sache gewesen, und wer immer eingebrochen war, ließ sich jetzt von ihrer Anwesenheit abschrecken.

Der Tag der Beisetzung kam, und alle Trauergäste versammelten sich vor dem Tor des Burgtorfriedhofs, ehe sie gemeinsam hineingingen. Die Linden in der Eschenburgallee trugen schon pralle Knospen, die Vögel sangen, und in der Luft hing der verheißungsvolle Duft nach Frühling und neuem Leben.

Alice stand allein am Grab, um die Beileidsbezeugungen entgegenzunehmen. Bei Pierres Beerdigung war sie von Freunden umringt gewesen. Ihre Unterlippe zitterte, als sie daran zurückdachte, und ein Kälteschauer nach dem anderen lief über ihren Rücken, die alle nichts mit der Umgebungstemperatur zu tun hatten. Sie fühlte sich einsamer als je zuvor in ihrem Leben.

»Der Tag ist zu schön, um einen Menschen begraben zu müssen«, flüsterte eine melodiöse Stimme an ihrem Ohr. »Es tut mir so leid, mein Liebes.«

Alice fühlte sich in eine diskrete Parfumwolke eingehüllt und drehte sich um. Eine ältere Dame mit breitkrempigem Hut und einem wadenlangen schwarzen Mantel stand vor ihr. »Tante Hanna!«, rief sie. »Ist das schön, dass du gekommen bist!« Für einen Augenblick schmiegte sie sich in die herzliche Wärme ihrer Tante, ehe sie sich zögernd löste. »Danke«, sagte sie leise. »Nun fühle ich mich nicht mehr ganz allein.«

»Das bist du auch nicht. Ich bin für dich da, das solltest du doch wissen.« Ihre Tante lächelte aufmunternd. »Ich habe mir erlaubt, für die Familie nach der Trauerfeier ein paar Tische im Jachtklub zu reservieren. Ich hoffe, dir ist das recht?«

Alice fasste sich an den Kopf. »Natürlich ist mir das recht. Daran habe ich einfach nicht gedacht. Tut mir leid. Der … Leichenschmaus … Entschuldige, ich hasse das Wort … Es war alles ein bisschen viel in der letzten Zeit …« Sie stockte. Jetzt über Pierres Tod zu sprechen überstieg ihre Kräfte.

Tante Hanna tätschelte ihr tröstend die Wange. »Ich hab's von Ferdinand gehört. Wie furchtbar. Du armes Mädchen. Jetzt musst du erst mal zur Ruhe kommen.«

Alice fühlte sich in ihre Kinderjahre zurückversetzt. Hanna Linton, die Witwe von Percy Linton, einem englischen Adeligen, war die Cousine ihres Vaters, die Schwester von Curt Claussen, und immer ihre Lieblingstante gewesen. Tante Hanna war groß und schlank und hielt sich kerzengerade. Ihr schneeweißes Haar fiel in lockeren Wellen um ihr Gesicht. Unter dem taillierten Mantel trug sie ein schwarzes Kostüm und eine hochgeschlossene weiße Bluse. Am Kragen funkelte eine Brillantbrosche. Fünfzehn Jahre hatte sie ihre Tante nicht mehr gesehen, aber Hanna schien alterslos zu sein. Sie rechnete nach. Mitte achtzig musste Hanna sein, und wie sie feststellte, verzichtete sie auch jetzt nicht auf zartes Make-up, vollständig mit Lidschatten und Lippenstift. »Du siehst fantastisch aus«, sagte sie. »Wie machst du das nur?«

Hanna lachte, dass sich ihr Gesicht in fröhliche Falten legte. »Gute Erbanlagen, aber hauptsächlich die Ansicht, dass ich auch noch später alt werden kann.«

Alice musste lachen und spürte erstaunt, wie gut ihr das tat. Mehrere Trauergäste drehten sich missbilligend zu ihr um, und sie machte sofort ein ernstes, gefasstes Gesicht.

»Du lebst«, flüsterte ihr Tante Hanna zu. »Und du musst dein Leben genießen. Pierre wird nicht wieder lebendig, wenn du dich in einen Trauerkloß verwandelst. Ignorier die anderen.«

Nach zwei Stunden hatte sie alles überstanden. Mit Hanna an ihrer Seite nahm sie die letzten Beileidsbekundungen entgegen. Die Familienmitglieder, die in den Jachtklub eingeladen waren, gingen schon langsam voraus zum Tor. Sie folgte mit ihrer Tante, fragte sie, ob sie mit ihr im Auto zum Jachtklub fahren würde, und Hanna stimmte erfreut zu. »Taxis riechen immer«, sagte sie und rümpfte die Nase.

Zehn Minuten später hielten sie vor dem Klub, der direkt an der Wakenitz lag, und sie half ihrer Tante auszusteigen.

»Du siehst Patrizia unglaublich ähnlich, weißt du das?«, bemerkte Hanna und strich dabei ihren Mantel glatt.

Alice blickte sie erstaunt an. »Meiner Großmutter?«

»Ja, die gleiche Haarfarbe und die gleiche ungewöhnliche Augenfarbe. Wie klarer, blaugrüner Turmalin. Hat sonst niemand in der Familie.«

»Turmalinaugen – oh, wie poetisch!«, sagte sie lächelnd. »Das hat mir noch niemand gesagt. Ich hätte Großmama gern kennengelernt, aber sie ist ja leider sehr früh gestorben.«

Hanna wurde ernst. »Es war eine Katastrophe für deinen Großvater. Patrizia, Louise und Bernhard, Frau und zwei Kinder auf einmal. Wäre Patrizia damals mit den Kindern nicht zu Freunden nach Altona gefahren, hätten sie den Krieg wohl überlebt. Hubertus war zu der Zeit, wo seine Frau und Kinder umkamen, im Einsatz an der Ostfront. Er bekam Sonderurlaub, um sich um Ferdinand zu kümmern. Der war damals, wenn ich richtig rechne, fünfzehn Jahre alt. Hubertus hat den Jungen allein großgezogen.« Für einen Augenblick schwieg Hanna gedankenversunken. »Ich war zwölf«, sagte sie schließlich leise. »Und alles, an was ich mich von Tante Patrizia erinnern kann, ist, dass sie wie eine Prinzessin aussah und auch so duftete. Und am liebsten hauchzarte Kleider trug. Außer im Winter natürlich … da hüllte sie sich in edle Pelze.« Ihr Blick lief über die Grabreihen. »Hubertus ist nach dem Unglück nie wieder fröhlich geworden, der arme Kerl«, fügte sie leise hinzu. »Obendrein geriet seine Firma gleichzeitig auch noch an den Rand der Insolvenz.« Sie legte Alice den Arm um die Schulter. »Ich werde dafür sorgen, dass du wieder lachen kannst«, sagte sie mit liebevollem Lächeln. »Dass du *dein* Leben lebst. Ich habe das auch wieder gelernt.« Mit den Fingerspitzen berührte sie die Brillantbrosche an ihrem Hals. Sie funkelte in der Frühlingssonne.

Das Essen mit der Familie verlief so, wie diese Art von Zusammenkünften immer verliefen. Anfänglich herrschte traurig-gedämpfte Stimmung, geflüsterte Gespräche, aber spätestens nach dem zweiten Schnaps begann jemand Anekdoten über den Verstorbenen zu erzählen, und zum Schluss wurde geschmunzelt und sogar laut gelacht. So war es auch heute. Alice war erleichtert. Die Erinnerung an die Beisetzung von Pierre war noch zu frisch, die Wunde noch nicht verheilt.

»Was wirst du jetzt machen?«, fragte Hanna. »Behältst du das Haus?«

Alice hob die Schultern. »Ich werde es etwas aufpolieren und dann wohl verkaufen ... müssen.« Sie seufzte.

»Was höre ich da?« Claus war mit seiner Frau Cornelia neben ihr aufgetaucht. »Du willst das Lauritzenhaus verkaufen? Aber du wirst es doch erst der Familie anbieten, oder nicht? Zu einem Vorzugspreis, meine ich.«

»Warum sollte sie das tun?«, fiel Hanna mit einem feinen, sarkastischen Lächeln ein.

»Ja, warum sollte ich?« Alice musterte ihren Cousin. Erst jetzt fiel ihr auf, dass er so eisblaue Augen wie ein Husky hatte.

»Du kannst doch nicht an Fremde verkaufen!«, rief er.

»Wenn du das Geld brauchst, wäre es wohl das einzig Vernünftige, an die Familie zu verkaufen«, bemerkte Cornelia von oben herab. »Bei fremden Käufern weiß man ja nie, ob das Geld dann auch kommt. Patrizia war schließlich unsere Großtante.«

Prätentiöse Ziege, dachte Alice und lächelte süß. »Das ist aber nett, dass du dir um mich Sorgen machst.«

Sie ist so schrecklich eingebildet, dass man es gar nicht aushalten kann, hatte ihre Mutter ihr einst in einem Brief anlässlich Claus' und Cornelias Hochzeit geschrieben. *Auf was, kann ich überhaupt nicht nachvollziehen.*

»Du wirst es also an die Familie verkaufen?« Cornelia fingerte an dem glitzernden Anhänger an ihrem Hals.

»Das Haus gehörte meinem Vater, der es von seinem Vater geerbt hat, und nun gehört es mir«, erwiderte Alice kühl. »Mit Brief und Siegel. Ihr habt nicht den geringsten Anspruch darauf. Dass meine Großmutter Patrizia eure Großtante war, interessiert

271

niemanden. Ich kann mit dem Haus machen, was ich will, und das werde ich auch.«

Sie drehte den beiden den Rücken zu, aber jetzt rauschte auch schon Edith Claussen heran, die Schwester von Curt und Hanna und eines der Tanten-Trüffelschweine. Sie trug einen schwarzen Pelzmantel mit hohem Kragen, und Alice bemerkte, dass sie ihr bislang rötlich grau meliertes Haar in einem scheußlichen Rostbraun gefärbt hatte, das ihr kleines Fuchsgesicht noch blasser und schärfer wirken ließ als sonst.

»Meine Güte, sieht Edith nicht erschütternd aus?«, bemerkte Hanna und berührte ihre perfekt sitzende Frisur. »Dieses Haar! Schauderhaft!«

Edith streifte sie mit einem giftigen Blick und richtete ihn dann wie einen Bannstrahl auf Alice. »Das ist doch typisch«, echauffierte sie sich. »Wie der Vater, so die Tochter. Ferdinand hat sich ja auch so einiges unter den Nagel gerissen. Das gesamte Meißner Geschirr und das Silberbesteck mit dem Monogramm der Claussens von Großmutter Emilia. Ich weiß gar nicht, wo ich anfangen soll! Dabei hatte er ja wohl genug. Schließlich hatte er die Firma geerbt. Aber dein Vater war ja so gestrickt, dass er glatt mit einem Stück Brot im Mund verhungert wäre.«

Die Giftspritze, so hatte ihr Vater sie immer genannt. Sehr treffend, fand Alice und quittierte die Tirade ihrer Tante mit einem spöttischen Lächeln. »Ach je, Tante Edith, du hast wirklich Probleme.«

Hanna hatte dem Wortwechsel sichtlich erheitert zugehört. »Sieh dich vor, Edith gönnt dir nicht mal das Salz in der Suppe«, sagte sie so laut zu Alice, dass Edith eingeschnappt ihre Lippen zusammenpresste, bis ihr Mund fast verschwunden war.

»Alice!«, rief auf einmal eine fröhliche Frauenstimme hinter ihr. »Mensch, wo kommst du denn her?« Eine dezente Geruchswolke von Pferdestall kündigte ihre Cousine Christiane Hartmann an. Sie fiel Alice um den Hals und gab ihr einen schallenden Kuss.

»Es tut mir wahnsinnig leid, dass Onkel Ferdi gestorben ist. Was für eine blöde Sache, auszurutschen und ausgerechnet auf den einzigen Stein weit und breit zu knallen. Hoffentlich hat er nicht gelitten. Wann haben wir uns zum letzten Mal gesehen ... Geht es dir gut ... Warum bist du hier?« Außer Atem warf Christiane ihre blonde Mähne in den Nacken.

Alice musste lächeln. Ihre Cousine redete wie früher ohne Punkt und Komma. Sie erwiderte den Kuss. »Wie ich riechen kann, reitest du immer noch. Und wir haben uns zu meiner Hochzeit zuletzt gesehen.« Christiane war drei Jahre jünger als sie und schon immer ihre Lieblingscousine gewesen. Leider hatte sich der Kontakt zu ihr wohl durch die Entfernung sehr gelockert. »Wir haben also einiges nachzuholen.«

»Das kannst du laut sagen.« Christiane kritzelte eine Telefonnummer auf eine Papierserviette und gab sie ihr. »Ruf mich an, aber bald! Sonst komm ich und hol dich! Jetzt muss ich leider los, Carla büffelt fürs Examen und muss gefüttert werden. Sie studiert Jura! Und die Zwillinge pubertieren! Grauenvoll, kann ich dir sagen. Mit Jungs hat man da wohl weniger Ärger. Was macht dein Sohn? Seht ihr euch oft?«

»Ja, natürlich, und es geht ihm sehr gut«, sagte Alice und verzog keine Miene bei der Lüge, da sie sich der neugierigen Zuhörer bewusst war. »Lass uns irgendwann in Ruhe reden.«

»Ja, klar«, sagte Christiane. »Ruf mich an!« Damit wirbelte sie winkend aus dem Restaurant.

Claus, der im Hintergrund wie eine Gewitterwolke dräute, drängte sich wieder zu ihr vor. »Wie ist es nun, verkaufst du, oder verkaufst du nicht?«

Anstatt zu antworten, sah sie an ihm vorbei. »Es war schön, dass ihr alle gekommen seid«, rief sie den Anwesenden zu. »Aber jetzt möchte ich bitte allein sein.«

»Wir müssen noch mal darüber reden«, sagte Claus mit verbissener Miene. »Das Haus ist ...«

»Lass gut sein, Clausi.« Thomas stieß ihm den Ellenbogen in die Rippen. »Da kann man nichts machen.«

»Das werden wir ja noch sehen«, fuhr er seinen Bruder an. »Wenn *du* keinen Sinn für Familientradition hast, ist mir das egal. Mir ist sie wichtig. Und nenn mich nicht Clausi, du ... du Knallerbse!« Sein Gesicht war tomatenrot angelaufen, was den eigenartigen Effekt hatte, dass seine Augen wie blaue Eiskristalle wirkten.

Alice fragte sich, warum ihr Cousin nur so furchtbar wütend auf seinen Bruder war. Familienstreitereien, entschied sie, die sie nichts angingen und mit denen sie nichts zu tun haben wollte. Sie wandte sich von ihren Cousins ab.

Thomas lachte laut und folgte Gesine ins Freie.

Alice verließ mit Hanna als Letzte das Restaurant. Sie nahm den Arm ihrer Tante. »Ich möchte gern ein paar Schritte an der Wakenitz entlanggehen. Begleitest du mich? Hast du Zeit?«

Hanna sah kurz auf die Uhr und lächelte. »Ich habe Zeit. Oft zu viel, allerdings kommen heute meine Bridgedamen, aber erst um neunzehn Uhr.«

»Spielst du immer noch Turnierbridge?«

»Aber ja! Mit Leidenschaft. Solltest du auch lernen. Dann wirst du im Alter nie allein sein.«

»Ich setze es auf meine To-do-Liste«, entgegnete Alice lächelnd. »Aber glaub mir, die ist schon so endlos, dass ich fast den Mut verliere.«

Schweigend gingen sie ein Stück am Ufer entlang. Die Nachmittagssonne überzog den Fluss mit einem Diamantgeglitzer, ein Ruderachter schoss vorbei, und ein Angler döste neben seiner ausgeworfenen Angel in der Frühlingswärme.

»Nun beginnt mein drittes Leben«, sagte sie leise. »Und zwar ausgerechnet dort, wo mein erstes begann. Merkwürdiges Gefühl. Ich hatte nie vorgehabt und habe sicher nicht damit gerechnet, je wieder hierher zurückzukehren, um hier zu leben.«

Hanna warf ihr einen prüfenden Seitenblick zu. »Du klingst, als würdest du dich auf eine gewisse Weise gefangen fühlen.« Es war eine Feststellung, keine Frage.

Gefangen? Alice schaute über den lichtfunkelnden Fluss und stellte erstaunt fest, dass ihre Tante recht hatte. Sie war gefangen zwischen ihrer verzweifelten Sehnsucht nach Afrika, die wie eine hungrige Hyäne an ihr zerrte, und der Angst, es dort ohne Pierre nicht aushalten zu können. In Südafrika hatte sie kein Zuhause mehr, hier war sie noch auf eine merkwürdige Weise fremd. Aber sie klammerte sich mit aller Kraft an ihren Entschluss, hier in dieser sanften, ruhigen Umgebung ein neues Leben anzufangen.

»Das stimmt schon irgendwie«, gab sie zu. »Aber im Augenblick muss ich damit fertigwerden.«

»Wenn das mit deiner finanziellen Lage zu tun hat, bist du das nicht«, sagte Hanna. »Gefangen, meine ich. Du kannst das Haus verkaufen, und lass dir nichts anderes einreden. Es gehört dir. Außerdem ist es ziemlich viel Geld wert.«

»Bevor ich das entscheide, will ich es erst renovieren«, sagte Alice. »In Südafrika habe ich Immobilien verkauft. Ich weiß, was notwendig ist, um den höchstmöglichen Preis zu erzielen, aber bis dahin ist es noch ein ziemlich steiniger Weg. Vorher werde ich wie ein Galeerensklave arbeiten müssen. Das Haus ist in einem schrecklichen Zustand.«

Hanna blickte sie erstaunt an. »Du hast Immobilien verkauft? Das wusste ich gar nicht. Ferdinand war nicht sehr mitteilsam, um das mal so zu umschreiben.« Lächelnd knöpfte sie ihren Mantel zu. »Es wird kühl. Lass uns umkehren.«

Das taten sie, und Alice setzte ihre Tante vor ihrer Villa ab, die in einer ruhigen, baumbestandenen Straße inmitten eines gepflegten Gartens lag.

»Komm mich bald besuchen«, sagte Hanna und gab ihr eine Visitenkarte. »Ruf vorher an, ich bin viel unterwegs.«

»Danke, gern«, erwiderte Alice und schrieb im Gegenzug ihre

Handynummer auf. Mittlerweile hatte sie eine deutsche Nummer. »Es ist wunderbar, dass wir uns so schnell getroffen haben«, sagte sie und küsste ihre Tante auf die weiche faltige Wange. Sie wollte sich schon zum Gehen wenden, als ihr die Legende wieder einfiel. »Hast du je von einem Gerücht gehört, dass ein Schatz im Lauritzenhaus versteckt sein soll?«, hörte sie sich zu ihrer eigenen Überraschung fragen.

Hanna warf den Kopf zurück, dass ihr das weiße Haar ums Gesicht flog, und lachte amüsiert. »Oje, wer hat denn diese alte Kamelle wieder aufgewärmt?« Sie sah kurz auf die Uhr. »Komm herein, wir trinken einen Kaffee, und dabei kannst du mir das erzählen. Ich bin wahnsinnig neugierig.« Vergnügt vor sich hin lachend, schloss Hanna die schwere Eingangstür auf.

Zu ihrem Erstaunen waren die dunklen Möbel, die Alice in Erinnerung hatte, durch helle ersetzt worden. Heller Teppich, weiße Sofas, zierliche Biedermeiersessel mit elfenbeinfarbenem Streifenbezug, und vor allem waren die schweren dunkelroten Samtvorhänge mit Goldtroddeln durch hauchzarte, weiße Gardinen ausgetauscht worden.

»Hier sieht es aber anders aus als früher«, sagte sie.

»Allerdings«, versetzte ihre Tante. Sie führte Alice in die Küche. »Als Percy starb, wollte ich eine Veränderung«, erzählte sie weiter, während sie den Filterkaffee durchlaufen ließ. »Er liebte seine englischen Antiquitäten, die er von seiner Familie geerbt hatte. Nur waren sie so bedrückend dunkel. Wohin ich auch geblickt habe, dunkles Mahagoni, dunkle Vorhänge, dunkles Parkett – du wirst es vielleicht in Erinnerung haben.«

»O ja.« Alice nickte und nahm Hanna die Kaffeetasse ab. »Was hast du mit den Möbeln gemacht?«, fragte sie und musste dabei an die dunklen Möbel in ihrem Elternhaus denken.

»Habe alle in einen Container verpacken lassen und an seinen älteren Bruder verschifft, der die Familienländereien in England verwaltet. Und was der nicht haben wollte, habe ich verkauft.

Und dafür erstaunlich viel Geld bekommen. Dabei hatte ich geglaubt, wir hätten gerade genug zum Leben.« Sie lachte leise. »Als der Vater von Percy starb, hat er den Titel eines Barons geerbt. Percy Linton, zwölfter Viscount of Craelingwood. ist das nicht ein ganzer Mundvoll? Er hat den Titel nie benutzt. Er meinte immer, wir seien zu arm, ihn zu tragen.« Sie lachte vergnügt mit einer hörbaren Prise von Spott.

»Und du bist dir wegen der Antiquitäten nicht als Verräterin vorgekommen?« Alice sah ihre Tante bei der Frage nicht an. Sie dachte an Pierre.

Hanna nippte mit nachdenklicher Miene an ihrem Kaffee. »Hast du etwas verkaufen müssen, was Pierre gehörte?«

»Seinen Lebenstraum«, erwiderte sie leise. »Und nun gibt es ihn nicht mehr ...« Ihre Stimme verrann. Sie starrte in ihre Kaffeetasse, bis sie gewahr wurde, dass Hanna ihr ein Glas mit bernsteinfarbener Flüssigkeit hinstellte.

»Bester schottischer Single Malt«, sagte sie. »Hilft fast in allen Lebenslagen. Percy schwor darauf.«

Alice zögerte, aber dann kippte sie den Whisky in einem Zug herunter. Er war gut, sehr weich, aber die traurigen Schatten konnte er nicht verjagen.

»Es dauert eine Weile, weißt du«, sagte Hanna mit zärtlicher Stimme. »Aber irgendwann werden die scharfen Kanten abgeschliffen sein. Irgendwann schmerzt es nicht mehr so furchtbar. Irgendwann kannst du es wenigstens ertragen. Wie ist es mit deinem Sohn? Wo ist er?«

»Ich weiß es nicht«, flüsterte Alice gepresst. »Ich habe ihn seit sieben Jahren nicht mehr gesehen oder gesprochen. Ich habe ihn überall gesucht, sogar einen Detektiv habe ich engagiert. Alles ohne Erfolg.«

»Warum? Was ist vorgefallen?«

»Ich habe keine Ahnung«, erwiderte sie gequält. »Pierre und er haben sich oft furchtbar gestritten, aber das ist doch normal

zwischen Vater und Sohn. Aber Christoph wurde so aggressiv ...
so unberechenbar. Ich habe mein Kind nicht mehr wiederer-
kannt!«

»Das ist hart«, sagte Hanna. »Aber gib nicht auf, ihn zu suchen.
Vielleicht ist er jetzt so weit, dass er nur darauf wartet.«

»Ich weiß nicht mal, ob er noch lebt ...« Ihre Schultern fielen
nach vorn.

»Jetzt reiß dich aber zusammen!«, sagte Hanna streng und
schenkte ihr noch zwei Fingerbreit Whisky ein. »Diesen Gedanken darfst du gar nicht erst zulassen. Wenn er tot wäre, hätte man
dich benachrichtigt. Menschen verschwinden nicht einfach so.«

Alice straffte ihre Schultern. Hanna hatte recht. Man hätte sie
wohl benachrichtigt. An diesem Punkt verbot sie sich weiter-
zugrübeln. Ihre Tante brühte frischen Kaffee auf, und sie redeten
noch eine Weile, aber nicht über die Einbrüche und auch nicht
über das Gerücht oder Christophs Verschwinden.

»Ich rufe dir ein Taxi«, sagte Hanna schließlich. »Mit zwei
Whisky intus darfst du dich hier nicht erwischen lassen!«

13

Nachdem Alice ihre Tante verlassen hatte, blieb sie lange wach. Sie setzte sich in den Sessel ihres Vaters in den Wintergarten, legte die Beine auf den niedrigen Tisch, blickte hinauf in die Sterne und versuchte an nichts zu denken. Was ihr nicht gelang. Gedankenfetzen wirbelten ihr durch den Kopf, ballten sich zusammen und wuchsen und vermehrten sich, bis sie meinte, dass eine schwarze Gewitterwand über ihr hing. Das Haus, Pierre, Südafrika. Christoph. Der Einbruch und das Gerücht. Und ihre finanzielle Lage. Ganz besonders die.

Spätabends hielt sie es nicht mehr aus. Sie schnappte sich die Taschenlampe, lief aus dem Haus und joggte die dunkle Straße hinunter und dann an der still dahinströmenden Wakenitz entlang, bis ihre Beinmuskeln protestierten und sie nach Luft japsend zum Haus zurückkehrte. Das Sternengeglitzer wurde bereits schwächer, und der Himmel vom Norden her schon heller, als sie endlich ins Bett fiel.

Morgens fuhr sie nach einer eiskalten Dusche und einem starken Kaffee mit dem Taxi zu Hanna, um den Mietwagen abzuholen. Alice klopfte, aber Hanna schien nicht zu Hause zu sein, und so steuerte sie den nächsten Baumarkt an, um einige Dinge – unter anderem Glühbirnen, feste Arbeitshandschuhe, Mundschutz und Öl für die Türscharniere – zu besorgen. Dabei fiel ihr ein, dass sie im Gewächshaus noch nicht nachgesehen hatte, ob es dort so rudimentäre Geräte wie Schaufel, Schubkarre und Rechen gab. Im Supermarkt kaufte sie Reinigungs- und Waschmittel und füllte ihre Essensvorräte auf, wobei sie sich Gelüste auf französischen Käse, Rotwein und Rib-Eye-Steaks verkniff. Es erschütterte sie, wie viel Geld sie hier nur für die täglichen Lebensmittel loswurde. Es ging nicht um den Cappuccino im Café oder ein Restaurantessen. Das tägliche Leben in diesem Teil der Welt war für sie mehr als empfindlich teuer. Sie musste so schnell wie möglich eine Verdienstmöglichkeit finden. Sie legte noch eine Tageszeitung in den Einkaufswagen, um die Stellenangebote und die Gebrauchtwagenanzeigen durchzusehen, und fuhr nach Haus.

Nachdem sie alle Einkäufe verstaut hatte, trank sie im Stehen einen Kaffee, den ihr Kreislauf dringend nötig hatte, und wanderte dann mit einem mit Honig bestrichenen Brötchen in der Hand durch den Garten. Neue Fußabdrücke konnte sie nicht entdecken, aber da es nachts geregnet hatte, besagte das nichts. Aufmerksam ihre Augen auf den Boden geheftet, ging sie hinunter und durchsuchte anschließend das Bootshaus, aber auch dort war nichts Außergewöhnliches zu entdecken. Das Entenpaar gründelte im Uferbereich, und sie brach ein Stück von ihrem Brötchen ab und warf es ihnen zu. Mit großem Geschnatter schnappte es sich der Erpel, verschlang es und bettelte dann um mehr.

»Macho«, lachte sie und lief über den Steg zurück die Treppen hoch zum Gewächshaus. Sie zog die Tür auf, wobei ihr auffiel, dass auch die offenbar gut geölt war. Drinnen sah es schlimm aus. Verrostete Geräte lagen verstreut umher, Unkraut hatte sich überall breitgemacht, und Efeu und kahle Brombeerranken krochen durch ein zerbrochenes Seitenfenster. Sie zog ihre Handschuhe an und riss die Pflanzen herunter, anschließend sortierte sie die Gerätschaften. Spaten, Rechen und eine Schubkarre mit plattem Reifen waren vorhanden, dazu noch ein paar Kleingeräte. Unversehens stolperte sie über einen Stock und landete schmerzhaft auf den Knien. Der Boden unter dem trockenen Unkraut und Laub schien mit Ziegelsteinen gepflastert zu sein. Vor sich hin schimpfend, stemmte sie sich hoch und begutachtete ihre Knie. Die

Jeans waren glücklicherweise heil geblieben, aber es sickerte etwas Blut durch den Stoff. Sie würde hier aufräumen müssen, bevor sie sich noch die Knochen brach oder sonst wie verletzte. Was das Letzte war, was sie sich jetzt leisten konnte.

Sie lud Spaten und Rechen auf die Karre und schob sie mühsam den Abhang zum Haus hoch. Sie brauchte dringend einen Ersatzreifen für die Schubkarre. Den letzten Reifen, den sie repariert hatte, war der von ihrem Fahrrad gewesen, mit dem sie zum Gymnasium geradelt war. Nachdem sie die Wunde am Knie verarztet hatte, baute sie also das Schubkarrenrad ab und fuhr damit zum Baumarkt. Ein Mitarbeiter suchte ihr ein passendes Rad aus. Wieder zu Hause angekommen, machte sie sich daran, es einzubauen. Dabei verletzte sie sich am Finger, dass der blutete, und brach sich dazu mehrere Nägel ab. Vielleicht lag es am Druck der vergangenen Wochen, vielleicht daran, dass sie noch nicht richtig gefrühstückt hatte, auf jeden Fall explodierte sie urplötzlich. Sie schrie ein Schimpfwort, schlug mit dem Spaten gegen den Reifen, dass der wie abgeschossen durch den Garten flog, und warf den Spaten anschließend mit lautem Getöse in die Karre.

»Kaffee oder Schnaps?«, sagte eine tiefe Stimme hinter ihr. »Was möchten Sie?«

Alice wirbelte herum. Erst konnte sie niemanden sehen, aber dann entdeckte sie den Sprecher. Er war so groß, dass er die hohe Hecke überragte, die ihren Garten zum Nachbargrundstück abgrenzte. In ihrer Jugend hatte dort die Familie Buckhagen gewohnt, die gute Freunde ihrer Eltern gewesen waren. Der Mann hatte einen Spaten geschultert, trug Arbeitskluft und grinste sie vergnügt unter einem dichten, grau melierten Schopf an.

Sie starrte ihn an. »Geht auch beides in umgekehrter Reihenfolge?«

Der Mann warf den Kopf zurück und lachte laut los. »So schlimm? Aber klar. Bin gleich wieder da!«

Sie fuhr sich hastig mit beiden Händen durchs Haar und bürstete den Dreck von den Jeans. Dann rannte sie ums Haus, holte zwei Gartenstühle und ein wackeliges Tischchen aus der Garage und stellte sie auf die Terrasse. Zehn Minuten später kam der Mann durchs Tor marschiert.

Alice nahm ihn in Augenschein. Breitschultrig, tiefbraun gegerbte Haut, blaue Augen und ein schläfriges Lächeln. Kein Büromensch, ging es ihr durch den Kopf, sondern einer, der viel im Freien arbeitete. Vielleicht als Seemann. Der wiegende Gang und die Sicherheit, mit der er auf den Fingerspitzen der rechten Hand ein Tablett mit einer Kaffeekanne, zwei Porzellanbechern mit maritimen Motiven, Zuckertopf, Milchkännchen, zwei Schnapsgläsern und einer Flasche Aquavit balancierte, ließen darauf schließen. Sie schätzte ihn etwa so alt wie sie selbst.

»Sind Sie der Gärtner?«, begrüßte sie ihn.

»Bin ich«, bestätigte er nach einer winzigen Pause und grinste auf eine sehr anziehende Art.

Mit elegantem Schwung stellte er das Tablett auf den Tisch. Er goss den Aquavit in die kleinen Gläser, reichte ihr eines und prostete ihr zu. »Roland«, stellte er sich vor. Er kippte den Inhalt mit einer knappen Handbewegung die Kehle hinunter. »Hendricks«, setzte er hinzu.

»Alice Diekmann«, sagte sie und tat es ihm nach. Es war ein sehr guter Aquavit.

»Noch einen?«

Sie schüttelte den Kopf. »Nein danke. Der war mehr als genug, schließlich ist es noch mitten am Tag. Aber manchmal gibt es Gelegenheiten, wo man zum Äußersten getrieben wird.«

»Absolut«, stimmte er ihr zu. »Und heute war so eine Gelegenheit?«

Sie nickte, ging aber nicht weiter auf die Frage ein. »Wie häufig arbeiten Sie da drüben im Garten?« Er gefiel ihr, außerdem gehörte er nicht zur Familie. Das war erfrischend. So musste sie sich weder verstellen noch verteidigen.

»Praktisch jeden Tag, im Sommer. Im Winter schippe ich Schnee und erledige kleinere Arbeiten im Haus.«

Sie dachte an Shongololo. Und an Ntombi. Sie sehnte sich nicht nur ganz egoistisch nach dem, was sie gewesen waren – ihre Hausangestellten, die ihr viel Arbeit abgenommen hatten –, sondern nach ihrem Lachen, einfach danach, diese beiden fröhlichen Menschen um sich zu haben.

Hendricks goss Kaffee in beide Tassen. »Zucker? Milch?«

»Danke, nur Milch.« Der Kaffee war stark und aromatisch und tat ihr gut.

Über den Tassenrand ließ er seinen Blick über den verunkrauteten Garten schweifen. »Wenn Sie Hilfe brauchen – ich bin praktisch immer da.«

»Ein Gärtner namens Roland – nennt man Sie Rolli?«

Die blauen Seemannsaugen blitzten amüsiert. »Das hat bisher noch keiner gewagt.« Er stand auf, bückte sich und hob das Rad auf, drehte die Schubkarre um und setzte den Schraubenschlüssel an. Mit ein paar Handgriffen saß es. Er versetzte es in Schwung. »Läuft«, sagte er zufrieden.

Alice bedankte sich und nahm ihm den Schraubenschlüssel ab. »Ich war lange weg. Drüben wohnte mal die Familie Buckhagen. Wissen Sie, was aus der geworden ist?«

Roland Hendricks blickte an ihr vorbei. »Die alte Dame ist vor fünf Jahren gestorben, ihre Schwester hat das Haus geerbt, ist aber bald darauf einem Schlaganfall erlegen. Ihr Sohn hat es inzwischen übernommen.«

»Aha«, sagte sie. »Ist der Sohn ein verträglicher Nachbar?«

»Na ja«, erwiderte er. »Ich glaube schon.«

»Da muss ich dann wohl mal rübergehen und guten Tag sagen …«

»Im Augenblick ist er im Ausland, in Australien«, unterbrach er sie. »Da hat er viele Jahre gelebt und besitzt dort auch noch große Ländereien und ein paar Firmen. Soweit ich das weiß jedenfalls. Und wann er wieder zurückkommt, kann ich leider nicht sagen. Ich passe in der Zwischenzeit nur auf das Haus auf.« Mit einem Lächeln wandte er sich zum Gehen. Bei den Rosenbeeten blieb er noch einmal stehen. Er deutete mit dem Kinn auf das Gerümpel, das sich auf den Beeten türmte. »Für das Zeug da bestellen Sie am besten einen Container. Rufen Sie bei der Abfallwirtschaft an. Tschüs dann!« Er ging den Weg zum Tor und schob es mit dem Fuß hinter sich zu. Es quietschte wie eine getretene Ratte.

Alice holte die Ölkanne, um es wieder gängig zu machen. »Tschüs«, rief sie ihm nach. Ein angenehmer Mensch, dachte sie. Sehr angenehm. Friedliche Nachbarn waren Gold wert.

Sie ging ins Haus und suchte die Nummer der Abfallwirtschaft aus dem Telefonbuch heraus. Den Vorschlag, einen Container zu bestellen, fand sie sehr gut. Einem Impuls gehorchend, rief sie danach einen Makler an, der glücklicherweise Zeit hatte, und sie verabredeten sich für den Nachmittag.

Alice empfing ihn am Tor und bat ihn herein. Er trug einen Trenchcoat über einem Blazer, ein weißes Hemd und Jeans, war schätzungsweise Anfang dreißig, roch aufdringlich nach Aftershave und hatte eine forsche Art, die ihr gleich ziemlich gegen den Strich ging.

»Schönes Grundstück, aber reichlich vernachlässigt«, sagte er und wanderte mit ihr auf den Fersen hinunter zur Wakenitz. Die Daumen in die Hosentaschen seiner Jeans gehakt, stand er auf dem Steg und blickte über den Fluss. »Hm, hübsch«, brummte er und begutachtete anschließend das Bootshaus und das Gewächshaus. »Ziemlich marode und verwahrlost«, beschied er ihr mit hochgezogenen Brauen und zerrte eine Efeuranke herunter. »Kann ich jetzt bitte das Haus sehen?«

Sie nickte und ging ihm voraus. Wie ein Raubtier seine Beute umkreiste der Mann das Haus. Plötzlich zog er einen kurzen

Schraubenzieher aus der Tasche und rammte ihn in einen der Fensterrahmen.

»He!«, rief sie erbost. »Was soll das?«

»Das Holz ist faul.«

Ärgerlich rieb sie mit dem Finger über den Rahmen. »Das kann man auch auf andere Art feststellen«, bemerkte sie bissig. »Und neue Fenster werden ja nicht die Welt kosten.«

»Wie man's nimmt«, sagte der Makler. »Holz ist teuer, und Kunststoff passt hier wohl nicht.«

»Egal«, knurrte sie ihn an. »Lassen Sie das bitte.«

»Entschuldigung«, sagte der Mann, sah aber nicht so aus, als tue es ihm leid. »Und nun würde ich das Haus gern von innen sehen.«

Sie führte ihn herum. Von Zimmer zu Zimmer und vom Keller bis zum Dach.

»Und?«, wandte sie sich ihm zu, als sie aus dem Keller hochkamen. »Können Sie mir einen Richtpreis nennen, mit dem ich rechnen kann?«

»Darf ich brutal ehrlich sein?« An seiner Miene war zu erkennen, dass die Frage rein rhetorisch war.

Sie verzog das Gesicht. Das klang unerfreulich. »Unbedingt«, sagte sie resigniert und wappnete sich innerlich. »Seien Sie ehrlich.«

»Eigentlich ist das Haus eine Belastung für das Grundstück.« Der Makler marschierte vor ihr auf und ab. »Es hat einen enormen Renovierungsstau ... Haben Sie übrigens einen Energieausweis?«

»Einen was?«

»Einen Ausweis über die Gesamtenergieeffizienz Ihres Gebäudes – vereinfacht gesagt, wie viel Öl oder Gas Sie brauchen, um das Haus zu heizen. Der ist Pflicht.«

»Mamma mia«, murmelte sie.

»Wenn das Haus abgerissen werden kann und eine Baugenehmigung für ein Mehrfamilienhaus vorliegt, haben Sie ausgesorgt«, fuhr der Makler fort. »Das würde weit mehr als eine Million einbringen.« Er zog sein Mobiltelefon heraus. »Ich mach mich mal schlau.«

Während er telefonierte, ging sie in die Küche, um Kaffee zu kochen. Vielleicht würde der Mann dann umgänglicher werden, auch wenn es sicherlich den Preis nicht hochtreiben würde. Nach ein paar Minuten gesellte sich der Makler zu ihr in die Küche.

»Keine guten Nachrichten«, sagte er. »Das Haus steht unter striktem Denkmalsschutz, außen und innen, und das wird teuer. Was immer renoviert oder verändert werden soll, muss erst genehmigt werden.«

»Daran ist nichts zu ändern?«

»Das ist in Stein gemeißelt. Denkmalsschutz ist heilig in unserem Land. Ihr Haus ist offenbar eins der ersten Sommerhäuser, die Anfang des 19. Jahrhunderts hier gebaut wurden.«

»Das stimmt«, bestätigte sie. »Wie beeinflusst der Denkmalsschutz den Preis?«

Der Makler zuckte die Schultern. »Wir müssten einen Gutachter bestellen, denn bei dem Zustand, in dem das Haus jetzt ist, wird niemand die Katze im Sack kaufen wollen. Das kostet natürlich, und je nachdem, wie das Urteil ausfällt ... Danke.« Er nahm ihr mit einem Nicken den Kaffee ab und lehnte sich mit gekreuzten Beinen an den Kühlschrank. »Siebenhunderttausend, wenn Sie Glück haben und sich das Haus im Grund als solide herausstellen sollte. Wenn es aber baufällig ist und abgerissen werden muss ...« Er zog abwertend die Mundwinkel herunter. »Na, dann ist das Grundstück allein minus die Abrisskosten vielleicht sechshunderttausend wert. Aber nur, wenn sich das Amt für Denkmalsschutz nicht querlegt. Es sei denn natürlich, Sie finden einen Liebhaber, der bereit ist, es zu restaurieren.« Er hob die Schultern und trank einen Schluck. »Wäre natürlich möglich. Das Haus hat ja eine tolle Lage. Sie wissen ja, was beim Hausverkauf ausschlaggebend ist ...«

»Ich weiß«, unterbrach sie ihn. »Lage, Lage, Lage. Die Kriterien sind überall auf der Welt in puncto Immobilien gleich.«

»So ist es«, sagte der Makler. »Aber mit der Auflage Denkmalsschutz ist es auf jeden Fall nicht leicht zu verkaufen. Das kann locker ein bis zwei Jahre dauern. Vielleicht sogar länger. Die Leute wollen heutzutage ihre eigenen Ideen verwirklichen.«

Nachdem der Mann gegangen war, schob sie die Schubkarre in die Diele und warf, angefeuert von ihrer Enttäuschung, die zerbrochenen Bücherregale hinein. Sie würde das packen, schwor sie sich. Egal wie. Es war schon immer so gewesen. Je mehr Steine man ihr in den Weg legte, desto hartnäckiger wurde sie. Ein Brett flog krachend auf die Schubkarre. Niemand würde sie aus ihrem Haus vertreiben können! Niemand! Schließlich war die Karre voll. Sie schob sie in den Garten und kippte den Inhalt auf den Haufen bei den Rosenbeeten, obwohl ihr das gegen den Strich ging. Langsam ähnelte dieser Teil des Gartens einer Müllhalde. Sobald der Container da war, würde sie hier aufräumen. Zwischen dem Gerümpel entdeckte sie ein paar Rosenzweige, die sich dort hervorgekämpft hatten und an denen schon Blattknospen sprossen. Sie beschloss, die alten Rosenbeete wieder neu zu bepflanzen und diese tapferen Exemplare hochzupäppeln. Ihr gefiel, dass die als schwierig verschrienen Pflanzen nicht aufgaben. Als sie sich aufrichtete, bemerkte sie, dass auch die Forsythien schon trieben. Ihre Stimmung stieg marginal.

Nachdem sie die letzte Karre geleert hatte, bemerkte sie aus den Augenwinkeln, dass eine Postbotin an ihrem Gartentor hielt und eben die Post in den Briefkastenschlitz steckte. Sie lief hin.

»Hallo«, sagte sie. »Guten Tag.«

»Hallo«, sagte die Frau und warf ihr einen forschenden Blick zu. »Sind Sie die neue Haushälterin von dem alten Herrn?«

Alice schüttelte den Kopf und nahm die Post heraus. »Seine Tochter.« Sie sah keine Notwendigkeit, die Postbeamtin vom Tod ihres Vaters zu unterrichten.

Die Frau reichte ihr noch einen weiteren Packen Briefe, Reklame und Ausgaben der Stadtteilzeitung der letzten sechs Wochen. »Im Kasten ist offensichtlich noch mehr. Der ist wohl einige Zeit nicht geleert worden. War Ihr Vater unterwegs?«

Sie nickte wortlos. Dann ging sie ums Haus, setzte sich auf den Gartenstuhl, der noch vom Besuch des Gärtners auf der Terrasse stand, und sah den Stapel durch. Außer mehreren Rechnungen, die empfindlich hohe Beträge aufwiesen, und einer Postkarte an ihren Vater von einem ihr unbekannten Erich bestand er praktisch nur aus Reklame. Einer der Briefe war jedoch erstaunlicherweise an sie adressiert. Sie las den Absender. Es war der von der Bank ihres Vaters.

Mit dem ausgeprägten Gefühl eines drohenden weiteren Schicksalsschlags schlitzte Alice den Umschlag auf. Sie zog den Brief heraus und sah ihre Vermutung bestätigt. Die Bank forderte die Hypothek ein. Sie ließ den Brief sinken, geriet sekundenlang in lähmende Panik, fing sich aber schnell wieder und überlegte, wie sie es anstellen konnte, dass die Bank vorerst stillhielt. Etwas hatte sie immer gut gekonnt, und das war reden, schnell und viel, jemanden mit Argumenten zuschütten, bis sie ihn überzeugt hatte. Das hatte ihr schon bei ihren Immobilienverkäufen in Südafrika zu manchem Abschluss verholfen. Sie zog ihr Mobiltelefon hervor und wählte die Nummer, die auf dem Brief angegeben war. Ein Termin mit dem Leiter der Kreditabteilung war leider erst in der nächsten Woche möglich. Sie legte frustriert auf. Der Mann schien viel beschäftigt zu sein.

Am Morgen des Termins bei der Bank bürstete Alice ihre frisch gewaschenen Haare, zog den schwarzen Hosenanzug mit einer weißen Bluse an, wählte hohe Absätze und als einzigen Schmuck die Goldkette mit dem Diamanten, die ihr Pierre zu ihrem fünfzigsten Geburtstag geschenkt hatte. Kritisch drehte sie sich vor dem großen Spiegel im Elternschlafzimmer, und es gefiel ihr, was sie sah. Sicherheitshalber schrieb sie ein paar Stichworte auf, um bei der Unterredung alle Argumente parat zu haben, und steckte impulsiv die besten Stücke aus der Schmuckschatulle ihrer Mutter in ihre Tasche. Vielleicht würden die ihr ein paar Wochen Überlebenszeit verschaffen. In hoffnungsvoller Stimmung machte sie sich auf den Weg zur Bank.

Herr Federle – Abteilungsleiter, Anfang vierzig, grauer Anzug mit Weste und offensichtlich sehr von der eigenen Wichtigkeit überzeugt – lehnte ihr Ersuchen nach einer Verlängerung des Kredits mit einer brüsken Handbewegung ab. »Dem können wir leider nicht zustimmen«, sagte er mit seidenglatter Stimme und lächelte. »Wie Sie selbst sagen, haben Sie kein Einkommen und sind momentan ohne feste Anstellung. Haben Sie Vermögen?«

»Kein flüssiges«, wich sie aus.

»Ihr Vater war in Verzug, und inzwischen ist fast eine halbe Million aufgelaufen. Wie wollen Sie das zurückzahlen?« Der Blick und das herablassende Lächeln, mit dem er sie streifte, sprachen Bände.

Eine halbe Million. Alice schaffte es, äußerlich nichts von dem Schock zu verraten, der diese Summe ausgelöst hatte. Sie hob das Kinn und sah ihn ruhig an. Der Kerl hatte die unangenehme Art, immer zu lächeln, was in ihr archaische Impulse freisetzte. Unter dem Tisch bohrte sie sich die Fingernägel in die Handflächen, um die Fassung nicht doch noch zu verlieren.

»Ich möchte Ihnen nicht zu nahe treten«, setzte Federle hinzu und spielte dabei weiterhin lächelnd mit seinem Füllfederhalter. »Aber es wird Ihnen in Ihrem Alter schwerfallen, eine Anstellung zu finden. Vielleicht ist das ja in … Wo kommen Sie doch gleich wieder her?«

»Südafrika«, presste sie heraus und wünschte sich, ihm das stupide Lächeln aus dem Gesicht wischen zu können.

»Südafrika«, wiederholte er. »Nun, vielleicht ist es da ja anders?«

Alice überhörte die Frage. »Ich bin dabei, mich selbstständig zu machen«, erklärte sie spontan.

Der Bankier lehnte sich vor. »Wunderbar. Als was?«

Keine Ahnung, hätte sie fast geantwortet, stoppte sich aber rechtzeitig. »Das ist noch nicht spruchreif«, teilte sie ihm mit vorgerecktem Kinn mit.

»Lehnen Sie das Erbe doch einfach ab«, schlug Federle mit einem begehrlichen Grinsen vor. »Dann sind Sie die Sorgen los.«

Damit du dir mein Haus unter den Nagel reißen kannst? Um es für viel Geld für die Bank zu verkaufen, was dir wohl einen Karriereschub bescheren würde? Nur über meine Leiche, beschied sie ihm schweigend, zog den Schmuckbeutel aus ihrer Tasche und legte ihn auf den Tisch, obwohl sie sich angesichts dieser Summe entsetzlich naiv vorkam. »Ich hoffe, Sie können mir darauf wenigstens einen Überbrückungskredit geben.« Sie öffnete den Beutel. Die kostbar funkelnde Diamantbrosche ihrer Mutter hatte sie zuoberst gelegt. Sie nahm sie heraus.

Federle beugte sich vor, griff nach der Brosche, drehte sie im Licht und schob sie ihr wieder hinüber. Dann hob er abwehrend beide Hände. »Frau Diekmann, was sollen wir denn mit Schmuck?«, rief er. »Wir sind doch kein Pfandhaus.«

Alice ignorierte die Frage und nahm ein Armband aus einer Schatulle. »Das sind Diamanten, Herr Federle, zusammen mindestens fünf Karat. Und das hier ...« Vorsichtig hob sie einen funkelnden Anhänger hoch. »Das ist ein Smaragd, tiefgrün, und zwar ein ziemlich großer, in einem Kranz aus Diamanten. Der ist wirklich viel wert.« Es war der Lieblingsschmuck ihrer Mutter gewesen.

»Lassen Sie, Frau Diekmann, es hat keinen Zweck.« Federle

schob auch das Armband und den Anhänger von sich. »Woher soll ich wissen, ob das Zeug hier, und was Sie sonst noch so alles da in Ihrem Beutel haben, echt ist? Haben Sie eine Expertise?«

»Nein«, knirschte sie und hätte ihn mit Vergnügen erwürgen können. »Der Schmuck stammt vom ältesten und renommiertesten Juwelier Lübecks und ist seit Ewigkeiten in meiner Familie, und die wiederum lebt in dieser Stadt ebenfalls seit Ewigkeiten.« Ihre Stimme klirrte. »Ich bin mir sicher, dass er die Echtheit verbindlich bestätigen wird.«

»Tut mir leid, ohne Sicherheiten gibt es keinen Kredit«, sagte der Banker mit falschem Lächeln.

Und dann verlor sie doch die Fassung. Sie zog einen ausgefüllten Lottoschein aus der Tasche und knallte ihn auf den Tisch. »*Das* ist meine Sicherheit!«, fauchte sie, bevor sie sich zügeln konnte. »Sonnabend ist Ziehung.«

Federle riss den Mund auf, und nach einer Schrecksekunde fing er lauthals an zu lachen. »Das ist mal ein guter Witz«, murmelte er und machte Anstalten, sich zu erheben. Offensichtlich war er der Ansicht, dass es nichts mehr zu diskutieren gab.

»Einen Augenblick noch, Herr Federle«, sagte Alice und wartete, bis er sich widerstrebend wieder setzte.

Und dann redete sie, überschüttete ihn mit einem Schwall von Argumenten, redete und argumentierte, bis sie ihm eine Frist bis Ende September abgerungen hatte. Aber sie war der Verzweiflung nahe. Zwar hatte sie ein kleines Scharmützel gewonnen, doch den Krieg würde sie verlieren. Fünfeinhalb Monate waren besser als nichts, aber immer noch nicht im Entferntesten genug für eine so große Summe, und ob sie bis dahin das Haus verkaufen könnte, bezweifelte sie. An Wunder glaubte sie nicht.

Aufgewühlt und wütend verließ Alice die Bank und marschierte im Sturmschritt an der Trave entlang, um sich abzureagieren. Sie bog in die Engelsgrube ab, und ihr Schritt verlangsamte sich, während sie die schönen alten Häuser betrachtete, deren Fassaden den Geschmack der Jahrhunderte widerspiegelten. Ein gotisches Giebelhaus hatte im 19. Jahrhundert eine klassizistische Fassade erhalten, ein anderes Treppengiebelhaus war, wie sie sich aus ihrer Schulzeit erinnerte, im 14. Jahrhundert erbaut worden. Langsam drehte sie sich im Kreis. Erst jetzt wurde ihr bewusst, wie schön ihre Heimatstadt war, wie einmalig die Altstadt. Geschichte, wohin sie schaute, und Erinnerungen an ihre Kinder- und Jugendzeit. Doch heute waren die nicht mehr mit dem Gefühl von Enge verbunden. Der unbändige Wille, der sie damals beherrschte, aus dieser Enge auszubrechen, wich jetzt einem warmen Gefühl, das ihr schwerfiel zu definieren. Ein Gefühl, wieder zu Hause zu sein? Dazuzugehören? Noch war sie sich nicht klar darüber. Sie atmete tief durch und ging weiter.

Zwischen den Häusern führten schmale Durchgänge auf verlockend geheimnisvoll anmutende Innenhöfe, die Namen wie Qualmanns Gang, Bäcker Gang oder Spinnrademacher Gang trugen. Vor einem Treppengiebelhaus, das laut einer Plakette ein um 1300 errichtetes Haus der Backsteingotik war, blieb sie stehen. Der Gang zu dem Innenhof war mit dunklen Ziegelsteinen gepflastert, die Backsteine der Mauerwände schienen tatsächlich noch aus dem 14. Jahrhundert zu stammen, so rau und unregelmäßig waren sie. Sie stellte sich die Menschen vor, die über die Jahrhunderte hier durchgegangen waren, stellte sich deren Alltag vor und verlor sich in den Bildern. Bis ihr an der Mauer des dunklen Gangs das Blinken eines Messingschilds auffiel.

GängeAtelier, las sie. Und darunter stand der Name *Fortini.*

Aufgeregt sah sie genauer hin. Aber sie hatte richtig gelesen. Fortini. Ihr Lehrmeister, der sie damals alles über Gemälderestaurierung gelehrt hatte, hieß Fortini. Fabrizio Fortini. Aber zu der Zeit war er schon in den Sechzigern gewesen, und dass er noch lebte, war höchst unwahrscheinlich. In Gedanken versunken, strich Alice mit den Fingern über das kunstvolle Schild.

Signor Fabrizio war ein Meister der Restaurierung alter Gemälde gewesen und hatte ihr alles beigebracht, was sie für ihren Beruf wissen musste. Früher hatte er in den großen Museen Italiens gearbeitet, an bedeutenden Bildern, aber nachdem sein Sohn nach Deutschland ausgewandert war, war er ihm nach dem Tod seiner Frau gefolgt. Unbewusst lächelte sie, meinte die aufgeregte Stimme des alten Italieners zu hören.

»*Cara mia*, aber doch nicht so!«, pflegte er zu rufen und dabei aufgeregt mit den Armen zu fuchteln. »*Devi accarezzarlo* ... Das ist kein Fußboden. *Non strofinarlo!*«

Worauf sie das mit Watte umwickelte Stäbchen, das mit einer Terpentinmischung getränkt war, zärtlich über das Bild hatte gleiten lassen, es streichelte, wie Fabrizio Fortini es forderte, und nicht schrubbte, als wäre es der Fußboden, wie er ihr vorwarf.

Allein die Erinnerung an den alten Florentiner genügte, ihre Nerven zu beruhigen. Lächelnd bummelte sie weiter, aber schon nach wenigen Schritten drehte sie um, lief zurück zu dem Treppengiebelhaus und betrat zögernd den engen Gang. Ein flaches Gewölbe bildete die Decke, die so niedrig war, dass sie den Kopf einzog, um sich nicht zu stoßen. Die Gänge mussten mindestens so breit sein, dass man einen Sarg durchtragen konnte, hatte sie in der Schule gelernt, und ein Sarg passte hier wohl gerade eben durch. Wenn die Träger eher klein waren.

Ein unangenehmes Gefühl von Enge überfiel sie, aber am Ende des düsteren Gangs lockte ein sonniger Innenhof mit hellen Häuserwänden. Zögernd lief sie über das unebene Pflaster, dem man ansah, dass es viele Jahrhunderte alt war. Nur ein im Boden eingelassener Gullydeckel mit dem Stadtwappen und ein paar Fahrräder, die in einem Ständer in einer Ecke standen, sagten ihr, dass sie keine Zeitreise gemacht hatte. In schmalen Beeten am Fuß der Hauswände blühten Primeln und Stiefmütterchen. Die hohen Kletterrosen, deren Ranken bis zum ersten Stock reichten, zeigten in dem geschützten Hof schon grünes Laub. Eine Tür ging auf, und eine Frau in Jeans und weitem Pullover kam ihr entgegen. Sie hatte hellbraune Locken und das Gesicht eines Renaissance-Engels. Sie schätzte sie auf Ende zwanzig.

»Hallo, suchen Sie etwas?«, fragte der Engel und lächelte. »Kann ich Ihnen behilflich sein?«

Alice fragte nach dem GängeAtelier, und die Frau bot sich an, sie hinzubringen. »Es gehört meinem Bruder und mir«, erklärte sie. »Wir arbeiten dort zu viert. Ich bin Weberin.«

Ein Fenster über ihnen flog auf, und der Kopf eines Mannes mit üppiger schwarzer Lockenpracht erschien. »Letti, ist der Kaffee noch nicht fertig?«, rief er mit lübschem Akzent. »Ich brauch was zum Aufwachen! Und bring auch von dem Kuchen mit.«

»Mein Bruder Corrado. Ab und zu kehrt er den italienischen Macho heraus.« Die junge Frau lachte. »Ich bin Violetta.« Sie strebte auf einen verglasten Eingang zu. »Dort ist unser Atelier. Gehen Sie hinein und sehen Sie sich um. Ich komme gleich nach.«

Alice nickte und betrat neugierig den lang gezogenen, hellen Raum. Der intensive Terpentingeruch, der ihr entgegenschlug, weckte nicht nur Erinnerungen an ihren alten Lehrer, sondern übte auch eine eindeutig belebende Wirkung auf sie aus. Der Mann, der Corrado hieß, arbeitete an einem antik anmutenden Stuhl, dessen Sitzfläche er mit einem Stoff von offensichtlich erlesener Qualität überzog. Das Muster, japanische Szenen in Grün, Gold und einem blassen Rostton, war meisterhaft gewebt. Sie blieb neben ihm stehen.

»Hinreißend«, murmelte sie.

Corrado nickte. »Rubelli aus Venedig«, sagte er. »Ein Traum. Fühlen Sie mal.«

Behutsam strich sie über das plastische Muster und versprach sich, sollte sie je zu Geld kommen, einige der Sessel ihres Elternhauses damit beziehen zu lassen. Von Corrado Fortini.

Violetta erschien mit Kaffee und einem Teller mit Mürbeteiggebäck. »Kuchen ist alle«, sagte sie. Als sie auch Alice eine Tasse reichte, blieb ihre Hand abrupt in der Luft stehen. Sie starrte Alice an, als stünde ein Geist vor ihr. »Corrado«, sagte Violetta in einem eigenartigen Ton.

Ihr Bruder sah hoch und blickte in ihre Richtung. Zu Alice' Überraschung zeigte er die gleiche Verwirrung wie seine Schwester, und sie fing einen schnellen Blickwechsel zwischen den Geschwistern auf. »Ist was nicht in Ordnung?«, erkundigte sie sich beunruhigt.

»Oh nein, nein«, sagte Violetta schnell und gab ihr endlich die Tasse. »Alles ist perfekt in Ordnung.« Wobei ihr Blick aber wieder mit fassungsloser Verwunderung ihr Gesicht streifte.

Dankend nahm Alice die Tasse entgegen und beschloss, nicht weiter nachzubohren, obwohl sie den deutlichen Eindruck hatte, dass die eigenartige Reaktion der Geschwister und ihr merkwürdiger Blickwechsel etwas mit ihr zu tun hatten. »Ich bin Restauratorin für Gemälde«, begann sie. »Ich habe in den Siebzigerjahren bei einem begnadeten Florentiner namens Fabrizio Fortini alles über das Restaurieren gelernt. Sind Sie vielleicht mit ihm verwandt?«

Corrado sprang auf. »Ah, Fabrizio«, rief er aufgeregt und rollte das R auf sehr italienische Art. »Er war unser Großvater. Ein großer Künstler! Erzählen Sie!« Er zog ihr einladend einen Stuhl heran.

»Das war er«, stimmte Alice ihm zu. »Ein großer Künstler und ein wunderbarer Mensch. Ich bin Anfang der Achtzigerjahre ausgewandert und seitdem nur auf Besuch hier gewesen. Immer wieder habe ich nach Fabrizio gesucht, aber ihn nicht gefunden.«

»Er wurde krank, sehr krank, und ist in seine Heimatstadt Florenz zurückgekehrt«, erklärte Violetta. »Ende der Neunziger ist er dort gestorben.«

»Er konnte Farben mischen wie ein alter Meister«, sagte Alice leise. »Und ich glaube, er konnte riechen, was unter den Malschichten verborgen war. Er war genial!«

»Das war er«, bestätigte Corrado. »Ziemlich verrückt, mit einem Temperament wie ein Vulkan, aber genial.«

»Möchten Sie den Rest des Ateliers sehen?« Violetta goss ihr Kaffee nach, und als Alice begeistert nickte, schob sie ihren Stuhl zurück. »Kommen Sie, ich mache eine Führung durch unser Reich. Es gehören noch vier weitere Räume dazu, in denen unsere Künstler sitzen.«

Voller Neugier folgte Alice ihr. Im angrenzenden Zimmer schnitt eine rundliche Frau mit grauem Haar behände einen Leinenstoff zu. Die Frau lächelte ihr kurz zu und beugte sich dann wieder über ihre Arbeit.

»Karin ist unsere Schneiderin«, sagte Violetta. »Und dort ist mein Platz.« Sie zeigte auf einen großen Webstuhl, von dem die Fäden eines angefangenen Stoffs herunterhingen. Daneben stand ein Schrank, in dessen offenen Fächern Garndocken in allen Regenbogenfarben leuchteten.

Violetta winkte sie weiter. »Und im Raum nebenan sitzt Florian an seiner neuen Schmuckkollektion. Er ist im Moment unter starkem Zeitdruck. Die Grippe hatte ihn erwischt, und er konnte über drei Wochen nicht arbeiten.«

Florian war groß, blass und dünn und trug eine Brille mit dicken Gläsern. »Hi«, murmelte er, ohne aufzusehen, und zog verstohlen die Nase hoch.

Florian liebte offenbar den Jugendstil, bemerkte Alice, denn die Form seiner Schmuckstücke erinnerte an geschwungene Pflanzen oder geschmeidige Tiere. Libellen, mit Edelsteinen besetzt, Schmetterlinge, deren filigrane Flügel aus Emaille bestanden, und ein Skarabäus, dessen Körper ein goldeingefasster, grünschillernder Opal war. Sie war verzaubert von diesen Kleinodien und hätte sich Florians Arbeit gern länger angesehen, aber Violetta zog sie weiter. Noch bevor die junge Frau die Tür zum letzten Raum geöffnet hatte, bemerkte Alice, dass der Terpentingeruch stärker wurde. Violetta ließ sie vortreten. Niemand hielt sich in dem Raum auf, aber sie erkannte sofort, dass hier ein Gemälderestaurator arbeitete.

»Das war Hermines Reich«, erklärte Violetta. »Sie restauriert Gemälde, wie man sieht, und ist eine Könnerin in ihrem Fach. Aber es ist eine tragische Sache. Sie hat Makuladegeneration bekommen, das heißt, ihre Sehzellen sterben irgendwie ab, und sie sieht in der Mitte vom Bild nur noch einen verwischten Fleck, der immer größer wird. Sie kann nicht mehr arbeiten. Ihr Platz ist schon seit einem halben Jahr leer. Wir haben niemanden als Nachfolger, dabei rennen uns Kunden mit kranken Bildern die Tür ein.«

Es war das sprichwörtliche Licht am Ende eines dunklen Tunnels.

»Ich könnte …«, fing Alice aufgeregt an.

»Vielleicht könntest du …«, begann Violetta gleichzeitig.

Sie sahen sich an.

Violettas dunkle Kirschaugen strahlten. »Corrado«, schrie sie. »Komm her, wir müssen etwas besprechen. *Subito!*«

Eine Stunde später waren sich alle einig. Karin, Florian, die beiden Enkel von Fabrizio und sie. Alice würde auf Probe ein oder zwei weniger kostbare Gemälde restaurieren, und dann hofften die Fortinis, dass sie die Lücke, die Hermine in ihrer Ateliergemeinschaft hinterlassen hatte, füllen könnte.

»Schließlich hast du bei Großvater gelernt«, sagte Corrado. »Du musst also gut sein! Wir melden uns also, wenn wir geeignete Bilder hereinbekommen.« Er vertilgte den Rest der Kekse. »Bist du gerade erst in die Stadt gezogen?«

Alice hob die Schultern. »Wie man's nimmt. Ich bin hier geboren, und nun ist mein Vater gestorben, und da außer mir niemand sonst da ist, habe ich mein Elternhaus geerbt.«

Violetta musterte sie mit neugierigem Blick. »Und wohin bist du damals ausgewandert? Das klingt sehr aufregend.«

Sie zögerte. Eigentlich hatte sie nicht vor, über Südafrika zu sprechen. Sie fürchtete, die Fassung zu verlieren, wenn sie von ihrem afrikanischen Leben berichtete. Keinem hier in Lübeck hatte sie die Umstände von Pierres Tod beschrieben, auch Tante Hanna nicht, und sie wusste, es würde sehr, sehr lange dauern, ehe sie es über sich bringen konnte, daran zu rühren.

»Nach Durban«, wich sie aus.

»Südafrika?«, hakte Corrado mit hochgezogenen Augenbrauen nach. »Meine Güte, das ist ja das Ende der Welt!«

»Damals schon.« Ihr Ton setzte einen Punkt, und sie wechselte das Thema. »Ich höre noch heute euren Großvater, wenn ich seine Bilder nicht zärtlich genug behandelte«, sagte sie lächelnd. »*Devi accarezzarlo,* rief er immer. *Non strofinarlo!* Er konnte richtig zornig werden.«

»Das klingt nach ihm«, lachte Corrado. »Er sprang dann herum wie Rumpelstilzchen und regte sich furchtbar auf, wenn man nicht gleich begriff, was er wollte.«

Alice verließ die vier in seliger Benommenheit und lief auf die Engelsgrube hinaus. Irgendwann blieb sie vor einem kleinen Restaurant stehen und studierte die Speisekarte. Aber sie war zum Essen doch noch zu aufgewühlt, und so schlenderte sie weiter. Am oberen Ende mündete die Engelsgrube auf die Breite Straße, und gleich darauf fand sie sich vor dem Treppengiebelhaus der Schiffergesellschaft gegenüber wieder. Die Gesellschaft war aus einer 1401 gegründeten religiösen Bruderschaft hervorgegangen. Mitte des 16. Jahrhunderts erwarb sie das bereits im 13. Jahrhundert erstmals erwähnte Haus in der Breiten Straße, um es als Gildehaus zu nutzen. Die Historie von Haus und Schiffergesellschaft kannte sie deshalb so gut, weil ihr Lieblingsonkel Georg, der Commodore einer großen Reedereigesellschaft und Kaphoornier gewesen war, sich ab und zu mit ihren Eltern und ihr in der Schiffergesellschaft getroffen hatte. Bei Bratkartoffeln und Matjes und heißem Kakao hatte er Geschichten von seinen Fahrten auf den großen Frachtenseglern erzählt, von seiner ersten Umrundung von Kap Hoorn, wo drei seiner Kameraden im Orkan von haushohen Brechern von Bord gespült wurden und das Schiff durch die tückische Strömung fast auf den Felsen gelandet wäre.

Alice zögerte und schaute auf die Uhr. Gerade Mittagszeit, aber sie hatte wirklich überhaupt keinen Appetit, und die Portionen in dem traditionsreichen Restaurant waren immer noch sehr üppig, wie sie bei ihrem letzten Besuch in Lübeck festgestellt hatte. Als sie mit Pierre dort eingekehrt war. Mit gesenktem Blick lief sie schnell weiter. An dem prächtigen Treppenaufgang mit den wunderbar kunstvollen, schmiedeeisernen Toren des Rathauses vorbei strebte sie durch den Arkadengang auf den Marktplatz.

»Alice«, rief eine Männerstimme hinter ihr.

Sie stutzte. Irgendwoher kannte sie diese Stimme, aber sie rief keine überschwänglich positiven Gefühle in ihr wach. Langsam drehte sie sich um. Curt und Eva Claussen standen vor ihr. Fröhlich grinsend, lederbraun gebrannt und gekleidet, als wollten sie auf Safari gehen. Curt trug eine Kamera mit einem ellenlangen Teleobjektiv vor dem Bauch, Eva, die noch ein wenig mehr in die Breite gegangen war, schleppte ein halbes Dutzend Einkaufstüten.

»Tante Eva, Onkel Curt – wo kommt ihr denn her?«, platzte Alice erstaunt heraus. Blöde Frage, fuhr es ihr durch den Kopf, und die Antwort war dann wie erwartet.

»Na, woher schon?«, rief Onkel Curt. »Aus Südafrika natürlich! Von unserer Farm, die Jungs und Muttern besuchen. Sie ist ja auch nicht mehr die Jüngste.«

»Wir wollen gerade eine Kleinigkeit essen«, sagte Eva und deutete auf das Café Niederegger. »Im Marzipansalon. Ich war seit Ewigkeiten nicht mehr da. Meine Güte, ich habe schon Halluzi-

nationen von riesigen Buttercremetorten!« Sie kicherte schul-
mädchenhaft. »Mit Marzipan, natürlich. Komm doch mit. Wir
laden dich ein!«

Eva wirkte, als würde sie sich tatsächlich freuen, sie zu sehen,
aber Alice zögerte. Doch bevor sie ablehnen konnte, weil ihr
eigentlich nicht nach Gesellschaft im Allgemeinen und der von
den beiden im Besonderen war, nahm Curt ihren Arm und zog
sie die Treppen zum Café hinauf.

»Nun komm schon, wir beißen nicht«, sagte er mit einem An-
flug von Sarkasmus.

Alice besann sich auf ihre Manieren. »Danke«, sagte sie und
machte sich los. »Natürlich komme ich gern, aber ich habe leider
nicht viel Zeit.«

»Was hast du denn vor, dass du es so eilig hast?« Curt warf ihr
einen listigen Blick zu. »Dein Haus renovieren? Ich habe gehört,
dass du es verkaufen willst.«

Sie presste die Lippen zusammen. Daher wehte also der Wind.
»Mal sehen«, antwortete sie ausweichend. »Vielleicht, vielleicht
auch nicht. So eine Entscheidung braucht Zeit. Ich hab noch
nicht einmal meine Sachen richtig ausgepackt ...«

»Na, dat ward dann ja mol Tied«, bemerkte Eva auf plattdeutsch und bestellte zwei Stück Torte für sich, üppig mit Butter-
creme, Früchten und Marzipan gefüllt, ein Kännchen Kaffee und
einen doppelten Cognac. Curt tat es ihr nach. Alice nahm ein
Stück Obsttorte und einen Kaffee.

Eine Weile aßen sie schweigend.

Eva arbeitete sich hingebungsvoll durch ihre Buttercreme-
torte. »Ist doch viel zu groß für dich, der Kasten«, sagte sie mit
vollem Mund. »Da klöterst du ja nur herum wie ein Kiesel in der
Büchse.«

Alice warf ihrer Tante einen Seitenblick zu. »Ach, ich mag es
sehr gern, viel Platz um mich herum zu haben. Das ist Luxus für
mich.«

Eva schluckte den Bissen hinunter. »An deiner Stelle würde ich das Haus verkaufen und mit dem Geld ein richtig schickes, modernes bauen.«

Schweigend musterte sie die beiden, so lange, bis Eva etwas unruhig mit den Fingernägeln Muster auf die Tischdecke zeichnete. »Ihr wollt es kaufen, nicht wahr?«

»Kommt drauf an, was du dafür haben willst«, warf Curt ein. »Nach Thomas' Schilderung scheint es ja in einem bejammernswerten Zustand zu sein. Viel wirst du dafür wohl nicht kriegen ...«

Alice ignorierte seine Bemerkung und schüttelte nur energisch den Kopf. »Vergiss es«, winkte sie ab. »Die Frage war nicht ernst gemeint. Es ist nicht zu verkaufen.«

»Denk dran, dass wir Familie sind«, sagte Curt und ließ sie nicht aus den Augen. »Wir sollten im Falle eines Falles Vorkaufsrecht haben.«

Nur über meine Leiche, dachte sie und lächelte ihn süß an. »Das sehe ich nicht so«, erwiderte sie. »Es ist mein Haus und meine Entscheidung.«

Eva spießte das letzte Stück Torte auf und schob es sich in den Mund. »Köstlich«, murmelte sie und wischte sich den Mund ab. »Wir wollten dich in den nächsten Tagen sowieso besuchen. Das wäre dir doch recht, oder?«

Alice nickte ergeben. »Natürlich. Ruft mich aber vorher an, damit ich auch zu Hause bin.« Sie notierte ihre Mobiltelefonnummer auf einen Zettel und war für einen winzigen Augenblick versucht, einen Zahlendreher einzubauen. Aber das wäre zu kindisch gewesen. »Wie lange bleibt ihr?«

»Oh, noch vier Wochen, sonst lohnt sich die Reise ja gar nicht«, erwiderte Curt mit einem Blick, der ihr verriet, dass er den Hintergrund ihrer Frage sehr wohl verstanden hatte. »Und Muttern freut sich immer so. Wer weiß, wie lange wir sie noch haben.«

Sie stand auf. »Danke für die Einladung. Der Kuchen war sehr lecker. Aber ich muss jetzt wirklich los, ich habe noch einen wichtigen Termin. Ihr könnt euch ja vorstellen, was alles anfällt, wenn jemand gestorben ist.«

Eva tupfte sich die Lippen mit der Serviette ab. »Ach, du Arme. Es muss schrecklich für dich sein. Erst dein Mann und nun dein Vater. Mein herzliches Beileid nachträglich.«

Alice nickte, verabschiedete sich schnell und verließ die angenehm duftende Wärme des Cafés.

Draußen war es deutlich kühler geworden, aber der klare Himmel verhieß morgen einen schönen Tag.

Abends wurde sie zunehmend unruhig angesichts der Rechnungen, die sie auf die Kommode in der Diele gelegt hatte, und sie beschloss, ihren inneren Schweinehund zu überwinden, der eigentlich nach leichter Fernsehkost oder einem guten Buch verlangte. Aus dem Aktenschrank im Arbeitszimmer ihres Vaters holte sie die Ordner mit den Aufschriften *Persönliches* und *Haus*. Sie setzte sich mit einem späten Kaffee an den Küchentisch und nahm sich die Unterlagen vor. Die Dokumente, die das persönliche Leben ihrer Familie betrafen, waren offensichtlich vollständig. Von seinem ersten Schulzeugnis an hatte ihr Vater akribisch alles abgeheftet, auch die Unterlagen ihrer Mutter. Sogar ihre eigenen Grundschulzeugnisse entdeckte sie, die ziemlich widersprüchliche Erinnerungen in ihr hervorriefen. Sie blätterte schnell weiter. Offene Rechnungen fand sie zu ihrer Beruhigung in den Akten nicht.

Ihre Nervosität etwas besänftigt, wandte sie sich den Rechnungen zu, die mit der Post gekommen waren. Die Zahlen übertrug sie in das Heft, das sie mitgebracht hatte und in das sie schon immer Soll und Haben notierte. Dann zählte sie die Beträge zusammen. Das Ergebnis war, wie sie erwartet hatte, unerfreulich. Sie rechnete die Zahlenkolonnen hinauf und

wieder hinunter, bis die vor ihren müden Augen einen Veits-
tanz aufführten, aber es gelang ihr nicht, sie irgendwie positiv
erscheinen zu lassen. Dass sie die Fortinis getroffen hatte, war
ein Glücksfall, aber was sie als Restauratorin verdienen konnte,
stand noch in den Sternen. Das hing von den Aufträgen ab und
davon, ob die Fortinis mit ihr zufrieden sein würden. Bis dahin
würde sie wohl oder übel das Geld, das für ihren Lebensunter-
halt gedacht war, einsetzen müssen. Auf sehr unangenehme
Weise wurde sie an die Zeit erinnert, als Pierre seinen Job verloren hatte. Nur waren sie und Pierre damals zusammen gewesen, und sie hatten den Härtetest gemeinsam durchgestanden.
Heute war sie allein.

»Mist, verdammter!«, murmelte sie und warf den Stift auf den
Tisch. Sie nahm ihren mittlerweile kalt gewordenen Kaffee,
stellte sich ans Fenster und starrte in den nachtdunklen Garten.
Der Schein der altmodischen Deckenlampe reichte nicht aus,
draußen etwas zu erkennen. Drüben, bei Roland Hendricks,
brannte noch Licht. Sie drehte das Handgelenk und schaute auf
die Uhr. Elf Uhr. Viel zu spät für einen Besuch. Oder einen Hilfe-
ruf wegen übergreifender Frustration.

Das Klingeln ihres Handys holte sie aus ihrer trüben Stimmung. Sie schaute auf den Display und nahm den Anruf an.

»Hanna, wie schön, dass du anrufst!«, rief sie freudig.

»Gut, dass du noch wach bist«, sagte ihre Tante mit deutlicher
Erleichterung in der Stimme. »Ich bin eine Nachteule – vermutlich hat das was mit dem Alter zu tun.« Sie lachte spöttisch. »Nur
vergesse ich immer, dass es Menschen gibt, die um diese Zeit
schon tief und fest schlafen. Eigentlich wollte ich nur hören, wie
es dir geht und wie du zurechtkommst.«

Nach einigem Herumreden erzählte Alice Hanna von dem Ergebnis ihres Kreditantrags und redete sich dabei wieder in weiß
glühenden Zorn. »Der zuständige Abteilungsleiter ist ein ge-
schniegelter, überheblicher Lackaffe«, tobte sie. »Ist selbst nur

Gehalts- und Befehlsempfänger und spielt sich hier auf wie Graf Rotz von der Backe!«

»Vermiete das Dachgeschoss«, unterbrach Hanna sie trocken. »Das machen viele hier, die so schöne alte Häuser besitzen und sie sich eigentlich nicht leisten können. Ich übrigens auch. Mein junger Mann, der unter dem Dach wohnt – er ist Student –, bezahlt einen Teil der Miete mit Arbeiten im Haus und Garten. Und ab und zu leistet er mir beim Abendbrot Gesellschaft.«

Das klang praktisch. »Darüber muss ich erst nachdenken«, erwiderte Alice.

»Tu das. Alles ist besser, als dein Elternhaus zu verkaufen. Obwohl es genügend Käufer geben würde, denn solche Objekte kommen nur äußerst selten auf den freien Markt.«

Sie unterhielten sich noch eine Weile, und als Alice auflegte, fühlte sie sich etwas aufgeheitert und nicht mehr ganz so allein.

Mit ihrem Stift klopfte sie einen monotonen Trommelwirbel auf die Tischoberfläche und überlegte. Sollte sie das Dachgeschoss vermieten? Dafür müsste sie oben ein Bad mit WC einbauen lassen. Am besten in das jetzige Bücherzimmer. Dorthin müssten Wasserleitungen und Abflussrohre neu gelegt werden, und es blieben mit dem Arbeitszimmer ihres Vaters und dem Musikzimmer nur zwei Zimmer, die sie vermieten konnte. Die Investition würde sich erst nach vielen Jahren rentieren. Der Trommelwirbel verstärkte sich. Wer immer dort einziehen würde, würde die Treppe benutzen und über den Flur gehen müssen, um sein Zimmer zu erreichen. Vorbei an ihrem Schlafzimmer, die Treppe hinauf und dann über den Flur über ihr. Jeden Schritt würde sie in ihrem Zimmer hören. Sie dachte an die knarrende Stufe und vergrub ihren Kopf in den Händen.

Eine weitere Möglichkeit wäre, das Dachgeschoss und die gesamte obere Etage außer ihrem Zimmer zu vermieten. Zählte man die Abstellkammer dazu, gab es dort schließlich noch drei weitere Zimmer und ein bestehendes Bad. Vor ihrem inneren Auge aber blitzte sofort ein Szenario auf, das sie erschauern ließ: Frühmorgens, auf dem Weg zum Badezimmer, würde sie auf eine fremde Person stoßen, die sie in ein Gespräch verwickeln wollte. Oder sich womöglich über irgendetwas beklagen.

Natürlich gab es für sie die Möglichkeit, ins Erdgeschoss zu ziehen. Ins Esszimmer vielleicht. Dann allerdings müsste sie das Gäste-WC in ein Badezimmer für sich umbauen lassen. Das würde sicherlich etwas billiger werden, da Wasserleitungen und Abfluss-rohre bereits dort lagen. Wenn sie denn in gutem Zustand waren. Das würde aber nichts daran ändern, dass ständig jemand die Treppe hinauf- oder hinunterlaufen würde. Und vermutlich auch ihre Küche benutzen.

Fremde Geräusche im Haus, fremde Gerüche, fremde Stim-men. Grauenvolle Vorstellung! Sie warf den Stift hin.

Ohne sonderlichen Enthusiasmus öffnete sie ihren Laptop und suchte in den Immobilienportalen nach Mietangeboten in der Gegend, um einen Preisvergleich zu haben. Wieder ohne ein zufriedenstellendes Ergebnis. Seufzend suchte sie darauf nach Mietgesuchen, die auf ihr Haus passen könnten. Vergeblich.

Kribbelig und gereizt, klappte sie den Computer zu und öff-nete den Kühlschrank. Essen half ihr immer beim Nachdenken, das hatte sie schon vor langer Zeit festgestellt. Aber der Inhalt des Kühlschranks gab nicht viel her. Mit einem Mettwurstbrot und einem Glas Saft setzte sie sich wieder an den Tisch und machte eine gedankliche Bestandsaufnahme. Das Ergebnis war depri-mierend. Es passte hinten und vorn nicht, egal wie sie es drehte und wendete.

Mittlerweile war es kurz vor ein Uhr, die dunkelste Stunde der Nacht.

Ruhelos tigerte Alice durch die Küche. Zum Fenster, zurück zur Tür, einmal um den Tisch herum. Fünf Monate hatte sie Zeit, sagte sie sich. Fünf Monate, um das Haus einigermaßen auf

Vordermann zu bringen, damit sie einen besseren Preis bekam. Die Teppiche säubern würde sie selbst. Sie hatte spezielle Reinigungsmaschinen im Supermarkt entdeckt, die man leihen konnte, und die Wände konnte sie auch selbst streichen. Um die Schäden der Einbrüche zu beseitigen, würde sie allerdings einen Schreiner und vielleicht sogar einen Maurer kommen lassen müssen. Und außerdem brauchte sie einen Klempner, der sich des Rohrsystems annahm.

Wenn sie die Absicht hatte, ihr Haus zu behalten, ihr Kapital aber zum Leben brauchte, konnte sie nicht darauf warten, bis die Fortinis ein Gemälde für sie hatten. So schnell wie möglich musste sie irgendeine Arbeit finden, egal welcher Art. Verkäuferin im Supermarkt oder vielleicht Hamburger belegen bei McDonald's. Eine Brötchenhälfte, Käsescheibe drauf, Hackfladen, rote Soße, zwei Zwiebelringe, eine Tomatenscheibe, eine saure Gurke, andere Brötchenhälfte drauflegen. Fertig. Acht Stunden lang. Jeden Tag.

Während sie noch darüber nachdachte, meldete ein akustisches Signal, dass eine WhatsApp-Nachricht auf ihrem Handy angekommen war. Froh über die Unterbrechung, holte sie es hervor. Auf dem Display sah sie, dass Jill sich gemeldet hatte. Sie lächelte erfreut. Offenbar konnte die auch nicht schlafen. Vermutlich war es einfach zu heiß dazu, und Jill saß jetzt auf ihrer mondbeschienenen Terrasse auf Inqaba und wartete auf ihre Antwort. Sie öffnete das Bild. Jill hatte ihr ein Selfie geschickt und lachte ihr vom Display entgegen. Das glänzende Haar hing ihr unordentlich ins Gesicht, als wäre sie gerade aus dem Bett gestiegen, ihre tiefblauen Augen strahlten, und Nils grinste ihr über die Schulter. Offenbar saßen beide tatsächlich im Mondschein auf ihrer Terrasse. Die weißen Blütensterne der dichten Amatunguluhecke, die mit langen, äußerst spitzen Dornen Jills Haus vor ungebetenen Besuchern aus dem Busch schützten, leuchteten im Hintergrund.

Plötzlich spielten ihre Sinne ihr einen Streich. Sie sah nicht die helle Frühlingsnacht der nördlichen Breiten, sondern das Sternengefunkel im Blauschwarz des afrikanischen Nachthimmels, und ganz in der Ferne glaubte sie, das schrille Geigenkonzert der Zikaden zu vernehmen und den tiefen Bass der Ochsenfrösche, die im Wasserloch von Inqaba lebten. Langsam sank sie auf einen Stuhl. Das aufgeregte hohe Kläffen eines kleinen Hundes schallte unvermittelt aus der Nachbarschaft herüber, aber sie hörte stattdessen eine Hyäne lachen. Sie ertrank in der Sehnsucht, die sie aus dem Nichts wie eine Flutwelle überrollte, und für Sekunden taumelte sie am Abgrund ihrer Verzweiflung entlang und brauchte ihre ganze Kraft, um sich nicht einfach fallen zu lassen.

In diesem Augenblick stand ihr Entschluss fest. Sie würde das Haus verkaufen, so schnell wie möglich, so wie es jetzt war, und mit dem Geld würde sie sich in Südafrika eine neue Existenz aufbauen. Hier hielt sie nichts außer diesem alten Kasten. Sie stützte sich am Tisch ab und öffnete die Nachricht unter Jills Konterfei.

Hi, Alice, las sie durch einen Tränenschleier. *Alles okay? Ich hab noch nichts von dir gehört. Wir machen uns Sorgen. Ruf mich doch über Skype an! Nils glaubt, den Namen des Verkehrsrowdys am Flughafen herausgefunden zu haben … Vielleicht ist es ja dein Stalker. Ruf also an!*

Alice blickte ihrer Freundin ins lachende Gesicht, legte die Arme auf den Tisch, bettete den Kopf darauf und ließ ihren Tränen freien Lauf. Als es genug war, hielt sie ihr verheultes Gesicht unter den kalten Wasserhahn, bis alle Tränenspuren weggewaschen waren.

Während sie sich mit dem Küchenhandtuch abtrocknete, hörte sie etwas, was ihr das Blut in den Adern gerinnen ließ. Ein Geräusch, so leise, dass sie es nur wahrgenommen hatte, weil es absolut still war.

Sofort schaltete sie das Licht aus und lauschte mit geneigtem Kopf in die Dunkelheit. Aber alles blieb ruhig. Schon war sie überzeugt, dass sie sich geirrt hatte, da hörte sie es wieder, ganz kurz nur. Ein Schurren, leise wie ein Hauch. Sie rührte sich nicht. Jemand war im Haus, aber dieses Mal war es mit Sicherheit keine Schlange. Dieser Eindringling trug Schuhe. Sie rührte sich nicht, sondern horchte und wartete. Die verstohlenen Schritte kamen näher, wurden etwas lauter, entfernten sich wieder, und darauf änderte sich das Geräusch. Es klang wie ein kurzes, rhythmisch abgehacktes Schleifen, aber sie war sich jetzt nicht mehr sicher, ob es nur ein einzelner Einbrecher war. Auf jeden Fall schien jemand die Treppe hinauf ins Obergeschoss zu schleichen, denn nun knarrte prompt die vierte Stufe. Wer immer es war, gab sich kaum noch Mühe, seine Anwesenheit zu verbergen. Offenbar wähnte er sich allein im Haus.

Leise zog sie ihre Schuhe aus, durchquerte die Küche und presste sich an die Wand neben der Tür, von wo aus sie einen Teil der Diele überblicken konnte. Der Widerschein einer Taschenlampe huschte kurz über den Flur im Obergeschoss, erlosch aber sofort wieder. In Gedanken verfolgte sie den Weg des Eindringlings. Oder der Eindringlinge. Jetzt wurde oben eine Tür geöffnet, jemand betrat ein Zimmer, sehr vorsichtig, um kein Geräusch zu machen, aber das alte Haus ließ das nicht zu. Es knisterte und knarrte, einmal protestierte eine Diele, und dann knackte es wieder so laut, dass sie zusammenfuhr. Alte Häuser leben, und alte Häuser erzählen Geschichten, das hatte schon ihre Mutter immer gesagt. Sie wünschte nur, dass dieses Haus ihr seine erzählen würde. Und das möglichst schnell.

Sie überlegte, was sie als Waffe benutzen konnte, aber dann erinnerte sie sich daran, dass sie sich in Deutschland befand. Rief man hier die Polizei, kam sie. Sagte Titus Brosius. Sie tastete nach ihrem Handy, das sie auf dem Tisch abgelegt hatte. Dabei stieß sie gegen einen Stuhl und stolperte. Der Stuhl schurrte über den Boden und kippte gegen den Tisch, worauf ihr Kaffeebecher umfiel, vom Tisch rollte und auf den Küchenfliesen zersplitterte. Sie stieß ein unterdrücktes Schimpfwort aus, und Sekunden später hörte sie es auf der Treppe poltern, flüsternde Stimmen, deutlich die eines Mannes und die einer Frau, eine Tür klappte, und ehe sie sich in der dunklen Küche zurechtfinden konnte, war es plötzlich wieder vollkommen still. Offenbar war sie wieder allein im Haus, und sie war wütend. Jemand war während ihrer Anwesenheit eingebrochen, um ihr Haus nach dem hypothetischen Schatz, an dessen Existenz sie durch diesen Vorfall allerdings zu glauben anfing, zu durchsuchen.

Ihr Haus.

Ihr Schatz. Woraus immer der bestehen sollte. Wenn es ihn überhaupt gab.

Wer glaubte, sie so weit einschüchtern zu können, dass sie das Haus verkaufen würde, hatte sich gründlich geirrt. Sie schaltete alle Lichter ein und lief durch sämtliche Räume. Sie untersuchte jede Tür, bis sie bemerkte, dass es die Kellertür war, die jemand geöffnet haben musste. Von der Innenseite. Obwohl das Licht auch im Keller wieder funktionierte, verschob sie eine nähere Untersuchung auf den Morgen. Und wie schon zuvor fand sie nicht heraus, was die Eindringlinge gesucht hatten. Und über deren Identität konnte sie noch nicht einmal spekulieren. Onkel Curt und Tante Eva? Claus und Cornelia oder Thomas und Gesine? Oder jemand, den sie nicht einmal kannte?

Letztlich rief Alice die Polizei nicht um Hilfe, auch nicht Roland Hendricks oder Tante Hanna. Sie verriegelte alle Türen im Haus, stellte den Spazierstock mit dem Silberknauf neben ihr Bett, lud ihr Handy auf und legte es mit der Taschenlampe auf den Nachttisch.

Der nächste Tag dämmerte bereits mit verhangenem Himmel, aber die Temperatur war zumindest frühlingsmäßig, und die ersten Forsythienblüten schimmerten gelb zwischen kahlen Ästen.

Alice stand früh auf, erstens weil sie erbärmlich schlecht geschlafen hatte, immer wieder aufgeschreckt war, weil sie meinte,

Einbrecher zu hören, und zweitens weil sie vorhatte, Haus und Garten so lange zu durchsuchen, bis sie entdeckt hatte, wo und wie sich die Typen Zugang verschafft hatten. Nach einem kurzen Frühstück zog sie den Daunenmantel über und marschierte in den Garten. Meter für Meter des weichen Bodens ging sie ab. Wieder fand sie Fußspuren, und wieder nur in der Nähe des Wassers, aber dieses Mal endeten sie direkt vor dem Gewächshaus.

Langsam zog sie die Tür auf.

14

Verblüfft blieb Alice in der Tür des Gewächshauses stehen. Auf mehreren Quadratmetern hatte jemand die Schicht Laub und Dreck, die den Steinfußboden bedeckt hatte, beiseitegefegt. Hier war also jemand gewesen. Fragte sich nur, was der Einbrecher zwischen dem Gerümpel gesucht hatte. Vorsichtig bewegte sie sich Schritt für Schritt über den Boden, befürchtete fast, dass sich unter ihr ein Abgrund auftun könnte. Aber dann sah sie, dass in der Mitte des Gewächshauses in einem gemauerten Ziegelsteinrand eine Falltür eingelassen war. Und die lag nicht mehr in der Fuge, sondern stand zwei Zentimeter offen. Angespannt lauschte sie, ob unter der Falltür vielleicht jemand lauerte. Schließlich ging sie auf Zehenspitzen hin und sprang auf die Luke, die sofort mit Getöse vollständig zukrachte. Dann packte sie einen verrosteten Gartenrechen, stellte sich an die Scharnierseite, hakte hinter den Ring, mit dem die Falltür geöffnet werden konnte, und zog kräftig. Wer immer oder was immer dort unten war, würde sie kaum so schnell erreichen können.

Es passierte nichts.

Die Falltür ließ sich leicht öffnen, und weder ein Gangster noch ein Ungeheuer kroch heraus. Vorsichtig trat sie an den Rand und spähte hinunter. Es war stockdunkel in dem Loch, modrige Luft stieg ihr in die Nase, kalt und feucht, und sie meinte, etwas rascheln zu hören. Nach einer Schrecksekunde erinnerte sie sich daran, dass sie sich in Deutschland befand. Welches Tier da unten auch lebte, es konnte keine Giftschlange sein. Ratten, vermutete sie, und vor Ratten hatte sie überhaupt keine Angst. Sie lief ins Haus und holte ihre Taschenlampe. Im Strahl der Lampe entdeckte sie, dass eine kurze Treppe hinunter in die Dunkelheit führte. Ein geheimer Keller? Zögernd stieg sie die Stufen hinab.

Es war kein Keller, es schien vielmehr ein Tunnel zu sein. Ein gemauerter Tunnel mit einer unangenehm niedrigen Decke. Sie bückte sich und versuchte im Lampenlicht mehr zu erkennen. Eine Ratte rannte aufgeschreckt an der Wand entlang und verschwand im Dunkel hinter etwas, was wie eine vergammelte Matratze aussah. Die Breite des Tunnels schätzte sie auf rund zwei Meter. Das Ende konnte sie zwar nicht erkennen, aber die Richtung, in die der Tunnel verlief, ließ sie annehmen, dass er am Haus endete. Eine vage Erinnerung geisterte ihr durch den Kopf, flüchtig wie ein Schatten, dass im Keller ein Zugang zu einem weiteren Keller existierte. Doch allein der Gedanke, in die Finsternis des Tunnels hinabzusteigen, verursachte ihr ein Angstgefühl, für das sie eigentlich keine Erklärung hatte. Aber sie musste herausfinden, ob ihre Vermutung stimmte, dass der Gang unterirdisch bis zum Haus führte und wahrscheinlich im Keller endete.

Sie kletterte zurück ins Tageslicht, warf die Falltür zu, rannte hinauf ins Haus, riss die Kellertür auf und drückte den Lichtschalter. Zu ihrer Erleichterung funktionierte der, und zusammen mit dem Licht der Stablampe war es einigermaßen hell. In den Ecken waren die Schatten noch unangenehm schwarz, aber sie unterdrückte ihre Angst. Sie hastete hinunter und untersuchte die Wände, bis ihr ein Regal auffiel, weil es nicht plan an der Wand stand. Sie spähte dahinter, zog daran, und auf einmal lief das Regal fast geräuschlos auf unsichtbaren Rollen zurück, und sie stand verdutzt vor einer soliden, mit Eisenbändern beschlagenen Tür aus Eichenbohlen, die in der Form dem Rundbogen des Gewölbes angepasst war. Vorsichtig drückte sie die massive eiserne Klinke herunter, die Tür schwang auf, und der dunkle Tunnel gähnte ihr entgegen. Sie leuchtete hinein.

Eine Ratte huschte über den Backsteinboden, hielt inne, setzte sich auf die Hinterbeine und putzte sich die Schnurrhaare, ohne sie dabei aus den Augen zu lassen. Als sie sich bewegte, sauste das Nagetier durch den Lichtstrahl in ein Loch am Fuß der Wand. Sie nahm sich vor, sobald wie möglich Rattengift zu besorgen. Mit Schwung schloss sie die Eichentür, schob das Regal an seinen Platz, stieg ans Tageslicht und lief hinunter zum Gewächshaus. Dort verwischte sie ihre Spuren, so gut sie konnte, und warf sich anschließend ins Auto und fuhr zum nächsten Elektrogeschäft, wo sie mehrere Tür- und Fensteralarmvorrichtungen erstand. Zurück zu Hause, versah sie alle Türen von Keller, Eingang und Wintergarten und ihre Schlafzimmertür mit einem Türalarm. Die Fensterwächter verteilte sie im Erdgeschoss.

Tief in Gedanken, bereitete sie sich Spaghetti mit Tomaten, Zwiebeln und frischem Basilikum zu, setzte sich mit dem Teller an den Tisch im Wintergarten und aß. Dabei versuchte sie, einer Erinnerung, die in ihrem Kopf herumschwirrte wie ein gemeines Insekt und die sich ihr immer wieder entzog, habhaft zu werden. Es war offensichtlich, dass dieser Tunnel alt war, sehr alt. Sie schätzte, dass das Mauerwerk mindestens aus dem frühen 19. Jahrhundert stammte. Aber wer hatte ihn gebaut? Und vor allen Dingen, warum? Sie zerbrach sich den Kopf, wie sie das herausfinden konnte, ohne die gesamte Familie mit Fragen aufzuscheuchen. Aber irgendwann fiel es ihr dann doch ein. Die Familie Lauritzen besaß eine Chronik, in der seit Ende des 17. Jahrhunderts jedes Familienoberhaupt die Geschichte seiner Familie aufgeschrieben hatte, auch ihr Vater. Das wusste sie. Aber wo ihr Vater die Chronik verwahrte, entzog sich ihrer Erinnerung.

Nach dem Essen machte sie sich auf die Suche und stöberte schließlich in dem Aktenschrank, der im Arbeitszimmer ihres Vaters stand, eine unscheinbar wirkende feuerfeste Dokumentenbox auf. Sie setzte sich an den Schreibtisch und untersuchte die Box. Glücklicherweise war sie nicht abgeschlossen, und der Deckel ließ sich ohne Probleme öffnen. Die Chronik lag vor ihr. Es war ein schönes Buch. Ziemlich dick, in weiches Leder gebunden,

mit Goldschnitt an den Seitenkanten und dem Wappen der Lau-
ritzen-Familie in Gold und Silber auf dem Einband.

Alice sah hinaus. Noch war es hell, dunkel würde es erst in ein
paar Stunden werden. Dann hatte sie vor, sich auf die Lauer zu legen und abzuwarten, ob wieder jemand einen Einbruchsversuch
startete. Tagsüber hielt sie das für ausgeschlossen. Das gab ihr
Zeit genug, um sich mit der Chronik und der Geschichte der Familie und den Eigenheiten des Hauses zu beschäftigen.

Mit einem starken Kaffee setzte sie sich in den Wintergarten
und schlug die Chronik vorsichtig da auf, wo Laurens Lauritzen
Ende des 18. Jahrhunderts seine Aufzeichnungen begonnen hatte.

Die Schrift war ausgeblichen und seine Handschrift schwer zu
lesen. Anfänglich hatte Laurens seine Kindheit beschrieben, wie
er seine Frau traf und sie geheiratet hatten. Danach folgten die
Namen ihrer sechs Kinder. Alles Mädchen, und zwei hatten ein
Kreuz hinter dem Namen, was zeigte, dass sie noch als Kleinkin-
der verstorben waren. Sie blätterte weiter.

Nachdem sie sich durch die Passagen gequält hatte, in denen
Laurens unter dem Titel *Franzosenzeit* detailliert die politischen
Entwicklungen beschrieb, die zur Schlacht um Lübeck am 6. November 1806 führten, überschlug sie einige Seiten, bis sie auf das
Wort *Plünderungen* stieß. Laurens Lauritzen schrieb, dass Napoleons Truppen vier Tage lang marodierend durch Lübeck gezogen
seien und alles geplündert hätten, was ihnen in die Hände gefallen sei. Auch vor Übergriffen auf die Bevölkerung seien sie nicht
zurückgeschreckt, und deswegen sei er, um seine liebe Frau Ama-
lie und seine vier Töchter in Sicherheit zu bringen, mit ihnen in
sein neu erbautes Sommerhaus an der Wakenitz geflohen. Angesichts der stattgefundenen Plünderungen beauftragte er sofort
den ihm bekannten Baumeister Kröger, den Tunnel und das Gewächshaus – in englischem Stil – als Fluchtmöglichkeit beziehungsweise sicheren Aufenthaltsort für seine Familie im Falle
weiterer Kriege zu bauen.

Alice ließ die Chronik sinken. Seit über zweihundert Jahren gab es diesen Tunnel, und auf einmal fielen ihr die Worte ihres Vaters wieder ein:

»Damals im Krieg haben wir uns bei Bombenangriffen im Tunnelkeller versteckt.«

Damals im Krieg. Viele seiner Geschichten fingen mit diesen Worten an. Das Kind Alice wollte das alles nicht hören, auch nicht seine Berichte, wie es war, als er mit sechzehn Jahren zur Marine eingezogen worden war. Sie hatte sich die Ohren zugehalten, wenn er von Kämpfen, Blut und Schreien der Verwundeten sprach. Sie hatte einfach nichts davon wissen wollen, hätte diese Bilder nicht tage- und nächtelang im Kopf ertragen können.

Auf einmal fügten sich die Erinnerungsstücke wie ein Puzzle zu einem Ganzen. Das Haus der Familie ihres Vaters in Lübecks Altstadt war von einer Brandbombe getroffen worden und bis auf die Grundfesten niedergebrannt. Rasch blätterte sie in der Chronik weiter, bis sie zu den Einträgen ihres Großvaters Hubertus kam. Wie sein Vorfahr Laurens mit seinen Töchtern hatte er sein einziges überlebendes Kind, seinen Sohn Ferdinand, zu Beginn des Zweiten Weltkrieges im Sommerhaus der Lauritzens an der Wakenitz in Sicherheit gebracht.

Und tatsächlich stand da in seiner präzisen Handschrift, dass er bei Bombenangriffen mit seinem Sohn im Tunnelkeller Zuflucht gesucht habe. Offenbar hatte sie ihren Vater falsch verstanden. Ab und zu hatte er auch später beiläufig den Tunnelkeller erwähnt. Sie hatte nicht richtig zugehört und immer angenommen, dass er vom Keller im Haus sprach. Ihr Blick huschte über die Berichte ihres Vaters über die Nachkriegszeit. Die würde sie lesen, wenn sie mehr Ruhe und Zeit hatte. Gerade als sie die Chronik zuklappen wollte, blieben ihre Augen an einem Eintrag hängen.

Unsere kleine Alice ist vor einer Woche hinter dem aus unverständlichen Gründen offen stehenden Regal im Keller durch die Tür in den

Tunnel geschlüpft. Die Tür, die Laurens Lauritzen aus soliden Eichen-
bohlen hat bauen lassen, fiel hinter unserer Tochter zu, und sie saß im
Dunkeln allein fest, weil sich weder die Tür noch die Falltür im Ge-
wächshaus von innen öffnen ließ.

Es dauerte Stunden, ehe jemand ihr Schreien hörte und sie befreite.
Darauf habe ich veranlasst, dass sowohl die alte Eichentür als auch die
Falltür im Gewächshaus von innen geöffnet werden kann. So etwas darf
nie wieder passieren. Alice hat den Keller im Haus nicht wieder betreten,
und leider zeigt sie große Angst vor allen unterirdischen Räumen.

Alice legte die Chronik langsam auf den Tisch und wollte eben
aufstehen, als sich plötzlich ein starker Druck auf ihre Ohren
legte. Unerklärliche Furcht schwemmte in ihr hoch, verstärkte
sich, bis sich das Gefühl zur Panik steigerte und ihr das Herz im
Hals hämmerte. Feuchter, stark modriger Geruch stieg ihr in die
Nase, irgendwo raschelte es, ein Tier fiepte. Sie wollte schreien,
aber der Schrei blieb ihr in der Kehle stecken. Sie starrte nach
draußen. Ihr Blick hielt sich an den Forsythienblüten fest, um dieser Angst zu entgehen, an dem Spatzenschwarm im Gebüsch, an
der Drossel, die auf der Spitze des Gewächshauses ihr Lied flötete.

Das Schrillen der Türklingel schreckte sie auf. Sie musste sich
erst orientieren, ehe sie begriff, wo sie war und dass offenbar jemand vor dem Eingangstor wartete. Sie sprang auf. Es war die Postbotin mit einem Stapel lästiger Reklame, die sie sofort entsorgte.
Etwas verstört nahm sie im Wintergarten die Chronik wieder in
die Hand. Offenbar war sie also in ihrer frühesten Kindheit einmal im Tunnel eingesperrt gewesen. An dieses Erlebnis konnte sie
sich beim besten Willen nicht erinnern, aber es erklärte natürlich
ihre Angst vor jeder Art von Kellerraum.

Ihre Gedanken flogen ein paar Jahre zurück zu dem Tag, als sie
auf dem Highway nördlich von Umhlanga Rocks einen Autounfall
gehabt hatte. Danach hatte sie Angst gehabt, sich wieder hinter das
Steuer zu setzen. Pierre hatte sie praktisch dazu zwingen müssen.

»Du wirst sehen, es wird schon wieder gehen«, hatte er ihr

prophezeit und die Wagentür aufgehalten. »Pack die Angst bei den Hörnern! Einmal nach Durban und zurück!«

Er behielt recht. Ihre Angst wurde mit jedem Kilometer kleiner, und als sie nach Hause zurückkam, konnte sie schon wieder lachen. Demnach würde ihre Angst vor unterirdischen Räumen wohl erst verschwinden, wenn sie den Tunnel durchquert hatte.

Sie beschloss, jeweils hinter den Türen zwei Taschenlampen mit Ersatzbatterien zu deponieren – nur zur Sicherheit, bis sie es sich leisten konnte, Licht legen zu lassen –, um sich anschließend in den Tunnel zu wagen. Allein bei der Vorstellung rieselte ihr ein Schauer über den Rücken. Sie legte die Chronik in die Dokumentenbox, verschloss den Schrank und machte sich, nachdem sie die Tür- und Fensteralarmvorrichtungen aktiviert hatte, auf den Weg zum Baumarkt, um zwei starke Taschenlampen zu erstehen.

Auf dem Rückweg musste sie tanken, und während sie der sich rasend drehenden Benzinuhr zusah, wurde ihr schmerzhaft klar, dass ihr Budget auch stark unter der Automiete litt. Kurz erwog sie, ein Fahrrad zu kaufen, aber der Gedanke an schwere Einkaufstaschen, die am Lenker schlenkerten, oder daran, Holzbretter und Ähnliches aus dem Baumarkt damit transportieren zu müssen, und das bei Wind und Wetter, veranlasste sie, später im Internet preisgünstige Autos zu recherchieren. Drei Stunden später fuhr sie ihr Laptop herunter und beschloss, im nächstliegenden Autohaus das Angebot für Kleinwagen zu inspizieren.

Am folgenden Morgen fuhr Alice also zum Autohändler und sah sich um. Ein vier Jahre alter, signalroter Golf Variant stach ihr wegen der großen Ladefläche und des Preises ins Auge. Der Wagen hatte Automatikgetriebe, war in gutem Zustand, und auf der Probefahrt stellte sie fest, dass die Lenkung zwar ein gewisses Spiel hatte, die Bremsen aber sofort griffen. Sie verlangte vom Händler, die Lenkung in Ordnung zu bringen, und feilschte so hartnäckig und geschickt, wie sie es auf dem indischen Markt in Durban gelernt hatte, bis er zähneknirschend zehn Prozent nachließ.

Schon am nächsten Tag konnte sie ihren neuen fahrbaren Untersatz in Besitz nehmen. Sie rief den Autoverleih an und bat, den Mietwagen abzuholen. In bester Laune fuhr sie nach Hause.

Mittags war die Temperatur wieder auf Winterniveau gefallen. Graue Wolken hingen über der Stadt, und ein starker Wind peitschte Regenvorhänge übers Land. Als sie auf ihrem Grundstück ausstieg, war ihr vormals blitzsauberes Auto mit Schlamm bespritzt. Der kalte Regen lief ihr in den Mantelkragen, und ein unerwartet kräftiger Windstoß schüttelte sie, sodass sie strauchelte, ausrutschte und mit Schulter und Schläfe hart gegen die Dachkante des Wagens stieß. Der Schmerz, der eigentlich nicht stark war, durchbrach jedoch einen inneren Schutzwall. Plötzlich war sie sich nicht mehr sicher, was ihre Wirklichkeit war. War sie tatsächlich in Lübeck, oder träumte sie das nur? Ihr Leben lang hatte sie sehr intensiv und realitätsnah geträumt. Würde sie gleich in ihrem Bett in La Lucia aufwachen? Die afrikanische Wärme spüren, das Rauschen des Indischen Ozeans hören und Pierres Lachen? Sie musste sich am Autodach festhalten. Hinter ihren geschlossenen Lidern explodierten leuchtende Farben. Sie war zurück in ihrem afrikanischen Leben, wollte eben nach Ntombi rufen oder Shongololo, damit sie halfen, die Einkäufe in die Küche zu bringen, als eine Männerstimme ihren Traum zerstörte.

»Hübsch ist der«, hörte sie nur undeutlich, weil ihr der Puls in den Ohren dröhnte. »Ist das eine Neuerwerbung?«

Alice stemmte sich hoch und sah sich um. Gärtner Roland Hendricks stand am Tor, einen aufgespannten Schirm in der rechten Hand, den Daumen der linken in die vordere Tasche seiner Jeans gehakt, den Kragen eines marineblauen Seemannspullovers hochgeschlagen. Er grinste breit und sah unerträglich fröhlich und entspannt aus, wie sie fand.

»Ja«, antwortete sie. »Ist es.«

»Glückwunsch.«

»Danke.« Unvermittelt verspürte sie das Bedürfnis, mit jeman-

dem zu reden. Völlig belanglos, einfach nur netten Small Talk machen, eine heiße Tasse Kaffee dazu trinken und ihre pechschwarzen
Gedanken im Zaum halten.

Sie sah ihn an und verzog ihr Gesicht zu einem schwachen Lächeln. »Leisten Sie mir bei einer Tasse Kaffee ein wenig Gesellschaft?«

»Gern«, antwortete er prompt und öffnete das Tor.

Sie schloss die Haustür auf und ließ ihn eintreten. Im Haus war
es einigermaßen warm. Seit sie Strom hatte, lief auch die Heizung wieder. Roland Hendricks half ihr aus dem Mantel.

»Welch ein Sauwetter«, beklagte sie sich. »Und dann noch so
kalt. So habe ich den Frühling hier nicht in Erinnerung.« Ihr
Handy gab ein Signal. »Moment«, sagte sie. Sie zog es aus der Tasche ihres Daunenmantels und sah, dass Jill über Skype anrief.
»Das ist meine Freundin aus Südafrika. Setzen Sie sich doch
schon in den Wintergarten. Die Tür zum Wohnzimmer ist offen.
Ich komme gleich nach.«

»Ich seh mich etwas im Garten um, ist das okay? Der Regen hat
nachgelassen.«

»Klar«, sagte sie. »Sie können hinten rausgehen.« Sie führte ihn
durchs Wohnzimmer in den Wintergarten und öffnete ihm die
Glastür.

Sie stellte sich in die offene Tür und nahm Jills Anruf an. »Wie
schön, dass du dich meldest.«

Jill sah sie streng an. »Das ist ein Kontrollanruf, weil wir nichts
von dir hören oder sehen.«

»Ja, ich weiß!«, rief sie und wanderte auf der Terrasse hin und
her. »Tut mir leid, aber es gibt nach dem Tod meines Vaters so viel
zu erledigen, und es hat sich herausgestellt, dass das Haus von
Grund auf renoviert werden muss, was mich vor einige Probleme
stellt.«

»He, warte mal«, unterbrach sie Jill. »Wer ist der Mann, der da
vom Garten hochkommt? Hinter dir!«

Alice drehte sich automatisch um und sah, dass Roland Hendricks eben die Treppe zur Terrasse hochstieg. »Das … das ist der Gärtner«, stotterte sie.

»Aha«, sagte Jill und grinste frech. »Der Gärtner. Ein sehr gut aussehender Gärtner, muss ich sagen …«

»O Jilly, hör schon auf! Es ist wirklich nur der Gärtner, und leider nicht mal meiner, sondern der vom Nachbarhaus. Wir … wir wollten eigentlich nur auf mein neues Auto anstoßen. Warte, ich zeig's dir.« Sie lief ums Haus herum und richtete ihr Handy auf den Wagen. »Schön, oder?«

Aber ihre Freundin ließ sich nicht ablenken. »Das Auto oder der Gärtner?«

Alice wurde plötzlich die Kehle eng, und sie musste sich räuspern. »Ich kann mir nicht einmal vorstellen, dass ich mich je für einen anderen Mann …« Sie brach ab. »Ich muss jetzt auflegen, ich hab noch zu tun«, sagte sie mit erstickter Stimme.

»Mein Gott, Alice«, rief Jill mit betroffenem Gesicht. »Es tut mir leid. Ich hab mich benommen wie ein Elefant im Porzellanladen. Können wir die letzten Minuten streichen? Bitte.«

»Okay«, sagte sie leise. »Ist schon gut. Ich bin nur immer noch nah am Wasser gebaut. Du hast geschrieben, dass Nils den Namen von dem Fahrzeughalter, der mich am Flughafen fast umgefahren hat, herausgefunden hat …«

»Hat er«, versetzte Jill. »Aber ich glaube nicht, dass dir das sehr viel hilft. Er heißt P. de Boer …«

Stirnrunzelnd dachte Alice nach. »Sagt mir nichts«, sagte sie schließlich. »Wofür das P steht, weiß Nils nicht?«

Jill verneinte das, und sie klönten für ein paar Minuten, bis sie sich verabschiedete.

»Sag Nils bitte vielen Dank. Du kannst dir nicht vorstellen, wie sehr ich euch alle vermisse. Ich ruf dich in den nächsten Tagen an, dann können wir ausführlicher reden. Versprochen!«

Jills Bild verschwand, und Alice fühlte sich auf einmal sehr allein.

Roland Hendricks saß bereits im Wintergarten, hatte die Beine von sich gestreckt und die Hände hinterm Kopf verschränkt. Der Regen hatte inzwischen ganz aufgehört, und hinter dem einheitlichen feuchten Grau begann ein Leuchten, das von Sekunde zu Sekunde strahlender wurde.

»Die Sonne wird bald herauskommen, und dann explodiert der Frühling«, bemerkte er.

Ein Niesanfall kitzelte ihre Nase. »Die Pollen halten sich nicht daran«, keuchte sie und nieste in ihr Taschentuch. »Die sind jetzt schon unterwegs. Ist meine Nase bereits rot?«

Er legte den Kopf schief und betrachtete sie schmunzelnd. »Nein, nicht so, dass es mir auffallen würde.«

»Na, das kommt schon noch. Wochenlang eine rote Nase und tränende Augen zu haben ist auf jeden Fall nicht gerade attraktiv.«

Warum hatte sie das gesagt? Was interessierte den Gärtner Roland Hendricks, wie sie aussah? Unter gesenkten Wimpern warf sie ihm einen kurzen Blick zu. Und traf seinen. Ertappt huschten ihre Augen zur Seite, betont gleichgültig, und sie kam sich dabei so albern vor wie ein Schulmädchen.

»Stoßen Sie mit mir mit einem Glas Wein auf mein neues Auto an?«, lenkte sie ab.

»Aber gern«, lächelte er. »Mit Vergnügen.« Er stand auf. »Ich komme mit und helfe Ihnen tragen.«

Schon wollte sie ablehnen, da fiel ihr ein, dass die Flaschen im Weinkeller lagerten. Sie dachte an die Schatten am Ende der langen Treppe und nickte spontan. Jetzt wäre es zu peinlich, einen Rückzieher zu machen.

»Okay, danke. Der Wein ist im Keller.«

Sie führte ihn durchs Wohnzimmer in die Diele und öffnete die Kellertür. Im selben Moment zerriss ein durchdringendes Jaulen die Stille, was sie mit einem Aufschrei quittierte und Roland Hendricks in gespannter Aufmerksamkeit erstarren ließ.

»Das ... das ist ein Türalarm«, stotterte sie. »Tut mir leid.«

Hastig schob sie den winzigen Schieber an dem Alarm auf null. »Den hatte ich völlig vergessen.«

Er sah sie forschend an. »Wozu brauchen Sie den?«

Instinktiv wollte sie ihm schon eine kleine Notlüge auftischen. Schließlich gingen die Einbrüche nur sie etwas an, und solange sie nicht wusste, wer dahintersteckte, genügte es, dass Titus Brosius und die Polizei informiert waren.

»Einbrüche«, platzte sie heraus.

Roland Hendricks zog die Brauen zusammen. »Hm«, machte er und strich mit der Hand über den Türrahmen. »Ist etwas gestohlen worden?«

Sie schüttelte den Kopf. »Nicht, soweit ich das feststellen konnte. Das ist es ja, was so seltsam ist.«

»Haben Sie Anzeige erstattet?«

»Aber ja. Seit ich an Türen und Fenstern die Alarmsicherungen angebracht habe, ist es jedoch ruhig geblieben.«

»Hm«, machte er noch einmal. »Ich werd wohl ein bisschen auf Sie aufpassen müssen.«

»Ich kann selbst auf mich aufpassen«, erwiderte Alice schärfer, als sie das beabsichtigt hatte. »Danke, das ist nett von Ihnen«, verbesserte sie sich gleich darauf hastig. »Aber das wird wirklich nicht nötig sein. Jetzt sollten wir erkunden, was mein Vater an Wein im Keller gelagert hat.«

Mit einer Flasche Grauburgunder, Gläsern und einem Beutel gerösteter Macadamianüsse, die sie sich bei einem Discounter gegönnt hatte, kehrten sie in den Wintergarten zurück. Roland Hendricks zog den Korken und schenkte ihnen ein. Alice schüttete die Nüsse in ein Schälchen und schob es zwischen sie. Gleichzeitig wurde sie gewahr, dass er sie intensiv musterte.

»Haben Sie lange in einem heißen Land gelebt?« Sein Blick, mit dem er sie über den Rand seines Weinglases ansah, war sehr direkt und sehr blau.

»Warum?«, erwiderte sie stirnrunzelnd. Wie konnte er das ahnen?

»Weil Ihre Haut über lange Zeit von einer südlichen Sonne ge-
bräunt worden ist. Diese intensive Bräune schafft unsere Sonne
hier nicht. Das Braun verblasst auch nicht so schnell.«

Unwillkürlich betrachtete sie kurz ihren Arm. Roland Hendricks
schien ein aufmerksamer Beobachter zu sein. Ein heißes Land.
Südliche Sonne. Afrika.

»Südafrika«, erwiderte sie mit belegter Stimme.

Er lehnte sich zurück. »Waren Sie lange dort?«

Sie nickte. Ein emotionaler Kloß verschloss ihr die Kehle. Bitte
frag nicht weiter, bettelte sie schweigend. Bitte rühr nicht dran.
Ich kann das noch nicht verkraften.

»Aber offenbar stammen Sie aus Lübeck.«

»Ja«, presste sie hervor. »Das stimmt.«

Ein winziges Lächeln saß in seinen Mundwinkeln. »Nun, Südafrika ist nur einen Zehnstundenflug entfernt.«

»So ist es«, sagte sie. Sonst nichts.

Danach machten sie eine Weile nur Small Talk, und Roland der
Gärtner, wie sie ihn für sich nannte, erwies sich als erstaunlich be-
lesen und ihr bezüglich ihrer Kenntnisse in Musik weit überlegen.

»Waren Sie schon immer Gärtner?«, hörte sie sich fragen.

Er zögerte kurz, und wieder erschien ein Lächeln in seinen
Mundwinkeln. »Nicht immer, aber immer wieder.«

Fragend sah sie ihn an, wartete, dass er weiterredete.

»Kapitän«, sagte er schnell. »Ich bin Kapitän.« Ausführlicher
wurde er nicht.

Als er aufstand, um zu gehen, war es stockdunkel.

»Sie müssen die Außenbeleuchtung in Ordnung bringen«, sagte
er. »Wegen der Einbrüche.« Er hielt ihr die Tür vom Wintergarten
auf, um ihr dann durchs Wohnzimmer zu folgen. »Ich habe eine
Leiter, die lang genug ist. Ich komme morgen herüber und helfe
Ihnen.«

Vor dem Hauseingang blickte er stirnrunzelnd hinauf zu den
dunklen Lampen.

»Ich wette, die haben noch den alten Schraubverschluss«, sagte er. »Ich hab ein paar Energiesparlampen, die passen könnten.«

Damit verabschiedeten sie sich, und sie sah ihm nach, dem Gärtner und Kapitän, bis er die Eingangstür des Nachbarhauses hinter sich zuzog. Langsam schloss sie die Tür.

Ein großer, vertrauenerweckender Mann mit breiten Schultern, auf den sie sich, ohne dass es ihr bewusst geworden war, immer öfter zu verlassen anfing. Sie lächelte. Aber auch das wurde ihr nicht bewusst. Versonnen packte sie im Wohnzimmer ein paar Fotos aus, die sie immer bei sich trug. Eines von Pierre, wie er in der tosenden Brandung vor dem Strand von Umhlanga Rocks auf einem Felsen stand und triumphierend eine Languste hochhielt, die er, wie sie sich erinnerte, mit drei weiteren am selben Tag zum Abendessen zubereitet hatte.

Das andere Foto zeigte Christoph. Die Hände hinter dem Kopf verschränkt, lag er in der Hängematte, die er zwischen zwei Palmen im Garten gespannt hatte, und lächelte ihr zu. Ein sehr seltener Schnappschuss von ihm. Wegen des Lächelns.

Die Fotos hängte sie nebeneinander an die Wand im Wintergarten. Wenn sie ihr Schlafzimmer renoviert hatte, würden sie dort ihren endgültigen Platz bekommen.

15

Onkel Curt und Tante Eva machten ihre Ankündigung wahr und besuchten sie, allerdings ohne vorher anzurufen.

Eva stakste mit gerümpfter Nase durch das Chaos von Farbtöpfen, ausgelegtem Zeitungspapier und aufgetürmten Möbeln. »Na, da hast du dir ja was vorgenommen«, kommentierte sie mit einem Blick auf einen Haufen heruntergerissener Tapetenreste. »Warum holst du dir nicht ein paar Handwerker?«

»Oh, es macht großen Spaß«, log sie. »Ich liebe es, ein Haus neu zu gestalten. So etwas habe ich Südafrika schon gemacht. Kommt doch mit in den Wintergarten.«

Ihre beiden Besucher wanderten langsam von der großen Diele ins Wohnzimmer und spähten neugierig ins Esszimmer, bevor sie sich im Wintergarten setzten. Alice ging in die Küche und goss Kaffee auf, stellte Zuckertopf und Milchkännchen, einen Teller mit Keksen und eine Flasche Mineralwasser aufs Tablett und trug alles in den Wintergarten. Sie traf ihre Gäste im Wohnzimmer an, wo Eva die alten Kupferstiche über der Anrichte inspizierte und Curt mit der Lesebrille auf der Nase die Fotos von Pierre und Christoph betrachtete.

»Wer ist das?«, fragte er und zeigte auf das Foto von Christoph.

»Mein Sohn«, antwortete sie abweisend und wünschte, sie hätte die Fotos nicht hier aufgehängt, sondern gleich im Schlafzimmer, wo nur sie sie sehen würde.

Curt legte die Stirn in Falten. »Dein Sohn? Tatsächlich? Wie merkwürdig! Wo lebt er?«

Sie goss ihm Kaffee ein. »Er ist viel unterwegs. Ich habe ihn längere Zeit nicht gesehen und weiß auch im Augenblick gar nicht, wo er sich gerade aufhält.« Sie versuchte, vom Thema abzulenken. »Nimmst du Milch?«

»Aber ich habe ihn gesehen«, rief Curt unbeirrt aus. »In Durban! Bei Sven im Laden. Der hat mir hinterher erzählt, dass der Typ eine dicke Nummer in der Unterwelt ist.«

Ihr wäre um ein Haar das Milchkännchen aus der Hand gefallen. »Mein Sohn Christoph?«, rief sie und lachte spöttisch, obwohl ihr das Lachen fast im Hals stecken blieb. »Mein Sohn eine dicke Nummer in der Unterwelt? Bist du verrückt? Niemals!« Sie lachte noch einmal. »Das ist völlig unmöglich, schon allein, weil er nie so viel Energie aufbringen würde. Das muss ein anderer sein. Außerdem, was hat denn dein Sohn mit der Unterwelt Natals zu tun?« Angriff war immer noch die beste Verteidigung.

Darauf antwortete Curt nicht. Er setzte wieder die Lesebrille auf und besah sich das Bild noch einmal genauer. »Der Junge auf dem Foto sieht dem Typen aber verdammt ähnlich. Älter natürlich, aber unverkennbar. Dieselben hellblonden Haare. Blaue Augen hatte er auch. Ich bin mir sicher, dass das derselbe Mann ist.«

»Na, hellblondes Haar und blaue Augen gehen ja meistens zusammen, oder nicht?«, bemerkte Alice wegwerfend und gab zwei Löffel Zucker in ihren Kaffee. »Und selten ist die Kombination ja auch nicht gerade.«

Curt ließ weiterhin nicht locker. »Er hängt mit Johnny Mateta herum, diesem Supergangster.« Er drehte sich ihr zu. »Du musst von dem gehört haben. Er ist in Südafrika eine Berühmtheit! Schmeißt die tollsten Partys, schlürft Champagner und Kaviar aus dem Bauchnabel schöner Frauen und besitzt ein halbes Dutzend Ferraris.«

Natürlich hatte sie von Johnny Mateta gehört. Die Medien in Südafrika berichteten fast täglich über ihn. Ihr Magen begann zu revoltieren, aber sie ließ sich nichts anmerken. Stattdessen wartete sie ab, was für Absichten ihr Onkel verfolgte.

»Also dieser Typ da …« Curt zeigte auf Christophs Foto. »Der ist mit Sicherheit im selben Geschäft wie Johnny Mateta. Ich meine, sieh ihn dir an. Das ist ein Gangster, wie er im Buche steht. Er hat immer drei bullige Schwarze als Bodyguards dabei. Kein normaler Mensch braucht Bodyguards.«

Sie konnte kaum klar denken, so schockiert war sie von dem, was ihr Onkel da von sich gab. »Hast du vergessen, was Pierre zugestoßen ist?«, sagte sie und nahm das Bild von der Wand. »Er wäre noch am Leben, wenn er Bodyguards gehabt hätte. Und Pierre war ein völlig normaler Mensch, wie du es ausdrückst. Du weißt so gut wie ich, dass Südafrika ein gefährliches Land ist.«

»Mir ist in all den Jahren da unten nie etwas passiert«, sagte Curt mit einiger Überheblichkeit. »Ich jedenfalls brauche keine Bodyguards.«

Langsam wurde Alice wütend, was ihr half, sich zu konzentrieren. »Was willst du damit sagen? Dass mein Sohn, von dem ich nicht einmal weiß, ob er überhaupt noch lebt … ich meine, wo er lebt … dass er ein Gangster ist?«

Curt zuckte mit den Schultern. »Das habe ich nicht gesagt.«

Eva hatte aufmerksam zugehört und hakte sofort nach. »Wie kann es eigentlich sein, dass du nicht mal weißt, ob dein Sohn überhaupt noch lebt? Ich weiß immer, was meine Söhne gerade treiben.«

Alice starrte sie an und musste sich sehr beherrschen, nicht ausfallend zu werden. Stattdessen wandte sie sich ihrem Onkel zu. »Und wie wurde dieser Typ genannt? Christoph oder Chris?«

»Weder noch. Sven nannte ihn Yoka oder Oka oder so ähnlich.«

Alice wurden plötzlich die Beine weich, und sie fiel auf einen Stuhl. »Yoka?«, wiederholte sie gegen ihren Willen. »Vielleicht Nyoka?«

Er musterte sie scharf. »Kann sein. Klingt richtig. Komischer Name.«

»Das ist Zulu«, bemerkte sie abwesend. »*Nyoka* heißt Schlange.«
Sie fror plötzlich. Mitten in der Sonnenwärme im Wintergarten
fror sie. *Nyoka.* Der Vorfall mit der Schlange. Christoph hatte flie-
ßend Zulu gesprochen.

Curt musterte sie durchdringend. »Kennst du jemanden, der
so heißt?«

»Nein, nein«, sagte sie schnell. »Nein. Ich kann auch bloß ein
paar Brocken Küchenzulu.« Was nicht ganz der Wahrheit entsprach. Im Alltag konnte sie sich durchaus recht gut in dieser
Sprache verständlich machen und bekam auch ihrerseits das meiste
mit. Aber das ging Curt nichts an. Außerdem wollte sie dieses
Gespräch so schnell wie möglich beenden. Ein für alle Mal.
»Chris war auf dem Bild neunzehn Jahre, heute wäre er ein junger
Mann Ende zwanzig. Er hat sich sicherlich so verändert, dass
auch ich ihn nicht sofort erkennen würde.«

Sie blickte ihren Onkel an, um zu sehen, ob der dieses Argument schlucken würde, denn natürlich würde sie ihren Sohn auf
der Stelle wiedererkennen, egal wie alt er geworden war. Jede
Mutter würde das.

»Meine Güte, jede Mutter würde doch immer den eigenen Sohn
erkennen«, warf Eva herausfordernd ein.

Alice überhörte die Bemerkung. Aus tiefster Seele hoffte sie,
dass die beiden bald wieder in Richtung Afrika verschwinden
würden. Am besten jetzt sofort. Und für immer.

»Abgesehen davon, dass dieser Mann nicht unser … mein Christoph sein kann, was hat denn euer Sohn Sven mit Gangstern zu
tun?«, wiederholte sie ihre Frage.

»Das sind prima Kunden«, antwortete Curt grinsend. »Neu-
reiche Typen, die die edelsten Tropfen kaufen und kippen, als
wäre es Wasser. Das Geschäft läuft wie geschmiert. Die bestellen
kistenweise die teuersten Weine, je teurer, desto besser, weil sie
der Ansicht sind, dass alles, was nicht sündhaft teuer ist, ihr Image
zerstört, und …« Er rieb Daumen und Zeigefinger aneinander.

»Die Mäuse gibt's bar auf die Hand. Johnny Mateta zum Beispiel kauft nur Spitzenweine, vornehmlich Champagner.«

»Wie schön für euch«, bemerkte sie mit gezwungenem Lächeln.

Curts joviales Gehabe wirkte irgendwie falsch. Bevor er sich abwendete und wie angelegentlich aus dem Fenster schaute, fing sie seinen abschätzenden Blick auf. Was wollte er wirklich von ihr?

»Weswegen seid ihr eigentlich gekommen?«, platzte sie heraus.

»Um dich zu besuchen, natürlich«, parierte Curt lächelnd. »Und um dir persönlich noch einmal unser tief empfundenes Beileid auszusprechen.«

»Aha«, sagte sie. »Danke. Das ist nett von euch. Kann ich noch Kaffee nachschenken? Oder Mineralwasser?«

»Kaffee, bitte«, sagte Eva.

Curt hatte beide Hände in die Hosentaschen gesteckt und blickte sie mit schwer zu lesendem Ausdruck an. »Dieser Yoka, oder wie immer er auch heißt, ist ein ganz bemerkenswerter Mann.«

»Wieso?« Sie biss sich auf die Lippen. Das war ihr gegen ihren Willen herausgerutscht.

»Sven hat mir erzählt, dass der Typ sich früher mit Drogen vollgedröhnt hat, und zwar mit den richtig harten. Irgendwann hat er dann offenbar die Kurve gekriegt, wie, weiß ich auch nicht so genau, aber auf jeden Fall hat er sich à la Münchhausen an den Haaren aus dem Sumpf gezogen.« Mit beiden Händen machte er eine Bewegung, als würde er sich an einem imaginären Schopf hochziehen.

Alice hörte ihm stumm zu, und es gelang ihr, äußerlich mit keiner Regung zu verraten, wie angespannt sie wirklich war.

Curt schien von ihrer Reaktion enttäuscht zu sein. Er hob die Schultern. »Na ja, der Rest ist schnell erzählt. Der Mann hat angeblich ein Computerspiel erfunden und das wohl ziemlich clever vermarktet. Mit dem Erlös hat er einen Nachtklub gekauft, der so bombig lief, dass er, soweit ich weiß, anschließend noch ein paar mehr eröffnet hat.« Er grinste sie überlegen an. »Glaub mir eins, in dem Milieu sind Bodyguards wirklich unerlässlich. Bandenkriege, Drive-by-Shootings, Entführungen – so was in der Art. Aber das ist wohl nicht interessant für dich.« Er bedachte sie mit einem durchdringenden Seitenblick. »Es betrifft ja nicht deinen Sohn.«

Betont desinteressiert zuckte Alice mit den Schultern. Sie zwang sich, ruhig zu atmen, obwohl ihr Herz jagte und nach Sauerstoff schrie. Das Klingeln von Curts Mobiltelefon rettete sie. Mit der Entschuldigung, noch mehr Kaffee aufzubrühen, rannte sie in die Küche, klatschte sich dort kaltes Wasser ins Gesicht und ließ es über ihre Handgelenke laufen. Schließlich hatte sie sich einigermaßen gefasst und brachte den frischen Kaffee in den Wintergarten.

»Deine Beschreibung klingt übrigens überhaupt nicht nach Christoph«, sagte sie zu Curt. »Er war immer sehr sportlich, Surfen, Tennis, Rugby und so, und hat für Computer nie etwas übriggehabt.« Eine glatte Lüge, sah sie dabei doch ihren Sohn vor sich, wie er im Gartenhäuschen tagelang auf seinem Computer herumgedaddelt hatte. Sie schenkte Eva Kaffee nach und lächelte sie an. »Es muss sich um einen anderen Mann handeln.«

»Ich kann ja Sven bitten, dass er ein Foto von dem Kunden macht«, bemerkte Curt. »Das würde dir doch sicher Gewissheit bringen, nicht wahr?« Er beobachtete sie mit Raubvogelblick.

»Klar, warum nicht?«, konterte sie mit geheucheltem Desinteresse und freute sich über die Enttäuschung auf seinem Gesicht.

Sie sah aus dem Fenster. Aber wollte sie überhaupt Gewissheit? Wenn Chris all die Jahre nur ein paar Kilometer von ihnen entfernt gelebt hatte, musste er mit Sicherheit vom Tod seines Vaters erfahren haben. Warum hatte er sich dann nicht gemeldet? Wie würde sie die Wahrheit verkraften können?

»Übrigens hat dieser Typ eine bildhübsche Freundin«, sagte

Curt und leerte seine Tasse. »So eine halb und halb, wenn du verstehst.« Wieder fixierte sie der Raubvogelblick. »Ein richtiges Sahnekaramellschnittchen.«

Unvermittelt wurde Alice von einer Welle von Zorn auf die abfällige Art überschwemmt, wie ihr Onkel von dieser Frau sprach, aber auch von Eifersucht. Wenn es tatsächlich Christoph sein sollte, kannte Curt womöglich ihren Sohn besser als sie.

Gespielt gleichgültig hob sie die Schultern. »Nicht für eine Sekunde kann ich glauben, dass es mein Sohn ist. Denn wenn er es tatsächlich sein sollte und alles, was du hier so erzählst, stimmen sollte, dann heißt das für mich, dass er sich endgültig von uns losgesagt hat. Und in dem Fall interessiert mich das sowieso nicht mehr.« Alice hoffte, dass das jetzt das Ende der Diskussion sein würde, und zwang sich zu einem Lächeln. »Und nun erzähl doch mal von eurer Farm. Ich wünschte, ich hätte euch in Südafrika damals besucht. Läuft alles gut? Keine Naturkatastrophen, räuberische Überfälle von Leoparden oder Affen?«

Glücklicherweise schnappte ihr Onkel nach dem Köder und erzählte von seiner Farm, und sie hielt das Gespräch mit interessiert klingenden Fragen zu diesem Thema am Laufen.

Als ihre Besucher endlich gegangen waren, nahm sie das Foto hoch und blickte ihrem Sohn lange in die Augen. Dann legte sie es mit dem Bild nach unten in die Schublade des Schreibtisches und knallte sie zu. Es war ein Schlusspunkt, und sie zwang sich, jeden Gedanken an Christoph beiseitezudrücken. Aber die Worte Gangster, Nachtklubs, Bandenkriege, Bodyguards, Drogen wirbelten ihr noch lange im Kopf herum, und die Bilder, die sie dann vor sich sah, bereiteten ihr Übelkeit.

An diesem Abend rief sie Nils an, den sie gemeinsam mit Neil erwischte, und schilderte stockend das Gespräch, das sie mit Curt gehabt hatte. »Ich muss einfach herausbekommen, ob mein Sohn tatsächlich eine Größe in der Unterwelt und mit Johnny Mateta befreundet ist. Darf ich ein Foto von ihm schicken? Es ist fast zehn Jahre alt, aber vielleicht hat er sich nicht zu sehr verändert.«

Beide sagten ihr sofort ihre Hilfe zu. »Schließlich sind wir investigative Journalisten, so etwas ist unser Geschäft«, sagte Nils und klang begeistert.

Offenbar hatte er wieder einmal eine seiner gelangweilten Phasen und lechzte nach einer Aufgabe. Sie lächelte. Nils kam ihr oft wie ein Jagdhund vor, der nicht immer jagen durfte.

»Seid aber vorsichtig, mit Johnny Mateta soll ja nicht zu spaßen sein«, mahnte sie, bevor sie den Computer abschaltete.

Die zartrosa Blüten des alten, knorrigen Apfelbaums kündigten den Vollfrühling an. Morgens wurde Alice nun schon um fünf von den ersten schlaflosen Vögeln geweckt, die Kirschbäume trugen einen schneeweißen Spitzenschleier, und das Gras spross, was ihre Nase schon beim Anblick zum Jucken brachte. Auch die Schwalben waren bereits aus Afrika eingetroffen.

Offenbar gab es schon zu dieser Jahreszeit sehr viel im Garten zu tun, jedenfalls war Roland Hendricks nebenan praktisch jeden Tag damit beschäftigt, Hecken zu trimmen und den Rasen zu vertikutieren, bis der aussah, als hätten ihn Wildschweine umgepflügt. War das erledigt, grub er die Beete um, spritzte alle Pflanzen gegen Ungeziefer und Pilzkrankheiten, düngte den Rasen und die Blumen oder pflanzte Büsche um. Sobald er mit allem fertig war, schien er von vorn zu beginnen.

In den vergangenen Tagen war er mit einer Leiter bei ihr aufgetaucht, um ihre Außenbeleuchtung zu reparieren, und jetzt beobachtete sie mit mildem Erstaunen, dass er die bereits geschnittene Hecke um weitere Zentimeter herunterrasierte.

Als der Motor der Heckenschere verstummte, erschien sein Gesicht zwischen dem Grün. »Kann ich rüberkommen? Ich wollte die Balken aus dem Bootshaus holen. Die sind morsch, weil sie nicht imprägniert waren und deswegen verfault sind.«

»Ich koche Kaffee«, rief sie erfreut, lief in die Küche und setzte Wasser auf.

Als sie mit dem Tablett auf die Terrasse kam, wuchtete er schon meterlanges Holz aus dem Bootshaus und warf es ins Gras.

»Ich kann die Balken für Sie zersägen«, schlug er vor. »Anschließend können die Stücke im Gewächshaus trocknen, und dann haben Sie bestes Feuerholz für den Kamin.«

Begeistert stimmte sie zu, und sie verabredeten sich für den kommenden Tag.

Alice kaufte einen schönen Krustenbraten, Semmelknödel und Rotkohl ein. Roland erschien schon früh am Morgen und begann damit, die Bohlen zu zersägen. Anschließend stapelte er sie ordentlich im Gewächshaus. Sie schob den Schweinebraten in den Ofen und taute den Rotkohl auf. Währenddessen bot sie Roland Hendricks zur Stärkung einen eisgekühlten Aquavit an, den sie im Weinkeller ihres Vaters entdeckt und kalt gestellt hatte.

Nebeneinander setzten sie sich auf den Bootssteg, stellten die Gläser zwischen sich und klönten.

Alice war froh, dass er ihr nie zu nahe kam, nie versuchte, sie zu berühren. Das hätte sie nicht ertragen. Nicht so kurz nach Pierres Tod. Vielleicht würde sie es auch nie wieder ertragen. Darüber wollte sie jetzt aber nicht nachdenken. Das würde sich in der Zukunft zeigen.

Sie nippte an dem Aquavit und stellte das Glas wieder auf den Steg. »Ich will das Gewächshaus renovieren und bräuchte Ihre Expertenmeinung als Gärtner, was ich hineinpflanzen kann, ohne dass ich ständig Gift gegen irgendwelche Biester spritzen muss.« Erwartungsvoll blickte sie ihn an.

Roland Hendricks zögerte eine Weile. »Es ist nicht so leicht, Blumen unter Glas zu halten«, war seine vage Antwort. »Sie sind leider unter anderem sehr anfällig für Ungeziefer … Ich werde darüber nachdenken. Übrigens könnte das Gestrüpp hinter dem Bootshaus einen guten Rückschnitt vertragen.« Er schien das

Thema wechseln zu wollen. »Allerdings müssen wir warten, bis die Vögel ihre Nester verlassen haben.«

Sie sah hinüber. Gestrüpp war der richtige Ausdruck.

»In Südafrika würde es dort vor Schlangen wimmeln«, bemerkte sie. »Mein Gärtner dort hätte nie zugelassen, dass die Hecke so verwildert. Meine Mutter war die Gärtnerin, mein Vater hatte kein Auge dafür.« Sie stand auf. »Ich muss nach dem Braten sehen, der dürfte jetzt so weit sein.«

Der Braten war zart, die Kruste knackig kross, und der Wein, den sie gemeinsam im Weinkeller ausgewählt hatten, schmeckte vorzüglich. Roland Hendricks' Augen blitzten vor Vergnügen.

Es wurde zu einer Art Routine. Roland Hendricks überraschte sie öfter mit einer Flasche Wein oder selbst gepflückten Anemonen, sie backte einen Streuselkuchen nach dem Rezept ihrer Mutter oder richtete einen Salat an, und dann saßen sie in der Sonne gemeinsam auf ihrer Terrasse und genossen die warme Frühsommerluft. Oder auch im Wintergarten, wenn es regnete oder stürmte. Bald entdeckten sie, dass sie über dieselben Dinge lachen konnten, beide keinen Blumenkohl mochten und Computerspiele langweilig fanden. Ihr Verhältnis nahm eine gewisse Vertrautheit an.

Nach einer Weile erzählte Alice ihm sogar von Pierre und beschrieb – nicht im Detail allerdings –, wie ihr Leben in Südafrika verlaufen war. Christoph erwähnte sie nicht. Er berichtete, dass er früher kleinere Frachtschiffe gesteuert habe, meist von einem europäischen Hafen zum anderen.

»Nicht sehr aufregend«, sagte er und schaute in die Ferne. »Und nun bin ich Gärtner. Und Haushüter …« Er grinste sein anziehendes Grinsen. »Ich habe morgen etwas in Travemünde zu erledigen. Hätten Sie Lust, mich zu begleiten? Wir könnten dort einkehren und eine Kleinigkeit essen.«

Sie hatte Lust. »Ein neuer Job als Gärtner?«

»So was in der Richtung«, antwortete er.

Plötzlich wünschte sie sich, dass er den Job in Travemünde nicht bekommen, sondern weiter im Garten nebenan werkeln und gelegentlich bei ihr auftauchen würde.

»Wir können meinen Wagen nehmen«, schlug sie vor. Bisher hatte sie ihn nur auf dem Fahrrad oder einem uralten Motorrad gesehen.

»Oh, ich habe ein Auto«, sagte er. »Es ist ein älteres Modell, aber sehr zuverlässig. Es stammt noch aus Kapitänszeiten. Es steht in der Garage, weil ich es selten fahre.«

Der Wagen erwies sich als ein sehr gepflegtes schwarzes Cabrio mit dem Stern vorn an der Haube. Welches Modell das war, konnte sie nicht erkennen. Eine Typenbezeichnung am Heck gab es nicht.

»Wie alt ist der?«, wollte sie wissen, verbarg aber ihr Erstaunen über das teure Gefährt.

»Fast dreißig Jahre«, antwortete er. »Als Kapitän habe ich ihn nur selten gebraucht. Es war eine Jugendsünde.« Er grinste. »Aber eine, die ich nicht bereue.«

Schwungvoll bog er in die Straße ein, und bald jagten sie in beängstigendem Tempo über die Autobahn. Sie hielt sich fest und sagte nichts.

An der Travemünder Promenade ließ sie sich absetzen, um ein wenig zu bummeln, während er weiterfuhr, um seinen Termin wahrzunehmen. Neugierig sah sie sich um. Seitdem sie mit Pierre nach Südafrika ausgewandert war, war sie nicht mehr in Travemünde gewesen. Mit ihren Eltern hatte sie als Kind praktisch jedes Wochenende an der Ostsee verbracht, und ihre Erinnerungen an diese Zeit waren sehr angenehm.

Gemächlich schlenderte sie durch die ruhigen Straßen, bis Roland Hendricks nach einer Stunde auf ihrem Handy anrief und mit ihr vereinbarte, dass sie sich am Hafen treffen würden. Dort schlug er vor, noch einen Spaziergang über die Strandpromenade hinunter und weiter auf die Seebrücke vor dem Casino zu machen. Ein starker Wind war aufgekommen, die Sonne war nur ein milchig weißes Versprechen hinter einheitlichem Grau, und für Mai war es eindeutig zu kalt.

»Früher war es hier wärmer«, beklagte sie sich und hängte sich den Daunenmantel um die Schultern.

Schweigend standen sie am Ende der Seebrücke und schauten hinaus über die schiefergraue See, die mit flachen Wellen leise an den Strand klatschten.

»Die Wellen in Umhlanga Rocks sind oft vier Meter hoch und mehr«, sagte sie nach einer Weile leise. »Die Gischt ist schneeweiß und der Ozean blau wie der Himmel ...«

»Und es ist warm«, vollendete Roland Hendricks.

Sie nickte. »Und es ist warm, und das Licht ist so gleißend wie es in diesen ... unseren Breiten nie ist.«

Er sah einer Möwe nach, die vorüberglitt. »Sie fliegt nach Süden«, sagte er dann leise.

»Kluger Vogel, ich wünschte, ich könnte es auch«, flüsterte sie.

Er löste seinen Blick vom Horizont. »Wollen wir essen gehen? Etwas Deftiges? Rührei mit Krabben, zum Beispiel, oder Scholle mit Bratkartoffeln und Speck? Und hinterher irgendetwas Süßes? Das hilft auch bei Heimweh.«

»Sehr süß und mit viel Sahne«, lachte sie. »Gern.«

Nach dem Essen hatte das Wetter aufgeklart, die Sonne schien, und eine Wärme umfächelte sie, die schon an Sommer denken ließ. Mehrmals musste Alice niesen. Sie rieb ihre juckenden Augen.

»Heuschnupfen«, klagte sie. »In Südafrika hatte ich nur in Johannesburg Probleme damit.«

»Direkt am Meer wird es sicher besser«, sagte er. »Wir könnten die Promenade entlanggehen.«

Erfreut stimmte sie zu, und gut gelaunt machten sie einen ausgedehnten Verdauungsspaziergang am Hafen entlang, die Strandpromenade hinauf und durch goldgelbe Löwenzahnfelder am Steilufer entlang weiter zur Hermannshöhe. Dort blieben sie lange stehen. Ein Schwarm Möwen zankte sich kreischend um Beute.

»Früher habe ich hier viel fotografiert«, sagte sie. »Möwen gehörten zu meinen Lieblingsmotiven. Und Sonnenaufgänge im Winter, im Sommer waren sie mir viel zu früh.« Sie lachte. »Das wenigstens ist gleich geblieben.«

Als sie zum Auto zurückkehrten, dämmerte es schon, aber der Himmel zeigte jene leuchtende Helligkeit, wie man sie nur im Sommer des hohen Nordens beobachten konnte.

»Es ist bald die Zeit der Mitternachtssonne in Schweden«, sagte sie.

»Und die der Mückenschwärme«, meinte er trocken.

Sie lachte – zum wiederholten Mal an diesem Tag, wie ihr bewusst wurde. Es tat sehr gut.

Zu Hause angekommen, setzte er sie vor ihrer Haustür ab und wartete, bis sie aufgeschlossen und die Tür von innen verriegelt hatte. Für einen flüchtigen Augenblick wünschte sie sich, dass er sie noch für einen Absacker zu sich gebeten hätte, nur um nicht allein in dem großen, leeren Haus zu sein, aber bisher hatte er sie noch nie zu sich eingeladen. Was im Grunde absolut verständlich war. Er war eben nur der Gärtner, der das Haus hütete, solange der Besitzer auf Reisen war. Müde von dem langen Tag, ging sie sofort ins Bett.

Der Juni begann warm und sonnig, die Rapsfelder leuchteten, alles blühte – auch ihr Heuschnupfen. Mit tränenden Augen und ständig niesend und hustend, kaufte Alice sich schließlich einen OP-Mundschutz, den sie bei der Gartenarbeit zusammen mit einer großen Sonnenbrille trug. Aber das half auch nicht viel. Ihre Augen tränten, sie nieste und hustete weiter.

Roland Hendricks amüsierte sich über ihre ständig gerötete Nase, nannte sie *Alice the Red-Nosed Reindeer* und überredete sie, öfter mit ihm segeln zu gehen, weil die See eine pollenfreie Zone sei. Ein Freund würde ihm sein Boot leihen, sagte er, und sie nahm dankbar an. Auf dem Meer konnte sie wenigstens durchatmen, ohne Niesanfälle zu bekommen. Doch kaum war sie wieder an Land, lief die Nase, die Augen juckten, und der Hals kratzte. Sie besorgte sich ein Heuschnupfenmittel, aber das machte sie todmüde und ließ ihre Stimmung abstürzen. Darauf versuchte sie die Müdigkeit mit Koffein in Form von starkem Espresso abzufangen, was ihr aber lediglich Herzjagen bescherte. Sie setzte die Mittel ab, und ihre Nase fing prompt wieder an zu laufen. Sie kaufte ein Make-up, das angeblich vierundzwanzig Stunden hielt, und kaschierte damit ihre rote Nase. Dem regen Taschentuchgebrauch war die Schminke allerdings nicht gewachsen. Entnervt gab sie auf und ertappte sich dabei, dass sie sich über Regentage freute. Aber die hörten fast jedes Mal über Nacht auf.

Es wurde heiß und so trocken, dass selbst das Unkraut schlappmachte. Das war das Einzige, was sie wirklich freute, denn Unkrautrupfen hasste sie. Ihr Rücken protestierte vom ungewohnten Bücken, und die Knie knirschten. Obendrein holte sie offenbar die Anstrengung der letzten Monate ein. Ständig war sie müde und lustlos, und so beschloss sie, ein oder zwei Tage eine Auszeit zu nehmen. Schon am nächsten Tag trat sie der lokalen Bibliothek bei und lieh sich stapelweise Bücher aus. Zwar besaß sie einen E-Book-Reader, aber ihr war einfach danach, ein richtiges Buch in der Hand zu halten, bei dem sie vor- und zurückblättern konnte und das Papier unter den Fingern spürte. Außerdem waren die kostenlos. Christianes Haus lag auf dem Weg zur Bibliothek, und so besuchte sie ihre Cousine häufig, um sich von ihr mit Familienklatsch und anderen Geschichten ablenken zu lassen.

Als sie eines Tages in die Einfahrt bog, kam ihr Christiane schon entgegen. Sie war wie immer in Reithosen und einen grob gestrickten Pullover von einer unbestimmten Schlammfarbe gekleidet und begrüßte sie mit einem Kuss.

»Du kommst gerade richtig. Ich bin eben vom Reiten zurück und hab mir Kaffee aufgebrüht. Oder willst du ein Bier?«

»Kaffee, danke.«

Sie folgte Christiane durch ihr herrlich unaufgeräumtes Haus, in dem sie sich von Anfang an wohlgefühlt hatte. Es wirkte so unprätentiös, wie Christiane selbst es war. Für eine Weile redeten sie über Belanglosigkeiten, aber Alice bemerkte, dass ihre Cousine abwesend wirkte. Irgendetwas schien sie stark zu beschäftigen.

»Ist etwas vorgefallen?«, erkundigte sie sich vorsichtig. »Du wirkst, als ob dich etwas besorgt.«

Christiane schaute einen Moment gedankenverloren in ihre Tasse, auf ihrem Gesicht jedoch spielte sich ein innerer Widerstreit ab. Unvermittelt setzte sie ihre Tasse ab und sah sie an.

»Sag mal«, begann sie ohne weitere Umschweife. »Hast du mitbekommen, dass hier ein ziemlich hässliches Gerücht über deinen Sohn kursiert?«

Alice setzte sich bolzengerade hin. »Wie bitte?«

»Ich habe es schon vor Tagen gehört, und seitdem hab ich schlaflose Nächte, weil ich nicht weiß, wie ich es dir sagen soll …«

»Einfach geradeheraus«, sagte sie kurz. Ihr Puls hämmerte ihr in den Schläfen.

Christiane schüttelte ihr Haar nach vorn und versteckte ihr Gesicht dahinter. Ruhelos schob sie ihre Tasse hin und her. »Es wird herumerzählt, dass dein Christoph ein berüchtigter Gangster, Drogendealer und Menschenhändler ist«, sagte sie leise und ohne Alice anzusehen. »Ich finde das völlig …«

»Curt«, sagte Alice und knirschte mit den Zähnen. »Curt Claussen. Ich erwürge ihn, wenn ich ihn zwischen die Finger bekomme.«

Ihre Cousine warf das Haar zurück und sah sie erstaunt an. »Curt Claussen?« Blanke Neugier lag in ihrem Blick.

Darauf erzählte Alice ihr von dem Tag, wo ihr Onkel das Foto von Christoph entdeckt und was er gesagt hatte. Unablässig rieb sie dabei über die wulstige Narbe an ihrem Oberarm. Sie hatte plötzlich angefangen, stark zu jucken.

»Er wollte mir weismachen, dass mein Sohn auf die schiefe Bahn geraten ist. So etwas in der Art ...« Sie zögerte, ehe sie weitersprach. »Und dass Christoph jahrelang keine halbe Stunde von uns entfernt gelebt hat.« Obwohl sie mit aller Kraft die Gefühlswallung niederkämpfte, konnte sie nicht verhindern, dass ihre Stimme schwankte. »Er muss von Pierres Tod gehört haben, Christiane«, sagte sie rau. »Er hat sich nicht gemeldet, obwohl ich alles versucht habe. Kannst du dir vorstellen, dass eins deiner Kinder sich so verhalten könnte?«

»Keine Sekunde«, antwortete ihre Cousine und tätschelte ihr den Kopf. »Und glaub Curt kein Wort. Der rührt gern Unrat auf, wie seine Mutter. Das hat er sich alles bestimmt aus den Fingern gesogen.«

Christiane stand auf und kam mit einer Flasche Whisky und einer Dose Sprühsahne zurück. Sie goss Kaffee in ein Glas, gab einen großzügigen Schuss Alkohol dazu und sprühte schließlich einen Sahneberg obendrauf.

»Irish Coffee«, sagte sie und schob Alice den Zuckertopf hin. »Das hilft. Gut für den Kreislauf, die Seele und die Nerven!« Sie lächelte. »Nieder mit Curt Claussen!«

Stockend erzählte Alice weiter, dass sie alles versucht habe, um ihren Sohn zu finden. »Die langen Zeitungsberichte über Pierres Unfall ... Quer durchs Land hat das Schlagzeilen gemacht, weil es Tage gedauert hat, ehe man seinen Wagen und ihn gefunden hat ... Jede Zeitung war voll davon ...«

Sie starrte auf ihre gefalteten Hände. Wo und in welchem Zustand man Pierre gefunden hatte, behielt sie für sich.

»Ich habe Todesanzeigen in alle Zeitungen gesetzt. Christoph hat sie sehen müssen! Wenn er noch lebt und sich in Südafrika aufhält, muss er davon erfahren haben. Ich weigere mich einfach, den Gedanken zuzulassen, dass er ... dass er ...« Wieder verschlossen ihr Tränen die Kehle. »Ich bin kreuz und quer durchs Internet marschiert, sogar einen Detektiv habe ich auf seine Fährte gesetzt.« Sie räusperte sich und trank hastig einen Schluck Irish Coffee. »Es ist, als wäre er … als gäbe es ihn nicht mehr.« Sie umfasste ihre Tasse mit beiden Händen, als wollte sie sich wärmen.

Christiane legte ihr die Hand auf den Arm. Sie war warm und fest.

»Du kennst deinen Sohn«, sagte sie. »Du und Pierre habt seinen Charakter geformt, und diese Grundlage wird ihm ein Leben lang bleiben. Ganz sicher.« Sie strich ihr über die Wange. »Es gibt bestimmt für alles eine Erklärung, und die ist vielleicht ganz banal …«

»Und die wäre?«, unterbrach Alice sie heftig.

»Vielleicht lebt er in einem anderen Land und hat keine Ahnung … Vielleicht lebt er im Urwald und …«

»Warum hat er sich dann nie gemeldet?«, unterbrach sie Christiane und stützte den Kopf in beide Hände. »Er ist ein leidenschaftlicher Computer-Nerd. Es wäre für ihn ein Klacks, sich mit uns in Verbindung zu setzen, egal wo er ist. Schließlich gibt es Surfsticks und Internetcafés, und ich habe seit Ende der Neunzigerjahre immer dieselbe E-Mail-Adresse.«

Statt einer Antwort musterte ihre Cousine sie schweigend. »Warst du schon mal auf dem Flughafen von Schanghai auf der Toilette?«, sagte sie schließlich, immer noch ernst, aber mit einem Funkeln in ihren Augen.

Völlig perplex sah Alice sie an. »Was? Ich bin noch nie in Schanghai gewesen … Was soll denn da sein?«

Christiane grinste. »Also, wir waren vor zwei Jahren in Schanghai, und ich musste mal. In der Damentoilette stand ein Ungetüm von einem Lokus mit Knöpfen und Schaltern und anderem verwirrenden Zeug. Ich hab also einmal rauf und runter daran herumgedrückt, worauf ein messerscharfer eiskalter Wasserstrahl mein Hinterteil traf, dass ich dachte, mir fällt sonst was ab, und bevor ich mich davon erholen konnte, ließ das Monster brühheißen Dampf auf mein geschundenes Körperteil los. Ich hab da eine Woche lang eine Brandblase gehabt. Erst hinterher hab ich rausgefunden, dass das blöde Ding defekt war und mich als Opfer ausgesucht hat.«

Alice starrte Christiane mit offenem Mund an, wollte etwas sagen, bekam es aber nicht heraus. Tief in ihrem Inneren spürte sie ein Beben, ihr Zwerchfell vibrierte, und dann sprudelte es ihr die Kehle hoch, und sie lachte, bis sie kaum noch Luft bekam.

»Na, siehst du!« Christiane grinste zufrieden. »Das wollte ich, dich endlich wieder zum Lachen bringen.« Sie zwinkerte. »Steht dir besser.«

Zum Abschied umarmte Alice ihre Cousine. »Dich sollte es auf Rezept geben«, flüsterte sie. »Danke.«

Als sie wieder zu Hause war und am Spiegel in der Diele vorbeiging, bemerkte sie, dass sie immer noch lächelte. Christiane tat ihr sehr gut. Sie würde nicht wieder zulassen, dass die Verbindung sich lockerte.

Die Nachricht, dass der Container mit ihren Sachen aus Südafrika in Kürze angeliefert werde, rief widersprüchliche Gefühle in ihr hervor. Auf der einen Seite freute sie sich, beim Anziehen endlich eine größere Auswahl zu haben, auf der anderen graute ihr vor der Arbeit, alles ins Haus schleppen und unterbringen zu müssen.

Diese Befürchtung bestätigte sich. Als der Container angeliefert wurde, fragte sie sich beim Anblick seines Inhalts, warum sie zum Beispiel die Kochtöpfe und ihr Geschirr, auch wenn es Meißner war, mitgenommen hatte. Natürlich war die Antwort einfach. Wie hätte sie ahnen können, dass sie mit ihrem Elternhaus einen voll eingerichteten Haushalt übernehmen würde. Seufzend machte sie sich an die Arbeit.

Irgendwann gegen Ende des Monats bemerkte sie, dass ihre Nase trocken war und auch die Augen nicht mehr juckten.

»Ich habe keine Ahnung, welche Pflanze aufgehört hat zu blühen«, sagte sie zu Roland Hendricks. »Für Gräser ist es eigentlich zu früh, Frühblüher sind längst vorbei.«

»Vielleicht hat es etwas mit dem kalten Frühjahr zu tun?«, mutmaßte er. »Oder mit der plötzlichen Hitze und Trockenheit?«

»Vielleicht. Ist mir völlig egal. Hauptsache, ich sehe wieder menschlich aus.«

»Ach, *Alice the Red-Nosed Reindeer* fand ich eigentlich sehr hübsch«, sagte er mit einem Zwinkern in seinen blauen Seemannsaugen.

Ohne Angst vor Pollenwolken schlief sie ab jetzt bei weit offenen Fenstern und ließ sich morgens von der Sonne wecken. Wenn die denn schien. An diesem Morgen Anfang Juli schien sie, und es verhieß, ein besonders warmer Tag zu werden. Sie zog einen kurzärmeligen Pullover aus naturfarbener Baumwolle aus dem Schrank, krempelte ihre Jeans hoch und lief barfuß hinunter, um die Terrassentür zu öffnen.

Und verlor dort für Sekunden ihr Gefühl für die Realität.

Gleich neben ihr an der Hauswand lag eine Schlange. Dick, schwarz und geschätzte einen Meter fünfzig lang. Die Schwanzspitze berührte fast ihren Fuß. Ihr Blick flog zum anderen Ende. Die Schlange hatte ihr den Kopf zugewendet und starrte sie unverwandt an.

Alice starrte zurück, während ihr die verrücktesten Gedanken durch den Kopf rasten. War sie gar nicht hier? Hatte sie Afrika nie verlassen? War alles nur ein böser Traum gewesen, und sie stand in ihrem Garten in La Lucia? Und wenn ja, was war das für eine Schlange? Die Aufregung schoss ihr wie flüssiges Feuer durch die Glieder. Sie schnappte nach Luft und zwang sich, das Reptil genau zu untersuchen.

War es eine Kobra? Einen weißlichen Halsring konnte sie jedoch nicht erkennen.

Eine Schwarze Mamba? Dafür war sie eigentlich zu schwarz. Eine Schwarze Mamba war eher olivgrau mit gräulich weißem Bauch. Den Beinamen verdankte sie ihrem schwarzen Rachen.

Im Geiste ließ sie alle schwarzen Schlangen Südafrikas an sich vorbeiparadieren. Doch auf einmal entdeckte sie die halbmondförmigen, weißgelben Wangenflecken der Schlange vor ihr, und ihre Welt hörte auf zu schlingern. Es war eine Ringelnatter, und zwar die größte, die sie je gesehen hatte.

Das Reptil wendete den Kopf und schlängelte sich träge über die Terrasse ins Gras. Sie sah dem Tier nach, bis auch die Schwanzspitze verschwunden war. Danach kochte sie sich einen starken Kaffee und setzte sich mit dem heißen Getränk auf einen Gartenstuhl und schaute über den Rasen hinunter zum Bootssteg. Dunstwolken waren aufgezogen und verschleierten die Sonne. Es roch nach Wasser. Die Aufregung hatte ihren Kreislauf angeregt, und sie fühlte sich so aufgekratzt wie schon lange nicht mehr. Lebendig, dachte sie. Wie in Afrika. Lange saß sie so da und versuchte wie schon so oft, die Schlucht zwischen hier und dort zu überbrücken, aber wie stets hatte sie keinen Erfolg damit. Die innere Qual blieb dieselbe.

Sie stand auf, um erst einmal richtig zu frühstücken, bevor sie die nötigsten Arbeiten im Haus erledigte. Ein Blick in den Garten bescherte ihr ein schlechtes Gewissen. Die verdreckten, efeuüberwucherten Scheiben des Treibhauses starrten sie anklagend an, und so machte sie sich nach dem Frühstück daran, die gläserne Pracht zu säubern. Während sie die Efeuranken vom Dach riss und stöhnend vor Anstrengung den ausgemisteten Krempel aus dem Inneren mit der Schubkarre zur Einfahrt karrte, plante sie, dort einen Sitzplatz unter Zitronenbäumen einzurichten. Mit Schwung kippte sie den Inhalt der Schubkarre auf den beachtlichen Haufen Gerümpel, der schon auf den nächsten Sperrmüll wartete, als die Torklingel schrillte. Sie wandte sich um.

Roland Hendricks stand dort und hielt eine Platte Butterkuchen hoch. »Eine kleine Unterbrechung gefällig, Alice?«, rief er.

»O ja, bitte!«, rief sie hocherfreut und ließ die Schubkarre stehen. Im gleichen Moment wurde ihr bewusst, wie verdreckt und verschwitzt sie war. »Geben Sie mir bitte einen Augenblick, ich sehe aus wie ein Erdwurm. Setzen Sie sich so lange auf die Terrasse, ich bin gleich da.«

Sie drückte auf den Toröffner, warf im Vorbeigehen in der Küche die Kaffeemaschine an und lief dann hinauf in ihr Badezimmer. Als sie wieder herunterkam, stand er schon im Garten.

»In Ihrem Zeitungskasten lag ein Brief«, sagte er. »Ich hab ihn mitgebracht, okay?«

Ohne den Absender zu lesen, nahm sie das Schreiben und legte es auf die Kommode in der Diele. Wenn es etwas Unerfreuliches war, hatte es Zeit bis später. Genau wie die Gartenarbeit. Es war ein so wunderschöner Sommertag, abgesehen davon protestierte ihr Rücken wieder einmal gegen die ungewohnt harte Arbeit, und der brennende Schmerz unter der rechten Kniescheibe erinnerte sie an jene Beschwerden, die Pierre gehabt hatte. Der Kniestabilisator tauchte drohend am Horizont auf. Für den Rest des Tages wollte sie fünfe gerade sein lassen und nicht mehr arbeiten.

So setzte sie sich mit Roland Hendricks in den Garten, aß Butterkuchen und plauderte mit ihm. Vom Eingang zum Tunnel erzählte sie ihm auch diesmal nichts.

Erst als er längst gegangen war und es schon dunkel war, fiel ihr der Brief wieder ein. Sie drehte ihn in der Hand. Merkwürdigerweise trug er keine Briefmarke und war handschriftlich an sie adressiert. Stirnrunzelnd schlitzte sie ihn auf, nahm das einzelne Blatt heraus und sah als Erstes auf die Unterschrift. Eine Frau Helene Markwort. Der Name klingelte bei ihr überhaupt nicht. Befremdet las sie, was die Dame geschrieben hatte.

Das Schreiben war höflich, aber deutlich: Im Namen der umliegenden Nachbarn werde Frau Diekmann ersucht, das Grundstück

Nr. 12 umgehend in einen der besonderen Wohngegend angemessenen Zustand zu versetzen, andernfalls werde man geeignete Maßnahmen ergreifen. Gezeichnet war der Brief mit Helene Markwort, Sprecherin der Nachbargemeinschaft.

Sie ließ den Brief sinken. Die Nachbarschaft! Sie war sich sicher, dass außer den beiden Nachbarn links und rechts niemand Einsicht in ihren Garten hatte. Einer der Nachbarn war Roland Hendricks, beziehungsweise der Eigentümer des Hauses, der sich wohl meistens in Australien aufhielt und demnach höchst selten ihr Grundstück betrachten würde, und auf der anderen Seite, im Haus mit dem blau glasierten Dach, wohnte ein wohlhabendes älteres Paar, das sich auf einer monatelangen Kreuzfahrt befand, wie ihr die Postbotin erzählt hatte. Alle anderen Anwohner konnten nur in ihren Garten blicken, wenn sie es von einem Boot von der Wakenitz aus taten, beziehungsweise wenn sie unbefugt das Grundstück betraten. Sie nahm den Brief wieder auf und las ihn noch einmal.

Was bezeichnete diese Frau Markwort als »geeignete Maßnahmen«? Was war hier vorgefallen, dass sie es für nötig befand, einen derartigen Brief zu schreiben? Vermutlich wusste jeder in der Straße vom Tod ihres Vaters und war besser darüber informiert, was vorher hier stattgefunden haben mochte, und doch hatte bisher keiner mit ihr geredet. Dieser Drohbrief war sozusagen die erste Kontaktaufnahme eines Nachbarn überhaupt.

Wutentbrannt rannte sie ins Obergeschoss und schaute aus den vier Schlafzimmern in alle Himmelsrichtungen. Obwohl es dunkel war und sie nur die hell erleuchteten Fenster erkennen konnte, sah sie ihre Vermutung bestätigt. Höchstens die Leute auf der anderen Straßenseite waren vermutlich imstande, am Haus vorbei über die Einfahrt einen sehr schmalen Streifen Garten einzusehen. Bis zu dem üppig blühenden Jasminstrauch. Nicht weiter. Morgen würde sie das noch einmal bei Tageslicht prüfen. Schließlich sah sie mit gerunzelter Stirn auf das Haus, das Roland Hendricks gerade hütete.

Gehörte der Eigentümer vielleicht auch zu der ominösen Nachbargemeinschaft? Aber der war nicht da und würde vom Zustand ihres Gartens vermutlich nichts wissen. Würde etwa Roland Hendricks sie bei seinem Arbeitgeber anschwärzen, ohne ihr etwas zu sagen? Obwohl sie das nicht im Entferntesten für möglich hielt, lief sie kurz entschlossen hinüber zum Nachbarhaus und klingelte.

Roland Hendricks öffnete die Tür, und für einen kurzen Augenblick glaubte sie erkennen zu können, dass sie ungelegen kam. Aber er bat sie höflich herein und fragte, womit er ihr helfen könne, und ihr Zweifel verflüchtigte sich. Sie reichte ihm den Brief.

»Bitte sehen Sie sich das Schreiben an. Wissen Sie, ob diese Nachbargemeinschaft tatsächlich existiert? Kennen Sie die Leute, die in der Straße wohnen?«

Er überflog den Brief, bis er den Absender las, und schüttelte dann den Kopf. »Diese alte Krähe«, murmelte er. »Die hat auch nichts Besseres zu tun.«

Sie sah ihn erstaunt an. »Frau Helene Markwort?«

»Genau die. Hat zu viel Geld und zu viel Zeit und niemanden, der sie von ihren Kreuzzügen ablenkt. Sie wohnt vier Häuser weiter, kann Ihr Grundstück also im Leben nicht einsehen. Machen Sie sich keine Sorgen.«

Sie standen immer noch im Flur, und er machte keine Anstalten, sie hereinzubitten. Vielleicht hatte er gerade Besuch und fühlte sich gestört.

»Ich werde meinen Anwalt einschalten«, sagte sie und streckte die Hand nach dem Brief aus. »Für derartige Albernheiten habe ich weder die Lust noch die Nerven …«

Während sie redete, war ihr Blick abgeschweift und wurde unvermittelt von einem Foto angezogen, das in einiger Entfernung an der Wand hing. Es zeigte einen Mann, der breitbeinig an Deck einer sehr großen Dreimasterjacht stand und mit zurückgeworfenem Kopf lachte. Mit einer Hand hielt er sich am Mast fest, mit der anderen streckte er einen blinkenden Pokal hoch. Der Himmel hinter ihm war von jenem brennenden Blau, das man nur in tropischen Breiten zu sehen bekam, und in der Ferne leuchtete das unverkennbare Dach der Oper von Sydney. Sie stand wie vom Blitz getroffen da. Der Mann auf dem Boot war Roland Hendricks. Ohne irgendwelche Zweifel.

Abrupt schob sie ihn beiseite, um das Bild genauer in Augenschein zu nehmen. Die Inschrift auf dem Pokal besagte, dass der Eigentümer der Jacht, Roland Hendricks, zum zweiten Mal mit seiner Crew die Sydney-Hobart-Regatta gewonnen habe.

Während sie das Bild sprachlos anstarrte, dämmerte ihr allmählich, wer der Mann, den sie kennengelernt hatte, wirklich war. Nicht der Gärtner, der das Haus hütete, nicht der kleine Frachtkapitän, der sich irgendwann in Jugendjahren ein Oldtimer-Cabrio zusammengespart hatte. Roland Hendricks war offenbar nicht nur der Eigentümer dieses Hauses, sondern auch der besagter Ländereien und Firmen in Australien. Und der Segeljacht.

Eine Mischung aus Enttäuschung und dem Gefühl, bloßgestellt worden zu sein und sich gründlich lächerlich gemacht zu haben, wusch über sie hinweg. Langsam drehte sie sich zu ihm um und maß ihn mit einem Blick, der ihm sichtlich unangenehm war.

»Ihnen gehört diese Jacht!«, sagte sie ganz ruhig. »Sie sind gar kein Gärtner oder Frachtkapitän, Sie ...«

Er setzte an, etwas zu entgegnen, aber sie stoppte ihn mit einer Handbewegung.

»Nein, nein ... lassen Sie mich ausreden! Ich möchte das gern genau wissen. Der Eigentümer dieses Hauses ist also in Australien? Auf seiner Jacht vermutlich? Oder schaut er bei seinen Ländereien und Firmen nach dem Rechten?« Eis klirrte in ihrer Stimme. »Vielleicht mit seiner Frau zusammen?«

Kaum war ihr der letzte Satz entwischt, hätte sie ihn am liebsten wieder verschluckt. Was für eine dumme, verräterische Bemerkung! Sie biss sich auf die Lippen, konnte aber nicht verhindern, dass ihr Blick seine rechte Hand streifte. Kein Ring, und auch kein heller Streifen, wo einer gesessen haben könnte. Sie spürte, wie ihr die Hitze ins Gesicht stieg.

Roland Hendricks schien das alles nicht zu bemerken. »Alice … tut mir leid … ich wollte nicht … wirklich …«, stotterte er kleinlaut und lächelte um Verzeihung heischend.

»Was soll die Scharade?«, sagte sie sehr ruhig und sehr kühl, obwohl es in ihr wie in einem Vulkan brodelte. »Hatten Sie Angst, ich rücke Ihnen zu sehr auf den Pelz? Dass ich hinter Ihrem Geld her sein könnte?« Sie spießte ihn mit einem nadelspitzen Blick auf. »Das hab ich nicht nötig, Herr Hendricks!« Mit Genugtuung beobachtete sie, dass er vor Verlegenheit tiefrot wurde.

»Nein, natürlich nicht!«, wehrte er mit entsetztem Ausdruck ab. »Ehrlich gesagt, es war Ihre Frage, ob ich der Gärtner sei, die mich so mitgerissen hat … Ich fand das wunderbar, ein Gärtner …« Er machte eine verlegene Handbewegung und versuchte ein Lachen, was aber misslang. »Bin ich ja auch … Gärtner, meine ich. Und Frachtkapitän war ich wirklich …«

»Meine Frage?«, unterbrach sie ihn und lachte höhnisch. »Das war vor Monaten! Sie hatten mehr als Zeit genug, das alles richtigzustellen. Jetzt ist es zu spät.«

Sie riss ihm den Brief aus der Hand, wirbelte herum und lief zur Tür. Er folgte ihr auf den Fersen. Draußen blieb sie noch einmal stehen und musterte ihn wütend.

»Ich würde eher verhungern, als von Ihnen auch nur einen Cent anzunehmen«, zischte sie. »Oder einen Butterkuchen. Haben Sie viel Spaß in Ihrem Garten, Herr Kapitän Hendricks, aber halten Sie sich aus meinem Leben raus, verstanden?«

Damit versetzte sie seiner schweren Haustür einen Tritt, dass die ihn hart an der Schulter traf, und marschierte hinüber zu ihrem Haus. Dort warf sie das Tor krachend ins Schloss und lief den Weg hinunter. Sie hörte Schritte auf dem Gehweg und bemerkte aus den Augenwinkeln, dass er ihr hinterhergerannt kam. Er flankte übers Tor und ergriff ihren Arm.

»Alice! So war es nicht! Wirklich nicht! Ich wollte Sie nicht verletzen! Bitte ...«

Sie überging seine Beteuerungen mit ausdrucksvoll hochgezogenen Brauen. »Lassen Sie mich los!«, sagte sie auf ihre arroganteste Art und knallte ihm ihre Eingangstür vor der Nase zu.

Zu ihrer Verwirrung spürte sie, dass ihr die Tränen in den Augen stachen, was sie nur noch zorniger machte. Das war nichts, worüber sie flennen musste.

Um sich abzureagieren, stürmte sie nach oben ins Dachgeschoss und begann mit heftigen Bewegungen, das Bücherzimmer zu entrümpeln. Die herunterhängenden Tapeten riss sie von den Wänden, die im Staub liegenden Bücher stapelte sie, soweit Platz war, auf den unbeschädigten Regalen, die restlichen schichtete sie auf dem Boden davor zu kleinen Türmen. Zum Schluss wuchtete sie die zersplitterten Bretter beiseite. Bald fuhren stechende Schmerzen in ihre Lendenwirbelsäule, ihre Arme wurden bleischwer, und ihre Muskeln brannten wie Feuer. Missmutig betrachtete sie die zerbrochenen Regalbretter. Sie besaß keine Säge, und die Bretter waren sehr lang. Sie Stück für Stück die Treppe hinunterzuschleppen würde eine Herkulesarbeit für sie bedeuten. Zu einer anderen Zeit hätte sie Roland, den Gärtner, um Hilfe gerufen, einen Kuchen gebacken, und das Problem wäre für sie erledigt gewesen. Bei dem Gedanken an die Szene im Nachbarhaus aber holte sie mit einem Fuß aus und trat auf ein Brett ein, bis es zerbrach. Auf diese Weise reagierte sie sich ab und zerlegte nach und nach alle Regale in handliche Stücke. Ganz zum Schluss, bei einem besonders kraftvollen Tritt, knickte sie jedoch um und fiel hin.

»Verdammt!«, schrie sie frustriert los und stemmte sich mühselig auf die Beine.

Der Knöchel brannte wie Feuer, und ihr Rücken fühlte sich an, als hätte sie Prügel bezogen. Mit schmerzverzerrtem Gesicht

humpelte sie die Treppe hinunter zur Küche und warf die Kaffeemaschine an. Während der Kaffee durchlief, befühlte sie ihren
Fuß. Er war glücklicherweise nur wenig geschwollen, obwohl er
sehr schmerzte. Als glühende Anhängerin der Theorie »Kommt
von allein, geht von allein« war sie der Überzeugung, dass Schwel-
lung und Schmerzen mit etwas Schonung wohl schnell vergehen
würden. Sie füllte eine Handvoll Eiswürfel in eine Plastiktüte
und schlug sie dann kräftig auf den Boden, bis sie einen Eisbrei
hatte. Die heiße Kaffeetasse in der Hand, legte sie ihre Beine auf
den Tisch und wickelte die Eistüte um ihr malträtiertes Sprunggelenk.

Immer noch erregt und seelisch durcheinander, schlürfte sie
das brühheiße Getränk. Warum war sie nur so wütend auf Roland Hendricks? Im Grunde war er ein Fremder. Warum nur war
sie so ausgerastet? Hatte ihm keine Gelegenheit für eine Erklärung gegeben?

Die Antwort traf sie unvorbereitet.

Wütend war sie nicht auf diesen Mann. Wütend war sie nur
auf sich selbst. Dass sie ihn nicht durchschaut hatte, dass sie ihn
ziemlich nah an sich herangelassen hatte, das war der Kern ihres
Zorns. Denn wäre er ihr gleichgültig, hätte er sie nicht derart aus
dem Gleichgewicht bringen können. Sie vergrub ihr Gesicht in
den Händen. Wie konnte es geschehen, dass sie in diesem Maß
die Beherrschung verloren hatte?

Plötzlich war sie bleiern müde. Sie humpelte zum Herd, briet
sich zwei Spiegeleier, die sie dann mit einer Scheibe Brot aß, ehe
sie duschte und ins Bett fiel. Morgen war auch noch ein Tag.
Noch Zeit genug, darüber nachzudenken. Irgendwie musste sie
einen Weg finden, den Bruch wieder zu kitten. Mit diesem Vor-
satz schlief sie ein.

Aber am nächsten Morgen war Roland Hendricks nirgendwo zu
finden. Die Jalousien waren heruntergelassen, das Tor mit einem

Vorhängeschloss gesichert, und das Haus wirkte verlassen und leer und nicht nur so, als ob der Bewohner nur eben zum Einkaufen gefahren wäre. Alles deutete darauf hin, dass Roland Hendricks für längere Zeit verreist war.

Alice brach in Schweiß aus. Was hatte sie nur angerichtet?

16

Auch einen Tag später schaute Alice morgens als Erstes hinüber zum Nachbarhaus. Die Jalousien waren weiterhin heruntergelassen, und das Haus erinnerte sie an einen Toten, dessen
Seele längst nicht mehr in ihm wohnte. Was im übersetzten Sinn
ja auch stimmte.

Um nicht zu sehr über ihr Verhalten Roland Hendricks gegenüber nachzugrübeln, arbeitete sie in den nächsten Wochen bis zur
totalen körperlichen Erschöpfung in Haus und Garten. Verschlossen und abweisend stand das Nachbarhaus da und strömte eine
Kälte aus, dass sie trotz des milden Wetters fröstelte. Verbissen
strich sie die Wände im Bücherzimmer, legte einen Komposthaufen an, grub verunkrautete Beete um, beschnitt Büsche und vermied dabei geflissentlich jeden Blick über die Hecke.

Doch bald meldete sich ihr lädiertes Sprunggelenk, und sie sah
sich gezwungen, Spaten und Forke beiseitezulegen. Sie umwickelte den Knöchel mit einer elastischen Bandage und schleppte
sich in die Stadt zum GängeAtelier. Es war Mittagszeit, und die
Fortini-Geschwister saßen mit Karin und Florian um den runden Tisch herum und aßen von einer großen Pizza. Der Duft
stieg ihr in die Nase, und ihr Magen fing verräterisch an zu knurren. Violetta erblickte sie als Erste und lächelte ihr ein Willkommen zu.

»Ich brauche Arbeit«, sagte Alice statt einer Begrüßung. »So
bald wie möglich.«

Violetta musterte sie. »Oje«, sagte sie mit einem Funkeln in
ihren schwarzen Augen. »Ist es so schlimm? Ist er es wert?«

Als sie stoisch schwieg, lachte Violetta amüsiert.

»Offenbar sehr, wie mir scheint«, sagte sie und schob zwei Stücke der Pizza auf einen Teller. »Setz dich, wir haben mehr als genug, und Pizza hilft beim größten Liebeskummer.«

Alice überging die Bemerkung, setzte sich und biss in die Pizza. Sie war köstlich. »Selbst gebacken?«

Corrado nickte mit vollem Mund. »Altes Familienrezept.«

»Unsinn«, warf Violetta ein. »Der Pizzaservice hier ist sehr gut.«

Alice vertilgte hungrig ihre Pizza. Hinterher gab es einen Cappuccino und dazu Cantuccini, und sie begann, sich etwas besser zu fühlen.

»Ich liebe meinen Beruf, aber, um ehrlich zu sein, ich brauche Geld, und zwar schnell«, sagte sie. »Ich habe doch ein Haus geerbt, ein ziemlich großes, das mehr als renovierungsbedürftig ist. Danach ist es wohl einiges wert, wie bei einem guten Bild, aber ich habe festgestellt, dass Handwerker in diesem Land verboten teuer sind. Und eigentlich nie Zeit haben.«

Corrado lachte. »Wem erzählst du das! Am besten macht man alles selbst. Aber manchmal geht das eben nicht. Was brauchst du denn? Vielleicht können wir dir helfen.«

Überrascht blickte sie ihn an. »Jemanden, der sich im Garten auskennt«, sagte sie zögernd. »Und einen, der im Haus Holzarbeiten machen kann, also einen Schreiner am besten …« Sie überlegte. »Und einen Klempner. Die Wasserrohre sind alt und klapprig. Damit wäre mir schon sehr geholfen. Zu allem Überfluss habe ich mir auch noch das Fußgelenk verletzt.« Sie streckte ihren bandagierten Fuß vor. »Es wäre zu schön, um wahr zu sein, wenn es jemanden gäbe, den ich mir auch leisten kann.«

Corrado legte den Zeigefinger an die Nase. »So, wen hätten wir denn, der diesen Kriterien entspricht?« Er blickte seine Schwester an. »Fällt dir jemand ein?«

Violetta legte den Kopf schief. »Lars«, sagte sie. »Der ist Schreiner … Janek, der kann Garten. Jetzt fehlt noch ein Klempner.«

»Tobias!«, rief Corrado. »Den kann ich anrufen. Und ich red

auch gleich mal ein Wörtchen mit ihm, was seine Preise betrifft. Manchmal geht er da ein bisschen über Bord.« Er drehte sich lächelnd zu Alice. »Wir hätten übrigens ein Gemälde für dich zum Restaurieren, und keine Angst, du wirst Zeit haben, dich dem in Ruhe zu widmen.«

Er nannte ihr das Honorar, das er ihr zahlen würde, und sie konnte ihr Glück noch immer nicht ganz fassen.

»Die Leute – arbeiten die alle ...«

»Schwarz?«, fiel ihr Violetta ins Wort. »Nebelgrau, würde ich sagen. Aber da ein Teil immer legal ist, kann man da großzügig mit der Auslegung sein.« Sie lächelte und vollführte eine sehr italienische Handbewegung.

»Gib mir deine Telefonnummer, dann melden die sich bei dir«, sagte Corrado. Er stand auf und holte das Bild. Es war ungefähr fünfzig mal dreißig Zentimeter groß. Er reichte es ihr, und sie beugte sich darüber.

Es zeigte zwei Kinder, die mit einer Katze unter einem flirrenden Baumschatten vor einer weißen, mit Blumenkübeln gesäumten Mauer spielten. Hinter ihnen erstreckte sich das sonnenglitzernde Meer, in dunstiger Ferne schimmerte ein Felsmassiv. Es war ein ansprechendes mediterranes Motiv, aber die Farben erschienen trübe. Der Firnis war gelblich schmutzig, vermutlich war der Eigentümer ein starker Raucher. Dennoch erkannte Alice sofort, welches Potenzial das Bild hatte, wenn es restauriert war.

»Mitte 19. Jahrhundert«, sagte sie. »Italien?«

Corrado nickte. »Vielleicht findest du unter dem Rahmen ja eine Signatur. Hast du das nötige Werkzeug für die Restaurierung?«

Sie schüttelte den Kopf. »Das muss ich erst kaufen. Kannst du mir sagen, wo es die beste Auswahl gibt, und die möglichst preiswert?«

»Komm mit«, sagte Corrado und ging ihr voraus bis in den

letzten Raum, in dem bisher die Gemälderestauratorin gearbeitet hatte. Er zeigte auf einen Schubladenschrank. »Hier bewahrte Hermine alles auf. Es ist Material, das dem Atelier gehört. Bedien dich. Wir können damit nichts anfangen.«

Für sie war es ein Schlaraffenland. Hermines Utensilien erwiesen sich als sehr umfangreich, sogar ein Blaulicht, eine Brillenlupe, eine starke Lampe und Ölfarben feinster Qualität waren vorhanden. Mit glänzenden Augen packte sie alles ein, was sie brauchte.

»Danke«, sagte sie leise. »Ich werde euch alles zurückzahlen.«

»Wenn du mit dem Bild gut zurechtkommst, war es für uns eine lukrative Investition«, fiel Violetta ein.

Bei einem weiteren Cappuccino fachsimpelten sie noch eine Weile, bis Violetta aufstand und sich die dunklen Locken aus dem Gesicht schüttelte.

»Ich muss meinen Wandbehang bis zur Ausstellung fertig haben«, erklärte sie. »*Arrivederci!*«

»Und ich meinen Armreif«, sagte Florian und verließ den Raum.

Nachdem auch Karin sich wieder an ihren Arbeitsplatz begeben hatte, verabschiedete Alice sich ebenfalls, allerdings mit leisem Bedauern. Die Atmosphäre im Atelier war eine Insel von Vertrautheit und Freundschaft, und sie wäre gern in Hermines altes Studio eingezogen, aber noch gehörte sie nicht dazu. Das musste sie sich erst erarbeiten.

Beschwingt fuhr sie nach Hause. Sie war förmlich berauscht von der Aussicht, wieder Terpentin riechen zu können und endlich eine Möglichkeit zu haben, Geld zu verdienen. Erst dann würde sie übersehen können, wie viel sie von ihrem Kapital ins Haus stecken konnte, ohne zu verhungern. Sollte sie tatsächlich von ihrem Verdienst leben können, wären ihre Sorgen vorüber. Leise fing sie an zu pfeifen.

Als sie in ihre Straße einbog und Roland Hendricks' Haus sie mit blinden Jalousieaugen anklagend anstarrte, sackte ihre Stimmung allerdings rapide in den Keller.

Rasch nahm sie die Post aus dem Briefkasten und sah sie durch. Ein Brief und sonst nur Reklame, die sie gleich in den Müll warf. Den Brief legte sie ungelesen auf den Küchentisch. Sie trug das Gemälde in den Wintergarten und packte ihre Schätze aus. Eine starke Lampe würde sie noch brauchen, aber das musste bis morgen warten. Heute waren die Geschäfte schon geschlossen. Sie stellte das Bild auf einen Stuhl und rückte ihn so, dass das Tageslicht direkt darauffiel.

Konzentriert vertiefte sie sich in das Motiv, studierte den Schatten, den der Baum wie eine Spitzendecke über die Kinder, die weißen Mauern und das helle Straßenpflaster warf, freute sich schon jetzt darauf, dass das Licht über dem Meer zu einem Leuchten werden würde, wenn sie den Firnis abgehoben hatte. Auch der gräulich wirkende Dunst, der vor dem Felsmassiv lag, würde sich farblich dramatisch verändern. Tief in Überlegungen versunken, welche Terpentinmischung die beste wäre, wanderte sie in die Küche, um sich einen Kaffee aufzubrühen. Ihr Blick fiel auf den Brief. Sie riss ihn auf und las den Absender.

Und schnappte entsetzt nach Luft.

Es war ein offizielles Schriftstück. Vom zuständigen Amtsgericht. Jemand hatte sie offenbar wegen illegaler Baumaßnahmen angezeigt. Fassungslos überflog sie die Zeilen. Es ging um etwas, was als Grundflächenzahl bezeichnet wurde und mit dem Wintergarten zu tun hatte, und sie wurde aufgefordert, ihn unverzüglich zurückzubauen. Zurückbauen, dachte sie. Was für ein bescheuerter Begriff. Man baute doch etwas auf, aber nicht zurück. Sie las weiter. Es wurde ihr eine Frist von zwei Wochen gesetzt, um sich zu der Angelegenheit zu äußern.

Sie warf den Brief auf den Tisch. Er rutschte über die glatte Oberfläche und segelte auf den Boden. Ihre Gedanken wirbelten durcheinander. Was um alles in der Welt war eine Grundflächenzahl?

Steckte etwa wieder diese Markwort dahinter? Was wollte die Frau von ihr?

Aufgebracht rannte sie aus dem Haus und blickte die Straße hinauf und hinunter. Vier Häuser weiter wohne die Frau, hatte Roland Hendricks gesagt, aber in welcher Richtung? Erst ging sie nach links. Im Vorbeilaufen streifte sie sein Haus nur mit einem kurzen Blick. Die geschlossenen Jalousien starrten zurück.

Niedergeschlagen ging sie von Haus zu Haus und las die Namen auf den Schildern neben der Klingel. Niemand hieß dort Markwort. Sie überquerte die Straße und marschierte zurück. Schließlich fand sie den Namen Markwort auf einem Briefkasten, und das Haus war wirklich so weit von ihrem entfernt, dass man von hier aus unmöglich Einblick in ihren Garten haben konnte. Doch bevor sie die Klingel am Gartentor drücken konnte, wurde die Eingangstür geöffnet. Alice sprang zurück, verbarg sich hinter dem dicken Stamm einer alten Linde und spähte hinüber. Zwei ältere Damen kamen aus dem Haus. Eine hatte sie noch nie gesehen, aber die andere – hager, blass, scharfes Fuchsgesicht, drahtiges, rostbraunes Haar in einem Dutt zusammengebunden – erkannte sie sofort.

Edith Claussen, ihre Tante. Edith, die niemandem etwas gönnte, und schon gar nicht ihr, der Tochter von Ferdinand Lauritzen. Ihr Vater und seine Cousine Edith mussten irgendwann massiv aneinandergeraten sein, und er hatte sie wohl fortan auf seine unnachgiebige und ziemlich arrogante Art abblitzen lassen. Das hatte Edith ihm offenbar nie verziehen. Die andere war, dem Namen auf dem Briefkasten nach zu urteilen, höchstwahrscheinlich Frau Helene Markwort.

Verblüfft beobachtete sie die beiden Frauen. Sich angeregt unterhaltend, standen sie vor dem Haus. Was hatte es zu bedeuten, dass Edith offenbar bestens mit Helene Markwort befreundet war? Jetzt gingen sie ums Haus und waren gleich darauf ihrem Blick entzogen. Ihr erster Impuls war es, in den Vorgarten zu stürmen und sowohl Edith als auch die Markwort zur Rede zu stellen. Aber da sie wie ihr Vater dazu neigte, sich unmissverständlich und überdeutlich auszudrücken, wenn sie sich aufregte, hielt sie sich zurück. Damit würde sie nicht weiterkommen.

Grübelnd kehrte sie in ihr Haus zurück, fand aber keine Lösung. In dem Bedürfnis, mit jemandem darüber zu sprechen, rief sie Jill und Nils über Skype an und erzählte ihnen von dem Gerücht und den Einbrüchen, der Anzeige, dem Brief der Markwort und dem nicht gewährten Kredit.

»Ich weiß nicht mehr, was ich tun soll, aber ich habe das Gefühl, dass das alles irgendwie zusammenhängt. Seht ihr da ein Muster?«

Im Hintergrund sah sie, wie Nils, die Hände in den Taschen seiner Shorts vergraben, mit langen Schritten auf den Holzbohlen der Terrasse hin und her marschierte. Endlich blieb er stehen und beugte sich über den Laptop.

»Finde doch heraus, wer wen in Lübeck kennt«, sagte er. »Das sollte doch nicht schwer sein. Soweit ich das beurteilen kann, mag dich deine Tante Hanna anscheinend sehr, und sie kennt mit Sicherheit jeden, der in Lübeck wer ist und etwas zu sagen hat. Hast du ihr das alles denn schon erzählt?«

»Noch nicht. Ich mag sie nicht damit belästigen.«

Jills Gesicht schob sich neben das von Nils. »Du hast noch immer nicht gelernt, Freunde um Hilfe zu bitten, oder? Also wirklich, Alice! Ich bin mir sicher, deine Tante würde sich sogar freuen, dass du sie in Anspruch nimmst. Soweit ich mitbekommen habe, ist sie doch in einem Alter, wo man das sehr schätzt. Und war da nicht noch deine Cousine Christiane?«

Alice schaute verlegen drein. »Du hast ja recht. Irgendwie habe ich wohl schon als Kind nicht gelernt, Freunde um einen Gefallen zu bitten. Ich rufe beide gleich morgen an. Heute ist es schon zu spät.«

»Mir ist gerade eine Idee gekommen«, warf Nils ein. »Schick

doch eine fiktive SMS auf das Handy einer deiner beiden Cousins mit der Anrede ›Lieber Nils‹, so dass sie glauben, es wäre ein Irrläufer, und schreib, dass du einen Trupp Helfer organisiert hast, die übermorgen das Haus entrümpeln werden. Das wird ihnen Feuer unterm Hintern machen! Garantiert. Wenn deine Cousins es sind, die etwas Wertvolles bei dir vermuten, werden sie in der Nacht vorher aufkreuzen, weil sie annehmen müssen, dass es danach zu spät ist. Da bin ich mir ganz sicher.«

»Gute Idee«, stimmte Alice nachdenklich zu. »Das könnte funktionieren. Gierig genug sind die beiden.«

Nils blickte ihr in die Augen. »Du solltest aber einen kräftigen Kerl an deiner Kellertür postieren«, mahnte er. »Hol am besten deinen Gärtner herüber, der scheint ja groß und stark zu sein, sagt Jill ...«

»Er ist nicht mein Gärtner«, fiel sie ihm scharf ins Wort. »Er ist ... er hat ...« Sie holte tief Luft und machte eine vage Handbewegung. »Er ist nicht das, was er vorgibt ...«

»Aha.« Nils machte eine beredte Pause und musterte sie mit schief gelegtem Kopf.

Jill schaute ihm über die Schulter. »Was hat er denn angestellt?«

»Ich will nicht darüber reden«, sagte Alice schnell. »Vergesst ihn einfach.«

»Oha!«, grinste ihre Freundin auf Inqaba. »So schlimm?«

Alice hieb mit der Handkante waagerecht durch die Luft. »Der Mann ist für mich gestorben, und damit basta.«

»Jaja«, sagte Jill und lachte sie an. »Komm schon, Kopf hoch. Das renkt sich wieder ein.«

Hoffentlich, dachte Alice und konnte es kaum ertragen, dass sie ihre Freunde zum Greifen nahe vor sich sah und sie doch nicht unmittelbar bei ihnen war. Sie vermisste die beiden so sehr, dass es wehtat. Besonders jetzt. Sie vermied es, hinüber zu Roland Hendricks' Haus zu blicken. »Aber es gibt was Aufregendes zu berichten«, wechselte sie das Thema. »Ich habe meinen ersten Auftrag als Restauratorin bekommen. Ein Gemälde eines italienischen Malers aus der Mitte des 19. Jahrhunderts.«

»Gratuliere!«, rief Jill. »Von wem kommt der Auftrag? Können die dich auch bezahlen?«

Sie erzählte ihnen, wie sie Corrado und Violetta kennengelernt habe, dass die beiden die Enkel ihres Lehrers seien, schwärmte von der besonderen Atmosphäre in der Künstlergemeinschaft und beschrieb begeistert die Engelsgrube und die uralten geheimnisvollen Durchgänge, die auf hübsche Innenhöfe führten.

»Hm«, machte Jill und sah sie scharf an. »Dieser Corrado«, bohrte sie nach. »Der ist Italiener, richtig? Sieht nach deiner Erzählung offenbar ziemlich gut aus ... Ist der schon verheiratet?«

Alice lachte laut los. »O Jill, du gibst nie auf, oder? Ein anderer Mann ist das Letzte, woran ich augenblicklich denke. Und nein, Corrado ist erstens nicht verheiratet, und zweitens ist er praktisch nur halb so alt wie ich!«

»Man kann ja mal fragen«, lachte ihre Freundin.

»Danke für den Rat mit der SMS«, sagte sie. »Ich melde mich, sobald sich etwas ergeben hat.«

Sie klickte auf Beenden, und Jill und Nils verschwanden vom Bildschirm. Um etwas Abstand zu bekommen, machte sie sich eine Tasse Kaffee und knabberte einen Keks dazu. Die SMS, die Nils vorgeschlagen hatte, würde sie erst an einem der nächsten Tage verschicken. Sie trank den Kaffee aus und wählte Hanna Lintons Nummer.

Hanna begrüßte sie erfreut und erzählte ihr von der Bridgepartie am Abend zuvor, erwähnte das Unkraut in ihrem Garten und das Wetter und dass sie überlege, ob sie vielleicht Italienisch lernen solle. »Man weiß ja nie, wann man das noch mal gebrauchen kann, nicht wahr?«, setzte sie fröhlich hinzu.

»Absolut«, stimmte Alice zu und musste lächeln. Tante Hanna

war wirklich die einzige ältere Person, die sie kannte, die nicht permanent über ihre Gebrechen lamentierte.

»Nun habe ich genug von mir geredet«, sagte Hanna. »Wie geht es dir?«

»Wie man's nimmt«, antwortete sie. »Ich wollte dich um Rat bitten, obwohl es mir zugegebenermaßen schwerfällt, dich mit meinen Angelegenheiten zu behelligen.«

»Ach was«, warf Hanna ein. »Raus damit, behellige mich! Ich langweile mich im Augenblick ohnehin etwas.«

Bedrückt berichtete sie ihr von dem Brief von Helene Markwort und gab den Wortlaut wieder. »Die Frau könnte nicht einmal in meinen Garten sehen, wenn sie auf ihrem Dachfirst stünde«, wütete sie.

»Helene Markwort«, wiederholte Hanna in einem Ton, der sie aufhorchen ließ.

»Kennst du die?«

»O ja, aber erzähl erst mal weiter.«

»Na ja, heute wollte ich mit ihr reden – es muss ja nicht immer gleich per Anwalt gehen –, aber als ich vor dem Tor stand, kam Tante Edith mit dieser Markwort Arm in Arm aus dem Haus. Ich war völlig geplättet! Könnte es sein, dass Tante Edith etwas mit dem Brief zu tun hat? Und wenn ja, kannst du dir einen Reim darauf machen?«

»Ja und ja«, antwortete Hanna lakonisch. »Edith und Helene waren zusammen auf dem Lyzeum und sind immer noch dicke Freundinnen ...«

»Aber was will Tante Edith damit erreichen?«

»Zum einen liegt es in ihrer Natur, Unfrieden zu stiften, wo sie nur kann, sonst hat sie keine Freude am Leben, und zum anderen scheint es mir, dass sie es auf dein Haus abgesehen hat. Du erinnerst dich doch sicherlich an ihren Auftritt auf Ferdinands Beerdigung. Vermutlich stecken sogar Claus und Thomas hinter der Sache. Oder Curt. Und Eva. Denen traue ich das auch zu.«

Ich auch, fuhr es Alice durch den Kopf. »Aber warum?«, rief sie. »Was hab ich ihnen getan?«

»Nichts«, sagte Hanna. »Das hat nichts mit dir zu tun. Edith konnte Ferdinand nicht ausstehen, und umgekehrt war es nicht anders. Sie hat ihn ständig mit irgendwelchen Forderungen bombardiert. Der Wintergarten war schon damals ein Thema, aber ich erinnere mich, dass die Sache irgendwie erledigt wurde. Frag doch mal Herrn Brosius, der weiß vielleicht Genaueres.«

»Wenn die Sache erledigt ist, was soll dann die Anzeige?«, sagte sie mit leichter Verzweiflung.

Hanna antwortete erst nach einer kurzen Pause. »Vielleicht wollen sie dich ja nur gründlich ärgern. Aber du hast doch erzählt, dass Claus auf der Beerdigung etwas von einer Schatzsuche gesagt hat, nicht wahr? Dieses Gerücht, nach dem du mich gefragt hast? Nun, mir scheint es, dass die Familie meiner lieben Schwester glaubt, es gäbe etwas Wertvolles in deinem Haus zu holen, und dich deswegen rausekeln will. Dabei fällt mir ein … Wie hieß der Abteilungsleiter bei der Bank, Graf Rotz von der Backe?«

»Federle, warum?«

»Hm«, machte Hanna und schwieg für einen Augenblick. »Ich meine mich zu erinnern, dass Edith zumindest in früheren Jahren mit einer Familie Federle befreundet war. Als Percy noch lebte, waren wir mal bei ihr eingeladen und haben ein Paar mit dem hier im Norden ja nicht gerade üblichen Namen kennengelernt. Und die hatten drei Söhne. Ich möchte wetten, dass dieser Federle einer von ihnen ist und mit Ediths Jungs befreundet ist. So groß ist Lübeck ja nicht.«

Wieder machte sie eine Pause, und Alice wartete gespannt.

»Vielleicht stecken sie ja alle unter einer Decke«, fuhr Hanna fort. »Weißt du, langsam meine ich zu begreifen, was hier abläuft. Edith und ihr Anhang setzen darauf, dass dir das Wasser bald bis zum Hals steht …«

»Tut es schon«, bemerkte Alice bitter. »Oberkante Unterkiefer.«

» … und du den Kredit nicht zurückzahlen kannst«, fuhr Tante Hanna unbeirrt fort. »Denn dann würde das Haus an die Bank fallen und versteigert werden. Für mich sieht es ganz so aus, dass Edith und ihre Brut es auf das Lauritzen-Haus abgesehen haben. Vielleicht glauben die wirklich, dass dort ein Schatz versteckt ist. Nicht zu vergessen die einmalige Lage am Wasser. Wahrscheinlich hoffen sie, dass sie billig drankommen. Ich bin mir ziemlich sicher, dass Herr Federle ein bisschen daran drehen kann, wenn er mit drinsteckt.«

»Also …«, begann Alice, wurde aber von ihrer Tante gleich wieder unterbrochen.

»Lass mich mal einen Augenblick ruhig nachdenken. Warte mal … Der Sohn einer meiner Bridgedamen ist im Vorstand der Bank. Da werde ich jetzt mal ein bisschen auf Schatzsuche gehen.« Hanna lachte leise. »Hast du eigentlich schon deinen Nachbarn kennengelernt?«

»Nein, nur seinen Gärtner«, antwortete Alice kurz.

»Ach, schade. Er ist ein netter Mensch. Aber in Down Under besitzt er wohl viel Land und einige Firmen, wie mir seine Mutter mal erzählt hatte. Da muss er anscheinend oft nach dem Rechten sehen … Also, was Graf Rotz betrifft, ruf ich dich an, wenn ich etwas erreicht habe. In der Zwischenzeit solltest du mit Titus Brosius reden. Der kennt den Vorgang vermutlich noch.«

Alice folgte ihrem Rat, rief den Familienanwalt sofort an und las ihm den Inhalt der Anzeige vor.

»Regen Sie sich nur nicht auf«, beruhigte sie der alte Herr. »Die Sache ist längst erledigt. Ich habe das für Ferdinand damals bearbeitet. Schicken Sie mir den Wisch, und vergessen Sie die Sache.«

Was sie nur zu gern tat. Auch wenn der Anwalt das wohl nicht umsonst erledigen würde. Nach kurzem Überlegen rief sie Christiane an. Sie schätzte, dass ihre Cousine etwa so alt war wie Frank Federle.

Christiane lachte abfällig. »Frank? Der war in meiner Parallelklasse! Er war und ist ein arroganter Schnösel. In Mathe und Latein war er ein Versager und hat eine Ehrenrunde gedreht, was an sich ja nicht schlimm ist, das passiert in den besten Familien, aber als die zweite drohte, hat ihn der Herr Papa auf eine Privatschule geschickt, wo man ihm dann den Stoff wie einer Stopfgans eingetrichtert hat. Angeblich hat er das Abi doch noch geschafft, obwohl ich da manchmal meine Zweifel habe. Warum fragst du?«

Sie erzählte ihr alles und fragte auch sie, ob sie sich eine Verbindung zu Thomas und Claus vorstellen könne.

»Keinen Schimmer, ehrlich gesagt«, rief Christiane. »Die waren ja auf einem anderen Gymnasium. Aber ich bohr mal nach. Ich sehe Cornelia manchmal auf Elternabenden, und bis dahin mach dir nicht so viel Sorgen.«

Aber sie machte sich Sorgen. Sie spürte, dass sie durch die Geschehnisse der vorangegangenen Wochen und Monate dünnhäutig geworden war und die Sorge um ihr Haus und ihre Zukunft sich wie Säure durch ihre Seele fraß. Aus Angst vor ihren eigenen Träumen nahm sie eine halbe Schlaftablette und ging dann ins Bett.

Die folgenden Tage verliefen ereignislos. Weder meldete sich Hanna, noch konnte Alice sich dazu entschließen, mit der SMS, wie Nils sie vorgeschlagen hatte, ins Wespennest zu stechen. Allein die Vorstellung, welchen Aufruhr so eine Nachricht verursachen würde, schreckte sie davon ab. Und woher sie einen starken Mann zu ihrem Schutz finden sollte, war ihr schleierhaft.

Um sich abzulenken, schleppte sie als Erstes einen Tisch in den Wintergarten, ein altmodisches Möbel mit gedrechselten Beinen und einer Schublade. Darin plante sie, ihre Pinsel aufzubewahren. Anschließend holte sie Corrados Gemälde aus dem Bücherzimmer, wo sie es eingedenk der Einbrüche nachts aufbewahrte, und legte es auf den Tisch. Sie packte ihr Werkzeug aus und durchforstete ihr Gedächtnis nach Signor Fortinis Spezialmischung zum Abheben von Firnis, bis ihr ihr altes Ringbuch wieder einfiel. Großzügig hatte er ihr damals alle Rezepturen überlassen, und sie hatte sie sich notiert.

Sie holte es aus ihrem Schlafzimmer und stellte fest, dass sie die benötigten Zutaten tatsächlich parat hatte. Als Erstes löste sie den Rahmen des Bildes und untersuchte den bisher verdeckten Bereich mit der Brillenlupe, konnte aber zu ihrem Leidwesen nirgendwo eine Signatur entdecken. Auch auf der Rückseite hatte sie keinen Erfolg. Enttäuscht gab sie auf. Es wäre zu schön gewesen. Ein Bild mit Signatur gewann allein dadurch schon an Bedeutung, und das würde im Endeffekt auf ihrer Arbeit reflektieren. Mithilfe einer ihrer Taschenlampen prüfte sie das Gemälde nun Zentimeter für Zentimeter auf Schäden und ließ anschließend den Lichtstrahl in einem sehr flachen Winkel über die Leinwand gleiten, um im Relief alle etwaigen Defekte erfassen zu können. Sie hoffte darauf, dass es keine gab, denn sollte sie Abplatzungen oder Risse entdecken, egal wie minimal diese auch waren, würde die Restaurierung deutlich länger dauern. Abplatzungen mussten mit Kreidegrundkitt verschlossen und Risse mit Textilschweißpulver verklebt werden, und danach würde es notwendig sein, die Fehlstellen mit einem Zwischenfirnis zu übermalen. Erst wenn der getrocknet war, würde die eigentliche Retusche beginnen, die wiederum trocknen musste, bevor sie den endgültigen Firnis auftragen konnte. Das Ganze würde dadurch natürlich sehr viel zeitaufwendiger. Und es würde länger dauern, bis sie ihre Arbeit honoriert bekam.

Zum Schluss benutzte sie Hermines UV-Lampe, um etwaige frühere Retuschen sichtbar zu machen und die Beschaffenheit des Firnisses beurteilen zu können. Zu ihrer Erleichterung waren keine alten Retuschen festzustellen, und auch das Entfernen des Firnisses sollte ihr keine Schwierigkeiten bereiten. Voller Energie saugte sie als Erstes die Bildrückseite trocken ab und machte sich anschließend ans Abheben des Firnisses.

Bald breitete sich der vertraute Geruch nach Terpentin, Harz und Farben im Wintergarten aus, und sie spürte, wie allein dieser Geruch dafür sorgte, dass sie etwas zur Ruhe kam. Aus Terpentin, Azeton und Spiritus stellte sie eine Lösung nach Fabrizios Rezept her, tränkte damit ein Wattestäbchen und probierte sie behutsam an der untersten Ecke aus. Sie begutachtete das Ergebnis, fügte noch etwas Terpentin hinzu, bis die Mischung stimmte, und fokussierte ihre Gedanken dann auf das Bild und das, was ihr Fabrizio Fortini beigebracht hatte.

Auch den nächsten Tag hindurch vertiefte sie sich hoch konzentriert in ihre Arbeit und vergaß dabei den Rest der Welt. Sie blockierte konsequent alle schwarzen Gedanken. Besonders die an Roland Hendricks. Und an Christoph. Es wirkte wie ein Wellnessurlaub. Ohne Unterbrechung arbeitete sie weiter. Als das Abendlicht die Farben zu sehr verfälschte, stand sie auf und lockerte ihre Muskeln. Wenn sie derart intensiv arbeitete, tendierte sie dazu, sich zu verkrampfen.

Unvorsichtig ließ sie ihre Augen hinüber zum Nachbarhaus wandern. Der Anblick wirkte wie eine kalte Dusche. Die Jalousien waren immer noch an allen Fenstern heruntergelassen, und das Vorhängeschloss am Tor hing auch noch dort. Ihre Stimmung stürzte schlagartig ab.

Trübsinnig bereitete sie sich ihr Abendessen zu – Lasagne aus der Tiefkühltruhe – und aß sie lust- und appetitlos vor dem Fernseher. Sie schaltete durch die Kanäle und fragte sich, warum im deutschen Fernsehen so viel Freudlosigkeit herrschte. Außer Krimis und Doku-Soaps schienen hier Tod, Krieg, Krankheit und Armut – besonders Altersarmut – die Lieblingsthemen zu sein. In zahllosen Sendungen wurden Krankheiten vorgestellt, von denen sie noch nie etwas gehört hatte. Und eindeutig nichts hören wollte. Alice schaltete in der Hoffnung weiter, eine

Komödie zu finden. Schließlich blieb sie bei einem Krimi hängen, der sie wenigstens von dem abweisend wirkenden Haus nebenan und dem kalten Vakuum ablenkte, das Roland Hendricks' Verschwinden in ihr hinterlassen hatte. Um sich nicht die Nacht durch ruhelos im Bett zu wälzen, griff sie wieder zu den Schlaftabletten.

Am nächsten Tag fühlte Alice sich wie gerädert, und schon am frühen Morgen tobte sie ihre Frustration im Garten aus.

Gegen acht Uhr rief Corrado an und fragte, ob er Janek und Lars vorbeischicken könne.

»Janek, der Gärtner, und Lars, der Schreiner?«

»Genau die«, bestätigte Corrado. »Passt es dir heute?«

»Du ahnst ja gar nicht, wie sehr«, erwiderte sie. Jede Abwechslung, die sie von dem grimmigen Haus nebenan ablenken würde, war ihr recht.

»Tobias, der Klempner, hat erst in ein paar Tagen einen Termin frei.«

Auch das passte ihr gut, und sie verabschiedeten sich.

Gegen zehn erschienen Janek und Lars. Janek war Pole, stämmig und breitschultrig, mit gefühlvollen dunklen Augen und kahl rasiertem Schädel; Lars, der Schreiner, war groß und dünn und norddeutsch blond. Sie verstand sich auf Anhieb mit den beiden. Janek marschierte durch den Garten, bückte sich hier und da und kehrte schließlich zu ihr zurück.

»Da unten muss ich zuerst anfangen«, verkündete er in einem langsamen, sorgfältigen Deutsch wie jemand, der es erst als Erwachsener gelernt hatte, und deutete zum Bootssteg. »Bis fünf habe ich Zeit. Die Geräte habe ich gleich mitgebracht. Das Geld krieg ich zur Hälfte bar, für die andere Hälfte bringe ich eine Rechnung. Fünfzehn Euro die Stunde.«

Eine klare Ansage, dachte Alice und stimmte sofort zu. Auch Lars hatte genug Zeit, die Schäden im Haus eingehend zu begutachten. Er notierte alles auf einem Klemmbrett, und sie sah besorgt, wie die Liste immer länger wurde. Das drohte teuer zu werden.

»Können Sie mir einen Pauschalpreis nennen?«, fragte sie, als er fertig war.

»Das wird ein bisschen dauern, ich muss alles noch einmal genau prüfen«, sagte Lars. Er setzte sich an den Küchentisch und begann auf seinem Taschenrechner herumzutippen.

Sie ließ ihn allein und ging hinunter zu Janek in den Garten. Er hatte die Efeuranken von den Bootshauswänden gerissen und war gerade dabei, mit einer Sense das hohe Gras zu schneiden. Der Bereich auf der Ostseite des Bootshauses war bereits gemäht. Für ein paar Minuten sah sie bewundernd seinen wunderbar flüssigen, rhythmischen Bewegungen zu und war heilfroh, dass sie sich nicht allein durch die verfilzte Wildnis kämpfen musste. Gleichzeitig wurde ihr klar, wie sehr ihr Roland Hendricks fehlte, und das hatte nichts mit der Gartenarbeit zu tun.

In gedrückter Stimmung machte sie sich wieder an die Arbeit am Bild. Quadratzentimeter für Quadratzentimeter hob sie den Firnis ab und vergaß dabei ihre Umwelt. Nur Roland geisterte hartnäckig durch ihre Gedanken, und es gelang ihr nicht, ihnen zu entkommen.

Irgendwann am späten Nachmittag streckte Lars den Kopf um die Ecke.

»Ich bin fertig«, verkündete er.

»Kommen Sie herein.«

Alice stählte sich für den Schock, der sie erwarten würde. Aber zu ihrem Erstaunen war die Summe, die ihr Lars nannte, gerade noch erträglich. Vorsichtig atmete sie durch. Ein Lichtblick am Ende des Tunnels. Jetzt würde sie sich in Ruhe Corrados Gemälde und damit ihrer Zukunft widmen können. Allein die Aussicht bescherte ihr einen Energiekick.

Am frühen Abend übergab Alice Janek die vereinbarte Summe.

Sie machte gleich einen Termin für die nächste Woche aus und verabschiedete ihre beiden Helfer.

Doch auch mit der unerwarteten Hilfe, die sie jetzt hatte, war sie zu nervös, als dass sie die Ruhe fand, sich nur mit dem Bild zu beschäftigen. Roland spukte ihr im Kopf herum, und die Dimension ihres Streits wuchs im Rückblick ins Uferlose. Sie legte ihren Pinsel beiseite, stand auf und reinigte das Werkzeug und auch ihre Finger. Einige Ausbesserungen am Gemälde mussten sowieso ungestört trocknen. Das gab ihr die Gelegenheit, sich mit körperlicher Arbeit einerseits abzureagieren und andererseits den ständig vor sich hergeschobenen Plan, die verwüsteten Rosenbeete ihrer Mutter wieder neu anzulegen, endlich in die Tat umzusetzen. Janek hatte mehr als genug mit dem restlichen Garten zu tun, und sie hatte erstaunlicherweise Lust dazu.

Kurz entschlossen zog sie die Gummistiefel und die billigen Jeans an, die sie sich in weiser Voraussicht vor einigen Tagen gekauft hatte, und schaffte das Gerümpel, das sich auf den alten Rosenbeeten türmte, auf die Seite.

Nachdem das erledigt war, machte sie sich daran, die alten Rosenstöcke auszugraben, um die Erde so weit auszutauschen, dass neue Rosen dort gedeihen würden. Erst als sie kaum noch die Arme heben konnte, machte sie Schluss. Sie stieg aus ihren verschmutzten Sachen und steckte sie in die Waschmaschine. Anschließend wusch sie sich, schlüpfte in saubere Kleidung und bürstete ihr Haar, bis es locker um ihr Gesicht schwang. In der Küche strich sie sich ein Käsebrot, verschlang es im Stehen und spülte es mit einem großen Glas Traubensaft hinunter, ehe sie sich wieder vor das Gemälde setzte.

Obwohl die Sonne noch schien, knipste sie die Arbeitslampe an und ließ ihr Auge prüfend über die ausgebesserte Fläche gleiten. Zufrieden mit ihrer Arbeit, nahm sie das mit Watte umwickelte Stäbchen auf und tauchte es in die Lösung. Aber ihre überanstrengten Arme und Hände zitterten so, dass das Stäbchen unkontrolliert über das Gemälde tanzte und sie es schließlich zur Seite legen musste. Heute konnte sie die Arbeit am Bild vergessen. Missmutig stand sie auf und ging hinüber in die Waschküche, um die Wäsche aufzuhängen. Sie war müde, jede Faser ihres Körpers schmerzte, und da es ohnehin Abendbrotzeit war, aß sie noch ein paar belegte Brote und trank dazu zwei Tassen mit heißem Kakao. Kurz darauf fiel sie ins Bett.

Sie schlief wie ein Stein, bis sie das ohrenbetäubende Jaulen eines Türalarms aus dem Schlaf riss. Verstört schoss sie hoch und sah auf die Uhr. Ein Uhr nachts.

Alarmiert schwang sie die Beine aus dem Bett, aber unmittelbar darauf hörte sie die Kellertür klappen, und das Gejaule verstummte. Angespannt lauschte sie in die Dunkelheit. Alles blieb leise. Wer immer versucht hatte einzudringen, war von dem Krach verjagt worden, was ja im Prinzip die Absicht war. Was aber noch lange nicht hieß, dass der mögliche Eindringling wirklich weg war.

Mit Stablampe und Spazierstock bewaffnet, schlich sie, die knarrende Stufe vermeidend, über die Treppe ins Erdgeschoss und durchsuchte vorsichtig alle Räume. Als sie in die Diele zurückkehrte, war sie sich sicher, dass sie sich allein im Haus befand.

Sie stellte einen Stuhl in die offene Kellertür, damit diese nicht von allein zuklappen konnte, schaltete das Licht an und zwang sich, Schritt für Schritt hinunterzusteigen. Von der vorletzten Stufe aus konnte sie sehen, dass das Bücherregal, das die alte Eichentür sonst verdeckte, halb offen stand. Es war also tatsächlich jemand hier gewesen.

Mit großer Überwindung brachte sie es fertig, die Eichentür zu schließen und das Regal wieder davorzuschieben. Dann aber jagte sie die Kellertreppe hoch, als wäre der Leibhaftige hinter ihr her, und warf die Tür krachend zu.

Sie drehte den Schlüssel zweimal im Schloss und aktivierte den Alarm. Dem Impuls, die Polizei zu rufen, widerstand sie. Die konnte jetzt auch nichts mehr ausrichten, und vor allen Dingen war ein Einbruch nicht offensichtlich. Stattdessen kontrollierte sie akribisch alle Türen und Fenster, bevor sie sich wieder schlafen legte.

17

Schon kurz nach Sonnenaufgang saß Alice wieder vor dem italienischen Bild. Das Licht war wunderbar, und ein Ende war
abzusehen. Sie arbeitete den Tag durch und unterbrach die Arbeit
nur um die Mittagszeit, um eine Scheibe Brot und einen Kaffee
zu sich zu nehmen. Erst am frühen Abend legte sie das Werkzeug
endgültig beiseite, stand auf und streckte sich.

Es war geschafft.

Zu ihrer Freude hatte sie ihre alte Staffelei unter dem Dach
aufgestöbert. Sie klebte das eine Bein, das sich gelockert hatte,
und stellte Corrados Bild dann vorsichtig darauf. Kritisch begutachtete sie das Gemälde lange von allen Seiten, mal mit der
Taschenlampe, mal ohne. Sie konnte keinen Fehler finden und
trat ein paar Schritte zurück, um einen Gesamteindruck zu bekommen.

Das Gemälde strahlte in seinen ursprünglichen Farben. Alle
Einzelheiten, die unter dem Schmutz verborgen gewesen waren,
traten nun hervor. Das Licht über dem Meer, das vorher gelblich
grau gewesen war, schimmerte jetzt wie rosa Perlmutt. So überir-
disch schön wie das Licht kurz nach Sonnenaufgang über dem
Indischen Ozean. Mit geballten Fäusten zwang sie sich, das Bild,
das jetzt vor ihrem inneren Auge stand, zu erdulden.

Nun musste das Gemälde durchtrocknen. Sie sah auf die Uhr.
Es war kurz nach sechs. Prompt meldete sich ihr Magen, und sie
schaute nach, was ihr Kühlschrank zu bieten hatte. Der Inhalt in-
spirierte sie absolut nicht, und sie entschied, dass sie heute eine
Belohnung brauchte. Sie setzte sich ins Auto und fuhr in die Altstadt.

Das unwiderstehliche Aroma frisch gebackener Pizzen lockte sie zu einem kleinen italienischen Restaurant, das am Ende eines mittelalterlichen Gangs lag. Als sie den Innenhof betrat, fühlte sie sich nach Italien und in ihre Jugend versetzt. Blank gescheuerte Holztische, rot karierte Decken und darauf brennende Kerzen in leeren Chiantiflaschen. Neben dem Kücheneingang hingen Knoblauchzöpfe und Ketten mit getrockneten Peperoni. An einer geschützten Stelle stand ein großer Pflanzenkübel mit einem reich blühenden Zitronenbaum.

Abrupt blieb sie davor stehen. Der Duft versetzte sie augenblicklich zurück in ihren Garten in Umhlanga Rocks, zurück in jene Zeit, wo Christoph noch bei ihnen war und Pierre jeden Abend nach Hause kam. Ihr wurden buchstäblich die Knie weich. Blind vor plötzlichen Tränen, tastete sie sich an den nächsten freien Tisch und ließ sich auf einen Stuhl fallen. Die Kellnerin, eine sommersprossige Rothaarige, trat mit einem Lächeln und gezücktem Kugelschreiber an den Tisch und nahm ihre Bestellung auf. Nur ein Glas Wein, weil sie noch Auto fahren musste, und eine Pizza Quattro Stagioni.

»Und zwar die größte, die Sie haben.«

Die Pizza war so, wie eine Pizza sein sollte, und der Wein war kraftvoll und fruchtig. Seit sie regelmäßig im Garten arbeitete, hatte sie einen ungewohnten Hunger entwickelt. In der Hitze von Umhlanga Rocks war sie von einem kleinen Salat und einem Hundertfünfzig-Gramm-Steak satt geworden. Natürlich hatte sie dort nie selbst im Garten gearbeitet. Ihre Ideen hatte Shongololo für sie umgesetzt. Und dabei gesungen. Sie seufzte traurig in ihr Rotweinglas.

»Ist etwas nicht in Ordnung?« Der Wirt trug eine lange, gestreifte Schürze und hatte einen zu zwei dünnen Spitzen gezwirbelten Schnurrbart.

Sie zwang sich zu einem Lächeln und versicherte ihm, dass alles bestens sei. Etwas ruhiger geworden, trank sie noch einen

Espresso, dann zahlte sie und verließ das so verführerisch nach Zitronen und ihrem früheren Leben duftende Paradies.

Die Sonne war schon lange untergegangen, und die altmodischen Straßenlaternen warfen gelbe Lichtpfützen aufs Kopfsteinpflaster. Mit den Gedanken in einer anderen Welt und einer anderen Zeit, lief sie in Richtung Trave, wo sie ihr Auto geparkt hatte.

Zu Hause angekommen, setzte sie sich sofort an den Küchentisch und wählte die Skype-Nummer von Tita an. Sie musste heute Abend mit ihren Freunden sprechen, sie musste diesen Druck auf ihrer Seele loswerden. Tita meldete sich schnell. Sie kam offensichtlich gerade aus der Dusche, jedenfalls trug sie einen sonnengelben Bademantel und hatte ein Handtuch um den Kopf gewickelt.

»Alice!«, rief sie. »Grüß dich! Was gibt's Neues? Wie geht's deinem Gärtner?«

»Können wir bitte übers Wetter reden?«, erwiderte sie kurz.

Tita lachte fröhlich. »Oje, da bin ich offensichtlich mitten ins Fettnäpfchen gelatscht. Vergiss es einfach. Ich gebe dich jetzt an Neil weiter, föhne mir erst mal die Haare trocken, und dann fangen wir noch einmal von vorne an, einverstanden?« Sie schickte Alice einen Luftkuss und verschwand im Hintergrund.

Neil erschien und begrüßte sie lächelnd. Hinter ihm entdeckte sie einen Affen, der kopfüber von der Lichterkette aus einer Palme herunterhing und sie aus neugierigen Knopfaugen beobachtete. Eine Welle von Heimweh überrollte sie.

»Ihr seid auf Inqaba.« Es rutschte ihr wie eine Anklage heraus.

»Eine unserer Leopardinnen hat Zwillinge geworfen«, hörte sie auf einmal Nils' Stimme.

Neil schwenkte das Notebook, und Nils kam ins Bild. Er saß in einem Rattansessel, die Hände hinter dem Kopf verschränkt, die Beine auf einen Tisch gelegt.

»Morgen früh gehen wir alle im Morgengrauen auf die Pirsch.

Vielleicht können wir die Leoparden entdecken. Wir wollen Fotos machen.«

»Ich wäre so gern bei euch«, sagte sie leise.

»Setz dich ins Flugzeug, und komm her«, sagte Jill, die unbemerkt dazugekommen war. »Du weißt, dass hier immer ein Zimmer für dich bereit ist.«

»Ich ... ich hab ziemlich viel zu tun, das Gemälde ist noch nicht fertig restauriert ... Ich muss das Haus meines Vaters renovieren und so ...«

Mit ihrer finanziellen Situation wollte und konnte sie ihren Freunden nicht auf die Nerven gehen. Geld und Freunde, so hatte schon ihr Vater ihr als kleines Kind beigebracht, sollte man auseinanderhalten.

»Aha, und so«, kommentierte Tita. »Vergiss dabei nicht zu leben.« Sie klang wie ein Echo von Tante Hanna.

Seufzend klappte Alice nach dem Gespräch ihr Notebook zu. Um sich abzulenken, schaltete sie das Fernsehen an. Es lief eine amerikanische Slapstickkomödie. Genau das Richtige, um ihre überreizten Nerven zu beruhigen, entschied sie und kuschelte sich aufatmend ins weiche Sofa.

Mitten in der Nacht wachte sie ausgekühlt mit Rückenschmerzen und steifen Gliedern im Wohnzimmer auf. Verschlafen setzte sie sich auf. Im Fernsehen lief ein Softporno, und ein Strahlen am östlichen Himmel ließ bereits den nächsten Morgen ahnen. Sie schaltete den Apparat aus und kroch hinauf in ihr Bett.

Die ersten Tage nachdem sie die Arbeit am Bild beendet hatte, holten sie die Strapazen der letzten Zeit ein. Morgens kam sie trotz strahlenden Sonnenscheins kaum aus dem Bett, und es schmerzten sie Muskeln, von deren Existenz sie bislang nichts geahnt hatte. Außerdem fraß die Kraft, die sie benötigte, um jeden Gedanken an Roland von sich zu schieben, viel Energie. Sie erlaubte sich Phasen des Nichtstuns, in denen sie einfach nur im Liegestuhl auf der Terrasse lag oder die Wakenitz entlangschlenderte. Abends trank sie im Wintergarten Kaffee und las ein Buch. Mit schlechtem Gewissen allerdings.

Morgen für Morgen prüfte sie als Erstes die Oberfläche des restaurierten Gemäldes, bis es eines Tages endlich so weit war, dass sie es abliefern konnte. Sie packte es vorsichtig ein und machte sich auf den Weg zu den Fortinis. Es war windig, aber die Sonne schien, die Rosen standen in voller Blüte, und ihre Stimmung besserte sich deutlich. Sie parkte wie immer an der Untertrave, gönnte sich ein Erdbeereis und spazierte dann mit dem Bild unterm Arm hinauf zum GängeAtelier.

Corrado nahm das Gemälde in Empfang, und augenblicklich stellte sich bei ihr eine gewisse innerliche Spannung ein, während er und Violetta das Bild mit einer Lupe prüften, und das taten sie sehr genau. Schließlich richtete Corrado sich auf.

»Mein Großvater war ein exzellenter Lehrer«, sagte er mit einem charmanten Grinsen. »Willkommen bei uns!« Er küsste sie rechts und links auf die Wange.

Violetta umarmte sie ebenfalls herzlich. »Ja, willkommen!«, rief sie. »Wie schön, dass es dich gibt!«

»Ich überweise dir das Honorar sofort«, sagte Corrado. »Vor zwei Tagen haben wir übrigens zwei weitere Bilder hereinbekommen. Die sind in einem jämmerlichen Zustand. Ich hole sie her, dann kannst du beide zusammen mitnehmen und musst nicht Däumchen drehen, während der Firnis des einen trocknet.«

Bei diesen Worten warf er seiner Schwester einen eindringlichen, fragenden Blick zu, und Alice bekam mit, wie Violetta leicht nickte. Corrado verließ darauf den Raum.

»Wir haben eine Überraschung für dich«, bemerkte Violetta mit geheimnisvollem Lächeln.

Alice rechnete mit neuen Farben aus dem Fundus des Ateliers und übte sich in Geduld, bis Corrado zurückkehrte. Er trug ein

Gemälde unter dem Arm, das er vor ihr auf den Tisch legte. Sie beugte sich vor.

Und starrte in ihr eigenes Gesicht.

Die junge Frau auf dem Bild hatte ihren Mund, ihr Lachen, die gleichen blaugrünen Augen, und das dicke Haar, das die Frau zu einem weichen Knoten geschlungen tief im Nacken trug, schimmerte im gleichen Goldbraun wie ihres.

»Turmalinaugen«, flüsterte sie.

»Das bist doch du, oder?«, sagte Corrado.

Sie schüttelte verwirrt den Kopf. »Nein, der Frisur und ihrer Kleidung nach zu urteilen, muss die Frau auf dem Bild vor knapp hundert Jahren gelebt haben, und ich schätze, dass sie etwa zwanzig bis höchstens fünfundzwanzig Jahre alt war, als sie gemalt wurde.«

Sie ließ das Gemälde auf sich wirken, studierte mit steigender Aufregung jeden Pinselstrich, jeden Farbakzent, die Schatten und das Licht. Das unvergleichliche Licht. Und je länger sie das tat, desto heftiger schlug ihr Herz. Der Duktus, die Zartheit des Inkarnats, die prächtige Spitze des Kleides, die sich nur durch das Muster vom goldenen Hintergrund abhob. Es war unverkennbar, und sie kannte nur einen Maler, der das konnte.

»Klimt«, platzte sie heraus. »Ist das ein Gustav Klimt?«

»Nein«, sagte Violetta leise. »Nicht Klimt. Großvater Fabrizio hat das gemalt.«

»Fantastische Qualität«, murmelte Alice beeindruckt. »Mir war nicht klar, welch ein begnadeter Maler er war.«

»Es ist eine Kopie des Originals, das der Dame auf dem Bild gehört hat. Sie war Fabrizios große Liebe, hat jedoch nichts von seiner Verehrung geahnt, da sie verheiratet und damit für ihn tabu war. Kurz nach Beginn des Zweiten Weltkriegs hat sie eine Kopie von dem Original bestellt, und Fabrizio hat heimlich auch eine für sich selbst gemacht.«

»Das Original *muss* ein Klimt gewesen sein.« Alice riss sich von dem Bild los. »Wem gehört es? Ich habe noch nie ein Gemälde von Gustav Klimt mit diesem Motiv gesehen. Oder davon gehört.«

»Ich auch nicht.« Corrado zuckte mit den Schultern. »Wir haben nicht die geringste Ahnung. Wir haben versucht herauszubekommen, wer die Porträtierte war, aber ohne jeden Erfolg. Wir wissen nicht einmal, ob sie aus Lübeck stammte. Großvater wusste es, aber er hat das Geheimnis mit ins Grab genommen.« Er blickte sie an. »Und als wir dich dann zum ersten Mal gesehen haben, hat uns deine Ähnlichkeit mit der Frau auf dem Bild fast vom Hocker gehauen.«

Was sie sehr gut verstehen konnte. Ihr war es nicht anders ergangen. Sie zog ihr Handy raus und aktivierte die Kamera. »Darf ich es fotografieren?«

Corrado machte eine einladende Handbewegung.

Nachdem sie mehrere Fotos geschossen hatte, stellte Violetta das Bild auf eine Staffelei, und sie feierten bei Pizza und Rotwein, bis es fast Mitternacht war. Corrado packte die beiden Gemälde, die sie zur Restaurierung mitnehmen sollte, sorgfältig ein und gab sie ihr. Kurz bevor sie sich verabschiedete, kamen Lars und Janek, um mit Corrado den Bau eines Pizzaofens im Innenhof und die dadurch nötige Verpflanzung eines alten Baumes zu besprechen.

Janek begrüßte sie. »Wir haben morgen Zeit«, sagte er. »Können wir dann zu Ihnen kommen? Das würde gut passen.«

Sie verabredeten sich für acht Uhr am nächsten Morgen.

Anschließend bummelte sie durch die Stadt und genoss das Gefühl, hier vielleicht doch einen Platz im Leben gefunden zu haben. Der Gedanke an die geheimnisvolle Frau auf dem Bild aber ließ sie nicht los.

Du siehst Patrizia unglaublich ähnlich, hatte Tante Hanna bemerkt.

Seid ihr auf Schatzsuche gegangen, hatte Claus Thomas und Gesine gefragt.

Gab es eine Parallele zu den Einbrüchen bei ihr? Stellte das Gemälde ihre Großmutter dar?

Den restlichen Abend grübelte sie darüber nach. Sie räumte dabei auf, wischte die Küchenschränke ab, polierte mit Hingabe das Ceranfeld des Herds und feudelte schließlich die Küche – kurzum, sie verrichtete lauter mechanische Arbeiten, bei denen sie ungehindert nachdenken konnte. Wenn es Patrizia Lauritzen gewesen war, die eine Kopie bestellt hatte – dann wäre sie die Angebetete von ihrem Lehrmeister gewesen. Aber wozu hätte sie die Kopie gebraucht? Denn weder das Original noch die Kopie hätte sie aufhängen können. Das ergab also keinen Sinn. Vielleicht war ihre Ähnlichkeit mit der jungen Frau im Bild auch einfach nur ein irrer Zufall. Je länger sie darüber nachdachte, desto weniger war sie sich sicher. Zu einem Ergebnis kam sie an diesem Abend nicht.

Janek und Lars erschienen pünktlich um acht Uhr und brachten eine brandneue Staffelei mit, die ihr Corrado schickte. Hocherfreut trug Alice sie ins Haus. Sie kochte Kaffee, legte ein paar Kekse dazu und brachte das Tablett dann in den Garten.

»Kaffee für die arbeitende Bevölkerung«, rief sie fröhlich.

Die beiden bedankten sich, und sie kehrte zu ihrer Arbeit zurück. Sie stellte eines der beiden Bilder auf die Staffelei im Wintergarten und begutachtete es in aller Ruhe. Risse, Abplatzungen, gelblicher Firnis. Seufzend strich sie mit dem Zeigefinger darüber. Sie spürte eine reliefartige Fläche und drehte das Bild um. Der Besitzer hatte offensichtlich einen Leinenflecken mit Leim über einen Riss geklebt. Es war ihr unverständlich, wie Leute mit solchen Schätzen umgingen, denn das Bild war ein Kleinod französischer Malkunst aus dem ausgehenden 18. Jahrhundert. Sie legte das Bild auf den Tisch, breitete ihr Werkzeug aus, zog einen Stuhl heran und tauchte ein Wattestäbchen in eine Lösung aus Terpentin, Azeton und Spiritus. Während sie arbeitete, gelang es ihr auch dieses Mal, für Stunden nicht an Rolands Verbleib zu denken. Die Frage, ob das hieß, dass sie im Begriff war, ihn allmählich zu vergessen, verbot sie sich zu stellen.

Immer wieder musste sie unterbrechen, bis der Kreidegrundkitt, mit dem sie die Ausbruchstellen schloss, getrocknet war.

Sie stellte das zweite Bild auf die Staffelei und trat zwei, drei Schritte zurück, um die Komposition und die zarten Farben auf sich wirken zu lassen. Es war das liebliche Abbild eines kleinen Mädchens aus der Mitte des 19. Jahrhunderts, das auf einer sonnenflirrenden Wiese Blumen pflückte. Es war barfuß, trug ein weißes Hängerkleidchen und einen Strohhut. Das Gemälde strahlte Ruhe und Hoffnung aus, und sie freute sich darauf, ihm wieder zu seiner ursprünglichen Strahlkraft zu verhelfen. Sie legte es behutsam auf den Tisch, setzte sich und begann mit den Vorarbeiten.

Die Restauration der Fehlstellen am ersten Bild, die sie nach einem Zwischenfirnis mit Ölharzfarben retuschierte, nahm eine ganze Woche in Anspruch. Ihr blieb Zeit, ihre E-Mails durchzusehen und zu beantworten, die von Lars reparierten Schränke einzuräumen und auch mal schnell auf einen Kaffee zu Christiane zu fahren. Einen Blick hinüber zum Nachbarhaus vermied sie immer noch konsequent, war sich aber nur zu sehr der Abwesenheit der vertrauten Geräusche von nebenan bewusst.

An einem strahlend schönen Tag tauchte Alice endlich aus ihrer Arbeit auf. Das erste Bild war ganz fertig und wartete auf der Staffelei, um zu den Fortinis gebracht zu werden. Beim zweiten Bild hatte sie ein paar Fehlstellen repariert, und der Firnis trocknete jetzt. In wenigen Tagen würde auch dieses transportbereit sein. Gestärkt von einem langen, gemütlichen Frühstück, setzte sie sich mit ihrem Kaffeebecher in der Hand auf den Steg, ließ die Beine baumeln, schaute über die glitzernde Wakenitz und erlaubte sich ein paar Minuten Entspannung.

Als sie viel später darüber nachdachte, konnte sie nicht mehr nachvollziehen, was sie dazu veranlasst hatte, ins Gewächshaus zu gehen und die Falltür mit einem Ruck hochzuhieven. Dunkel und unheimlich gähnte ihr der Tunneleingang entgegen. Die alt-bekannte Furcht schoss in ihr hoch, und sie verspürte ein über-mächtiges Verlangen, die Falltür zu schließen, sich wieder auf den Bootssteg zu setzen und den Entenküken bei ihrem ersten Aus-flug zuzusehen. Aber sie blieb im Eingang stehen und machte sich klar, woher diese Angst kam, was allerdings nicht viel half. Sie dachte an Thomas, Claus und das, was Edith, die niemandem auch nur die Wurst auf dem Brot gönnte, gesagt hatte, und an die Anzeige wegen des Wintergartens, die vermutlich von Ediths Freundin Helene Markwort stammte. Das fachte ihren Zorn so weit an, dass sie es fertigbrachte, die Falltür mit einem Balken zu blockieren, damit die nicht von allein zufallen konnte. Sie be-zweifelte, dass Janek etwaige Hilferufe aus dem Tunnel hören würde, sollte die Tür dennoch zufallen.

Wie im Rausch rannte sie zurück ins Haus und schnappte sich Stablampe und Spazierstock. Erst als sie vor dem Regal im Kel-ler stand, kam sie wieder zu sich. Sie zog es zurück, öffnete die Eichentür und schob eine schwere Kiste davor, um auch diese zu arretieren. Mit der Taschenlampe leuchtete sie in die Dunkelheit. Eine kurze Treppe führte vor ihr ins schwarze Nichts.

Entschlossen verdrängte sie die grässliche Vorstellung, auf wel-che Schrecken sie in dem Tunnel stoßen könnte, und packte den Spazierstock fester. Schritt für Schritt stieg sie die Treppe hinab. Auf der letzten Stufe blieb sie stehen. Der starke Lichtstrahl ihrer Lampe spielte über Wände, Boden und Gewölbedecke aus Zie-gelsteinen. In den vergangenen zwei Jahrhunderten hatten Steine und Mörtel Feuchtigkeit gezogen, und ein feiner Moospelz wuchs an den Wänden bis zur Decke hoch. Es roch modrig. Leises Fie-pen veranlasste sie, das Licht in eine Mauernische zu richten. Zwei Augenpaare glühten rot in der Dunkelheit auf. Ratten! Sie schlug mit dem Stock nach ihnen, und die Nager stoben schrill kreischend in die Dunkelheit zurück.

»Mistviecher«, zischte sie.

Vorsichtig ging sie weiter, ließ den Lichtkegel über die Wände und die Gewölbedecke tanzen. Die Steine waren präzise gesetzt, die Fugen sauber verputzt. Baumeister Kröger hatte wirklich erstklassige Arbeit geleistet. Nur der Backsteinboden war uneben. Offenbar waren die Steine auf dem feuchten Erdboden nachgesackt, was sich als besonders unangenehm herausstellte, weil der Tunnelboden ab hier abschüssig verlief. In einem Moment der Unachtsamkeit stolperte sie über einen hochstehenden Stein, konnte sich aber gerade noch an der Wand abstützen, wobei sie einen schmalen Vorsprung berührte. Sie richtete die Taschenlampe darauf und tastete ihn mit den Fingerspitzen ab. Der Bereich darüber schien glatt verputzt zu sein. Sie leuchtete ihn mit der Lampe aus und stellte fest, dass die verputzte Fläche von einem Rahmen aus halben Ziegelsteinen eingefasst war. Erstaunt sah sie genauer hin. Es wirkte wie ein zugemauertes Fenster oder eine schmale Tür. Was sie allerdings als unwahrscheinlich abtat, schließlich verlief der Tunnel unterirdisch. Ein Fenster wäre also nutzlos. Mit den Knöcheln klopfte sie gegen die glatte Wand, aber das Echo war nicht anders als dort, wo kein Putz vorhanden war.

Zentimeter für Zentimeter fühlte sie mit dem Zeigefinger entlang der Kante. Ob etwas hinter der glatten Mauer lag? Vielleicht doch ein geheimer Raum, der vom Tunnel abging? Oder es war dort etwas eingemauert. Aber was? Und von wem? In der Chronik war ihr nichts davon aufgefallen, und sie hielt es für höchst unwahrscheinlich, dass einer ihrer Vorfahren hier eine Leiche eingemauert hatte. Mit der Spitze des Spazierstocks stocherte sie sehr vorsichtig an dem Ziegelsteinrahmen entlang, bis ein Stück Mörtel auf den Boden fiel. Sie kratzte weiter, und ein größerer Putzbrocken brach heraus und hinterließ ein Loch in der Wand.

Aufgeregt leuchtete sie hinein und kratzte dann mit dem Stock sehr behutsam darin herum. Schließlich stieß sie auf eine weitere glatte Fläche. Mit dem Knauf klopfte sie systematisch die Stelle ab. Ihre Aufregung stieg schlagartig, als sich das Echo unvermittelt änderte. Es wurde hohler, als wäre darunter ein Resonanzboden. Sie hielt die Lampe direkt auf die bewusste Stelle und presste ihr Gesicht dicht an das Loch, was zur Folge hatte, dass sie Mörtelstaub einatmete und einen Hustenanfall bekam.

Aber nun war sie sich sicher. Hier war tatsächlich etwas eingemauert.

Das Jagdfieber packte sie. Sie stocherte und hackte und brach einen Stein nach dem anderen heraus, bis sie von oben bis unten mit rotem Ziegelstaub bedeckt war, aber tatsächlich hatte sie den Gegenstand darunter so weit freigelegt, dass sie ihn erkennen konnte. Es war ein Kasten. Behutsam löste sie ihn aus seinem Mörtelbett. Er war weiß angemalt und wohl aus Holz. Mit ungefähr sechzig mal vierzig Zentimeter war er etwa so groß wie eine Zeitungsseite, und er war nicht leicht. Vorsichtig schüttelte sie ihn, konnte aber nichts hören, was auf den Inhalt hingedeutet hätte.

Schließlich klemmte sie sich den Kasten unter den Arm, packte die Stablampe und den Stock und machte sich auf den Rückweg. Sie stieg die Kellertreppe hinauf, verschloss die schwere Eichentür hinter sich und schob das Regal an seinen Platz. Und jetzt, als sie allein im trüben Licht der Kellerlampe stand, merkte sie, dass etwas fehlte.

Ihre Angst.

Sie stieß einen Triumphschrei aus. Sie hatte die Angst bei den Hörnern gepackt und gewonnen. Pierre hatte recht gehabt. Den Kasten unter dem Arm, sprang sie die Stufen hinauf, nahm dabei immer zwei auf einmal. In der Küche legte sie ihn vorsichtig auf den Tisch. Abwesend blickte sie einen Moment lang nach draußen. Die geschlossenen Jalousien von nebenan starrten zurück. Hastig drehte sie sich vom Fenster weg, wandte sich wieder ihrer

Entdeckung zu und richtete ihre gesamte Aufmerksamkeit auf diesen Kasten. Wie ein Jäger seine Beute umkreiste sie den Tisch und begutachtete den Kasten von allen Seiten.

Die wildesten Spekulationen kamen ihr in den Sinn. Hatte jemand dort Münzen eingemauert? Liebesbriefe? Dokumente irgendwelcher Art? Sie sank auf einen Stuhl. Alle möglichen Szenarien wirbelten in ihrem Kopf durcheinander. Vielleicht hatte Laurens Lauritzen sein Geld dort vor den Häschern Napoleons versteckt. Das wäre eine plausible Erklärung, allerdings konnten es keine Münzen sein. Der Kasten war nicht schwer genug. Vielleicht doch Liebesbriefe? Oder andere gewichtige Dokumente? Während sie den Kasten noch einmal gründlich abklopfte, amüsierte sie sich bei der Vorstellung, dass einer ihrer Vorfahren seinen kostbaren Schmuck so in Sicherheit gebracht haben könnte. Edelsteine. Gold. Geschmeide.

Das gedämpfte Läuten der Türklingel zerrte sie wieder in das Hier und Jetzt. Mit Bedauern, dass sie nicht weiter in der vergangenen Welt bleiben konnte, strich sie sich mit staubverschmierten Händen ihr Haar aus dem Gesicht, ging zur Tür und öffnete.

Vor ihr stand Roland Hendricks, braun gebrannt, mit kurz geschorenem Haar und einem Blick, der ihr wie Feuer auf der Haut brannte. Sie stand stockstill und bekam kein Wort hervor.

Der heiße Blick ließ sie nicht los. »Ziehen Sie sich an. Irgendwas Warmes, wir gehen segeln. Auf der Ostsee. In einer halben Stunde hole ich Sie ab.« Sein Ton war ruhig, aber bestimmt.

Alice öffnete den Mund, wollte ihn anfahren, dass sie überhaupt nicht daran denke, einfach so mitzukommen, und ob er sich einbilde, dass sie nur auf ihn gewartet habe, aber dieser Blick stoppte sie.

»Bitte«, sagte er, und dabei schienen seine Augen noch intensiver blau zu sein als sonst.

»Ja«, hörte sie sich sagen, bevor sie weiter darüber nachgedacht hatte. »In einer halben Stunde.«

Sie schloss die Tür und jagte vor Aufregung zitternd hinauf ins Badezimmer, wobei sie dicke Schmutzklumpen auf der Treppe hinterließ, was ihr in diesem Moment aber völlig egal war. Während sie sich wusch, fragte sie sich, wo Roland sich in den Tagen seiner Abwesenheit aufgehalten hatte. So sonnengebräunt, wie er war, tippte sie auf Australien. Fünfundzwanzig Minuten später warf sie noch einen letzten Blick in den Spiegel und war zufrieden. Sie trug Pierres Troyer über einer weißen Bluse, Jeans und Canvasschuhe. Zur Vorsicht nahm sie ihren Daunenmantel mit. Und im letzten Augenblick erinnerte sie sich an den Holzkasten, den sie aus dem Tunnel geholt hatte. Da sie nicht wusste, wo sie ihn in der Zwischenzeit sicher aufbewahren konnte, nahm sie ihn einfach mit und verließ das Haus im Laufschritt.

Roland Hendricks lehnte schon mit verschränkten Armen an seinem Wagen. Unter einer blank gewetzten Lederjacke unbestimmten Alters trug er einen dunkelgrauen Rollkragenpullover, verwaschene Jeans und Sportschuhe mit weichen Sohlen. Ohne das Gesicht zu verziehen, sah er ihr entgegen.

Alice hielt ihre Beute mit beiden Händen hoch. »Kann ich den hier so lange bei Ihnen lassen? In meinem Haus ist es mir nicht sicher genug. Es hat wieder einen Einbruch gegeben.«

»Klar«, sagte Roland und nahm ihr den mörtelverschmierten Kasten ab. Er fragte nicht, was er enthielt. »Der Safe in meinem Arbeitszimmer ist groß genug, und ich habe eine Alarmanlage, die mit der Polizei verbunden ist. Ich bringe ihn hinauf. Wollen Sie mitkommen und sich vergewissern, dass er wirklich gut aufgehoben ist?«

Sie schüttelte den Kopf. »Ich warte hier.«

Auf der Fahrt nach Travemünde schwiegen sie beide. Dort angekommen, parkte er und stieg aus. Ohne auf sie zu warten, ging er wortlos mit ausgreifenden Schritten voraus zum Hafen, weiter über einen langen Bootssteg und blieb schließlich vor einer vertäuten Jacht stehen. Er bückte sich und löste das Tau von der Klampe. Auf eine Handbewegung von ihm stieg sie an Bord.

Das Segelboot stellte sich als solide Zweimasterketsch mit starkem Motor heraus, und Alice nahm an, dass dieses Boot nicht einem Freund, sondern ihm gehörte. Er hisste die Segel, lehnte ihr Angebot, ihm zu helfen, kurz angebunden ab, warf den Motor an und manövrierte die Jacht sicher aus dem Travemünder Hafen hinaus auf die offene See. Das Wetter war klar, der Himmel blau und die Ostsee friedlich und glatt.

Schließlich schaltete er den Motor aus, und das Boot glitt unter Segeln lautlos über die schimmernde Fläche in Richtung Fehmarn. Er schwieg immer noch, aber sie bemerkte, dass er ständig seinen Kompass im Auge behielt und öfter den Kurs nachkorrigierte. Mitten auf hoher See drehte er überraschend bei, warf einen Schleppanker und trat an die Reling.

»Hier etwa ist Susanne, meine Frau, vor vierunddreißig Jahren über Bord gefallen und nicht wieder aufgetaucht«, erklärte er ohne weitere Vorrede. »Wir waren erst ein Jahr verheiratet gewesen.«

»O Gott«, sagte sie betroffen. »Wie furchtbar ... Das tut mir entsetzlich leid.«

Er starrte mit zusammengekniffenen Augen ins Wasser. »Sie war mit ihrem Liebhaber unterwegs, und ich wusste, wer es war. Einer meiner besten Freunde.«

Sie enthielt sich jeglichen Kommentars. Das Boot dümpelte, das Wasser schlug leise und rhythmisch gegen den Rumpf, und sie sah einem weißen Kreuzfahrtschiff nach, das weit draußen vorbeizog und alsbald über den Rand der Welt verschwand. Es war wohl auf dem Weg nach Schweden.

Er stützte sich mit beiden Händen auf die Reling und richtete seinen Blick in den Dunst der Ferne. »Als die Polizei mir die Todesnachricht überbrachte, bin ich zu dem Kerl nach Pöseldorf in seine Bude gefahren und hab die Wahrheit aus ihm herausgeprügelt.« Er verzerrte den Mund zu einem bitteren Grinsen. »Dabei bin ich nur haarscharf an einer Anklage wegen Körperverletzung vorbeigeschrammt. Aber das wäre mir auch egal gewesen. Ich hatte erfahren, was ich geahnt hatte. Die Affäre ging schon länger. Susanne hatte ihn sich mit meinem Geld als Schoßhündchen gehalten. Auf der Segeltour waren beide stockbetrunken und obendrein zugekifft gewesen. Susanne ist irgendwann einfach über die Reling gekippt, und der Typ war so zugedröhnt, dass er nichts gemerkt hat.«

Mit steigendem Entsetzen hörte sie ihm zu.

»Eine Woche später habe ich meine Koffer gepackt und bin nach Australien geflogen«, fuhr er leise fort. »Und bis vor einem Jahr habe ich dort gelebt. Erst als meine Mutter starb, bin ich nach Lübeck zurückgekehrt. Aus dem gleichen Grund wie Sie. Es gab niemanden sonst, der das Haus übernehmen konnte.«

Sie schwieg noch immer. Ihre Hände lagen nebeneinander auf der hölzernen Reling, und sie konnte seine Wärme spüren, wagte aber nicht, sich zu bewegen. Und dann legte er einfach seine Hand auf ihre. Sie war fest und so groß, dass ihre darunter verschwand, und wie selbstverständlich erwiderte sie den leichten Druck seiner Finger, was ihm ein zähneblitzendes Lächeln ins Gesicht zauberte. Er sah hinunter auf sie.

»Wir nehmen uns Zeit, so viel, wie wir brauchen, und weiter denken wir heute nicht«, sagte er leise. »Einverstanden?«

Nur mühsam bewahrte sie Haltung. »O ja, absolut einverstanden«, flüsterte sie und war so erleichtert, so durcheinander und absurd glücklich, dass ihre Stimme schwankte und sie für ein paar Sekunden mit Tränen zu kämpfen hatte.

Sie schwiegen beide, aber nun war das Schweigen warm und weich und aufgeladen mit Emotionen.

Überraschend drehte er sich irgendwann zu ihr. »Kommen Sie heute Abend rüber zu mir? Ich koche etwas für uns beide.«

»Gern.« Mehr brachte sie nicht heraus.

»Da gibt es nur ein kleines Problem«, fuhr er fort, und seine Augen begannen zu funkeln.

»Problem?« Alarmiert sah sie hoch. »Was für eins?«

»Ich kann nur für Leute kochen, die mich duzen. Sonst brennt mir das Fleisch an, und die Kartoffeln werden versalzen. Dafür kann ich nichts. Das ist wie ein Fluch.«

Sprachlos starrte sie in sein todernstes Gesicht, doch dann löste sich ihre innere Anspannung in einem Lachanfall, dass es sie am ganzen Leib schüttelte. Hilflos vor sich hin glucksend, lehnte sie an der Reling und wischte sich die Lachtränen aus den Augen.

»Meine Güte, das klingt ja nach einer Katastrophe, die wir unbedingt verhindern sollten«, japste sie und streckte ihm die Hand hin. »Ich bin Alice, wie heißt du?«

»Roland«, sagte er mit seinem breitesten Grinsen. »Und *du* darfst mich Rolli nennen.«

»Rolli, oje.« Sie kämpfte heldenhaft, ihre Fassung wiederzuerlangen.

»Jetzt muss ich nur noch eins klären«, sagte er. »Isst du gern Gambas?«

»Leidenschaftlich gern!«, giggelte sie.

»Okay.« Er griff ins Steuerrad und wendete die Jacht.

Die Segel blähten sich mit einem Knall, und sie gewannen sofort an Fahrt. Der Wind hatte aufgefrischt, rüttelte an der Takelage und peitschte die friedliche Ostsee auf. Mit schäumender Bugwelle rauschten sie über das Wasser. Alice hielt ihr Gesicht in den Wind und war so glücklich wie seit Langem nicht mehr.

Auch nachdem sie sicher im Hafen eingelaufen waren, beide gemeinsam die Segel eingeholt, die schützenden Planen übers Deck gezogen und festgezurrt hatten, wechselten sie kaum ein Wort. Auf der Autobahn trat er aufs Gaspedal. Eine Unterhaltung wäre unmöglich gewesen. Zu Hause angekommen, ließ er sie aussteigen.

»Bis gleich«, sagte er.

Alice schloss die Tür hinter sich und lehnte sich dagegen, froh, ein paar Minuten für sich zu sein. Von den Ereignissen der letzten Stunden seelisch so durcheinander, fühlte sie sich wie ein abgerissenes Blatt, das vom Wind herumgewirbelt wurde. Sie tauschte Pierres Troyer gegen einen grob gestrickten naturfarbenen Pullover, der noch aus Südafrika stammte, und lief hinüber zu Roland.

Mit einem Lächeln öffnete er auf ihr Klopfen und führte sie in seine Küche. Sie war groß, mit schwarz-weißem Fliesenboden, und im Zentrum stand ein Tisch aus geölten massiven Holzbohlen, deren Oberfläche deutliche Gebrauchsspuren aufwiesen. Roland hatte ihn mit weißem Geschirr und Stoffservietten gedeckt. Kerzen verbreiteten ein weiches Licht.

»Wie schön«, flüsterte Alice.

»Setz dich«, befahl Roland. »Ich koche, du darfst ab und zu probieren.« Er öffnete einen Schrank. »Trinkst du Wein oder Bier? Ich habe einen ziemlich guten Chablis.«

»Was gibt es?«

»Gambas in Chili, Ingwer und Knoblauch, gebraten auf Bavette-Bandnudeln.«

»Das klingt köstlich. Den Wein, bitte.«

Roland stand am Herd, und sie bestand darauf, zu helfen. Sie schnippelte Ingwer, Knoblauch und Chili, während Roland die Gambas schälte. Er röstete die Gewürze in Öl an und legte die Gambas hinein, gab eine Prise Salz und einen knappen Teelöffel Zucker dazu und schüttelte die Pfanne immer wieder, damit sie gleichmäßig anbrieten. Im Backofen bräunte eine Ciabatta, und inzwischen kochte auch das Wasser für die Pasta. Sie wog die Bavette ab und ließ sie in den Topf gleiten. Die Gambas verfärbten sich hummerrot, und Roland drückte eine Zitrone über der Pfanne aus. Es zischte und duftete so köstlich, dass ihr das Wasser im Mund zusammenlief.

»Fertig«, verkündete er. »Bitte hinsetzen.«

Sie legte sich ihre Serviette auf den Schoß, während Roland ihr

Wein einschenkte. Sie aßen langsam, redeten viel und erzählten Anekdoten aus ihrem Leben. Roland brachte sie ständig zum Lachen, und sie fühlte sich so wohl wie lange nicht mehr. Erst nach Mitternacht stand sie auf, um aufzubrechen, obwohl sie noch nicht einmal müde war.

Roland holte ihren Kasten aus dem Safe und legte ihn auf den Tisch. »Hast du schon nachgesehen, was er enthält?«

»Nein«, erwiderte sie und erklärte ihm, wo sie ihn gefunden hatte. »Ich werde ihn erst morgen öffnen. Hast du Zeit, dabei zu sein? Ich habe keine Ahnung, was drin sein könnte. Vielleicht ein antikes Monster, und dann brauche ich dich als Schutz.« Sie giggelte vergnügt. Der Wein war verführerisch leicht und spritzig gewesen.

»Ich werde mit einem Knüppel danebenstehen«, grinste er. »Morgen zum Frühstück. Um neun Uhr? Ich hole Brötchen und komme zu dir.«

Er brachte sie hinüber zu ihrem Haus, und sie verabschiedeten sich vor der Tür. Nicht mit einem Kuss, sondern mit einem Lächeln, einem ganz besonderen Lächeln, eines, das von innen strahlte und die Nacht erhellte.

Wieder weckte sie lautstarker Vogelgesang, und sie brauchte ein paar Minuten, um richtig aufzuwachen und sich zurechtzufinden. Nach und nach tauchten Bildfragmente vor ihrem inneren Auge auf, von einem Fund im Tunnel, einer Segeltour mit Roland und einem Abend bei Kerzenlicht mit ihm. Gehörten sie zu einem Traum, oder waren sie tatsächlich passiert? Verwirrt setzte sie sich auf und konzentrierte sich, und allmählich entstand aus einem Mosaik von bunten Traumsplittern ein ganzes Bild.

Sie hatte es nicht geträumt. Roland war wieder da, sie hatten eine Segeltour auf der Ostsee gemacht, und sie war allein in den Tunnel gegangen und hatte einen Kasten gefunden. Und auch der Abend mit ihm war kein Traum. Als Letztes fiel ihr ein, dass er zum Frühstück kommen wollte. Sie blickte zur Uhr. Acht Uhr, das hieß, sie hatte verschlafen. Mit einem Satz sprang sie aus dem Bett, zu ihrer eigenen Überraschung aufgeregt und voller Energie. Und glücklich.

Unwillkürlich musste sie an Pierre denken. Aber es war nicht mit schlechtem Gewissen oder einem Gefühl von Verrat, dass sie an ihn dachte. Pierre schien ihr aus den Schatten zuzulächeln, und unbewusst lächelte auch sie. Es kam ihr selbst kitschig vor, aber so war es. Er würde immer in ihren Gedanken weiterleben. Es war kein Verrat, wenn sie wieder glücklich war.

Roland erschien mit frischen Brötchen und einem fröhlichen Grinsen im Gesicht. Den Kasten setzte er im Wintergarten ab. Alice stellte den Sonnenschirm auf der Terrasse so auf, dass der Tisch im Schatten, ihre Stühle aber in der Sonne standen. »Damit die Butter nicht schmilzt«, sagte sie. »Ich brauch Sonne auf der Haut.«

Der ewige Wind, der einem im Norden so oft die Sonnentage verdarb, war in sich zusammengesunken. Kein Lüftchen rührte sich. Diesen Tag wollte sie genießen, ohne an Arbeit denken zu müssen.

Nach dem Frühstück schob sie im Wintergarten die Staffelei beiseite, räumte den Tisch leer, wischte ihn sorgfältig ab und hob den Kasten hinauf.

»Lass uns auf Schatzsuche gehen«, sagte sie.

Roland zog einen Stuhl heran, und gemeinsam beugten sie sich über den hölzernen Behälter.

»Darf ich?«, sagte er, und als sie nickte, fuhr er mit dem Zeigefinger einmal um den Rahmen, gründlich und sorgfältig, und untersuchte dann mit den Augen jeden Quadratzentimeter. »Es scheint nirgendwo eine Möglichkeit zu geben, das Ding zu öffnen«, murmelte er etwas später und hob den Behälter an, um die Unterseite zu betrachten.

Sie tastete die Fläche mit den Fingern ab. »Da ist eine Furche,

die aussieht, als wäre sie übermalt worden«, bemerkte sie schließlich und zeigte darauf. »Wir sollten versuchen, die Malschicht
einzuritzen. Hast du dein Messer da?«

»Klar, das habe ich immer dabei.«

Roland klappte sein Schweizer Taschenmesser auf, das eine
verwirrende Anzahl von Werkzeugen vorwies, und machte sich
an die Arbeit. Sehr behutsam entfernte er die Malschicht, bis die
Fuge gesäubert und deutlich sichtbar war. Dann trat er zurück.

»Es ist dein Schatz. Du musst ihn öffnen.«

Sie zögerte. Eine merkwürdige Scheu überfiel sie, so als würde
sie die Ruhe eines Toten stören. Oder an einem Geheimnis rühren, das besser verborgen bleiben sollte. Mit einem tiefen Atem-
zug hob sie ganz langsam den Deckel an. Gemeinsam spähten sie
hinein. Innen lag ein in rotes Wachstuch eingenähter Gegenstand, flach, rechteckig und nicht sehr schwer. Er passte exakt in
den Kasten.

»Was immer es ist, jemand hat es wirklich wasserdicht ver-
packt«, murmelte sie.

Roland nickte. »Und sicher vor Ratten. Die fressen ja alles,
selbst Klebstoff und Papier.«

Vorsichtig schnitt sie die Naht auf und schälte das Wachstuch
herunter. Zum Vorschein kam ein gerahmtes Bild.

»Eine Ansicht des Lübecker Holstentors«, rief sie verblüfft und
fuhr mit der Fingerkuppe über die glänzende Oberfläche. »Öl auf
Leinwand.«

Auch Roland betrachtete das Gemälde mit einiger Verwirrung. »Ich bin kein Fachmann, aber die Malerei erscheint mir
nicht so bedeutend, dass es den Aufwand wert war, es so zu verstecken.«

»Stimmt«, sagte Alice mit gewisser Enttäuschung. »Ganz nett
gemalt, aber nichts Besonderes.« Sie drehte das Bild um und untersuchte den Rahmen genau. »Komisch«, sagte sie mehr zu sich.
»Der Rahmen ist ziemlich dick, zu dick für die Leinwand. Das

ergibt eigentlich keinen Sinn.« Mit dem Fingernagel pulte sie an einem kleinen Riss herum, erweitere ihn auf etwa einen Millimeter und sah plötzlich aufgeregt hoch. »Ich glaube, der Schatz, wenn es ihn denn gibt, muss sich hinter diesem Bild befinden. Kann ich dein Messer mal haben?« Er klappte eine passende Klinge aus und reichte es ihr. Sehr vorsichtig führte sie die Spitze in den Spalt ein und ruckelte ein wenig mit der Klinge. »Der Rahmen scheint tatsächlich gedoppelt zu sein, und dazwischen ist ein Zwischenraum.« Behutsam schnitt sie an der Unterseite des oberen Rahmens entlang. Es ging ganz leicht, und kurz darauf hob sie ihn ab.

Das Abbild einer jungen, schönen Frau in einem hauchzarten goldfunkelnden Gewand kam darunter zum Vorschein, eine exakte Kopie des Gemäldes, das sie bei Corrado und Violetta gesehen hatte.

»Das bist doch du«, platzte Roland verblüfft heraus.

Langsam schüttelte sie den Kopf. »Nein, das bin nicht ich. Es muss meine Großmutter sein, obwohl ich sie nur von Fotos kenne, die sie wesentlich später im Leben zeigen. Hier ist sie offensichtlich noch sehr jung.«

Roland ließ seinen Blick prüfend über das Gemälde gleiten. »Deine Großmutter war eine bildschöne Frau«, bemerkte er mit samtdunkler Stimme.

Ihr rieselte ein Schauer über den Rücken. Behutsam strich sie über die seidenglatte Malschicht, und für Bruchteile einer Sekunde war sie sich nicht sicher, ob es wirklich die Kopie war.

»Klimt«, flüsterte sie rau.

Roland zog die Brauen zusammen. »Klimt? Meinst du Gustav Klimt?« Er beugte sich vor und schaute ihr über die Schulter. »Der Stil stimmt«, sagte er leise. »Und die Qualität, soweit ich es beurteilen kann, auch.«

»Das kann natürlich nicht sein«, sagte sie mit Sandpapierstimme. »Wenn es ein Porträt von Großmutter Patrizia ist, frag ich mich, wo um alles in der Welt ein Fräulein aus großbürgerlichem Hause in Lübeck den österreichischen Malerfürsten Gustav Klimt getroffen haben sollte? Außerdem sehe ich keine Signatur.«

Sie nahm die Mag-Lite, die sie sich kürzlich zugelegt hatte, und beugte sich mit einem leichten Nervenflattern ganz dicht über das Gemälde. Millimeter für Millimeter untersuchte sie es. Erst am Rahmen entlang, dann an den Stellen, wo eine Signatur versteckt sein konnte, zum Beispiel in den sehr dunklen Partien des Chignons.

»Nichts«, sagte sie enttäuscht und setzte sich auf. »Und obendrein weiß ich, dass von dem Original mindestens zwei Kopien angefertigt wurden. Das Original existiert wohl nicht mehr.«

»Hm«, machte Roland und schaute irritiert drein. »Der Mann, der das gemalt hat, war ein Könner.«

»Ja, das war er«, stimmte sie zu. »Es stammt mit Sicherheit aus der Hand von Fabrizio Fortini. Von ihm habe ich das Restaurieren von Gemälden gelernt.«

»Sieh doch mal zur Sicherheit auf der Rückseite nach«, schlug er vor. »Vielleicht klebt da irgendein Zettel, der uns sagt, was wir hier wirklich vor uns haben.«

Alice legte die Taschenlampe auf den Tisch, hob das Bild vorsichtig an und drehte es um. Auf der vergilbten rückseitigen Leinwand klebte kein Zettel, und nirgendwo war ein Hinweis auf den Maler zu entdecken. »Schade. Fabrizio hat nichts hinterlassen.« Enttäuscht legte sie das Gemälde zurück auf den Tisch.

»Jemand hat sich wirklich die größte Mühe gegeben, dieses Bild zu verstecken«, murmelte Roland. »Bei dir ist mehrfach eingebrochen worden, das Haus wurde verwüstet, aber soweit du weißt, ist nichts gestohlen worden. Das sollte dir zu denken geben.«

Gebannt sah Alice zu ihm hoch. »Und weiter?«

»Das ist jetzt Verfertigung der Gedanken beim Reden«, begann er langsam und ließ dabei sanft einen Finger über die Malober-

fläche gleiten. »Der Unterschied im Wert zwischen einem Gemälde eines Nobodys – wie gut die Qualität auch sein mag – und
einem von Gustav Klimt dürfte im hohen zweistelligen Millionen-
bereich liegen.«

Ihr blieb der Mund offen stehen. »Zweistellig?«

»O ja, vierzig oder fünfzig Millionen sollten dabei heraus-
springen.«

»Mamma mia«, flüsterte sie heiser. Mehr brachte sie nicht heraus.

Ein Lächeln umspielte seinen Mund. »Nun nimm doch mal
an, es ist ein waschechter Klimt, und es gibt zwar keine Signatur,
aber einen Beweis, der hieb- und stichfest ist. Du musst davon
ausgehen, dass die ursprüngliche Besitzerin zweifellos eine deiner
Vorfahrinnen war, denn sie ist dir nicht nur wie aus dem Gesicht
geschnitten, sondern wer sonst sollte es so sorgfältig im Tunnel
versteckt haben? Offensichtlich wollte sie es vor allem vor deinen
Verwandten verbergen. Wärst du in ihrer Lage, wo würdest du
den Beweis verstecken?«

Wortlos sah Alice ihn an und bekam eine Gänsehaut. »Unter
einer doppelten Leinwand«, flüsterte sie nach einer langen Pause.

Konzentriert starrte sie für mindestens eine Minute auf das
vergilbte Gewebe und achtete auch auf den geringsten Schatten-
wurf. Schließlich tastete sie mit der Kuppe des Zeigefingers die
Linie zwischen Stoff und Rahmen ab und untersuchte jede auch
noch so kleine Unebenheit, bis sie fand, was sie erhofft hatte.

Wenige Zentimeter vom Rand entfernt gab es einen Bereich,
wo unter der Leinwand so etwas wie eine minimale Erhöhung zu
fühlen war.

»Ich brauche meine Lupe«, murmelte sie mehr zu sich selbst
und sprang auf.

Immer zwei Stufen auf einmal nehmend, hetzte sie hinauf ins
Bücherzimmer, holte die Lupe aus dem Kasten, der ihre Restau-
rierungsutensilien enthielt, und rannte wieder in den Winter-

garten. Mit fliegenden Händen setzte sie ihre Brillenlupe auf und untersuchte den rückwärtigen Rahmen, der auf dem vorderen befestigt war. War er genagelt? Geleimt? Oder nur mit Farbe verklebt?

Sie lehnte sich zurück. »Irgendwie muss ich diese Leiste herunternehmen«, sagte sie. »Ohne den Rahmen und – Gott bewahre – das darunter womöglich versteckte Gemälde zu beschädigen.«

Roland griff über ihre Schulter. »Darf ich die Lupe einmal ausborgen?«

Sie reichte sie ihm stumm, und er beugte sich dicht über das Bild. Schließlich richtete er sich wieder auf.

»Sieh dir das mal an, da oben in der rechten Ecke, direkt da, wo der Rahmen aufliegt«, sagte er und gab ihr die Lupe zurück. »Ich glaube, da ist ein Faden aus dem Gewebe lose. Vielleicht ist die Leinwand kaputt, was hieße, dass das Bild beschädigt ist, aber auch, dass es keine doppelte Leinwand ist.«

Alice setzte die Brillenlupe wieder auf und schaute sehr genau auf die Stelle. Nach einer Weile nickte sie. »Tatsächlich.« Sie nahm eine feine Pinzette aus dem Kasten und musste erst tief durchatmen, ehe sie den Faden vorsichtig hochhob, die Mag-Lite einschaltete und den grellen Strahl in das so entstandene winzige Loch leuchtete. Mit angehaltenem Atem prüfte sie die Vorderseite des Bildes.

Wieder blieb ihr vor Aufregung fast die Stimme weg. »Es ist kein Loch im Bild selbst«, wisperte sie. »Das bedeutet, dass die Rückseite nicht das Trägergewebe des Gemäldes ist. Und das bedeutet ...« Sie musste sich räuspern, bevor sie weitersprechen konnte. »Das bedeutet, dass es eine doppelte Leinwand sein *muss*.«

Sie sahen sich an, und für einen sehr langen Augenblick war nichts weiter als das klare Flöten einer Singdrossel zu hören und ganz in der Ferne das Geräusch eines Flugzeugs, das in großer Höhe nach Süden flog.

»Mamma mia«, sagte sie noch einmal aus tiefstem Herzen. »Hab ich einen Bammel davor, was ich dahinter finden werde. Falls es doch … Ich meine, ich weiß zwar, dass das nicht sein kann … aber … Oje …«

Roland grinste. »Wozu die Aufregung? Es ist Hopp oder Top. Herr Nobody oder Gustav Klimt.« Er warf ihr einen amüsierten Seitenblick zu. »Du siehst aus, als hättest du jetzt einen Schnaps nötig.«

Alice kicherte etwas überdreht. »O ja, bitte. Sieh dir nur meine Hände an!« Sie ließ ihre Finger grotesk zittern. »Das kann nur ein ordentlicher Klarer heilen! Ich bin ein Nervenbündel.«

Und das war sie. Obwohl sie ihr Bestes tat, die enorme Bedeutung ihrer nächsten Schritte für sich und ihre Zukunft in den Hintergrund zu drängen, nicht an sich heranzulassen, was es heißen würde, sollte sie wirklich das Original in den Händen halten. Und sollte es tatsächlich von Gustav Klimt sein. Oder wie sie mit der krachenden Enttäuschung umgehen sollte, wenn es sich doch nur um Fabrizios Kopie handeln würde, so hervorragend sie auch war.

»Ich bin mir nicht sicher, ob ich daran rühren soll«, sagte sie leise. »Jetzt habe ich ein schönes Bild, das vielleicht meine Großmutter darstellt und das ich an die Wand hängen und an dem ich mich jeden Tag erfreuen kann. Und vermutlich würde es sogar noch etwas Geld bringen, wenn ich entscheiden sollte, es zu verkaufen.«

Roland stand neben ihr, die Arme vor der Brust verschränkt, ein amüsiertes Lächeln auf den Lippen. »Das ist allein deine Entscheidung.«

»Ich hasse unentschlossene Männer«, maulte sie. »Was würdest du denn tun, wenn das Gemälde deins wäre?«

»Weitermachen, bis ich genau weiß, woran ich bin«, war die prompte Antwort.

Sie musterte ihn. »Und wenn du dahinter tatsächlich einen echten Klimt finden würdest?«

Die Antwort kam ebenso prompt. »Es einem renommierten Museum als Leihgabe überlassen. Das ändert nichts an den Besitzverhältnissen und deinen Rechten. Du kannst es beleihen und jeden Tag besuchen, aber du müsstest dir keine Sorgen machen, ob es in deinem Haus sicher ist, ob die Temperatur und die Luftfeuchtigkeit stimmen und was immer man da noch berücksichtigen muss.«

»Hm«, machte sie in Gedanken versunken und berührte den losen Faden mit dem Zeigefinger. Auf einmal ging ein Ruck durch ihren Körper. »Na denn, auf geht's!«, sagte sie und beugte sich dicht über das Gewebe.

Tiefe Ruhe senkte sich über sie, ihre Finger hörten auf zu zittern. Der klare Gesang der Drossel verdichtete die Stille. Nur das leise Schaben ihres Messers war zu vernehmen, mit dem sie behutsam die Leimschicht unter der Leiste entfernte, die die obere Leinwand hielt. Sie atmete schnell und flach, während sie das freigelegte Gewebe Millimeter für Millimeter aus den Resten des Klebers löste, und ihre Anspannung stieg bald ins Unerträgliche.

Mit unendlicher Vorsicht packte Alice die rechte untere Ecke und begann, die Leinwand langsam von der darunterliegenden abzupellen. Roland stützte sich mit beiden Händen auf dem Tisch ab und stand weit über das Gemälde gebeugt, berührte es aber nicht.

Auf einmal richtete er sich halb auf und drehte sich zu ihr. »Da ist etwas, sieh doch mal. Es scheint mir ein Dokument zu sein. Ein Umschlag vermutlich. Ich kann eine Ecke unter der Leinwand erkennen.«

Mit vorsichtigen Bewegungen klappte sie die Leinwand vollständig zurück, und tatsächlich fiel ihr ein versiegelter Brief entgegen. Nur der Name *Patrizia* stand als Adressat auf der Vorderseite. Das Siegel auf der Rückseite war offenbar schon einmal gebrochen und dann wieder geklebt worden. Mit angehaltenem Atem brach Alice es entzwei und zog das Schriftstück hervor.

Es war ein Brief, geschrieben auf schwerem Bütten, die Handschrift war klein, aber klar lesbar. Der elegante Briefkopf lautete auf Emilia Claussen.

Meine geliebte Patrizia, war die Anrede. Ihr Blick flog ans Ende zur Unterschrift.

In großer Liebe
Deine Mama

»Meine Urgroßmutter«, flüsterte sie. Ihr Herz raste. »Es ist ein Brief an ihre Tochter Patrizia. Jetzt brauche ich einen starken Kaffee, mein Kreislauf rutscht mir gerade in die Knie.«

Wortlos stellte ihr Roland kurz darauf eine Tasse Kaffee hin, und sie nahm sie abwesend dankend in die Hand.

»Moment bitte, ich muss das erst mal allein lesen«, murmelte sie, ohne ihn anzusehen. Ihr Gesicht begann zu glühen, je weiter sie las.

Roland machte sich ebenfalls einen Kaffee, setzte sich, streckte die Beine aus und wartete, ab und zu am Kaffee nippend, bis sie das Ende des Briefes erreicht hatte.

Schließlich legte Alice das Schriftstück auf die abgelöste Leinwand und sah Roland fassungslos an, während sie darum kämpfte, auch nur ein verständliches Wort hervorzubringen.

»Fang einfach von vorn an«, schlug er lächelnd vor.

Plötzlich lachte sie amüsiert. »Es ist eine wirklich banale Geschichte, nur der Name Klimt macht sie außergewöhnlich. Junge, unerfahrene Frau heiratet älteren Mann, der sie nach Strich und Faden betrügt. Sie flüchtet sich tief verletzt zu einer Freundin, die nach Österreich geheiratet hat, und trifft auf einer einsamen Wanderung am Attersee einen charismatischen Mann. Und bingo!« Alice klatschte in die Hände. »Da ist es passiert!«

Sie nahm ihre Kaffeetasse wieder auf und trank einen Schluck.

»Also«, fuhr sie fort. »Meine Urgroßmutter Emilia heiratete mit siebzehn Jahren 1897 Carl-Heinrich Claussen, der zwölf Jahre älter war als sie. Als sie herausfindet, dass er jede Frau vernascht, die nicht bei drei auf dem Baum ist, bekommt sie einen Wutan-fall. Urgroßmutter Emilia war nämlich ziemlich temperament-voll, das ist überliefert.« Sie lächelte belustigt. »Ihre Freundin Al-muth lebte in Weißenbach am Attersee in Österreich, und bei ihr suchte sie Zuflucht. Sie machte lange, einsame Spaziergänge, und während eines heftigen Gewitters im Juni 1899 …«

» … traf sie Gustav Klimt«, ergänzte Roland ihren Satz.

Alice nickte. »So war es, sie fand bei dem Unwetter Unter-schlupf in seinem Ferienhaus«, sagte sie leise. Welche Bedeutung ein Junigewitter für sie persönlich hatte, wollte sie ihm momen-tan nicht erklären. »Neun Monate später brachte sie ein gesundes Mädchen auf die Welt und nannte es Patrizia. Carl-Heinrich war sehr stolz auf seine hübsche Tochter.« Sie schmunzelte. »Stell dir nur vor, welche eine Genugtuung das für meine Urgroßmutter gewesen sein muss, ihm ein Kuckuckskind untergeschoben zu haben!«

Roland grinste sie an. »Dir ist schon klar, dass Gustav Klimt dein Urgroßvater ist, wenn er Patrizias Vater war?«

Fassungslos starrte sie ihn an. »Mamma mia«, brachte sie nur heraus. »Urgroßpapa Gustav«, japste sie. »Oje.«

Roland reichte ihr wortlos ein Glas Wasser, und sie stürzte es hinunter, verschluckte sich und hustete prompt. Aber das kalte Wasser tat seine Wirkung. Sie beruhigte sich wieder etwas und wurde gewahr, dass Roland sie mit einem seltsamen Blick mus-terte.

»Du hast genau seinen Mund«, sagte er leise und strich ihr be-hutsam mit einem Zeigefinger über die Lippen. »Ein schöner Mund. Wie der deiner Großmutter auch. Sie war eine atembe-raubend bezaubernde Schönheit …« Er brach ab und sah sie an. Seine Augen leuchteten sehr blau.

Ihre Blicke verfingen sich, und die Schatten von Pierre und Susanne zogen sich diskret zurück. In diesem Augenblick klopfte Janek ans Fenster, und wie ertappt fuhren sie auseinander.

»Ich könnte ihn umbringen«, knurrte Roland.

»Tu's nicht, dann musst du ins Gefängnis, und ich darf dich nur einmal im Monat besuchen«, erwiderte sie mit schwankender Stimme.

In einem Zug schüttete sie den Rest des Wassers hinunter, wischte sich mit dem Handrücken den Mund ab und vermied dabei seinen gefährlichen, blauen Blick. Er war viel intensiver als ein Kuss gewesen. Eine große innere Gelassenheit breitete sich in ihr aus. Sie hatten alle Zeit der Welt.

Sie stand auf, öffnete das Fenster und hörte sich an, welches Problem Janek hatte. Nachdem sie ihm ein paar Anweisungen gegeben hatte, kehrte sie an den Tisch zurück.

»Klimt hat übrigens keins seiner ihm nachgesagten zahlreichen Kinder anerkannt«, sagte Roland. »Er war ein Muttersöhnchen und hat bis zum Schluss im Hotel Mama gelebt. Zusammen mit zwei Schwestern. Hab ich mal gelesen.«

»Mach meinen Urgroßvater ja nicht schlecht!« Alice drohte ihm mit erhobenem Zeigefinger. »Aber die Geschichte geht noch weiter«, bemerkte sie und nahm den Brief wieder auf. »Emilia reiste mit Patrizia im Sommer 1916 wieder an den Attersee und suchte Gustav Klimt in seinem Ferienhaus auf. Und dort hat er sie offenbar gemalt.« Sie verstummte. Dann lachte sie leise. »Sie muss schon eine tolle Frau gewesen sein, meine Urgroßmutter. Aber sie wusste ganz genau, dass sie das Bild nie öffentlich zeigen durfte. Klimt war schon damals viel zu berühmt, irgendwer hätte es sofort gemerkt, und die gesellschaftlichen Folgen für sie und Patrizia wären katastrophal gewesen. Eine gefallene Frau mit einem Bastardkind. Das schrieb sie an ihre Tochter, mit der Warnung, das Bild immer versteckt zu halten. Nur als absoluten Notgroschen sollte sie es betrachten.«

Roland zog die Brauen hoch. »Notgroschen! Welch ein hübscher Euphemismus.«

»Patrizia heiratete später Hubertus Lauritzen …«

»Warte ...« Roland lehnte sich vor und nahm den Umschlag vom Tisch. »Auf der Rückseite steht noch etwas geschrieben. Es scheint aber nicht die Handschrift deiner Urgroßmutter zu sein.« Er reichte ihn ihr hinüber.

Sie drehte den Umschlag um und las die wenigen Zeilen. »Die Notiz ist von Patrizia an ihre Tochter Louise gerichtet und wohl kurz nach deren Geburt geschrieben worden«, sagte sie. »Am Tag von Louises Volljährigkeit wollte sie ihr das Geheimnis um das Gemälde verraten.« Sie starrte lange schweigend auf die Zeilen, und Trauer überkam sie. »Doch den Geburtstag haben die beiden nicht mehr erlebt. Patrizia ist 1940 beim ersten Luftangriff in Altona ums Leben gekommen, und mit ihr Tochter Louise und Sohn Bernard. Ferdinand, mein Vater, blieb allein mit Großvater Hubertus zurück.« Entschlossen drehte sie das Bild um. »Ich will jetzt endgültig Gewissheit haben. Ich werde es ausrahmen. Basta!«

Während Roland am Küchenschrank lehnte, arbeitete sie zügig, bis sie den Rahmen entfernen konnte. Sehr langsam drehte sie das Gemälde um. Und sah die Signatur sofort.

Fabrizio Fortini fecit.

»Es ist von Fabrizio«, sagte sie leise und gab sich Mühe, nicht so fürchterlich enttäuscht zu klingen. »Schade. Es war ein aufregender Traum. Aber jetzt stellt sich die Frage, wo sich das Original befindet.«

»Wenn deine Großmutter eine Kopie anfertigen ließ, hat sie das Original wohl verkauft, sonst ergibt es keinen Sinn«, sagte Roland. »Vielleicht brauchte sie zu der Zeit sehr viel Geld, denn es wird ihr nicht leichtgefallen sein. Denk an die gesellschaftliche Komponente. Sie musste sicher sein, dass der Kopist sie nicht erkannte. Oder wenn er sie kannte, dass er garantiert niemandem von dem Auftrag erzählen würde. Vielleicht steht in deiner Familienchronik etwas, was erklären könnte, wozu sie so viel Geld benötigt hat.«

»Meine Tante Hanna hat erwähnt, dass die Familienfirma zu

der Zeit praktisch schon insolvent war, aber als mein Vater sie erbte, florierte sie wieder. Vielleicht hat sie mit dem Erlös des Bildes die Firma gerettet.« Sie stand auf und dehnte sich. Sie sah auf die Uhr. »Jetzt aber zurück zum Alltag. Ich muss noch einkaufen ...«

»Und was machst du jetzt mit dem Bild? Hier kannst du es nicht lassen! Nicht nach all den Einbrüchen. Auch wenn es nur eine Kopie ist, für dich hat es doch wohl einen unschätzbaren Wert.«

»Mamma mia«, flüsterte sie und fiel zurück auf den Stuhl. »Heißt das, ich muss es mit in den Supermarkt schleppen? Es passt ja nicht einmal in eine normale Einkaufstasche.«

»Du könntest es in meinen Safe legen. Denk dran, meine Alarmanlage ist mit der Polizei verbunden. Wenn du vom Einkaufen zurück bist, solltest du allerdings fürs Erste einen Safe in einer Bank mieten. Dann kannst du dir in Ruhe überlegen, wie du weiter vorgehst.«

Vor ihrem geistigen Auge wuchsen die Probleme, die das Gemälde betrafen, in schier unüberwindliche Höhen. Entgeistert sah sie ihn an. »Meine Güte«, flüsterte sie bestürzt. »Stell dir nur vor, jemand sieht das Bild und glaubt tatsächlich, dass ich einen unbekannten Klimt im Haus habe ...«

»Worauf es nicht lange dauern wird, bis die Medien davon Wind bekommen«, warf Roland ein. »Die werden dir die Tür einrennen. Niemand wird dir glauben, dass es eine Kopie ist. Und alle Gangster würden dein Haus wie Haie umkreisen.«

Die Formulierung beschwor ein erschreckendes Bild herauf. Entsetzt sah sie zu ihm hoch. »O Gott, dann müsste ich nachts mit einer Flinte Wache stehen. Oder Bodyguards für mein Bild anheuern.«

»Bodyguards.« Roland lachte trocken. »Da hast du recht, lass es lieber in einem Banksafe verschwinden. Allerdings muss angesichts des Werts eines echten Klimts auch mit einem Banküberfall gerechnet werden.« Er stützte sich auf dem Tisch auf und ließ seinen Blick noch einmal prüfend über das Gemälde gleiten. »Deine Großmutter war eine bildschöne Frau, und der Stil, die Komposition des Gemäldes ist einfach zu perfekt. Jeder, der etwas von Kunst versteht, wird sofort an Klimt denken. Du musst die Information, dass dein Bild praktisch nichts wert ist, dringend unter die Leute bringen.«

Alice nickte und wandte sich wieder dem Gemälde zu. Sie blickte ihrer Großmutter in die Augen. »Ich sorge dafür, dass schnell bekannt wird, dass es eine Kopie ist.« Dann schnippte sie mit den Fingern. »Tante Edith!«, rief sie. »Und Claus und Thomas! Wenn die es wissen, weiß es innerhalb von Stunden ganz Lübeck und darauf der Rest der Welt. Dann habe ich ein für alle Mal Ruhe.« Sie erzählte ihm von dem Vorschlag, den Nils gemacht hatte.

»Eine SMS, getarnt als Irrläufer«, wiederholte Roland nachdenklich. »Keine schlechte Idee. Cleverer Typ, dein Freund. Am besten schickst du die SMS morgen, damit wir Zeit haben, ein paar Vorbereitungen zu treffen, denn auch ich bin mir sicher, dass du in der folgenden Nacht Besuch bekommen wirst.«

Sie lachte. »Wie ich mich auf deren Gesicht freue! Das wird ein Fest werden. Ich werde mit dem Fotoapparat im Anschlag auf sie warten. Aber nun muss ich wirklich einkaufen gehen, sonst bricht hier eine Hungersnot aus …«

»Ich mach dir einen Gegenvorschlag«, sagte er. »Wir essen zusammen.«

Sie giggelte. »Kommt drauf an, wer kocht.«

Roland grinste. »Ich. Ich habe frischen Fisch vom Fischhöker am Hafen gekauft.«

»Und ich steuere Schokoladeneiscreme bei«, sagte sie. »Geh du schon vor, ich komme gleich nach.«

Sie steckte den Brief von Emilia mit der Notiz von Patrizia in einen festen Umschlag, legte ihn zu dem Gemälde in den Kasten, verklebte ihn mit Klebeband und nahm ihn mit rüber zu Roland.

Sie aßen in seiner gemütlichen Küche, redeten wieder viel und tranken dabei eine ganze Flasche Wein, und als Roland viel später todernst das Argument vorbrachte, dass sie offensichtlich viel zu viel getrunken habe, als dass sie sicher nach Haus und in ihr eigenes Bett finde, schlief sie in dieser Nacht in seinem Bett. Er allerdings übernachtete im Gästezimmer.

Schließlich hatten sie alle Zeit der Welt.

Wo er sich während der Tage seiner Abwesenheit aufgehalten hatte, fragte Alice nicht, und er redete nicht darüber.

18

Am nächsten Morgen brachte Roland frische Brötchen zum Frühstück, und während er Kaffee kochte, schickte Alice die SMS mit der Anrede *lieber Nils* an Thomas' Handynummer. Mit einem Seufzer der Erleichterung steckte sie ihr Telefon wieder ein.

»Ich habe geschrieben, dass hier das Gerücht kursiert, es gebe einen Schatz in meinem Haus, und dass ich das Haus durchsuchen würde, bevor morgen die Entrümpler anrücken«, berichtete sie Roland. »Das sollte sie in Panik versetzen.«

»Wir müssen die Eingänge im Gewächshaus und im Keller prüfen und möglichst wieder so herrichten, wie du sie ursprünglich vorgefunden hast«, bemerkte er kauend. »Du glaubst wirklich, dass es sich bei den Einbrechern um deine Verwandten handelt?«

»Wer soll sonst hier eindringen, alles verwüsten und nichts stehlen?« Entschieden schüttelte sie den Kopf. »Das würde keinen Sinn ergeben. Du kennst die Claussens nicht. Tante Edith gönnt niemandem etwas, Claus macht den Eindruck, als stünde ihm das Wasser bis zum Hals, und Thomas ist schlicht gierig. Die werden schon kommen, da bin ich mir sicher.«

Am frühen Abend kam Roland zu ihr. Er brachte einen Salat mit, sie hatte eine scharfe Suppe chinesischer Art aufgetaut und Pizza gebacken, und sie machten es sich in der Küche gemütlich und warteten.

Die ersten Geräusche vernahmen sie gegen ein Uhr nachts. Ein leises Knacken, ein kurzes Quietschen, sonst nichts. Alice lief eine Gänsehaut über den Rücken.

»Das war der Kellereingang«, murmelte sie. »Ich muss die Scharniere wohl wieder ölen.«

Roland stand leise auf und ging geräuschlos zur Tür. »Bleib hier, ich schnapp mir die Herrschaften allein.«

»Ganz bestimmt nicht«, flüsterte sie und verbarg sich hinter der Kellertür. »Die Gesichter lasse ich mir auf keinen Fall entgehen und …« Sie hob ihr Handy. »Ich werde sie für die Nachwelt festhalten! Und das wird mir ein besonderes Vergnügen sein.«

Es waren tatsächlich Claus und Thomas, die durch die Kellertür ins Haus schlüpften. Beide waren dunkel gekleidet, trugen Taschenlampen und sahen aus wie Gangster aus einem amerikanischen Krimi. Sie vernahm deren aufgeregtes Atmen und hielt die Handykamera bereit.

»Guten Abend, die Herren«, hörte sie Rolands tiefe Stimme. »Darf ich fragen, was Sie hier suchen?«

Sie aktivierte die Videoaufnahme, trat hinter der Tür hervor und hielt den entsetzten Gesichtsausdruck der beiden für die Ewigkeit fest. Aufgerissene Augen, offen stehender Mund, Fluchtbewegung.

Ihre Cousins schnappten hörbar nach Luft, warfen sich herum und wollten wieder die Kellertreppe hinunterrennen, aber Roland verstellte ihnen die Tür. Breitbeinig, die Arme vor der Brust verschränkt, ein böses Lächeln auf dem Gesicht.

»Ihr habt verdammtes Glück, dass wir hier nicht in Südafrika sind«, fauchte Alice. »Denn dann hätte ich jetzt kein Handy in der Hand, sondern eine Pistole, und ihr würdet blutend am Boden liegen oder sogar tot sein. Oder mein Dobermann hätte euch zwischen den Zähnen.«

Claus und Thomas erbleichten sichtlich und wechselten einen panischen Blick. Roland packte sie am Hemdkragen und stieß sie in die Küche.

»Hinsetzen!«, befahl er. »Wenn Sie eine Erklärung für die Einbrüche haben, dann lassen Sie es hören. Aber ein bisschen plötzlich, denn Alice wird jetzt die Polizei rufen.«

Sie tippte die 110 in ihr Handy ein und hob das Telefon ans Ohr, aber Thomas kam ihr zuvor.

»Warte, warte.« Er schwitzte wie ein Stier, und von seiner sonst so großspurigen Arroganz war nichts mehr vorhanden.

Alice ließ das Handy sinken und sah ihn bedeutungsvoll schweigend an, bis auch Claus vor Nervosität die Schweißperlen herunterliefen.

»Was habt ihr in meinem Haus gesucht?«, sagte sie schließlich, und ihre Stimme hätte Stahl geschnitten.

Stockend brachten die beiden Männer die Geschichte endlich heraus. Es war genau das, was sie vermutet hatte.

»Ihr Idioten glaubt, dass bei mir ein Schatz versteckt ist?«, rief sie. »Ihr seid doch verrückt! Wenn das so wäre, hätte mein Vater den längst gefunden und zu Geld gemacht, denn das hat er zum Schluss mehr als dringend gebraucht.«

»Und … und was ist das da?«, sagte Claus und deutete auf das Porträt ihrer Großmutter, das sie gestern noch gut sichtbar in der Diele aufgehängt und mit einem Spot angestrahlt hatte.

Sie wechselte schnell einen verstohlenen Blick mit Roland und schickte ein Stoßgebet zum Himmel, dass keiner ihrer Cousins groß Ahnung von Gemäldekunst hatte oder wusste, wie Patrizia ausgesehen hatte.

»Ein alter Italiener, der mir das Restaurationshandwerk beigebracht hat, hat es vor vielen Jahren für mich gemalt«, sagte sie. »Hier könnt ihr die Signatur sehen. Fabrizio Fortini.« Sie sah die beiden an. »Ich habe allerdings ein anderes Bild gefunden.«

Amüsiert bemerkte sie, dass ihre Cousins wie witternde Jagdhunde den Kopf vorstreckten. Das Handy mit der eingetippten Nummer noch immer in der Hand haltend, holte sie das Bild vom Holstentor aus dem Wohnzimmer und hielt es den Brüdern hin.

»Da, habt ihr das gesucht?«

Die beiden sahen sich kurz an, dann schüttelte Thomas den Kopf. »Nein«, sagte er heiser. »Ich weiß nicht, was mit uns los war ... Entschuldige ...« Er machte eine vage Handbewegung und senkte den Kopf wie ein ertappter Schuljunge.

»Tante Edith war das, die hat uns den Floh ins Ohr gesetzt«, platzte Claus heraus und wischte sich den Schweiß vom Gesicht. »Sie hat dauernd davon geredet, dass dein Vater sich alles unter den Nagel gerissen hat und dass es ein Gerücht gibt, dass ihre Tante Patrizia – das war ja wohl deine Großmutter, oder? – irgendwas im Haus versteckt hat. Soweit wir das mitbekommen haben, konnten sich die beiden nicht ausstehen. Tante Edith spuckt Gift und Galle, wenn sie von Patrizia redet.«

»Und deswegen habt ihr das Haus meines Vaters verwüstet?«, rief Alice. »Wegen irgendwelcher Hirngespinste einer alten, tüdeligen Frau?« Langsam kochte der Zorn in ihr hoch. »Das Haus sah aus, als hätte eine Bombe eingeschlagen! Regale rausgerissen, Wände beschädigt – nun, ihr wisst ja am besten, was ihr angerichtet habt. Wann hattet ihr eigentlich vor, das alles in Ordnung zu bringen?« Sie sah von einem zum anderen. Ihre Cousins schwiegen mit betretenen Gesichtern. »Ich werde jetzt die entsprechenden Handwerker engagieren und euch die Rechnung für alle Reparaturen und Aufräumarbeiten schicken. Und ich will mein Geld sofort auf meinem Konto sehen!«

»Verstanden?«, raunzte Roland und schüttelte die beiden.

Die Claussen-Brüder nickten ergeben.

»»Ja, wir zahlen das Geld sofort auf Alice' Konto ein««, raunzte Roland sie an. »Ich möchte das laut und deutlich hören!«

Thomas und Claus wiederholten gehorsam den Satz, worauf Roland sie losließ und sie sich schließlich trollten. Durch die Vordertür.

»Mit eingeklemmtem Schwanz«, amüsierte sich Roland. »Was für jämmerliche Figuren.«

Und damit war die Sache erledigt. Lars, der Schreiner, und Tobias, der Klempner, brachten alles in Ordnung, was die Brüder zerstört hatten, schickten die Rechnung, die beiden zahlten prompt, und es wurde danach nie wieder bei ihr eingebrochen. Darauf fuhr Alice zum nächsten Gartenzentrum und erstand den schönsten Zitronenbaum, den es dort zu kaufen gab, und nach kurzem Überlegen auch eine rosa Bougainvillea, die in voller Blüte stand. Zu Hause schleppte sie die Pflanzen in den Wintergarten und stellte sie ans sonnigste Fenster. Später rief sie Titus Brosius an und berichtete ihm, dass der Fall gelöst und erledigt sei. Der alte Anwalt drückte seine Erleichterung aus. Sie hängte das Bild von ihrer Großmutter ins Wohnzimmer und freute sich jeden Tag daran.

Der Zitronenbaum duftete, die Bougainvillea blühte, und Roland fütterte sie regelmäßig mit Butterkuchen, bis der Zeiger ihrer Waage dem Einhalt bot.

»Ich geh auf wie ein Hefekuchen«, beschied sie ihm.

»Du weißt, dass Hefekuchen mein Lieblingsgebäck ist«, sagte er mit einem Blick, der ihr heiß auf der Haut brannte.

»Trotzdem«, sagte sie streng.

Roland hob lachend die Hände. »Ich gebe mich geschlagen. Kein Butterkuchen mehr. Sind Obsttörtchen genehm?«

»Aber ohne Sahne!«

Alice leistete sich die Hilfe von Janek, der den Garten weiter auf Vordermann brachte. Die noch ausstehenden Verschönerungsarbeiten im Haus wollte sie von dem ersten Geld bezahlen, das sie für die Gemälderestaurierungen bekommen würde. Manchmal half sie Janek im Garten, besonders die Pflege der Rosenbeete machte ihr viel Freude. Von einer Haushaltshilfe erlaubte sie sich aber nicht einmal zu träumen.

An den meisten Tagen allerdings arbeitete sie im hinteren Arbeitsraum des GängeAteliers an weiteren Gemälden, und sie genoss es. Corrado hatte eine gewisse altmodische Grandezza, die sie an Fabrizio erinnerte, sprühte aber vor Energie, genau wie Violetta. Karin und Florian waren eher zurückhaltend, aber sie mochte beide sehr. In den Pausen saßen sie oft beisammen, tranken Espresso und aßen belegte Baguettes. Sehr oft kreuzte Roland mit Wein oder einem Korb mit Früchten auf, setzte sich dazu und brachte die Runde mit amüsanten Anekdoten aus seinem Leben zum Lachen.

»Toller Typ«, bemerkte Violetta und lächelte mit verschmitztem Zwinkern. »Und er mag dich. Sehr! Läuft da was zwischen euch?«

Alice beschränkte sich auf ein vielsagendes Lächeln. Wie sie sich vorgenommen hatten, ließen sie sich Zeit und änderten kaum etwas an der bisherigen Routine, außer dass er nicht immer zu ihr kam, sondern auch sie zu ihm. Meist tauchte sie unangemeldet mit selbst gebackenem Kuchen oder einer Einladung zum Essen bei ihm auf, und irgendwann kam ihr die Erkenntnis, dass sie zum ersten Mal seit Pierres Tod und dem Auftauchen des Stalkers ihr seelisches Gleichgewicht wiedererlangt hatte.

Zum zweiten Mal binnen weniger Monate jedoch sollte ihr Instinkt, grundlegende Veränderungen vorauszuahnen, sie im Stich lassen. Was allerdings nur zu verständlich war, denn noch hatte sie Afrika zwar im Blut, aber hier im Norden Europas, wo alles gemäßigt war, die Farben gedämpft, die Tage eher gleichförmig verliefen und die Menschen nach innen gekehrt waren, waren ihre Sinne schon in gewisser Weise abgestumpft, und sie nahm unterschwellige Schwingungen einfach nicht mehr richtig wahr.

Es begann vergleichsweise harmlos. Corrado und Violetta wollten sich nach Feierabend bei einem Glas Wein und italienischer Pasta im Restaurant gleich neben dem Atelier entspannen und hatten sie eingeladen. Sie fuhr in die Altstadt, parkte ihren Wagen an der Untertrave und lief die Engelsgrube entlang. Schon im

Gang zum Innenhof des Restaurants strömte ihr intensiver Zitronengeruch entgegen. Sie blieb stehen. Der Baum im Kübel blühte und trug gleichzeitig reichlich gelbe Früchte. Mit geschlossenen Augen füllte sie ihre Lunge mit dem Duft. Corrado und Violetta hatten bereits an einem Tisch unweit des Zitronenbaums Platz genommen und winkten ihr zu.

»Das duftet nach meinem früheren Leben«, sagte sie zu Violetta und zog sich einen Stuhl heran. »In unserem Garten wuchsen Zitronenbäume, die so stark in den Kronen verzweigt waren, dass sie ein Dach bildeten. Und da drin nistete ein blaugrün schillernder Kolibri.«

»Wie schön«, seufzte Violetta verträumt, die sehr schwärmerisch veranlagt war, wie Alice inzwischen mitbekommen hatte.

Corrado, der in seinem schwarzen Pullover und seiner schwarzen Lockenpracht, die dringend nach einem Besuch beim Friseur verlangte, sehr italienisch aussah, goss ihr ein Glas voll. »Du hast praktisch noch gar nichts über dein Leben in Afrika erzählt«, bemerkte er und schaute sie erwartungsvoll an. »Was wir bislang mitbekommen haben, klingt aber sehr aufregend.«

Alice hob das Glas, der Chianti funkelte, und wie durch eine magische Tür glitt sie in ihr früheres Leben. Sie sah sich mit Pierre abends auf der Terrasse ihres Hauses sitzen, ein Glas Wein in der Hand, spürte die zärtliche Wärme auf ihrer Haut, hörte das Atmen des Ozeans und die Schreie der Hadidas, die zu ihren Nistplätzen flogen.

»Hallo, Alice, komm zurück zu uns«, rief Violetta und stieß sie leicht an. »Erzähl uns von Südafrika.«

Verwirrt blickte sie hoch, fing sich aber schnell. »Was wollt ihr wissen?«

Die beiden Fortinis bestürmten sie mit Fragen. Warum sie und Pierre ausgewandert seien, wohin, wie sie mit Afrikas Gefahren fertiggeworden seien und wie der Alltag dort ausgesehen habe.

Sie hielt ihre Antworten neutral, und es gelang ihr, die gefährlichen Klippen, an denen sich ihre Seele hätte verletzen können, zu umschiffen. »Es war … Es war unbeschreiblich schön und gleichzeitig unbeschreiblich schrecklich«, sagte sie leise. »Wie so oft in Afrika. Aber es lässt dich nie los.«

Ohne Vorwarnung sah sie die weite Grassavanne vor sich, die sich in Inqabas Süden erstreckte, Antilopen, die im Hitzeschlaf unter Schirmakazien lagerten, hörte den Chor der Zikaden und das Lachen einer Hyäne und musste das Schluchzen hinunterschlucken, das ihr in der Kehle steckte. Verbissen rief sie sich zur Ordnung. Hier lebte sie jetzt, in Norddeutschland, hier wollte sie sich ihr neues Leben aufbauen. Ihr Leben in Afrika gehörte ein für alle Mal der Vergangenheit an. Doch sie wusste, dass das nicht wirklich stimmte. Gefühle ließen sich nicht immer beherrschen.

Sie blickte ihre beiden Freunde und Kollegen an. »Wenn ihr nicht wollt, dass ihr bis ans Ende eurer Tage innerlich vollkommen zerrissen seid, nicht mehr wisst, wo euer Zuhause ist und welches Land ihr Heimat nennt, betretet nie diesen Kontinent«, sagte sie rau und ballte unter dem Tisch die Fäuste.

Violetta warf ihr einen einfühlsamen Blick zu. Sie schien ganz offensichtlich zu spüren, welchen inneren Kampf Alice ausfocht. »Also, ich …«, sagte sie. »Ich würde jetzt gern einen Limoncello trinken! Wie ist es, du auch, Alice? Der Wirt stellt ihn selbst her.«

Sie war dankbar für die Ablenkung, und nach dem dritten Glas des exzellenten Zitronenlikörs hatte sie sich gefasst.

Sie stand auf. »So, meine Lieben, ich muss jetzt wirklich los. Danke für den schönen Abend und bis morgen.«

Corrado brachte sie bis hinaus auf die Straße, und sie machte sich auf den Weg zu ihrem Auto. Außer ihr war nur eine Gruppe Jugendlicher unterwegs, die kurz vorher johlend aus einer Kneipe gekommen waren. Sie traten eine leere Bierdose übers Pflaster, grölten unflätiges Zeug in die Nacht und rempelten sich gegenseitig an. Dabei versperrten sie ihr den Weg. Einer der jungen

Männer entdeckte sie sofort. Er sagte etwas zu seinen Freunden, was sie nicht verstehen konnte, aber das war auch nicht nötig. Ruckartig drehten sich ihr alle zu, und sie musste an das Löwenrudel damals im Umfolozi-Wildreservat denken. Die gleiche Körperspannung, der gleiche zupackende Blick. Rudelverhalten, fuhr es ihr durch den Kopf. Und das war bei allen Lebewesen gleich. Es gab Häuptlinge und Indianer. Das war bei jungen Männern nicht anders. Den Häuptling konnte sie leicht erkennen. Er war groß mit breitem Kreuz, trug ein Sweatshirt mit Kapuze unter einer nietenbesetzten Bomberjacke und enge Jeans und stand deutlich im Mittelpunkt.

Alice zögerte. In Südafrika hätte sie sich sofort in Gefahr gefühlt.

Nein, korrigierte sie sich. In Südafrika wäre sie nie in diese Situation geraten, weil sie nie bei Dunkelheit und dann schon gar nicht allein zu Fuß unterwegs gewesen wäre. Sie schaute hinüber zu der Gruppe. Natürlich konnte sie auf die andere Straßenseite wechseln, aber es widerstrebte ihr, diese Schwäche zu zeigen. Ein solches Verhalten würde mit ihrem Selbstverständnis kollidieren. Entschlossen und zügig ging sie auf die jungen Männer zu und fixierte dabei den Anführer.

»Schicker Hoodie«, sagte sie und lächelte. »Darf ich da mal durch?«

»Na klar«, sagte er. Und trat beiseite.

Worauf die anderen eine Gasse bildeten und sie passieren ließen. Mit einem Winken eilte sie zu ihrem Auto. Nicht ein einziges Mal drehte sie sich zu den Jugendlichen um. Sie hatte keine Angst. Das hier war Deutschland.

Als Alice ihre Eingangstür aufschloss, gähnte ihr das dunkle, leere Haus entgegen. Die Stille war drückend, und ein Gefühl der Verlorenheit ließ sie frösteln. Sie wandte sich um und schaute hinüber zu Rolands Haus. Er war offenbar nicht da, denn außer der

Außenbeleuchtung war kein Licht zu sehen. Hastig schaltete sie sämtliche Lampen im Erdgeschoss ein. Aber die Bilder Afrikas wurde sie immer noch nicht los. Sie lief in die Küche und nahm die Flasche Aquavit aus dem Kühlschrank, stellte sie aber nach kurzem Zögern wieder zurück.

Diese unvernünftige, unstillbare Sehnsucht, dieser glühende Stachel in ihrer Seele war damit nicht zu bekämpfen. Impulsiv klappte sie ihr Notebook auf und wählte über Skype Nils' Nummer an. Vielleicht hatte er bereits ein Ergebnis der Recherche, die er mit Neil bei den Nachtklubbesitzern anstellen wollte.

Sein Gesicht erschien auf dem Bildschirm. »Wer will was von mir?« Er grinste breit. »Hallo, Alice. Wie geht's denn so im kalten Deutschland?«

»Es ist gar nicht kalt, sondern herrlichster Sommer«, protestierte sie. »Es ist fast so warm wie euer Winter.«

Es war zwischen ihr und Pierre ein ständiger Spaß gewesen, im Internet die Temperaturen in Lübeck aufzurufen, wobei sie wirklich oft feststellten, dass ihr Winter meistens wärmer war als Deutschlands Sommer.

Jill erschien hinter Nils' Schulter im Bild und schob ihn beiseite. »Du siehst aus, als könntest du eine Aufmunterung gebrauchen. Willst du mal den neuesten Klatsch und Tratsch hören?«

»Oh, unbedingt«, sagte sie. Jill hatte eine sehr witzige, treffende Art, Menschen zu beschreiben, und bald tränten ihr die Augen. Vor Lachen. Es tat ihr unglaublich gut, und sie musste sich zwingen, die Frage zu stellen, derentwegen sie anrief. »Habt ihr schon irgendetwas bezüglich der Nachtklubs herausgefunden?«

Nils nahm seine langen Beine vom Tisch und stützte die Arme auf. »Neil und ich haben alle einschlägigen Klubs beobachtet«, sagte er. »Betreten haben wir sie allerdings nicht. Neil ist zu bekannt, und ich bin zu groß, zu blond und zu weiß, und auch das weitere Umfeld lädt nicht dazu ein, viel herumzufragen. Und deswegen haben wir leider außer einem unscharfen Handyfoto von einem der Besitzer, den wir beim Verlassen seines Klubs fotografiert haben, bisher nichts. Wenn wir als zwei Weiße vor den Nachtklubs parken und mit einer großen, lichtstarken Kamera hantieren, fällt das unter Umständen dumm auf. Wir müssen uns da was anderes einfallen lassen.«

»Um Himmels willen, lasst das bloß sein«, rief sie erschrocken. »Das ist viel zu gefährlich! Aber woher wisst ihr, dass es einer der Besitzer war?«

»Weil ihn drei Muskelmänner abgeschirmt haben, wie in einem Gangsterfilm«, erklärte Nils. »Warte mal, ich zeig dir das Foto, und anschließend schicke ich es dir noch per E-Mail, damit du es dir in Ruhe ansehen kannst. Vielleicht kannst du es mit Photoshop oder einem ähnlichen Programm so weit bearbeiten, dass du mehr Einzelheiten herausholen kannst.«

Auf dem Bildschirm erschien das Abbild eines breitschultrigen Mannes mit einem angehenden Kinnbart, der Baseballkappe und Sonnenbrille trug und von drei Männern begleitet wurde, die ganz offensichtlich Leibwächter waren. Sie lehnte sich vor. Ihre Nerven waren so straff gespannt wie Geigensaiten. Der Größe und dem Körperbau nach konnte der Mann mit der Sonnenbrille zwar Christoph sein, aber auch nach längerem Hinsehen war sie sich dessen überhaupt nicht sicher, weil das Gesicht von der Kappe beschattet wurde. Kurz darauf kam das Foto per E-Mail an. Lange studierte sie es aufs Genaueste, vergrößerte das Gesicht, bis es nur noch eine Anordnung grober Pixel war, machte es schärfer, kontrastreicher, aber es half nichts. Sie konnte ihren Sohn nicht in dem abgebildeten Mann erkennen. Im Hintergrund war ein Gebäude zu sehen. Die Fassade schien mit schwarzen Kacheln verkleidet zu sein, und über der Tür glänzte ein goldener Schriftzug, den sie aber nicht entziffern konnte. Dafür war das Foto zu unscharf.

Darauf nahm sie sich die Leibwächter vor. Aber auch das brachte nichts. Sie sahen aus, als wären sie geklont. Alle waren offenbar

Farbige oder Schwarze, trugen Baseballkappen und Jeans, hatten den Körperbau von Bodybuildern und waren bewaffnet. Sie klickte das Bild weg.

»Alice?«, hörte sie Nils' Stimme. »Kannst du was erkennen?«

Sie blickte ihre Freunde an und schüttelte nur traurig den Kopf.

»Hier ist noch ein Bild«, sagte Nils. »Der Typ kam nach den Bodyguards aus dem Nachtklub.«

Auf ihrem Bildschirm öffnete sich das Foto eines weiteren Mannes, und der Anblick traf sie wie ein Faustschlag in den Magen. Die Figur war unverkennbar, und die Sonne fiel so auf sein Gesicht, dass es von der blauen Baseballkappe nicht beschattet wurde.

»Nils, wer ist das?«, rief sie. »Wo habt ihr den fotografiert?«

»Vor dem Nachtklub Golden Egg One, du kannst den Schriftzug hinter seinem Kopf erkennen. Übrigens gibt es noch drei weitere Golden Eggs. Wir haben uns ein bisschen umgehört, der Kerl ist der Sicherheitschef des Eigentümers. Er heißt Phisi.«

»Der Jäger«, sagte sie leise.

»Dein Zulu hast du offensichtlich noch nicht vergessen«, bemerkte Jill.

Alice antwortete nicht, sondern starrte dem Mann ins schattige Gesicht. Phisi, der Jäger. »Es ist der Stalker«, sagte sie leise. »Das Gesicht werde ich nie vergessen. Es ist der Mann, der mich wochenlang verfolgt hat, der in mein Haus eingedrungen ist und mich am Flughafen fast umgefahren hat. Nils, du hattest doch herausgefunden, dass der Eigentümer des SUVs am Flughafen ein P. de Boer ist. Phisi de Boer? Das passt doch.«

»Na, dascha 'n Ding«, verfiel Nils ins Hamburger Missingsch, einer Mischung von Hoch- und Plattdeutsch. »Du könntest recht haben. Bist du dir sicher?«

»Absolut«, antwortete sie bestimmt. »Das ist er.«

»Unangenehm aussehender Mensch«, bemerkte Nils und bekam

den Ausdruck eines Spürhunds. »Ich werde mal ein bisschen wei-
tergraben.«

Sie schüttelte abwehrend den Kopf. »Lieber nicht. Ich könnte
es mir nie verzeihen, wenn dir etwas dabei zustößt. Jill, halt ihn
bitte davon ab.«

Jill schmunzelte. »Dann werde ich ihn anketten müssen.«

Nachdem sie das Gespräch beendet hatte, zog Alice die Schreib-
tischschublade auf, in die sie Christophs Foto verbannt hatte.
Zum ersten Mal nach Curts unerfreulichem Besuch nahm sie es
heraus und blickte ihrem Sohn ins Gesicht. Christoph lächelte zurück. Doch ganz plötzlich kam es ihr so vor, dass seine Gesichts-
konturen allmählich unscharf wurden und die Farben verblassten.
Ihre Hand begann zu zittern. Sie starrte das Bild an, und je länger
sie hinsah, desto undeutlicher wurde es.

Ihr Sohn schien sich vor ihren Augen aufzulösen und nach
und nach zu verschwinden.

Der Schmerz, der sie traf, war hart und kalt. Es war ein unglaublicher Schmerz, aber sie stählte sich, ihn auszuhalten. Sie
musste sich von ihrem Sohn für immer verabschieden. Wie sonst
sollte ihr Leben weitergehen? Weinend fiel sie auf die Couch.

Noch lange nachdem ihre Tränen versiegt waren, saß sie wie
versteinert da. Schließlich hängte sie sein Foto neben die Bilder
ihrer Verstorbenen, von Pierre und ihren Eltern, und vergrub die
Erinnerung an ihr einziges Kind ein für alle Mal, und zwar so tief,
dass sie nie wieder ungewollt auftauchen würde, denn das würde
sie nicht verkraften können.

Alice wandte sich ab und bemerkte, dass sie ihren Laptop noch
nicht ausgeschaltet hatte. Auf dem Bildschirm flimmerte als
Hintergrundbild ein Panoramafoto vom Blick aus ihrem Wohnzimmer in La Lucia, über grüne Baumwipfel und blühende Büsche hinweg zum sonnenglitzernden Meer. Sie nahm sich vor, es
durch eines von Travemünde oder den Blick vom Wohnzimmer
hinunter zur Wakenitz zu ersetzen. Um sich abzulenken, zog sie

den Computer heran und ging ins Internet auf die Seite mit den neuesten Nachrichten aller großen südafrikanischen Zeitungen. Gleich die erste Überschrift bohrte sich als Brandzeichen auf ihre Netzhaut.

Krieg der Nachtklubbosse in Durban.

Plötzlich standen ihr die Haare zu Berge, und sie erkannte mit absoluter Gewissheit, dass ihr Leben wieder einmal einen scharfen Haken schlagen würde. Angespannt las sie die Geschichte, und was da stand, jagte ihr einen Angstschauer nach dem anderen über den Rücken. Unter den Besitzern der Nachtklubs in Durban war ein offener Krieg ausgebrochen. Nigerianische und ghanaische Staatsangehörige, die laut Polizei illegal eingewandert waren – was ihnen nur nicht nachgewiesen werden konnte, weil sie nigelnagelneue Papiere besaßen –, waren dabei, alle Nachtklubs in Durban in ihren Besitz zu bringen. Diese Leute verfolgten ihr Ziel mit brutaler Gewalt. Fast täglich kam es zu Schusswechseln, und es gab bereits zwei Tote und mehrere Verletzte zu beklagen. Bisher hatten sich alle Maßnahmen der Polizei als vergeblich erwiesen.

Da diese Männer als berüchtigte Drogenhändler galten, so las sie weiter, die vom südlichen Afrika aus den Rest der Welt mit Heroin, Kokain und Cannabis belieferten und ihre Finger auch im Menschenhandel hatten, wurde vermutet, dass die Klubs nicht nur als Umschlagplatz für Drogen, sondern auch für Prostituierte aus Asien dienten, die für den Nahen Osten und Europa bestimmt waren.

Entsetzt fiel Alice in ihrem Stuhl zurück. Christoph! Menschenhandel. Drogen. Ihre innere Mauer brach zusammen, und sie sah ihren Sohn wieder deutlich vor sich. Den Jungen mit den leuchtend blauen Augen unter dem sonnenblonden Haarschopf, dem zähneblitzenden Lachen und dem lockeren Charme, den er von seinem Vater geerbt hatte. Ihre Brust wurde eng, sie bekam kaum noch Luft. Zitternd schaltete sie den Laptop aus. Der Blick zum Wasserloch von Inqaba verschwand vom Bildschirm. Mühsam stand sie auf und starrte hinaus in den nachtdunklen Garten. Der Himmel war bedeckt, der Mond war nichts als ein milchiger Schimmer, und kein Sternengefunkel half, ihre Nerven zu beruhigen. Aber Roland schien wieder im Haus zu sein. Spontan steckte sie ihren Schlüssel ein, rannte hinüber zum Nachbarhaus und klopfte.

»Komm herein, Traum meiner schlaflosen Nächte«, grinste er frech und öffnete die Tür weit.

»Ich muss nach Durban fliegen, und zwar so schnell wie möglich«, rief sie und berichtete ihm noch im Flur stehend von dem, was Nils ihr gesagt hatte und was sie anschließend im Internet gelesen hatte. Und sie erzählte ihm, dass Nils den Stalker gefunden habe. »Er heißt Phisi de Boer.«

»Und du meinst, dass der eine Verbindung zu deinem Sohn hat?«

»Ja«, sagte sie und erzählte, was sie bei ihrem Abflug von King-Shaka-Airport erlebt hatte. »Der Fahrer war der Stalker, und der Mann im Fond des Wagens war Christoph.« Wieder hörte sie den Mann lachen, und wieder bekam sie eine Gänsehaut. »Es war Christoph«, wiederholte sie. »Mit absoluter Sicherheit.«

»Komm«, sagte Roland und ging ihr voraus ins Obergeschoss zu seinem Arbeitszimmer. »Setz dich«, sagte er dort und klappte sein Notebook auf. »Gib mir mal die Adresse.« Er tippte sie ein und lehnte sich vor.

»Klick auf Nachrichten aus KwaZulu-Natal«, wies sie ihn an.

»Oha«, sagte Roland, nachdem er den relevanten Beitrag gelesen hatte, und drehte sich zu ihr um. »Du glaubst, dass dein Sohn *da* mit drinhängt?«

»Ich weiß es nicht, und das Schlimmste ist, ich bin mir nicht mehr sicher, dass es nicht so ist.« Verzweifelt hob sie die Schultern. »Es gibt zu viele Indizien dafür. Ich muss herausfinden, was daran wahr ist. Was dahintersteckt. Egal was es ist, und egal wie viel es kostet. So kann ich nicht mehr weiterleben. Ich bin völlig durcheinander, und ich weiß überhaupt nicht, was ich denken soll.« Nervös lief sie in dem Zimmer umher.

»Hilft ein Aquavit?«

Sie schüttelte den Kopf. »Dabei nicht. Ich muss wissen, ob mein Sohn ... ob er ... was er ...«

»Du meinst, ob dein Sohn ein Gangster ist?«

Sie nickte. »Was soll ich bloß tun?«

»Deinen Kopf ausschalten und stattdessen deinem Bauchgefühl folgen«, war der lakonische Rat. »Glaubst du denn, dass er es ist?«

»Ich weiß es doch nicht«, flüsterte Alice schließlich. »Ich will es nicht glauben ... aber ich kenne ihn ja gar nicht mehr richtig. Er war zweiundzwanzig Jahre alt, als ich ihn zum letzten Mal gesehen oder gesprochen habe, und schon damals habe ich ihn nicht mehr richtig gekannt. Heute ist er neunundzwanzig. Woher soll ich wissen, was für ein Mensch er geworden ist?«

»Dann musst du nach Durban fliegen und es herausfinden, sonst frisst die Angst dich auf.«

»Phisi heißt übrigens Großwildjäger«, sagte sie. »Und wie das bei den Afrikanern so ist, weist der Name auf eine grundlegende Charaktereigenschaft des Trägers hin. Was das im Fall des Stalkers bedeutet, darüber will ich im Augenblick gar nicht nachdenken.«

Es dauerte eine Weile, bis sie ihre Gefühle sortiert und sich eines herauskristallisiert hatte. Alice stellte sich mit verschränkten Armen ans Fenster.

»Hast du heute bemerkt, dass sich die Schwalben sammeln?«, sagte sie leise. »Sie werden bald nach Südafrika fliegen.«

Roland schwieg.

»Wenn Christoph der Besitzer dieser Nachtklubs ist, ist er das vermutlich nicht mit legalen Mitteln geworden. Dass er ständig von Bodyguards umringt ist, spricht ja wohl für sich. Dann will ich, dass er mir ins Gesicht sagt, was er tun musste, um das zu erreichen. Ich will von ihm hören, wer er geworden ist, warum er nach Pierres Tod nicht zu mir gekommen ist ...« Ihre Stimme ertrank in Schluchzen, und sie brach abrupt ab und verbarg ihr Gesicht in den Händen.

»Komm her«, sagte Roland leise und legte einen Arm um sie. »Möchtest du, dass ich mitkomme?«

»Nein, ist nicht nötig«, wehrte sie ab. »Ich muss das allein erledigen.«

Für eine Weile antwortete er nicht, sondern hielt sie nur im Arm. »Du bist das sturste Wesen auf zwei Beinen, das ich kenne, weißt du das?«, sagte er dann. »Aber damit kommst du bei mir nicht durch. Ich kann fliegen, wann und wohin ich will. Ich fliege eben einfach zur gleichen Zeit nach Durban wie du. Und dagegen kannst du gar nichts machen.« Er grinste sie an. »Also, möchtest du, dass ich dich begleite?«

»Ja«, brach es aus ihr heraus. »Bitte«, setzte sie ruhiger hinzu. »Ich bezahl auch dein Ticket.«

»Jaja«, grinste Roland. »Klar doch, alles, was du willst.«

Es wurde sehr spät, bevor sie aufbrach, und Roland begleitete sie bis zu ihrer Haustür. Wie immer wartete er, bis sie aufgeschlossen hatte.

»Alice«, sagte er, als sie die Tür eben hinter sich zuziehen wollte.

Sie drehte sich um. »Ja, was ist?«

»In den Wochen bin ich auf einen Walkabout gegangen«, sagte er ohne Übergang. »Ich brauchte Ruhe und Stille, um mich selbst denken hören zu können. Ich brauchte eine Landschaft, in der ich vollkommen mit mir allein war. Mein Telefon habe ich in meinem Haus dort gelassen und nur einen Rucksack mit dem Nötigsten mitgenommen.« Er lachte leise. »Als ich wieder zurückkam, hab ich gestunken wie ein Stinktier.«

»Und?«, sagte sie leise. »Hast du gehört, was du gedacht hast?«

Er blinzelte auf sie hinunter. »O ja«, erwiderte er mit einem langsamen Lächeln. »Ja, das habe ich. Schlaf gut!«

Und das tat sie. Sie schlief so gut wie seit einer Ewigkeit nicht mehr.

Tante Hanna bot sich an, ihre Post in Empfang zu nehmen und auf Dringlichkeit zu prüfen, die Fortinis stimmten einer Verlängerung des Termins für die Fertigstellung des letzten Gemäldes zu, und Christiane versprach, nach dem Garten zu sehen und, falls ein gärtnerischer Notfall eintreten sollte, Janek zu mobilisieren. Resolut erstickte Alice jeden Gedanken an Frank Federle und das Datum der Kreditfälligkeit, bevor der sich ihrer bemächtigen konnte. Damit würde sie sich beschäftigen, wenn sie wieder zurück war.

Ihre Tante kam mit dem Fahrrad auf einen Kaffee, um sich die Hausschlüssel abzuholen. »Ich ruf dich an, wenn etwas Unaufschiebbares in der Post ist«, sagte sie.

Alice nahm sie dankbar in den Arm. »Und wenn das Haus brennt, ruf nicht gleich die Feuerwehr«, sagte sie lächelnd. »Ein Wasserschaden ist viel unangenehmer. Feuer macht reinen Tisch und erledigt mein Problem gründlicher.«

Hanna prustete vor Lachen. »Das muss ich mir merken. Pass auf dich auf.«

Alice winkte ihrer Tante nach, bis sie um die Straßenecke verschwand. Anschließend suchte sie im Internet nach günstigen Flügen, was sich als sehr schwierig herausstellte. Aber schließlich fand sie welche, speicherte die Suche, klemmte sich den Laptop unter den Arm und ging hinüber zu Roland.

»Ich habe mich um Flüge gekümmert«, sagte sie, stellte den Laptop auf seinen Küchentisch und klappte ihn auf. »Es gibt nur noch wenige freie Plätze nach Johannesburg, und ich muss sie heute buchen, am besten jetzt gleich, sonst sind die weg. Stimmst du zu?«

»Business natürlich.« Roland setzte sich halb auf die Tischkante. Vehement schüttelte sie den Kopf. »Kann ich mir nicht leisten...«

»Dann lade ich dich dazu ein«, unterbrach er sie mit einem seltsamen Leuchten in den Augen.

»Kommt nicht infrage«, konterte sie. »Ich fliege Eco. Du kannst dann ja für dich Business buchen.«

»Meine Güte, sei doch nicht so entsetzlich stur!«, rief er aus. »Du kannst es mir ja zurückzahlen ...«

»Nein.« Sie funkelte ihn an. »Ich kaufe nur das, was ich bezahlen kann. Basta!«

Roland richtete seine Augen wieder himmelwärts. »Dann buche in Gottes Namen zwei Plätze in der Economy. Aber du bist dann schuld, wenn ich mir die Beine brechen muss, um sie irgendwie zwischen den Sitzen unterzubringen.« Er riss die Augen auf.

Alice bog sich vor Lachen. Männer schienen alle diesen bettelnden Dackelblick draufzuhaben. »Ach je«, kommentierte sie, rief die Seite mit den gespeicherten Flügen wieder auf und vollendete den Buchungsvorgang.

»So, und nun brauchen wir eine Unterkunft«, sagte sie.

Roland legte die Beine auf den Tisch und las die Tageszeitung, während sie sämtliche Buchungsportale in Südafrika durchforstete. Eine Stunde später hatte sie gefunden, wonach sie gesucht hatte.

»Ich habe zwei Zimmer in einer Frühstückspension in La Lucia gebucht«, teilte sie ihm mit. »Ich kenne das Haus und auch die Inhaberin. Die Betten sind lang und ziemlich breit. Es liegt direkt am Strand, sodass du jeden Morgen joggen gehen kannst. Außerdem habe ich uns am Flughafen einen Mietwagen bestellt.«

»Einen Fiat Uno?«, meinte er sarkastisch und streckte eines seiner langen Beine hoch. »Die muss ich dann wohl aufrollen.«

»Natürlich«, versetzte sie, musste dann aber über seinen gepeinigten Gesichtsausdruck lachen. »Nein, nun mach mal kein Theater, es ist ein Toyota Corolla. Wenn du da nicht reinpasst, kannst du dich ja nach hinten setzen und die Beine über den Vordersitz hängen.«

»Hm«, brummte er, aber seine Augen blitzten vergnügt. »Wie ist es eigentlich mit deinen Freunden, wissen die Bescheid, dass du kommst?«

»Nein, noch nicht«, erwiderte Alice. »Sie würden nur mit allen Mitteln versuchen, mich davon abzuhalten, Christoph aufzuspüren. Das Milieu, in dem er sich herumtreibt, ist ja ziemlich gefährlich. Sie sind sehr fürsorglich, besonders seit Pierres Tod.«

»Wie sehr gute Freunde eben«, bemerkte Roland und faltete die Zeitung zusammen.

19

Das Flugzeug hatte seine Reisehöhe erreicht. Alice stellte die Sitzlehne zurück, lehnte den Kopf daran und sah hinunter auf das dunkle Deutschland. Nur ab und zu überflogen sie den Lichterteppich einer großen Stadt. Roland hielt ein Glas Weißwein in der Hand, hatte die Kopfhörer seines MP3-Players aufgesetzt und hörte mit geschlossenen Augen Musik. Trotz des engen Sitzes und des übergewichtigen Mannes, der neben ihm am Gang saß und dessen Kleidung nach Schweiß und Rauch roch, wirkte er total entspannt.

Im Gegensatz zu ihr. Sie war so müde und abgekämpft wie nach einem harten Tag im Garten nicht. Körperlich und seelisch. Wie sollte sie es verkraften, dass ihr Sohn, ihr Christoph, nicht nur sehr lebendig war, sondern offenbar auch hochkriminell? Hin- und hergerissen zwischen unbändiger Freude auf ein Wiedersehen und einem ständig anschwellenden Zorn auf ihn, dass er sie in all diesen Jahren im Ungewissen gelassen hatte, dass er sich nicht einmal gemeldet hatte, als die Berichte vom Tod seines Vaters in allen Zeitungen standen, raste sie auf einer seelischen Achterbahn immer tiefer in den Abgrund. Sie verbarg ihr Gesicht in den Händen.

Plötzlich spürte sie Rolands Hand, der ihre fest in seine nahm. »Drück es weg, bis wir in Durban sind. Vorher machst du dich nur kaputt. Glaub mir, ich weiß, wovon ich rede.«

Sie war perplex, dass er sie in der kurzen Zeit so gut kennengelernt hatte, dass er spüren konnte, wie es in ihr aussah. Inzwischen hatte Roland eine der Flugbegleiterinnen herangewinkt und ein Mineralwasser und einen Wein für sie bestellt. Er bestand darauf, dass sie beides auf der Stelle leerte.

»Und nun iss etwas«, befahl er und zeigte auf das Tablett, das die Stewardess vor ihr abgestellt hatte.

Sie aßen beide. Alice trank noch ein Glas Wein zu der Mahlzeit und lehnte sich im Sitz zurück.

»Ich habe dir nie erklärt, wie Pierre umgekommen ist«, begann sie leise.

Roland, der gerade die Kopfhörer wieder ins Ohr stecken wollte, ließ sie sinken, sah sie an, langte zu ihr hinüber und nahm ihre Hand. Sie klammerte sich an seiner fest, und dann erzählte sie es ihm. Selbst die Sache mit dem Schuh.

»Die Ranger haben das Krokodil gefunden und getötet«, flüsterte sie mit brüchiger Stimme. »Man hat menschliche Knochen in seinem Magen gefunden ...« Sie stockte und blickte aus dem Fenster hinunter auf die schneebedeckten Gipfel der Alpen, die schemenhaft aus der Dunkelheit schimmerten. »Es waren seine«, flüsterte sie. »So konnte ich wenigstens einen Teil von ihm beisetzen. Derjenige, der ihn von der Straße gerammt hat, wurde nie gefunden.«

Roland hielt immer noch ihre Hand. Sehr fest. Und ließ sie auch nicht los, bis sie endlich einschlief.

In Johannesburg mussten sie ihre Koffer vom Gepäckband holen, durch den Zoll bringen und dann über die endlosen, unangenehm steilen Rampen des Flughafens schieben, um zum Gate für den Weiterflug nach Durban zu gelangen. Sie war müde und unausgeschlafen, und ihr Rücken schmerzte. Um sie herum brandete eine bunte Menschenmenge aus aller Herren Länder, und alle Sprachen dieser Welt schwirrten durcheinander und vereinigten sich zu einem unterschwelligen Tosen. Die Leute redeten laut und lachten viel, ihre Bewegungen waren lebhaft und voller Tatendrang. Die Luft selbst schien mit Energie aufgeladen zu sein, und urplötzlich sprang diese auf sie über und riss sie mit wie ein starker Strom. Ihre Wirbelsäule streckte sich, die Müdigkeit wich, und ihr Blick wurde klarer.

Roland, der seinen Gepäckwagen ächzend eine Rampe hinaufschob, warf ihr einen stirnrunzelnden Blick zu. »Du strahlst. Hab ich was verpasst?«

»Spürst du es nicht? Fühlst du dich hier nicht auch so unglaublich lebendig? Und Jahre jünger?« Sie schälte sich aus ihrem Wollblazer und legte ihn auf die Koffer.

Er lachte laut auf. »Nein, im Moment wirklich nicht. Mein Rücken knirscht, und im Hintergrund lauert ein Kopfschmerz, der nur darauf wartet, zuzuschlagen.« Mitleidheischender Dackelblick.

»Ach, Rolli«, lachte sie. »Tu nicht so alt. Du bist doch noch nicht einmal im Rentenalter.«

»Rentenalter!«, rief er sichtlich entsetzt. »Jag mir doch nicht so einen grässlichen Schrecken ein!« Gespielt erbost setzte er hinzu: »Rentner, ich? Niemals!«

»Du kennst doch den Spruch: Wenn man in unserem Alter aufwacht, und es tut nichts weh, ist man tot«, lachte sie und hievte ihren Wagen die letzte Rampe hoch.

Aufatmend ließ sie sich anschließend auf einen Sitz im Wartebereich fallen. Roland setzte sich neben sie und streckte leise stöhnend seine Beine aus.

»Ich bin glatt einen halben Meter kürzer geworden«, brummte er, zog seinen Rollkragenpullover über den Kopf und stopfte ihn in seinen Kabinenkoffer.

Sie lächelte amüsiert und schaute durch die deckenhohe Glaswand hinaus. Der Himmel über dem Highveld war azurblau, ohne auch nur die kleinste Wolke, und die Sonne trug einen glitzernden Regenbogenkranz.

Sie deutete hinauf. »Eiskristalle. Der Kranz ist nur unter besonderen Wetterbedingungen zu sehen, hauptsächlich hier auf dem Highveld. Viele Afrikaner glauben, dass es das Ende der Welt voraussagt.«

»Und, glaubst du das auch?«, wollte Roland wissen.

Sie zog eine Braue hoch und schüttelte dann den Kopf. »Ich bin eine trockene, nüchterne Norddeutsche, die Greifbares braucht. Keinen irrationalen Glauben an etwas Übernatürliches. Das sind Eiskristalle, in denen sich die Sonnenstrahlen brechen. Nichts weiter.«

Nichts weiter. Sie hörte ihre eigenen Worte im Nachhall. Aber warum breitete sich jetzt dieses bohrende Unbehagen in ihr aus? Das sich als Druck auf ihre Seele legte und als heißer Knoten im Magen ausdehnte? Sie massierte sich den Bereich unter ihrem Rippenbogen. Es half nichts. Abrupt stand sie auf.

»Ich muss mich mal bewegen«, erklärte sie. »Zehn Stunden eingeklemmt still zu sitzen war zu viel. Bin gleich wieder da.«

Hastig drängte sie sich durch die Sitzreihen, kaufte zwei Cola am Kiosk und kehrte dann zu Roland zurück. Sie presste die eisgekühlte Dose an ihre Stirn und ihren Nacken, bevor sie sie öffnete und den Inhalt trank.

Als sie sich etwa zwei Stunden später im Landeanflug auf King-Shaka-Airport befanden, nachdem sie kurz vorher die Küste von Umhlanga Rocks überflogen hatten, verebbte ihre Energie, und ihr Herz jagte plötzlich, dass sie kaum noch Luft bekam. Aus irgendeinem Grund befürchtete sie, dass der Stalker schon am Flughafen auf sie warten würde.

»Ruhig«, flüsterte Roland und ergriff ihre Hand. »Ganz ruhig. Ich bin bei dir.«

Nervös trat sie kurz darauf aus dem Flughafen, aber niemand außer dem Fahrer mit dem Mietwagen wartete auf sie, und ihre Nerven hörten auf, wie panische Vögel zu flattern. Fürs Erste jedenfalls. Sie blieben jedoch angespannt wie zu straff gezogene Kabel.

»Wir fahren erst zur Agentur und erledigen die Formalitäten«, verkündete der Fahrer, ein junger Zulu in weißem Hemd und dunkler Hose, und setzte sich ans Steuer.

Alice wählte die Nummer des Gästehauses. Die Eigentümerin meldete sich selbst. »Hallo, Annalie, Alice hier«, sagte sie. »Wir verlassen gerade das Flughafengelände. In einer Stunde etwa sollten wir bei dir sein.«

»Danke, meine Liebe, wir freuen uns schon«, rief Annalie. »Alles ist für euch vorbereitet.«

Alice steckte ihr Handy weg. Auf der Fahrt über die Küstenstraße entlang des Indischen Ozeans schwieg sie, starrte nur mit brennenden Augen hinaus und dachte an Pierre. Und an Christoph. Und wieder an Pierre. Sie sah hinunter auf ihre Hände. Die Bilder blieben.

Nach einer halben Stunde bogen sie vom Highway ab, der oberhalb des Ortes entlangführte, hinunter ins Zentrum von Umhlanga Rocks. Für wenige Meter konnten sie über die Dächer der Hochhäuser hinweg hinaus aufs Meer sehen. Weit draußen lagen ein paar Schiffe auf Reede, die Brecher schäumten auf den Felsen, und an der Blauwassergrenze tauchte ein Pulk weißer Kaptölpel pfeilschnell nach Beute. Sekunden später waren sie im Ort angelangt, und der Blick wurde durch Häuser verdeckt.

Roland sah sich um. »Sieht hier ja aus wie Klein-Miami«, bemerkte er. »So viele Hochhäuser. Besonders die blauen Türme, die da unten am Strand in den Himmel ragen. Die würden besser nach Dubai passen. Nach deinen Erzählungen hatte ich mir es eigentlich ganz anders vorgestellt.«

Irritiert ließ Alice ihren Blick über das geschäftige Zentrum des Ortes mit den vielen Restaurants und Hochhäusern weiter über die Silhouette des Hotels Beverly Hills zu den blauen Türmen der Pearls of Umhlanga wandern.

»Du hast recht«, sagte sie langsam. »Offenbar sehe ich den Ort nicht mit den Augen, sondern mit meiner Seele. Als ich zum ersten Mal hierherkam, war Umhlanga Rocks ein Dorf.« Sie seufzte wehmütig. »Es war herrlich. Ein richtiges Dorf. Sehr grün, überall blühende Bäume und Büsche. Die Leute waren entspannt, und Hektik war ein Fremdwort. Bis auf wenige Ausnahmen gab es keine hohen Gebäude, und wir hatten über die niedrigen Dächer freien Blick über den Ozean. Auf einem Hausdach versammelten sich abends Dutzende von gelben Webervögeln und machten einen unglaublichen Krach.« Sie lächelte und zuckte dann mit den Schultern. »Aber ich kann auch verstehen, dass alle hier am Fortschritt teilhaben wollen, besonders am Tourismusboom, und deswegen massiv die Entwicklung vorantreiben. Money, Money, Money. Es ist überall auf der Welt das Gleiche.«

Nachdem Alice alle Papiere bei der Autovermietung unterschrieben hatte, übernahm sie das Auto. Sie verließen den Ort und fuhren durch schmale Straßen, die auf beiden Seiten von üppigen und sehr gepflegten Gärten gesäumt wurden. Kurz darauf bogen sie in eine Einfahrt ein. Das Gästehaus lag unter Palmen mit blühenden Büschen davor. Es bot einen idyllischen Anblick. Ein Pool mit Olympiaausmaßen, der von Bambuspalmen gesäumt wurde, funkelte in der Morgensonne. Webervögel, die wie Goldstücke im Grün leuchteten, hatten ihre Nester ans Ende der Palmwedel gehängt. Das Haus war einstöckig mit viel Glas und einem Balkon, der sich über die gesamte Länge der oberen Etage zog. Es war früher ein Einfamilienhaus gewesen, erinnerte sie sich, bis Annalies Mann gestorben war und das Geld zum Unterhalt des Anwesens nicht mehr reichte. Annalie, eine praktische Frau aus einer der alten Trekburenfamilien, hatte es angesichts des wachsenden Touristenstroms erfolgreich in ein Gästehaus umgewandelt.

Annalie wartete schon in der Einfahrt, eine rundliche Blondine mittleren Alters in knöchellangem, rotem Kleid und Sandalen. Sie küsste Alice auf beide Wangen. »Ich zeige euch die Zimmer«, flötete sie.

Sie rief einen Schwarzen heran, der gerade Laub zusammenharkte, und befahl ihm, die Koffer zu holen. Dann führte sie die Neuankömmlinge ins Haus. Ihre Zimmer lagen im Obergeschoss mit Blick über die Palmenwipfel auf das Meer und waren sehr gemütlich eingerichtet, jedes hatte sein eigenes Badezimmer. Sie packten aus, duschten ausgiebig und fuhren dann nach Umhlanga, um im dortigen Steakhaus zu essen. Auf dem Weg dorthin fiel ihr an einem Zeitungsständer die Balkenüberschrift vom *Natal Mercury* auf.

Mann wird bei Überfall am Kartenautomat erschossen.

Alice seufzte innerlich. Hier hatte sich also nichts geändert. Sie stellte das Auto auf dem öffentlichen Parkplatz gegenüber der Ladenzeile ab und stieg aus. Roland warf seine Tür zu.

»Moment«, rief er und lief mit langen Schritten über den Platz zum Bankautomaten, der in einem unbeleuchteten Hauseingang stand.

Sie rannte hinter ihm her, musste aber warten, bis drei Autos an ihr vorbeigefahren waren. »Roland, warte!«, rief sie. »Du …«

Aber er hatte die Karte schon in den Schlitz gesteckt. Im selben Augenblick erschienen zwei Männer in Jeans und Tanktops aus dem schattigen Gang, das Haar im Rastastil geflochten, und stellten sich dicht hinter ihn, was Roland offensichtlich nicht bemerkte.

»Vorsicht!«, schrie sie.

Roland aber gab schon seine Kartennummer ein, und dann musste sie hilflos zusehen, dass das passierte, was sie befürchtet hatte. Einer der beiden Männer berührte Roland an der Schulter und schimpfte, dass es so lange dauere, gleichzeitig bedrängte ihn der andere. Roland fuhr herum. Der Typ neben ihm, ein sehniger dunkelhäutiger Mann, schnappte sich in dieser Sekunde der Unaufmerksamkeit blitzschnell die Kreditkarte und wieselte zwischen den flanierenden Fußgängern davon. Die ganze Aktion hatte wohl nicht einmal fünfzehn Sekunden gedauert.

»Verdammt«, entfuhr es ihr.

Aber sie hatte nicht mit der Reaktion Rolands gerechnet. Er katapultierte sich vorwärts, bekam nach zwei Sätzen den Mann mit der Karte zu fassen, bevor der sie an einen Komplizen weitergeben konnte, versetzte ihm einen Boxhieb in den Rücken, dass er stolperte, packte ihn, entriss ihm die Karte, streckte ihn mit einem weiteren Boxhieb auf den Boden und stellte ihm einen Fuß auf den Rücken. Der Gangster, der hinter ihm gestanden hatte, spurtete über den Platz und tauchte im Strom der Passanten unter. Roland steckte seine Karte ein und riss den Gangster am Kragen hoch. »Hau ab!«, sagte er ruhig und stieß ihn vorwärts. »Und zwar schnell, bevor ich richtig böse werde.«

Der Mann flitzte über den Platz, als wäre der Teufel hinter ihm her. Roland lachte laut und grinste Alice an. »So, das hätten wir.«

Sie war beeindruckt, ließ es sich aber nicht anmerken. »Du bist verrückt geworden! Musst du denn unbedingt Crocodile Dundee spielen? Weißt du nicht, was bei so einer Aktion passieren kann?«

»Nein«, sagte Roland mit diesem verwegenen Piratengrinsen. »Ich wollte doch bloß Geld holen. Also, was kann passieren?«

Sie musterte ihn einen Augenblick schweigend, dann packte sie seine Hand und zog ihn zum Zeitungsstand. Sie nahm eine Zeitung, bezahlte sie im Laden und hielt sie Roland dann hin. »Hier, lies mal. Der Mann hat eine Kugel in den Bauch gekriegt und ist gestorben.«

Roland las schweigend. »Und was mache ich, wenn ich Geld holen will? Außer aufpassen?«

»Heb es in der Bank ab«, war ihre knappe Antwort. »Aber nicht zu viel auf einmal, und auch da musst du aufpassen, ob du beobachtet wirst. Auch wenn das paranoid klingt.«

Roland brummte Unverständliches. Sie betraten das Steakrestaurant, wurden zu einem Tisch geführt und bestellten.

»Ich habe mir über Google die Standorte der vier Golden-Egg-Nachtklubs angesehen und den Plan ausgedruckt«, sagte Alice und legte das Papier auf den Tisch. »Ich möchte noch vor Dunkelheit nach Durban fahren. Ich will diese Klubs und die Umgebung bei Tageslicht sehen.«

»Klar«, antwortete er. »Aber du solltest nicht allein fahren. Du brauchst einen kräftigen Mann, der auf dich aufpasst, und ich bin ja schließlich noch nicht im Rentenalter, nicht wahr?«

Nach dem Essen setzte sie sich ans Steuer, und sie fuhren über die breite Küstenstraße ins Zentrum von Durban. Dort schlängelte sie den Wagen durch den dichten Verkehr bis zu einem mit hohen Palmen bestandenen Boulevard, der direkt am Hafen entlangführte. Ein paar hundert Meter weiter bogen sie in eine ruhige Nebenstraße ein.

»Hier können wir sicher parken und die paar Schritte zu Fuß gehen«, sagte sie. »In dem Gebäude dort muss der Klub ...« Ihr blieben die Worte im Hals stecken, und gleichzeitig trat sie so heftig auf die Bremse, dass Roland nach vorn geschleudert wurde und sich am Armaturenbrett abstützen musste.

»Was ist?« Er klang alarmiert.

Sie umklammerte das Steuerrad. »Da ist er ...«, stieß sie hervor. »Der Stalker ... Da, vor dem Hauseingang!«

Roland sah hinüber. »Der Typ mit der blauen Baseballkappe?«

Sie konnte nur nicken.

Der Mann ließ seinen Blick mit großer Konzentration über die Umgebung laufen, hob dann einen Arm und stieß einen Pfiff aus. Die metallbeschlagene Tür öffnete sich, und eine Frau, jung mit goldbrauner Lockenmähne, erschien in Begleitung eines bewaffneten Leibwächters im Eingang. Gleichzeitig fuhr ein schwarzer SUV mit abgedunkelten Scheiben vor und blockierte Alice die Sicht. Die Wagentür klappte, und das Auto fuhr an ihr vorbei die Straße hinunter. Angestrengt bemühte sie sich, das Nummernschild zu erkennen, aber nachfolgende Autos verhinderten das, und als sie sich umdrehte, war auch der Stalker verschwunden. Für lange Sekunden saß sie wie betäubt da. Wer war diese Frau? Hatte sie etwas mit dem Nachtklub und daher auch mit Christoph zu tun?

Roland legte ihr einen Arm um die Schulter. »Komm, lass uns hier verschwinden. Mir gefällt die Gegend nicht, und außerdem geht die Sonne gleich unter, und das gefällt mir noch viel weniger. Soll ich fahren?«

Alice schüttelte wortlos den Kopf und startete den Wagen.

Als sie schließlich in die Einfahrt vom Gästehaus einbogen, war es dunkel. Ein starker, plötzlich aufgekommener Wind fuhr rasselnd durch die Palmenwedel und riss ihr fast die Wagentür aus der Hand. Mit schleppenden Schritten ging sie zum Haus, wobei sie sich fröstelnd die Narbe am Oberarm rieb.

Roland folgte ihr. »Es kann doch gut sein, dass der Mann da arbeitet«, sagte er beschwichtigend. »Oder du irrst dich ...«

»Ich irre mich nicht!«, fuhr sie ihn an. »Entschuldige«, sagte sie gleich darauf leise. »Ich irre mich nicht, glaub mir. Ich will wissen, wer er ist und wer diese Frau war. Ob sie etwas mit Christoph zu tun hat.«

»Vermutlich war sie doch nur ein Gast, der den Klub spät verlassen hat«, sagte er.

»Glaub ich nicht«, fiel sie ihm ins Wort. »Was sollte eine Frau um diese Tageszeit allein in einem Nachtklub?«

Roland blieb an der Tür zu seinem Zimmer stehen. »Mir fallen verschiedene Möglichkeiten ein, zum Beispiel, dass sie die Eigentümerin ist oder schlicht da arbeitet. Abgesehen davon kannst du heute nichts mehr ausrichten. Lass uns gut essen gehen. Ich lade dich ein. Durban ist doch praktisch eine indische Stadt, hier sollte es guten Curry geben ...«

Alice sah ihn verwirrt an. Sie hatte im Augenblick Mühe, sich zu konzentrieren. »Gibt es«, nickte sie schließlich. »In der Oyster Box. Die haben ein sehr gutes Currybuffet. Das ist nur fünf Minuten von hier.«

»Hervorragend«, sagte Roland. »Ich warte am Auto auf dich.«

Sie reservierte im Restaurant für zwei Personen, zog ein dunkelgrünes Leinenkleid und hochhackige Sandalen an, nahm einen Blazer mit und ging dann hinunter zu Roland, der sich inzwischen angeregt mit Annalie unterhielt.

Ein Zulu mit Tropenhelm und in weißer Tropenuniform winkte sie zu einem Parkplatz vor dem Hotel, ein anderer Schwarzer, der einen roten Fez und eine an indische Kolonialzeiten angelehnte Uniform trug, stand am Eingang. »Willkommen, wie geht es Ihnen?«, grüßte er und riss die Tür auf.

Sie führte Roland durch die hohe Halle an dem langen Empfangstresen aus poliertem Mahagoni vorbei, nickte im Vorbeigehen den drei uniformierten Damen an der Rezeption zu und blieb schließlich vor dem großen, über zweieinhalb Stockwerke reichenden Innenhof des Palm Court stehen. Um eine halbe Etage versenkt und von einer weißen Balustrade eingefasst, lag das Café, wo nachmittags ein Kuchenbuffet von gewaltigen Ausmaßen auf die Gäste wartete. An der Stirnwand leuchtete ein meterhohes farbenfrohes Gemälde, drei vielstämmige Bambuspalmen wuchsen in Kübeln bis hinauf zu den Lichtkuppeln, und langsam rotierende Ventilatoren mit braunen Flügeln aus Bambusgeflecht bewegten die klimatisierte Luft.

»Das hier«, sagte sie und machte eine umfassende Handbewegung. »Das hier war ein ziemlich schmuckloser, etwas verwahrloster Innenhof, der regelmäßig bei starkem Regen überflutet war. Das Wasser lief dann bis in den angrenzenden Frühstücksraum. Das Hotel wurde vor ein paar Jahren verkauft, und die Renovierungsarbeiten sind erst vor nicht allzu langer Zeit abgeschlossen worden.«

»Wunderschön«, bemerkte Roland anerkennend. »Muss ein begnadeter Innenarchitekt gewesen sein.«

Im Ocean Terrace, einem der Restaurants im Hotel, gab es kaum noch freie Plätze, und sie war froh, reserviert zu haben. Ein Ober in langer, gestreifter Schürze erschien an ihrem Tisch, stellte sich vor und reichte ihnen die Speisekarte. Sie wählten beide das Currybuffet und bestellten Bier dazu.

In Gedanken versunken, blickte Alice nach draußen. Aber sie sah nicht den mondbeschienenen Indischen Ozean, die schwarze

Silhouette des Leuchtturms und hörte nicht das Donnern der Brandung auf dem Felsenriff. Sie sah die Frau vor sich, die aus dem Nachtklub gekommen war, und sie sah den Mann mit der blauen Baseballkappe. Als der Ober das Bier servierte, kam sie zu sich und hob mit einem Ruck den Kopf.

»Ich irre mich nicht«, sagte sie mit Nachdruck. »Es war der Stalker. Diesen Mann werde ich mein Leben lang nicht vergessen, und er *hat* unser Haus, Pierre und mich beobachtet.«

Roland lehnte sich in dem weißen Korbstuhl zurück. »Okay, lass uns mal annehmen, dass du recht hast – das muss aber noch lange nicht etwas mit Christoph zu tun haben. Du bist dir doch noch gar nicht sicher, ob die Nachtklubs ihm gehören. Die Verbindung sehe ich noch nicht.«

»Bauchgefühl«, antwortete sie kurz und erhob sich. »Wollen wir ans Buffet gehen?«

Am nächsten Morgen erschien Roland mit Laufschuhen im Frühstücksraum. »Ich brauch Bewegung«, verkündete er. »Möglichst noch vor dem Frühstück.«

Eigentlich war Alice viel zu nervös und aufgewühlt und hätte die Zeit viel lieber genutzt, um noch einmal im Internet über die Nachtklubs zu recherchieren. Die Frau, die sie gestern dort gesehen hatte, spukte ihr im Kopf herum, und der Stalker natürlich auch. Eine Recherche im Netz sah sie als einzige Chance an, etwas über die beiden zu erfahren. Aber sie stimmte zu, zog Laufschuhe an und holte ihre Khakishorts aus dem Koffer, ärgerte sich allerdings weidlich, als sie dabei feststellte, dass sie einen Stapel T-Shirts und Tops zu Hause gelassen hatte. Schließlich fand sie ein weißes T-Shirt und lief hinunter zu Roland, der schon am Wagen wartete. Sie fuhren den kurzen Weg nach Umhlanga Rocks und parkten oberhalb der neuen Pier. Zwei Polizisten standen dort und redeten mit einem Security-Mann. Ein Golfcart, gesteuert von einem Polizisten, fuhr vorbei.

Roland sah sich um. »Hier gibt es ja reichlich Polizei und Sicherheitsleute – warum das? Ist etwas passiert?«

Alice zuckte die Schultern. Für sie hatte das früher zum Alltag gehört. »Das ist hier halt so.«

Er zog eine Braue hoch und grinste mit sanftem Spott. »Afrika eben?«

Sie lachte. »Das erklärt es umfassend. Sag mal, wo wollen wir laufen? Am Strand oder auf der Promenade? Die ist ungefähr drei Kilometer lang und endet im Hawaan Forest, einem unberührten Küstenurwald. Darin zu laufen ist nicht gerade empfehlenswert. Es wimmelt von Schlangen und anderen unfreundlichen Lebewesen, auch zweibeinigen.«

Roland entschied sich für den Strand. Es war Ebbe, und sie liefen über den festen Sand im gleißenden Licht nach Norden, immer am Saum der auslaufenden Wellen. Der Ozean funkelte in der Morgensonne wie ein Teppich aus Diamanten, die Brandung donnerte, und Seeschwalben schossen dicht über dem Wasser dahin.

»Schön ist das hier«, bemerkte Roland. »Erinnert mich an Australien. Oben bei Brisbane.«

Schweigend liefen sie weiter. Ihre Gedanken kreisten unaufhörlich um Christoph.

»Es hat wohl wenig Sinn, tagsüber zum Nachtklub zu fahren«, sagte sie, als sie auf dem Rückweg waren. »Vermutlich schlafen sich die Menschen, die in Nachtklubs arbeiten, erst einmal aus. Heute Abend ist bestimmt die bessere Zeit.«

Roland warf ihr im Laufen einen scharfen Seitenblick zu. »Aber du fährst nicht allein. Da kannst du argumentieren, was du willst. Ohne mich fährst du da nicht hin, sonst miete ich mir auch ein Auto und fahr dir hinterher.«

Sie hatte sich längst daran gewöhnt, dass er eindeutiges Beschützerverhalten an den Tag legte. Sie lachte. »Meine Güte, das will ich ja gar nicht! Reg dich bitte nicht auf. Aber abgesehen davon, kann ich sehr gut auf mich aufpassen.« Sie japste und verlangsamte das Tempo. Offenbar war sie beklagenswert unfit geworden, obwohl sie so viel im Garten gearbeitet hatte.

»Das weiß ich«, sagte Roland. »Aber dein Sohn scheint sich in einem sehr gefährlichen Umfeld zu bewegen. Ruf deine Freunde an, die scheinen den Kopf richtig rum aufgeschraubt zu haben. Sicherlich können sie uns helfen, dass wir schnell noch mehr über ihn herausfinden.«

Sie sah ein, dass er recht hatte, und erledigte den Anruf, gleich nachdem sie zurück im Gästehaus waren.

»Du bist hier?«, rief Jill, mit so viel Freude in der Stimme, dass ihr die Rührung in die Kehle stieg. »Und warum weiß ich nichts davon?«

Alice entschuldigte sich damit, dass sie es vor Aufregung über den Artikel über den Bandenkrieg der Nachtklubbosse in Durban einfach vergessen hatte. »Ich habe Hals über Kopf den nächsten Flug gebucht ... Ich muss wissen, wo Christoph ist ... Und wer er heute ist.«

»Okay, dann ist dir vergeben«, sagte Jill. »Aber komm erst mal her. Jetzt gleich, für ein paar Tage ...«

»Das geht leider nicht«, unterbrach sie ihre Freundin. »Mir läuft die Zeit davon. Nächste Woche um diese Zeit muss ich wieder in Lübeck sein.« Und mich mit Frank Federle auseinandersetzen, setzte sie für sich hinzu. Ihre Stimmung stürzte ab.

»Wenn du nicht herkommst, kündigen ich und Nils dir auf der Stelle die Freundschaft!«, wischte Jill ihren Einwand beiseite.

Trotz ihrer Stimmungslage musste Alice schmunzeln. »Okay, das ist natürlich eine schlimme Drohung.«

»Ich werde Tita und Angelica anrufen und morgen Abend einen Braai organisieren ...«

»Grillabend«, übersetzte sie leise für Roland. »Das ist Afrikaans.«

»Und vielleicht treibe ich auch einen Mann auf, der noch zu haben ist, damit du wieder zu uns zurückkommst ...« Jill unterbrach sich. »Sag mal, du hast doch eben mit jemandem geredet? Wer war das?«

Sie lächelte in sich hinein. Jill hatte eine untrügliche Nase für die kleinen Geheimnisse ihrer Freunde. Lange konnte man nichts vor ihr verbergen. »Ach, nur jemand, der grad hier ist ...«, versuchte sie auszuweichen.

»Aha, lass mich raten – es ist dein Gärtner, oder?«

Alice lachte nur kommentarlos. »Er heißt übrigens Roland, und er ist *nicht* mein Gärtner. Ich habe ihn nur als seelischen Beistand dabei.«

»So nennt man das heute also?« Jill quittierte die Aussage mit amüsiertem Glucksen. »Wehe, wenn du ihn nicht mitbringst! Ich sag gleich Thabili Bescheid, dass sie heute Abend was Anständiges auf den Tisch bringen muss. Also, bis nachher!« Damit legte sie auf.

Alice steckte das Telefon weg. »Das war meine beste Freundin Jill Rogge«, erklärte sie. »Sie hat uns für ein paar Tage eingeladen, und du wirst mitkommen müssen, sonst bekomme ich ernsthaften Ärger ...« Das Klingeln ihres Telefons unterbrach sie. »Das Geschrei in der Tasche«, sagte sie zu Roland und zog es hervor. »So nennen es die Zulus.«

Es war wieder Jill. »Mir ist gerade eingefallen, dass morgen blöderweise die große Wildauktion stattfindet, und da wir einige Tiere dabeihaben und obendrein zwei Leoparden kaufen wollen, muss ich da anwesend sein. Ihr schlaft aus, und ich sage Jonas Bescheid, dass er eine Safari für euch organisiert, und nachmittags bin ich rechtzeitig wieder da. Bis nachher dann, ich muss los.«

Alice legte auf und berichtete Roland, was ihre Freundin gesagt hatte.

»Eine Safari?«, sagte Roland. »Wunderbar! Ich habe schon viel von der Welt gesehen, aber ich war noch nie auf einer Safari in Afrika – ich war bis jetzt überhaupt noch nie in Afrika.«

»Übrigens, bevor ich es vergesse, ich muss noch ins Gateway-Einkaufszentrum«, sagte sie. »Ich habe dämlicherweise einen Stapel Tops zu Hause auf meinem Bett liegen lassen und muss mir ein paar neue kaufen. Es wird nicht lange dauern. Wir packen und lassen alles so lange hier.«

»Warum können wir nicht gleich alles mitnehmen?«

»Weil wir die Sachen nicht außer Sichtweite im Kofferraum verstauen können«, erwiderte sie. »Wenn es jemand spitzkriegt, räumen die uns den Wagen aus oder nehmen gleich das ganze Auto mit.«

Roland brummte kopfschüttelnd.

»Ach, du musst es halten wie ich mit den Schlangen«, sagte sie. »Ich habe mich in der ersten Zeit in Afrika genau über das Vorkommen, ihr Habitat und ihre Lebensweise informiert und verhalte mich einfach dementsprechend. Ich gehe nicht ins hohe Gras, setze mich nicht unter dichtbelaubte Bäume, achte eigentlich auf jeden Schritt, und wenn ich nachts über meinen gepflasterten Gartenweg gegangen bin, habe ich eine Taschenlampe mitgenommen, weil Schlangen es sich in kühlen Nächten gern auf den warmen Steinen bequem machen. Also lasse ich keine Sachen offen im Wagen liegen.«

Während Alice packte, sagte Roland Annalie Bescheid, dass sie für ein paar Tage unterwegs sein würden, und arrangierte mit ihr, dass das zurückgelassene Gepäck in einem verschlossenen Raum untergebracht wurde.

Es war wärmer und deutlich feuchter geworden, dunkelgraue Wolken hingen über der Küste, und Regenböen fegten vom Meer übers Land. Trotz des frühen Nachmittags waren die Straßen in und um Umhlanga schon verstopft, und in Richtung Gateway Shopping Centre schlichen die Autos Stoßstange an Stoßstange vorwärts. Auf dem großen Platz neben dem Zentrum warteten in endlosen geordneten Schlangen die schwarzen Angestellten, um von Dutzenden von weißen Minibustaxis zurück in die Townships oder weiter nach Zululand gebracht zu werden. Es gab kein Vordrängeln und keine Streitereien um einen Platz, aber die an- und abfahrenden Taxis blockierten die Straßen in alle Richtungen, sodass sie auch hier nur schrittweise vorankamen.

Schließlich war es geschafft, und Alice stellte den Wagen unter dem überdachten Teil direkt vor dem Supermarkt Checkers ab. Durch die automatische Tür gingen sie ins Innere des Einkaufszentrums. Die kalte Luft aus den riesigen Klimaanlagen blies ihnen entgegen. Die Gänge waren überfüllt und von Stimmengewirr in unglaublicher Lautstärke durchdrungen.

Roland ging hinüber zum Supermarkt und betrachtete mit glänzenden Augen die riesigen Verkaufsstände, auf denen sich buntes Obst und Gemüse türmten. Vor einem Berg gelbroter Mangos blieb er stehen. »Köstlich«, rief er und packte ein halbes Dutzend in einen Einkaufskorb. Es folgten zwei süße Natal-Ananas, Passionsfrüchte, ein Karton mit schwarzblauen Trauben und Mandarinen aus der Rustenburg-Gegend. Bevor sie ihn aufhalten konnte, war der Korb voll, und er marschierte vergnügt zur Kasse.

»Proviant für unterwegs«, verkündete er. »Ich brauche Vitamine.«

Alice sah auf die Uhr. »Wir müssen langsam in die Puschen kommen, sonst geraten wir in Zululand in den Abendverkehr, und das ist nicht ratsam.«

Sie zog ihn die Rolltreppe hoch in den glasgedeckten, palmenbestandenen Einkaufspalast. Es wimmelte von Menschen aller Hautfarben. Inderinnen in Saris, tief verschleierte Musliminnen, ihre Männer mit langen, weißen Gewändern und runden Kappen, und dazwischen flanierten flamboyant gekleidete Afrikanerinnen, auf Hochglanz gestylt mit gelb gefärbtem Kraushaar oder komplizierten Flechtfrisuren, die in Zopfkaskaden über den Rücken fielen.

Roland sah sich um. »Wenig Weiße hier«, bemerkte er.

»Stimmt«, sagte sie. »Und ich habe den Eindruck, dass es in den letzten zwei, drei Jahren immer weniger geworden sind.«

Während Roland draußen auf sie wartete, wählte sie in der Damenabteilung von Woolworth mehrere Tops und eine lange, weiße Biesenbluse aus. Das würde für die paar Tage genügen, entschied sie.

Als sie zu Roland kam, sah er sich noch immer fasziniert in alle Richtungen um. »Haben wir Zeit für einen Kaffee? Mehr Multikulti habe ich noch nirgendwo gesehen.«

Alice führte ihn zu einem Bistro ins Erdgeschoss, von wo aus Roland das Geschehen bestens beobachten konnte. »Wir könnten auch noch einen Happen essen. Unterwegs gibt es keine Möglichkeit.«

Der Kellner kam mit gezücktem Kugelschreiber, und sie gaben ihre Bestellung auf. Mit Hähnchen, Schinken und Mozzarella gefüllte Focaccia-Brote und zwei Cappuccino. In dem Augenblick jedoch, als der Kellner alles notiert hatte, fiel urplötzlich der Strom im gesamten Zentrum aus. Ein kollektives Aufstöhnen war zu hören. Die meisten Gäste sprangen auf und verließen eilig das Restaurant, die Türen der übrigen Restaurants und auch aller Läden wurden sofort verschlossen, und Rollläden rasselten scheppernd herunter.

»Was ist denn jetzt los?« Roland sah sich um.

»Überlastung«, seufzte sie. »Die Elektrizitätswerke stellen immer wieder den Strom für Stunden ab, weil die Kapazität der Kraftwerke nicht annähernd ausreicht. Es gibt zwar einen offiziellen Zeitplan, wann welcher Stadtteil wie lange dran ist, aber der wird hier nie eingehalten. Wenn du gerade im Lift bist, hast du Pech gehabt.«

Der Kellner erschien an ihrem Tisch. »Kein warmes Essen heute«, leierte er herunter. »Auch keinen Kaffee. Es gibt nur kalt.«

Alice dankte ihm und sah durch die hohen Glastüren hinaus ins tobende Gewitter. Der Himmel war so schwarz, dass es urplötzlich Nacht zu sein schien. Sie bewegte unbehaglich die Schultern. Wo vorher lebhaftes Treiben herrschte, hell beleuchtete Auslagen zum Einkaufen lockten, wirkte das Zentrum jetzt wie eine düstere Höhle, die verschlossenen, vergitterten Läden unheimlich. Die Menschen hasteten zum Ausgang, und die Menge, die durch die Einkaufsstraße geströmt war, lichtete sich in Windeseile.

»Lass uns gehen«, sagte sie und stand auf. »Hier ist es jetzt nicht mehr sicher. Leider hat es in den Einkaufszentren bei Stromausfall schon öfter bewaffnete Überfälle gegeben.«

Eine Gruppe junger Afrikaner kam ihnen entgegen. Kaugummi kauend strichen sie dicht an den dunklen Ladenfronten entlang, und als sie auf derselben Höhe wie sie waren, drehten sie sich ihnen wie auf Kommando zu und tasteten sie mit dunklen Augen ab.

»Die gefallen mir nicht«, sagte Roland leise. Er legte ihr den Arm schützend um die Schulter und beschleunigte seine Schritte. Mühsam stiegen sie die stehende Rolltreppe hinunter. Zumindest der Supermarkt schien über Notstromaggregate zu verfügen. Die Notbeleuchtung dort war zwar trübe, aber die langen Käuferschlangen vor den Kassen bezeugten, dass der Betrieb lief.

Missbilligend schüttelte Alice den Kopf. »Warum das Management vom Einkaufszentrum nicht einmal für Generatoren für die Beleuchtung und die Rolltreppen sorgt, verstehe ich nicht.«

»Aber die Parkautomaten funktionieren.« Roland grinste und deutete auf die Warteschlage davor. »Geschäft ist eben Geschäft!«

Endlich konnten auch sie ihre Parkkarte entwerten und liefen dann eilig zu ihrem Auto. Sie atmete auf, als sie sich wieder auf der Straße nach Umhlanga befanden.

»Es ist faszinierend«, sagte sie, während sie um den Verkehrskreisel fuhr. »Aber kaum bin ich wieder hier, bricht bei mir der endemische Verfolgungswahn aus. Hier schwirren Verschwörungstheorien wie Mücken durch die Luft, und selbst wir lassen uns von ein paar Jugendlichen ins Bockshorn jagen, die sich vermutlich nur einen schönen Abend machen wollten und denen der Stromausfall genauso einen Strich durch die Rechnung gemacht hat wie uns.«

»Na, da bin ich mir nicht so sicher«, sagte Roland.

Am Gästehaus angekommen, luden sie ihr Reisegepäck ins Auto und bogen kurz darauf auf den Highway in Richtung Zululand ab. Alice fuhr konzentriert. Die Straßen dampften nach dem letzten Wolkenbruch, und es herrschte dichter Verkehr. Die zahllosen Sammeltaxis, die nach Norden strömten, waren fast alle in schlechtem Zustand und oft restlos überladen. Die Fahrer ignorierten jede Verkehrsregel, überholten rechts und links gleichzeitig oder hielten an der Böschung, weil einer der Insassen dringend seine Notdurft verrichten musste.

Der Regen setzte wieder ein und trieb in sanften Schleiern über das Land, wurde von Minute zu Minute stärker und der Himmel dunkler. Das Taxi vor ihnen war so mit Passagieren überfrachtet, dass es mit dem Heck auf der Fahrbahn aufschlug und mit metallischem Kreischen erst nach rechts und dann nach links schleuderte. Sie trat hart auf die Bremse, rutschte auf dem nassen Asphalt, schlingerte in letzter Sekunde an dem Taxi vorbei und konnte es überholen. Fast zwei Dutzend schwarze Gesichter starrten teilnahmslos zu ihr herüber.

»Sind die alle lebensmüde?«, murmelte Roland.

»Afrika«, war ihr trockener Kommentar. »Die Minibustaxis sind berüchtigt, und die hier hätten wohl die Unfallstatistik um mindestens zwanzig Personen hochgedrückt.«

Nach fast zwei Stunden bogen sie von der N2 in die Straße ein, die die Wildreservate Hluhluwe und Umfolozi trennte. Eine Kuhherde bewegte sich gemächlich grasend an der Böschung entlang. Ein halbes Dutzend der Rinder hatte es sich trotz des prasselnden Regens mitten auf der Straße bequem gemacht, eine Kuh säugte ihr Kalb, und ein massiger, schwarz glänzender Ochse glotzte dem Auto aus blutunterlaufenen Augen entgegen. Mit einem ergebenen Seufzer drosselte Alice die Geschwindigkeit. Der Hirte, ein alter Mann in einer abgetragenen Rangeruniform, stand auf seinen Stock gestützt am Straßenrand unter einem dicht belaubten Baum und blickte ihnen ausdruckslos entgegen, machte aber keine Anstalten, sein Vieh von der Fahrbahn zu treiben.

»Afrika«, murmelte Roland.

Sie lachte vergnügt. »Du lernst schnell.«

So weit das Auge reichte, erstreckten sich rechts und links der Straße Hofstätten von Kleinbauern. Neben traditionellen Bienenkorbhütten gab es mit blinkendem Wellblech gedeckte Schuhkastenhäuser, in denen es im Sommer heiß wie in der Hölle war und im hiesigen, empfindlich kalten Winter nicht minder ungemütlich. Hunde streunten zwischen den Hütten umher, Ziegen rupften Grünes auf der Böschung und beäugten Alice mit intelligenten, dunklen Augen. Ein vergittertes Gebäude, offensichtlich eine Kneipe, schien der lokale Treffpunkt zu sein, denn ein Dutzend Männer saß unter dem Dachüberhang und trank Bier. Auf jeder Straßenseite parkten unzählige Sammeltaxis in Doppel- und Dreierreihen. Aus den Bussen strömten immer neue Menschenmassen, die sich auf den Heimweg in die umliegenden Dörfer machten.

Alice versuchte, sich langsam einen Weg durch die Menge zu bahnen, aber nachdem ihr mehrmals jemand aufgebracht auf die Karosserie geschlagen hatte, hielt sie an.

»Wir sitzen fest«, sagte sie und prüfte, ob die Zentralverriegelung aktiviert war.

Die Scheibenwischer schaufelten das Wasser über die Scheiben, und die Sicht aus den Seitenfenstern war durch den herunterströmenden Regen verzerrt. Ein junger Afrikaner auf einem Fahrrad, der ein Bierfass auf dem Kopf balancierte, stieß mit der Schulter gegen den Rückspiegel, der darauf nach hinten knickte. Sie zuckte zusammen. Roland wollte das Fenster herunterlassen und dem Mann die Meinung sagen, aber sie stoppte ihn.

»Nicht«, sagte sie leise. »Lass das Fenster bitte zu. Das ist siche-rer. Außerdem ist der Wagen versichert.«

Er musterte sie mit zusammengezogenen Brauen. »Was heißt das?«

Sie hob die Schultern. »Sobald du in Zululand von den großen Straßen abweichst, musst du aufpassen.«

»Afrika«, bemerkte Roland missmutig. »Langsam geht mir das auf die Nerven.«

»So ist es eben«, sagte sie. »Man gewöhnt sich daran.«

Inzwischen war auf der Straße kein Durchkommen mehr. Ein Taxi nach dem anderen spuckte seine menschliche Fracht aus. Frauen wuchteten ihre schweren Taschen auf den Kopf und schrit-ten mit der stolzen Haltung von Königinnen durch den Regen davon, Schulkinder in gebügelten Uniformen marschierten in geordneten Grüppchen, und ein Trupp Straßenarbeiter schlurfte müde vorbei. Vier junge Männer, alle in abgetragenen Jeans, roten T-Shirts mit dem Aufdruck *EFF* und der Silhouette des afrikani-schen Kontinents, starrten unverwandt zu ihnen herüber.

Ihr Pulsschlag wurde schneller. »Die haben was vor«, flüsterte sie Roland zu. »Die gehören zur Economic-Freedom-Fighter-Partei, und das sind notorische Unruhestifter. Wir müssen zuse-hen, dass wir hier rauskommen. Weiße gehören zu ihrem Feind-bild.«

Roland musterte die Gruppe. »Die tun doch nichts, die sehen uns doch nur an.«

»Ist dir nicht aufgefallen, dass wir hier die einzigen Weißen sind? Sieh dich mal um.« Mit dem Kinn deutete sie nach drau-ßen, während sie langsam anfuhr.

Die vier am Straßenrand änderten subtil ihre Haltung. Leicht vorgebeugt, die Hände zu Fäusten geballt und angespannt, als wollten sie im nächsten Moment zuschlagen, fixierten sie Alice. Aus den Augenwinkeln sah sie, dass mehrere Leute stehen geblie-ben waren und interessiert zusahen. Beunruhigt suchte sie eine

Lücke in der Menge, aber vergeblich. »Verdammt«, murmelte sie und drehte sich um, um zu prüfen, ob sie rückwärts aus dieser Situation entkommen konnte, als das Auto plötzlich zu schaukeln begann. Vor und zurück, immer stärker. Sie klammerte sich am Steuerrad fest.

»Zwei Kerle probieren aus, ob wir seekrank werden«, knurrte Roland. »Ich glaub, ich muss mal ernsthaft mit denen reden.«

»Nein, lass das!«, fuhr sie ihn an. »Bitte!«, setzte sie fast flehentlich hinzu.

»Du kannst mir ja nachher erklären, warum du nicht willst, dass ich die mal zur Ordnung rufe, aber selbst ich werde irgendwann seekrank.« Er verkeilte sich auf seinem Sitz, sodass er nicht hin und her geworfen wurde. »Da kommt noch ein Auto«, sagte er. »Hinter uns. Ich kann es im Rückspiegel sehen.«

Sie drehte sich kurz um. Ein bulliger Landrover pflügte durch die Menge. Der Fahrer hatte die Sonnenblende heruntergeklappt, und sie konnte nicht erkennen, ob es ein Zulu oder ein Weißer war. Aber dann sah sie das Nummernschild.

»NHL – INQABA 2«, las sie leise und lachte auf einmal erleichtert los. »Weißt du, wer das ist?«, rief sie. »Das ist Nils Rogge, der Mann von Jill!«

Hastig zerrte sie ihr Telefon aus der Tasche ihrer Jeans und drückte die Kurzwahltaste für Nils. Im Rückspiegel konnte sie sehen, wie er sein Mobiltelefon ans Ohr presste.

»Hallo?«, meldete er sich.

»Nils!«, schrie sie in den Hörer. »Hier ist Alice. Wir sind direkt vor dir in dem weißen Corolla und kommen hier nicht weg. Die EFF-Typen versuchen, den Wagen umzukippen!«

Der schlammfarbene Landrover schob sich auf der rechten Seite an ihrem Auto vorbei. Nils winkte kurz, ließ dann sein Fenster herunter und rief der Menge etwas auf Zulu zu. Die Körperhaltung der vier Männer, die sie so aggressiv beobachtet hatten, wurde lockerer. Einer antwortete Nils, und es entspann sich ein kurzer Wortwechsel. Sie bemerkte, dass Nils dem Anführer etwas in die Hand drückte – ein paar Geldscheine, vermutete sie –, worauf die vier jungen Zulus ihre übrigen Landsleute mit Geschrei und deutlichen Gesten zurückdrängten.

»Nils und Jill sind hier bekannt wie bunte Hunde«, erklärte sie Roland erleichtert.

Er beobachtete die Männer in den roten T-Shirts. »Und ein paar Geldscheine wirken da offenbar Wunder.«

Es dauerte nicht lange, und eine schmale Gasse öffnete sich. Nils fuhr durch, und Alice hängte sich an seine Stoßstange, bis sie auf dem Parkplatz von Inqaba ankamen.

Sie sprang aus dem Auto. »Nils, dein Timing hätte nicht besser sein können! Die haben versucht, unser Auto umzuwerfen. Mir war wirklich mulmig zumute.«

»Ach, die haben sich bloß gelangweilt und wollten ein bisschen Spaß haben«, sagte er grinsend. »Und den Anführer kannte ich. Er ist der Sohn einer unserer Farmarbeiter und macht gern Krawall. Den muss man nicht so ernst nehmen.« Er küsste sie auf beide Wangen. »Es ist gut, dich zu sehen.« Dann musterte er sie eindringlicher. »Du bist dünner geworden ... Geht es dir gut?«

Sie wusste, dass hinter der Frage mehr steckte als nur höfliches Interesse. »Es wird langsam«, sagte sie kurz. »Und ja, sonst es geht mir ... ganz gut.« Dass ihr die Bank im Nacken saß und vermutlich ihr Elternhaus zwangsversteigert werden würde, hatte sie nicht vor, ihm mitzuteilen. »Das ist Roland Hendricks«, stellte sie ihren Begleiter vor. »Nils Rogge, der Mann von Jill von Inqaba ...«

»Das hab ich gern«, maulte Nils mit komischer Grimasse. »Nur als Anhängsel meiner Frau wahrgenommen zu werden.«

Sie lachte vergnügt. »Meine Güte, du armer unterdrückter Mensch! Wo ist Jill?«

»Hier bin ich«, rief eine klare Stimme.

Alice wirbelte herum, und einen Augenblick später lagen sie und Jill sich in den Armen.

»Du kannst dir nicht vorstellen, wie schön es ist, dich nicht nur auf dem Bildschirm zu sehen«, flüsterte sie und drückte ihre Freundin.

»Und das ist also dein Gärtner«, sagte Jill trocken.

»Er ist nicht …«

»Ich weiß, er ist nicht *dein* Gärtner«, ergänzte Jill mit einem Funkeln in ihren tiefblauen Augen. »Hallo, Roland, ich bin Jill«, sagte sie und reichte ihm die Hand.

»Jill, schön, Sie endlich kennenzulernen …«

»Hier duzt man sich, wenn man befreundet ist«, mischte sich Nils ein.

Roland grinste. »Okay, also noch einmal – hallo, Jill, schön, dich endlich kennenzulernen. Alice redet ja ständig von euch – und danke für die Einladung.«

Alice bemerkte das sekundenlange Aufleuchten in seinen Augen, als er mit Jill redete, und wurde von einem kurzen, aber heftigen Eifersuchtsanfall überrascht. Innerlich rief sie sich zur Räson. Roland war ein freier Mann. Und Jill war verheiratet. Und mit Nils war außerdem nicht zu spaßen. Glücklicherweise.

»Ein Schlafzimmer oder zwei?«, raunte Jill ihr im selben Augenblick zu.

Sie boxte ihre Freundin in die Seite. »Zwei natürlich, du verdorbenes Geschöpf!«

Jill lachte vergnügt. Dann rief sie Jonas an und trug ihm auf, das Gepäck in den Bungalow bringen zu lassen. Anschließend führte sie ihre Gäste durch den sonnendurchschienenen Blätter tunnel zu ihrem Privathaus. Am Eingang des Tunnels blieb Roland vor dem Schild stehen, das Gäste davor warnte, dass die Lodge nicht umzäunt sei und Löwen, Elefanten, Leoparden und anderes Wild frei durchs Gelände streiften und dass überall Giftschlangen vorkämen. Und dass das Management nicht regresspflichtig sei.

»Oha«, bemerkte er. Sonst nichts.

Alice sah sich um und holte tief Luft. Die Regenwolken hatten sich längst verzogen, der Himmel leuchtete blau, und der warme Wind wehte den herrlichen Duft des Frangipanis herüber, den ursprünglich angeblich Jills Ururgroßmutter Catherine gepflanzt hatte. Sie lehnte sich über die Balustrade. Die leuchtend weißen Sternenblüten der Amatunguluhecke verströmten einen betörenden Duft, eine Herde Meerkatzen tobte kreischend durch die Baumwipfel, und eine Nashornkuh, neben der eine Miniaturausgabe ihrer selbst Bocksprünge im hohen Gras vollführte, zog äsend den langen Abhang zum Fluss hinunter. Ein tiefes Gefühl von Heimkommen und Frieden durchflutete sie.

»Es kommt mir vor, als wäre ich erst gestern hier gewesen«, flüsterte sie. »Und als hätte ich die letzten Monate in einer Art Parallelwelt zugebracht.«

»Geht mir ähnlich, wenn ich nach Australien zurückkehre«, sagte Roland und beobachtete mit offensichtlicher Faszination eine winzige Duiker-Antilope, die mit großem Appetit die gerüschten Blüten einer weißen Engelstrompete abfraß.

»Das ist Tika-Tika«, sagte Jill. »Ich habe sie mit der Flasche aufgezogen, was ich zutiefst bereue. Das Biest frisst alles, was Blätter oder Blüten hat. Ich muss sie immer wegtragen, um sie loszuwerden, und es dauert keine halbe Stunde, da ist sie schon wieder dabei, meine Kübelpflanzen zu vernichten – *suka!*« Fauchend machte sie scheuchende Handbewegungen. Tika-Tika zuckte irritiert mit den Ohren und fraß weiter.

Alice lachte. »Gibt es sonst noch neue Familienmitglieder?«

Nils hob mit komischer Verzweiflung die Schultern. »Wenn du von einem jungen Hippo namens Würstchen, Skippy, dem Mini-Serval, und einem verrückten Trompetenhornvogel absiehst, der Pittipatta heißt, wie ein Kleinkind heult, und das meist bei Sonnenaufgang, ist alles beim Alten. Kira ist den ganzen Tag auf dem Pferd im Reservat unterwegs, meist mit Pittipatta auf der Schulter, und Luca nervt, weil er ein Gewehr haben will. Schließlich sei er auch Ranger, erklärt er mir ständig. Was natürlich Unsinn ist. Philani hat ihm den Floh ins Ohr gesetzt.« Er wandte sich an Roland. »Das ist unser Chefranger.«

»Sieh es von der positiven Seite«, sagte Alice. »Solange keiner der beiden Giftschlangen oder Löwen als Haustiere halten will, ist es doch erträglich.« Sie musste an Christoph und seine Vorliebe für hochgiftige Schlangen denken.

Nils warf beide Hände hoch. »Das glücklicherweise noch nicht, aber Kira hat gestern einen jungen Hadida angeschleppt ...« Er wandte sich wieder an Roland. »Kira und Luca sind unsere Kinder. Und beide sind – gelinde ausgedrückt – sehr durchsetzungsfähig.«

»Soll heißen, sie wickeln ihren Daddy um den kleinen Finger«, machte sich Jill lustig.

Alice blickte von einem zum anderen. »Meine Güte, tut das gut, bei euch zu sein«, seufzte sie. »Gibt es sonst noch was, was ich wissen sollte?«

»Alastair hat einen massiven Bandscheibenvorfall gehabt, ist operiert worden, erfolgreich, wie es scheint, und wird morgen aus dem Krankenhaus entlassen. Zum Braai will er auch kommen, obwohl Angelica dagegen ist.« Jill lachte. »Das wird ihr nichts nützen. Wie wir alle wissen, ist Alastair das Sinnbild eines sturen Schotten. Nelly hat Arthrose und soll abnehmen, um ihre Gelenke zu entlasten, und sie meint, dass sie das nicht könne, da sie dafür weniger essen müsse. Kein Zulu will aussehen wie ein Sack Knochen, sagt sie. Aber außer ein paar Zipperlein hier und da geht es allen sonst gut.«

Jill hatte den Tisch für sie auf der Terrasse decken lassen. Von hier aus bot sich ein ungehinderter Rundblick über das Gelände. Am Fuß des Abhangs schimmerte das Wasserloch, und im abnehmenden Tageslicht erschien gerade auf leisen Sohlen eine Elefantenfamilie. Zwei winzige Ebenbilder der Riesen rannten in den flachen Uferbereich und rauften sich wie kleine Jungs. Der massige

Schatten eines Büffels trat aus den Büschen, gefolgt von zierlichen Impalas. Über allem pulsierte der durchdringende Gesang der Zikaden.

Verstohlen schaute Alice zu Roland. Die Arme vor der Brust verschränkt, schaute er mit verträumtem Ausdruck hinunter zum Wasserloch.

»Ist es nicht wunderbar?«, flüsterte sie.

Er nickte nur stumm.

Thabili hatte sich mit dem Dinner selbst übertroffen. Es gab ihre Lieblingsgerichte. Vichyssoise – kalte Lauch-Kartoffelcremesuppe –, Avocadosalat, saftige Steaks vom offenen Grill mit Butternussmus und Rosmarinkartoffeln. Als Dessert tischte Thabili eine Riesenschüssel mit Fruchtsalat aus Mango, Ananas, Papaya und Passionsfrucht und Eiscreme auf.

Alice stöhnte voller Wonne. »Das war absolut himmlisch!«

»Wann soll Jonas euch morgen zur Safari abholen?«, wollte Jill wissen.

Sie verzog das Gesicht. Üblicherweise starteten die Safaris hier spätestens um fünf Uhr. Das hieß um vier aufstehen, Kaffee trinken, ein kurzes Frühstück hinunterwürgen, und dann ging's auch schon los. Ihr saß der Flug noch in den Knochen, und sie brauchte dringend Schlaf, und zwar so lange, bis sie von selbst aufwachte.

Nils, der sie beobachtet hatte, prustete los. »Jill, ich glaube, da wird es ein Problem geben. Sag Philani, er kann morgen ausschlafen!« Er grinste Alice an. »Wann bist du denn so weit wach, dass du eine Safari überstehst? Du kriegst auch Rührei zum Frühstück, das liebst du doch.«

»Um sechs?«, schlug sie widerstrebend vor. »Aufstehen, meine ich.«

»Na ja, da ist der Tag schon fast vorbei«, erwiderte Jill mit gespielt ernstem Ausdruck. »Aber ich sag Philani Bescheid. Jonas wird euch gleich zum Bungalow bringen.« Sie wandte sich Roland zu. »Du darfst hier nach Einbruch der Dunkelheit auf keinen Fall allein zum Haupthaus oder sonst wohin gehen. Das ist ein sehr ernst gemeinter Rat. Es muss immer ein bewaffneter Ranger dabei sein, weil ...«

»Ich werde keinen Schritt ohne bewaffnete Begleitung tun«, grinste er. »Die Schilder am Eingang waren unübersehbar und sehr beeindruckend.«

Inzwischen hatte sich die Nacht samtschwarz aufs Land gesenkt, die Augen der Nachttiere leuchteten gespenstisch wie Taschenlampen in der Dunkelheit auf, Hyänen jaulten, einer der Elefanten trompetete, dann war nur noch das Krachen und Splittern brechender Äste zu hören.

»Sie gehen schlafen«, sagte Jill.

»Das sollten wir auch.« Auffordernd sah Alice Roland an.

»Okay«, stimmte er zu. »Obwohl ich den Rest meines Lebens damit verbringen könnte, dem Treiben am Wasserloch zuzusehen. Jetzt kann ich deine Sehnsucht nach diesem Land verstehen.« Er legte den Kopf in den Nacken und blickte hinauf ins sternenfunkelnde Firmament. »Das erinnert mich ans Outback. Manchmal muss ich raus aus Sydney, und dann wandere ich mutterseelenallein durch die Einsamkeit beim Lake Eyre. Der Sternenhimmel dort ist spektakulär.«

Alice kicherte. »Dann spielt er Crocodile Dundee und jagt Kängurus fürs Abendessen«, flüsterte sie Jill zu.

Jonas erschien, das Gewehr locker in der Hand und ein breites Lächeln im Gesicht. »*Sawubona*, Madam, willkommen daheim!«, rief er und begrüßte Alice mit dem traditionellen afrikanischen Dreiergriff. »Sir.« Er nickte Roland zu und tippte mit zwei Fingern an seine Stirn.

Sie folgten ihm über einen schmalen, felsigen Pfad zum Bungalow. Jonas öffnete die Eingangstür und ließ sie eintreten.

»Ein Schlüssel ist hier nicht nötig«, informierte er Roland. »Vor Affen ist sowieso kein Schloss sicher.« Er verabschiedete sich. »Gute Nacht.«

Der Bungalow schmiegte sich wie ein Schwalbennest auf eine vorspringende Felsplatte. Sein tief heruntergezogenes Rieddach schützte die Terrasse aus Holzbohlen vor Wind und Wetter. Das Mondlicht floss durch die bodentiefen Fenster ins Haus, über den rötlich schimmernden Holzfußboden, die sandgelbe Ledercouch und die dicken, knorrigen Holzstämme, die das Dach abstützten.

Alice blickte hinauf in die freiliegenden Dachsparren. »Kannst du die Geckos lachen hören?«, flüsterte sie, und ihr Herz zog sich zusammen. Zu sehr erinnerte sie diese Szene an eine ähnliche, die nicht einmal ein Jahr zurücklag, als sie mit Pierre auf Inqaba weilte. Sie fragte sich, wie sie die nächsten Tage überstehen sollte.

Roland hatte inzwischen zwei Piccolos aus der Minibar geöffnet. Er füllte zwei Gläser und trug sie hinaus auf die Terrasse. »Champagner unter den Sternen Afrikas«, lächelte er versonnen und hob sein Glas. »Auf dein ganz besonderes Wohl.«

Er zog zwei der bequemen Rattansessel heran, und sie setzte sich.

Eine Zikade fing an zu singen, eine zweite fiel ein, und bald erfüllte der Chor der Nachttiere das Universum. Schweigend schauten sie hinauf zu den Myriaden flimmernder Sterne, bis kurz darauf schwarze Wolken das Funkeln auslöschten.

»Lass uns schlafen gehen«, sagte Alice. In ihrer Schlafzimmertür blieb sie noch einmal stehen. »Übrigens, wenn du morgen zu unchristlich früher Zeit einen grausigen Schrei hörst, dann dreh dich einfach auf die andere Seite.« Sie lächelte. »Das sind Hadida-Ibisse. Die schreien, wie ihr Name besagt, laut *hahaha-di-da* und können damit ohne Weiteres Tote aufwecken. Schlaf gut!«

Als Alice aus der Dusche kam, erschütterte dumpfes Grollen die Atmosphäre. Blitze zischten unablässig über das tiefschwarze Firmament, ließen Sterne vor ihren Augen tanzen, und die Donnerschläge vibrierten durch ihren Körper. Sie blickte beunruhigt in die Nacht. Die elektrischen Stürme in Zululand waren berüchtigt. Immer wieder kamen hier bei Blitzeinschlägen Menschen

um, oft mehrere während eines einzigen Gewitters, und ihr Bungalow hatte ein Rieddach, das vermutlich wie Zunder brennen würde.
Natürlich waren Inqabas Bungalows mit Blitzableitern versehen,
das wusste sie, aber wenn der Busch in Brand geriet, dann nützte
auch der herzlich wenig. Das Telefon neben ihrem Bett unterbrach
ihren Gedankengang, und sie nahm ab.

»Hi«, hörte sie Jills Stimme. »Nur damit du beruhigt schlafen
kannst, wir haben genügend Generatoren, um den gesamten
Lodge-Betrieb aufrechtzuerhalten, und außerdem haben wir
Brandwachen aufgestellt, die euch herausholen, ehe ihr gegrillt
werdet.« Sie lachte. »Versprochen!«

»Kannst du Gedanken lesen?«

»Nein«, versetzte Jill trocken. »Ich kenn dich nur ziemlich gut.
Schlaf gut!«

Damit legte sie auf, und Alice ging ins Bett. Das Gewitter
tobte sich über ihr aus, der Himmel öffnete seine Schleusen, aber
das bekam sie nicht mehr mit.

20

Nicht der Schrei der Hadidas weckte sie kurz nach Sonnen-aufgang auf, sondern ein Heulen, das durch Mark und Bein ging. Desorientiert schoss Alice im Bett hoch, gleichzeitig flog die Tür auf, und Roland stand barfuß und nur mit Shorts bekleidet im Türrahmen.

»Was war das?«, rief er verschlafen. »Das klang nicht wie haha-di-da!«

»Keine Ahnung. Klang wie ein Mensch – ein Baby?«

»Bei der Lautstärke muss das ein ziemlich großes Baby gewe-sen sein«, brummte Roland. »Ich seh mal nach.«

»Lass das lieber«, rief sie. »Wenn es ein großes Baby war, hat es hier meist eine noch größere Mama, und die werden ziemlich böse, wenn man ihren Kindern zu nahe kommt. Wobei allein sie entscheiden, was zu nahe ist ...« Sie sprang aus dem Bett.

Noch ein weiteres Mal war dieses schreckliche Heulen ganz in der Nähe zu hören, und dann erklang eine klare, kindliche Stimme. »Pittipatta, wenn du morgens noch einmal so schreist, binde ich dir den Schnabel zu! Dann gibt's nichts zum Frühstück, hörst du? Oder Mami verfüttert dich an Roly und Poly!«

Sie sahen sich perplex an. Alice öffnete die Tür einen Spalt und spähte über die Terrasse. Ein schlankes Mädchen mit kinnlangen, dunklen Locken entfernte sich auf Zehenspitzen von ihrem Bun-galow. Auf ihrer Schulter saß ein ziemlich hässlicher Vogel, groß wie ein Kormoran, aber mit unverhältnismäßig großem Kopf. Er schien einen schwarzen Frack und weiße Hosen zu tragen und schlug empört mit den Flügeln. Vermutlich weil das Mädchen ihm den Schnabel zuhielt.

»Das ist Kira und ihr Trompetenhornvogel«, sagte Alice und gähnte. »Na, hoffentlich bekommen wir nicht auch noch Besuch von Würstchen, dem Hippo. Selbst kleine Flusspferde sind nämlich schon ganz schön kräftig, und große Zähne haben sie auch.«

Am Ende der Terrasse landete lautlos ein beachtlicher Vogel, der bis auf den langen, gebogenen Schnabel und dem metallisch glänzenden Federkleid wie eine hochbeinige Gans aussah. Er legte den Kopf schief und beäugte Roland eingehend. Dann öffnete er den Schnabel und ließ ein kreischendes Geräusch hören, das dem einer Kreissäge Konkurrenz machen konnte.

»*Das* ist ein Hadida«, sagte sie. »Ich geh wieder ins Bett.«

Und das taten sie beide, bis pünktlich um sechs Uhr jemand laut an die Bungalowtür klopfte. Philanis sonore Stimme erklang. »Guten Morgen, Madam, guten Morgen, Sir«, rief er. »Frühstück ist in einer halben Stunde.«

Alice knurrte schlaftrunken, stand auf und schlurfte durchs sonnendurchflutete Schlafzimmer ins Bad. Sie zog eine Grimasse, als sie Roland im anderen Bad munter unter der Dusche pfeifen hörte. So viel gute Laune war ihr vor dem Frühstück zu viel. Nachdem sie geduscht hatte, schlüpfte sie in ihre Jeans und zog Pierres Troyer über ein weißes Leinenhemd. Die Nacht war empfindlich kalt gewesen, und auch jetzt war es noch überraschend kühl.

»Zieh dir auch einen Pullover an«, riet sie Roland, der gerade aus dem Bad kam und nur ein Polohemd übergezogen hatte. »Schließlich ist der Winter noch nicht ganz vorbei, auch wenn es tagsüber ziemlich heiß werden kann. Dafür ist der Busch grün, das Gras saftig, und fast alle Tiere haben jetzt Junge. Wir sollten viel zu sehen bekommen.«

Das Frühstück war kurz, aber gut, das versprochene Rührei köstlich, und um halb sieben kletterten sie auf die erhöhten Sitze des Safariwagens.

Philani begrüßte sie vergnügt. »Jill hat euch Anoraks bereitgelegt, falls ihr verweichlichten Europäer frieren solltet«, grinste er, startete den Motor und lenkte den Landrover an den Bungalows und der Restaurantterrasse vorbei, wo Thabili und ihre Kellnerinnen bereits damit beschäftigt waren, das Frühstücksbuffet abzudecken. Offensichtlich waren die meisten der übrigen Gäste schon unterwegs auf Safari.

Der Weg führte um einen Hügel und bot einen weiten Blick in die Landschaft. Perlmuttern schimmernder Morgennebel bedeckte noch das Tal, aber in der Wärme der ersten Sonnenstrahlen löste er sich schnell auf, und bald konnten sie das Wasserloch erkennen, das eingebettet im dichten Schilf auf die Entfernung wie eine silbrig glänzende Münze auf hellgrünem Samt wirkte. Sie bogen auf einen schmalen Buschpfad ein, der sich durch eine Senke schlängelte. Die Böschung war abgerutscht, und immer wieder zwangen mit gelblichem Schlamm gefüllte Schlaglöcher, die sich oft zu einer Seenplatte vereinigten, Philani, Schritt zu fahren.

»Eine Woche lang ist praktisch jede Nacht ein Wasserfall vom Himmel gestürzt«, sagte der Ranger grimmig. »Und da die Erde knochentrocken ist, kann das Wasser nicht schnell genug ablaufen und verwandelt die Wege in Flüsse. Viele Jungtiere sind schon ertrunken.«

Er kämpfte mit dem Steuer. Freigespültes Geröll ließ die Reifen immer wieder die Bodenhaftung verlieren, und der Wagen bockte wie ein störrischer Esel, was Philani einen saftigen Fluch auf Zulu entlockte. Das Heck schlug unkontrolliert hin und her, und Roland konnte gerade noch verhindern, dass Alice vom Sitz geschleudert wurde. Weit aus dem Wagenfenster gelehnt, steuerte der Zulu hinunter in Richtung des Krokodilflusses, der, wie sie sich erinnerte, sonst friedlich durch das flache Tal gurgelte. Der Regen aber hatte die Landschaft völlig verändert, und das Tal hatte sich in einen großen See verwandelt. Durchdringender Geruch nach nasser Asche hing in der Luft.

Alice rümpfte die Nase. »Gebrannt hat es auch, oder?«

»*Yebo*«, nickte Philani. »Unglücklicherweise haben wir vorher eine Brandrodung vorgenommen, um den Busch auszudünnen. Wie immer in dieser Jahreszeit. Aber die ersten starken Frühlingsregen haben viel zu früh eingesetzt, und die abgebrannten Flächen können die Fluten nicht aufhalten ...«

Er unterbrach sich, weil der Wagen unvermittelt wegkippte. Das linke Vorderrad war in einem wassergefüllten Schlagloch gelandet. Philani sprang schimpfend hinaus und versank sofort bis zu den Knien im Schlamm.

»Bin ich ein Fisch, hab ich Flossen?«, fluchte er wütend und langte hinunter in die gelbe Suppe. Als er hochkam, tropfte ihm der Matsch vom Gesicht, und sein frisch gebügelter Safarianzug hing in schlammigen Falten herunter. »Das Rad sitzt fest«, ächzte er.

Roland kletterte umgehend aus dem Wagen. »Alice, setz dich ans Steuer«, sagte er. »Ich hole Gestrüpp und Äste, und wir unterfüttern das Rad. Dann steuerst du vorsichtig nach rechts, okay? Schön langsam und mit Gefühl.«

»Yes, Boss!« Sie salutierte, kletterte auf den Fahrersitz und packte das Steuer, während Roland und Philani Äste und Buschwerk heranschleppten und alles unter das Rad schoben.

»Gib Gas«, rief Roland, der inzwischen ebenfalls einem Wesen ähnelte, das sein Leben im Schlamm verbrachte.

Sie startete den Landrover und fuhr sehr langsam an. Der schwere Wagen war nur mühsam zu bändigen, weil er immer wieder seitwärts abrutschte, aber schließlich griffen alle vier Räder, und Zentimeter für Zentimeter kroch er aus dem Schlagloch heraus. Alice nahm den Gang raus, zog die Handbremse an und massierte sich ihre zitternden Oberarmmuskeln. Philani und Roland richteten sich auf. Roland hielt sich den Rücken. Beide sahen aus wie lebende Schlammskulpturen.

Der Zulu zog sein Uniformhemd aus und rieb sich mit einem

trockenen Zipfel die Augen sauber. »*Aii*«, empörte er sich. »Ohne Schwimmweste geh ich nie wieder auf Safari.« Er verdrehte dramatisch die Augen. »Als Nächstes kommt vielleicht ein Hai vorbei.« Er sah sie an. »Kann man einen Hai essen? Dann muss mir Jill eine Harpune kaufen, damit ich ihn für meine Familie erlegen kann.«

Alice lächelte. Einmal hatte sie versucht, einen kleinen Hai zuzubereiten, aber das Fleisch hatte derart durchdringend nach Ammoniak gestunken, dass sie ihn sofort entsorgt hatte. Auf Nachfrage beim Sharks-Board, der für Haie zuständigen Behörde in KwaZulu-Natal, hatte man ihr trocken erklärt, dass Haie durch die Haut urinierten und demnach ihr Blut einen hohen Anteil an Harnstoff habe.

Es sei zu empfehlen, ihn vor dem Zubereiten restlos ausbluten zu lassen, hatte der zuständige Biologe ihr grinsend erklärt. Darauf hatte sie davon abgesehen, Haifischfleisch und auch das der verwandten Rochen, die sich auf die gleiche Art erleichterten, in ihrer Küche zu verarbeiten.

»Ja, einen Hai kann man essen«, antwortete sie Philani und rutschte vom Fahrersitz. »Aber er pinkelt durch seine Haut, und das riecht und schmeckt nicht gut.«

Der Ranger starrte sie an. »Er pinkelt durch die Haut? *Haut!*«

Sie konnte ihm vom Gesicht ablesen, dass er sich das vorzustellen versuchte, und grinste. »Praktisch, oder? Der kann überall und jederzeit. Es fällt nicht weiter auf.«

Philani stierte sie nur mit stummem Ekel an, und Roland krümmte sich in einem Lachanfall. Kopfschüttelnd setzte sich der Zulu hinters Steuer und fuhr den flach ansteigenden Pfad hinauf. Als sie oben auf der Anhöhe ankamen, öffnete sich ein weiter Blick über das Tal. Alice suchte mit Philanis Fernglas den neu entstandenen See ab, wobei ihr Blick ein massiges Krokodil streifte, das sich am Ufer sonnte. Das Reptil hatte die Nickhaut genussvoll über die Augen geklappt, das zähnestarrende Maul stand offen, während drei rotäugige Madenhacker ihre Morgenmahlzeit aus den Zahnzwischenräumen pickten. Alice musste an Pierre denken, und das Rührei kam ihr hoch. Wortlos reichte sie das Fernglas weiter an Roland.

»Sie bewacht ihr Gelege«, sagte Philani, der das Krokodil offenbar mit bloßem Auge entdeckt hatte. »Heute oder morgen müssten die Jungen schlüpfen. Das allerdings sollte man nur aus sicherer Entfernung beobachten.« Er hielt den Wagen auf der Anhöhe neben einer Baumgruppe an.

Weicher, warmer Wind strich Alice übers Gesicht, der Himmel war kristallblau, die Sonne prickelnd heiß und die Schatten schon scharf. In den Dombeyabüschen umgaukelten Schmetterlinge die zartrosa Blütenbüschel, und vor ihnen, in der großen, schlammigen Suhle, drängten sich Kopf an Kopf mindestens zwanzig Kaffernbüffel.

»Sieh mal rechts«, flüsterte Roland. »Ist die echt, oder ist das Schnitzerei? Dann will ich sie kaufen!«

Sie folgte seinem Blick. Neben der Suhle, unter dem flachen Schirm der Akazie, stand reglos eine Giraffe. Sie zuckte weder mit den Ohren, noch blinzelte sie und wirkte tatsächlich wie eine Schnitzerei, wie man sie in Andenkenläden kaufen konnte. Nur viel, viel größer. Und schöner.

»Die ist ungefähr fünf Meter hoch«, sagte sie. »Wenn du die in deinem Garten aufstellen willst, brauchst du vermutlich eine behördliche Genehmigung. Denk an Helene Markwort!«

»Macht nichts«, murmelte Roland hingerissen. »Und wenn ich das Nachbarhaus dazukaufen muss.« Er lächelte. »Das mit dem Wintergarten.«

»Keine Chance«, beschied sie ihm lachend.

Philanis Funkgerät begann unvermittelt zu schnattern, und er nahm es auf. »Jill, *yebo?*«

Alice konnte nicht verstehen, was ihre Freundin sagte, aber

Philani reagierte sichtlich aufgeregt. Als er das Funkgerät wieder am Armaturenbrett einhängte, sah sie ihn fragend an.

»Wir haben Glück«, grinste er. »Unsere jüngste Nashornkuh wird in den nächsten Stunden kalben. Ich hab das noch nie gesehen.« Er legte den Rückwärtsgang ein. »Unsere Leute haben sie mit Antennen geortet. Sie hat sich nur wenige Kilometer von hier im dichten Busch versteckt. Zwei Mann unserer Wildererpatrouille sind schon seit Langem abgestellt, sie zu bewachen, und die haben Jill Bescheid gesagt, dass es heute so weit sein dürfte. Die Geburt eines Nashornkalbs ist höchst selten zu beobachten, denn Nashornkühe ziehen sich in den dichtesten Busch zurück, und selbst aus der Nähe bekommt man nichts davon mit.« Er fuhr den Hügel wieder hinab. »Jill ist auf der Auktion, aber vielleicht schafft sie es doch noch rechtzeitig. Nashörner haben es nie sonderlich eilig.« Er lachte.

»Ich müsste mal auf Toilette«, sagte Alice und sah, wie Philani zusammenzuckte.

Eigentlich war es noch gar nicht so dringend, aber sie wusste, hatte der Zulu die Nashornkuh erst einmal aufgestöbert, würde sie ihn nicht dazu bewegen können, sie zu einer der Buschtoiletten zu fahren. Über die Alternative, allein zu Fuß dorthin zu laufen oder in freier Wildbahn mit heruntergelassener Hose in die Hocke zu gehen, wollte sie erst gar nicht nachdenken. Nappy de Villiers hatte ihr einmal in lebhaften Farben geschildert, was seiner Mutter bei einer derartigen Gelegenheit zugestoßen war. »Sie war unvorsichtig genug, sich nachts im Wohnzimmer eines Warzenschweins niederzulassen, das überhaupt nicht erfreut darüber war und höchst zornig reagierte«, hatte er erzählt. »Sie hatte riesige Löcher im Hintern und konnte monatelang nur auf dicken Federkissen sitzen, was ihre Laune erheblich beeinträchtigt hat.« Das breite Grinsen bei seinen Worten hatte pure Schadenfreude ausgedrückt.

»Es gibt ein Toilettenhäuschen auf dem Weg«, bemerkte Philani mit kaum kaschiertem Unmut.

»Gut, das passt, dann brauchen wir keinen Umweg zu machen.« Alice hielt sich am Sitz fest, als sie auf einen noch schmaleren Pfad holperten, auf dem sie so gründlich durchgeschüttelt wurde, dass ihr Rücken protestierte.

Jill meldete sich noch einmal per Funk und wollte von ihrem Ranger wissen, wie weit er noch vom Geschehen entfernt sei. Philani schrie seine Position ins Funkgerät, weil die Verbindung ständig abriss, aber Jill schien ihn dennoch nicht zu verstehen. »Ich rufe gleich zurück«, brüllte er ins Mikrofon, hängte das Gerät sichtlich genervt in die Halterung, bog scharf in einen von überhängenden Zweigen beschatteten Weg ab, der kaum breit genug für den Rover war, und bremste kurz darauf auf einer kreisrunden Lichtung zwischen dichtem Unterholz. »Die Toilette ist da drüben.« Er zeigte auf ein riedgedecktes Spitzdach, das wie eine Turmspitze aus dem Grün ragte.

Alice wartete, bis Philani die Umgebung sorgfältig mit den Augen abgesucht hatte und ihr zunickte, erst dann stieg sie vom Sitz herunter. »Bin gleich wieder da«, sagte sie zu Roland.

»Brauchst du Geleitschutz?« Er machte Anstalten, ebenfalls auszusteigen.

»*Ich* passe auf«, teilte ihm Philani knapp mit. Die Ungeduld durch die Unterbrechung war ihm deutlich anzuhören. Er setzte sich in die offene Tür, nahm sein Gewehr aus der Halterung und legte es griffbereit quer über die Knie.

Das Häuschen war hübsch mit Feldsteinen gemauert, und in der dicken Riedmütze suchten kleine Vögel nach Insekten. Sie beeilte sich, denn es war mehr als offensichtlich, dass Philani es sehr eilig hatte, und sie wollte ihm das einmalige Erlebnis mit der Nashornkuh nicht verderben. Trotz der Eile achtete sie auf jeden ihrer Schritte und hielt routinemäßig Ausschau nach ungebetenen Besuchern. Nachdem sie keine entdeckte, weder vierbeinige noch solche ohne Beine, ging sie hinein und ließ sich nieder. Ein Gecko flitzte die Wand hoch, und ein leises Geräusch über ihr zog ihren Blick hinauf zum Dach. Zwei Augen funkelten sie neugierig an. Eine junge Meerkatze hing in den Sparren, betrachtete sie mit großem Ernst und kratzte sich dabei nachdenklich zwischen den Beinen.

Leise lachend stand sie auf, wusch sich die Hände und trat wieder ins Freie. Sie war gerade drei oder vier Schritte gegangen, als ihr ein scharfer Geruch nach frischem Katzenurin in die Nase stach. Sie blieb stockstill stehen, bewegte keinen Muskel. Katzen in dieser Gegend pflegten groß und hungrig zu sein, und frischer Uringeruch konnte bedeuten, dass sie sich noch in unmittelbarer Nähe aufhielten. Hoch konzentriert wanderte ihr Blick Zentimeter für Zentimeter umher und schweifte über die wogende Grasfläche, die sich bis zur ausgetrockneten Suhle erstreckte, bis zum dichten Busch, der das hintere Ufer säumte. Ihre Augen blieben an jeder Bewegung des flirrenden Grases hängen, aber obwohl sie ihr schon brannten, weil sie kaum zu blinzeln wagte, entdeckte sie nichts.

Inzwischen hatte Philani den Motor gestartet und bedeutete ihr, sich zu beeilen. Der durchdringende Katzenuringestank hing nach wie vor in der Luft, aber bis hinüber zur Suhle war nichts zu entdecken. Aus den Augenwinkeln sah sie, dass Roland ihr vom Wagen aus zuwinkte, und sie hob eine Hand, um zurückzuwinken, während ihr Blick dabei noch einmal über das Grasmeer strich.

Hätte sie eine Sekunde später hingesehen, wäre ihr die Bewegung wohl entgangen. Eine Handvoll Grasspitzen wirbelten kurz durcheinander, dann standen sie wieder still. Alice prickelte die Kopfhaut. Irgendetwas lauerte da im Gras, und der Zoogestank verstärkte sich. Blitzartig wurde ihr klar, dass das Tier mit absoluter Sicherheit ganz in der Nähe war, und zwar so nahe, dass sie keine Chance hatte, ihm zu entkommen, sollte es denn angreifen.

»Was ist?«, rief Roland.

Sie wagte nicht, zu antworten oder auch nur die kleinste Bewegung zu machen. Mit angehaltenem Atem fixierte sie den Bereich, wo die Grasspitzen gezittert hatten, und ganz allmählich nahmen die gelben Halme an dieser Stelle eine solide Form an. Zwei runde Ohren, die nur Schatten im flirrenden Gras waren, aber dennoch unverkennbar. Jetzt konnte sie schon den massigen Kopf ausmachen. Ein Löwe, geschätzt fünfzehn Meter entfernt. Eine Distanz, die die Raubkatze in höchstens zwei Sekunden überwinden würde.

Ihre Augen flogen zu Roland. Ihr Herz hämmerte. »L-ö-w-e« formte sie lautlos mit den Lippen. Aber er schien nicht zu begreifen, was sie ihm sagen wollte, denn er hob nur fragend die Schultern. Sie versuchte es bei Philani, der sie unter angestrengt gerunzelten Brauen fixierte.

»L-i-o-n«, sagte sie tonlos und starrte unverwandt auf die Stelle, wo die lohfarbenen Ohren mit den schwarzen Spitzen hinter dem Vorhang aus wogenden Grashalmen nur zu ahnen waren. Wieder starrte sie Philani an und versuchte ihm durch schiere Willenskraft zu vermitteln, was da im Gras auf sie lauerte.

Es blieb ihr keine Zeit mehr. Der Löwe würde jede Sekunde angreifen. »Lion!«, schrie sie. »Da drüben im Gras!«

In praktisch derselben Sekunde teilte sich der Halmvorhang, der Löwe katapultierte seinen massigen Körper vorwärts, und für den Bruchteil einer Ewigkeit schwebte er als goldgelbe Statue von unglaublicher Vollendung und Kraft in der Luft. Alice würde ihr Leben lang diesen Anblick nicht vergessen, wenn auch nicht nur wegen der überwältigenden Schönheit.

Dann passierte alles gleichzeitig. Ein Schuss krachte, der Löwe fuhr brüllend herum, Roland sprang mit einem Aufschrei vom Wagen und landete mit beiden Füßen in einem Haufen Exkremente, die frisch und noch ziemlich schmierig waren und zweifellos von dem Löwen stammten. Er rutschte aus, knickte übel um und knallte rückwärts erst mit dem Kopf gegen den Landrover und dann mit dem Rücken auf den geröllübersäten Boden, wo er regungslos liegen blieb.

Dann war Stille. Der Löwe verschwand lautlos im Grasmeer, Alice bekam vor Schreck kein Wort heraus, und Roland rührte sich nicht. Philani fasste sich als Erster. Mit dem Funkgerät in der Hand sprang er ebenfalls vom Wagen, kniete neben dem Verunglückten nieder und prüfte an seiner Halsschlagader, ob er den Puls fühlen konnte.

»Alles okay«, rief er ihr zu. Dann schaltete er das Funkgerät ein und begann auf Zulu zu reden. Er nickte ein paarmal und legte wieder auf. »Jill ist immer noch auf der Auktion und hat gerade ein Gebot für zwei Leoparden abgegeben«, erklärte er. »Sie kann nicht kommen, schickt aber Hilfe und ihren privaten Geländewagen.« Er musterte Roland, der stöhnend versuchte, sich aufzurichten. »Auf die Bänke vom Rover passt er nicht. Die sind zu schmal, und er ist zu groß.«

Roland stöhnte noch einmal, hustete und stemmte sich auf die Ellenbogen.

»Bleib liegen und rühr dich nicht«, befahl sie. »Philani hat schon Hilfe gerufen. Die sollten bald hier sein. Wir sind ja noch nicht lange unterwegs.« Sie hockte sich neben ihn. »Wo tut dir was weh?«

Roland legte sich zurück und hob das rechte Bein. Ein massiver Bluterguss ließ seinen Fuß zusehends unförmig anschwellen. »Ich glaube, das Außenband ist gerissen«, knurrte er durch zusammengebissene Zähne. »Ich habe es knacken hören. Ist mir schon mal passiert, aber das war der andere Fuß. Sechs bis acht Wochen hab ich damit zu tun gehabt. So ein gottverdammtes Pech!«

Alice verzog mitfühlend das Gesicht. Die Wucht, mit der er mit dem Kopf auf der Karosserie gelandet war, ließ zudem auf eine Gehirnerschütterung schließen. Offensichtlich war Roland auch für kurze Zeit bewusstlos gewesen. Sanft ließ sie ihre Fingerspitzen über seinen Kopf gleiten.

»Sieht übel aus«, sagte sie.

»Was? Der Fuß? Das wird schon wieder. Ich bin doch nicht aus Zucker.«

»Die Beule an deinem Kopf. Es könnte sein, dass du eine Gehirnerschütterung hast.«

»Unsinn«, brummte er und stemmte seinen Oberkörper hoch. Er ließ sich aber sofort wieder zurückfallen und schloss die Augen.

»Aha«, sagte sie. Mehr nicht.

Nach einer Dreiviertelstunde hörten sie Motorengeräusch, und nicht lange darauf schob sich Jills privater Landrover durch die überhängenden Zweige auf die Lichtung, und zwei kräftige Zulus sprangen heraus.

»*Dabulamanzi*«, rief Alice erfreut, als sie den gut aussehenden Schwarzen erkannte, und begrüßte auch ihn mit dem traditionellen Dreiergriff. »*Sawubona, usaphila na?*«

»*Yebo*«, antwortete der Zulu mit einer Stimme wie dickflüssige Sahne.

»Ich werde jetzt unserer Nashornkuh beistehen«, unterbrach Philani sie und kletterte in den Safariwagen. »Wenn ich dort bin, schalte ich mein Funkgerät ab. Thabili und Jill sind aber ständig zu erreichen.« Er sah hinunter auf Roland. »Ich hoffe, es geht Ihnen bald besser, Sir. *Salani kahle!*« Er winkte noch kurz aus dem Fenster, bevor er die Lichtung verließ und mit dem Wagen im Busch untertauchte.

Gemeinsam mit dem anderen Zulu klappte Dabulamanzi die mittleren Rücksitze herunter und legte eine gepolsterte Auflage darauf. Dann kniete er sich neben Roland. »Sir, wir müssen Sie in den Wagen heben.«

»Hört auf, mich Sir zu nennen!«, grollte Roland, dem unschwer anzusehen war, wie sehr er seine jetzige Lage verwünschte. »Und ich kann allein gehen!«

»Okay, Boss!«

Dabulamanzi grinste mit schneeweißen Zähnen und feuerte ein paar knappe Kommandos auf Zulu an seinen Begleiter ab, während Roland sich ächzend aufsetzte und mit Dabulamanzis Hilfe aufstand. Auf den Zulu gestützt, hinkte er auf einem Bein zum Landrover. Gemeinsam mit seinem Kollegen half ihm der Zulu, die hohe Stufe ins Wageninnere zu überwinden und anschließend auf die provisorische Liege.

Alice vergewisserte sich, dass er einigermaßen bequem lag, und setzte sich dann neben Dabulamanzi. Sein Helfer kletterte auf den kleinen Schalensitz, der auf dem linken Kotflügel angebracht war, um als Späher ein vierbeiniges Hindernis rechtzeitig zu melden, bevor es zu einem Zusammenstoß kam. Dabulamanzi wendete und fuhr in Richtung Lodge zurück.

Mit Sorge beobachtete Alice, dass Roland ziemlich blass geworden war. Sie beugte sich nach hinten. »Tut dein Rücken weh?«

Die Antwort war ein unartikuliertes Knurren, und sie seufzte theatralisch. Offenbar gehörte Roland Hendricks zu den Männern, die meinten, immer den harten Kerl herauskehren zu müssen, der alles heldenmäßig wegsteckte. Pierre war so gewesen. Es war sehr mühsam für denjenigen, der ihm helfen wollte.

Von Inqaba aus waren es zum nächsten Crosscare-Krankenhaus über hundertfünfundzwanzig Kilometer, bis ins Umhlanga Rocks Hospital noch einmal rund einhundertsechzig. Das würde mindestens drei Stunden dauern. Angesichts seiner käsigen Gesichtsfarbe war ihr das zu lange, und allein lassen wollte sie ihn auf keinen Fall.

»Wir müssen den Hubschrauber rufen«, sagte sie zu Dabulamanzi. »Er ist mit dem Kopf aufgeschlagen, wer weiß ...« Sie machte eine vage Handbewegung und drehte sich zu Roland um. »Hast du eine gute Auslandskrankenversicherung?«

Er hob den Daumen. »Das Rundumpaket mit allem Drum und Dran. Inklusive Privatjet.«

»Jill hat den Hubschrauber schon herbeordert«, sagte Dabulamanzi. »Und wenn wir Glück haben, ist er schon an der Lodge gelandet.« Er schaute sichtlich stolz drein. »Wir haben neben dem Parkplatz kürzlich einen Hubschrauberlandeplatz gebaut.«

Der Helikopter war noch nicht gelandet, aber Alice konnte das Wummern der Rotoren bereits aus der Ferne hören. In Windeseile ließ sie sich von Jonas zum Bungalow bringen und packte ihre und Rolands Sachen zusammen. »Meinen Wagen lasse ich von der Autovermietung hier abholen«, teilte sie ihm mit. »Die haben eine Filiale in Richards Bay.«

Im Laufschritt begaben sie sich zurück zum Landeplatz und erreichten ihn gerade, als der Hubschrauber sanft aufsetzte. Noch während die Flügel sich drehten, sprangen der Notarzt und mit ihm zwei rot gekleidete Sanitäter mit einer Trage heraus. Der Notarzt untersuchte Roland, befühlte vorsichtig dessen Schädel, stellte ein paar Fragen und gab anschließend den Sanitätern das Zeichen, den Patienten auf die Trage zu heben. Der aber protestierte lautstark, auf diese Weise transportiert zu werden. Sie bemühte sich, ihn zur Vernunft zu bringen, was allerdings vergebens war. Roland setzte seinen Kopf durch. Grollend, rechts und links von den Sanitätern gestützt, hinkte er zum Hubschrauber und kletterte mit der vereinten Hilfe des Arztes, des Piloten und der Sanitäter hinauf. Als die darauf Anstalten machten, ihn auf der Trage festzuschnallen, wehrte er sich vehement.

»Wir können nicht riskieren, dass Sie uns im Innenraum herumkegeln«, sagte der Pilot trocken, während der Motor jaulend hochlief. »Ich kann Sie auch wieder ausladen.«

Roland fügte sich schließlich, aber seine Augen schossen blaue Blitze, und Alice, die dem Theater von draußen zugesehen hatte, musste trotz allem lachen. Inzwischen hatte Jonas ihr Gepäck im Innenraum verstaut. Er reichte ihr eine Hand und zog sie hoch. Sie kletterte auf den Sitz neben Roland und schnallte sich an. Jonas sprang aus dem Hubschrauber, und fast im selben Augenblick hob der ab und flog gen Süden.

Der Flug zum Umhlanga Rocks Hospital dauerte nur knapp eine halbe Stunde. Roland war inzwischen sehr still und noch blasser geworden, und sein Fuß war nicht mehr als ein solcher zu erkennen. In der Klinik angekommen, verlangte Alice den Orthopäden zu sprechen, den auch Pierre wegen seines Knies konsultiert hatte. »Ich kenne ihn schon lange und halte ihn für einen sehr guten Arzt«, erklärte sie Roland.

Ein drahtiger Mann Mitte fünfzig, mit sorgfältig gewelltem, blondem Haar und tiefbraun gebrannt, trat in den Raum. Als er ihrer ansichtig wurde, stutzte er zunächst und begrüßte sie dann herzlich mit einem Kuss auf die Wange.

»Alice! Ich wusste gar nicht, dass du wieder da bist!«

»Bin ich auch nicht, jedenfalls nicht offiziell. Und frag bitte auch nicht, warum. Das dauert für den Augenblick zu lange. Jetzt möchte ich einfach nur wissen, was mit meinem Freund los ist.«

Der Doktor musterte sie kurz unter zusammengezogenen Brauen. »Okay«, nickte er dann. »Ich bin Clive Desmarais«, stellte er sich Roland vor, der seinen Namen nannte und mit zusammengebissenen Zähnen lächelte. »Was ist mit Ihnen passiert?«

»Er ist auf einem Löwenhaufen ausgerutscht und mit dem Kopf gegen das Auto und dann auf dem steinigen Boden aufgeschlagen«, antwortete Alice.

»Auf einem Löwenschiss«, grinste der Doktor. »Wie aufregend.« Er tastete mit kundigen Fingern Rolands Fuß ab, machte ein paar Tests und untersuchte ihn anschließend mit Ultraschall. »Ihr Außenband ist gerissen. Ich verschreibe Ihnen eine Sprunggelenkorthese, ansonsten gilt die PECH-Regel. Pause, Eis, Compression, Hochlagern. Bis es abgeschwollen ist. Also, ab aufs Sofa.«

Roland setzte sich stöhnend auf, wurde plötzlich kreideweiß und schloss schwankend die Augen. Clive Desmarais packte im letzten Moment zu und verhinderte, dass er von der Liege rutschte.

»Hoppla!«, rief der Arzt. »Das sieht nach einer Gehirnerschütterung aus.« Er befühlte Rolands Kopf. »Sie haben eine Beule, und die ist nicht von schlechten Eltern. Ich werde einen Neurologen hinzuziehen, um sicherzugehen, dass es nichts Schlimmeres ist.«

»Unsinn«, brummte Roland abwehrend. »Mir geht es gut.« Dennoch legte er sich wieder hin.

Und das beunruhigte Alice mehr als alles andere. »Bitte, sei vernünftig«, sagte sie leise.

Schließlich konnte sie ihn dazu bewegen, zuzustimmen, und eine halbe Stunde später lag er auf der Station im Bett, ein Kühlkissen auf dem hochgelagerten Fuß. Nervös wartete sie, während er neurologisch untersucht wurde, und als der Arzt ihr mitteilte, dass er eine ordentliche Prellung der Wirbelsäule davongetragen habe, die zwar schmerzhaft sei, aber nicht gefährlich, und dass er sonst vermutlich nur eine leichte Gehirnerschütterung habe, atmete sie auf. »Wir werden eine Kernspintomografie machen, um kein Risiko einzugehen«, sagte er, während er Rolands Pupillen mit einer kleinen Taschenlampe prüfte. »Und wenn das in Ordnung ist, können wir ihn spätestens übermorgen wieder entlassen.«

Das Ergebnis der Tomografie war in jeder Beziehung negativ, und ihr fiel ein Stein vom Herzen. Eine Schwester mit einem fröhlichen schwarzen Mondgesicht gab Roland eine Schmerzspritze und befahl ihm, sich auszuruhen.

»Da bin ich das erste Mal in Afrika und rutsche auf einem Haufen Löwenscheiße aus«, brummte Roland und gähnte. »Dämlicher geht's nicht.«

»Der Haufen hätte ja auch von weniger edler Herkunft sein können«, sagte sie belustigt. »Hier gibt's auch Warzenschweine und Stinktiere.«

Roland knurrte unwirsch und schloss die Augen.

Sie blieb an seinem Bett sitzen, bis er eingeschlafen war. Dann ging sie leise zum Fenster. Die Sonne stand schon im Zenit, frühsommerliche Hitze flimmerte über den Dächern, und in der

Ferne schimmerte der Ozean wie flüssiges Silber. Spontan schrieb sie ihm eine Nachricht, dass sie nach dem Mittagessen wiederkomme, und legte den Zettel auf den Nachttisch. Dass sie noch einmal zum Nachtklub fahren und unter Umständen auch die anderen drei Klubs zumindest von außen inspizieren wollte, brauchte er ja nicht zu wissen. In seinem Zustand würde ihn das sicher nur aufregen. Nach Einbruch der Dunkelheit würde sie natürlich nicht allein dorthin fahren. So risikofreudig war sie nun doch nicht.

Vor dem Krankenhaus winkte sie eines der wartenden Taxis heran und gab die Adresse vom Gästehaus an. Anschließend rief sie bei der Autovermietung an und stellte sicher, dass ihr Wagen noch heute bei Jill abgeholt werden würde. Jetzt erst merkte sie, wie hungrig sie war. Durch Rolands Unfall hatte sie praktisch noch nichts gegessen. Eigentlich hätte sie gern in einem bestimmten Café in Umhlanga Rocks ein verspätetes Frühstück eingenommen, aber jeder dort kannte zumindest ihr Gesicht, und die Nachricht von ihrer Rückkehr würde sich schnell verbreiten. Alle möglichen Leute würden alle möglichen Fragen stellen, denen sie sich noch nicht gewachsen fühlte und für die sie im Augenblick auch einfach keine Zeit hatte. Sie brauchte ein oder zwei Stunden, um ungestört und abseits von besorgten Freunden nach Christoph suchen zu können.

Zurück im Gästehaus, stopfte Alice ihren durchgeschwitzten Pullover in den Beutel für Schmutzwäsche, duschte und zog die neu erstandene weiße Biesenbluse über die Jeans und frühstückte dann auf der Terrasse des Gästehauses. Anschließend lieh sie sich Annalies Auto und fuhr durch das blühende La Lucia auf den Highway in Richtung Durban. Der Verkehr war verhältnismäßig leicht, und eine Dreiviertelstunde später hielt sie in Sichtweite des Gebäudes, vor dem sie am Vortag den Stalker gesehen hatte.

Und jetzt erst entdeckte sie, was sie dabei übersehen hatte.

Über dem Eingang prangte das Symbol eines goldenen Eies und das Wort *One,* alles in blinkendem Goldmetall und kunstvoll graviert.

»*Golden Egg One*«, flüsterte sie. Hatte sie tatsächlich Christophs Nachtklub gefunden? Nichts an dem Gebäude deutete auf die Existenz eines solchen Lokals hin. Die Außenfassade war mit schwarz glänzenden Kacheln verkleidet, alle Fenster hermetisch geschlossen. Wegen der Klimaanlage, vermutete sie und ließ ihren Blick langsam von Fenster zu Fenster wandern. Als sich ein Mann mit dem Rücken an die Scheiben des untersten Fensters lehnte, zuckte sie zusammen. Sie ließ ihr Seitenfenster herunter, kniff die Augen angestrengt zusammen und versuchte hinter den getönten Scheiben Einzelheiten zu erkennen.

Breite Schultern sah sie und dichtes, blondes Haar. In der linken Hand hielt der Mann ein zusammengeknülltes Taschentuch. Aber dann warf er mit einer sehr charakteristischen Bewegung den Kopf zurück.

Alice trieb es die Luft aus der Lunge. Schon als Kind hatte Christoph diese Kopfbewegung gemacht. Wenn er trotzig war oder wütend. Oder etwas durchsetzen wollte. Ehe sie sich so weit erholt hatte, dass sie aussteigen und hinüber zum Klub gehen konnte, flog die Eingangstür auf, und Christoph erschien. Er presste sich ein blutiges Taschentuch an die Nase, sein blau gestreiftes Hemd war ebenfalls blutverschmiert, selbst an der hellen Hose konnte sie dunkle Blutflecken erkennen. Er wurde von einem elegant gekleideten, dunkelhäutigen Muskelprotz, um dessen Hals eine zentimeterbreite, massive goldene Kette lag, am Arm über die Straße geschoben. Zwei weitere Männer folgten ihnen. Beide waren ebenfalls Afrikaner. Der ältere war wohlgenährt und hatte einen kahl geschorenen Eierkopf. Seinen Schmuck trug er in Form eines Goldklumpens um den Hals. Am Handgelenk blitzte eine diamantbesetzte Uhr, und auf seiner Nase saß eine teuer aussehende Sonnenbrille. Der andere Mann, der unablässig auf seinem

Handy herumtippte, war mittelgroß, kräftig gebaut und deutlich schlichter gekleidet. Er trug eine blaue Baseballkappe, unter der sich sein stumpf-schwarzes Haar hervorkräuselte.

Ihr Herz stolperte. Ihr Stalker! Atemlos starrte Alice hinüber und konnte es kaum fassen, dass sie ihn endlich gefunden hatte. Gleichzeitig traf sie die Erkenntnis, dass dieser Mensch, der ihre Wege so oft gekreuzt hatte, ganz offensichtlich etwas mit ihrem Sohn zu tun hatte. Panisch drückte sie mehrmals den Türöffner, um auszusteigen, aber er klemmte. Mit aller Kraft rüttelte sie daran, schlug darauf ein, immer wieder, aber die Tür gab nicht nach. Verzweifelt verfolgte sie, wie Christoph, das Taschentuch fest an die Nase gedrückt, von dem kräftigen Afrikaner zu einem militärisch wirkenden, schwarzen Ungetüm von einem Auto geführt wurde. Der Stalker ging um den Wagen herum, kletterte auf den Fahrersitz, während der Kahle Christoph die Beifahrertür öffnete.

Alice hing aus ihrem offenen Seitenfenster, wollte Christoph rufen, bekam aber nur ein heiseres Röcheln heraus. Doch sosehr sie sich auch räusperte, ihre Stimme versagte. Im letzten Moment, gerade als er ins Auto geschoben wurde, fiel ihr etwas ein. Sie steckte zwei Finger zwischen die Lippen und stieß einen gellenden Pfiff aus. Ein hoher, kurzer Ton, dann ein lang gezogener. Wie ein Vogelruf. Es war ihr Familienpfiff, der ihr auf einmal wieder eingefallen war, und er war so durchdringend, dass er selbst das Tosen der Brandung übertönte. Früher hatte sie Christoph so zum Essen gerufen.

Christoph blieb wie angewurzelt stehen, riss den Kopf herum und ließ die Hand mit dem Taschentuch sinken. Mit schockgeweiteten Augen starrte er die Straße hinauf und hinunter, während ihm das Blut aus der Nase übers Gesicht tropfte. Der Kahle redete auf ihn ein, drängte ihn offenbar einzusteigen, aber Christoph wehrte sich, drückte das Taschentuch wieder an die Nase, während sein Blick über die Umgebung flog. Doch augenscheinlich war die Fahrerseite ihres Wagens von Christophs Position nicht einsehbar, denn er schüttelte kurz den Kopf und wurde dann von dem Stalker auf den Beifahrersitz gezogen. Seine Begleiter stiegen hinten ein, und die Türen klappten zu.

Gerade als der Stalker den Motor anließ, schaffte sie es endlich, ihre Fahrertür zu öffnen und hinauszuspringen. Sie rannte dem schwarzen Ungetüm ein paar Meter weit hinterher, blieb dann aber wieder stehen. Zu Fuß würde sie das Fahrzeug nicht mehr einholen können. Sie lief zurück zu ihrem Wagen und verbrauchte kostbare Zeit, um den Schlüssel ins Türschloss zu fummeln, so sehr zitterten ihr die Hände. Urplötzlich spürte sie eine harte Hand auf ihrer Schulter. Sie wurde unsanft herumgerissen und sah sich einem baumlangen, ebenholzschwarzen Afrikaner gegenüber. In jedem seiner Ohrläppchen glitzerte ein Brillant, im Nasenflügel trug er einen Goldknopf und im Gürtel eine goldene Pistole, die so lang war, dass sie ihm halb bis zum Knie hing. Sie verlor vor Schreck fast das Gleichgewicht.

»Hallo«, sagte der Mann in französisch gefärbtem Englisch. »Und was willst du hier?«

Alice schluckte trocken, fing sich aber schnell. »Ich sehe mir die Gegend an, ich bin Touristin«, antwortete sie ruhig.

Der Schwarze zeigte ein spöttisches Grinsen, während er seinen Blick langsam über ihre Gestalt laufen ließ. »Touristin?«, sagte er mit sanfter Stimme. »Allein hier am Hafen? Das ist ja wohl ein bisschen gefährlich für eine Frau.«

Sie war froh, dass ihre lose Bluse nicht zu tief ausgeschnitten war.

»Ich hab dich beobachtet«, fuhr der Mann fort. »Du hast dir den Nachtklub angesehen und dann hinter meinem Boss hergepfiffen. Arbeiten willst du da wohl ja nicht, oder?« Er lachte höhnisch. Die Brillanten funkelten in der Sonne, während er sie weiter mit Blicken abtastete.

Inzwischen war ein weiterer Afrikaner erschienen. Auch seine

Haut war blauschwarz, wie das der Völker Zentralafrikas, anders als das Schokoladenbraun der Zulus. Statt Goldknöpfen im Ohr war seine Ohrmuschel goldüberkront, er trug eine klotzige goldene Uhr ums Handgelenk und auf dem Kopf eine randlose Kappe aus Schlangenleder. Sein Anblick war ein weiterer Schlag für sie. War er der Fahrer von dem schwarzen Porsche Cayenne, den der Ermittler im Zusammenhang mit Pierres Unfall erwähnt hatte? Der, der ihr in Umhlanga an der Ampel wegen der lauten Musik aufgefallen war? War er der Mann, der Pierre von der Straße abgedrängt hatte? Und hatte er auch etwas mit Christoph zu tun? Und wenn ja, was?

Bei diesem Gedanken wurde ihr überfallartig so übel, dass sie sich um ein Haar übergeben hätte. Sie schluckte und starrte konzentriert auf ihre Schuhe, bemüht, tief durchzuatmen, um ihren rasenden Puls unter Kontrolle zu bringen.

»Zeig mir mal deine Papiere«, blaffte der mit der goldenen Pistole und streckte ihr auffordernd die Hand hin.

»Warum?«, fuhr sie ihn mit mehr Bravour an, als sie verspürte, und musterte dabei den Mann mit der Schlangenlederkappe aus den Augenwinkeln. »Dazu haben Sie kein Recht.«

»Weil ich es will, und wenn du sie nicht herausrückst, nehme ich sie mir, und das könnte dir wehtun. Ich bin hier die Security.« Sein Ton war milde, das weiße Grinsen anzüglich.

»Na und?«, zischte sie. »Sie sind aber kein Polizist!« Langsam stieg Wut in ihr hoch. »Sie sind ein angestellter Sicherheitsfuzzi!«

Der Mann sah sie nur an und lachte, und dieses Lachen jagte ihr mehr Angst ein als sein übriges Gehabe. »Die Papiere«, forderte er mit einer Stimme, die auf unangenehme Art seidenweich war.

Ein schneller Rundumblick zeigte ihr, dass niemand zu sehen war, den sie um Hilfe hätte bitten können. Nach einem kurzen inneren Widerstreit zog sie die Fotokopie von ihrem Pass aus der

Tasche. Es war nur die eine Seite mit dem Passbild und die zweite mit dem Ausstellungsort und -datum.

Der Mann langte zu und drehte das Papier hin und her. »Ich will das Original«, forderte er. »Mit dem Einreisestempel.«

»Das liegt im Hotelsafe«, log sie. »Was wollen Sie eigentlich von mir? Sie sehen doch, dass ich aus Deutschland bin. Ich bin eine harmlose Touristin.«

Der Afrikaner antwortete nicht darauf, sondern sah sich stirnrunzelnd das Dokument genauer an und warf dabei immer wieder abwechselnd einen forschenden Blick auf sie und dann auf das Foto auf der Passkopie. »Wie sprechen Sie Ihren Namen aus?«, raunzte er.

Erstaunt sah sie ihn an. »Alice Diekmann«, antwortete sie.

»Hm«, brummte er und wiederholte den Namen leise. Sonst sagte er nichts. Er zeigte den Pass dem Mann mit der Schlangenlederkappe und deutete auf ihren Namen.

Während sie zu atmen vergaß und Mühe hatte, ihre Angst zu beherrschen, händigte er ihr vollkommen überraschend das Papier wieder aus. »Okay, du kannst fahren«, teilte er ihr mit.

Alice war so verblüfft, dass sie im ersten Augenblick gar nicht reagierte. Sie stand da, die Passkopie in der Hand, und starrte den Mann perplex an. Schließlich aber kam sie zu sich, sprang in ihr Auto und ließ den Motor aufheulen. Sie raste die Straße hinunter in der vagen Hoffnung, das schwarze Ungetüm, in dem Christoph Gott weiß wohin gefahren wurde, einzuholen. Glücklicherweise schien es in der Stadt einen Stau zu geben, denn sie konnte den schwarzen Wagen schon bald ausfindig machen. Er wartete zwischen anderen Autos eingekeilt bei Rot an einer Kreuzung. Unter Missachtung jeder Verkehrsregel fädelte sie sich genau dahinter ein. Das Auto war ein Hummer, wie sie auf dem Typenschild lesen konnte.

Gangsterauto, fuhr es ihr durch den Kopf. Und ihr Sohn saß in diesem Auto, verletzt, blutend und, soweit sie das einschätzen konnte, in Lebensgefahr. Ihre Handflächen wurden schlagartig nass vor Angstschweiß, und ihr Atem ging bei der Vorstellung, was ihm drohen konnte, nur noch stoßweise. Sämtliche Gräueltaten fielen ihr ein, von denen sie im Internet in den südafrikanischen Zeitungen gelesen hatte. Vor ihr bog der Hummer jetzt auf die große Ausfallstraße ab, die in Richtung Norden aus der Stadt herausführte. Von hier aus gelangte man später über eine Abzweigung nach Umhlanga Rocks, aber auch nach KwaMashu.

KwaMashu, der unüberschaubare Moloch, der wie ein gieriges Monster über die Hügel in Richtung Durban North und Umhlanga Rocks kroch. KwaMashu, das waren Slumhütten, gedeckt mit aufgerissenen Plastiktüten, die an unbefestigten, mit Schlaglöchern durchsetzten Sandpisten entlangwucherten, trostlose Siedlungen von schmucklosen Schuhkastenhäuschen, so weit das Auge reichte, und hier und da die wenigen Viertel der aufstrebenden schwarzen Mittelklasse. KwaMashu, wo sie Christoph nie wiederfinden würde, sollte man ihn dahin verschleppen, und das die Polizei nur in Kompaniestärke zu betreten wagte.

Alice rieb ihre nassen Hände an ihren Jeans trocken. Es gab noch eine andere Möglichkeit. Vielleicht fuhr der Stalker geradewegs nordwärts nach Zululand. Was auch nicht besser war, bedachte man die Größe des Gebiets und das Labyrinth der verstreuten Hofstätten. Würden die Kerle Christoph dorthin bringen, hätte sie ebenfalls keine Chance, ihn zu finden. Die Vorstellung, den Hummer durch das Gewirr der von Schlaglöchern durchzogenen Landstraßen ins Herz von Zululand zu verfolgen, war erschreckend. Als weiße Frau allein wäre sie vollkommen hilflos. Und auch da würde die Polizei zögern, nach ihm zu suchen. Auf der anderen Seite hatte sie nicht vor, Christoph seinem Schicksal zu überlassen, egal wer er heute war und was er getan hatte.

Sie gab Gas, denn der Hummer zog mit hoher Geschwindigkeit davon. Da sein Motor deutlich stärker als der von Annalies Fahrzeug war, fiel sie jedoch rapide zurück. Jetzt konnte sie nur noch darauf hoffen, dass es wieder irgendwo einen Stau gab und sie aufholen konnte.

Einem plötzlichen Impuls folgend, zog sie ihr Handy heraus und wählte Neil Robertsons Nummer. Er war schließlich ein mit allen Wassern gewaschener Kriegsreporter und reagierte in den bedrohlichsten Situationen mit größter Ruhe. Ein Fels in einer emotionalen Brandung. Genau das, was sie jetzt brauchte. Sie stellte das Handy auf Lautsprecher und legte es neben sich, weil Annalies Wagen keine Automatikschaltung besaß und sie beide Hände zum Fahren brauchte.

»Neil, hier ist Alice«, schrie sie über das Motorengeräusch hinweg, als er sich meldete. »Ich hoffe, du kannst mich verstehen. Ich bin in Durban. Erklären werde ich dir das später, jetzt habe ich ein sehr akutes Problem. Bitte hör mir einfach nur zu.«

Nach einer atemlosen Pause vernahm sie seine ruhige Stimme. »Okay, schieß los.«

Erleichtert erklärte sie ihm kurz, was sich abgespielt hatte, während sie den Hummer, der etwa hundert Meter vor ihr weiter mit hoher Geschwindigkeit die Straße entlangraste, nicht aus den Augen ließ.

»Ich habe meinen Sohn gefunden. Er ist verletzt, und ich habe fürchterliche Angst um ihn, und im Augenblick verfolge ich den Wagen, in dem man ihn offenbar entführen will. Die fahren mit ihm entweder nach KwaMashu oder nach Zululand. Ich weiß nicht, was ich tun soll ...«

»Die Polizei zu rufen ist aussichtslos«, sagte er ruhig. »Bist du dir sicher, dass sie nicht woanders hinwollen?«

»Sie fahren über den Ruth-First-Highway nach Norden. Viel Auswahl gibt es da ja nicht. Bestimmt werden sie nicht nach La Lucia oder Umhlanga wollen ...« Sie unterbrach sich aufgeregt. »Warte mal. Jetzt biegen sie nach Umhlanga Ridge ab.«

Halsbrecherisch überholte sie zwei vor ihr fahrende Autos, bis sie den Hummer wieder im Blick hatte. Das Telefon drohte vom

Sitz zu rutschen, sie fing es auf und klemmte es sich zwischen Schulter und Kinn.

»Kannst du mich hören?«, rief sie.

»Kann ich. Lass das Telefon an, häng dich an sie dran und halt mich auf dem Laufenden. Ich steig jetzt in den Wagen und versuche, dich einzuholen. Zwanzig Minuten kann das aber je nach Verkehr dauern.«

Vor ihr raste der schwarze Wagen mit verboten hoher Geschwindigkeit durch die mit Fieberbäumen bestandene Allee, rauschte um den ersten Verkehrskreisel und dann um den zweiten, weiter in Richtung Norden. Weil sie befürchtete, ihn zu verlieren, schlug sie alle Vorsicht in den Wind und raste hinterher. Plötzlich bog der schwere Wagen nach links ab.

»Neil, es sieht so aus, als wollten sie zum Umhlanga Rocks Hospital«, schrie sie ins Telefon. »Jetzt verstehe ich gar nichts mehr.«

»Bist du dir sicher?«

»Nein, aber es könnte sein.« Sie folgte dem Hummer mit quietschenden Reifen. »Tatsächlich, sie sind aufs Klinikgelände eingebogen und parken jetzt direkt vor dem Eingang. Im Parkverbot! Keine Ahnung, was da wirklich vor sich geht.«

Neil lachte trocken. »Im Krankenhaus kann dir kaum etwas Ernstes zustoßen«, sagte er. »Trotzdem mache ich mich gleich auf den Weg. Bleib im Foyer, halte dich immer in der Nähe von Menschen auf und warte auf mich, okay? Und lass dein Telefon weiter an.«

»Okay«, bestätigte sie. Sie schoss in eine Parkbucht in der Nähe, stieg aus und rannte dann ins Innere des Krankenhauses. Ihr Blick flog durchs helle Foyer, aber sie konnte weder Christoph – der wegen seiner Größe und Haarfarbe in jeder Menschenmenge auffiel – noch den Stalker oder die zwei goldbestückten Afrikaner entdecken. Sie ging zur Rezeption, wo sie sich rücksichtslos durch die Wartenden bis zum Tresen vordrängte, hinter dem eine schmale, junge Inderin saß und telefonierte.

»Ich suche Herrn Diekmann«, sagte sie.

Die Rezeptionistin mit dem glänzend blauschwarzen Zopf bedeutete ihr mit erhobener Hand, dass sie sich gedulden solle, bis sie ihr Gespräch beendet habe. Alice wiederholte ihr Anliegen, aber die Inderin drehte sich einfach weg, und ihr blieb nichts anderes übrig, als sich in Geduld zu üben, obwohl ihr vor Aufregung speiübel war. Endlich legte die Frau das Telefon hin und sah sie fragend an. Sie nannte Christophs Namen. Die Empfangsdame tippte daraufhin etwas in ihren Computer, schüttelte nach einer Weile aber den Kopf. »Tut mir leid, Herrn Diekmann haben wir nicht«, sagte sie und begann, einige Formulare auf ihrem Tisch eingehend zu studieren.

»Bitte …« Alice beugte sich über den Tresen. »Er ist mein Sohn. Er ist verletzt, und ich weiß, dass er hier ist. Irgendwo muss er doch registriert sein! Er ist eben gebracht worden.« Sie hatte nicht vor, der Frau die Umstände näher zu erklären.

Zweifelnd blickte die Empfangsdame sie an. »Wann soll er denn eingeliefert worden sein?«

»Vor ein paar Minuten. Vermutlich in der Notaufnahme.«

Wieder schüttelte die Inderin ihren Kopf, sodass der Zopf um ihr Gesicht flog. »Tut mir leid.«

Verzweifelt wollte Alice gerade zur Station gehen, auf der Roland lag, als sie hinter sich ihren Namen hörte. Sie wirbelte herum, konnte aber niemanden sehen, der sie hätte erkennen können. Aufgeregt lief sie zurück zur Rezeption.

»Haben Sie mich gerade gerufen? Mrs. Diekmann? Ich habe es deutlich gehört.«

Die Empfangsdame betrachtete sie stirnrunzelnd. »Nein, habe ich nicht.« Die Inderin wandte sich ab, zögerte dann aber überrascht. Mit ungläubigem Ausdruck ließ sie ihren dunklen Blick über Alice laufen. »Ein Bote hat eben einen Blumenstrauß für eine Mrs. Diekmann gebracht«, sagte sie. »Sind Sie das etwa?«

Verwirrt blickte sie die Frau an. »Ich? Ja, das bin ich, aber ...
ich bin nur zu Besuch ...« Plötzlich wurde ihr fast schwindelig
vor Aufregung. »Diese Mrs. Diekmann – in welchem Zimmer
liegt sie?«

Die junge Frau tippte auf die Computertasten. »Das darf ich
Ihnen nicht sagen.« Damit bedeutete sie der Frau, die hinter ihr
stand, nach vorn zu kommen.

Aber Alice wich nicht von der Stelle. Während ihre Gedanken
Amok liefen, schlug sie abwesend mit den Fingern einen Trommelwirbel auf den Tresen. Ihres Wissens gab es in Südafrika niemanden mehr außer Christoph, der diesen Nachnamen trug. Natürlich war es trotzdem möglich, dass zufällig eine andere Frau
mit Nachnamen Diekmann hier lag. Sie trommelte weiterhin auf
den Tresen, was ihr einen strafenden Blick der Inderin eintrug,
den sie aber geflissentlich ignorierte. Vielleicht wurde sie auch anders geschrieben, oder die Rezeptionistin hatte den Namen falsch
ausgesprochen, vielleicht war bei der Aufnahme ein Fehler gemacht
und der Name falsch eingegeben worden.

Sie lehnte sich vor. »Hören Sie, wie wird Diekmann buchsta-
biert?«

Auf einmal wurde ihr die Kehle eng, und sie brach ab. Es gab
eine weitere logische Erklärung für die Existenz einer Mrs. Diekmann, nämlich die, dass die Frau den Namen durch eine Heirat
erworben hatte. War Christoph etwa verheiratet? Und sie wusste
nichts davon? Enttäuschung schnürte ihr die Luft ab, gleichzeitig
schoss ihr das Wasser in die Augen, und sie geriet völlig aus der
Fassung. Verbissen zwang sie sich, ihre Gefühle beiseitezuschie-
ben und logisch weiterzudenken. Vielleicht sollte es ja *Mr. Diekmann* heißen. Denn Christoph hielt sich ohne Zweifel in dieser
Klinik auf, er war ja verletzt. So ein kleines s in der Anrede fiel
schnell unter den Tisch. Gerade als sie entschied, dass das die
wahrscheinlichste Möglichkeit war, und sie die Inderin danach
fragen wollte, sagte die etwas. Alice war sich nicht sicher, ob sie es

richtig verstanden hatte. In höchster Anspannung ballte sie die Fäuste.

»Wie bitte?«, flüsterte sie.

»Zimmer vier, Entbindungsstation«, wiederholte die junge Frau. »Da liegt Mrs. Diekmann.«

Alice umklammerte mit beiden Händen den Tresen und musste erst warten, bis sie wieder klar sehen und klar denken konnte, ehe sie losrannte. Rücksichtslos drängelte sie sich zwischen den Herumstehenden durch, trat dabei mehr als einer Person auf die Zehen oder rempelte sie an, bis sie, nach Atem ringend, vor Zimmer Nummer vier auf der Entbindungsstation stand. Mit geschlossenen Augen nahm sie ein paar tiefe Atemzüge. Schließlich hob sie eine zitternde Hand, um anzuklopfen, ließ sie aber gleich wieder sinken, als ihr Telefon losschrillte.

Nach kurzem Zögern zog sie es hervor. Neils Name stand auf dem Display.

»Hallo, Neil«, sagte sie heiser. »Wo bist du?«

»Ich steck im Stau, und wo bist du?«

»Auf der Geburtsstation«, sagte sie.

»Hast du gerade Geburtsstation gesagt?«, rief Neil in ungläubigem Ton. »Geburt wie in: Baby kommt gerade auf die Welt?«

»Ich weiß es nicht«, sagte Alice mit schwankender Stimme. »Ich stehe vor der Tür und habe nicht den Mut hineinzugehen.«

»Na, ich halte es für relativ unmöglich, dass dein Sohn eine Geschlechtsumwandlung durchgemacht hat«, sagte Neil hörbar amüsiert. »Dann gibt es wohl nicht viele plausible Erklärungen.«

»Oh ...«, stieß sie nach einer kurzen Pause hervor. »Ach, herrje!«

»Genau.« Neil lachte. »Das klingt, als wärst du nicht mehr in Gefahr, und ich kann umdrehen – okay? Melde dich, sobald du Neues weißt.«

»Ja, mach ich«, flüsterte sie. »Bitte grüß Tita von mir, und sag ihr, dass ich euch nachher alles erklären werde.«

Neil legte auf, und wieder hob Alice die Hand, um anzuklopfen, wurde aber urplötzlich von ihren Gefühlen überwältigt. In ihr Taschentuch schluchzend, lief sie den Gang hinunter auf Rolands Station. Sie klopfte an, wartete aber nicht auf Antwort, sondern platzte ins Zimmer. Roland lag mit einem grün gemusterten Krankenhaushemd bekleidet auf dem Rücken, hatte die Arme hinter dem Kopf verschränkt und starrte mit grimmigem Gesicht hinaus in die Sonne.

»Christoph ist hier!«, rief sie unter Tränen und lachte gleichzeitig. »Ich hab ihn gesehen, glaub ich jedenfalls … Und ich glaube, er ist verheiratet und kriegt gerade ein Kind oder so … oder vielmehr seine Frau … Entschuldige, dass ich heule …«

Roland setzte sich auf und stopfte die Kissen in seinem Rücken zurecht. »Das sind ja tolle Neuigkeiten! Das musst du mir näher erklären. Darüber allerdings, wie du ihn gefunden hast, obwohl du fest versprochen hattest, nicht allein loszufahren, diskutieren wir später … Jetzt also bitte noch einmal von Anfang an.«

Stotternd vor Aufregung, berichtete sie, was sie gerade gesehen und erfahren hatte, weinte und lachte oft gleichzeitig.

»Entbindungsstation! Nun, das lässt nicht viel Raum für Interpretationen, nicht wahr?«

»Ich weiß nicht, was ich tun soll …«, schluchzte sie. »Vielleicht ist er es ja doch nicht.«

Roland reichte ihr ein Papiertaschentuch, dann lehnte er sich zurück und verschränkte wieder die Arme hinter dem Kopf. »Wenn du ihn erkannt hast, wird er es wohl sein! Schließlich ist er dein Sohn.«

Sein ruhiger Ton half ihr, sich zu fassen. Sie nickte. »Ich habe nur fürchterliche Angst.« Sie zerknüllte das Taschentuch. »Dass er sich so verändert hat, dass er … dass er …« Hilflos blickte sie ihn an. »Wie soll ich damit zurechtkommen?«

»Wenn es so sein sollte, was ich mir nicht vorstellen kann, dann wird es dir helfen, endgültig mit ihm abzuschließen. Menschen verändern sich, und manchmal eben so sehr, dass man ihren Kern nicht wiedererkennt. Geh hin und finde es heraus.«

»Danke.«

Sie beugte sich über ihn, um ihm einen Kuss auf die Wange zu drücken, aber er griff urplötzlich zu, hielt sie fest und küsste sie lange und ausgiebig auf den Mund.

»Ich dachte, ich tu mal nicht so alt«, murmelte er und grinste sie frech an. Schräg von unten, mit funkelnd blauem Blick.

Überrumpelt starrte sie ihn an. »Roland«, flüsterte sie. Es war eine Frage.

Er strich ihr mit der Hand das Haar aus dem Gesicht und klemmte es hinter ihr Ohr. »So, nun geh und schau nach, ob es Christoph ist, und rede mit ihm«, sagte er. »Und dann komm wieder zu mir zurück.«

»Okay«, flüsterte sie erstickt und zog die Tür hinter sich zu.

Dieses Gefühl, plötzlich nicht mehr allein zu sein, war ebenso unbeschreiblich köstlich wie verwirrend. Sie würde später, wenn ihre Gedanken in weniger chaotischen Bahnen verliefen, darüber nachdenken.

Bald stand sie wieder vor der geschlossenen Tür in der Entbindungsstation und versuchte, genügend Mut aufzubringen hineinzugehen. Drinnen waren leise Stimmen zu hören, die von Christoph aber konnte sie nicht herausfiltern. Es war ihr nicht einmal möglich zu erkennen, ob es die von Männern oder Frauen waren. Sie lehnte sich mit dem Rücken an die Wand. Hinter dieser Tür konnte sich ihr Sohn befinden, und vielleicht war sie nur Sekunden davon entfernt, ihn endlich wieder in die Arme nehmen zu können. Vielleicht. Vielleicht aber würde dann ein Mann vor ihr stehen, der zwar aussah wie Christoph, in dem sie ihren Sohn aber nicht wiedererkennen würde. Oder einer, der es tatsächlich nicht war, sondern ihm nur ähnlich sah. Doch auf ihren Pfiff hatte er reagiert, das hatte sie gesehen.

Für einen unsinnigen Augenblick wünschte sie sich, in die

Zukunft blicken zu können, zu wissen, was in wenigen Minuten passieren oder wie ihr Leben in einer Stunde aussehen würde. Sie wünschte sich, die Zeit anhalten zu können, dann würde sie in diesem köstlichen Zustand der freudigen Erregung verharren, der herzklopfenden Erwartung, dieser Hoffnung, die ihr seit Jahren die Seele zerriss. Gleichzeitig schnürte ihr die Angst die Kehle zu, dass sie sich geirrt hatte und es nur irgendein Fremder war, der ihm aufs Haar genau glich. Sie war sich nicht sicher, ob sie diese Enttäuschung verkraften könnte.

Sie trat einen Schritt zurück. Mit verschwommenem Blick starrte sie den Gang hinunter. Es herrschte das geschäftige Treiben eines normalen Klinikalltags. Zwei Krankenschwestern, die Zulu miteinander schwatzten, schlenderten zum Ausgang. Eine blasse Frau, die ihrem Bauchumfang nach zu urteilen offensichtlich kurz vor der Geburt stand, ging langsam auf den Arm ihres Mannes gestützt auf und ab. Eine gewichtige Zulu mit schief sitzendem Häubchen schob fröhlich lachend den Servierwagen heran und begann Tabletts mit Essen auszuteilen.

Gerade wollte sie sich wieder zur Tür drehen, als sie den Afrikaner mit dem Eierkopf und den anderen mit dem Goldklumpen am Hals bemerkte, die nur wenige Meter von ihr an der Wand lehnten. Es waren die beiden Männer, die den Mann begleitet hatten, der wie Christoph ausgesehen hatte. Und bei ihnen stand Phisi, der Jäger, die blaue Baseballkappe tief in die Stirn gezogen.

Ihr wurde kalt. Alarmiert wich sie zurück. Für Sekunden schwankte sie zwischen dem Instinkt, sofort wegzulaufen, oder den Stalker zu stellen und eine Erklärung dafür zu verlangen, warum er sie ständig verfolgt hatte. Doch ehe sie in Ruhe das Für und Wider abwägen konnte, gingen die Emotionen mit ihr durch. Ihr schoss das Blut in den Kopf, und sie sprang den Mann an wie eine wütende Kobra.

»Sie …«, zischte sie und boxte ihn auf die Brust. »Warum verfolgen Sie mich seit Monaten? Für wen arbeiten Sie? Was –

wollen – Sie – von – mir?« Die letzten Worte schrie sie heraus, und mit jedem einzelnen schwoll ihr Zorn weiter an.

Die Leute im Gang drehten sich erschrocken zu ihr um, und die zwei Goldbestückten bauten sich mit Drohgebärden hinter Phisi auf. Beide hielten ihre Hand auf den Waffen.

»Also?«, kreischte sie in höchsten Tönen und stieß ihn wieder vor die Brust. »Ich will das jetzt wissen! Sofort!«

Bevor der Stalker jedoch antworten konnte, flog hinter ihr die Tür des Krankenzimmers krachend auf. »Was soll das Geschrei, verdammt noch mal?«, raunzte eine tiefe Männerstimme, die so klang, als hätte derjenige Tamponaden in beiden Nasenlöchern.

Alice hatte dem Mann den Rücken zugewandt, doch seine Stimme erkannte sie sofort. Sie öffnete den Mund, um etwas zu sagen, aber ihre Stimme versagte ihr den Dienst.

»He, Sie, seien Sie gefälligst still!«, knurrte der Mann und stieß sie an. »Verschwinden Sie, aber plötzlich. Hier liegt ein Neugeborenes und seine Mutter. Sie brauchen Ruhe! Phisi, sorg gefälligst dafür, dass hier ab sofort Stille herrscht, und zwar *shesha!* Wirf die Frau raus, und wenn sie sich wehrt, trag sie raus!«

Sie wollte sich umdrehen, aber ihre Muskeln gehorchten nicht. Ein Schauer nach dem anderen rieselte über ihre Haut. Sie setzte zu sprechen an, aber außer einem kratzigen Schnarren bekam sie nichts heraus. Mit ungeheurer Anstrengung gelang es ihr endlich, sich langsam, wie von Marionettenfäden gezogen, dem Sprecher zuzuwenden. Und dann stand sie Angesicht zu Angesicht mit dem Mann. Sie hob die Augen und sah ihn an.

Die Zeit stand still, sie vergaß zu atmen. Für eine gefühlte Ewigkeit.

»Christoph?«, wisperte sie schließlich. »Christoph ...«

Das Gesicht ihres Sohnes verlor jeglichen Ausdruck und gleichzeitig alle Farbe. Er starrte sie an, als stünde er einem Geist gegenüber. Phisi, der sie bereits am Arm gepackt hatte, blickte zwischen ihr und ihrem Sohn hin und her, stutzte, gab sie darauf wieder frei und trat zurück.

»Mama?« Seine Stimme war rau, der Ton ungläubig.

Sie antwortete nicht, sondern trank seinen Anblick in sich hinein. Das Licht schien sich auf sein Gesicht zu konzentrieren. Jeden Zentimeter tastete sie mit den Augen ab. Das Geschehen um sie herum wich zurück, Geräusche wurden leiser, Gerüche nahm sie nicht mehr wahr, weder den scharfen nach Antiseptika noch den nach dem Currygericht, das heute offenbar serviert wurde.

Sein Gesicht war schmaler geworden, und er wirkte erwachsener, aber das blonde Haar fiel ihm noch immer in die Stirn, und seine Augen leuchteten so blau wie früher. Die Blutflecken auf dem Hemd und der Hose waren getrocknet, blutige Tamponaden steckten in seinen Nasenlöchern, und die Haut um sein rechtes Auge war lebhaft rotviolett verfärbt. Morgen würde er ein prachtvolles Veilchen haben, fuhr es ihr durch den Kopf.

»Mama«, flüsterte Christoph noch einmal. »Wie kommst du hierher?«

Alice wusste nicht, was sie ihm antworten sollte, wusste nicht, wie sie mit der plötzlich hochschäumenden Enttäuschung, dass er sich nie gemeldet hatte, umgehen sollte. Zu ihrem Entsetzen packte sie der Impuls, die Hand zu heben und ihm ins Gesicht zu schlagen. Aus lauter Hilflosigkeit, wie sie es von ihrem Vater gekannt hatte. Er hatte sie oft geschlagen. Ins Gesicht, auf den Rücken, wo immer er sie in seiner Wut traf. Vom Rudern hatte er viel Kraft in den Armen gehabt, und die Schläge hatten ihren ganzen Körper erschüttert. Beschämt ballte sie ihre Hände zu Fäusten und versteckte sie hinter dem Rücken.

»Erklär es mir«, stieß sie hervor und wurde von der Welle verzweifelter Liebe, die über ihr zusammenschlug, fast erstickt. »Warum hast du mich so lange warten lassen?« Sie packte ihn am Arm, gab ihn aber sofort wieder frei.

»Komm erst mal rein«, forderte er sie auf.

»Sind das deine Gorillas?« Sie zeigte auf den Stalker und die beiden Afrikaner, die sich neben ihm aufgebaut hatten. »Schick sie weg!«

Christoph machte eine Handbewegung, und sie nahm wahr, dass seine drei Begleiter zurücktraten und ein paar Schritte entfernt einen losen Kreis um sie bildeten und sie so vor jedem abschirmten, der sich ihnen nähern wollte. »Komm mit ins Zimmer«, wiederholte er und hielt ihr die Tür auf.

»Nein.« Sie rührte sich nicht. »Ich will jetzt auf der Stelle wissen, warum du dich jahrelang nicht bei uns gemeldet hast, obwohl du nur wenige Kilometer von deinem Zuhause gelebt hast. Warum du nicht einmal nach dem Tod deines Vaters nach Hause gekommen bist. Und wenn es nur aus gesellschaftlicher Konvention gewesen wäre und nicht aus Liebe zu uns. Bevor ich darüber keine Klarheit habe, rühre ich mich hier nicht vom Fleck.«

Christoph ließ die Tür wieder ins Schloss fallen und betrachtete seine hellen Canvasschuhe. Nach einer Weile holte er seufzend tief Luft, hielt aber immer noch den Kopf gesenkt. Schließlich blickte er ihr in die Augen.

»Am Anfang war es purer Protest«, begann er. »Gegen euch. Wie das so ist bei Eltern und Kindern, nichts Ungewöhnliches also. Ich hab bei Freunden gewohnt und hab ein bisschen mit ihnen herumgekifft, bis mich meine damalige Freundin hat sitzen lassen und Hasch auf einmal nicht mehr gereicht hat. Ich hab mir was Härteres besorgt, um über sie hinwegzukommen ...« Seine Augen glitten zur Seite. »Natürlich habe ich geglaubt, dass ich das im Griff habe, dass ich aufhören könnte, wann immer ich wollte. Wie alle.« Er machte eine vage Handbewegung, sah sie dabei kurz an, als wartete er auf einen Kommentar, und verfiel dann in brütendes Schweigen.

Alice hatte ihm gebannt zugehört, schwieg aber ebenfalls eisern und wartete mit angehaltenem Atem, ob seine Geschichte die Behauptungen bestätigen würde, die Onkel Curt aufgestellt hatte.

»Na ja«, murmelte Christoph schließlich. »Hat nicht ganz geklappt. Ich bin dann in freiem Fall im Drogensumpf gelandet. Wenn ich mal für ein paar Minuten klar denken konnte und mich daran erinnerte, dass ich Eltern hatte, hab ich mich einfach entsetzlich geschämt, und dagegen half dann eben nur noch der nächste Schuss.« Dieses Mal vermied er den Blickkontakt mit ihr und studierte wieder eingehend seine Schuhspitzen. »Es war eine Einbahnstraße in die Hölle«, flüsterte er so leise, dass sie ihn kaum verstand. »Und es hat nicht viel gefehlt, und mich hätt's endgültig gerissen. Aber ...« Er holte tief Luft. »Aber ich hatte einen Freund, meinen besten, und der hat sich den goldenen Schuss gesetzt und sich ins Jenseits verabschiedet. Aber er hat mir seinen Computer hinterlassen.«

Seine Stimme verlor sich, sein Blick lief an ihr vorbei ins Nichts.

»Anfangs war ich furchtbar wütend auf ihn, dass er abgehauen ist und mich alleingelassen hat«, nahm Christoph seinen Bericht wieder auf. »Zu dem Zeitpunkt habe ich noch nicht begriffen, welch ein unschätzbar kostbares Geschenk er mir vermacht hat. War mehr wert als ein Sack voll Gold. Wurde zu einem Sack voll Gold.« Er grinste mit einem Schuss Ironie. »Ich hatte kaum noch einen Cent in der Tasche, nicht genug, damit auch nur für einen Tag Drogen zu beschaffen, auch nicht genug, um mir wenigstens Brot kaufen zu können. Ich war voll auf Entzug, halb wahnsinnig, hatte Halluzinationen ... Na, wie das eben so ist.« Er fixierte einen Punkt hinter ihrem Kopf. »Erst fing ich an zu betteln, dann hab ich geklaut. Dabei habe ich begonnen, auf dem Computer irgendwelche schwachsinnigen Spiele zu spielen, bis ich wieder genug zusammengeklaut hatte, um einen Tag ins Nirwana absinken zu können. Aber irgendwann hatte ich genug ... Ich war wohl gerade mal wieder high, und das stupide Herumgedaddel kam mir idiotisch und sinnentleert vor, und so entschied ich, dass ich mir selbst ein Computerspiel basteln würde. Das war natürlich eine komplette Überschätzung meiner Fähigkeiten. Aber einige Synapsen in meinem Hirn haben noch funktioniert. Ich fing an und habe die Welt darüber vergessen.«

Er kehrte seinen Blick nach innen.

»Nichts frisst deine Zeit gieriger als ein Computer, und ich merkte gar nicht, wie die Abstände zwischen den Spritzen größer wurden, bis ich es so weit hinter mir hatte, dass ich sozusagen die Entscheidungshoheit über mich selbst zurückgewann. Ich arbeitete wie ein Besessener an dem Spiel, verdiente mir tagsüber Geld als Kellner in der Unigegend, nachts habe ich programmiert.« Er straffte die Schultern und hob seinen Blick zu ihr. »Ich habe es auf einer Computermesse für ein unfassbares Geld verkauft ... Na ja, und dann hat's mich mitgerissen ...«

»Wenn ich dich jetzt richtig verstehe, hast du Unsummen verdient und deine Eltern darüber vergessen«, sagte Alice. Es war eine Feststellung, keine Frage.

»Nein«, erwiderte Christoph leise und blickte weg. »Nein, so war es nicht. Ich wollte mir erst eine sichere Existenz aufbauen ... Etwas mit Hand und Fuß, um euch wieder in die Augen sehen zu können, aber plötzlich geriet ich wohl aus Naivität in ein sehr gefährliches Gewerbe. Ich habe mir einen Nachtklub zugelegt. Und weitere Unsummen damit verdient. Nach und nach kaufte ich noch drei Nachtklubs dazu und benannte sie nach meinem Computerspiel *Golden Egg*.« Er starrte wieder auf seine Schuhe. »Und dann haben sie Papa ermordet ...«

»Was?«, schrie sie auf. Sie hatte das erschreckende Gefühl, dass ihr Herz aufgehört hatte zu schlagen. »Ermordet? Er ist mit dem Auto von der Brücke gestürzt! Die Kriminalpolizei glaubt, dass er von einem Betrunkenen abgedrängt wurde ...«

Christoph schüttelte den Kopf. »Ein paar Gangster aus Nigeria und Ghana, die sich meine Nachtklubs unter den Nagel reißen wollten, haben ihn entführt, misshandelt, gefesselt und ins Auto gesetzt. Dann sind sie mit ihm auf die M4 abgebogen und haben ihn mit ihrem Wagen von der Brücke gerammt ...« Er verbarg sein Gesicht in beiden Händen. Seine Stimme klang hohl, als er weitersprach. »Sie haben ihn umgebracht, obwohl meine Leibwächter dich und Papa schon seit Wochen bewacht hatten«, flüsterte er. »Die Entführung aber konnten sie nicht verhindern, weil ich nicht im Land war. Ich war schon vor Weihnachten nach Mauritius geflogen, um die letzten Einzelheiten des Verkaufs der Nachtklubs zu verhandeln. Das Ganze ging schnell über die Bühne, und danach sah ich keine Gefahr mehr für dich und Papa. Die Nachtklubs gehörten nicht mehr mir, also glaubte ich, dass ihr kein Ziel mehr für die Gangster gewesen wart. An dem Tag, als die Kobra in deiner Küche auftauchte und Phisi dich vor ihr beschützte, flogen meine Bodyguards auf meinen Befehl mit der Abendmaschine zu mir nach Mauritius. Ich brauchte sie dort.«

Schweigend ging Alice ein paar Schritte zum Ende des Gangs und starrte durch das Fenster hinaus in einen Fieberbaum. Christoph folgte ihr und ließ sich in einen der herumstehenden Sessel fallen. Vornübergesunken saß er da, legte die Unterarme auf die Knie und verflocht die Finger ineinander, bis seine Knöchel weiß hervortraten. Sein Blick ging ins Leere.

Sie drehte sich um. »Aber warum, verdammt noch mal, bist du nicht vorher zu uns gekommen, als dir klar war, dass wir gefährdet waren?«, stieß sie vehement hervor. »Dann hätten wir selbst Maßnahmen für unseren Schutz ergreifen können. Herrgott, Christoph! Dadurch hast du uns in noch größere Gefahr gebracht ... Wir sind ahnungslos von einer prekären Situation in die nächste getappt, und deinem Vater hat es das Leben gekostet ... Und meins zerstört. Ich habe das Land verlassen müssen ...« Sie brach ab.

Welchen Schwierigkeiten sie sich in Deutschland gegenübergesehen hatte, würde sie ihm später erzählen. Auch vom Tod seines

Großvaters. Sie sah ihn an, wie er da vor ihr saß, mit gesenktem Kopf und hängenden Schultern. Sein Gesicht war wie bei einem großen Schmerz verzogen, und in seinen Augen sammelten sich Tränen. Aber er schwieg.

»Wann hast du von seinem Tod erfahren?«

Er blickte kurz hoch, senkte den Kopf dann aber wieder. »Erst als ich nach Durban zurückkehrte. Und dann nur durch Zufall. Ich hielt mich auf Mauritius auf einer Zuckerrohrfarm im Landesinneren auf.« Er knetete seine Finger. »Schon bei einem vorherigen Besuch auf der Insel hatte ich jemanden kennengelernt, und mein Leben, das ich meinte, so wunderbar geplant zu haben, stand auf einmal Kopf. Ich habe an nichts anderes mehr gedacht als an diese Frau. Wir hatten keinen Internetanschluss, südafrikanische Zeitungen gab es in der Einsamkeit nicht, und ferngesehen habe ich auch nicht. Und dann traf ein Zyklon die Insel. Gebäude und viele Straßen wurden zerstört, alle Kommunikation brach zusammen, und die Zuckerrohrfarm wurde fast vernichtet.« Er hob die Hände mit den Flächen nach oben. »Ich bin mit meinen Leuten geblieben, um zu helfen.«

»Hast du die Zeitungsanzeigen, die ich geschaltet hatte, denn nicht gesehen?«

»Wie denn? Ich war ja auf Mauritius. Ich habe erst am Tag vor seiner Beisetzung erfahren, dass Papa tot ist.« Er fuhr mit monotoner Stimme fort und vermied es weiterhin, sie anzusehen. »Einer meiner Freunde sagte es mir, als ich nach Südafrika zurückkkam, und ich hatte fürchterliche Angst, dass du noch immer in Lebensgefahr sein könntest …«

»Dieser Mann mit der Baseballkappe …«, unterbrach sie ihn und zeigte auf den Stalker. »Als wir nach der Beisetzung wieder an Land kamen, war er da«, fuhr sie ihn an und stemmte die Arme in die Hüften. »Er hat mich selbst da beobachtet, und das hat er sicher nicht ohne deine Anweisung getan! Der Kerl ist doch einer von deinen Bodyguards, nicht wahr?«

»Komm«, sagte er, stand auf und winkte seinen Leibwächter heran. »Mama, darf ich vorstellen, Phisi de Boer, mein Schatten und Beschützer. Mehr als einmal hat er mir das Leben gerettet.« Er lächelte schief. »Außerdem ist er ein hervorragender Messerwerfer und ein erfolgreicher Schlangentöter, wie du sicherlich mitbekommen hast. Nach Papas Tod habe ich ihm befohlen, dich nicht mehr aus den Augen zu lassen ...«

Phisi de Boer nahm seine Baseballkappe ab. »Es tut mir sehr leid, wenn ich Sie erschreckt habe, Mrs. Diekmann.«

Alice nickte ihm abwesend zu. »Sie haben ja nur das getan, was Ihnen mein Sohn aufgetragen hatte.« Sie verschränkte die Arme vor der Brust. »Und warum bist du nicht zur Beisetzung gekommen? Hast du nie daran gedacht, dass ich dich brauchen könnte?«

Christoph starrte sie stumm an. Aus seinem rechten Nasenloch rann ein dünner Blutfaden, und er presste sein Taschentuch dagegen.

»Ich war am Boden zerstört«, sagte er schließlich so leise, dass sie ihn kaum verstand. »Ich würde Papa nie wiedersehen, und du ... Ich habe es einfach nicht fertiggebracht ... Es tut mir so unendlich leid, Mama ...«

Rührung drohte sie zu überwältigen, aber sie kämpfte sie nieder. Noch waren zu viele Fragen offen.

»Hat man die Mörder am Ende erwischt?«

»O ja.« Er nickte heftig. »Und die Kerle haben das bekommen, was sie verdient haben!«

Die Genugtuung in seiner Stimme versetzte Alice in Alarm. »Was hast du getan?«, presste sie heraus. »Hast du ... Ich meine, hast du ...«

Sie brach ab, konnte nicht laut aussprechen, was ihr eben durch den Kopf geschossen war. Die Angst vor seiner Antwort schnürte ihr die Luft ab.

»Meinst du, ob ich sie getötet habe?«

Christoph grinste schief und sah dabei seinem Vater so ähnlich, dass es sie fast umwarf. Es war das gleiche unverschämte, charmante Grinsen. Sie konnte nur nicken.

»Nein, Mama, das habe ich nicht. Noch nie in meinem Leben habe ich jemanden umgebracht. Aber ich habe gute Leute, und die haben alle Beweise zusammengetragen und sie der Polizei zur Verfügung gestellt. Die drei Gangster schmoren für die nächsten fünfzig Jahre im Gefängnis. Wenn sie so lange überleben.« Mit Inbrunst setzte er hinzu: »Was ich schwer hoffe.«

»Kennst du einen Afrikaner, einen, der eine Schlangenlederkappe trägt und eine vergoldete Ohrmuschel hat?« Sie hielt seinen Blick fest. »Und sich als Security-Wachmann bezeichnet?«

»Ja, das ist mein Sicherheitschef, Ejò. Er ist aus Nigeria, und sein Name bedeutet Schlange. Daher die Kappe. Was ist mit ihm?«

»Fährt der einen schwarzen Porsche Cayenne?« Ihr Herz raste, während sie auf seine Antwort wartete.

Christoph schüttelte den Kopf. »Nicht mehr. Aus welchem Grund fragst du?«

Sie sagte es ihm. »Also, ist er ihn bisher gefahren?«

»Ja, das ist er«, antwortete Christoph. »Bis Weihnachten letztes Jahr. Da hat ihn ein stockbetrunkener Kerl frontal gerammt. Ejò hat sich überschlagen, und die Ärzte haben ihn wieder zusammengeflickt. Der Porsche hatte Totalschaden.«

»Darüber gibt es Polizeiberichte?«, bohrte sie stur weiter nach. »Etwas Offizielles, schwarz auf weiß?«

»Ja, Mama, die Polizei hat alles ausführlich protokolliert, fotografiert, und außer Zeugenaussagen haben sie genügend Beweise zusammengetragen, die den Sachverhalt einwandfrei beweisen. Und die Befunde der Krankenhausärzte sind ebenfalls eindeutig.«

Ihr Blick wanderte wieder hinaus zu dem Fieberbaum. Es gab noch etwas, was sie für ihr Seelenheil wissen musste.

Sie sah ihren Sohn an. »Ich habe jahrelang alle Hebel in Bewegung gesetzt, dich zu finden, die Polizei hat dich gesucht, ein

Detektiv, und ich bin mit deinem Bild in den schlimmsten Gegenden Durbans hausieren gegangen, und dennoch ...«

»Niemand kennt mich unter meinem Namen Christoph Diekmann«, unterbrach er sie. »Ich nannte mich Christo le Corbeau, aber man nennt mich auch ...«

»*Nyoka*«, vollendete sie seinen Satz.

Überrascht sah er sie an. »Ja, die Schlange. Und das war auch mein Pseudonym für die sozialen Netzwerke.«

Es entstand eine Pause. Christoph beobachtete konzentriert eine Fliege am Fenster, die sich, ohne es zu merken, einem Spinnennetz näherte. Bevor die Fliege in die klebrigen Fäden lief, öffnete er das Fenster und scheuchte sie hinaus in den Sonnenschein. Als er sich ihr wieder zuwandte, lächelte er sie zögernd an.

»Komm mit ins Zimmer, Mama«, bat er und streckte die Hand nach ihr aus. »Bitte. Ich möchte dir jemanden vorstellen.«

Alice reagierte nicht, konnte nicht reagieren, weil sie plötzlich feststellte, dass ihre Glieder bleischwer geworden waren und sie sich nicht bewegen konnte. Sie sah ihm in die Augen und versank in dem Blau, das so klar war wie das eines Bergsees. Sie wusste, dass ihr Leben in dieser Sekunde wieder vor einer unwiderruflichen Wende stand. Aber dieses Mal war es keine angstvolle Vorahnung, die sie überfiel. Dieses Mal glühte ein winziger Glücksfunke in ihr, und die einzige Angst, die sie hatte, war die, dass sie sich irrte.

»Bleib draußen und pass auf«, sagte Christoph zu Phisi, ergriff ihre Hand, öffnete die Tür und ließ sie vortreten.

Sie blieb stehen und schaute in das sonnendurchflutete Zimmer. Im offenen Fenster saß eine zierliche, bronzefarbene Schönheit mit schimmernden Augen und einer Kaskade goldbrauner Locken. Sie erkannte in ihr sofort die Frau, die sie vor dem Golden Egg One gesehen hatte. Langsam erhob sich die Frau, und erst jetzt bemerkte Alice, dass sie ein kleines Bündel auf dem Arm trug, von dem nur herumfuchtelnde, winzige Händchen zu sehen waren.

»Hallo«, sagte die junge Mutter leise und wiegte das Baby, das leise vor sich hin gurgelte.

Christoph ging zu ihr und legte einen Arm um ihre Schultern. »Das ist Camille, meine Frau. Ich habe sie vorgestern, kurz bevor die Wehen losgingen, endlich dazu bewegen können, mich zu heiraten.«

Er sagte es mit so viel Stolz in der Stimme, dass ihr die Kehle eng wurde.

»Und das ...« Christoph beugte sich vor, hob das strampelnde Baby aus dem Arm seiner Frau und schob das Tuch zurück. »Das ist Patrizia. Sie ist eineinhalb Tage alt.«

Es verschlug ihr den Atem. »Patrizia.« Sie sah ihn verblüfft an. »Deine Urgroßmutter hieß so, weißt du das?«

»Aber ja«, bestätigte er mit lachenden Augen, und wieder sah er aus wie Pierre.

Alice blickte zu der Kleinen und dann zu Camille. Schließlich fixierte sie ihren Sohn, verletzt, enttäuscht und auch zornig. »Hattest du vor, mir das irgendwann mitzuteilen?«, sagte sie.

»Das hatte er«, antwortete Camille an seiner statt. »Er wollte Sie einladen und hatte schon einen Flug in Ihrem Namen gebucht, aber Patrizia hatte es auf einmal ziemlich eilig. Eigentlich wäre der Geburtstermin erst in zehn Tagen gewesen, aber dann ist alles so schnell passiert, dass wir es gerade noch vom Standesamt in die Klinik geschafft haben.«

Die Kleine wandte ihr Köpfchen, steckte einen Finger in den Mund und betrachtete sie unverwandt. Sie konnte nicht widerstehen und strich ihr sanft über die zarte Hand, worauf Patrizia ihren Finger griff und festhielt. Christoph hatte das direkt nach seiner Geburt auch getan, und von der Sekunde an war sie ihm rettungslos ausgeliefert gewesen. So war es auch jetzt, und um ein Haar wäre sie in Tränen ausgebrochen.

Camille legte ihr das Baby in den Arm. Sie spürte die warme Schwere des kleinen Körpers und geriet wieder gefährlich an den

Rand eines Tränenausbruchs. Im Hintergrund stand Christoph, die Hände in den Hosentaschen vergraben, ein hingerissenes Grinsen von Ohr zu Ohr, und in seinen Augen glänzte es verräterisch. Sie sah ihn an.

»Christoph«, flüsterte sie.

Und dann liefen ihr doch die Augen über, und sie streckte ihm ihren freien Arm entgegen.

Ihr Sohn umschlang sie und seine kleine Tochter mit beiden Armen, und sie streichelte ihn, fuhr ihm durchs Haar, wie sie es getan hatte, als er noch klein gewesen war, spürte, dass seine Schultern bebten, und die Laute, die er von sich gab, ließen ihr Herz überlaufen. Reden konnte sie sowieso nicht. Der Kloß in ihrem Hals ließ das nicht zu.

Camille stand im Hintergrund. Ihr cremefarbenes Hängerkleid blähte sich leicht im Luftzug. Sie lächelte, ihre Zähne waren sehr weiß, und sie hatte Grübchen. Alice fand, dass sie eine der schönsten Frauen war, die sie je gesehen hatte.

»Ich würde euch beide gern jemandem vorstellen«, sagte sie zu Camille. »Er ist hier im Krankenhaus. Ginge das?«

»Natürlich, solange er nichts Ansteckendes hat.« Camilles Stimme hatte etwas Atemloses, ein dunkles Timbre, so als wäre sie ein wenig heiser.

»Nein«, lächelte Alice. »Er hat sich am Fuß verletzt und eine leichte Gehirnerschütterung, aber sonst ist er kerngesund. Er soll lediglich die Nacht zur Beobachtung hierbleiben.«

»Wer ist es denn?« Christoph kitzelte seiner Tochter den Bauch und warf Alice dabei einen schnellen Seitenblick zu.

Sie verstand, was er fragen wollte. »Mein Nachbar und der beste Freund, den ich in Lübeck gefunden habe. Ohne ihn hätte ich die letzten Monate nicht durchstehen können.«

Von dem Tod seines Großvaters würde sie ihm später erzählen, sonst würde dieser wunderbare Augenblick für ihn und Camille für immer mit einer Todesnachricht verbunden sein. Das wollte sie ihnen und sich nicht antun. Vorsichtig übergab sie Patrizia ihrer Mutter, lehnte sich spontan vor und umarmte die junge Frau.

»Willkommen in der Familie«, sagte sie und musste dabei an ihre Schwiegereltern denken, die sie einst so herzlich aufgenommen hatten.

Christoph stand dabei und grinste. »Dann werde ich deinen Nachbarn mal in Augenschein nehmen.«

Er hielt ihr und Camille die Tür auf, und sie führte sie auf die Station, auf der Roland lag.

Sie klopfte an die Zimmertür, und nachdem sie ein geknurrtes *Yes* vernahm, trat sie ein. Roland saß auf dem Bett und mühte sich ab, seine Chinos anzuziehen.

Mit wenigen Schritten war sie bei ihm. »Was machst du denn da? Du sollst dich hinlegen.«

»Hier werde ich nur richtig krank. Ich will raus …«

Da erst schien er Camille und Christoph zu bemerken. Seine Hosen festhaltend, musterte er den jüngeren Mann eindringlich. Sein Blick glitt zu Camille und blieb an der kleinen Patrizia hängen. Er wollte aufspringen, verhedderte sich in seinen Hosen und landete auf dem verletzten Fuß, der sogleich wegknickte. Mit einem unterdrückten Schmerzenslaut fiel er aufs Bett zurück.

»Siehst du, du bist noch ganz durcheinander von deinem Sturz!«, schimpfte Alice. »Du musst über Nacht hierbleiben. Bitte, Roland …« Sie bückte sich, um seine Beine aus der Hose zu befreien.

»Alice, nun hör mir mal zu, ich hab schon ganz andere Dinge überlebt, ohne mich in ein Krankenhausbett zu legen. Glaub mir, ich leide an einer schweren und unheilbaren Allergie gegen Krankenhäuser … und einer gegen Ärzte, und die ist ganz schlimm, geradezu gefährlich.«

»Jaja«, sagte sie und warf Christoph einen Hilfe suchenden Blick zu. »Er hat lange in Australien gelebt und scheint zu glauben, dass er mit Crocodile Dundee verwandt ist.«

Christoph schaute ernst drein, aber seine Mundwinkel zuckten. »Ich weiß natürlich nicht, wie schwer seine Verletzung ist, aber ich kann ihn verstehen«, näselte er an den Tamponaden vorbei. »Mich kriegst du auch nicht ins Krankenhaus.«

Roland grinste Alice an. »Na, siehst du! Eine verwandte Seele! Ich bin also nicht allein.« Er deutete auf Christophs lädiertes Gesicht. »Und da hat sicher Klitschko in Notwehr zugeschlagen?«

Christoph prustete laut los, worauf sich die Wattestöpsel in seinen Nasenlöchern auf der Stelle leuchtend rot färbten. Mit schmerzverzerrter Miene tupfte er sich das Blut von der Oberlippe. »Eine Tür namens Klitschko!«, presste er mit gequältem Lächeln hervor. »Und ihr solltet mal sehen, wie die jetzt aussieht!«

Roland streckte ihm schmunzelnd die Hand hin. »Hallo, Christoph, ich bin Roland, der Gärtner aus dem Haus neben dem deiner Mutter.«

»Glaub ihm kein Wort«, fuhr sie dazwischen. »Er hat mir nur wochenlang vorgespielt, der Gärtner zu sein … Aber in Wirklichkeit …«

Roland hob die Hand. »Alice, mein Herz, nu lass man, das interessiert deinen Sohn sicher nicht …«

Christoph blickte von einem zum anderen. »Der Gärtner von nebenan und nur dein bester Freund, was, Mama?«, frotzelte er.

Alice konnte ein Lächeln nicht unterdrücken. »Dinge entwickeln sich eben …«

Roland hatte den Moment ihrer Unaufmerksamkeit genutzt und seine Hosen angezogen. Er verschnürte die Orthese am verletzten Fuß, stand vorsichtig auf und wandte sich dann Camille zu. »Mrs. Diekmann, nehme ich an? Ich bin entzückt!«

»Camille«, erwiderte Christophs Frau, zeigte ihre Grübchen und streckte ihm die Hand hin. »Bitte nenn mich Camille.«

Roland Hendricks nahm ihre Hand und deutete einen Kuss an. »Mit Vergnügen. Ich bin Roland.« Mit einem Zeigefinger strich er zart über Patrizias Köpfchen. »Und wer ist das?«, fragte er und sah Alice an.

»Patrizia«, erwiderte sie mit erstickter Stimme. »Meine Enkelin. Stell dir das nur mal vor.« Sie wischte sich über die Augen. »Ist sie nicht hinreißend?«

»Absolut hinreißend«, bestätigte er. »Ein schöneres Baby hat es noch nie gegeben.« Er lächelte sie an. Es war ein sehr intimes Lächeln. »Wir können gehen«, verkündete er. »Mir geht's prächtig!«

»Roland!«

Er riss komisch seine Augen auf. »Ja, Alice?«

»Oh, du bist der größte Sturkopf, den ich kenne …«

Er grinste sie fröhlich an. »Du schaust schon manchmal in den Spiegel, oder?«

Christoph erstickte fast an einem Lachanfall, Camille kicherte, und Patrizia boxte mit ihren Fäustchen in die Luft. Alice blieb nichts anderes übrig, als klein beizugeben.

»Aber nur unter Protest«, sagte sie streng, was Roland ein triumphierendes Grinsen entlockte.

21

Alice half Roland beim Einpacken und sah im Badezimmer nach, ob er nichts vergessen hatte. Christoph war inzwischen zur Tür gegangen und schaute auf den Flur hinaus.

»Johnny!«, rief er und winkte den kahlköpfigen Mann herein. »Mama, das ist Johnny Kaviar-King Mateta«, stellte er den wohlgenährten Zulu vor.

Erstaunt musterte sie den Mann. Das also war der berüchtigte Gangster Johnny Mateta, der damit angab, dass er jeden Tag ein halbes Pfund Kaviar vertilge, den er am liebsten aus dem Bauchnabel einer schönen Frau schlürfe. Sie hatte erwartet, dass sie ihn abstoßend finden würde, dass sie ihm ansehen könnte, wer er in Wirklichkeit war. Einer, der sich mit brutalen Methoden aus dem Sumpf der Townships und mehrerer Gefängnisse nach oben gekämpft und mit Sicherheit eine breite Blutspur hinterlassen hatte.

Johnny Mateta lächelte sie liebenswürdig an, wobei seine vergoldeten Vorderzähne blitzten. »Guten Tag, Madam«, sagte er und verbeugte sich leicht. Seine Sonnenbrille nahm er nicht ab.

»Guten Tag«, erwiderte sie überrascht.

Der Mann hatte offenbar alltagstaugliche Umgangsformen und war obendrein charmant. Sie bemerkte, dass Christoph sie eindringlich beobachtete, reagierte aber nicht darauf, sondern wandte sich dem Letzten von der Truppe zu. Es war der Muskelprotz, der Christoph über die Straße gebracht hatte. Er war deutlich jünger und größer als Johnny Mateta, mit wachsamem Gesichtsausdruck und einer sichtbaren Ausbeulung unter seinem Jackett. Der Mann musste Christophs Bodyguard sein. Und sie erkannte in ihm den zweiten Mann, der sie in Umhlanga beobachtet hatte.

»Das ist Cricket«, sagte Christoph.

»Hallo«, stieß der Mann mit atemlos kratziger Fistelstimme hervor. Ein Geräusch, das sie tatsächlich an das Zirpen einer Grille erinnerte.

»Hallo, Cricket«, grüßte sie ihn und erntete ein breites Lächeln.

Roland hatte inzwischen Handy, Sonnenbrille und Geldbörse verstaut und die Schuhe angezogen, wobei er den linken Schuh offen ließ, weil er mit der Orthese sonst nicht hineingepasst hätte.

»Let's go«, sagte er und humpelte zur Tür.

Auf dem Gang lief ihm eine Krankenschwester nach und informierte ihn, dass er nicht so einfach die Station verlassen dürfe.

»O doch, das kann ich durchaus«, erklärte er freundlich und verlangte den Arzt zu sprechen.

Nach kurzer Unterredung mit dem Doktor, der sichtlich ungehalten über die eigenmächtige Entscheidung seines Patienten war, unterzeichnete Roland seine Entlassung und verließ vergnügt die Station.

»Ich hab ihm versprechen müssen, dass du auf mich aufpasst«, grinste er.

»Nur wenn du tust, was ich sage«, schoss Alice zurück. »Sonst fahr ich dich sofort wieder hierher.«

Camille trug ihre kleine Tochter auf dem Arm, Christoph hatte den Arm um die Schulter seiner Frau gelegt.

»Wo wohnt ihr?«, erkundigte er sich.

»In einem Gästehaus in La Lucia. Roland kann sich dort gleich hinlegen.«

Christoph antwortete nicht, sondern schien über etwas nachzudenken.

Vor dem Krankenhaus blieb Alice stehen. Die Sonne strahlte im wolkenlos blauen Himmel, der Wind war leicht und zärtlich, und die Webervögel in den Bäumen bauten eifrig an ihren Nestern. Sie hielt sich an Rolands Hand fest.

»Ich wünschte, ich könnte dir etwas von diesem Land zeigen«, sagte sie leise.

Er zog die Brauen hoch. »Was spricht dagegen?«

Sie dachte an ihr Elternhaus, an das, was daran noch getan werden musste, an ihre Arbeit bei den Fortinis und an den drohenden Zahlungstermin bei der Bank.

»Ich habe keine Zeit, und unsere Zimmer sind in ein paar Tagen schon wieder vermietet.« Dass sie es sich schlicht nicht leisten konnte, sagte sie nicht.

»Da ist noch etwas, was ich dir beichten muss, Mama«, sagte Christoph. »Die Ferienanlage, die Papa und du geplant habt ...«

»Ja?«, sagte sie stirnrunzelnd. »Was ist damit?«

»Ich bin der Käufer.«

»Wie bitte?«, unterbrach sie ihn und hatte Mühe zu begreifen, was er gerade gesagt hatte.

»Mir gehört die Ferienanlage ... Ich ... ich war der Käufer, mit dem sich Papa in Kapstadt verabredet hatte.« Ein unsicheres Lächeln zog über sein Gesicht. »Ich wollte wieder zu euch kommen ... Ich wusste nicht, wie, aber ich hatte gehört, dass ihr alles, was ihr hattet, auf eine Karte gesetzt habt, und da dachte ich ... ich dachte ...« Er hatte die Hände in den Hosentaschen vergraben. »Vielleicht hätte Papa sich gefreut«, flüsterte er mit zögerndem Lächeln. Der Wind blies ihm sein Haar ins Gesicht, er warf es mit Schwung nach hinten und blinzelte sie bittend an.

Auf einmal sah Alice den kleinen Jungen vor sich, der er einmal gewesen war. Der kleine Junge, der das Zentrum ihres Lebens bedeutet hatte. Ihr Widerstand begann zu bröckeln, aber noch gab sie nicht nach.

»Und was hast du mit der Anlage vor?« Ihre Stimme war spröde wie dünnes Glas.

»Camille und ich sind in einen der Bungalows gezogen«, sagte er und streichelte mit dem Finger die Wange seiner Tochter. »Es ist eine bessere Umgebung für ein Baby als Durban. Kommt mit uns, Mama, das Haus, das du und Papa für euch gebaut habt, wartet auf dich.«

»Bitte, kommt doch«, setzte Camille mit ihrer schönen, rauchigen Stimme hinzu. Patrizia gurgelte zufrieden.

Alice schwieg.

»Mama?«, sagte Christoph leise. »Dann sind wir wieder eine Familie.«

Es war dieses eine Wort, das ihre innere Verhärtung schließlich aufweichte. Plötzlich wich der tonnenschwere Druck, der auf ihr gelastet hatte, und ihr wurde buchstäblich schwindelig vor Erleichterung.

»Aber nur ein paar Tage«, hörte sie sich sagen. »Ich muss zurück nach ...« Sie brach ab. Fast hätte sie *nach Hause* gesagt. »Zurück nach Lübeck. Es geht nicht anders.« Sie wandte sich ab und lief zu Annalies Wagen. Dort drehte sie der jungen Familie ihres Sohnes den Rücken zu, um ein paar Sekunden Zeit zu haben, ihr inneres Gleichgewicht ein wenig zu stabilisieren.

»Ist das Auto ein Mietwagen?«, erkundigte sich Christoph.

»Nein, es gehört der Besitzerin vom Gästehaus«, erwiderte sie. »Ich muss es ihr schnellstens zurückbringen. Kannst du bitte Roland beim Einsteigen helfen?«

»Ach wo«, rief er. »Ich rufe Ejò an. Der soll den Wagen hier abholen und zum Gästehaus zurückbringen. Du und Roland fahrt bei uns mit.«

Nachdem er ihren Protest beiseitegewischt hatte, schickte er Cricket los, um ihr Gepäck aus dem Gästehaus zu holen, die Rechnung zu bezahlen und vom Steakhouse in Umhlanga Rocks zwei Zentimeter dicke Steaks mitzubringen.

»So um die zwanzig Stück und ein paar Lammkoteletts und Boerewors ... und zehn Baguettes, zwei Wassermelonen und ein Dutzend Mangos ...«

»Erwartest du eine Armee zum Essen?«, wollte Alice lächelnd wissen.

»Wir sind sieben Leute. Hast du vergessen, was man hier zu einem Braai auftischt?« Er war so offensichtlich glücklich, dass ihr wieder das Wasser in die Augen schoss und sie es nicht übers Herz brachte, sich gegen seine Entscheidungen aufzulehnen.

Während der Fahrt sagte Camille kaum etwas, sondern beschäftigte sich nur mit der Kleinen, worüber Alice sehr froh war. Sie hatte einfach zu viel damit zu tun, die vergangenen Stunden emotional einigermaßen zu bewältigen.

Schließlich bogen sie zur Ferienanlage ab. Ein seltsames Gefühl ergriff sie, als der Wächter vor Christoph salutierte und das zweieinhalb Meter hohe Tor aus gebürstetem Stahl – das unverschämt teuer gewesen war, wie sie sich erinnerte – zurückfahren ließ. Doch die Wildnis, die sich damals dahinter erstreckt hatte, war einer gezähmten Grünanlage mit hohen Palmen und Flammenbäumen gewichen, die bereits die ersten roten Orchideenblüten trugen. Die provisorische Schotterstraße, die sich zu ihrer Zeit durchs Gelände gewunden hatte, war mit Granit gepflastert, und hinter der üppigen Bepflanzung konnte sie die Dächer der Bungalows sehen, die damals nur auf dem Papier existiert hatten. Sie rief sich den Architektenplan ins Gedächtnis. Demnach müssten sie bald nach rechts abbiegen, und am Ende des Weges lag dann der Bungalow, den sie und Pierre für sich gebaut und in dem sie den Rest ihres Lebens hatten verbringen wollen.

Christoph fuhr rechts rein, und dann sah sie das Haus. Ihr Haus. Stämmige Dattelpalmen säumten die breite Auffahrt, die Eingangstür war neu, aber genau wie sie sie damals entworfen hatte – massives Holz, weiß lackiert, mit Messingbeschlägen –, und rosa Bougainvilleen, die in zwei glasierten Kübeln wuchsen, rankten sich um den Eingang. Auf der Rasenfläche spendeten

Flammenbäume, Jacarandas und Indische Nussbäume, in großen Abständen gepflanzt, in der Mittagshitze Schatten. Wie Pierre und sie es sich gewünscht hatten.

»Komm mit«, rief Christoph aufgeregt. Er half ihr aus dem Auto und schloss die Haustür auf.

Kühle Fliesen, viel Holz, die Wände weiß, große Glasflächen mit Aussicht auf den Ozean. Sie konnte riechen, dass hier noch nie jemand gewohnt hatte. Christoph zog sie durch die Schiebetür hinaus. Der tiefe Dachüberstand warf einen angenehmen Schatten, und die riesige Terrasse bot einen ungehinderten Blick über die Baumwipfel des Küstenurwalds bis nach Durban. Wie sie es sich vorgestellt hatten. Alice stand unter den zierlichen Wedeln einer Bambuspalme und ertrug den Gefühlssturm, der sie durchschüttelte. Sprechen konnte sie nicht.

Christoph legte ihr einen Arm um die Schultern. »Wir wussten, dass du eines Tages kommen wirst, und seitdem wartet das Haus auf dich«, sagte er leise.

Patrizia machte sich mit leisem Quengeln bemerkbar.

»Sie hat Hunger«, verkündete Camille.

»Oh, dann müssen wir uns beeilen«, rief Christoph prompt. »Wir laden nur das Gepäck aus, dann fahre ich dich zu unserem Haus. Kann unsere Kleine so lange warten?«

Als Antwort fing Patrizia an zu brüllen. Christoph lachte.

»Phisi, *shesha,* Patrizia verhungert! Bring das Gepäck meiner Mutter ins Haus, und sieh nach, ob alles in Ordnung ist und der Kühlschrank und die Bar gefüllt sind. Du kannst zu Fuß zu uns laufen.«

Damit stieg er in den Hummer, Phisi half Camille mit dem empört schreienden Baby hinein, und Christoph trat aufs Gas.

Roland humpelte an Alice' Seite. »Ein traumhaft schönes Plätzchen Erde«, sagte er. »Wie kommen wir von hier aus an den Strand?«

Sie lachte. »Das vergiss mal gleich wieder. Du legst dich jetzt hin, am besten in den Schatten auf die Terrasse, und ich mach dir einen Tee.«

»Alice, sei kein Unmensch«, bettelte er. »Mir ist weder schlecht, noch schwankt der Boden unter meinen Füßen, und doppelt sehe ich auch nicht, leider nicht einmal dich.« Er grinste schief. »Ich bin absolut fit genug, um an den Strand zu gehen. Ich lasse mir auch helfen, und ich verspreche, einfach nur dazusitzen und aufs Meer zu schauen.« Er blickte ihr tief in die Augen.

»Hast du den Dackelblick inzwischen geübt?«, bemerkte sie mit mildem Spott.

Er lachte laut auf. »Bin ich so leicht zu durchschauen?«

»Bist du!« Sie lehnte sich zu ihm hinüber und küsste ihn leicht auf die Wange. »Wir werden sehen«, tröstete sie ihn.

»Bleibt doch einfach hier«, schlug Christoph beim gemeinsamen Lunch vor. »Hier ist es jetzt Frühling, in Deutschland kommt der Herbst und die langen dunklen Tage. Und Kälte und Schnee!« Erwartungsvoll sah er sie an.

Alice dachte an Frank Federle und schüttelte den Kopf. »Ich kann nicht, so leid es mir tut«, sagte sie hölzern.

»Wir laden dich ein«, schlug er vor. »Ganz einfach. Und dieses Haus ist für immer dein Haus – euer Haus.« Er warf einen frechen Seitenblick auf Roland.

»Sie ist stur wie ein Maulesel«, seufzte dieser.

»Das war sie schon immer«, grinste Christoph. »Aber wart's ab, steter Tropfen höhlt den Stein.«

»Bitte bleib doch«, bat nun auch Camille und reichte ihr die munter vor sich hin gurgelnde Patrizia.

Alice verstand sich mit ihrer Schwiegertochter bereits bestens. Die junge Frau war warmherzig, intelligent und liebte Christoph, das war unübersehbar, und schon allein dafür hatte sie Camille ins Herz geschlossen.

Patrizia maunzte leise, und sie drückte das warme, atmende

Bündel an sich, nahm das winzige Händchen, worauf die Kleine ihren Zeigefinger griff und festhielt. Ihr Herz stolperte.

»Ich kann nicht«, flüsterte sie. »Der Rückflug in vier Tagen ist schon gebucht, und ich kann ihn nicht umbuchen.« Sie versuchte, sich nicht anmerken zu lassen, wie sehr sie innerlich hin- und hergerissen war.

»Warum nicht?«, wollte Christoph wissen.

»Es ist alles ausgebucht«, wich sie aus.

»Moment mal«, sagte er und stand vom Tisch auf.

Zehn Minuten später kehrte er mit triumphierendem Grinsen zurück.

»So, das ist erledigt«, verkündete er. »Ich habe euren Flug umgebucht. Er geht in acht Tagen. Und wenn du doch noch länger bleiben willst, buch ich ihn eben noch einmal um.«

Alice sah ihren Sohn an, dann Camille und Patrizia, die gerade eingeschlafen war, und verschluckte ihren Protest. Acht Tage, plus einen für den Flug, kalkulierte sie, also wäre sie in neun Tagen wieder zurück in Lübeck. Die Zwangsversteigerung konnte sie sowieso nicht aufhalten, und ob sie die Zeit bis dahin in den Abgründen einer pechschwarzen Verzweiflung allein in ihrem Haus oder mit Christoph, seiner jungen Familie und Roland hier in der Sonne verbringen würde, würde wohl keinen Unterschied ausmachen. Sie hoffte nur, dass sie Frank Federle und den drohenden D-Day bis dahin hinter eine innere Mauer verbannen konnte. Allerdings musste sie sofort den Fortinis, Tante Hanna und Christiane Bescheid sagen.

»Mach so etwas bitte nie wieder, ohne mich vorher zu fragen«, sagte sie. »Das meine ich ernst.«

»Ich sag's doch, stur wie ein Maultier«, lachte Roland. »Außerdem darf ich bestimmt noch nicht fliegen.« Er setzte eine Leidensmiene auf. »Bei Gehirnerschütterung ist das gefährlich.«

»Aber ihr kommt doch zu Weihnachten?«, näselte Christoph. »Darauf bestehe ich.«

Bis dahin habe ich kein Zuhause mehr, dachte sie und biss sich auf die Lippen. Bei Zwangsversteigerungen konnte alles passieren. Bieter konnten sich gegenseitig im Preis hochdrücken, oder jemandem gelang es, das Haus für den absoluten Mindestpreis zu ergattern. Sollte das der Fall sein, stand es in den Sternen, was für sie übrig bleiben würde. Obendrein waren in der Zeit um Weihnachten und Neujahr herum die Flugpreise am höchsten. Aber das würde sie ihm nicht vorhalten.

Langsam schüttelte Alice den Kopf. »Das wird nicht klappen«, sagte sie. »Du weißt ja, dass die Flüge um die Zeit schon im August ausgebucht sind.«

»Das lass mal meine Sorge sein«, wehrte Christoph ihre Bedenken fröhlich ab. »Ich bekomme zwei Plätze. Garantiert. Darauf kannst du dich verlassen.«

Mit erwartungsvollem Grinsen sah er sie an wie ein kleiner Junge, der beim Schwimmwettbewerb den ersten Preis bekommen hatte und eine Belohnung von seiner Mutter erwartete.

Alice wunderte sich flüchtig, welche Verbindungen Christoph hatte, um solch ein Versprechen abgeben zu können. Sie blickte ihren Sohn an. Es half nichts, sie musste Farbe bekennen.

»Ich kann es mir nicht leisten, Christoph, so einfach ist das«, erklärte sie. »Das Haus muss renoviert werden, ich habe noch keine feste Arbeit, und Handwerker sind in Deutschland unglaublich teuer.«

Das war zwar nur die halbe Wahrheit, aber vielleicht würde ihn das zum Schweigen bringen, denn von der drohenden Zwangsversteigerung würde sie unter keinen Umständen auch nur eine Silbe erwähnen.

Christoph drückte sie an sich. »Das ist doch kein Problem, Mama. Ich schicke dir die Tickets. Das ist noch viel einfacher.«

Sie wäre fast in Tränen ausgebrochen, schaffte es aber, einigermaßen ruhig zu antworten. »Ich kaufe mir nur, was ich mir leisten kann, und die Tickets kann ich mir nicht leisten. Basta!« Aus den Augenwinkeln bemerkte sie, wie Christoph mit Roland einen verschwörerischen Blick wechselte. »Versucht es gar nicht erst«, fauchte sie.

Die beiden Männer lachten.

Als sie später mit Roland allein auf ihrer Terrasse saß, erschien eine junge Zulu mit strahlend weißem Lächeln und brachte Kaffee und Kuchen.

»Ich bin Ihr Hausmädchen«, sagte sie strahlend. »Der Boss hat mich geschickt.«

Alice amüsierte sich im Stillen. *Der Boss.* Damit war ihr Sohn gemeint. Daran musste sie sich erst gewöhnen.

Es wurden sieben Tage voller Licht und Unbeschwertheit. Die Frühlingsstürme machten eine Pause, und oft stieg die Temperatur auf nahe dreißig Grad. Roland erholte sich schnell, und nach zwei Tagen schon konnte er mit seiner orthopädischen Bandage um den Fuß am Strand entlanghumpeln. Sie machten den Spaziergang, während das Wasser ablief, weil dann der Sand sehr fest war und noch nicht aufgeschwemmt und weich von der auflaufenden Flut.

»Das Meer vor dieser Küste ist eins der gefährlichsten Segelgebiete der Welt«, bemerkte Roland und schaute in den Sonnenaufgang. »Wusstest du das?«

Alice sah ihn lächelnd von der Seite an. »Nein, wusste ich nicht. Aber die Tatsache, dass es von Haien wimmelt, tückische Strömungen herrschen, die Wellen schon mal Haushöhe erreichen können und in Küstennähe Felsenriffe unter der Oberfläche Boote aufschlitzen, lässt schon vermuten, dass es nicht so harmlos ist wie die Ostsee.«

»Die Ostsee ist *nicht* harmlos«, erwiderte er. »Aber hier zu segeln muss unglaublich aufregend sein. Diese Wellen, der starke

Wind ... Man müsste das vielleicht mal herausfinden.« Er kniff die Augen zusammen und richtete seinen Blick in die Ferne.

»Hm«, machte sie und wartete, wohin diese Unterhaltung führen würde.

Seine Augen strichen über das schimmernde Meer. »Wir könnten uns ja mal ein hochseetüchtiges Segelboot ausleihen ... Aber dazu bräuchten wir natürlich mehr Zeit als nur ein paar Tage.«

Alice hörte die Sehnsucht in seiner Stimme, und ein ziehender Schmerz setzte sich bei ihr fest. »Natürlich«, stimmte sie zu. »Das ist sicher kein Problem, aber du musst allein segeln. Ich habe diese Zeit nicht, auf jeden Fall vorerst nicht. Ich muss zurückfliegen, daran kann ich leider nichts ändern.« Weiter als bis Ende Oktober konnte sie nicht denken. »Ich kann mein Haus in Lübeck nicht länger allein lassen«, sagte sie. »Den Fortinis habe ich versprochen, dass ich das neue Bild termingerecht fertig bekomme. Ich habe es einfach liegen lassen, obwohl die Risse darin besonders gravierend sind und eine aufwendige Restaurierung vonnöten ist. Das ist sonst nicht meine Art.« Sie zog die Brauen zusammen. »Wenn man das Bild schräg mit der Taschenlampe beleuchtet, sieht man die laienhafte Reparatur, da ist noch einiges zu tun ...« Ihre Stimme versickerte mutlos.

»Aha. Man sieht die Risse unter der Lupe? Ist es ein Picasso oder ein Klimt? Nein? Warum machst du dir dann so einen Kopf?« Er grinste. »Warum schräg mit der Taschenlampe beleuchten? Tut doch kein Mensch.«

»Hast du eine Ahnung! Ich weiß einfach, dass es nicht perfekt ist. Ich brauche den Job. Und Graf Rotz von der Backe lauert.«

Abwesend erschlug sie eine Mücke, die sich auf ihrem Arm niedergelassen hatte. Der Seewind wurde hier durch das dichte Grün gebremst, was andererseits zur Folge hatte, dass es Moskitos gab. Irgendeine Kröte muss man immer fressen, dachte sie und sah ihr Haus in Lübeck vor sich. Beste Lage, wunderbarer Blick, und die giftige Kröte war Frank Federle. Sein arrogantes Gesicht tauchte ungebeten vor ihrem inneren Auge auf, und sie ballte die Fäuste.

Roland verschränkte die Hände hinter dem Kopf und sah einem Raubadler nach, der dicht über die Baumwipfel strich. Plötzlich warf der Adler sich im Flug herum und schoss wie eine lebende Kugel in den Busch. Sekunden später stieg er wieder auf. Von seinen Fängen hing ein sich windendes junges Äffchen. Die Mutter jagte kreischend vor Angst durch die Äste hinterher.

»Weißt du, wie man ein Kind zum Perfektionisten erzieht?«, fragte er, ohne sie anzusehen.

Sie hob befremdet die Brauen. »Wie kommst du jetzt darauf?«

Er nahm ihre Faust und bog sanft die Finger einzeln zurück. »Wenn man einem Kind einbläut, subtil oder mit Nachdruck, dass es siegen muss, immer noch besser sein muss, weil ihm sonst alle Liebe entzogen wird, wird es sein Leben lang das Gefühl haben, dass es nicht gut genug ist. Es wird strampeln und rennen, um immer noch perfekter zu werden, um das unerreichbare Ziel doch irgendwie zu erreichen.« Er drehte ihre Hand um und küsste die Handfläche. »Hör auf zu rennen, Alice. Die Welt bricht nicht zusammen, und das Leben geht weiter, auch wenn du einmal Zweite wirst.«

Stumm schüttelte sie den Kopf. »Geht nicht«, murmelte sie, aber im selben Moment erkannte sie, dass er recht hatte.

Auf einmal spürte sie wieder die kühle Zurückweisung ihres Vaters, wenn sie als Kind nicht die gewünschte Leistung erreicht hatte. Ihr lief eine Gänsehaut über den Rücken.

»Roland«, sagte sie bittend. »Ich muss … Ich kann nicht anders. Nicht bei den Fortinis. Versteh doch.«

Einen Moment schwieg er. Sein Ausdruck war leicht abwesend, so als schaute er in ein früheres Leben, in eine andere Welt, und doch hatte sie das unheimliche Gefühl, dass er geradewegs in ihr Innerstes blickte.

»Verstehen tue ich das besser, als du es dir vorstellen kannst«, sagte er schließlich so leise, als spräche er mit sich selbst.

Sie musterte ihn. Sein anziehendes Grinsen, die Lachfältchen um seine blauen Seemannsaugen, die gelassene Haltung. Offenbar hatte sie von Roland Hendricks bisher nur die Oberfläche zu sehen bekommen. Wer war dieser Mann wirklich?

Plötzlich zog er sie mit kräftigem Griff an sich und nahm ihr Gesicht in beide Hände. »Ich werde die nächste Zeit damit zubringen, dich zu lehren, das Leben leichter zu nehmen. Das ist ein Versprechen.«

Seine Lippen streichelten sie zärtlich.

»Nichts kann wirkliche Liebe erschüttern«, sagte er nach einer Weile so leise, dass sie Mühe hatte, seine Worte zu verstehen. »Daran musst du immer denken.« Er küsste ihre Handfläche. »Mach dir keine Gedanken. Ich habe Zeit, und der Ozean läuft nicht weg. Wir reden wieder darüber, wenn sich für dich alles geklärt hat. Einverstanden?«

Für einen kurzen Augenblick war Alice versucht, ihm von der drohenden Zwangsversteigerung zu erzählen, tat es aber dann doch nicht. Das musste sie allein durchstehen, und die Tage mit Christoph und seiner kleinen Familie sollten für alle ungetrübt sein.

Roland bestand darauf, die Robertsons, Rogges und Farringtons zum Abschied zu einem ausgedehnten Dinner in ein kleines Restaurant in Umdloti einzuladen. Das Wetter spielte mit, und sie konnten auf der Terrasse sitzen. Die Wolken über dem Ozean glühten rosagold im Widerschein der untergehenden Sonne, und bald darauf stieg der Mond in den sternenklaren Himmel. Roland hatte Langusten vorbestellt, dazu gab es frisch gebackenes Weißbrot, Knoblauch-, Zitronen- und Peri-Peri-Butter und einen Chablis Grand Cru. Der Wein war vorzüglich, die Langusten zur Perfektion gesotten und die Stimmung bestens.

Während sich das Restaurant nach zehn Uhr zusehends leerte, schallte von dem Tisch der acht Freunde eine Lachsalve nach der anderen. Die Kellner standen unbeschäftigt in der Nähe der Tür herum, der Wirt machte bereits seine Abrechnung, und schließlich, lange nach Mitternacht, begann das Personal mit deutlich ungeduldigen Seitenblicken auf die fröhliche Gesellschaft für die Frühstücksgäste am nächsten Morgen einzudecken.

Roland lachte, zahlte, und sie verließen das Restaurant und fuhren in die Ferienanlage, die ziemlich genau in der Mitte zwischen Inqaba und dem Haus der Robertsons lag. Auf der Terrasse ihres Hauses saßen sie noch beisammen, bis der erste goldene Schimmer am Horizont die aufgehende Sonne ankündigte. Alle hatten zu viel getrunken, keiner war mehr in der Lage, Auto zu fahren, und so übernachteten die Freunde in ihrem Haus, und es war ein bisschen wie früher.

Der letzte Abend gehörte Christoph und Camille. Am folgenden Nachmittag ging ihr Flug, und der Abschied forderte alles an Selbstbeherrschung von ihr, damit sie nicht vor ihrer Familie in Tränen ausbrach. Dann flogen sie und Roland zurück nach Deutschland.

In Hamburg regnete es – jener feine, graue Nieselregen, der alle Farben auslöschte und sich als kalter Schleier über die Seele legte.

»Gute Luft«, bemerkte Alice tapfer.

Roland zog ein Gesicht und lud die Koffer in ihren Wagen, den sie im Parkhaus am Flughafen zurückgelassen hatten. Sie drehte sofort die Heizung hoch. Nachdem sie den üblichen Stau auf der Autobahn hinter sich gelassen hatten, kauften sie im nächsten Supermarkt in Lübeck Brötchen, Roastbeef und Lachs ein und verabredeten sich bei ihm zum Mittagessen.

Mit leichter Beklommenheit schloss Alice ihre Tür auf. Nachdem sie ihre Koffer in der Diele abgestellt hatte, lief sie einmal durchs Haus. Zu ihrer immensen Erleichterung fand sie es so vor, wie sie es verlassen hatte. Beruhigt trug sie ihre Koffer ins Schlafzimmer, machte sich im Badezimmer frisch und zog einen warmen Pullover über. Der Temperaturunterschied von der weichen Wärme Natals zum kühlen norddeutschen Herbstwetter war doch krass. In der Diele fand sie die Post, die Tante Hanna ihr hingelegt hatte. Für einen Moment starrte sie den Stapel an und war versucht, ihn zu ignorieren. Dann holte sie tief Luft und blätterte ihn durch.

Der Brief von der Bank lag zuunterst, der Poststempel datierte von zwei Tage zuvor, und noch bevor sie ihn öffnete, wusste sie, was der Inhalt sein würde. Zögernd entfaltete sie den Briefbogen und sah ihre schlimmste Vorahnung bestätigt. Das Wort *Zwangsversteigerung* sprang sie an wie ein gieriges Raubtier und ebenso das Datum, das ihr nach Fälligkeit des Kredits Ende September nur noch drei Wochen Zeit ließ.

Alice fiel mit dem Rücken gegen die Wand, und das Blatt rutschte ihr aus der Hand und segelte auf den Boden. Das war's also. Sie hatte versagt, hatte es nicht geschafft, diesen Federle davon zu überzeugen, dass sie kreditwürdig war. Da waren die drei Wochen Galgenfrist genau so, als würde man einem Ertrinkenden den Rettungsring wegnehmen, weil er ihn nicht bezahlen konnte.

Steifbeinig, ihre Sinne wie betäubt, ging sie in die Küche und blieb am Tisch stehen. Sie starrte auf die Tischplatte, konnte sich plötzlich nicht mehr erinnern, was sie eigentlich da gewollt hatte. Schließlich goss sie sich ein Glas eiskaltes Mineralwasser aus dem Kühlschrank ein und schüttete es hinunter. Aber es half nicht. Der Albtraum blieb, und unaufhaltsam stieg ihr Panik in die Kehle. Ihre Hände begannen zu zittern. Sie brach in kalten Schweiß aus und fror gleichzeitig, trotz des warmen Pullovers. Plötzlich klopfte jemand an die Eingangstür, und ihr wurde schwindelig vor Schreck, ihr Puls jagte hoch, und Angst explodierte in ihrem Magen.

BOSS, der Geheimdienst, gellte es in ihr. *Gefängnis!* Ihr erster Impuls war es, sich zu verstecken, so zu tun, als wäre sie nicht zu Hause.

Doch dann hörte sie Roland rufen. »Alice? Wo bist du? Kommst du rüber, oder soll ich dir erst helfen, den Koffer nach oben zu bringen?«

Mit größter Anstrengung riss sie sich zusammen und zwang ihre Stimme unter Kontrolle. Sie öffnete die Tür und verzog ihren Mund mühsam zu einem Lächeln.

»Bin gleich da, ich muss nur mal für kleine Mädchen ...«

Roland, der unverschämt erholt und braun gebrannt aussah, merkte offenbar nichts. »Okay«, sagte er. »Bis gleich dann. Die Suppe ist schon heiß.« Er humpelte hinüber zu seinem Haus.

Sie wünschte sich, irgendeine Pille gegen dieses innere Zittern zu haben, aber stattdessen spritzte sie sich eiskaltes Wasser ins Gesicht und reparierte ihr Make-up. Bevor sie bei ihm anklopfte, setzte sie ein strahlendes Lächeln auf und hoffte nur, dass er ihr nicht ansehen würde, wie schwer ihr das fiel. Er wartete schon im Eingang und zog sie wortlos in seine Arme. Sein Mund war warm und fest, und für diesen kurzen Augenblick vergaß sie das Damoklesschwert über ihrem Kopf. Erst das deutliche Knurren ihres Magens stieß sie zurück in die kalte Realität.

Er aber lachte laut los. »Okay, ich kapiere. Die gnädige Frau hat Hunger, und da muss alles andere warten. Wir essen im Wohnzimmer, ich habe ein Feuer im Kamin gemacht.«

Alice deckte den Tisch, und Roland wärmte die Suppe noch einmal auf.

»Aus der Tiefkühltruhe«, sagte er.

Er stellte die Terrine auf den Tisch und löffelte die Suppe auf die Teller. Sie war scharf und heiß und brachte ihren Kreislauf wieder in Schwung. In der Wärme des Kaminfeuers entspannte sie sich etwas, aber der Gedanke an den Brief der Bank grub sich wie eine stählerne Kralle immer tiefer in ihren Kopf.

»Ich habe den letzten Holzblock in den Kamin gesteckt«, bemerkte Roland nach dem Essen. Er öffnete die gläserne Kamintür und spähte ins Feuer. »Und der ist gleich runtergebrannt. Kann ich mir ein paar von den Bohlen aus dem Gewächshaus holen? Sie sollten inzwischen einigermaßen trocken sein.«

»Ja, natürlich«, sagte sie. »Und mir fällt gerade ein, dass drüben noch alte Finanzamtsunterlagen von meinem Vater liegen, die längst verjährt sind. Die würde ich gern mit verbrennen.«

Wenn sie in voraussehbarer Zeit ausziehen musste, war es notwendig, allen unnötigen Ballast loszuwerden. Am besten das Haus anzünden, schoss es ihr durch den Kopf, und bevor sie sich dagegen wehren konnte, sah sie ihr Haus in Flammen aufgehen, wobei ihr gleichzeitig einfiel, dass es ziemlich hoch versichert war. Der Kredit wäre mit Sicherheit gedeckt, und es sollte noch eine ordentliche Summe übrig bleiben. Für Sekunden schloss sie die Augen. Wie mürbe hatte sie die Situation schon gemacht, dass sie einen solchen Gedanken auch nur zuließ? Sie dachte an Christoph, und es schien ihr, als hätte der Besuch bei ihm und seiner Familie in einer anderen, fernen Welt stattgefunden.

Sie stand auf und lief hinüber in ihr Haus. Es war noch kälter geworden, und nach der heimeligen Wärme am Kamin fror sie umso mehr. Als sie die Tür aufschloss, fiel das Licht der Dielenbeleuchtung direkt auf den Brief, der noch auf dem Boden lag. Sie ließ ihn liegen und ging hinauf ins Bücherzimmer, wo sie die Unterlagen ihres Vaters zusammenpackte, die sie dort gelagert hatte. Dabei stieß sie mit dem Fuß gegen den Kasten, in dem sie das Bild Fabrizio Fortinis von ihrer Großmutter gefunden hatte. Sie verstaute die Unterlagen darin und lief wieder hinüber ins Nachbarhaus.

Roland nahm die Akten heraus, knüllte sie zusammen und fütterte damit das Feuer. Die Papiere verbrannten in einem Funkenregen.

»Soll der Kasten auch mit ins Feuer? Oder willst du ihn wieder mitnehmen?« Er drehte ihn in den Händen.

»Wenn er in den Kamin passt, dann ab ins Feuer. Er ist ja weder sonderlich gut gearbeitet noch aus kostbarem Holz. Also, weg damit!«

Roland bückte sich, um die feuerfeste Glastür des Kamins zu öffnen, aber der Kasten rutschte ihm unversehens aus der Hand und krachte dumpf auf die Fliesen. Er hob ihn auf und wog ihn in der Hand.

»Schönes, schweres Holz«, sagte er. »Buche, glaub ich. Eigentlich zu schade …« Seine Stimme verrann, während er plötzlich auf den Kasten starrte.

»Was ist?«, wollte sie wissen.

Er sah sie stirnrunzelnd an. »Ich bin mir nicht sicher. Aber ich glaube, er hat einen doppelten Boden.« Er klang merkwürdig heiser.

»Glaub ich nicht«, wehrte sie ab. »Vermutlich einfach nur einen einzigen, der extra dick und massiv gearbeitet worden ist, damit das Bild von Fabrizio geschützt wurde. Gib ihn mir mal bitte.«

Wortlos hielt er ihr den Holzkasten hin. Sie wog ihn in der Hand, schüttelte ihn und untersuchte darauf den Boden. Sie klopfte und kratzte, kam aber nicht weiter. Schulterzuckend sah sie Roland an.

»Nimm den«, sagte er und reichte ihr einen Schraubenzieher.

Sie rammte die breite Spitze in eine Fuge der Bodenbretter und hebelte, bohrte nach und hebelte wieder. Auf einmal gab es ein reißendes Geräusch, und ein dünnes Brett, das offenbar unter Spannung gestanden hatte, sprang hoch. Sie setzte den Schraubenzieher wieder an.

»Vorsichtig«, flüsterte Roland heiser. »Versuch es mit den Händen.«

»Da ist nichts«, sagte sie.

Sie legte den Schraubenzieher beiseite, packte das Brett und ruckte kräftig daran. Es knackte trocken, und ein Teil davon brach ab. Roland beugte sich über sie, während sie den Rest behutsam lockerte. Als der Spalt groß genug war, etwas zu erkennen, reichte er ihr wortlos eine Taschenlampe. Sie leuchtete hinein. Und dann vergaß sie zu atmen.

Die eigentliche Leinwand des Gemäldes war wie neu und offenbar völlig unbeschädigt, die Farben leuchteten wie frisch aufgetragen. Mit zitternden Fingern hob sie das Brett an, sehr langsam und sehr behutsam.

Das Fragment einer Signatur wurde sichtbar, und ihr brach der Schweiß aus, als sie es vor sich sah.

Ein schwungvolles Zeichen, das mit dem rückwärts ausgeführten Querstrich dem griechischen Zeichen für Alpha ähnelte, und nachfolgend war ein klares V zu erkennen.

Die Welt schien stillzustehen.

»Das ist unmöglich«, stieß sie hervor. »Von Gustav Klimt gibt es angeblich nur ein Werk, und zwar das Bild *Kopf eines Negers,* das als wirklich verschollen gilt. Das Porträt meiner Großmutter, falls es denn tatsächlich existieren sollte, wird wohl kaum in einem Verzeichnis vermerkt sein.«

»Da hat jemand was quer über die Rückwand geschrieben«, flüsterte Roland rau. »Kannst du es lesen? Es sieht aus, als wäre ein Vogel in Tinte getreten und über die Leinwand gelaufen.«

Sie lehnte sich vor. Er hatte recht. Da stand tatsächlich etwas. Die Handschrift war so unregelmäßig, dass sie ans Unleserliche grenzte, doch gleichzeitig war sie voll drängender Energie. Dynamisch. Und ihr war sofort klar, wem diese Handschrift zuzuordnen war.

»Für … meine Tochter … Patrizia«, las sie vor. »Gustav …« Ihre Stimme stolperte über das nächste Wort. »Klimt … Juli 1916.«

Ein Schauer nach dem anderen jagte ihr über den Rücken, und die feinen Härchen auf ihren Armen richteten sich auf, während die Worte langsam in ihr Bewusstsein sickerten. Als sie wirklich begriff, was da geschrieben stand und was es bedeutete, schoss ihr das Blut in den Kopf, und ihr Mund wurde staubtrocken. Abrupt sprang sie auf. Ihr Stuhl fiel um, sie rannte zum Fenster, riss es auf und schnappte wie eine Ertrinkende nach Luft.

»Das kann doch nicht wahr sein«, flüsterte sie heiser, als sie wieder atmen konnte. »Träume werden nicht wahr, und es gibt keine Märchen. Nicht in dieser Welt.«

Roland trat zu ihr ans Fenster und legte einen Arm um sie. »Ob es ein Traum ist, können wir gleich herausfinden«, murmelte er mit seinem Mund auf ihrem.

Sie seufzte und schloss die Augen. Hitze floss wie ein köstlich träger Strom durch ihre Glieder. Sie schlang die Arme um seinen Hals und öffnete die Lippen, spürte das Streicheln seiner Zunge und bog mit einem Gurren den Kopf zurück. Sein Mund war warm, und seine Hände wanderten auf die aufregendste Art über ihren Körper, berührten sie an Stellen, dass ihr ein Schauer nach dem anderen über die Haut kribbelte. Mit einem tiefen Kehllaut schlang sie ihm die Arme um den Hals und ließ sich von ihren Gefühlen davontragen. Der Kamin strahlte seine Wärme ab, alle Geräusche entfernten sich, nur Roland und sie existierten. Sie ließen sich viel Zeit, sich gegenseitig kennenzulernen, und irgendwann landeten sie auf dem breiten Sofa in seinem Wohnzimmer.

»Es ist kein Traum«, wisperte sie, als sie glücklich und müde ineinander verschlungen in den weichen Polstern lagen. »Es ist kein Traum«, wiederholte sie laut, nur um den Klang dieser unglaublichen Worte zu genießen.

In dieser Nacht träumte Alice einen Traum voller Licht und Leichtigkeit. Er hatte keine Geschichte, und es gab nichts, woran sie sich am nächsten Morgen bildlich erinnern konnte. Nur die strahlende Helligkeit blieb. Mit einer tiefen Ruhe im Herzen wachte sie am nächsten Morgen neben Roland auf und wusste, dass Pierre immer bei ihr sein würde, aber dass sie jetzt wieder beginnen konnte zu leben.

* * *

Zwei Monate später feierte das bedeutendste Museum Berlins die Leihgabe des bisher unbekannten Werks *Portrait einer jungen Dame* des Malerfürsten Gustav Klimt. Die Anzahl der Zuschauer pro Tag und die Verweildauer vor dem Bild wurden in Erwartung des großen Ansturms von vornherein begrenzt, und die Termine waren innerhalb weniger Stunden bis Ende des darauffolgenden Jahres ausgebucht. Die gesamte Kunstszene geriet in Ekstase. Am Tag der Vernissage reisten die erlesensten internationalen Gäste aus der Kunstwelt an. Der Eigentümer aber blieb trotz intensiver Recherche seitens der Presse anonym.

Niemand beachtete die elegante Dame mit dem breitkrempigen, schwarzen Hut, deren Gesicht hinter einer großen, getönten Brille verschwand, noch ihren Begleiter, einen hochgewachsenen, breitschultrigen Mann, der einen dunkelblauen Blazer mit Goldknöpfen trug und dem ein permanentes Grinsen in den Mundwinkeln saß.

Am Tag, als der Kredit für Frau Alice Diekmann fällig war, öffnete Frank Federle gleich morgens mit einer gewissen Aufregung ihr Konto und studierte den Stand. Fast zwanghaft sah er alle paar Minuten nach, und als kurz nach sechzehn Uhr immer noch kein Geld eingegangen war, genehmigte er sich einen Schluck aus seiner Grappaflasche. Mit einem tiefen Seufzer der Zufriedenheit stellte er das Glas auf den Schreibtisch und lehnte sich vor, um den Bildschirm auszuschalten.

Plötzlich aber glaubte er, seinen Augen nicht trauen zu können. Frau Diekmanns Konto war inzwischen ausgeglichen und geschlossen.

Zitternd setzte er die Grappaflasche noch einmal an und trank ein paar tiefe Züge. Dann wischte er sich den Mund ab und rief Thomas Claussen an.

Der Winter kam, die Tage wurden dunkler und kälter, aber Alice nahm die Dunkelheit nicht wahr und spürte die Kälte nicht. Ihr Glück überstrahlte die Finsternis, und der Horizont schien ihr voller Licht und endlos zu sein.

Stefanie Gercke

Große Afrika-Romane von Stefanie Gercke

»Nehmen Sie die Emotionen von *Vom Winde verweht*
und die Landschaftsbilder von *Jenseits von Afrika*, und
Sie bekommen eine Vorstellung von Gerckes Roman: richtig
schönes Breitbandkino im Buchformat.« *Brigitte*

978-3-453-40948-4

Ich kehre zurück nach Afrika
978-3-453-41764-9

Feuerwind
978-3-453-40500-4

Über den Fluss nach Afrika
978-3-453-40609-4

Schwarzes Herz
978-3-453-40636-0

Jenseits von Timbuktu
978-3-453-40947-7

Nachtsafari
978-3-453-40948-4

Junigewitter
978-3-453-41999-5

Ort der Zuflucht
978-3-453-42283-4

Teresa Simon

**Emotional und präzise recherchiert:
Teresa Simon ist die Meisterin des
Familienromans**

978-3-453-42406-7

Die Frauen der Rosenvilla
978-3-453-47131-3

Die Holunderschwestern
978-3-453-41923-0

Die Oleanderfrauen
978-3-453-42115-8

Die Fliedertochter
978-3-453-42145-5

Die Lilienbraut
978-3-453-42244-5

Leseproben unter **www.heyne.de**